국역 고산유고

The translation and annotation of 『Gosanyugo』

역주자 이형대(李亨大)는 1962년 전남 해남 출생으로 고려대학교 대학원(문학박사)을 졸업하였다. 현재 고려대 민족문화연구원 연구교수로 재직중이며, 저서로는 『한국 고전시가와 인물 형상의 동아시아적 변천』, 『고전문학과 여성주의적 시각』(공저) 등이 있다.

역주자 이상원(李相原)은 1964년 경북 의성 출생으로 고려대학교 대학원(문학박사)을 졸업하였다. 현재 고려대 민족문화연구원 연구교수로 재직중이며, 저서로는 『17세기 시조사의 구도』, 『조선중기 시가와 자연』(공저) 등이 있다.

역주자 이성호(李成鎬)는 1964년 인천 출생으로 성균관대학교 대학원(문학박사)을 졸업하였다. 현재 성균관대 대동문화연구원 연구교수로 재직중이며, 역서로는 『도연명전집』이 있고, 논문으로는 「사대부 문학 형성기의 한시 연구」 등 다수가 있다.

역주자 박종우(朴鍾宇)는 1970년 서울 출생으로 고려대학교 대학원 박사과정을 수료하였다. 현재 고려대 민족문화연구원 연구원으로 재직중이며, 「고산 윤선도 한시의 일고찰」, 「16세기 호남사림 시세계의 한 양상」 등 다수가 있다.

국역 고산유고

1판 1쇄 인쇄 2004년 10월 10일
1판 1쇄 발행 2004년 10월 20일

지은이 / 孤山 尹善道
옮긴이 / 이형대 외
펴낸이 / 박성모
펴낸곳 / 소명출판
출판고문 / 김호영
등록 / 제13-522호
주소 / 137-878 서울시 서초구 서초동 1621-18 (란빌딩 1층)
대표전화 / (02) 585-7840
팩시밀리 / (02) 585-7848
somyong@korea.com / www.somyong.com

ⓒ 2004, 이형대 외
값 35,000원

ISBN 89-5626-106-7 93810

국역 고산유고

The translation and annotation of 『Gosanyugo』

孤山 尹善道 저 / 이형대 · 이상원 · 이성호 · 박종우 역주

소명출판

일러두기

1. 이 책은 『고산유고(孤山遺稿)』 중 권1의 시(詩), 권6상(上)의 시(詩)와 부(賦), 권6하(下)의 가사(歌辭) 부분을 번역·주해한 것이다.
2. 이 책은 서울대학교 규장각 소장 『고산유고(孤山遺稿)』를 저본으로 사용하였다.
3. 번역문은 직역(直譯)을 원칙으로 하였으며, 의미 전달에 어려움이 있다고 판단되는 경우에 한해 의역(意譯)했다.
4. 번역문 가운데 인명·지명·관직명 등의 고유명사 또는 문맥상 뜻을 분명히 할 필요가 있다고 판단되는 어휘에 한하여 괄호 안에 한자를 함께 표기하였다.
5. 주석은 번역문에 붙이는 것을 원칙으로 하였다.
6. '원주'와 '자주'의 경우 '역주'와 구별하기 위해 각각 (原註), (自註)라고 밝혔다.
7. 부록으로 원전을 영인 수록하여 필요할 경우 직접 참고할 수 있도록 하였다.
8. 약호(기호)는 다음과 같이 구분하여 사용하였다.
   · 단행본인 경우→『 』
   · 단행본 속의 소제목(편명) 또는 작품명→「 」
   · 강조, 원문의 수정·발췌 또는 요약 인용의 경우→' '
   · 원문 직접 인용→" "
   · 한글 표기와 한자 표기의 음가가 같은 경우→( )
   · 한글 표기와 한자 표기의 음가가 다른 경우→[ ]

17세기 붕당기의 격랑 속에서 대북파의 권력 전횡에 맞서 강경한 자세로 그 폐해를 신랄하게 비판했던 윤선도는 실천적 지식인의 표상으로서, 중세기 시조 미학을 그 정점으로 끌어올린 탁월한 예술인의 전범으로서 후인들의 기억 속에 깊이 각인된 인물이다. 그럼에도 불구하고 그가 남긴 사유의 궤적이나 예술세계에 좀더 천착해 보고자 하는 사람들은 공부길의 문턱에서부터 다소 당혹감을 느끼게 된다. 『고산유고(孤山遺稿)』 전체의 완역은커녕, 그의 한시 작품조차 빠짐없이 번역된 사례가 아직까지 없기 때문이다. 『고산유고』를 읽어 가다가 난삽한 전고에 걸려 독해의 아득함을 맛본 독자라면 온전한 국역본에 대한 바람이 더욱 절실할 것이다.

우리의 한시와 고전시가를 전공으로 하는 역자들도 오랫동안 『고산유고』의 완역본이 출간되기를 갈망해 왔다. 그러나 번역 작업이 진행되고 있다는 풍문만 떠돌 뿐 정작 출간의 기미조차 보이지 않았다. 고산에 대한 단행본의 연구서가 수십 권에 이르고 논문 또한 수백여 편이 넘는 학계의 현실에 비추어 볼 때, 이례적인 현상임에 분명하였다. 과연

언제까지 기다려야 할 것인가?

기대감이 실망으로 바뀔 무렵, 역자들은 다소 무모하고도 당돌한 생각에 이르게 되었다. 우리가 직접 번역해 볼까? 그리하여 3년 전부터 역자들은 개운산 자락 한국학관의 연구실에 모여 각자가 번역한 작품을 윤독하고, 토론을 거쳐 수정하는 작업을 진행해 왔다. 그러나 번역작업을 진행한 지 얼마 안 되어 우리는 『고산유고』의 국역본이 쉽게 나올 수 없었던 이유를 어렴풋하게 짐작할 수 있었다. 성리학은 물론, 예학, 의약, 풍수에 이르기까지 두루 섭렵했던 윤선도의 호한한 지식세계와 광박한 독서체험에 기반한 전고(典故)의 그물에 걸려 망연해지기 일쑤였던 것이다.

그러나 그 가운데에서도 우리는 윤선도의 전체적인 면모를 발견할 수 있었다. 잃어버린 자식에 대한 가슴 저리는 부정(父情), 혹한의 빙설 아래서 피어나는 풀꽃에 대한 경외감, 역사인물의 삶의 방식에 대한 준절한 평가 등을 접하면서 냉철한 이성 이면의 뜨거운 열정과 따뜻한 인간애, 그리고 섬세한 감수성의 소유자로서의 윤선도를 새롭게 만날 수 있었던 것이다. 번역하는 과정에서 우리는 또한 윤선도의 한시 작품은 개별작품마다 미적인 완성의 측면에서 무척이나 낙차가 크다는 사실을 발견하였다. 이는 그의 굴곡적인 삶의 역정과 연관이 있을 듯한데, 연구자의 차분한 분석이 뒤따라야 하리라고 본다.

약 1년여의 작업을 거쳐 우리는 한시 부문의 초역을 끝낼 수 있었다. 그리고 다시 1년 정도의 수정작업을 거치는 동안 긴 망설임 끝에 이 원고를 책으로 발간하기로 결정하였다. 적지 않은 오역이 있을 터이나 도리어 이를 바탕으로 수많은 학인들의 올바른 번역을 향한 욕망을 자극할 수 있다면 그 또한 아주 의의가 없지는 않으리라는 판단에서였다. 이 책을 통해 윤선도의 시 세계를 좀더 쉽게 접할 수 있고, 그와의 소통이 좀더 자유롭기를 바라는 것이 부끄러움의 이면에 간직한 역자들의 자그마한 소망이다. 전통적인 인문학의 입지가 갈수록 축소되어 가고,

국역본의 발간이 그다지 지혜로운 사업이 아닌 시대에 선뜻 원고를 받아주고 예쁜 책으로 만들어 준 소명출판에 진심으로 감사드린다.

2004년 8월
역자 일동

국역 고산유고

차례

형이 눈을 노래한 시에 창화함. 재차 한 편을 지었으나 흥에 미진한 바가
   있었는데, 어제 형이 화답한 바의 맑은 시를 보니 크게 화살이 수레의

끌채를 지나치고 갓을 꿰뚫는 힘이 있어 '지난 것을 알려주자 올 것을 아는' 이익이 있었다. 탄복하며 읊조림을 그만두려 했으나 그럴 수 없어 또 전의 운에 의지해 짓는다. 형은 모름지기 한번 크게 웃으시라. 다시 굳센 붓을 휘둘러 내가 말하고 싶었으나 할 수 없었던 것을 드러내어 내 그윽한 회포를 편다[和兄詠雪之作. 再賦一篇而興有所未盡矣. 昨見兄所和淸製, 偉汰輠貫笠之力, 有告往知來之益. 吝嗟詠歎, 欲罷不能, 又依故令步前韻. 兄須一噱, 復揮健筆, 發我欲言而未能者, 以暢我幽懷] 168

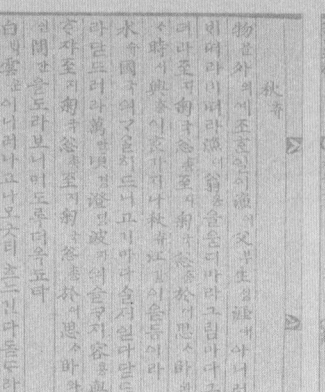
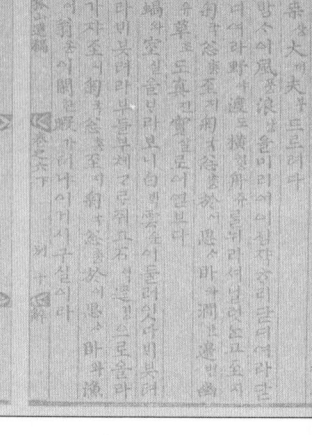

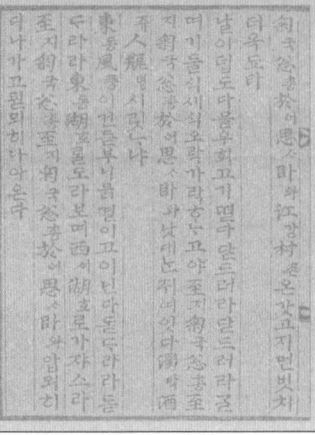

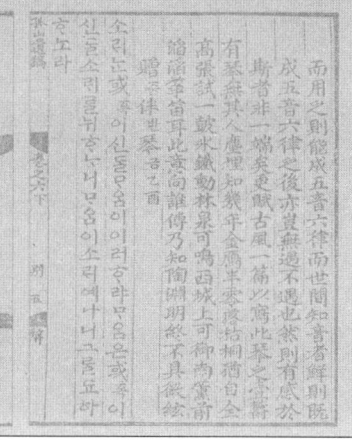

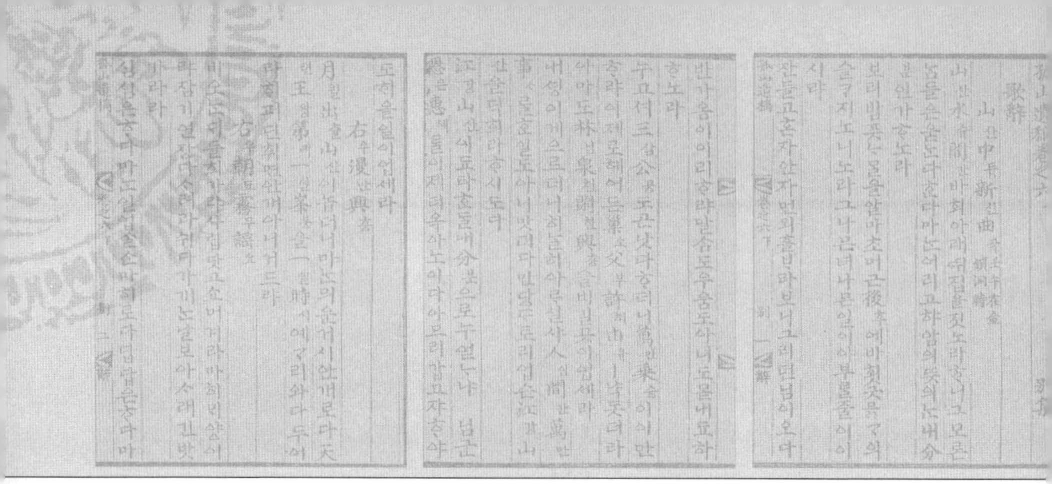

고산(孤山) 윤선도(尹善道)의 생애와 시 세계

이상원

1. 생애 – 격변기의 파란만장한 삶

　사람은 누구나 자신이 살고 있는 시대가 격변기요, 자신의 삶이 파란만장한 삶이라고 생각하는 경향이 있다. 때문에 자신이 다루는 인물에 대해서도 그렇게 말하는 데 익숙해 있다. 그러나 고산 윤선도(1587~1671)는 이런 의례적인 표현으로가 아니라 진정으로 격변기의 파란만장한 삶을 살다간 인물이다.

　고산이 살았던 16세기 말에서 17세기 후반은 대내외적으로 여러 사건이 지속된 격변기였다. 대외적으로 임진왜란(1592)과 병자호란(1636)이라는 양대 전란이 일어났고, 대내적으로 당쟁이 격화되어 동인과 서인이 분열하고 동인이 다시 남인과 북인으로 나뉘는 등 정권 다툼이 치열했던 시기였다. 이 격변의 와중에서 고산은 당시로서는 드물게 85세라는 긴 생애를 살았다. 긴 생애 동안 그는 행·불행의 양극단을 동시에 경험했다. 관찰공 유기(惟幾)의 양자로 입양되어(8세 때) 호남제일의 갑부인 해남 윤씨 가문의 종손이 된 것과 봉림·인평 두 대군의 사부에 제수되는 등 중앙정계의 요직을 두루 거친 것은 그의 행복했던 삶을 대표하는 것들이다. 반면에 생애의 절반 이상을 유배지와 은거지에서 보내며 반대파의 비방에 맞서 고군분투한 것은 그의 그늘진 삶을 단적으로 보여준다.

격변기는 다른 어떤 시기보다 선택의 문제가 특히 중요한 시기라 할 수 있다. 어떤 선택을 하느냐에 따라 비교적 순탄한 삶을 살 수도 있고, 반대로 상당히 고단한 삶을 살 수도 있는 것이다. 고산의 경우 가문의 선택이 파란만장한 삶을 예고한 것이었고 개인의 의지가 이를 현실화시켰다고 할 수 있다. 고산의 가문은 호남에서 몇 안 되는 동인 가문이다. 선조 8년(1575) 동서분당 이후 동인과 서인은 치열한 정권 다툼을 벌이게 되는데 이 와중에서 1590년에 일어난 정개청 옥사사건은 중요한 의미를 갖는다. 그 전 해에 있었던 정여립 모반사건(기축옥사)의 연장선에서 일어난 이 사건으로 호남 연고의 동인 다수가 희생되었는데, 여기에는 고산과 관련 있는 윤의중(고산의 조부)·이발(李潑, 윤의중의 외조카)·정언신(鄭彦信, 고산과 사돈인 鄭世規의 조부)이 포함되었다. 그리고 이 옥사사건 때 서인이 보여준 행동을 해석하는 시각차로 후에 동인은 남인과 북인으로 갈라지게 되는데 고산의 가문은 남인의 길을 선택하게 된다. 이후 17세기로 접어들면서 인조반정 이전에는 북인이, 인조반정 이후에는 서인이 정국을 주도한 점을 생각한다면 고산의 험난한 인생사의 상당 부분은 이때 이미 예고된 것이었다고 볼 수 있다.

예고된 삶을 피해갈 수도 있건만 고산은 피하기는커녕 오히려 정면으로 부딪치는 삶을 선택했다. 1587년 한성 동부 연화방(지금의 종로구 연지동)에서 태어난 고산은 26세 때(1612) 진사시에 합격하면서 관계에 발을 들여놓았다. 한갓 유생에 불과하던 30세 때(1616) 이이첨의 전횡을 탄핵한 「병진소」는 이후 고산의 삶을 결정지은 것이라 해도 과언이 아니다.

이 사건으로 고산은 함경도 경원으로 유배를 가게 되는데 이는 만년에 이르기까지 계속된 유배 경험의 시작이다. 또한 이 사건은 인조반정 이후 고산이 서인정권에 참여할 수 있었던 배경으로 작용한 것이면서 동시에 서인들로부터 배척당할 수밖에 없었던 원인으로 작용한 것이기도 하다. 「병진소」에서 그는 김제남 역모 사건에 대해 잠깐 언급하고 지나갔는데, 김제남 사건으로 상당한 희생을 당했던 서인들은 이를 근거로 「병진소」가 소북의 사주에 의한 것이었다고 몰아붙이게 된다. 그리하여 고산은 인조반정 이후 서인들의 견제로 겨우 금오랑(金吾郎)을 제수받게 된다. 고산으로서는 당연히 만족스럽지 못한 것이었기에 사직하고 해남으로 내려가 버렸다. 이후 의금부도사・안기찰방・사포서제조에 계속적으로 임명되었으나 나가지 않다가, 42세 때인 1628년 봄 별시 문과 초시에 장원급제하여 이조판서 장유의 천거로 대군 사부에 임명됨으로써 다시 벼슬길에 나선다. 이후 약 5년 간 공조정랑・한성부서윤・세자시강원문학 등 중앙정계의 요직을 거치면서 그의 생애에서 가장 득의한 시기를 보내게 된다. 그러나 이 시기에도 인조의 특별 대우에 서인들이 계속적으로 문제를 제기함으로써 마음은 편치 못했던 것으로 보인다. 결국 1634년 성산현감으로 좌천된 뒤 다음해 겨울 성산현감을 사임하고 해남으로 귀향하게 된다.

고산에게 있어 두 번째로 중요한 사건은 병자호란(1636)이라 할 수 있다. 당시 50세의 나이로 해남에 머무르고 있던 고산은 난의 소식을 듣자 가복(家僕)들을 이끌고 강화로 향했으나 그가 도착했을 때는 이미 도성이 함락된 뒤였다. 다시 뱃머리를 돌려 해남으로 향하던 중 치욕적인 항복조인이 있었다는 소식을 듣게 된다. 이때의 일은 두 가지 측면에서 중요하다. 하나는 이때의 일로 고산이 서인들로부터 계속적인 공격을 받게 된다는 점이다. 이때 남한산성에 있는 왕을 알현하지 않고 돌아갔다는 죄목[不奔問]으로 1638년 영덕으로 유배를 가는 등, 이후 이 일은 지속적인 시비의 대상이 되었다. 또 하나는 치욕적인 항복 소식을 듣고 세상을 등지고자 제주도로 향하던 중 보길도를 발견하고 이곳을 은거지로 삼게 된다는 점이다. 보길도의 발견은 「어부사시사」와 같은 수작이 탄생할 수 있었던 계기가 되었다는 점에서 더없이 중요하다.

인조가 승하하고 효종이 등극하자(1649) 고산에게 새로운 기회가 찾아오게 된다. 효종은 대군 시절 자신의 사부였던 고산을 대우하고자 성균관사예와 동부승지를 거듭 제수하게 된다. 조정의 상황을 고려하여 사퇴하는 소를 올리고 고산에 머무르다 왕의 특명을 어길 수 없어 예조참의에 취임하게 되는데, 이때 그는 「시무팔조(時務八條)」를 올려 인재를 고루 등용하고 붕당을 혁파할 것을 주장하였다. 또한 이에 그치지 않고 당시의 실력자였던 원두표를 탄핵하는 「논원두표소(論元斗杓疏)」를 올리는데, 이 일로 관직을 삭탈당하고 다시 해남으로 돌아가게 된다. 이를 통해 보건대 30세 때 올린 「병진소」가 한때의 혈기만으로 이루어진 것이 아님을 알 수 있다. 그는 불의 앞에 직언을 서슴지 않는 원칙주의자였던 것이다.

1659년 효종이 승하하자 고산은 첨지중추부사에 제수되어 효종의 산릉 간심(看審)에 참여하게 되는데, 이때 그가 추천한 수원이 채택되었다가 취소되고 건원릉(健元陵) 안 건좌(乾坐) 언덕이 채택되면서 파직당한 것은 다음해에 있을 본격적인 예송 논쟁을 예고하는 것이었다. 1660년 인조계비인 조대비(趙大妃)의 복제문제로 남인의 삼년설과 서인의 기년설(朞年說)이 치열하게 대립하였다. 이때 윤선도는 남인으로서 삼년설을 주장하는 장문의 소를 올려 기년설을 주장한 송시열을 배척한바, 논쟁에서 패한 그는 함경도 삼수에 위리안치되었다가 이후 광양으로 이배되는(1665) 등 약 8년간의 유배 생활을 겪게 된다. 삼수 유배지에 도착한 그는 「예설」 두 편을 지어 복제문제를 소상히 밝히고 있는데, 이를 통해 끝내 타협하지 않는 그의 성격을 다시금 엿볼 수 있다. 1667년 해남으로 돌아온 그는 1671년 부용동 낙서재에서 숨을 거둠으로써 85세를 일기로 생을 마감하게 된다.

생애 내내 서인들의 비방에 시달렸고 세 차례에 걸쳐 유배를 경험하는 등 고산이 정치적 시련 속에 살았음은 앞서 살펴본 바와 같다. 여기에 더하여 고산은 8세에 유기의 양자로 들어가 두 부모를 섬기며 살아야 했으며, 중년과 노년에는 자식들의 죽음을 맞는 등 인간적 아픔을 겪기까지 하였다. 이를 통해 볼 때 고산은 정치적으로는 물론이요 인간적으로도 파란만장한 삶을 살았다고 할 수 있다.

2. 시 세계―한시와 국문시가의 통합적 고찰

고산이 파란만장한 생애를 보냈다는 것은 그의 문학이 결코 간단치 않을 것임을 예고하는 것이다. 실제로 고산의 시 세계는 다채로운 국면을 연출하고 있어 그 전모를 해설하기란 쉽지 않은 일이다. 따라서 여기서는 특징적인 국면을 중심으로 간략히 살펴보기로 한다.

1) 원칙주의자의 대결의식, 그리고 비극성

슬프나 즐거오나 올타 ᄒᆞ나 외다 ᄒᆞ나
내 몸의 히올 일만 닫고 닫글 ᄲᅮᆫ이언뎡
그 밧긔 녀나믄 일이야 분별ᄒᆞᆯ 줄 이시랴

—「遣懷謠」 1

吾事固非時　나의 일 진실로 시절에 어긋나건만
汝知吾不知　너는 알아도 나는 알지 못하는구나.
讀書不及汝　글을 읽었어도 너에게 미치지 못하니

可謂天生癡   천치(天癡)라 이를 만하리.

—「戲贈路傍人」

「병진소」로 경원에 유배된 뒤 지은 위의 작품들은 이후 고산의 삶과
문학 세계가 어떻게 전개될 것인지를 잘 보여주고 있다. "슬프나 즐거
오냐"라는 것은 나의 상황을 말함이요, "올타 ㅎ나 외다 ㅎ나"라는 것은
세상의 평가를 말함이다. 내가 어떤 상황에 처해 있든, 세상에서 누가
뭐라고 하든 오로지 내 할 일만 닦을 뿐이라는 언급에서 그의 원칙적이
고 비타협적인 자세를 읽을 수 있다. 「희증로방인(戲贈路傍人)」의 경우
겉으로는 자신의 일이 때에 어긋난 것인 줄 모른다고 했지만 내면의 목
소리는 그 반대라 할 수 있다. 때에 어긋난 줄 몰랐으니 천치라 이를 만
하다는 말속에는, 천치가 되어도 좋으니 때를 고려치 않고 자신의 원칙
을 지키며 살겠다는 의미가 내포되어 있다.

그러면 고산이 말한 바 '내 할 일'이란 무엇인가? 이와 관련하여 다음
의 발언이 주목된다.

저의 시에서 "우리는 경국제민에 뜻 없는 것 아니니 / 군자가 나아가고 물러남
에 어찌 때 있으리오?" 운운한 것은 주자가 "경국제민은 일찍부터 숭상하던 바
요 / 세상을 피하여 숨음은 평소의 기약 아니라네"라는 뜻입니다. 그런데도 혹자
는 자천(自薦)과 관련된다 의심하니 매우 가소롭습니다. 진실로 나아가 취할 뜻
이 있었다면 평생토록 어찌 스스로 칠전팔도(七顚八倒)에 이르렀겠습니까? 저는
선비의 처세는 진실로 구차하게 나아가서도 아니 되고 구차하게 물러나서도 아
니 된다고 생각합니다. 나아간즉 마땅히 탐리(貪利)를 경계해야 하고 물러난즉
마땅히 망세(忘世)를 경계해야 합니다.[1]

---

1) "鄙詩, 吾人經濟非無志, 君子行藏奈有時, 云者, 朱夫子, 經濟夙所尙, 隱淪非素期
之意也. 而或疑涉於自薦, 殊爲可笑. 苟有進取之志, 則平生豈自臻於七顚八倒也. 竊
以爲, 士之處世, 固不可苟進, 固不可苟退, 進則當戒貪利, 退則當戒忘世."『孤山遺
稿』卷之四「上白軒相公書」(『韓國文集叢刊』91, 民族文化推進會, 1992).

저의 시라는 것은 「병환고산강상감흥(病還孤山舡上感興)」을 말한다. 고산은 이 시와 관련된 세간의 논란을 정리하면서 선비의 처세에 대한 일반론을 펴고 있다. 구차하게 나아가서도, 물러나서도 아니 되며, 탐리와 망세를 경계해야 한다는 것은 그야말로 일반론에 속한다. 그럼에도 불구하고 이 발언에 주목하는 이유는 이 처세론이 고산의 실체적 삶과 긴밀히 연관되어 있다고 보기 때문이다. 고산은 스스로의 삶을 칠전팔도 (七顚八倒)로 요약하고 있는데 여기서 "진실로 나아가 취할 뜻이 있었다면 평생토록 어찌 스스로 칠전팔도(七顚八倒)에 이르렀겠습니까?"라는 말을 어떻게 이해해야 할까? 형식 논리로 보자면 '나아가 벼슬을 취할 뜻이 있었다면 칠전팔도에 이르지 않았을 터인데 벼슬을 취할 뜻이 없었기에 칠전팔도에 이르렀다'는 것으로 이해될 수 있을 것이다. 그러나 이 말을 이렇게 이해해서는 곤란할 듯하다. 위 글의 주지는 경국제민이다. 구차하게 나아가고 구차하게 물러나는 것, 그리고 탐리와 망세를 경계해야 한다는 것은 이것들이 모두 경국제민에 어긋나기 때문이다. 따라서 고산은 자신이 칠전팔도에 이른 것도 벼슬을 취할 뜻이 있고 없음에 상관없이 경국제민을 추구한 때문임을 밝힌 것으로 이해할 수 있다. 나아가 이 말은 칠전팔도에 이르더라도 경국제민에 전념해야 한다는 원칙론을 피력한 것으로 이해될 수도 있을 것이다.

그렇다면 고산이 이런 원칙론적 자세를 견지했던 배경은 무엇인가? 그 배경으로 우리는 소수파의 불가피한 선택이었다는 점에 주목하는 것이 일반적이다. 주지하다시피 고산은 호남 출신의 남인이었는데, 당시 남인들은 광해군대의 북인 정권은 물론 인조대의 서인 정권 하에서도 정치적으로 소외되어 있었다. 이렇듯 정치적 소수자였던 남인들이 권력에 대항할 수 있는 수단으로 내세웠던 것이 '왕권 강화'와 '경국제민'이라는 원칙론이었다고 할 수 있다.[2] 그러나 이러한 배경이 고산의 삶을

---

2) 다음 시구는 고산의 이런 입장을 단적으로 보여주고 있다. "오직 세상에 임금의 덕화가 회복되길 바랄 뿐이요 / 매양 천하의 온 백성이 지친 것을 근심하네[每愁天下萬生

전부 설명해 줄 수는 없다. 왜냐하면 고산은 당시 남인들 중에서도 특별한 위치를 차지하고 있기 때문이다. 고산이 걸어간 칠전팔도의 인생을 당대 남인들의 보편적 행로라고 보기에는 분명 어려운 측면이 존재한다. 여기에는 고산의 선택과 의지가 크게 작용하고 있는 것처럼 보인다. 만년에 지은 다음의 시는 그의 강인한 의지를 잘 보여주고 있다.

滄浪便作靑溟闊   푸른 물결 문득 일어 푸른 바다인 양 드넓으니
莫辨長郊與大江   긴 들과 큰 강을 분별할 수 없구나!
底事玆山不埋沒   어찌하여 이 산은 매몰되지 않았는가?
千岡萬阜忽騈降   일천 구릉 일만 언덕이 순식간에 줄지어 항복했거늘.
　　　　　　　　　　　　　　　　　　　　　　　　　—「孤山獨不降」

　온 세상을 집어삼키는 자연의 횡포 앞에서 줄줄이 굴복했건만 홀로 항복하지 않은 고산(孤山)의 기상, 이는 바로 자신의 불굴의 의지를 나타낸 것임에 틀림없다. 굳건한 위용을 자랑하는 고산(孤山)을 앞에 두고 거기서 자신의 모습을 발견하고 있으며 여생동안 지금의 모습을 잃지 않을 것을 다짐하고 있다 하겠다. 이 시를 통해 현실과 타협하지 않고 오히려 적극적으로 맞서고자 했던 고산의 강력한 대결 의지를 엿볼 수 있다. 고산의 실제 삶은 이 시에 그려진 형상과 조금도 어긋나지 않는다. 광해군 때 이이첨의 횡포에 맞서 「병진소」를 지은 것이나 효종 초 원평부원군 원두표를 탄핵하는 「논원두표소」를 올린 것, 만년에 조대비의 복제 문제로 서인들과 의견 충돌이 있을 때 송시열과 맞선 사실 등은 당대 권력에 대항하는 그의 강인한 의지를 뚜렷이 보여주고 있다. 현실 비판적 목소리를 담고 있는 다음의 시들은 이런 대결 의식이 낳은 산물들이라 할 수 있다.

疲 / 惟願實區王化復].”「李季夏次贈沈希聖韻以寄, 復用其韻賦三首以謝」 둘째 수 경련.

昔稱凶疏今邪說	전에는 흉소(凶疏)라 하고 지금은 사설(邪說)이라 하며
輿論堂堂殷海東	여론이 크게 일어 온 나라에 가득하네.
雖吾尚有如前妄	비록 내게 아직도 전과 같은 망령됨 있더라도
願國終無與亂同	바라건대 나라는 끝내 어지럽혀짐 없기를.

—「題國是疏後」

몰래 우희 그믈 널고 둠 미틔 누어 쉬쟈
비 미여라 비 미어라
모괴롤 뮙다 ᄒ랴 창승(蒼蠅)과 엇더ᄒ니
지국총(至匊悤) 지국총(至匊悤) 어ᄉ와(於思臥)
다만 ᄒᆞᆫ 근심은 상대부(桑大夫) 드르려

—「漁父四時詞」「夏」8

앞서 살펴본 바 있듯이 고산의 이상은 경국제민에 있었다. 그가 72세
때 「국시소(國是疏)」를 올린 것도 승정원(承政院)의 옹폐(壅蔽)를 바로잡기
위함이었다. 그러나 당시의 집권세력이었던 서인들은 정개청의 서원을
철폐하려는 데 대하여 부당함을 논한 구절을 문제삼아 그를 탄핵하였
다. 이에 고산은 「제국시소후(題國是疏後)」를 지어 거듭 자신이 소망하는
바를 드러내고자 했다. 이 시에서 그는, 상소를 올릴 때마다 흉소(凶疏)
니 사설(邪說)이니 하며 조정의 여론을 조장하는 무리를 겨냥하고 있다.
마지막 두 구에서는 자신의 행위로 나라가 시끄러워지는 것을 원치 않
는다는 소망을 표출하면서도 자기 행위의 정당성을 은근히 나타냈다.
'비록 내게 망령됨이 있다 하더라도'라는 말속에는 본인은 망령되다고
생각하지 않는다는 의미가 내포되어 있다. 「제국시소후(題國是疏後)」를
통해 우리는 고산이 숱한 시비와 비방에 시달려 왔음을 짐작할 수 있는
데, 「어부사시사(漁父四時詞)」「하(夏)」 8은 이런 시비와 비방이 그에게 미
친 영향과 결과를 단적으로 보여준다. 하루의 조업을 마치고 뜸 아래서
휴식을 취하던 화자는 모기떼의 극성에 시달린다. 여기서 곧바로 창승
을 떠올리는데, 이 창승은 시조 「추야조」[3]와 한시 「차운수이계하(次韻酬

李季夏」,[4])에서도 나타나는 것으로 쉴새없이 비방을 일삼는 조정의 참소
배를 가리킨다. 강호에 은거하고 있으면서도 기회만 있으면 정치현실을
떠올리는 고산의 삶을 잘 드러내주는 부분이다. 앞서 살펴본 「상백헌상
공서(上白軒相公書)」에서 말한 바 "退則當戒忘世"가 단지 수기(修己)의 실
천에 국한되지 않음을 여기서 확인할 수 있다. 그는 「오우가(五友歌)」를
통해 수기(修己)의 실천을 보여주고 있으며, 「어부사시사(漁父四時詞)」를
통해 적극적인 현실 개입 의지를 표출하고 있다. 이런 점에서 그에게
있어 수기(修己)와 치인(治人)은 시·공간을 초월하여 함께 존재하는 것이
었음을 알 수 있다. 마지막 구절에서는 상홍양(桑弘羊)의 고사를 끌어들
여 소인배인 당시 실력자가 들을 것을 염려하고 있는데, 이는 사소한
행위까지 문제삼아 비방을 일삼을 정도로 고산과 남인들에 대한 집권
서인들의 견제가 심했음을 보여주는 것이다.[5])

　이상에서 알 수 있듯이 고산의 원칙주의적 면모와 당대의 정치현실
이 빚어낸 대결 구도는 그의 생애 내내 지속된 것이었다. 그런데 문제
는 당시의 정치현실이 고산의 대결 의지와는 상관없이 존재하고 있었다
는 데 있다. 그런 의미에서 현실을 향한 그의 대결 의지는 비극으로 귀
착될 수밖에 없는 운명을 띤 것이었다. 그 스스로 표현한 바 칠전팔도
의 인생이 이를 잘 보여주는 것이다. 다음의 시들은 고산의 대결 의식
이 낳은 비극성을 잘 나타내 주고 있다.

　　　流火初三日　　칠월 초사흗날에
　　　聞蟬第一聲　　매미 소리를 처음 들었네.
　　　覊人偏感物　　유배온 몸이라 유난히도 느껴운데

---

3) "창승(蒼蠅)이 쓿더시니 프리채는 노히시되 / 락엽(落葉)이 늣거오니 미인(美人)이 늘
　글게고 / 댄숩픠 둘빗치 묽으니 그룰 보고 노노라."
4) "憑君莫嫌落帽風 / 喜無蠅營與蚊嘬."
5) 「李甥偶得油紙弓岱貯冠」이라는 시에서 "병기를 많이 감추었다 사람들 바야흐로 말
　하리니 / 명류(名流)가 노려봄을 입을까 염려스럽네[多藏軍器人方說 / 恐被名流振眼
　看]"라 하여 李甥이 당할지도 모를 피해를 걱정해주고 있는 데서도 이를 확인할 수 있다.

塞俗不知名　변방 사람들은 이름도 모른다네.
飮露應無欲　이슬을 마셔 응당 욕심이 없겠으나
號秋若有情　가을에 우는 소리 마치 심정이 담긴 듯.
還愁草木落　초목에 낙엽이 져 도리어 근심스러운데
未喜夕風淸　저녁 바람 맑아도 기쁘지 않다네.

―「聞蟬」

뫼흔 길고길고 믈은 멀고멀고
어버이 그린 뜯은 만코만코 하고하고
어듸셔 외기러기는 울고울고 가ᄂᆞ니

―「遣懷謠」4

위의 시들은 젊은 시절 유배지 경원에서 지은 것들이다. 「문선(聞蟬)」에서 젊은 유배객은 변방 사람들이 알지도 못하는 매미 소리를 듣고 유별난 감정에 사로잡힌다. 자연물은 무슨 욕심이 있어 우는 것이 아니지만 화자는 여기서 자신의 쓸쓸한 내면의 소리를 듣고 있다. 아래의 시조는 어버이를 그리워하며 지은 것인데, 종장의 '외기러기'는 현재 자신의 처지를 대변하는 것이면서 앞으로 펼쳐질 자신의 삶을 미리 알려주는 듯해서 묘한 여운을 자아낸다.

　유배객의 쓸쓸함과 그리움을 담고 있는 위의 시들만으로 고산 문학의 비극성을 논할 수는 없을 것이다. 이 정도는 유배객에게서 흔히 찾아볼 수 있는 정서라 할 수 있다. 여기서 고산 문학의 비극성에 주목하고자 하는 것은 이에 그치지 않고 고산 문학 전반을 지배하고 있다고 보기 때문이다.

人實知己少　인간 세상엔 날 알아주는 이 적은데
象外友于多　세상 밖에는 형제의 우애가 많구나.
友于亦何物　우애 있는 형제는 또한 무엇이런가?
山鳥與山花　산에 사는 새들과 산에 피는 꽃들이라네.

―「病還孤山舡上感興」3

我豈能違世　내 어찌 세상을 어길 수 있으랴만
世方與我違　세상이 바야흐로 나와 어그러졌네.
號非中書位　이름이야 중서(中書)의 지위가 아니지만
居似綠野規　거처는 녹야(綠野)의 규범과 같다오

—「仝何閣」

歡喜院中歡喜無　환희원(歡喜院) 안에도 환희는 없고
江南歸客興長吁　강남 가는 나그네는 길게 탄식만 일어나네.
經綸未展病於此　경륜을 펴지 못한 채 여기서 병 얻으니
萬億蒼生何日穌　억만 창생은 어느 날에나 소생시키리?

—「次歡喜院壁上韻」

강산(江山)이 됴타흔돌 내 분(分)으로 누얻느냐
님군 은혜(恩惠)룰 이제 더옥 아노이다
아므리 갑고쟈 흐야도 히올 일이 업세라

—「漫興」6

　　고산만큼 파란만장한 생애를 보낸 사람도 드물지만, 또한 그만큼 혼자였던 사람도 찾기 어려울 것이다. 고산은 호남 출신으로 남인의 길을 걸은 탓에 평생을 정치적으로 소외된 채 살아야만 했다. 그는 탁월한 재능과 엄청난 경제력의 소유자였지만 이런 것들은 그가 꿈을 펼치는 데 별로 도움을 주지 못했다. 오히려 그의 다양한 재능과 부유한 경제력은 타인의 시기와 비방을 불러올 뿐이었다. 고산의 이런 삶은 외로움의 정서가 그의 문학의 주된 정조로 자리잡게 한 계기가 되었다. 「병환고산강상감흥(病還孤山舡上感興)」3에서 그는 자연물과의 대비를 통해 세상에 知己가 없음을 부각하고 있다. 그렇다면 이 '지기(知己) 없음'과 관련된 고산의 인식은 어떠했던가? 「동하각(仝何閣)」에서 그는 '자신이 세상을 어긴 것이 아니라 세상이 나와 어긋났기' 때문이라고 말한다. '지기(知己) 없음'의 원인을 잘못된 세상에서 찾고 있는 것이다. 「차운기한화

숙(次韻寄韓和叔)」에서 "사람이 못나 절로 지금 세상의 길과 어긋나니[用拙
自違今世路]"라 하여 세상과 어긋난 것이 자신의 못남 때문인 것처럼 말
하기도 했으나, 이때 그가 말하는 '자신의 못남'이란 '아첨을 모르는 것'
을 가리킬 뿐이다. 「차운수이계하(次韻酬李季夏)」에서 "기름처럼 미끄럽
고 가죽처럼 무른 일은 잘하지 못하네[不能脂滑而韋脆]"라 표현한 것이
이를 뒷받침하고 있다. 그는 아첨을 모른 채 오로지 경국제민에 온힘을
쏟았다. 그러나 그 결과는 세상과의 어긋남을 철저히 확인시켜 줄뿐이
었다. 「차환희원벽상운(次歡喜院壁上韻)」과 「만흥(漫興)」6에서 이런 사정
을 읽을 수 있다. 「차환희원벽상운」은 47세 때 당시 재상 강석기의 모
함을 받아 해남으로 내려가며 지은 것인데, 경국제민의 이상을 실현하
지 못한 채 먼길을 떠나야 하는 나그네의 무거운 몸과 긴 탄식을 엿볼
수 있다. 「만흥」6 또한 화자의 깊은 탄식이 중심을 이루고 있다. 임금
곁에 있을 때보다 임금과 떨어져 강산에 은거하고 있는 지금 군은의 깊
이를 더욱 절감하게 되지만 상대적으로 군은에 보답할 길은 그만큼 멀
어져 있음을 깨닫고 화자는 탄식한다. 부모를 잃은 뒤 그제야 이 모든
것이 부모의 은혜임을 깨닫고 탄식하는 자식 이상으로 내면의 슬픔을
절절히 토로하고 있다 하겠다.

한편 고산의 삶과 문학에서 중심을 차지하는 어긋남은 앞서 살펴본 세
상과의 어긋남에 그치지 않고 개인사로까지 이어져 있다. 그는 대사회적
관계에서 비극적 삶을 경험했을 뿐만 아니라, 정치적 시련의 와중에 자
식의 죽음을 맞는 등 가족사 내부에서도 인간적 아픔을 겪어야 했다. 50세
(1636)에 둘째 아들 의미(義美)를 잃었으며, 3년 뒤에는 유배지에서 풀려나
돌아가는 도중에 막둥이가 죽었다는 소식을 듣게 된다. 이런 가족 내부의
비극적 사건은 고산 문학의 비극성을 심화하는 계기로 작용했을 것이다.

途中逢一犬　길가다 한 마리 개를 만나니
尾長而色白　긴 꼬리에 하얀 색이었다오

兩日隨我馬	이틀을 내가 탄 말을 뒤따르길래
下馬繞我舃	말에서 내려보니 내 신을 감싸도네.
麾之終不懋	지시해도 끝내 힘쓰지 않고
掉尾如有索	꼬리만 흔들며 뭔가 찾는 듯하였네.
奴婢欣投飯	종들이 흔쾌히 밥을 던져 주니
爭思逐兎策	어찌 토끼 잡을 꾀 생각하리오?
今朝忽不見	오늘 아침 홀연 보이지 않으니
一行深歎惜	일행은 깊이 탄식하고 아쉬워하였네.
來何不待招	부르지 않았는데 어찌 왔으며
去何不待斥	쫓지 않았는데 어찌 가버렸는가?
造物於人世	인간 세상의 조화란
百事渾戲劇	모든 일이 다 희극이로다.
得之不足喜	얻어도 기쁠 것 없고
失之不足噴	잃어도 탄식할 것 없다네.
人之生與死	사람이 살고 죽는 것
與此何殊跡	이와 어찌 다른 자취일까.
乃知化去兒	이에 알겠노라! 죽은 아이는
是我八年客	나의 팔 년 손님이었음을.
因此頓有悟	이로 인해 갑자기 깨달음 생겼으니
塡胸氣始釋	가슴에 응어리진 기운 비로소 풀렸다네.
無乃舊仙侶	혹 아니런가? 옛 선계의 짝이
哀我悲懷迫	내가 너무 슬퍼함 불쌍히 여겨,
爲之遣此物	그 때문에 이 동물을 보내어
以開迷惑膈	미혹된 가슴을 열어 주려함은.
路傍沙水明	길 곁의 모래 쌓인 강물 맑기도 한데
我意還有適	나의 뜻과 도리어 맞는 바 있구나.

— 「遣懷」

위의 시는 막둥이의 죽음을 접한 뒤 그 슬픔에서 벗어나고자 하는 고산의 심사를 읊은 것이다. 유배지 영덕에서 풀려나 고향으로 돌아가던 도중에 막둥이의 죽음을 접한 고산은 말 위에서 「도미아(悼尾兒)」라는 시를 지었다. 이 시에서 그는 어린 자식을 잃은 부모의 아픔을 절절히 토로하고 있다. 천첩 소생의 늦둥이로, 태어나면서부터 영특했으며 유난히 자신을 잘 따랐던 막둥이, 이 어린 자식의 죽음을 접하고 고산은 운명의 장난을 탓하며 주체할 수 없는 슬픔을 쏟아놓는다. 천연두를 앓고 있다는 소식을 들었으나 약을 쓰지 못했고, 죽음을 풍문으로 들을 뿐 가까이에서 어루만져 주지도 못하는 자신을 자책하며, 애통하고 슬픈 마음을 직설적으로 토로한다. 또한 "전에 귀양가선 좋아하던 이를 잃더니 / 이번 귀양에선 다시 이런 일을 당하였네"라 하여 유배지에서의 거듭되는 불운을 한탄하면서 "비록 나의 악업 때문일지라도 / 가혹한 벌을 하늘은 어찌 일삼고 있는가!"라 하여 하늘을 원망하기도 한다. 「도미아」가 자식을 잃은 슬픔을 직설적으로 토로한 시라면, 약간의 시간이 흐른 뒤 지은 「견회」는 개인적 아픔을 보편적 깨달음으로 승화시키는 수법이 돋보이는 시다. 길을 가다 우연히 만난 개는, 부르지 않았건만 찾아와서 주위를 맴돌다 쫓지 않았는데도 홀연히 어디론가 사라져 버렸다. 고산은 이 우연한 만남과 이별을 통해 생사의 문제가 이와 다르지 않음을 깨닫게 된다. 그리하여 그는 죽은 자식을 팔 년 손님으로 받아들임으로써 가슴에 응어리진 기운이 풀렸다고 말한다. 자신의 주위를 맴도는 개를 통해 죽은 자식을 떠올리고 그리워할 법도 한데 그는 이런 감상에 젖지 않는다. 그는 오히려 선계에서 자신의 미혹된 가슴을 열어 주기 위해 이 동물을 보낸 것으로 생각하고, 이 우연한 사건을 자신의 미혹됨이 어떤 것인지 성찰하는 계기로 삼고 있다. 이렇듯 「도미아」에서 노래한 방식과 「견회」에서 노래한 방식 사이에는 많은 차이가 존재하고 있다. 그럼에도 불구하고 비극성의 측면에서 보자면 두 작품은 동질적이라 할 수 있다. 「견회」에서 노래한 깨달음의 이면에는 슬픔의 그림자가 짙게 드리워져 있음을 부인할 수 없기 때문이다.[6]

---

6) 고산문학의 비극성과 관련하여 여기서 논한 「도미아」 외에 일반 輓詩에 대해서도 주목할 필요가 있을 듯하다. 그의 한시에는 만시가 상당한 비중을 차지하고 있다. 만

2) 자연미에 대한 새로운 해석과 흥의 미학

지금까지 고산 시 세계의 특징을 '원칙주의자의 대결의식과 비극성'
에 초점을 맞추어 살펴보았다. 주의할 것은 고산 문학의 비극성이 패배
주의를 의미하지는 않는다는 점이다. 「사심희성욕화(謝沈希聖辱和)」에서
"일곱 번 넘어지고 여덟 번 거꾸러져도 지치지 않네[七顚八倒不爲疲]"라
한 데서 볼 수 있듯이 그는 결코 좌절하지 않는다. 앞의 「견회」에서 확
인한 바 있듯이 그는 자신의 불행을 깨달음의 경지로 승화시킬 줄 아는
지혜의 소유자였다. 그가 새로운 관점에서 자연을 발견하고 흥의 미학
을 연출할 수 있었던 것은 이런 사정과 결코 무관하지 않다. 그는 세상
과의 어긋남을 깨닫고 불가피하게 은거의 길을 택하게 되는데, 거기서
그는 때로 자신과 어긋난 세상을 혐오하고 불만을 토로하기도 하지만,
한편으로는 자연에 최대한 근접하여 새로운 가치를 발견하고 흥취에 젖
기도 한다.

入戶靑山不待邀　　문에 드는 청산은 맞이함 기다리지 않고,
滿山花卉整容朝　　산 가득한 화초는 용모 단정히 조회하네.
休嫌前瀨長喧耳　　앞 여울 오래 귀에 시끄러워도 꺼리지 말라.
使我無時聽世囂　　세상 떠드는 소리 들릴 때 없게 해주네.
　　　　　　　　　　　　　　　　　　　　　　　—「堂成後漫興」

　　　　　　　　　　　　　　　　　　　

묽긋의 외로온 솔 혼자 어이 싁싁훈고
빈 미여라 빈 미여라
머흔 구룸 흔(恨)티 마라 셰샹(世上)을 ᄀ리온다
지국ᄎ(至匊恩) 지국ᄎ(至匊恩) 어ᄉ와(於思臥)
파랑셩(波浪聲)을 염(厭)티 마라 딘훤(塵喧)을 막는또다
　　　　　　　　　　　　　　　　　　　—「漁父四時詞」「冬」8

시가 흔히 그렇듯이 대체로 의례적인 찬사가 중심을 이루고 있기는 하지만, 그 가운데
일부는 고산의 비극적 삶과 포개지는 것으로 해석될 여지도 충분히 있어 보인다.

위의 두 작품에 등장하는 '앞 여울, 머흔 구룸, 파랑성(波浪聲)' 등은 강호를 세속과 차단시켜 주는 매개물들이다. 이는 이 시대 문학에서 흔히 나타나는 것이지만 이들 사물을 바라보는 화자의 시선은 좀 특별한 데가 있다. 일반적으로 이들 차단물은 부정적 인식의 대상이다. 즉 임금의 총명을 가리는 부정적 인물의 상징으로 화자의 연군 의식을 환기시키는 존재로 그려지는 것이 보통이다. 이에 비해 위의 작품들에 등장하는 차단물들은 오히려 긍정적 인식의 대상이다. 임금의 총명을 가리는 존재로 이해하는 것이 아니라 부정한 현실을 막아주는 존재로 이해함으로써 차단물들을 굳이 꺼릴 필요가 없다고 화자는 말한다. 사소한 것 같지만 이런 인식의 차이를 이해하는 것은 중요하다.

이른바 '자연미의 발견'이란 강호처사가 자신의 이상적 삶을 자연물에서 찾고 있음을 말하는 것이다. 이 경우 강호처사는 자연을 철저한 이분법으로 나누어 이해하게 된다. 그들은 강호와 세속을 이분법적으로 나누어 이해할 뿐만 아니라 자신이 속한 공간의 자연 또한 이분법적으로 나누어 이해하고 있음을 볼 수 있다. 그들에게 있어 밝은 달, 맑은 물, 흰 구름 등 청정한 자연물은 긍정되지만 머흔 구름, 파랑성 등 혼탁한 자연물은 부정된다. 고산 또한 근본적으로 이와 다르지 않다. 「오우가」에서 알 수 있듯이 그가 벗삼고자 하는 '수(水)·석(石)·송(松)·죽(竹)·월(月)'은 항상성과 불변성을 가진 것들이며, 그렇지 못한 구름이나 바람은 부정적으로 그려진다. 한시 「묵매(墨梅)」에서 매화는 긍정적으로, 도리(桃李)는 부정적으로 묘사되는 것도 마찬가지라 할 수 있다. 이렇듯 고산의 자연 이해 방식은 기본적으로 당대의 관습에서 벗어나지 않는다. 그러나 고산의 자연 이해 방식은 여기에 머물지 않았다. 「오우가」 2에서 부정적으로 그린 구름을 「어부사시사(漁父四時詞)」 「동(冬)」 8에서는 호의적으로 전환한 데서 알 수 있듯이 동일한 자연물이라 하더라도 관습적 이미지 하나에 얽매이지 않고 새로운 이미지를 부여하고자 했다. 더 나아가 그는 주목받지 못했던 자연물을 새롭게 발견하고 있기도 하다.

消氷花在鴨江潯　　소빙화(消氷花)는 압록강(鴨綠江) 물가에 있는데
短短單莖細似針　　짧디짧은 줄기 하나 바늘같이 가늘어라!
千尺雪中排殺氣　　천 길 눈 속에서도 살기(殺氣)를 밀쳐내고
一錢葩裡保天心　　한 떨기 꽃잎에 천심(天心)을 담아냈네.
端宜玉帝庭前植　　옥황(玉皇)의 뜨락 앞에 심어 정히 마땅한데
底伴騷人澤畔唫　　어찌 소인(騷人)이 못가에서 읊조리는데 짝하였나!
春信寄傳關塞外　　봄소식이 북관(北關) 밖에도 부쳐 전하니
東君用意始知深　　동군(東君)의 마음씀이 깊다는 것을 비로소 알겠네.

—「消氷花」 2

밤 스이 풍낭(風浪)을 미리 어이 짐쟉ᄒ리
달 디여라 달 디여라
야도횡쥬(野渡橫舟)롤 뉘라서 닐럿는고
지국총(至匆悤) 지국총(至匆悤) 어ᄉ와(於思臥)
간변유초(澗邊幽草)도 진실(眞實)로 어엳브다

—「漁父四時詞」,「夏」 9

　첫 번째 시는 「소빙화(消氷花)」 연작 중 두 번째 작품이다. 이 시의 서
문에 따르면 '소빙화'는 나그네가 약초를 캐다가 발견하여 캐어 온 평
범한 풀꽃이다. 비록 하찮은 풀꽃에 지나지 않음에도 고산은 여기서 깊
은 성찰을 통해 엄청난 의미를 부여하고 있다. "천 길 눈 속에서도 살기
(殺氣)를 밀쳐내고 / 한 떨기 꽃잎에 천심(天心)을 담아냈네"라 하여 그것
의 내면에 숨겨진 끈질긴 생명력과 도의 체현을 읽고 있는 것이다. 이
렇듯 고산이 하찮은 풀꽃에서 가을 국화와 섣달 매화의 강인함을 발견
하고 있음은 자연에 대한 세심한 성찰을 전제하는 것이다. 이는 바로
그가 「격물물격설(格物物格說)」에서 말한바, "배우는 자는 마땅히 천하의
모든 사물에 나아가 미루어 궁구하고 체득하여서 그 정미한 심층까지
살펴야 한다"7)는 것의 실천이라 할 수 있다. 그는 기존의 관습을 답습

---

7) "學者當卽凡天下之物, 推究體認. 審其精微之蘊." 『孤山遺稿』 卷之四 「格物物格

하지 않고 자연에 대한 깊은 성찰을 토대로 자기만의 독창적인 자연을 새롭게 발견하고 있는 셈이다. 고산에게 이것이 가능했던 것은 그의 인생 역정과 무관하지 않다. 고산이 새롭게 발견한 자연은 사실 자신의 표상이다. 그는 숱한 역경과 시련 속에서도 결코 굴하지 않는 의지력의 소유자였는데, 그가 발견한 자연의 모습 또한 이와 일치하고 있다. 내면에 강인함을 간직한 '소빙화'는 물론이고 「어부사시사(漁父四時詞)」「하(夏)」 9에 나타난 '간변유초(澗邊幽草)' 역시 자신의 모습을 형상화한 것이다. '간변유초'가 진실로 아름다운 것은 풍랑을 아랑곳하지 않고 물가에 있기 때문인데, 이는 반대파의 무수한 비방에도 불구하고 의연히 자신의 삶에 충실하고자 했던 고산을 연상시키기에 충분하다. 결국 고산은 자신의 현재적 삶과 자신이 추구하고자 하는 삶을 자연에 투사함으로써 자연을 새롭게 해석할 수 있었다 하겠는데, 이는 칠전팔도의 상황에서도 스스로를 지켜낼 수 있었던 힘으로 작용했을 것으로 생각된다.

한편 자연에 대한 새로운 해석과 더불어 또 하나 주목되는 것이 흥의 미학이라 할 수 있다. 자연에 대한 새로운 발견이 완전히 새로운 것이라기보다는 당대의 관습을 바탕으로 개성적 면모를 창출한 것과 마찬가지로 흥의 문제 또한 느닷없이 돌출한 것이 아니다. 흥은 동아시아 문학의 전통에서 유래가 깊은 것이며 16~17세기의 자연시에서도 흔히 나타나는 것이다. 이때의 흥은 사시가흥(四時佳興)이 중심을 이루고 있다.[8] 다음에 인용하는 고산의 작품은 이런 당대의 관습을 충실히 따른 것이라 할 수 있다.

花落林初茂　꽃 지자 숲은 무성해지고
春歸日更遲　봄 지나자 날은 더욱 더디 가네.

說」(『韓國文集叢刊』 91, 民族文化推進會, 1992).
8) 퇴계 이황의 「도산십이곡」 제6수를 대표적인 예로 들 수 있다. "春風에 花滿山ᄒ고 秋夜애 月滿臺라 / 四時佳興ㅣ 사롬과 흔가지라 / ᄒ믈며 魚躍鳶飛 雲影天光이야 어늬 그지 이슬고."

一元宜靜覘	만물의 근본은 고요히 살펴야 하니
四序任遷移	사철의 차례는 옮겨감에 맡겨 있네.
燕語薔薇架	제비는 장미 가지에서 재잘대고
鶯歌楊柳枝	꾀꼬리는 버들가지에서 노래하네.
風光隨處好	풍광(風光)은 가는 곳마다 좋은데
佳興少人知	좋은 흥취를 아는 이 없구나!

—「次韻荅人」

사시(四時)의 변화를 관찰한 화자의 깨달음을 노래한 작품이다. 이 작품이 우주적 자연관을 바탕에 깔고 있음은 함련에 제시된 내용을 통해 충분히 짐작할 수 있다. 계절의 순환은 지극히 순조로운 것이다. 겉으로 보기에 꽃이 지자 어느새 숲이 무성해진 것 같지만 사실 이는 서서히 옮겨간 결과일 뿐이다. 때문에 이런 만물의 근본을 살피기 위해서는 세심한 지혜가 필요하다. 그렇기에 계절의 변화가 빚어내는 아름다운 풍광은 누구나 즐길 수 있는 것이 아니다. 사시가흥(四時佳興)은 우주적 질서에 대한 깨달음이 있어야 누릴 수 있는 것이다. 이렇게 본다면 이 작품은 퇴계가 「도산십이곡」에서 말한 바 '언지(言志)'와 다를 게 거의 없다.

그러나 고산의 모든 작품이 위 「차운답인」과 동일한 지향을 보이는 것은 아니라는 데 문제가 있다. 다음 작품은 같은 흥의 문제를 다루고 있지만 위에서 살펴본 것과 많은 차이를 드러내고 있다.

雲逐凉風斷雨蹤	구름 몰아낸 서늘한 바람 비의 자취 끊고
月將淸興置吾胸	달은 맑은 흥취 내 가슴에 가져다 주네.
兒童驚喜向人道	아이들 놀라 기뻐하며 사람에게 말하길
白玉盤來掛小峯	백옥 같은 쟁반이 작은 봉에 걸렸다 하네.

—「次鄭子羽韻詠黃閣老松棚八景」中「東峯霽月」

이 시는 예상치 못한 상태에서 달을 맞이한 화자의 흥겨움이 중심을 이루고 있다. 서늘한 바람이 불어와 구름을 몰아내자 비가 그치고 어느

새 달이 해맑은 얼굴을 드러낸다. 비 갠 뒤 맑은 하늘에 떠오른 달은 화자로 하여금 청흥(淸興)을 불러일으킨다. 그 다음 두 구절은 달이 가져다 준 청흥이 화자의 심리에 일으킨 파문을 간접적 방식으로 드러낸 것이다. 화자의 내면에는 지금 갑자기 떠오른 달을 보며 놀라움과 기쁨에 어쩔 줄 몰라하는 아이와 같은 들뜬 정서로 가득차 있다고 볼 수 있다. 여기서는 「차운답인」의 경우와는 달리 퇴계가 말한 바 '언지(言志)'의 세계를 찾기가 어렵다. 우주적 질서에 대한 통찰은 보이지 않으며, 뜻밖의 상황을 연출한 자연 앞에서 자신의 내면적 정감을 자연스럽게 드러냈을 뿐이다.

이렇듯 고산은 자연물이 자아내는 미적 정경을 감각적으로 포착하여 독특한 흥의 미학을 창출하고 있는바, 이는 한시 쪽보다 국문시가인 「어부사시사」에서 훨씬 두드러지게 나타난다고 할 수 있다.

> 고은 볃티 쬐얀는디 믉결이 기름 ᄀᆞᆺ다
> 이어라 이어리[9]
> 그믈을 주어두랴 낙시를 노흘일가
> 지국총(至匊悤) 지국총(至匊悤) 어ᄉᆞ와(於思臥)
> 탁영가(濯纓歌)의 흥(興)이 나니 고기도 니즐로다
>
> —「漁父四時詞」「春」 5

> 어와 져므러 간다 연식(宴息)이 맏낭노다
> 비 븟텨라 비 븟텨라
> ᄀ᷂ᄂᆞᆫ 눈 쁘린 길 블근 곳 흣더딘 디 흥치며 거러가셔
> 지국총(至匊悤) 지국총(至匊悤) 어ᄉᆞ와(於思臥)
> 셜월(雪月)이 셔봉(西峯)의 넘도록 숑창(松窓)을 비겨 잇쟈
>
> —「漁父四時詞」「冬」 10

위의 두 작품은 아름다운 자연을 접한 시적 화자의 흥겨움이 중심을

---

9) 이어리 : '이어라'의 오각.

이루고 있다. 「춘(春)」 5 화자는 화창한 봄볕이 자아내는 아름다운 풍경에 완전히 도취되어 있다. 화사한 봄볕을 받은 물결은 온통 은빛으로 반짝거리며 장관을 연출해 낸다. 상상만으로도 그 세계에 빠져들 것 같은 황홀경이라 할 수 있다. 그물질과 낚시질을 할 필요가 있겠느냐는 반문은 이런 황홀경에 흠뻑 취한 화자의 심리를 더없이 솔직하게 보여주는 것이다. 드디어 화자는 내면에서 일어나는 흥취를 탁영가로 토해내고 그 노래는 더욱 흥을 북돋우어 고기마저 잊게 만드는 지경에 이른다. 「동(冬)」 10에서 화자는 날이 저물어 쉬는 것이 좋겠다고 판단하고 집으로 돌아가는 길이다. 화자가 향하는 길엔 눈이 엷게 뿌려진 가운데 붉은 꽃잎이 점점이 흩어져 있다. 자연이 빚은 선명한 색채 대비의 강렬함 때문일까, 아니면 하루의 조업을 마치고 귀가하는 즐거움 때문일까? 아무튼 시적 화자는 흥에 겨워 이 길을 걸어가고 있다. 이렇게 촉발된 흥겨움은 쉽게 가라앉지 않는다. 설월(雪月)이 서봉(西峯)에 넘도록 창가에 기대어 있는 화자의 모습에서 내면의 흥겨움이 사라지지 않고 지속되고 있음을 볼 수 있다.

「어부사시사」에는 위에 소개한 것을 포함하여 '흥'이라는 어휘가 무려 9회나 등장한다. 40수 가운데 9회나 등장하는 수치만으로도 예사로이 넘길 일이 아니지만 더욱 주목할 것은 「어부사시사」에 등장하는 '흥'의 용례 대부분이 도취의 정도가 짙고 드높은 것으로 나타난다는 점이다. 「춘」 5의 화자는 고조된 흥 때문에 고기마저 잊고 있으며, 「동」 10의 경우 '흥치며 거러가셔'라는 행위 묘사를 통해 화자의 고양된 흥취를 보여주고 있다. 이 외에도 "나믄 興이 無窮ᄒ니 갈 길홀 니젓땃다"(「春」 9), "긴 날이 져므는 줄 興의 미쳐 모ᄅ도다"(「夏」 6) 등에서 알 수 있듯이 「어부사시사」에 등장하는 '흥'은 자연물로 촉발된 정서적 감흥을 지속시키거나 고조시키는 데 기여하고 있다. 이렇듯 「어부사시사」에서 화자의 고양된 흥취가 중심적 비중을 차지하는 것은 일차적으로 16세기 강호시조의 내면 절제 경향이 이완된 결과로 해석될 수 있다. 아울러 송순, 정철 등으로 이어지는 호남 문인들의 풍류적 전통을 수용한 고산의 탁월한 문학적 상상력이 보길도의 수려한 자연과 결합한 산물로 이해될 수도 있을 것이다.

번역편
역주 고산유고

시(詩)

부(賦)

가사(歌辭)

시(詩) 詩 **번역편**
國譯 孤山遺稿

국도(國島)[1]에서 배를 돌리며
自國島廻舟[2]

廻舟日暮還	날 저물자 배 돌려 돌아오는데
半醉半醒間	반은 취한 듯 반은 깨어 있는 듯.
一雁鳴猶去	기러기 한 마리 울며 가는데
斜陽山外山	산 너머 산으로 해는 기우네.

---

1) 국도(國島) : 안변도호부 동쪽 60리에 있는 섬. 해안에서 10리쯤 떨어져 있다. 지금은 통천군에 속한다고 함.

2) (原註) 창주공[養父 尹惟幾 : 역자주]의 임소인 안변에 있을 때 지었는데, 그때 공의 나이 14세였다[在安邊滄洲公任所時, 時公年十四歲]. 경자(庚子, 1600).

임단(臨湍)³⁾ 도중에
臨湍道中⁴⁾

暮色千林樹　　온 숲의 나무에 저녁 빛 물들고
秋光一嶂楓　　한 봉우리 단풍나무에 가을 빛 어리네.
江烟橫遠抹　　강 안개 멀리 가로질러 깔렸는데
夕雨下濛濛　　저녁 비는 부슬부슬 내려오네.

안변(安邊)⁵⁾ 가는 도중 우연히 읊다
往安邊途中偶吟⁶⁾

夕陽官路暗沙塵　　해지는 관로(官路)에 모래 먼지 자욱한데
雨霽南川水色新　　비 갠 남쪽 시내엔 물빛이 새롭구나.
始覺關山風土近　　비로소 변방의 풍토 가까워진 줄 알겠으니
人人音語異南人　　사람들 말소리가 남쪽과 달라졌네.

봄날 한가로이 지내며
閑居春日卽事⁷⁾

濛濛細雨烟山暮　　부슬부슬 가랑비에 안개 낀 산 저물고
漠漠天涯海日斜　　아득한 하늘 끝에 바다의 해 기우네.

---

3) 임단(臨湍) : 장단도호부에 속한 군명. 지금의 경기도 파주 근처임.
4) (原註) 임단은 장단의 옛이름이다[長湍古號]. 같은 해[同年].
5) 안변(安邊) : 안변도호부(安邊都護府). 함경도에 있으며, 서울과의 거리는 5백 84리이다. 해방전까지 함경도였으나 지금은 북한의 행정구역상 강원도 안변군으로 되었다고 한다.
6) (原註) 같은 해[同年].
7) (原註) 回文[한시체의 한 가지. 順逆縱橫 어느 쪽으로 읽어도 體를 이루고, 의미가 통하는 시. 晉나라 蘇伯玉의 아내가 지은 盤中詩가 그 효시임 : 역자주] 신축(辛丑, 1601).

風櫺一枕高欄倚	바람 부는 영함(櫺檻)8) 베고 높은 난간 기대는데
捲箔踈簷松落花	발 걷은 성긴 처맛가에 송화가 떨어진다.

花落松簷踈箔捲	꽃 지는 소나무 처마에 성긴 발을 거두고
倚欄高枕一櫺風	난간에 기대어 높이 베니 영함(櫺檻)에 바람 부네.
斜日海涯天漠漠	해 지는 바닷가에 하늘은 아득한데
暮山烟雨細濛濛	저문 산에 안개비 부슬부슬 내리네.

장자호(張子浩)9)를 대신해 지음. 삼각산(三角山) 절에서 노닐고 성안의 벗들에게 부치다
代張子浩, 遊三角山寺, 寄城中友生10)

有山有山何崔嵬	산 있어 산이 있어 어찌 그리 드높은가?
漢陽之北高陽東	한양(漢陽)의 북쪽, 고양(高陽)의 동쪽.
亭亭三朶碧芙蓉	우뚝한 세 떨기 푸른 부용(芙蓉)
聳入斗極撐靑空	북두성에 솟아 들어 창공을 받친다네.
中有數間古蘭若	중턱에는 몇 칸의 오래된 난아(蘭若)11)
蛇盤一逕緣溪通	구불구불 오솔길은 시내와 통해 있네.
禪房蕭灑絶纖埃	선방(禪房)은 깨끗하여 티끌 하나 없고
檻外流水階前松	난간 밖은 흐르는 물, 섬돌 앞엔 소나무.
我初携杖入烟霞	처음으로 지팡이 짚고 안개 노을에 들어
踏盡靑峯重復重	푸른 봉우리 겹겹이 다 밟아보네.
相先相從兩三人	앞서거니 뒤서거니 하는 두세 사람

---

8) 영함(櫺檻) : 격자창으로 꾸민 난간.

9) 장자호(張子浩) : 생몰년 미상. 고산과 동향 사람임.

10) (原註) 계묘(癸卯, 1603).

11) 난아(蘭若) : 절. 사원(寺院).

閑坐閑行幽興同　　한가로이 쉬거나 가거나 그윽한 흥은 한가지라.

雪眉老僧迎我笑　　흰 눈썹의 노승 빙그레 맞아 주는데

夕陽樓上鳴孤鐘　　석양의 누각 위엔 외로운 종이 운다.

夜向天壇月邊宿　　산꼭대기에 밤이 깊어 달빛 아래 자노라니

綠蘿樹下來淸風　　푸른 담쟁이 감긴 나무 아래 청풍이 불어오네.

怳然坐我崑崙山上最高峰　　나 황홀히 곤륜산(崑崙山) 최고봉에 앉아 있어

逈出九垓超塵籠　　멀리 세상 밖으로 나와 속세의 조롱 벗어난 듯.

松窓踈雨曉夢驚　　송창(松窓) 성긴 빗소리에 새벽 꿈 놀라

捲簾南北山花紅　　앞뒤로 발 걷어보니 산꽃이 붉도다.

東華十年採芝夢　　동화(東華)[12]에서 지초(芝草)를 캐자던 십년의 꿈

逸想今日輸雲筇　　초연한 생각 오늘에야 구름 속 지팡이 짚고 이루었네.

回頭遙望紫陌人　　머리 돌려 멀리 큰길 가는 사람들 보니

紫陌惟見塵濛濛　　큰길 속에는 오직 티끌만 자욱히 보이도다.

君獨胡爲在泥滓　　그대는 홀로 어찌 진흙탕 속에 남아 있는가?

莫學空羨天邊鴻　　부질없이 하늘가 큰기러기 부러워함일랑 배우지 말게.

詩成聊附鶴南飛　　시 이뤄지면 애오라지 남으로 날아가는 학에게 부쳐

白雲歌送靑雲中　　백운가(白雲歌)를 청운지사(靑雲志士)들에게 보내리라.

연적(硯滴)을 노래함 - 남이 운자를 불러줌
詠硯滴, 呼韻

形似仙桃落九天　　모양은 선도(仙桃)가 구천(九天)[13]에서 떨어진 듯

口如鵬喝擧波邊　　주둥이는 붕새 부리가 파도 가에서 솟아난 듯.

---

12) 동화(東華) : 仙人의 거처.

13) 구천(九天) : 하늘을 중앙·사정(四正)·사우(四隅)의 아홉 분야로 나눈 칭호. 중앙을 균천(鈞天), 동방을 창천(蒼天), 동북을 민천(旻天), 북방을 현천(玄天), 서북을 유천(幽天), 서방을 호천(昊天), 서남을 주천(朱天), 남방을 염천(炎天), 동남을 양천(陽天)이라 함.

胸中雲夢惟泓識　　가슴속 운몽택(雲夢澤)[14] 오직 벼루만이[15] 알겠으니
麗澤多年意獨堅　　함께 공부한[16] 여러 해에 의지 홀로 굳세도다.

이명원(李明遠)에게 부침 - 집고시[17]
寄李明遠, 集古[18]

霜威比劇, 雅履何如? 願言之懷, 聊集古句, 此正所謂難題却憶古人詩
者也. 可供靜中之一笑.

서리의 위세가 극에 달하였는데 어떻게 보내시는지요? 원언(願言)[19]의
회포가 있어 애오라지 옛 시구를 모았으니, 이는 바로 이른바 '난제(難
題)에 도리어 옛사람의 시를 떠올린다'는 것일 것입니다. 조용한 가운데
한번 웃음거리로 삼을 만합니다.

李白騎鯨飛上天(馬子才)　　이백(李白)이 고래 타고 하늘에 날아 오르다
一落人間知幾年(吳　植)　　한번 인간에 떨어진 지 몇 해가 되었던가?
自少軒輊非常儔(韓退之)　　어려서부터 우열이 있어[20] 평범한 짝이 아닌데
皎如玉樹臨風前(杜子美)　　옥수(玉樹)처럼 밝게 바람 앞에 임하였네.
多生綺語磨不盡(蘇子瞻)　　고운 말 많이도 내놓아 갈아도 다하지 않는데
頃刻靑紅浮海蜃(杜子美)　　이내 푸르고 붉어짐은 바다의 신기루인 양.

---

14) 운몽택(雲夢澤) : 楚의 七澤의 하나. 900리 사방의 큰 늪. 지금의 湖北省 孝感縣 서
　　북쪽이라 한다. 여기서는 연적의 내부를 가리킴.
15) 벼루만이 : 홍(泓). 도제(陶制)의 벼루를 가리킴. 도홍(陶泓)은 벼루에 물을 담아두는
　　곳이 있기 때문에 붙은 이름임.
16) 함께 공부한 : 이택(麗澤). 學友가 서로 도와서 학문과 덕을 닦음.
17) 집고시(集古詩) : 옛 시구를 모아 지은 시.
18) (原註) 정미(丁未, 1607).
19) 원언(願言) : 생각하고 그리워함이 간절한 모양. "생각하여 백(伯)을 그리워하는지라,
　　수질(首疾)을 마음에 달게 여기노라[願言思伯, 甘心首疾]."『詩經』「衛風」「伯兮」
20) 우열이 있어 : 헌지(軒輊). 올라감과 내려감. 높낮이. 轉하여 우열.

風流肯落他人後(李太白)　풍류인들 어찌 남에게 뒤떨어질쏘냐?
平生流輩徒蠢蠢(杜子美)　같은 무리들이야 평생 부질없이 시끌벅적.
向來妙處今遺恨(朱文公)　지난날 묘하던 곳 이제 한으로 남게 되니
閉戶讀書眞得計(陳去非)　문 닫고 독서함이 진실로 좋은 계책.
竹簡雲披詠聖涯(崔　峒)　죽간(竹簡) 책 펼치고 성인의 생애를 읊조리는데
誰掬靈芬占甲第(邵　諤)　누가 영분(靈芬)21)을 따내어 장원급제 이루리오?
春秋三傳束高閣(韓退之)　『춘추(春秋)』삼전(三傳)22)은 높은 누각에 묶어 두고
孝經一通看在手(杜子美)　『효경(孝經)』한 통은 손안에 두고 보네.
黃卷靑燈興味長(吳　祈)　누런 책 푸른 등에 흥미가 많으니
人家不必論貧富(吳　澄)　인가에선 빈부를 논할 필요가 없네.
念昔塵埃兩相逢(韓退之)　지난날 티끌 세상에서 상봉한 일 생각나나니
於我見子眞顔色(杜子美)　나 그대의 참된 모습을 보았다네.
斥鷃區區笑此生(鄭　谷)　참새는 쨱쨱거리며 이 삶을 비웃는데
長松百尺不自覺(蘇子瞻)　백 척의 장송(長松)을 자각하지도 못한다네.
人生會合不可常(杜子美)　인생에 만남이란 일정하지 않으나
感時撫事增惋傷(杜子美)　시사(時事)에 느꺼워 슬픔만 더해가네.
別來紅葉黃花秋(蘇子瞻)　단풍 들고 국화 필 때 이별했는데
吳雲楚水愁茫茫(李群玉)　오나라 구름 초나라 강물인양 시름만 아득하네.
此日登樓看北鴈(羅　朋)　이 날 누각에 올라 북으로 가는 기러기 보니
離魂不散烟郊樹(李太白)　떠나는 넋 안개 긴 들녘의 나무에서 흩어지지
　　　　　　　　　　　　않네.
數村殘照半山陰(許　渾)　여러 마을엔 저녁놀 비치고 산의 절반 그늘졌는데
一聲長笛江天暮(李　賈)　긴 피리 한 소리에 강가 하늘 저무네.
思君攜手安能得(韓退之)　그대 그리며 손을 당겨본들 어찌 만나보리?
行樂十分無一分(高　騈)　즐거이 노닒이야 열에 하나도 없는 것을.

---

21) 영분(靈芬) : 향기 혹은 향기로운 풀을 가리키며 미덕을 비유함.
22) 삼전(三傳) :『춘추』의 세 가지 주석서. 즉,『左氏傳』,『穀梁傳』,『公羊傳』.

長風吹月渡海來(李太白)　긴 바람 달에 불며 바다 건너오는데
忽到窓前疑是君(盧　仝)　홀연 창 앞에 이르니 그대인가 의심해 보네.

차운하여 장자호(張子浩)에게 답하다
次韻酬張子浩[23]

昔我負笈遊京華　옛날 나 책상자 지고 서울에서 노닐었으니
是時年纔過志學　이때 나이 겨우 열다섯을 지났다네.
蓬蓽寥寥誰肯屈　가난한 집 쓸쓸하니 누가 왕림하랴만
杕杜吟來還自責　「체두(杕杜)」[24]편 읊다가 도리어 자책하였네.
白晳少年來叩門　명석한 소년이 찾아와 문을 두드리니
驚喜塵埃有此客　진세(塵世)에 이런 손이 있어 놀라며 기뻐했네.
與語乃知同里閈　말 나누다 동리(同里)가 같은 줄 알게 되니
膠漆交情俄頃密　친밀하게 사귀는 정이 갑자기 깊어졌네.
友不如己在子損　자기보다 못한 이를 벗삼아 그대는 손해이나
得近朱藍於我益　가까이 주람(朱藍)[25]을 얻은 나는 이익이었지.
明朝曳履到君家　이튿날 아침에 신발을 끌고 그대의 집에 이르니
短几殘編橫小榻　조그만 궤안(几案)에 책 끈은 해지고 작은 탑상(榻床)
　　　　　　　　비껴 있었네.
環堵蕭條席爲戶　담장 안 쓸쓸하고 자리로 지게문을 삼았지만
誰知中有峩洋曲　누가 알리오! 그 가운데 아양곡(峩洋曲)[26] 있음을.

---

23) (原註) 같은 해[同年].
24) 체두(杕杜):『詩經』「唐風」의 편명. '우뚝한 아가위나무'라는 뜻으로, 형제 없는 이
　　의 외로운 마음을 노래한 것임.
25) 주람(朱藍): 朱色과 藍色. 비유하여 다른 流派를 말함.
26) 아양곡(峩洋曲): 드높은 산과 넘실거리는 강물의 기세를 담아낸 곡조. 고상하고 분
　　방한 정신을 상징함. 백아(伯牙)의 연주를 듣고 종자기(鐘子期)가 평한 말에서 유래함.
　　백아가 높은 산을 생각하고 연주하자 종자기는 峩峩라 평하고, 흐르는 물을 생각하고

傍人莫笑衣似漆　　사람들아 비웃지 마오, 의복이 옻칠한 듯하다고
未害氷壺貯秋月　　빙호(氷壺)에 가을달 담음에는 해될 것 없다오.27)
霏霏瓊屑日之夕　　부슬부슬 옥가루 같은 눈 내리고 날은 저무는데
樽酒論文歸意絶　　동이 술 나누며 글을 논하다 돌아갈 생각 사라졌네.
呼兒揭篋出佳什　　아이 불러 상자 들어 아름다운 시편을 꺼내는데
紙上珠璣盈數軸　　종이 위의 옥구슬이 여러 시축(詩軸)에 가득하였네.
丹山逸鳳舞雲霄　　단산(丹山)28)의 빼어난 봉새가 구름 하늘에서 춤추고
滄海群龍較頭角　　창해(滄海)의 뭇 용들이 두각(頭角)을 겨루는 듯.
回溪垂翅竟何事　　회계(回溪)에서 날개를 늘어뜨린 것29) 끝내 무슨 일인가?
始信朝家網不窄　　비로소 조정의 그물이 성글다는 것 믿을 만하네.
匡廬磨杵與我同　　여산(廬山)에서 공이를 갈던 것30) 나와 같은데
兩箇黃冠暎山色　　황관(黃冠)31) 쓴 두 사람에 산색(山色)이 비치네.
吾伊聲雜石龕前　　나와 그의 글 읽는 소리 섞여 석감(石龕)32) 앞에 퍼지고
布穀杜宇啼南北　　뻐꾹새와 두견새는 남북에서 울어대네.
捲簾淸曉思浩然　　맑은 새벽 주렴 걷고 호연(浩然)함을 생각하고
靜坐共論牛山木　　고요히 앉아 함께 우산(牛山)의 나무33)를 논한다네.

연주하자 洋洋이라 평하였음.
27) 氷壺와 秋月은 사람의 인품과 덕성이 청렴결백함을 비유함.
28) 단산(丹山) : 신선의 거주지를 말함.
29) 회계(回溪)에서 날개를 늘어뜨린 것 : 回溪垂翅. 回溪는 回谿과 같은데, 중국 河南省
    洛寧縣에 있다. 後漢 建武 3년에 馮異가 赤眉와 싸워서 패배하였다. 회계의 언덕 위
    에서도 싸웠는데 크게 적미를 패퇴시켰다. 광무제가 그를 위로하여 "처음에는 날개를
    회계에 늘어뜨렸으나 마침내 능히 澠池에 날개를 떨치는구나"라고 하였다는 데서 나온
    고사로 일시적인 좌절을 의미한다.『後漢書』「馮異傳」.
30) 여산(廬山)에서 공이 갈던 것 : 당나라 시인 李白이 少時에 글읽기를 하던 도중에 버
    려두고 떠났는데, 길에서 어떤 노파가 쇠로 된 공이를 갈아 침을 만드는 모습을 보고,
    자신의 경솔함을 뉘우쳐 다시 돌아온 고사가 있음.
31) 황관(黃冠) : 누른빛의 관으로, 벼슬하지 못한 사람이나 도사가 착용함. 곧 야인(野人)
    이나 도사(道士).
32) 석감(石龕) : 불교에서 돌로 만든, 불상을 봉안하는 감실(龕室).
33) 우산(牛山)의 나무 :『孟子』「告子」上에 나오는 고사. "牛山의 나무가 예전에 아름
    다웠지만, 大國의 郊外에 있어서 도끼와 자귀로 베어 내니, 아름다울 수 있겠는가?[牛

時登危岊爽襟懷	때로 높은 산굴에 오르니 가슴속 상쾌한데
更向源泉觀不息	다시금 샘물 바라보며 쉼 없음을 지켜본다오
一朝回步入塵籠	하루아침에 발길을 돌려 진세(塵世)로 들어간다면
聯袂重游那可得	소매 나란히 하고 거듭 놀 기회 어찌 얻게 되리.
如今又作兩地分	지금 또 두 곳으로 나뉘게 된다면
別懷難堪長惻惻	이별의 회포 견디기 어려워 길이 슬프리라.
北風其涼歲云暮	북풍이 차가워져 한 해가 저무는데
遙望長安江水隔	멀리 장안을 바라보니 강물이 가로막았네.
春秋寺裏獨坐時	춘추사(春秋寺) 안에 홀로 앉아 있노라니
伐木丁丁山向夕	쩡쩡 나무 베는 소리에 산 속은 저물어 가네.
夢中見之夢中別	꿈속에 만나보고 꿈속에 헤어지는데
了了容顔空在目	분명한 얼굴 모습 부질없이 눈에 남아 있네.
欲敲氷硯訴相思	언 벼루를 두드려 그리운 마음 하소연하려 하니
壁上靑燈乍明滅	벽 위의 푸른 등불 문득 가물가물.
離心何處正鬱陶	이별의 마음 어디선들 울적하기만 한데
午夜禪窓霜月白	오밤중 선방(禪房)의 창엔 서리 어린 달빛이 희게 비친다.
人間百事摠浮雲	인간 세상 모든 일은 모두 뜬구름이라
共榻又負前年約	책상을 함께 하자던 전년의 약속 또 저버리네.
西來黃耳掛詩筒	서쪽에서 황이(黃耳)34)가 시통(詩筒)을 걸고 와
三復少尉情懷惡	세 번 읽어보니 울적한 마음 적이 위안이 되네.
山川豈能阻神交	산천인들 어찌 능히 정신의 교류를 막을까!
肝膽曾將孤劍說	속마음이야 일찍이 한 자루 검(劍)에 두고 말했었지.
我有一言可贈君	나 그대에게 전할 만한 한 마디 말이 있으니
須惜崢嶸頭上白	세월 흘러 머리 위의 백발 안타깝다는 것일세.
吁嗟寸草劇夭夭	아아! 작은 풀 무척 잘도 자라나는데

山之木, 嘗美矣, 以其郊於大國也, 斧斤伐之, 可以爲美乎?]"

34) 황이(黃耳) : 晉나라 陸機가 기르던 名犬의 이름. 육기가 서신을 담은 竹筒을 황이의
목에 걸면 개가 가서 전하고 답신을 받아왔다고 전함.

無限春暉難報答　한량없는 봄빛에 보답하기 어렵구나!

봄날 한가로이 거처하며 읊음
閒居春日卽事35)

隆隆樂境閑中是　크게 즐거운 경지란 한가함 가운데 있으니
擾擾塵區一似籠　어지러운 티끌 세상이란 조롱과 같구나.
紅蘂艷花濃浥露　고운 꽃의 붉은 꽃술 이슬에 함빡 젖고
碧絲烟柳細搖風　안개 낀 버들의 푸른 가지는 바람에 하늘하늘.
東家酒伴詩催興　동쪽 집의 술친구, 시는 흥을 재촉하고
北浦漁舡雨壓蓬　북쪽 포구의 고깃배, 빗줄기는 뜸을 누르네.
宮羽弄時悠意得　궁우(宮羽)를 희롱할36) 때 유원한 뜻 얻으니
斷雲孤嶼杳歸鴻　끊긴 구름 외로운 섬에 아득히 돌아가는 기러기.

鴻歸杳嶼孤雲斷　기러기 돌아가는 아득한 섬에 외로운 구름 끊기고
得意悠時弄羽宮　뜻을 얻어 유유할 적 궁우(宮羽)를 희롱하네.
蓬壓雨舡漁浦北　뜸 눌린 채 비에 젖은 고깃배는 포구의 북쪽에 있고
興催詩伴酒家東　흥을 재촉하는 시 친구는 술집의 동쪽에 있네.
風搖細柳烟絲碧　바람은 가는 버들 흔들어 안개 낀 실가지 푸르고
露浥濃花艷蘂紅　이슬은 농염한 꽃을 적시어 고운 꽃술 붉어라.
籠似一區塵擾擾　조롱 같은 한 구역에는 티끌만 어지러운데
是中閑境樂隆隆　이 가운데 한가로운 경계 즐거움은 크다네.

---

35) (原註) 회문시(回文詩). 무신(戊申, 1608).
36) 궁우(宮羽)를 희롱할 : 악기를 연주하거나 노래를 부름.

상사(上舍)³⁷⁾ 문회보(文晦甫) 형에게 드림－형이 운자를 불러줌, 2수
贈文上舍晦甫兄, 兄呼韻 二首³⁸⁾

百歲如風燈	한 평생이 풍전등화와도 같은데
泰山何日登	태산에는 어느 날에나 오르리.
汨沒塵埃裏	진세(塵世) 가운데 빠져들어
寬處見未曾	드높은 곳 일찍이 보지 못했다오
吾兄風骨高	우리 형은 풍골(風骨)이 고상하여
天外鳳騫騰	하늘 밖 봉황처럼 날아 오르네.
下視世間事	세상 일을 눈 아래 내려보니
心如結夏僧	마음은 마치 안거하는 스님 같아.
蓬蒿企長松	쑥풀이 장송(長松)을 바라듯 하지만
馬牛固難憑	마소처럼 못난 난 진실로 기대기 어렵다네.
行止豈必天	가고 멈춤을 어찌 하늘에 기필하랴만
於人公不能	남에게 공평하게 하지 못하였다오
曳輪歸故山	수레 끌고 고향 산으로 돌아와
垂釣寒潭澄	차갑고 맑은 못가에서 낚시나 드리우리.
與兄淸話共明燈	형과 밝은 등불 아래 맑은 이야기 나누니
怳如九層臺上登	황홀하기 마치 구층의 누대에 오르는 듯.
吾兄吾兄稷契徒	내 형은 직설(稷契)³⁹⁾의 무리이거늘
比之管仲吾何曾	관중(管仲)⁴⁰⁾에 견줌을 내 어찌 하리.
霖雨商家在幾日	장맛비 집안을 적셔줄 날 그 언제런가!

---

37) 상사(上舍) : 생원 혹은 진사를 가리키는 말.
38) (原註) 같은 해[同年].
39) 직설(稷契) : 稷과 契. 둘 다 舜임금의 名臣이었음.
40) 관중(管仲, ?~B.C. 645) : 춘추시대 齊나라의 宰相으로 본명은 관이오이다. 가난했던
    수년시절부터 포숙아(鮑叔牙)와의 깊은 우정을 쌓아 ‘관포지교(管鮑之交)’로 유명하다.
    훗날 환공을 도와 군사력의 강화, 상업·수공업의 육성을 통하여 부국강병을 꾀하였다.

龍蟠泥中雲未騰　　용은 흙탕에 서렸고 구름은 오르지 않네.
英雄有時亦如此　　영웅도 이 같은 때가 있으니
南去北來行脚僧　　남북으로 오가는 행각승 같구려.
明朝世事兩茫茫　　내일 아침이면 세상사 둘 다 아득한데
一枕蝴蝶知難憑　　베갯머리 호접몽41)에 의지하기 어려운 줄 알겠네.
高談傑句子可無　　고고한 담론, 뛰어난 시구가 그대에게 없으랴만
看劒引盂吾亦能　　검(劍) 바라보고 술잔 듦이야 나도 잘 한다오
紫陌風塵勿回首　　대로(大路)에 티끌 날리니 머리 돌리지 마오
白鷗萬里江波澄　　백구 나는 만 리 길에 강 물결 맑다오

양수재(梁秀才)에게 드림 – 남이 운자를 불러줌
贈梁秀才, 呼韻42)

梁家秀才曰子浩　　양씨(梁氏) 가문의 수재는 자호(子浩)라 불리는데
被體以褐懷寶玉　　베옷을 입었어도 보옥을 품었다네.
長松落落立遠峯　　낙락 장송 먼 봉우리에 서 있으니
上有孤鶴下琥珀　　위로는 외로운 학, 아래에는 호박(琥珀)이 있구나.
龍鍾於世悔有耳　　세상에 뜻을 잃어 회한이 있을 뿐이더니
今日幸聽羕洋曲　　오늘은 다행히 아양곡(羕洋曲)의 곡조를 들었다네.
憑君莫謂久無事　　청컨대 그대는 오랫동안 일 없다고 이르지 마오
良弼不曾棄聖辟　　어진 신하는 성군(聖君)을 버리지 않았다오

---

41) 호접몽 : 胡蝶之夢이라고도 한다. 이는 '물아(物我)의 구별을 잊음'을 비유하여 이르
　는 말로, 장자(莊子)가 꿈에 나비가 되어 즐기는데, 나비가 장자인지 장자가 나비인지
　분간하지 못했다는 고사에서 온 말이다. 『壯子』「齊物論」.
42) (原註) 같은 해[同年].

저물어 광진촌(廣津村)⁴³⁾에 투숙하여
暮投廣津村偶吟

淨洗蘿菖菜	순무를 정갈하게 씻어 내고
爛煮土蓮羹	토란국도 끓여 내었네.
猶言無饌物	외려 찬이 없다 말을 하니
深感主人情	깊이 주인의 정에 감사한다오

하랑(河娘) 만사-2수
挽河娘 二首⁴⁴⁾

早歲入高門	이른 나이에 훌륭한 가문에 들어가
終身戀主恩	죽도록 가장의 은혜 사모하였네.
肥甘有四子	네 아들 있어 맛 좋은 음식 봉양하고
歡笑足諸孫	손자들 많아 즐거이 웃고 살았네.
壽考天斯報	장수함은 하늘의 보답이요
幽貞世永言	그윽한 정조(貞操) 세상에서 길이 말하리.
貧居何用恨	가난하게 산다 한들 어찌 한탄하리?
此可詑鄕村	이런 삶 향촌에서 자랑할 만하도다.

大娘先夫子	대랑(大娘)⁴⁵⁾의 선친은
余之從祖父	나의 종조부시라네.
余於大娘事	나는 대랑의 일을
所識非其粗	자세히 알고 있나니

---

43) 광진촌(廣津村) : 京畿道 廣州에 있던 촌락.
44) (原註) 대신 지음(代製). 신해(辛亥, 1611).
45) 대랑(大娘) : 남의 부인을 높여 부르는 말.

來塈自小少	어렸을 적부터
律身視規矩	조신하여 법도를 살폈으며,
惟知敬巾櫛	오직 삼가 씻고 빗질할 줄 알았고
不學歌金縷	금루(金縷)46)를 노래함일랑 배우지 않았다네.
中年失所天	중년에 하늘로 여기던 님을 잃어
沒齒良自苦	종신토록 실로 고통스러웠으니,
粧鏡網虫老	화장 거울에 거미 늙어가고
故衣啼痕腐	옛 옷에 눈물 자국 썩어갔다오
劬勞長兒女	힘써 자녀를 길러 내고
黽勉事織組	부지런히 길쌈질 하였나니,
福善豈徒言	선한 자 복 받음이 어찌 빈 말일까?
享年終罕件	수를 누림에 끝내 짝할 이 드물다오
賦命固難備	명을 부여함에 실로 다 갖추기 어려우니
何須恨貧窶	어찌 모름지기 가난을 한탄하리.
有子至七人	자식 낳으니 일곱에 이르며
諸孫且十數	여러 손자들 또 십으로 헤아리네.
顧我亦何悲	생각건대 난 또한 무엇을 슬퍼하나?
老淚垂阿堵	늙은이의 눈물이 눈에 드리우네.
古人盡凋謝	옛 사람이야 모두 늙어 죽으니
無與語及古	함께 옛 일을 말할 수 없다오

장수재(張秀才)에게 줌-장이 운자를 부르자 즉석으로 지음
贈張秀才, 張也呼韻, 走筆

| 夜坐畵爐灰 | 밤에 앉아 화로의 재를 그으며 |

---

46) 금루(金縷) : 곡조의 이름. '金縷衣'라고도 함.

吟詩子忘回	시 읊노라니 그대 돌아가길 잊누나.
莫爲魚藏珠	물고기 배에 숨긴 진주되지 말며
莫爲兒廢雷	아이에게 떨어지는 우레 되지 말지니,
靑天改容待	푸른 하늘 낯을 바꾸어 기다리고
明月入簾催	밝은 달 주렴에 들길 서두르네.
落鴉俄滿紙	내려오는 까마귀 이내 종이에 가득 하자
碧海長鯨摧	푸른 바다를 큰 고래가 가르는 듯.
耽看忘酒味	즐겁게 바라보노라 술맛을 잊으니
侍兒苦暖盃	시아(侍兒)는 힘들여 잔을 데우네.
詞林秉筆輩	사림의 붓 잡은 무리들아!
擾擾堪一哀	어지러이 한가지 슬픔 견뎌내야 하리니,
龍門百斛鼎	용문(龍門)47)의 백 휘를 담는 솥을
復見一手擡	한 손으로 치켜듦을 다시 본다오
天然荷出水	천연스레 연꽃이 물에 솟는 듯하니
不似柳爲桮	버들 구부려 만든 잔과는 같지 않도다.
見子見子詩	그대보고 그대의 시를 보노라니
胸中雲霧開	가슴속의 구름 안개 걷혀진다.
我素悅奇貨	나 평소 기이한 보화를 좋아하건대
木瓜博瓊瑰	모과가 옥구슬보다 크기도 하여라.48)

---

47) 용문(龍門) : 과거 시험장의 정문을 지칭한 것으로 여겨짐.
48) 상대방이 선사한 것이 자신이 준 것보다 더욱 귀함을 비유적으로 표현한 것임. 『詩
經』「衛風」,「木瓜」, "나에게 모과를 보내 주니 아름다운 패옥으로 보답한다[投我以
木瓜, 報之以瓊琚]."

주부(主簿)[49] 정지영(鄭之英)에게 줌
贈鄭主簿之英[50]

無兒無室又無奴	자식 없고 집 없고 또 종도 없으니
千里飄零一老軀	천 리 길을 떠다니는 한 늙은 몸.
肉食誰憐飢有色	고기 먹는 이 누가 주린 기색을 가여워하리.
鶉衣不耐雪侵膚	해진 옷으로는 눈발이 살갗을 때림을 견디지 못하네.
文王發政先鰥獨	문왕(文王)은 정사를 돌봄에 홀로 된 이 우선하였고
伊尹若推思匹夫	이윤(伊尹)[51]은 추진을 잘함에 필부를 생각하였네.
策馬試從安上去	말을 채찍질해 안상(安上)[52]으로 따라가 보리니
如君合入鄭監圖	그대라면 꼭 정감도(鄭監圖)[53]의 사적과 같으리.

남가회(南可晦) 만사 -2수
挽南可晦 二首[54]

吾子出儒林	그대 유림에 나왔으니
蒼天若有心	하늘도 마치 생각이 있었던 듯.
人看仁義事	사람들 인의를 일삼는 것 보았으니
鬼泣鳳凰音	귀신 울고 봉황은 노래했다오
弱冠還埋玉	약관(弱冠)에 도리어 옥골을 묻었으니

---

49) 주부(主簿) : 돈령부·봉상시·종부시·내의원·사복시 및 그 밖의 여러 관아에 속한 종6품의 낭관 벼슬.
50) (原註) 신해(辛亥, 1611).
51) 이윤(伊尹) : 商나라의 재상. 湯을 도와 夏나라를 멸망시키고 국정을 잘 보좌하였음.
52) 안상(安上) : 중국의 지명. 다음 주를 참조할 것.
53) 정감도(鄭監圖) : 흔히 「鄭俠圖」로 불림. 鄭監은 宋의 鄭俠으로, 그는 安上門을 감독하는 직책에 있으면서 주민들의 곤고한 형상을 流民圖에 담아 그리게 한 후 신종에게 올린 적이 있다.
54) (原註) 같은 해[同年].

長途孰斷金　　먼 길에 누가 단금(斷金)[55]이 되어 주려나?
孤兒只三尺　　홀로된 아이는 단지 삼척의 어린애
我淚更霑襟　　나 눈물 흘리고 또 옷깃을 적신다오

有生則有死　　삶이 있으니 죽음이 있어
長短皆天耳　　장수와 요절이 모두 하늘에 달렸을 뿐.
有形必有命　　형체가 있어 필히 명이 있으며
貴賤非人事　　귀천은 사람의 일이 아니라네.
全而乘化歸　　온전하게 죽어 돌아가나니
逝者何恨矣　　떠나는 이여 무엇을 한탄하리.
吾人未忘情　　우리들이야 잊지 못할 정으로
涕泣望蒿里　　눈물 흘리며 호리(蒿里)[56]를 바라본다오

남귀기행
南歸記行[57]

萬曆紀年三十九　　만력(萬曆)[58] 기원으로 삼십구 년[59]
斗柄揷子日有七　　두병(斗柄)은 자방(子方)에 꽂혀 있고 날은 칠일인데,[60]
修琴賣藥吾事畢　　거문고 고치고 약 사는 내 일을 마치고
遙念庭闈向南國　　멀리 부모 생각하며 남국을 향해 가네.

---

55) 단금(斷金) : 두 사람이 합심하면 그 날카로움이 쇠를 자를 정도라는 뜻으로, 절친한
　　친구를 일컫는 말.
56) 호리(蒿里) : 泰山 남쪽의 산 이름. 이곳에 죽은 이를 매장하였던 까닭에 흔히 묘지의
　　뜻으로 쓰임.
57) (原註) 같은 해[同年].
58) 만력(萬曆) : 明 神宗의 연호.
59) 서기 1611년.
60) '斗柄'은 북두칠성에서 손잡이 부분에 해당하는 세 별을 가리키며, '揷子'는 그 별자
　　리가 子方, 즉 정북쪽을 향해 있음을 의미함. 이는 음력 11월을 가리킴.

到家知有拜慶喜	집에 가면 배경(拜慶)61)의 기쁨 있으련만
分袂詎堪鶺鴒原別	옷소매 나누려니 어찌 영원(鶺鴒原)62)의 이별을 견뎌내리?
征馬迢迢渡漢水	나그네의 말 멀리 한강수 건너가니
離魂不散靑門北	이별의 넋 청문(靑門) 북쪽에서 흩어지지 않네.
廣陵山廬夜正中	광릉(廣陵)63) 산 속 오두막에 밤은 정히 깊어
利富峴上已昏黑	이부현(利富峴) 마루도 이미 캄캄한데,
禦虎有命何須憂	호랑이 방비의 명 있으나 어찌 근심하랴.
爲用東坡解僮僕	동파(東坡)의 방법을 써서 종을 달래 보리.
明朝往展伯母墓64)	내일 아침 큰어머니 묘소에 성묘하리니
墓傍三環悲百結	묘 곁을 세 번 돌면 백가지 슬픔이 맺히리.
神道松楸長幾尺	신도(神道)65)의 소나무 개오동나무는 몇 자나 자랐을까?
顧我復我如昨日	나를 돌아보고 나를 회복시켜줌이 어제와 같으리.
人煩馬殆早投宿	사람 괴롭고 말도 힘들어 일찍 투숙을 하니
水邊孤村名不識	물가의 외딴 마을 이름도 모르겠네.
問程曉出龍仁境	길을 물으며 새벽에 용인(龍仁) 경계에 나오니
平川荒壟重重隔	평천의 거친 언덕 겹겹이 막혀 있네.
人言素草66)店尙遠	사람들 소초(素草) 객점이 아직 멀다는데
路過陽城日已沒	길이 양성(陽城)67)을 지나 해 이미 떨어졌네.
癡僮笑汝憶蠟炬	못난 종은 네가 횃불을 생각한다 비웃을지
東嶺慇懃出明月	동쪽 산마루에 어느덧 명월이 떠오른 것을.

---

61) 배경(拜慶) : 拜家慶의 줄임말. 오래도록 헤어져 있다 집에 돌아가 부모를 찾아 뵙는 것을 가리킴.

62) 영원(鶺鴒原) : '脊鴒在原'의 줄임말로 형제를 의미함. 『詩經』 「小雅」 「常棣」에 "할미 새 들에 있어, 형제가 곤경에서 구한다[脊鴒在原, 兄弟急難]"는 구절이 있음.

63) 광릉(廣陵) : 경기도 楊州의 지역.

64) (自註) 『예기』에 '성묘하고 들어간다'라 하고, 그 주에 전은 살피는 것이라 하였다[記 曰展墓而入. 註展, 省也].

65) 신도(神道) : 묘에 이르는 길.

66) (自註) 객점의 이름(店名).

67) 양성(陽城) : 경기도 安城 인근의 縣.

眼明茅屋倚山阿　　눈에 밝게 초가집은 산언덕에 기대었는데
依舊長橋跨寒碧68)　의구한 긴 다리는 차고 푸른 시내를 가로질렀네.
長鬚並肩拜馬首　　수염이 긴 이와 어깨 나란히 말머리에서 절을 하고
取食琵琶69)來會約　비파(琵琶)촌에서 밥 먹자고 오다 만날 약속을 하였다.
對案愁歇70)手膠匙　수헐(愁歇71)에서 밥상 대하니 손엔 수저가 붙은 듯
欹枕德坪72)風射壁　덕평(德坪73)에서 베개 기울이니 바람은 벽을 쏘네.
是日陌上逢高軒　　이날 대로에서 높다란 수레 만났으니
云是嶺南新方伯　　영남의 새로운 관찰사라 하네.
僕從揚揚馬如飛　　하인들 의기양양 말은 나는 듯한데
前隊朱衣鳴畫角　　앞줄에는 붉은 옷에 화각(畫角)을 부는구나.
丈夫得志豈易得　　장부가 뜻을 얻음이 어찌 쉬우리요?
願蘇顚崖百萬億　　원컨대 벼랑 끝 수많은 백성을 소생시켜 주시길.
石逕拖氷車峴背　　차현(車峴74) 뒤쪽에서는 돌길에 얼음을 끄는데
玄黃拒地鞭無力　　말 병들어 땅에 버티니 채찍질도 무력하네.
卸鞍弓院75)見庶姑　궁원리(弓院里76)에서 말 내려 서고모 만나 뵈니
姑家夫子情款曲　　고모부의 정성 곡진도 하네.
細酌軟語永今夕　　약간의 음주 화기 띤 대화에 오늘 밤 길어지는데
馬粟掩牢奴飯白　　말은 우리에서 좁쌀 먹고 종은 쌀밥을 먹는구나.
西窓桂影喚人行　　서창의 계수나무 그림자 나그네 갈 길을 환기시키는데
錦水沙際星初入　　비단 물결 백사장 가에 별이 처음 드네.
編航臥板誰解此　　누가 이렇게 배다리 엮어 널판을 깔아 놓았나?

---

68) (自註) 소초(素草).
69) (自註) 촌명(村名).
70) (自註) 객점의 이름. 소초에서 30리 거리이다[店名. 去素草三十里].
71) 수헐(愁歇) : 충청도 직산현 서쪽 7리 지역.
72) (自註) 객점의 이름. 수헐에서 50리 거리이다[店名. 去愁歇五十里].
73) 덕평(德坪) : 德平의 오기가 아닌가 함. 청주목에 있던 지역.
74) 차현(車峴) : 천안군의 남쪽 45리에 있던 고개.
75) (自註) 동리 이름[里名].
76) 궁원리(弓院里) : 공주 북쪽 40리 지역.

馳過江心如踏陸　　강 가운데를 달려 지남이 땅을 밟는 것 같네.

向來正見波溢岸[77]　여태껏 물결이 언덕에 그득함 정히 보았지만

豈意今朝斂幽壑　　어찌 오늘 아침 깊은 골짝에 묶일 줄 짐작했으랴.

寄語河伯莫浪誇　　하백(河伯)에게 말하나니 물결을 자랑치 마오

造物由來喜變易　　조물(造物)은 원래 변이를 좋아한다오

雞龍之山甚佳麗　　계룡산 심히도 아름답건만

此行恨不花時節　　이 여행 꽃피는 시절 아니라 한스럽도다.

尼山縣前松影斜　　이산현(尼山縣)[78] 앞에 소나무 그림자 비껴있고

後寺[79]村落炊烟滅　후사촌(後寺村)에 불땐 연기 흩어지네.

江南風土喜不遠　　강남의 풍토 머지 않아 기쁘거늘

處處人家有脩竹　　여기저기 인가엔 장죽이 자라나네.

曙色熹微失觀眞[80]　새벽빛 희미한데 관진사(觀眞寺) 뵈지 않고

夕燈明滅知白瀆[81]　저녁 등불 가물거려 백독리(白瀆里)인 줄 알겠네.

朱家婆婆庶母母　　주씨 집안 할머니와 여러 아주머니

及烏深情海不及　　까마귀에게도 미칠 깊은 정성 바다보다 나으니,

珍烹玉粒勸加餐　　맛나게 익힌 음식과 쌀밥을 더 먹으라 권하며

細問寒溫勞行役　　추운지 더운지 자세히 묻고 여행길을 위로해주네.

大野無邊參禮[82]南　삼례역(參禮驛)[83] 남쪽에는 가없이 너른 들판

阡陌縱橫田衍沃　　길들은 가로 세로 뻗쳤고 밭은 기름진데,

江天漠漠雁聲遠[84]　강 하늘 막막하며 기러기 소리 멀고

---

77) (自註) 올 때에 추수의 물이 불어나, 물에 며칠 간 막히었다[來時秋水正漲, 阻水數日].

78) 이산현(尼山縣) : 공주 지역 아래에 있던 현.

79) (自註) 동리 이름[里名].

80) (自註) 절 이름[寺名].

81) (自註) 동리 이름[里名].

82) (自註) 역 이름[驛名].

83) 삼례역(參禮驛) : 전주부 북쪽 35리에 있던 역.

84) (自註) 음력 11월인데도 기러기 소리가 들리니, 풍토가 달라서이다[仲冬有鴈聲, 風土之異也].

晚雨霏霏人去急　저녁 비 부슬부슬 사람들 발길 빨라지네.
神傾意豁兩佳士　정신 골똘하며 의기 광달한 두 아름다운 선비
邂旅邂逅金溝邑85)　나그네 길 오가다 금구읍(金溝邑)85)에서 만났네.
聯衾晤語百憂失　나란히 이불 덮고 명철한 얘기에 갖은 시름 사라지니
始信新知樂莫樂　비로소 새로 사귄 즐거움이 더할 나위 없는 줄 알았네.
馬兀殘夢路幾許　안장 위의 이지러진 꿈, 길은 얼마나 남았으랴?
老堠呈身告四十　낡은 봉수대 나타나 40리 길을 알려주네.
俯郊孤縣抱荷池86)　아랫녘 교외 쓸쓸한 고을은 연(蓮)못을 품었는데
堤上新軒亦奇絶　제방 위 새 집도 기이한 절경일세.
回看井邑入長谷　정읍(井邑) 돌아보며 장곡(長谷)으로 들어가니
寂歷斜陽掛疎木　쓸쓸히 지는 해 성긴 나무에 걸렸구나.
蝴蝶分明到白蓮87)　나비 되어 분명히 백련(白蓮) 땅에 다다랐건만
覺來身在川源驛　깨어 보니 몸은 천원역(川源驛)88)에 있어라.
誰將礮車載滕六　누가 포차(礮車)89)에 등륙(滕六)90)을 실었던가?
招得封姨同作厄　봉이(封姨)91)를 불러들여 함께 액을 만드는데,
飄飄淅淅並遮莫　바람 횡횡 불어와도 그냥 무시한 채
蘆嶺層途强登陟　노령(蘆嶺)92)의 층진 길을 억지로 올라가네.
萬谷喧轟沸笙鐘　만 골짝에 떠들썩 생황과 종소리 들끓고
千峯照耀粧珠玉　천 봉우리 빛이 나 옥구슬로 단장한 듯.
箇箇奇景動幽興　낱낱의 기이한 경관 그윽한 흥치를 일게 하는데
無乃山靈娛遠客　산신령이 먼길 온 나그네를 즐겁게 함이런가?

---

85) 금구읍(金溝邑) : 전주부의 인근지역. 남쪽에 태인현이 있음.
86) (自註) 태인(泰仁).
87) (自註) 고향의 지명[家鄕地名].
88) 천원역(川源驛) : 정읍현의 남쪽 25리에 있었음.
89) 포차(礮車) : 구름의 이름.
90) 등륙(滕六) : 雪神의 이름.
91) 봉이(封姨) : 風神의 이름. 封夷라고도 함.
92) 노령(蘆嶺) : 장성현 북쪽 30리의 고개. 葦嶺이라고도 함.

熱薪炙衣古長城　　장작을 살라 옷을 말린 곳 옛 장성(長城)인데
客堂新泥星漏屋　　객당에는 새로 진흙 발랐고 별빛은 실내에 스며든다.
旌碑突兀外邊路93)　깃발과 비석은 외변로(外邊路)에 우뚝하거늘
潘婦勁節令人式　　반씨 부인 굳은 절개 사람에게 예를 표하게 하네.
倚天無等94)望中出　하늘에 기댄 무등산(無等山) 시야 속에 드러나고
朝日照之分縷脉　　아침 햇살 비추자 실 가닥처럼 나뉘었네.
他時莫作生客看　　다른 때에는 나그네 되어 구경하지 마오
會待秋風蠟我屐　　가을 바람 기다려 내 나막신에 밀랍을 칠하리.
笑語供罷餘杭95)人　여항(餘杭)의 사람 우스개 소리 끝난 후에
嘿坐燈前記所歷　　고요히 등불 앞에 앉아 지나온 곳 떠올리네.
曲直溪山六十里　　굽이지고 곧은 시내와 산길 육십 리
長短畵屛三百疊　　길고 짧은 그림 병풍 삼백 첩은 되리라.
高堂生目歸意忙　　고당(高堂)의 부모 눈에 어려 돌아갈 뜻 바쁜데
屈指餘程早發夕　　남은 여정 손꼽으며 일찍 저녁에 떠나네.
錦城城南江可憐　　금성(錦城)96) 성남의 강물 사랑스럽기도 한데
月出97)迎人好顔色　월출산(月出山)은 좋은 낯빛으로 사람을 반기누나.
行行忽憶去年約　　가고 가다 문득 지난해의 약속 기억하고
暮宿茅山98)處士室　저물어 모산(茅山) 처사의 집에 묵네.
茅山處士何所爲　　모산 처사는 무엇을 하고 있나?
杜門讀書人謂拙　　두문불출 책을 보니 남이야 졸렬하다 하는구나.
清晨繫馬月南寺99)　맑은 아침 월남사(月南寺)100)에 말을 매니

---

93) (自註) 세글자는 지명임[三字地名].
94) (自註) 산 이름[山名].
95) (自註) 두 글자는 지명임[二字地名].
96) 금성(錦城) : 나주의 옛이름.
97) (自註) 산 이름[山名].
98) (自註) 지명[地名].
99) (自註) 절 이름[寺名].
100) 월남사(月南寺) : 강진현의 월출산 남쪽에 있던 절.

堂有畵佛庭有塔	불당에는 화불(畵佛) 있고 마당에는 탑이 있네.
暝渡雙橋101)雨淋腦	어두워 쌍교 건너는데 비는 머리에 뿌리고
雲暗幽谿費墻堶	구름 어두운 깊은 시내에 층계 진흙 쓸려간다.
少焉又聞松檜鬧	잠시 후 또 소나무 회나무 떠들썩한 소리 들리는데
西南大風飜坤軸	서남쪽 큰 바람에 지축이 뒤집힌 듯.
簁冠凍骨百不辭	관 까불리고 뼈 얼어붙음 백 번 사양치 않으나
但願重雲一掃撤102)	다만 겹겹의 구름 한번 쓸어내길 원하노라.
到得家前夜已久	집 앞에 이르니 밤 이미 오래인데
門外宿鳥驚剝啄	문밖에 자던 새 놀라 부리를 쪼아대고,
小弟踉蹌越門限	작은 아우 펄쩍 뛰어 문지방을 넘어서며
季妹婭妊語羅幕	막내 여동생 종알종알 비단 휘장에서 소곤되네.
倚閭陟岵今幾時	의려(倚閭)103)와 척호(陟岵)104) 지금 얼마나 되었을까?
疾病飢寒疑始釋	질병과 기한이 비로소 풀린 듯 여겨진다.
幽人從此莫遠遊	숨어사는 이여! 이제부터 멀리 노닐지 말고
遠遊亦勿過時復	멀리 노닐거든 때 넘겨 돌아오지 마오

수원(燧院) 벽 위의 시에 차운하다
次燧院壁上韻

節當流火別山庄	심성(心星)이 떠 흐르는 칠월105)에 산장을 떠났더니

---

101) (自註) 다리 이름[橋名].
102) (自註) 구름은 시커멓고 길은 어두워, 길가기가 몹시 어려웠기에 이런 뜻을 말한 것이다[雲黑路暗, 行邁甚艱, 故有此意].
103) 의려(倚閭) : 자식을 기다리는 정을 가리킴. 戰國時代 齊나라 王孫賈의 어머니로부터 생겨난 成語임.
104) 척호(陟岵) : 자식이 부모를 그리워하는 정을 가리킴. 『詩經』「鄭風」「陟岵」에 "민둥산에 올라 아버지 계신 곳 바라본다[陟彼岵兮, 瞻望父兮]"라는 구절이 있음.
105) 칠월 : 心星(火星)은 음력 칠월에 서쪽으로 옮겨간다고 함. 이 해(辛亥, 1611) 11월에 고산은 서울에서 해남으로 돌아감.

千里歸時雪滿裳　　천 리 길 돌아올 적에는 흰 눈이 옷에 가득.
何日脫身於世路　　어느 날에나 세상 길에서 몸을 빼어
閑看天地替陰陽　　한가로이 천지간에 음양(陰陽)이 바뀜을 볼거나.

장수재의 서신에 답하다
答張秀才書106)

張書五字押韻, 其中有曰, '采采芙蓉花, 非公誰第一.' 又曰, '想無場
中饌, 送我庭中啄. 云云.'

장수재의 서신에 오언시가 있었는데, 그 중에 '따고 따네 부용꽃107)
을, 공이 아니라면 누가 첫째이리오?'라 한 것이 있고, 또 '장중(場中)의
찬이 없음을 생각하고, 내게 뜰의 닭을 보내주었네'라 한 것이 있다.

芝眉久不接　　귀한 얼굴 오래도록 보지 못하니
思想分外別　　분외(分外)의 이별을 생각게 합니다.
動靜今何如　　동정(動靜)은 지금 어떠하온지요?
流火正爍玉　　칠월 더위는 바로 옥돌을 녹일 듯합니다.
龍鍾侍親闈　　늙고 병든 어버이를 곁에서 모시며
無恙奉几席　　별탈 없이 자리를 받들고 있습니다.
頃得草袍榮　　요사이 풀옷 입는 영예를 얻었으니
斯須樂耳目　　이참에 이목이나 즐겁게 해야겠습니다.
雨露及淺根　　우로(雨露)가 얕은 뿌리에 미치니
激烈歌爾極　　감격하여 부르는 노래 더욱 지극합니다.
少無求名意　　어려서부터 명예를 구할 뜻이 없었다는

---

106) (原註) 임자(壬子, 1612).
107) 부용꽃 : 좋은 시구를 비유하는 말. 皎然의 『詩式』에 '謝氏의 시는 부용꽃이 물에서
　　나온 듯하다[謝詩如芙蓉出水]'라 하였음.

前言君可憶	예전의 말을 그대는 기억하실지요.
況乃荒拙語	하물며 거칠고 졸렬한 말로
誰使人擊節	누가 남에게 무릎을 치게 하겠습니까?
第二而過望	둘째가는 것도 바람이 지나친데
君何願第一	그대는 어찌 첫째가 되라 원하십니까?
隻雞十行書	한 마리 닭과 열 줄의 글
感君意松栢	그대의 송백(松栢) 같은 뜻108)에 감사합니다.
世故喜掣肘	세상은 팔꿈치 잡아당겨 방해하길 좋아해
松關迄未啄	송관(松關)109)을 미처 두드리지 못하였습니다.
聊將願言懷	애오라지 심회를 말씀드리고 싶어
萬一付短筆	일만의 하나를 짧은 붓에 부쳐 봅니다.
惟尊心諒之	다만 높으신 마음으로 해량하시기를
若爲盡書札	어찌 서찰로야 다하겠습니까.
七月十三日	칠월 십삼일에
相識紅塵客	지인 홍진(紅塵)의 객.

날이 갠 것을 기뻐하며
喜晴110)

春王正月歲壬子	임자(壬子)년 정월 봄
雨雪連旬陰氣獰	열흘 계속 눈비 내려 음기 사납네.
日月隱沒物皆晦	해와 달도 숨고 잠겨 만물이 다 어두운데

---

108) 송백 같은 뜻 : '송백은 저습한 땅에 자라지 않는다[松柏不生埤]'라는 말이 있는데,
이때 송백은 고고한 인품을 비유함.
109) 송관(松關) : 은거지를 가리킴. 孟郊의 「退居詩」에 '해 저물어 고요히 돌아오는 때,
그윽히 송관을 두드리네[日暮靜歸時, 幽幽扣松關]'라고 하였음
110) (原註) 같은 해[同年].

雲霧痞塞天彭脖　　　구름 안개 꽉 막히어 하늘은 부풀었네.
夾鐘吹灰蓂五凋　　　이월이라 양기가 동하고 달력풀[111] 다섯 잎 지는데
北來高風誰使令　　　북녘에서 불어오는 높은 바람 누가 시킨 것인지.
幽人曉起拭兩目　　　유인(幽人)이 새벽에 일어나 두 눈을 닦고 보니
境落褰擧乾坤淸　　　경계가 들어올려지고 하늘과 땅이 맑아 있네.
俄然東嶺出曦御　　　갑자기 동녘 산봉우리에서 태양이 솟아나니
閭巷老弱先覲爭　　　거리에는 노소할 것 없이 먼저 보기를 다투네.
宇內氣象何所似　　　천지의 기상(氣象)은 무엇과 같은가
大亂之餘遭太平　　　큰 난리의 끝에 태평을 만난 듯하네.
叢叢萬類悅者幾　　　총총한 만물에 기뻐하는 자 얼마인가
不暇細說吾略評　　　자세히 말할 겨를 없으니 내 간략히 평하노라.
懸鶉背上得朝陽　　　해진 옷 걸친 등위에 아침볕을 얻으니
翁媼共賀綿襖生　　　늙으신 부모님은 함께 솜옷 같은 해 경하하네.
歡顔何用突兀屋　　　기쁜 얼굴로 어찌 우두커니 집에 있으리오
破廬牀乾聞鼾聲　　　부서진 초가 마른 침상에 코 고는 소리 들리네.
農夫往田耒耜便　　　농부 밭에 나가니 쟁기 보습 쓰기 편하고
行客登途車馬輕　　　나그네 길에 오르니 수레와 말은 가볍네.
汲泉處處濯衣裳　　　곳곳에서 샘물 길어 의복을 빨고
布席家家乾粟秔　　　집집마다 멍석 깔고 곡식을 말리네.
霧捲埃宿起棹謳　　　안개 걷히고 먼지 잦아드니 뱃노래 일고
山明水麗添遊情　　　산도 좋고 물도 좋아 노닐 마음 더하네.
道人晒藥架邊立　　　도인(道人)은 약을 말리며 시렁 가에 서있고
樵父腰鎌林下行　　　나무꾼은 낫을 차고 숲 아래 지나가네.
深堂病夫亦灑然　　　집안 깊은 곳 병든 이도 씻은 듯하여
揭簾高枕神魂醒　　　발을 걷고 높이 베니 정신이 깨어나네.
仙鶴飄飄不愁濕　　　선학(仙鶴)은 너울너울 젖을 걱정 없으니

---

111) 달력풀 : 蓂莢이라고도 하는데, 15일을 주기로 피고 진다고 함.

振翮雙飛天外鳴　깃 떨치고 쌍쌍이 날아 하늘 바같에서 우네.
起訪階前桃李樹　일어나 섬돌 앞 도리(桃李)를 찾으니
南枝北枝芳意萌　가지가지마다 꽃 피울 뜻 싹트네.
俯瞰庭中綠萋萋　뜰 굽어보니 푸른 풀이 무성한데
寸草共被春暉榮　작은 풀도 함께 봄의 광영을 입네.
皇天捲雨有何勞　하늘이 비를 거둠에 무슨 수고 있으랴만
而使六合歡意盈　온 세상에 기쁨이 넘쳐나게 하는구나.
嗚呼　아아!
不獨六合歡意盈　온 세상에 기쁨이 넘쳐나게 할 뿐 아니라
天色安寧天氣亨　하늘빛도 평안하고 하늘 기운도 형통하네.

새벽에 길을 가다
曉行112)

恩津縣背野無際　은진현(恩津縣) 뒤로 하니 들판이 가이없는데
客子曉行無月時　나그네는 달도 없을 때 새벽길 가네.
店火是非欺遠眼　객점 불빛 긴가 민가 먼 눈길을 속이고
睡魔進退困勞廝　잠 귀신 오락가락 힘든 종을 곤케 하네.
東西南北星能告　동서남북(東西南北)은 별이 알려 주고
道路橋梁馬自知　도로 교량(道路橋梁)은 말이 절로 아네.
遙想高堂秋夢覺　아득히 생각하니 고당(高堂)은 가을 꿈 깨시어
昧兒安否苦相思　자식놈의 안부(安否)를 애타게 생각하시리.

---

112) (原註) 같은 해[同年].

여산 미륵당에 제하다
題礪山彌勒堂113)

息馬礪山郡	여산군(礪山郡)에서 말을 쉬노라니
朝日正杲杲	아침 햇살 정히 밝기도 하여라.
路傍坐石像	길가에 석상(石像)이 앉았는데
兀然形色老	우뚝하니 형색(形色)은 늙었네.
茅屋垂紙錢	초가에 지전(紙錢)을 드리우고
布衣巾覆腦	베옷에 두건을 씌웠구나.
不識何人施	누가 한 것은 모르거니와
求福可知道	복을 구함인 줄은 알 만하구나.
神乎苟其靈	신이 진실로 영험하다면
余亦有所禱	나 역시 기원할 바 있도다.
願得神妙醫	원컨대 신묘한 의술을 얻어
親痾卽淨掃	어버이 묵은 병 깨끗이 쓸어내기를
康寧坐高堂	강녕하게 평안히 고당(高堂)에 앉으시고
受慶遐壽考	경사를 얻어 장수를 누리시기를.
兒孫滿庭下	자손이 뜰 아래 가득할 제
點頭荅寒燠	머리 끄덕이며 문안에 답하시기를.

병이 나 은진(恩津)에 머물며
疾作留恩津114)

援衾伏枕髮鬇鬙	이불 당기고 베개에 엎드려 머리는 헝클어지고
寒勢纔收熱便乘	한기가 겨우 걷히자 열이 문득 오르네.

---

113) (原註) 같은 해[同年].
114) (原註) 같은 해[同年].

千以高山遮故里 천 개의 높은 산 고향 길을 막는데

五過長夜伴孤燈 닷새의 긴 밤을 지나며 외로운 등을 짝하네.

夢中煎藥家人謹 꿈결에 집안 사람은 삼가 약을 달이고

窓外傳更野月能 창밖에 들녘 달은 능히 시간을 전하네.

心欲奮飛扶杖出 마음이야 떨쳐 날아 지팡이 짚고 나가려 하나

凌兢氣色似秋蠅 덜덜 떠는 기색이 꼭 가을날 파리 같구나.

병이 그치다
疾止[115]

不有疾痛苦 병들어 아파 괴로움이 없다면

誰識平居樂 누가 평상의 즐거움을 알리오

雞聲與晨光 닭 울음과 새벽빛은

莫非娛耳目 이목을 즐겁게 하지 않음이 없네.

부친을 대신해 차운하여 정언(正言)[116] 강대진(姜大晉)의 시에 답하다-6수
代嚴君次韻酬姜正言大晉 六首[117]

寒碧領仙景 한벽루(寒碧樓)는 선경(仙景)을 지니어

爲樓淸且豪 누의 됨됨이 맑고도 호장(豪壯)하네.

能令忘寵辱 은총과 오욕을 잊을 수 있게 하고

可以渾山毫 산과 터럭을 하나로 할 수 있네.

---

115) (原註) 같은 해[同年].
116) 정언(正言) : 사간원의 정6품 관직. 간쟁에 관한 일을 맡아봄.
117) (原註) 갑인(甲寅, 1614).

長瀨聲容好	긴 여울은 소리와 모습이 좋고
羣峯氣象高	뭇 봉우리는 기상이 드높다네.
沈痾難濟勝	고질병을 고쳐 낫게 하기 어렵지만
携賞豈言勞	손잡고 완상하니 어찌 수고롭다 하리오

寄語賀島潭	말을 부쳐 도담(島潭)을 치하하니
今日客英豪	오늘 나그네는 영웅호걸이라.
島潭吾不見	도담은 내 보지 못하였으되
欲見子揮毫	그대의 휘호는 보고자 하네.
奇勝眞何狀	기이한 절경 실로 어이 형용할까마는
與此孰爲高	이와 더불어 누가 더 높은가.
早晚刺舟去	조만간에 배를 저어 가리니
吾亦不辭勞	나 또한 수고를 마다하지 않으리.

羣峯整容立	뭇 봉우리 가지런히 서 있고
羽客雜人豪	신선과 속인은 호탕하네.
玉色明雙眼	옥빛이 두 눈을 밝게 하니
蓬心無一毫	욕심은 한 터럭도 없구나.
江流淸已極	강 물결은 맑기가 더욱 지극하고
禽鳥韻猶高	새 소리는 운치가 오히려 드높네.
玄圃何能躋	신선 사는 곳 어찌 오를 수 있으랴.
今除夢想勞	이제야 몽상(夢想)의 수고로움 덜어지네.

淸風始誰作	청풍(淸風)이라 누가 처음 이름지었나.
相地人應豪	지세 보니 사람이 응당 호탕하겠네.
洲渚淨如玉	물가는 깨끗하기가 옥과 같고
江流澄鑑毫	강물은 맑기가 터럭을 비추네.

秀峯仙侶會　　빼어난 봉우리에 신선 모이고
橫嶂畵屛高　　빗긴 산에 그림 병풍 높구나.
坐覺心神爽　　심신(心神)이 상쾌함을 깨닫는데
何嫌眼力勞　　어찌 안력(眼力)의 수고를 꺼리랴.

山如論妙理　　산은 신묘한 이치를 논한 듯하고
瀨必角淸豪　　여울은 필시 맑고 호장함을 다투리.
制作煩誰手　　만들어 내느라 누구의 손 번거로웠으랴.
新奇細入毫　　그 신기함이 붓끝에 자세히 들어 있네.
烟霞知潤色　　안개와 노을은 윤색(潤色)할 줄 알고
魚鳥自卑高　　물고기와 새는 절로 낮거니 높거니.
小邑雖無事　　작은 고을이라 비록 일이 없으나
斯爲應接勞　　응접하는 수고야 있을 것이라.

經年占仙境　　해가 지나도록 선경(仙境)을 차지하니
身病意猶豪　　몸 병들었으되 뜻 외려 호방하네.
暮靄嘘靑氣　　저녁 아지랑이 푸른 기운 불어내고
晴鷗曬白毫　　개인 뒤 갈매기 흰 깃털 말리네.
江山較奇勝　　강산은 기이함과 뛰어남을 견주고
花卉亂低高　　화초는 낮거니 높거니 어지럽구나.
爾輩沮歸計　　너희들이 돌아갈 계책 막으니
還忘作吏勞　　도리어 벼슬살이 노고를 잊겠네.

한벽루(寒碧樓)[118] 벽 위 주문절(朱文節)[119]의 운에 차운함
次寒碧樓壁上朱文節韻

千般景象醒人眼　　각양각색 경물이 사람 눈을 깨우는데
晨啓軒窓至暝烟　　새벽에 헌창(軒窓) 여니 뿌연 안개 이르도다.
誰識二儀淸淑意　　뉘 알았으리, 음양의 맑은 뜻을
山川持向此間傳　　산천이 가져다 이곳에 전해 줄는지.

김첨지(僉知)[120] 형님을 위한 만사-2수
挽金僉知兄 二首[121]

人皆有一死　　사람은 다 한번 죽는 것이나
無似子之喪　　그대의 상(喪) 같은 경우 없으리.
後事終誰主　　뒷일은 끝내 누가 주관하리오?
初亡乃客堂　　초상 당한 곳 객당(客堂)이라네.
偏親獨撫斂　　홀어머니 홀로 염을 하고
病婦不離床　　병든 아내는 자리에서 일어나지 못하네.
年位天俱嗇　　나이와 지위에 하늘이 다 인색했으니
於斯益痛傷　　이에 더욱 가슴 아프고 쓰라리네.

職無展抱年還短　　벼슬해 뜻을 펴지 못하고 나이도 적은데
何意斯人遽至斯　　이 사람 갑자기 이렇게 됨은 무슨 뜻이런가.
逆旅飯含奴作主　　역려(逆旅)에서의 반함(飯含)[122]을 종이 주관하는데

---

118) 한벽루(寒碧樓) : 충청북도 제천시 청풍면에 있는 누정 이름.
119) 주문절(朱文節) : 고려 충렬왕 대의 문신. 이름은 悅, 문절은 그의 시호 능성 사람으로, 문장에 능하고 글씨가 뛰어났음.
120) 첨지(僉知) : 僉知中樞府使의 준말. 중추부의 정3품 관직.
121) (原註) 이름은 극성이요, 공의 제부이다[名克惺, 公娣夫]. 을묘(乙卯, 1615).

舊家香火孰終尸	고향집에서 향 피우는 일 누가 끝내 맡아 하리?
慈闈夜哭隣人痛	어머니 밤새 곡을 하여 이웃도 애통해 하는데
病婦深悲神鬼知	병든 아내 몹시 슬퍼하니 혼령도 알겠네.
分我葭莩情甚篤	나와는 친척123)으로 정이 몹시 두터웠으니
不堪收淚寫哀辭	눈물 거두지 못한 채 애사(哀辭)를 쓴다네.

아버님 대신 어떤 이의 만사를 지음-2수
代嚴君挽人 二首124)

芝蘭二三代方茂	지란(芝蘭)125)은 이삼 대에 바야흐로 무성하고
琴瑟五十年有餘	금슬(琴瑟)126)은 오십 년하고 남음이 있네.
爲貴共誇因子後	자식 잘된 후에 귀하게 됨을 함께 자랑했고
宜家有識結縭初	신혼127) 초부터 집안 화목하게 해야함을 알았다네.
蘇州沈痛誠非達	소주(蘇州)의 침통함128) 실로 이를 바 아니고
莊叟狂歌亦太虛	장자(莊子)의 광가(狂歌)129) 또한 지극히 허탄하네.
寄語高堂老君子	고당(高堂)의 늙은 남편에게 말씀드리나니
樂天知命遣單居	천명을 즐거이 따라 홀로 살아 보소서.

---

122) 반함(飯含) : 주옥(珠玉)으로 죽은 사람의 입 속을 채우는 것.
123) 친척 : 가부(葭莩). 갈대 줄기에 있는 얇은 막. 친척의 비유로 쓰임.
124) (原註) 같은 해[同年].
125) 지란(芝蘭) : 영지와 난초 선인재자(善人才子)의 뜻으로 남의 자제를 아름답게 부른 말.
126) 금슬(琴瑟) : 거문고와 큰거문고. 轉하여 부부의 사이.
127) 신혼 : 결리(結縭). 여자가 시집갈 때 어머니가 향주머니(기혼 부인이 참)를 띠에 매어 주며 경계하는 일. 轉하여 시집가는 일. 출가(出嫁).
128) 소주(蘇州)의 침통함 : 蘇州는 곧 唐의 시인 韋應物로, 그는 蘇州刺史를 지냈음.
129) 장자(莊子)의 광가(狂歌) : 장자의 아내가 죽어 혜자가 문상을 갔는데, 장자는 두 다리를 뻗고 앉아 질그릇을 두드리며 노래를 부르고 있었다[莊子妻死, 惠子弔之, 莊子則方箕踞, 鼓盆而歌].『莊子』「至樂」.

生無所愧沒爲寧	살아 부끄러울 바 없었고 죽어서도 편안한데
況復康寧壽考幷	하물며 다시 강녕하고 아울러 장수함이랴?
夫子靑衫官縱薄	지아비는 청삼(靑衫)으로 관직 비록 낮았으나
郞君列鼎養殊榮	자제는 성찬(盛饌)130)으로 봉양에 극진했네.
身隨人事萍曾散	몸은 인사(人事)를 따라 부평초처럼 흩어지고
魂往靈帷涕自橫	혼은 영유(靈帷)로 떠나니 눈물 절로 빗겨 흐르네.
點檢舊遊多鬼錄	옛날 사귀던 이 귀신 명부(名簿)에 오른 이 많은데
觀居斯世若爲情	이 세상을 살피며 사는 정인들 어떠하리?

을묘년 섣달에 남양(南陽) 큰아버님의 옛집에 갔다가 느낌이 있어 율시 두 수를 지음. 또 옛날을 생각하며 세 수를 지음
乙卯臘月, 往南陽伯父舊宅有感, 吟二律, 又賦記得昔年日三章

來到琶村舍	파촌(琶村) 옛집에 이르니
爺孃舊所居	부모님 예전에 사시던 집이라네.
廚存釃酒處	부엌에는 술 익히는 곳 남아 있고
壁有課奴書	벽에는 종들 일 시키던 글 남아 있네.
顧復如將見	은혜로운 어버이131) 장차 뵐 것만 같은데
瞻依竟是虛	뵙고 의지하려 해도 이제는 안 계시네.
曾知泣近婦	울면 부인네와 같음을 알고 있어도
不覺淚盈裾	나도 모르게 눈물은 옷깃을 적신다오

昔我先夫子	옛날 우리 아버님께선
移家到海濱	집을 옮겨 물가에 이르렀다네.
尋常成好事	늘상 좋은 일 있었고

---

130) 성찬(盛饌) : 열정(列鼎). 성찬(盛饌)과 같음.
131) 은혜로운 어버이 : 고복(顧復). 부모가 자식을 보살펴 기름. 어버이의 은혜가 두터움.

八九有芳隣	열에 아홉 좋은 이웃을 두었다네.
桑梓渾依舊	뽕나무와 가래나무132)는 죄다 의구한데
松楸總已新	소나무와 개오동나무133)는 다들 새롭구나!
那堪聞慶老	어찌 경사 많은 노인이었다 하리오?
復作夜臺人	이미 야대인(夜臺人)134)이 되어 버린 것을.
記得昔年日	생각해 보면 옛날
兒嘗自外來	내가 밖에서 돌아오면,
調羹慈母急	국 끓이느라 어머닌 급하셨고
炊飯大人催	밥하라고 아버지 재촉하셨지.
記得昔年日	생각해 보면 옛날
兒嘗自外歸	내가 밖에서 돌아오면,
大人問寒燠	아버지 추운가 따뜻한가 물으시고
慈母與新衣	어머니 새 옷을 내어 주셨지.
記得昔年日	생각해 보면 옛날
兒嘗自外還	내가 밖에서 돌아오면,
怡怡家慶畢	기쁘게 어버이 문안 인사135) 마치고
侍坐北堂間	어머니 옆에 모시고 앉았었지.

---

132) 뽕나무와 가래나무, 즉 桑梓는 고향을 가리킴.
133) 소나무와 개오동나무는 무덤가에 심는 나무로서, 松楸는 곧 묘소를 가리킴.
134) 야대인(夜臺人) : 묘혈(墓穴)에 든 사람, 즉 죽은 사람.
135) 어버이 문안 인사 : 가경(家慶). 부모와 오래 떨어져 있다가 다시 돌아오는 일.

면부(勉夫)가 면숙(勉叔)의 유배지로 가는 것을 전송하며 – 절구 5수
送勉夫之勉叔謫所 五絶[136]

陽春正屬蘇群槁	따뜻한 봄이 되니 시든 나무들 살아나는데
何事鶺鴒原上飛	무슨 일로 척령(鶺鴒)[137]이 들판 위로 날아가는가?
聖主應憐憔悴客	임금께선 응당 초췌한 적객(謫客)을 가엽게 여기시리니
東風許作一行歸	동풍은 함께 돌아옴을 허락하리라.

梅也先生甚愛之	매화를 선생은 몹시 사랑하여
盆中手種短長枝	화분에 손수 두어 가지 심으셨지.
逢君應問花消息	그대 만나면 응당 꽃소식을 물을 터이니
爲報淸香似昔時	맑은 향기 예전 그대로라 알려 주게나.

洪君兄弟愛芳香	홍군 형제 꽃향기 사랑하여
一樹寒梅置草堂	한 그루 찬 매화 초당에 두었다네.
應念去年春雪後	응당 생각나겠지, 지난해 봄눈 내린 뒤
花邊相對屬淸觴	꽃가에 마주 앉아 맑은 술잔 권하던 것을.

去年分手悲何奈	지난해 이별하니 슬픔이 어떠했던가?
此日相逢樂更加	오늘 상봉하니 즐거움이 다시 더하네.
夜雨寒燈蕭瑟處	밤비 차가운 등, 쓸쓸한 곳이나
還應忘却在長沙	도리어 응당 장사(長沙)[138]에 있음을 잊게 되리니.

吾君友愛得之天	그대들 우애는 하늘이 내렸으되

---

136) (原註) 병진(丙辰, 1616). 면부는 홍무업의 자이며, 면숙은 홍무적[1577~1656, 호는 白石. 인목대비 폐모론에 반대하다 거제도에 유배됨. 인조 때 대사헌, 우참찬 등을 역임함 : 역자주]의 자이다[勉夫, 洪茂業字, 勉叔, 洪茂績字].

137) 주 62) 참조.

138) 장사(長沙) : 漢의 賈誼가 참소를 입어 좌천되어 간 곳.

此日鶺原淚到泉	오늘 척령(鶺鴒)의 눈물 구천에 떨어지네.
誰送靈龜言碧落	누가 신령한 거북을 보내 하늘에 호소할까?
不敎腸斷越江邊	애끊는 슬픔으로 강가를 넘지 않게 하기를.

겸보 숙부의 「영회(詠懷)」에 차운하다-2수
次韻謙甫叔丈詠懷 二首[139]

文字曾非史	문자야 사전(史傳)에 전해질 바 아니나
威儀自是村	위의(威儀)가 이 고을에서 비롯되었다 하리라.
如何於世路	어찌하여 세상 길에서
乃欲着吾跟	내 발꿈치를 붙여두려 하겠는가.
唐帝憂洪水	도당씨(陶唐氏)[140]는 홍수를 근심하였고
周公入夢魂	주공(周公)[141]은 꿈속에 들었네.
不關紆紫綬	높은 벼슬[142]이야 관계치 않으리니
京庾享曾孫	큰 곳간 두어 증손(曾孫)과 누리도다.

人間軒冕斷無希	인간 세상 높은 벼슬 단연코 바란 일 없고
惟願江湖得早歸	오직 원하기는 강호에 일찍 돌아감이라.
已向孤山營小屋	이미 고산(孤山)에 작은 집 지었으니
何年實着芰荷衣	어느 해에 실로 연잎 옷 입으려나.

---

139) (原註) 같은 해[同年].
140) 도당씨(陶唐氏) : 중국의 古帝인 堯임금.
141) 주공 : 周公(?~?), 중국 周나라의 정치가로 이름은 旦이다. 주왕조를 세운 문왕(文王)의 아들이며 무왕(武王)의 동생으로 무왕과 무왕의 아들 성왕(成王)을 도와 주왕조의 기초를 확립하였다. 무왕이 죽은 뒤 나이 어린 성왕이 제위에 오르자 섭정(攝政)이 되었다. 예악(禮樂)과 법도(法度)를 제정하여 주왕실 특유의 제도문물(制度文物)을 창시하는 한편 중국 고대의 정치·사상·문화 등 다방면에 공헌하여 유교에서는 성인으로 존숭되고 있다. 저서에 『주례(周禮)』가 있다.
142) 높은 벼슬 : 紫綬. 자줏빛 인끈, 즉 재상과 대신의 복식으로 높은 벼슬을 의미함.

홍면숙(洪勉叔)께 부치는 시-2수
寄呈洪勉叔 二首[143]

我家南隣有一士	우리 집 남쪽 이웃에 선비 하나 있어
今歲上書論國事	올해 글을 올려 국사(國事)를 논하였네.
世人頗能說子非	세상 사람들 자못 그대 그르다 말할 수 있고
吾亦未必知子是	나 역시 반드시 그대 옳은 줄 알지는 못하겠네.
故舊情義豈可無	오랜 정의(情義)야 어찌 없을 수 있으리
念子遠謫長嗟吁	그대 멀리 유배감을 생각하며 길이 탄식한다오
洛陽歲暮增離憂	서울의 세모(歲暮)에 이별의 근심 더하는데
江潭夢斷心悠悠	강가에서 꿈 끊어져 마음은 아련하네.
夜來窓外雪花密	밤 되자 창밖에 눈꽃송이 펄펄 내리니
滿樑落月猶復失	들보 가득 내리던 달빛 다시 사라지네.

由來竄謫人	옛부터 귀양간 사람들을
歷觀諸往史	지난 역사책에서 두루 살펴보았네.
或戢翼就懦	혹은 날개 접어 나약한 데에 이르고
或保美增氣	혹은 미덕(美德) 지켜 기개를 더하였네.
或發怨尤言	혹은 원망하고 허물하는 말을 하였고
或含忿懥意	혹은 분하고 성난 마음 머금기도 하네.
如有一於此	이 가운데서 하나라도 있다면
雖是而不是	비록 옳더라도 옳지 못한 것이라오
願子讀聖書	원컨대 그대는 성인의 글을 읽어
益求無窮理	더욱 무궁한 이치를 구하시길.
思古俾無訧	고인(古人)을 생각하며 허물없게 하고
進進不少置	힘써 나아가 조금도 멈추지 마오

---

143) (原註) 같은 해[同年].

| 子豈待人言 | 그대 어찌 남의 말 기대하랴만 |
| 切偲朋友義 | 절실한 책선(責善)144)은 붕우(朋友)의 의리인 것을. |

길가의 사람에게 장난삼아 지어주다
戱贈路傍人145)

吾事固非時	나의 일 진실로 시절에 어긋나건만
汝知吾不知	너는 알아도 나는 알지 못하는구나.
讀書不及汝	글을 읽었어도 너에게 미치지 못하니
可謂天生癡	천치(天癡)라 이를 만하리.

길주(吉州) 도중에
吉州途中146)

孟春卄一日	초봄 스무하룻날에
驅馬吉城西	길주성(吉州城) 서쪽으로 말을 모네.
雲散日光好	구름 흩어져 햇빛은 좋고
風和天氣舒	바람 온화하여 하늘 기운 펴지네.
征人垂袖去	나그네는 소매 드리우며 떠나고
野鳥盡情啼	들새는 정에 겨워 우는구나.
忘却家千里	집이 천 리 밖에 있음을 잊어버린 채

---

144) 절실한 책선(責善) : 切偲.『論語』「子路」, "간절하고 자상히 권면하여 화락하면 선
비라 이를 만하다[切切偲偲, 怡怡如也, 可謂士也]."
145) (原註) 이하의 작품은 경원(慶源)에 귀양 갔을 적에 지은 것이다. 길가의 사람은 홍
원(洪原)의 기녀 조생(趙生)이다. 정사(丁巳, 1617)년에 지음[以下謫慶源時 路傍人 洪
原妓 趙生. 丁巳].
146) (原註) 같은 해[同年].

於斯興有餘　　　이곳의 흥취는 남음이 있구나.

경원(慶源)에 도착하여 객사에 제하다-2수
到慶題寓舍 二首[147]

慶源猶我國	경원(慶源)도 우리의 국토인데
安用學莊吟	어찌 고향 그리는 노래[148]를 배우리오
憶子眠難穩	자식 생각에 잠자리 평온하기 어렵고
思親淚不禁	부모 생각에 눈물 그치지 못하네.
南山何處在	남산(南山)은 어디쯤에 있으려나
渭水夢中尋	위수(渭水)[149]는 꿈속에서나 찾아보네.
天末春風起	하늘 끝에서 봄바람 일어나니
增余渺渺心	내 마음 아득함만 더해 가누나.

死生任蒼天	생사(生死)의 일 하늘에 맡기고
飢飽任僮僕	주림과 배부름 하인에게 맡겼네.
老父及妻兒	늙은 아비와 처자식을
念之亦何益	생각한들 또 무엇하리.
謝客固已定	손님 사절은 실로 이미 정했으니
我門誰肯屈	우리 집 문(門) 앞에 누가 찾아오려 하리오!
身心無一事	몸과 마음에 일거리 하나 없으니
可以玩書籍	서적을 완상할 만하구나.

---

147) (原註) 같은 해[同年].
148) 莊吟. 곧 莊舃越吟. 고국(고향)을 그리는 노래. 장석은 전국시대 越나라 사람으로 越
舃이라고도 한다. 楚나라에서 벼슬살이를 하다가 병이 들어서 월나라를 그리워하여
월나라 소리로 노래를 불렀다고 한다.
149) 위수(渭水) : 중국 甘肅省 渭源縣에서 발원하여 陝西省을 거처 黃海로 유입되는 강.
위수는 장안 근처로 지나가므로 작자는 이를 통해 서울을 생각하고 있음.

玩書且何爲	서적을 즐김은 또한 무엇을 위함인가?
庶療吾狂癖	나의 미친 성벽(性癖)이나 고치려 함이네.

자다가 깨어 어버이를 생각하다-2수
睡覺思親 二首

酒醒孤枕夢初廻	술 깬 외로운 베갯맡에 꿈도 갓 깨니
月滿西窓曉角哀	달빛 가득한 서창에 새벽 호드기 소리 슬퍼라.
遙想高堂安穩未	아득히 부모님 안부 생각하여
三千里外首空擡	삼천 리 밖에서 머리 부질없이 들어보네.

庭闈溫淸誠宜念	부모님 문안¹⁵⁰⁾은 진실로 마땅히 생각하나
宗社安危豈忍看	종사(宗社)의 안위(安危)를 어찌 차마 간과하랴!
以孝爲忠忠便孝	효(孝)로써 충(忠)을 행하면 충이 곧 효이니
孰云忠孝兩全難	뉘 말하리! 충효를 겸전(兼全)하기 어렵다고

친구를 생각하며
思親舊

靑丘絶塞北	청구(靑丘)의 외진 변방 북쪽
蝸室小城隈	작은 성(城) 모퉁이의 비좁은 집.
風雪春猶壯	눈보라는 봄에도 여전히 거세고
柴荊晝不開	가시 사립문은 낮에도 열지 않네.
時聞隣犬吠	때로 이웃의 개 짖는 소리 들리면

---

150) 부모님 문안 : 冬溫夏淸. 어버이를 봉양함에 겨울에는 따뜻한지 여름에는 상쾌한지를 살핌.

還訝故人來　　친구가 찾아왔나 생각한다네.
千以高山隔　　천 개 높은 산이 가로 막혔으니
何由把一盃　　어찌하면 한 잔 할 수 있으려나!

정인관암(鄭仁觀巖)에 제하다—4수
題鄭仁觀巖 四首

娛儂川上有高臺　　오농천(娛儂川)[151]가에 높은 누대 있어
天作奇形待我來　　하늘은 기이한 형상 만들고서 나오길 기다렸네.
除却思親思聖主　　어버이 생각, 임금 생각 없다면야
何須南望首頻回　　어찌 자주 머리 돌려 남쪽 바라볼 것 있으랴!
長川一道直而斜　　긴 시내 한 길로 곧게 흐르다가 굽어지고
川口奇巖眼界華　　시내 어귀 기이한 바위에 시야가 화려하네.
若使主人開小宇　　만일 주인으로 하여금 작은 집이라도 열게 하면
浣花流水不能誇　　완화계(浣花溪)[152] 흐르는 물도 자랑할 수 없으리!

眼中佳景極森羅　　아름다운 경관 눈 속에 빽빽이 늘어섰으니
笑殺山川伎倆多　　산천(山川)의 재주 많음을 크게 웃노라.
若得茅齋巖上着　　만일 띠집을 바위 위에 지을 수 있다면
從他朝暮供吟哦　　그로부터 아침저녁으로 시를 읊게 되리라.

花鴨隨靑鴨　　꽃오리[153]는 청둥오리 따르더니
飛來泛水中　　날아와 물 가운데 떠 있네.

---

151) 오농천(娛儂川): 吾弄草川의 異記로 추정됨. 오롱초천은 경원도호부의 남쪽 45리에
　　 있으며 동으로 흘러 두만강으로 들어가는 시냇물임.
152) 완화계(浣花溪): 중국 四川省에 있는 계곡으로 杜甫의 古宅이 있음.
153) 꽃오리: 花鴨. 오리의 터럭에 여러 색깔이 점점이 뒤섞인 모양.

| 誰敎巧粧點 | 누가 예쁘게 단장하는 법 가르쳤나? |
| 對此興無窮 | 이를 대하노라니 흥취(興趣) 무궁하여라. |

건원(乾元)[154]에서 출발하며 남에게 지어줌—2수
出乾元贈人 二首

何事長程去却回	무슨 일로 먼 길 왔다 되돌아가는가?
此行非獨爲公來	이 걸음 오직 공을 위해 온 것은 아니라오
娛儂川畔奇巖上	오농천(娛儂川) 물가 기이한 바위 위를
登眺要須日一廻	날마다 한번 올라 바라보고 싶어서라오

明月山陰道	밝은 달 산음(山陰)[155]의 길
誰回訪戴船	뉘라 방대(訪戴)[156]의 배를 되돌렸던가?
風流無敢續	풍류를 잇지 못한 채
寥寂已千年	쓸쓸히 이미 천년이 지난 듯.

재차 정인관암(鄭仁觀巖)에 올라—2수
再登鄭仁觀巖 二首

秣馬乾元古鎭傍	건원(乾元) 옛 진(鎭) 곁에서 말을 먹이고
娛儂川畔着鞭忙	오농천(娛儂川)가에서 채찍질 조급히 하네.
一瓶酒外無朋伴	한 병 술 외에 벗이 없으니

---

154) 건원(乾元) : 慶源都護府 동쪽 45리 지점에 위치해 있으며 堡가 쌓아져 있음.
155) 산음(山陰) : 秦나라 때에 설치된 縣의 이름. 隋나라 때에 會稽縣에 편입되었음.
156) 방대(訪戴) : 친구를 방문한다는 뜻. 晉의 王徽之는 山陰에 살았는데 눈내리는 밤 흥
    에 겨워 배를 타고 친구 戴逵를 찾아가 문앞에 이르렀으나 흥이 다하자 그냥 되돌아
    왔다는 고사에 전고를 두고 있음.

同上苔磯看夕陽　함께 이끼 낀 물가 바위에 올라 석양을 본다.

携壺獨上鄭仁磯　술병 들고 홀로 정인관암 올라보니
暮色蒼然不肯歸　저녁 빛 짙푸른데 돌아가기 싫구나.
誰謂白鷗元水宿　뉘 말했나? 갈매기 원래 물에서 잠든다고
汀洲已絶白鷗飛　물가 모래섬에 이미 갈매기 날지 않는 것을.

곡수대(曲水臺)-3수
曲水臺 三首[157]

曲水臺傍有小川　곡수대 곁에 작은 시내 있어
眼中佳境不如邊　눈에 들어오는 좋은 경치 주변과 다르다.
蹇衣濯足坐巖上　옷 걷어 발 닦고 바위 위에 앉았노라니
戴飯何人餉野田　들밥 인 어떤 이 밭으로 음식을 나르는군.

出郭逍遙得小川　성곽을 나와 거닐다 작은 시내 만나보니
羈愁不敢到吾邊　매여 있는 시름 감히 내 곁에 이르지 못하네.
坐看饁婦戴簞去　앉아 들밥 나르는 아낙 대광주리 이고 감을 보니
忽憶王山灘上田[158]　홀연 왕산탄(王山灘) 위의 밭이 떠오른다오

楸城郭外有長川　추성(楸城) 외곽에 긴 시내 있어
混混東流赴海邊　세차게 동으로 흘러 해변으로 나아가네.
何日歸霑龍鬣上　어느 날에나 돌아가 용의 갈기 적시고
化爲甘雨雨民田　단비 되어 백성의 밭에 비를 내려주려나?

---

157) (自註) 경원성 서쪽 5리의 탁족대 근방에 있다. 어떤 이가 운을 불러 주어 절구 세
　　수를 지었다[在慶源城西五里, 濯足臺傍. 有人呼韻, 賦三絶].
158) (原註) 왕산탄은 고산에 있다[王山灘在孤山].

달을 마주한 채 어버이를 그리워함-2수
對月思親 二首

雨退雲消月色新　　비 그치고 구름 사라져 달빛 새로운데
靑天萬里淨無塵　　푸른 하늘 만 리에 깨끗하니 티끌 없다.
遙知此夜高堂上　　멀리서도 알겠으니, 오늘 밤 고당 위에선
坐對兒孫說遠人　　손자들과 마주 앉아 멀리 있는 이 이야기하겠지.

楸城明月擧頭看　　추성(楸城)의 밝은 달 머리 들어 바라보는데
月照東湖也一般　　달은 동호(東湖)에도 이렇듯 비추겠지.
姮娥若許掀簾語　　항아(姮娥)[159]가 발을 치켜들고 말하길 허락한다면
欲問高堂宿食安　　부모님 숙식이 편안한가 묻고 싶다오

진호루(鎭胡樓)에 올라 문미 위의 시에 차운함-4수
登鎭胡樓, 次楣上韻 四首[160]

來上危樓若有求　　찾는 것이라도 있는 듯 높은 누각에 올라
山河表裏騁眸周　　산하의 안팎을 눈 달려 두루 살펴보네.
能令氣岸添豪爽　　기질에 호상(豪爽)함을 보탤 수만 있다면
遠客都無一分愁　　멀리 떠나 온 이 한 푼 수심도 없으리.

風光箇箇應吾求　　풍광은 낱낱이 나의 요구 응해주니
曲曲欄干徙倚周　　굽이굽이 난간을 두루 옮겨가며 기대어 본다.
不待靑州從事力　　청주종사(靑州從事)[161]의 힘 기다리지 않아도

---

159) 항아(姮娥) : 남편이 숨겨둔 불사약을 훔쳐 달로 달아났다는 羿의 아내. 달을 가리키
기도 함.
160) (原註) 경원성 남문의 누각이다[慶源城南門樓].

能鑒客子滿腔愁　　나그네 몸 가득한 시름 모조리 없애주리.

高冠長珮亦無求　　높은 관에 긴 패옥도 구함이 없었으나
性癖於人苦不周　　성벽(性癖)은 남에게 심히 원만치 못했네.
今日投身玄塞外　　오늘 북녘 변새 밖에 몸이 던져졌으니
休將國事作吾愁　　나랏일로 내 근심 삼기를 그만 두려오

長川一道有何求　　긴 시내의 한 물길 무엇을 구하길래
故向楸城城下周　　짐짓 추성(楸城)을 향해 성 아래를 에둘렀나?
粧點風光固爲好　　단장한 듯한 풍광 진실로 사랑스럽거늘
願將淸泚洗邊愁　　원컨대 맑음으로 변새의 시름 씻어내리.

낙망(樂忘)의 시에 차운함-2수
次樂忘韻 二首[162]

淸和時節雪猶殘　　청화한 시절이나 눈은 아직 남아 있어
誰信人間有此寒　　뉘 믿으리, 인간 세상에 이런 추위 있음을.
攬茞蕙纕皆所善　　구리때 따고 혜초 허리띠 해도 다 좋으며[163]
囚山蔡服亦云安　　산에 갇혀 풀옷 입어도 편안타 이르네.
只練愛國輕身易　　다만 나라 사랑에 몸 가벼이 여김 쉽게 하더니
終爲思親忍淚難　　끝내 어버이 생각에 눈물 참기 어렵구나.

---

161) 청주종사(靑州從事) : 좋은 술을 일컫는 말. 晉의 桓溫은 술맛을 잘 감별하는 부하를
　　두어 좋은 술을 마셨는데, 배꼽[臍]에 까지 술기운이 이르는 좋은 술을 청주종사라 이
　　름하였다. 靑州에 속한 郡 가운데 하나인 齊와 臍가 서로 음이 같으므로 해학적으로
　　이름을 부친 것임. 『世說新語』
162) (原註) 낙망은 김시양의 호이다. 당시 종성에 유배와 있었다[樂忘, 金時讓號, 時謫
　　鐘城].
163) 이 구절은 자신을 屈原에 비유한 것임.

渺渺飛鴻斜日外　아득히 큰기러기 사양 저 편으로 날아가는데
鎭胡樓上倚欄干　진호루(鎭胡樓) 위 난간에 기대어 서 있다.

尋常把酒不留殘　늘 술을 마시며 남기지 않음은
只爲幽州分外寒　유주(幽州)164)가 너무나 추운 탓이라.
風伯有時偏自怒　풍백(風伯)165)은 때때로 치우쳐 성을 내니
窓扉終日未能安　창문짝 종일 편안치 못하다.
屋眞似斗頭低慣　방은 참으로 말[斗] 같아 머리 낮추기 익숙한데
飯正如沙匙抄難　밥은 정히 모래 같아 수저 뜨기 어렵구나.
往往逢人向我說　왕왕 만나는 사람들 내게 말하네
國家成敗汝何干　국가의 성패에 네 어찌 간여했던가고

매미 소리를 듣고
聞蟬

流火初三日　칠월166) 초사흗날에
聞蟬第一聲　매미 소리를 처음 들었네.
羈人偏感物　유배온 몸이라 유난히도 느꺼운데
塞俗不知名　변방 사람들은 이름도 모른다네.
飮露應無欲　이슬을 마셔 응당 욕심이 없겠으나
號秋若有情　가을에 우는 소리 마치 심정이 담긴 듯.
還愁草木落　초목에 낙엽이 져 도리어 근심스러운데
未喜夕風淸　저녁 바람 맑아도 기쁘지 않다네.

---

164) 유주(幽州) : 본래 중국의 동북지역을 지칭하는 말이나 함경도 지역을 이에 빗대어
　일컬은 것임.
165) 풍백(風伯) : 바람의 신.
166) 칠월 : 유화(流火). 주 105) 참조.

면숙(勉叔)에게 준 시의 운(韻)을 써서 낙망(樂忘)에게 답함 - 2수
用寄勉叔韻酬樂忘子 二首

我昔屢聞湖南士	나 예전에 호남의 선비에게 자주 들었으니
稱子居官敬其事	그대가 벼슬살이함에 일 처리 신중하다 하더이다.
北扉關木出無妄	북쪽 사립문 빗장 걸고 함부로 출입하지 않았으니
工織何人能辦是	베 짜는 이 가운데 누가 능히 이럴 수 있으리오?
吾君肆眚古來無	우리 임금 잘못을 내버려두는 일167) 예로부터 없었고
流宥亦足令人吁	사면(赦免) 받는 일 또한 사람들을 탄식케 하리.
樂天知命子不憂	천명을 즐겨 그대 근심 없으니
休休莫莫復悠悠	편안하고 조용하며 또 유유자적하네.
使我今日按子密	나로 하여금 오늘 그대와 친밀함 생각하게 하니
過推狂客寧非失	광객(狂客)을 잘못 추천한 일 어찌 과실이 아니었으리?

我公君子人	그대는 군자인지라
不野亦不史	촌스럽지도 겉치장하지도 않았네.
窮通守正理	궁달(窮達)에 바른 이치를 지키고
苦樂有浩氣	고락(苦樂)에 호연한 기상이 있네.
投竄匪自作	귀양온 것 스스로의 잘못 때문 아닌데
增益豈天意	시일이 늘어남이 어찌 하늘의 뜻이리?
枯槁苦如我	영락(零落)한 괴로움 나와 같으니
依歸幸得是	다행히 이렇게 의지할 수 있게 되었네.
有意承警咳	경해(警咳)168)를 이을 뜻을 지녀
論文討物理	글을 논하고 사물의 이치를 토구(討究)하네.
惴惴未敢出	두려워하며 함부로 나가지 아니하나
悠悠不能置	한가롭게 버려질 수는 없으리.

---

167) 잘못을 내버려두는 일 : 사생(肆眚). 허물을 용서함.
168) 경해(警咳) : 선인들의 가르침.

| 願垂落石言 | 원컨대 떨어지는 돌의 말169)을 따르고 |
| 勿貴膠柒義 | 교칠(膠柒)170)의 의리 일랑 소중히 여기지 마오 |

낙망(樂忘)의 시에 차운함
次樂忘韻

豆江朝雨暗	두만강엔 아침 비 자욱하고
甑岳暮雲黃	증산(甑山)171)엔 저녁 구름 누런빛이네.
曠野塵如霧	황야의 먼지는 안개 낀 것 같고
孤城月似霜	고적한 성의 달은 서리가 내리듯.
使人長對此	사람에게 오래도록 이것을 대하게 한다면
何日不思鄕	어느 날인들 고향을 그리워하지 않으리.
素位觀前訓	현재의 처지에서 옛 가르침 보노라니
心同網在綱	마음은 그물에 벼리가 있는 것과 같아지네.172)

마관(馬官)173) 김상윤(金相潤)에게 줌
贈金馬官相潤

| 與公傾盖在今春 | 그대와 처음 만난 것174) 올봄이더니 |

---

169) 돌의 말 : 石言. 돌이 내는 소리. 옛날 사람들은 신(神)이 돌에 의지해 말한다고 여겼음.
170) 교칠(膠柒) : 膠漆과 같음. 아교와 옻칠로, 친밀한 관계를 비유함.
171) 증산(甑山) : 경원도호부의 서쪽 31리에 있으며, 산꼭대기에는 시루와 같은 돌이 있기 때문에 이러한 이름이 붙었다고 한다.
172) 그물에 벼리가 있는 것 : 망재강(網在綱). 마치 그물에 벼리가 있어 조리가 있고 문란해지지 않음과 같다[若網在綱, 有條而不紊]. 『書經』 「商書」 「盤庚」 上.
173) 마관(馬官) : 察訪과 같음. 종6품의 지방관. 각지의 驛에서 교통 체신의 사무를 관장하는 역장.
174) 처음 만난 것 : 경개(傾盖). 길을 가다 누구를 만나 서로 수레덮개를 기울이고 이야기

昨日相過意益眞	어제 찾아오니 뜻 더욱 참되다오
風雨猶能留好客	비바람은 외려 좋은 손님 머물게 하는데
瘡痍不解閔窮人	병이 낫지 않으니 궁한 사람 가엽게 여기네.
論文把酒皆端合	글 논하고 술 마심이야 할 수 있으나
騎馬扶筇並莫因	말 타고 지팡이 짚는 것은 하기가 어렵다오
何敢書懷邀主簿	어찌 감히 회포를 글로 써 주부(主簿)를 맞이할까?
謾呼稚子整冠巾	아이 불러 관건(冠巾)을 단정히 갖추도록 시키네.

낙망(樂忘)의 시에 차운함 - 3수
次樂忘韻 三首

人間百事已忘情	인간 세상 모든 일 이미 마음에 잊었건만
一念君親耿耿明	임금과 어버이에 대한 일념만은 더욱 또렷해진다.
愁思偏從醒後逞	근심스런 생각은 술 깬 뒤에 더욱 커지고
嘉猷時向夢中成	좋은 계책은 이따금 꿈속에서나 이뤄지네.
天連絶漠山連海	하늘은 외진 사막에 이어졌고, 산은 바다에 이어졌는데
風滿長郊月滿城	바람은 긴 들판에 가득하고, 달빛은 성안에 가득해라.
賴有書生强狼意	서생(書生)의 강하고 굳센 뜻에 힘입으니
此間心地亦能淸	이 사이에서 심경이 또한 맑아질 수 있으리.

京洛書傳失所嬌	서울¹⁷⁵⁾에서 좋은 이를 잃게 되었다 전하니
羈懷此後倍無聊	유배객의 심정 이 후에는 배나 무료하겠네.
誰將臘酒驅愁去	누가 납주(臘酒)¹⁷⁶⁾로써 시름을 몰아낼까?
獨有秋山盡意邀	홀로 가을산 있어 뜻을 다해 맞이하네.

한다는 뜻.
175) 서울 : 경락(京洛). 경사(京師). 임금의 궁성이 있는 곳.
176) 납주(臘酒) : 납월 곧 섣달에 빚었다가 봄에 봉합(封合)을 열고 마시는 술.

萬谷笙鐘聲正好　골짜기마다 생황소리 종소리 정히 좋으며
百林金碧染初調　수풀마다 금빛 푸른빛 물듦이 이제 막 어울리네.
且持蕭洒消光景　또 소쇄(蕭洒)함을 지닌 채 세월을 흘려보내니
莫遣紅顔浪自凋　홍안(紅顔)을 함부로 시들게 하진 말라.

松間生物有嘉味　소나무 사이에서 자란 것 맛이 좋아
不苦不酸還不辛　쓰지 않고 시지 않고 맵지도 않다네.
枝葉縱無能具體　가지와 잎은 비록 없어도 몸을 갖추었고
馨香眞是已傳神　향기는 진실로 정신에 전해오네.
故人遠饋城中客　친구가 멀리서 성안의 유배객에게 보내오니
饌婦催除俎上塵　밥짓는 아낙 서둘러 도마 위의 먼지를 닦아내네.
若使張公嘗一筯　만일 장공(張公)177)에게 한 젓가락 맛보게 한다면
敢言吳會滿江蕈178)　오회(吳會)179)의 강 가득한 박(蕈)180)과 같다 말하리.

낙망(樂忘)이 황산곡(黃山谷)181)의 「오농단억귀(吳儂但憶歸)」 시에 차운해 시를 지어주고 화답을 요구하여
樂忘次山谷吳儂但憶歸詩, 投贈索和

窮荒雖甚惡　궁벽하고 황폐함 비록 몹시 싫어도
故國縱難歸　고향으로 돌아가기 어렵다네.
老父身長健　늙은 아비는 몸이 건강하고
明君道不違　밝은 임금은 도를 어김없으시네.

---

177) 장공(張公) : 미상.
178) (原註) 이 시는 송이를 보내준 데 감사하여 지은 것이다[此詩謝贈松耳].
179) 오회(吳會) : 地名. 會稽郡 내에 吳縣이 있어 郡縣을 連稱하여 이른 것임. 지금의 江蘇省 蘇州.
180) 박(蕈) : 생강과에 속하는 숙근초[宿根草].
181) 황산곡(黃山谷) : 송나라 시인 황정견(黃庭堅). 山谷은 그의 호임.

但將斯祝手   다만 이 축원하는 손을 가지고서
何用彼霑衣   어떻게 저 젖은 옷을 쓰겠는가?
每夜占魂夢   매일 밤 영혼은 꿈속을 헤매다가
晨興望日暉   새벽에 일어나 햇살을 바라보네.

낙망(樂忘)의 시에 차운함
次樂忘韻

聖主恩天地   성주(聖主)의 은혜 천지에 가득한데
微臣偶此身   이 몸은 마침 미천한 신하되었네.
杜門思改過   문 닫고 잘못을 고칠 생각하는데
稽古匪求仁   지난 일 헤아리니 인(仁)을 구함 아니었다.
顔敢開明月   얼굴은 감히 밝은 달 마주하나
心多愧格神   마음은 몹시 신(神)을 대하기 부끄러워라.
想應傳者誤   생각에 응했어도 전하는 것은 잘못이니
賢豈浪稱人   어질다 함을 어찌 함부로 사람에게 일컬으리?

계속 두통을 앓으며 무료히 「구가(九歌)」¹⁸²⁾를 펼쳐 읽다가 느낌이 있어 다시 앞시의 운을 사용해 지음
屬患頭痛, 無聊展讀九歌有感, 復用前韻

伊昔行吟子   그 옛날 거닐며 읊조리던 사람¹⁸³⁾

---

182) 「구가(九歌)」: 굴원의 『楚辭』에 있는 작품명.
183) 굴원을 가리킴. 초나라 사람이 그를 노래한 「漁父」에 "못가를 거닐며 읊조렸다[行吟澤畔]"는 구절이 있음.

憂君不計身	임금을 근심하고 몸을 돌보진 않았네.
爲辭誠越禮	시를 지음에 진실로 예를 넘고
原志亦幾仁	뜻을 찾음에 또한 인에 가까웠네.
我欲歌千闋	나 천 곡의 노래를 부르려 하는데
誰能祀九神	누가 구신(九神)에게 제사드릴 수 있으리?
糟醨難稍稍	술 취하여 살기도 점점 어렵거늘
莞爾任漁人	빙그레 웃음일랑 어부에게 맡겨두리.

다시 앞시의 운을 사용해 지음
復用前韻

甑岳之東麓	증산(甑山) 동쪽 기슭에
茅窩貯我身	띠집 지어 내 몸을 부치네.
去留惟帝命	가고 머무는 것은 오직 천제의 명이며
生死任君仁	살고 죽는 것은 임금의 어짊에 맡겼다오
大笑貽隣並	큰 웃음 이웃과 함께 하고
長歌動鬼神	긴 노래 귀신을 움직이네.
燒畬何日始	어느 날 밭에 불을 놓아야 하는지
春及問農人	봄 되면 농부에게 물어보리.

계집종이 얼굴 씻는 오래된 물동이를 깨뜨리다
女奚破盥面老瓦盆

莫爲破匜嗔小鬟	손대야 깨뜨렸다고 어린 계집종에게 성내지 마라.
客居買取任他艱	객지에 살면서 이를 사서 남 고생시켰다네.
山家奇事天教我	산가(山家)의 별난 일로 하늘이 나를 가르침이니

從此前溪抔洗顔　　　　이제부턴 앞 시내에서 손으로 물을 떠 얼굴을 씻으리.

오산장인에게 서간을 보내다
簡鰲山丈人

幽居縱勝難遙屈　　　은둔처는 승경(勝景)이라도 멀고 굽이져 가기 어렵고
官府雖親可數躋　　　관부(官府)는 비록 가깝지만 자주 넘어질 수 있다오
後日相期何處好　　　훗날 어느 곳이 나을는지 서로 기약해 보는데
城西五里有淸溪　　　성의 서쪽 오 리 밖에 맑은 시내가 있다네.

집 이룬 뒤 흥에 겨워
堂成後漫興

入戶靑山不待邀　　　문에 드는 청산은 맞이함 기다리지 않고,
滿山花卉整容朝　　　산 가득한 화초는 용모 단정히 조회하네.
休嫌前瀨長喧耳　　　앞 여울 오래 귀에 시끄러워도 꺼리지 말라.
使我無時聽世囂　　　세상 떠드는 소리 들릴 때 없게 해주네.

꾀꼬리 소리 듣고「문선(聞蟬)」의 시운을 쓰다
聞鶯用聞蟬韻

閏四月初吉　　　윤 사월 초 길일에
始聞黃鳥聲　　　처음 꾀꼬리 소리 들었네.
窺林疑異色　　　수풀 살펴보니 이상한 색 의아한데
問俗喜同名　　　속인에게 물으니 이름이 같아 기쁘다네.

轉覺幽居興	깊숙한 곳에 사는 흥취 깨닫게 하더니
還生故國情	다시금 고향 그리운 정 생겨나네.
前山微雨過	앞산에 가랑비 지나가는데
詩思坐來淸	앉았노라니 시심은 맑아져 오네.

홍향제가 김정에게 준 시를 보고 화운하여 향제에게 보내다
見洪享諸贈金正詩和呈享諸[184]

梅花開處桂無香	매화 핀 곳에 계화(桂花) 향기 없으니
自是天公用意長	조물주의 마음씀이 심장하기 때문일세.
若使桂花梅共發	계화를 매화와 함께 피게 했던들
風霜時節有何芳	풍상(風霜)의 시절에 무슨 향기가 있으리?

길가 사람에게 장난삼아 지어 주다
戲贈路傍人[185][186] .

汝非愛唱少游歌	너는 젊어 노니는 노래 부르길 싫어하는데
我豈耽看梨頰媧[187]	난들 어찌 배꽃 같은 뺨의 보조개 보길 탐하랴?
只喜身編羅綺裏	다만 몸을 비단 옷 속에 간직함을 기뻐할 뿐
語言敢與世殊科	말하는 것은 세상과 달리한다네.

---

184) (原註) 이름은 득일이고, 공의 同壻이다[名得一, 公友壻]. [조선 중기의 문신 홍득
일(1577~?). 본관은 南陽이고, 향제는 자이며, 호는 晚悔・後浦임 : 역자주].
185) (原註) 길가 사람은 조생이다[路傍人, 趙生]. 무오(戊午, 1618).
186) (原註) 이하는 기장에 이배된 때이다[以下移配機張時]. [기장은 경상도 기장현으로
동으로 해안까지 8리, 東萊縣까지 14리 떨어진 지역으로 우리나라 동남쪽 끝에 위치
하였음 : 역자주]
187) (原註) '媧'는 아마도 '渦'로 하는 것이 마땅하다[媧恐當作渦].

홍헌(洪獻)의 조랑(趙娘)에게 답하다
答洪獻趙娘188)

韓子留書與太顚	한자(韓子)189)가 남긴 글이 크게 전도되어
世間議評已千年	세간에 비평함이 어느덧 천 년이라.
我今感汝能看客	내 이제 네가 객을 알아봄에 느낌 있어
復作歌謠寫短箋	다시 가요를 지어 짧은 종이에 쓰노라.

일일화를 읊다
詠一日花190)

甲日花無乙日輝	오늘 핀 꽃은 내일이면 빛이 없으니,
一花羞向兩朝暉	한 꽃이 두 아침의 빛을 보기 부끄러워서라네.
葵傾日日如馮道	해바라기 날마다 기우는 것 풍도(馮道)191)와 같으니,
誰辨千秋似是非	누가 천추(千秋)에 옳고 그름을 분변하리?

「김장군전」의 뒤에 제하다
題金將軍傳後 三首192)

| 柳下將軍君莫說 | 유하장군(柳下將軍)을 그대 말하지 마오 |
| 說來令我有餘哀 | 말하면 나에게 남은 슬픔일게 한다오 |

---

188) (原註) 홍헌은 홍원이고, 조랑은 조생이다[洪獻, 洪原也. 趙娘, 趙生也].
189) 한자(韓子) : 원래는 韓非子의 약칭이었으나, 후대에는 韓愈의 경칭으로 쓰임.
190) (原註) 이하는 기장에 이배된 후이다[以下移配機張後]. 같은 해[同年].
191) 풍도(馮道) : 중국 後周 때의 인물로, 평생 여러 명의 윗사람을 섬긴 것으로 알려져
    있음. 스스로 자신의 官歷을 영예로 여겼으나, 그 때문에 논자의 비난을 받았다고 함.
192) (原註) 장군 김응하는 정령의 戰役에서 전사하였다. 명나라 조정에서는 요동백으로
    추증하였다[金將軍應河, 歿於井嶺之役, 明朝, 贈遼東伯]. 신유(辛酉, 1621).

尋祠一酹非無酒　　사당 찾아 한잔 술 올리자니 술 없지 않으나
未斫胡頭作飮盃　　아직 오랑캐 머리 베어 마실 잔 만들지 못했소

柳下雄風人謾說　　유하 장군의 영웅다운 풍모 멋대로 말하나
當時心事孰知哉　　당시의 심사야 뉘인들 알리오!
肝塗尙握煌煌刃　　간은 땅에 뒹굴어도 오히려 빛나는 칼날 움켜쥐고
骨朽猶存勃勃䚡　　뼈는 썩어도 오히려 불그레한 뺨 남아 있네.
遺恨未殲降兩帥　　항복한 두 장수 죽이지 못해 한을 남겼으며
餘威擬擊虜渠魁　　오랑캐 우두머리 칠 듯 위의가 남아 있네.
英靈定作天弧去　　영령은 반드시 천호(天弧)¹⁹³⁾가 될 것이니
不是山河不是雷　　산하도 아니고 우레도 아니리라.

槀人昔在古楸城　　이 죄인은 지난날 옛 추성(楸城)에 있었는데
錦城鄭公莅其府　　금성(錦城)의 정공(鄭公) 그 고을에 부임하였네.
鄭公高義向我厚　　정공은 높은 의리를 내게 후히 베풀어주어
把臂華筵倒甁瓿　　팔을 잡고 화려한 주연에서 술단지 기울였지.
飮酣往往憂國語　　술이 거나해지면 왕왕 나라 걱정을 하는데
語及人材歷文武　　이야기가 인재에 미쳐 문무(文武)를 두루 논하였네.
公言吾友有應河　　공은 말하길, "내 친구에 응하(應河)가 있는데
忠智義勇驅今古　　충성스런 지혜와 의로운 용맹 고금에 빼어나네.
老夫於人少所服　　늙은 나는 남에게 심복하는 일이 별로 없는데
每見金侯輒自失　　매번 김장군을 보면 문득 망연자실한다오"
是歲金侯佐戎幕　　이 해에 김장군이 군막을 보좌했다 하니
問訊曾到幽人室　　캐물어 일찍이 유인(幽人)의 집에 이르렀지.
詰其顏貌想見之　　그 용모를 묻고 상상해 보면서
矯首佇看干城日　　머리를 바로 하고 우두커니 간성(干城)의 해를 보았네.

---

193) 천호(天弧) : 활모양의 별 이름. 병란이나 도적을 그치게 하는 것으로 생각하였음.

豈知今日天南頭　어찌 알았으랴? 오늘 하늘 남쪽 끝에서

卷中慘憺瞻遺像　두루마리에 남겨진 초상 참담히 바라보게 될 줄을.

一披戰圖一揮淚　한번 전도(戰圖)를 열어보고 한번 눈물을 뿌리며

再讀傳記再稽顙　거듭 전기(傳記)를 읽고 거듭 머리를 조아리네.

人皆榮子死得所　사람들은 모두 그대가 바르게 죽어 영예롭다 하나

我獨哀公時不偶　나 유독 공이 때를 만나지 못함을 애달파 하네.

不識山川險易　산천의 험함과 평이함 아랑곳하지 않고

千里襲人百里趨　천 리를 가 적을 치고 백 리를 뒤쫓았네.

天將寡謀何足咎　천장(天將)이 지모(智謀) 적다 어찌 족히 허물하랴?

獨揮踏䌷偏師　홀로 답견(踏䌷)194)의 부대를 지휘하게 되었네.

投畀八萬鐵浮圖　팔만의 철부도(鐵浮圖)195)에 맞서 몸을 내던졌으나

恨不先斬元戎首　한스럽기는 원수(元帥)를 먼저 베지 못함이니

玉帳當日二小豎　그 날 옥빛 휘장의 군막에서는 두 소인놈이

望風解甲言之醜　적의 위풍 바라보고 갑옷 풀어놓고 추한 말했다네.

以公之明料二帥　공의 영명함으로 두 원수(元帥)를 헤아렸을진대

與作偏裨豈其志　더불어 부장이 된 것 어찌 그의 뜻이리오

始也曷不以死辭　처음에 어찌 죽음을 맹세하지 않았으랴마는

畢竟投身徒死地　마침내 몸을 던져 사지(死地)에 달려갔네.

要存東土禮義風　요컨대 우리나라 예의의 풍속을 보존하고

要白吾王報國意　요컨대 우리 임금에게 보국(報國)의 뜻을 아룀이라오

我不愛公抵死倚樹射强胡　나는 공이 죽음을 무릅쓰며 나무에 기대 오랑
　　　　　　　　　　　　　캐 쏘아 맞춘 일 기리지 않고

我不愛公死後手中劍不置　나는 공이 죽은 뒤에 손에 칼을 풀어놓지 않음

---

194) 답견(踏䌷) : 비단을 짤 때 고치솜을 밟아 다루는 일. 곧 여인의 일을 가리킴. 文同의
「織錦詩」에 '북을 던지니 두 손은 피로하고, 고치솜을 밟으니 두 발이 검어지네[擲梭
兩手倦, 踏䌷雙足趼]'라 한 구절이 있음.

195) 철부도(鐵浮圖) : 금나라 태조의 둘째 아들의 병사. 이후 철갑을 입힌 말을 탄 군대
를 지칭함.

을 기리지 않네.

我愛公嘗不卜貴家女　나는 공이 귀한 가문의 여식을 택하지 않았음을 기

　　　　　　　　　　　리고

我愛公嘗不媚黃門使　나는 공이 황문(黃門)[196]의 사자에게 아첨하지 않았

　　　　　　　　　　　음을 기리네.

平生苟無利害心　　　평생 진실로 이해득실을 생각하는 마음이 없었으니

臨難何難義烈事　　　어려움에 임하여도 어찌 의열(義烈)의 일을 어렵게 여

　　　　　　　　　　　겼으랴.

若使如公制閫外　　　만약 공에게 국경 밖의 땅을 통제하게 하고

付與十萬貔貅任指揮　십만의 용맹한 군사를 주어 지휘를 맡겼다면,

李牧擊走凶奴不足道　이목(李牧)[197]이 흉노를 격퇴한 일 말할 것도 없고

李靖襲擒頡利其庶幾　이정(李靖)[198]이 길리(頡利)를 습격해 잡은 일도 바

　　　　　　　　　　　랄 만하리.

頭有轁繫脚索縻　　　머리는 고삐 묶이고 다리는 밧줄에 얽혔는데

稟撝於麑而虎衣　　　품성은 새끼 사슴보다 겸손하되 호랑이 갖옷을 입었네.

使公不能成就萬古勳　공이 만고의 공훈을 이루게 할 수는 없으되

使公只能成就萬古名　공이 만고의 이름을 이루게 할 수는 있다오

天胡不嗇人才嗇人命　하늘은 어찌 인재에 인색하지 않으면서 인명에 인

　　　　　　　　　　　색한가?

思之中有百感千恨幷　생각하노라면 온갖 느낌과 한이 아울러지네.

嗚呼　　　　　　　　아아!

後來豈無金應河　　　후대인들 어찌 김응하(金應河)가 없으며

後來豈無姜弘立　　　후대인들 어찌 강홍립(姜弘立)이 없으랴?

---

196) 황문(黃門) : 內侍.

197) 이목(李牧) : 중국 戰國시대 때의 인물로, 趙나라 북쪽 변방의 명장임. 항상 代雁門
　　에 거처하면서 흉노를 방비했다고 함.

198) 이정(李靖) : 중국 唐나라 때의 장군으로 돌궐을 쳐서 定襄을 취하고 頡利를 사로잡
　　았고, 陰山 북쪽에서 大漠에 이르는 영토를 개척하였음.

嗚呼我有揀選法　아아! 나는 가려낼 방법 지녔으니
欲叩天門我馬繫　천문(天門)을 두드려 내 말을 매고 싶다오[199]

아우와 이별하며 주다-2수
贈別少弟 二首[200]

若命新阡隔幾山　신천(新阡)[201]을 명하면 몇 봉우리 산에 막힐 터
隨波其奈赧生顏　시류(時流)를 따른다 한들 어찌 얼굴을 붉히랴.
臨分惟有千行淚　헤어짐에 임해 오직 천 줄기 눈물 흘러
灑爾衣裾點點斑[202]　너의 옷자락 적셔 점점이 얼룩지누나!

我馬騑騑汝馬遲　내 말은 쉼 없이 달리는데 너의 말은 더디니
此行那忍勿追隨　이 길 어찌 차마 좇아 따라가지 못하게 하는가!
無情最是秋天日　가장 무정한 것은 가을날의 해이니
不爲離人駐少時　작별하는 이를 위해 잠시도 머물지 않네.

병중에 느낌이 있어
病中遣懷

居夷禦魅豈余娛　궁벽한 땅의 유배살이가 어찌 나의 즐거움이랴만

---

199) (原註) 정공의 이름은 여린이다. 이소수는 강홍립·김경서이다[鄭公, 名如璘. 二小竪, 姜弘立·金慶瑞].
200) (原註) 公의 庶弟인 善養이다[公庶弟善養]. (自註) 금계 8월 25일 전송하면서 三聖臺에 이르러 짓다[金雞仲秋念五日, 送至三聖臺而作].
201) 신천(新阡) : 墓道, 즉 무덤길이라는 뜻이 있는데, 여기서는 새로운 移配의 길로 추정된다.
202) (原註) 이때에 돈을 바치고 대속하려던 일이 있었으니 '물결을 따른다'는 것은 이 일을 가리킨다[時有納鍰自贖之事, 隨波則, 指此也].

戀國懷先每自虞　나라 사랑, 선조 생각에 매양 스스로 근심하네.
莫怪踰山移住苦　산 넘어 옮겨가는 고달픔일랑 괴이히 여기지 마소
望京猶覺一重無　서울을 바라보매 오히려 막힘이 없음을 깨닫네.

닭을 읊조리다
咏雞

物性雖偏塞　　물성(物性)은 비록 치우치고 막혔으나
稟賦有明處　　품부 받음에 밝은 곳도 있다네.
吾人固最靈　　우리들 사람이 실로 가장 영명(靈明)하다지만
時夜誰及汝　　밤이 끝날 때를 알려줌이야 누가 너에게 미치랴!
氣至自咿喔　　새벽 기운이 이르면 절로 '꼬끼오' 하니
若灰管應呂　　갈대 대롱에 재를 채워 율려(律呂)를 맞춤과 같구나.
鳴應扶桑雞　　부상(扶桑)203)의 닭에 호응해 운다 함은
實惟無稽語　　실로 근거 없는 말이로다.
矧肯聽人假　　하물며 사람의 거짓 울음을 듣고
雷同失常叙　　부화뇌동하며 상도(常道)를 잃겠는가!
乃知孟嘗客　　이에 알겠구나! 맹상군(孟嘗君)204)의 식객(食客)이
適與汝同擧　　바로 너와 더불어 거동이 한가지였음을.
客能欺田文　　객이 전문(田文)을 속일 수 있었던 것이요
非文欺秦去　　전문이 진(秦)을 속이고 떠난 것은 아니라네.

---

203) 부상(扶桑) : 중국의 전설에서 동쪽 바다의 해가 뜨는 곳에 있다는 신성한 나무. 또
　는 그 나무가 있는 곳을 의미한다.
204) 맹상군(孟嘗君) : 전국시대 齊宣王의 庶弟인 田嬰의 아들로 이름은 田文. 부친의 뒤
　를 이어 薛의 제후가 되었으며, 식객 수천 명을 거느렸음. 秦에 사로잡혔다 탈주할 때
　닭소리 흉내를 잘 내던 식객의 도움으로 함곡관을 통과해 도주에 성공한 고사가 있음.

임박사(任博士)와 이평사(李評事)의 시에 차운하여 봉황대(鳳凰臺) 주인에게 드리다
次任博士李評事韻, 奉贈鳳凰臺主人[205]

聞子溪居勝	듣자니 그대의 시냇가 거처 빼어나
高臺入谷深	높은 누대가 계곡 깊숙이 들어 있다 하네.
畫鞭頗了了	채찍질로 그려놓은 듯한 경치 자못 선명하고
生目自森森	눈에 들어오는 풍광 절로 삼삼하구나!
李語有山色	이평사(李評事)의 시어에는 산색이 담겨 있고
任篇獲鳳心	임박사(任博士)의 시편은 봉심(鳳心)을 얻었네.
何當辦兩脚	어찌 응당 다리품을 팔아서
偶庇後凋林	함께 소나무 숲에 의탁해 보지 않으리.

차운하여 선일태수(善一太守)에게 답함
次韻酬善一太守[206]

洛水波濤沒兩隈	낙동강 물결, 양 언덕을 잠기고
金烏飛雨過江來	금오산(金烏山)[207] 날리는 비, 강을 지나오네.
山郵留滯粮垂槖	산역(山驛)에 묶인 채 양식주머니 바닥났는데
府吏逢迎酒滿盃	부리(府吏)가 맞아주니 술이 잔에 가득하네.
晝聽溪聲冠屢亞	낮에는 시냇물 소리 듣느라 관(冠)을 자주 기울이고
夜看雲色戶頻開	밤에는 구름 빛 보느라 지게문 자주 여네.
忙心只爲琴堂會	바쁜 마음은 다만 금당(琴堂)의 모임 때문이니
不是差池故國回	고향에 돌아가지 못할까 함은 아니라네.

---

205) (原註) 박사는 소암 임숙영이다[博士, 任踈菴叔英].
206) (原註) 이하는 풀려난 이후 지은 것이다. 선일은 선산이다[以下蒙放後, 善一, 善山 也]. 계해(癸亥, 1623)
207) 금오산(金烏山) : 선산의 남쪽 43리에 위치한 산.

이경우(李景愚) 부인을 위한 만사-2수
挽李景愚內 二首[208]

姑家遘癘日	시댁이 역병(疫病)을 만나던 날
之子不眠情	이 사람 잠들 수 없었네.
理則躋遐壽	사리인즉 오래 살아야 하건만
胡然舟旐明	어찌하여 만장(輓章)은 밝게 나부끼는지.

執枲纔過七花甲	모시로 베를 짠지 겨우 일곱 화갑(花甲)이 지났는데
視鞶今也八周圍	큰 띠를 보니 이제 여덟 번이나 둘렀구나.
跡存兩舍廚中土	자취는 양사(兩舍)의 부엌 속 흙에 남아 있고
線故三兒身上衣	침선 자국은 세 아이 걸친 옷에 남아 있네.
夫子擧盃啼夕案	지아비는 잔 들고 저녁 상 앞에서 울고
侍姬開鏡闢朝幃	시중들던 여종은 거울 열고 아침 휘장 여는구나.
平生婦德終難忘	평생 부덕(婦德)을 끝내 잊기 어려우니
何日高堂淚却晞	어느 날에야 고당(高堂)에 눈물 마르리.

족모(族母) 윤정랑(尹正郞)의 부인을 위한 만사
挽族母尹正郞內

曾著吾家行義聲	일찍이 우리 집안 의(義)를 행한다는 명성 자자했으니
誰傷族母向佳城	누가 족모께서 무덤 향해 감을 가슴 아파하리오
下從夫子賢娘志	아래로 지아비 따름은 현부(賢婦)의 뜻이고
上叫天公孝子情	위로 하느님 부르짖음은 효자의 마음이라네.
七載衰麻方解脫	칠 년의 상복 이제 막 벗었는데

---

208) (原註) 이름은 希顔이고 公의 동서이다[名希顔, 公友婿].

平生機杼謾縱橫　평소의 베틀 북은 이리저리 흩어졌네.
閫門承誨今何得　살며시 연 문 앞의 가르침을 이제 어디서 받으리
題挽難堪我淚傾　만사를 지으매 흐르는 눈물 견디기 어렵구나.

둘째 형수 김씨 만사
挽仲嫂金氏[209]

花甲只經三十載　나이는 겨우 서른을 넘겼으며
親闈久隔一千程　친정은 오래 천 리 길에 막혔었네.
大娘終抱無兒恨　대랑이 끝내 자식 없는 한 품으니
夫子增傷哭內聲　지아비 더욱 가슴 아파 속으로 통곡하네.
白水寒灰傾藥籠　백수(白水)[210]는 한회(寒灰)[211] 되어 약 화덕 기울고
廣陵秋雨灑銘旌　광릉(廣陵)의 가을비 명정에 흩뿌리네.
平生婦德誰忘得　평소의 부덕을 뉘인들 잊으리오?
慟我非徒嫂叔情　날 울림은 다만 수숙(嫂叔)의 정 때문 아니라오

장자호(張子浩)의 운에 차운함
次張子浩韻[212]

察訪金吾與別提　찰방(察訪),[213] 금오랑(金吾郞)[214]과 별제(別提)[215]

---

209) (原註) 형의 두 번째 후실이므로 중수라 하였음[伯公第二繼室, 故曰仲嫂].
210) 백수(白水) : 마음의 밝음을 비유함.
211) 한회(寒灰) : 마음이 소멸함을 비유함.
212) (原註) 정묘(丁卯, 1627).
213) 찰방(察訪) : 종 6품인 지방관의 하나. 관찰사의 소속하에 각 역에 배치하여 교통 체신에 관한 사무를 관장하는 역장.
214) 금오랑(金吾郞) : 義禁府 都事의 별칭. 종5품.
215) 별제(別提) : 교서관, 군기시 등의 여러 관아에 속한 6품의 벼슬.

官卑於我亦非卑　　관직 낮아도 나에겐 낮은 것 아니라네.
但無着手輸忠處　　다만 마음 다잡고 충심 펼 곳 없으니
進退微衷孰有知　　진퇴의 은미한 충정(衷情)을 뉘라 알리오

새벽 비 – 옛 시구의 운자에 차운함
曉雨, 次古韻

淙淙是何聲　　주룩주룩 이 무슨 소리런가?
曉向簾前滴　　새벽녘 발 앞에 빗방울 떨어지네.
鸚鵡喚人言　　앵무새는 사람의 말을 중얼거리는데
雨來如昨夕　　비는 어제 저녁처럼 내리고 있네.

가을 밤 우연히 읊음 – 옛 시구의 운자에 차운함
秋夜偶吟, 次古韻

霜落踈篁動曉風　　서리 내린 성긴 대밭에 새벽바람 일렁이고
一輪明月掛遙空　　한 바퀴 밝은 달 먼 허공에 걸리었다.
幽人無限滄浪趣　　숨어사는 이의 무한한 창랑(滄浪)의 흥취
只在瑤琴數曲中　　다만 요금(瑤琴) 몇 가락 속에 담겨 있네.

닭을 읊음
詠雞

細看啄庭姿　　마당 쪼는 모양 자세히 살펴보니
正與雉同規　　바로 꿩과 법도가 한가지일세.

疑是山梁種　　　산량(山梁)216)의 종자 아닌가 하는데
棲埘自伏羲　　　복희(伏羲)217) 시대부터 횃대에 깃들었다네.

작은 연적을 노래함
詠小硯

吾友陶君絶短小　　내 친구 도군(陶君)218) 몹시 짧고도 작은데
外方中坦百無尤　　밖은 모나고 가운데 평탄해 전연 허물이 없네.
何須風子丈餘大219)　어찌 반드시 '풍(風)'자가 한 길 남짓 커야만 하리?
便可封爲卽墨侯　　문득 봉하여 즉묵후(卽墨侯)220)로 삼아도 좋으리.

차운해 동명(東溟)에게 답함-4수
次韻酬東溟 四首

近年生避性　　　근년에 피성(避性)이 생겨나
累月間徽音　　　몇 달 덕음(德音)과 간격이 있었네.
眼對春天樹　　　눈은 봄날의 나무를 마주하고
手停流水琴　　　손에는 유수금(流水琴)221) 멈추었다.
淸遊違麗日　　　맑은 유흥은 좋은 날을 저버렸고
幽抱屬淫霖　　　그윽한 회포는 장맛비에 이어지네.

---

216) 산량(山梁): 산에 있는 다리. 이 구절은 『論語』「鄕黨」에서 孔子가 "산 교량의 암꿩
　　이여, 때에 맞는구나[山梁雌雉, 時哉時哉]"라고 한 구절에서 전고를 취한 것임.
217) 복희(伏羲): 상고시대 팔괘를 만들었다는 전설상의 제왕.
218) 도군(陶君): 벼루를 의인화하여 이름한 것임.
219) (原註) '風子'의 '子'는 의당 '字'로 써야 되지 않나 한다[風子之子, 疑當作字].
220) 즉묵후(卽墨侯): 즉묵의 제후. 즉묵은 본래 전국시대 齊나라의 읍명으로, 벼루에다
　　먹을 갈기 때문에 별명을 붙여 즉묵후라 한 것임.
221) 유수금(流水琴): 고상하고 아름다운 악곡을 연주하는 거문고라는 뜻.

見子瓊琚句　　그대 주옥 같은 글귀를 보노라니
起余江海心　　나의 강해심(江海心)을 일게 한다오

醇儒期慥慥　　순후한 선비 착실함을 기약하고
高士保亭亭　　고아한 선비 올곧음을 지킨다네.
得馬浮漚影　　득마(得馬)²²²⁾는 부구(浮漚)²²³⁾의 그림자
亡羊石火星　　망양(亡羊)²²⁴⁾은 석화(石火)²²⁵⁾의 별인 것을.
爭如披綠髮　　어찌 녹발(綠髮)²²⁶⁾을 헤쳐보랴
閑坐講丹經　　한가히 『단경(丹經)』²²⁷⁾을 익힌다네.
遮莫流光促　　흐르는 세월일랑 재촉해 가게 놓아두리
花開又葉零　　꽃 피고 또 낙엽은 떨어지리.

口食須東作　　입의 밥은 봄갈이 기다리고
身衣待擲梭　　몸의 옷은 베틀질 기다리네.
平生厭機巧　　평소 기교(機巧)를 싫어하다
老境得中和　　노경에 중화(中和)²²⁸⁾를 얻었다오
好雨知時止　　좋은 비 때맞춰 그칠 줄 알고
凉風餉我多　　서늘한 바람 날 먹여줌 많도다.
今宵應有月　　오늘 밤 응당 달이 있으려니
寶鏡露新磨　　보경(寶鏡)은 새로 간 듯 나타나리.

---

222) 득마(得馬) : 말을 얻음.『淮南子』의 塞翁之馬 고사에 전고를 취함.
223) 부구(浮漚) : 물에 뜬 거품. 세상사의 무상함을 비유함.
224) 망양(亡羊) : 양을 잃어 버림.『莊子』「騈拇」에서 전고를 취한 것임.
225) 석화(石火) : 돌을 칠 때 생기는 불빛. 諸行無常을 비유함.
226) 녹발(綠髮) : 새까만 머리카락을 비유한 것임.
227)『단경(丹經)』: 煉丹에 관한 仙家의 책.
228) 중화(中和) :『中庸』에 "中과 和를 미루어 지극히 하면, 천지가 바로 자리잡고, 만물
이 화육한다[致中和, 天地位焉, 萬物育焉]"고 하였음.

五斗捐炊米	오두(五斗)229)로 밥해 먹기를 그만두고
雙蹄自服箱	두 발굽으로 몸소 짐수레를 끌고 있네.230)
送除公腹吼	그대 배의 아우성을 물러나게 하리니
要去鄙喉芒	내 목의 까끄라기를 없애 주구려.
昨日祀先廟	어제 선조의 사당에 제사하고
玆辰降我孃	오늘 우리 어머니 내려 오셨네.
仍膰一壺酒	인하여 제사고기 한 병 술로
救急替糇糧	급한 이 도와줘 양식을 대신케 하네.

대둔사(大屯寺)에 노닐고서 문미 위의 시운에 차운함-3수
遊大屯寺, 次楣上韻 三首231)

淸溪一曲直而斜	맑은 시내 한 굽이 곧거니 굽이지고
樹色陰濃晩更多	나무 빛 짙푸러 저녁 되자 더욱 진하네.
偸眼小峯雲起處	넌지시 작은 봉 구름 이는 곳 보노라니
却忘前日計生涯	문득 예전 삶을 도모하던 일 잊게 되네.

到寺日將暮	절에 이르니 날 저물려 하는데
淸遊意未衰	맑은 유흥에 정취가 여전하네.
水鳴登閣處	누각 오르는 곳에 물소리 울리고
雲起坐階時	계단 앉았을 때 구름은 일어나네.
白雨留佳客	맑은 빗물은 가객(佳客)을 머물게 하고
靑山供小詩	푸른 산은 소시(小詩)를 짓게 하네..

---

229) 오두(五斗) : 다섯 말의 쌀을 가리킴. 晉의 도연명이 팽택현령을 사직할 때 오두미로 인해 허리를 굽히지 않다고 한 이래 보잘것없는 관인의 녹봉을 비유하게 되었음.
230) 말이 짐을 실은 수레를 끌 듯 힘들게 생계를 꾸려감을 비유한 것으로 짐작됨.
231) (原註) 절은 해남 두륜산에 있다[寺在海南頭輪山].

團欒歸思絶　단란함에 돌아갈 생각 끊어지니
把酒捨筇枝　술 마시며 지팡이 버려 둔다네.

多少樓臺間翠微　누대 사이로 산 기운 짙푸르고
一聲淸磬遠依依　맑은 경쇠 한 소리 멀리 퍼져가네.
扶筇騷客臨橋憩　지팡이 짚은 소객(騷客) 다리에 임해 쉬며
引子仙禽掠水飛　새끼 거느린 선금(仙禽) 물 스쳐 날아가네.
危岫月排踈雨至　높은 산굴의 달 가랑비 물리치고 이르며
上方僧帶暝烟歸　산사의 승려 어둑한 안개 띠고 돌아오네.
誰將芳卉留空谷　누가 장차 꽃풀을 빈 골짝에 남겨두리.
階下葵花淨晩暉　섬돌 아래 접시꽃 저녁 빛에 맑아라.

정자우(鄭子羽)의 운에 차운해 '황각노송붕(黃閣老松棚)' 팔경을 읊음
次鄭子羽韻, 詠黃閣老松棚八景

松棚 송붕

黃家棚架忽穹窿　황씨 가문의 누각 홀연 우뚝 솟아나니
人道巢皇構木同　사람들 소황씨(巢皇氏)[232] 나무를 얽음과 같다 하네.
劉幕一天仍舊貫　유령(劉伶)이 막 친 하늘[233] 옛적 그대로인데
陳樓百尺任飄蓬　진왕(陳王)의 백 척 누대[234] 나부끼는 쑥대에 맡기었다.
向昏先得東溟月　저물 무렵이면 먼저 동해의 달을 맞고
當暑偏呼北岳風　더위 만나면 한편으로 북악의 바람을 숨쉬네.

---

232) 소황씨(巢皇氏) : 상고시대의 전설적 제왕. 처음으로 나무를 얽어 집을 짓고 살도록
　　했다고 전해짐.
233) 유령(劉伶)이 막 친 하늘 : 晉의 명사 유령의 「酒德頌」에 "하늘을 천막삼고 땅을 자
　　리로 삼는다[幕天席地]"는 구절이 있음.
234) 진왕(陳王)의 누대 : 미상. 趙植이 陳王으로 봉해진 후 지은 平樂이라는 누대가 아닌
　　가 함.

誰到朱門傳此制　　누가 주문(朱門)235)에 가 이런 제작 전해 주랴?
定嫌金碧浪浮空　　금빛 푸른빛 허공에 일렁임 정히도 미우리.

金剛爽氣 금강상기

窈窕逶迤繞眼邊　　그윽하고 구불구불함 눈가에 감겨 도는데
蕭疎灑淅出炎天　　서늘하게 찬 기운 무더운 철에 솟아나네.
爲除蠻雨蠻風氣　　남방의 비 남방의 풍기 없다면야
忘却南來路一千　　남으로 천 리 길 왔음을 잊게 되리.

大屯嵐光 대둔남광

遙岑與目恰相圖　　먼 봉우리 흡사 그림인 양 눈에 보여
嵐翠空濛捲又鋪　　푸른 이내 자욱히 말렸다간 퍼져가네.
粧點此山殊不惡　　이 산을 단장하니 과히 싫지 않으나
但愁遮却此山無　　다만 이 산을 가려 없게 할까 염려되네.

東峯霽月 동봉제월

雲逐凉風斷雨蹤　　구름 몰아낸 서늘한 바람 비의 자취 끊고
月將淸興置吾胸　　달은 맑은 홍취 내 가슴에 안겨 주네.
兒童驚喜向人道　　아이들 놀라 기뻐하며 사람에게 말하길
白玉盤來掛小峯　　백옥 같은 쟁반이 작은 봉에 걸렸다 하네.

西嶺落照 서령낙조

疎簷夢覺整烏紗　　성긴 처마 밑 꿈 깨어 오사건(烏紗巾) 바로 하고
獨向斜陽望落霞　　홀로 사양을 향해 지는 노을 바라본다.
翠袖竹邊無限思　　푸른 소매 같은 대숲 가에 생각은 한량없는데

---

235) 주문(朱門) : 붉게 칠을 한 권문세가의 집.

如何說與這村婆　마을 할미와 말이라도 나눈다면 어떠하리?

海村朝烟 해촌조연

人居星散兩溪潯　사람 살고 별 흩어진 두 줄기 시냇물가
旭日炊烟一洞深　해 떠올라 밥짓는데 온 골짝 으슥하네.
今日安危何處卜　오늘의 운세를 어디서 점쳐 보랴
且看多少幂前林　가리어진 앞 수풀을 자주 바라본다오

城門暮角 성문모각

角聲悲壯遏行雲　비장한 뿔피리 소리 가는 구름 가로막는데
拄杖支頤盡夕曛　지팡이 짚고 턱 괸 채 저물녘을 보내네.
靜裏還生飛動意　고요한 속에 도리어 날아갈 뜻 생겨나거늘
天山何日掛弓聞　천산(天山)[236]에선 어느 날 활 거둔 소식 들리려나?

前郊農歌 전교농가

望裏提鋤有幾儔　바라보니 호미 들고 짝을 이룬 사람들
勞歌相應起平疇　화답하는 노동요 평탄한 밭두둑에 일어나네.
誰知惡莠田家志　누가 가라지 미워하는 농가의 뜻을 알리.
欲向南風殿上酬　남풍을 향해 전상에 아뢰고 싶어라.

後溪水聲 후계수성

鏘然宮徵響仙廊　울리는 오음(五音) 선랑(仙廊)에 메아리지니
流出金剛山一方[237]　금강산(金剛山) 한 쪽에서 흘러나온 것이라오
到此定知孤客在　여기 와 보니 외로운 객 있음 알겠으니
耳邊悽切變爲商　귓가에서 구슬피 상성(商聲)[238]으로 변한다오

---

236) 천산(天山) : 청나라에 있는 산 이름으로, 일명 연연산(燕然山)이라고 함.
237) (原註) 금강산은 해남에 있음[金剛山, 在海南].

다시 차운하다
再次

金剛爽氣 금강상기

腥臊安得到身邊　비리고 누린 것 어찌 신변에 이를 수 있으랴.

山氣淸冷散海天　산 기운 맑고 시원하여 바닷가 하늘에 흩어지네.

北客從今無可恨　북객(北客)은 이제부터 한탄할 만한 것 없으니

莫敎衰髮白三千　노쇠한 머리털 삼천 장(丈)이나 희게 하지 마오

大屯嵐光 대둔남광

休展營丘水墨圖　영구(營丘)의 수묵도(水墨圖)를 펼치지 마오

且看嵐翠大屯鋪　푸르른 이내 대둔(大屯)에 펼쳐짐을 보리.

朝昏異態從他畵　아침저녁 상이한 자태 그림을 달리하니

可使羣峯乍有無　뭇 봉우리 갑자기 있다가 없다가 하네.

東峯霽月 동봉제월

氷輪離海忽無蹤　얼음 바퀴 바다를 떠나 홀연 자취 없어지고

桂魄隨盃已下胸　계수(桂樹)의 넋은 잔을 따라 가슴으로 내려오네.

爲是新晴明分外　이렇게 새로이 개어 몹시도 밝으니

誰言一樣上東峯　누가 같은 모양으로 동봉(東峯)에 떠오른다 말하리.

西嶺落照 서령낙조

西偏初不設窓紗　서편에 애초 깁창을 만들지 않음은

爲倚踈簷看暮霞　성긴 처마에 기대어 저녁놀 보기 위함이라.

直望閬風如不遠　바로 낭풍(閬風)[239]을 바라보니 멀지 않은 듯한데

---

238) 상성(商聲) : 五音의 하나로 처량한 느낌을 줌.

239) 낭풍(閬風) : 곤륜산에 있다는 봉우리. 신선이 거처한다 함.

欲隨羲御訪仙姿　희화(羲和)의 수레를 따라 신선의 자태를 찾고저.

海村朝烟 해촌조연

一村紅旭小溪潯　한 마을 붉은 햇빛 작은 냇가 비추니
出沒青烟竹屋深　푸른 연기 드나드는 대나무 집은 으슥하네.
應解騷人方覓句　시인이 시구를 찾는 줄 알아
故教生色抹千林　짐짓 색을 풀어 온 수풀을 칠해주네.

城門暮角 성문모각

城上龍音吼海雲　성 위의 용음(龍音) 바다 구름에 울려 퍼지니
也知西日已成曛　서쪽의 해 벌써 저문 줄 알게 되네.
休吹出塞關山曲　출새곡(出塞曲) 관산곡(關山曲)을 불지 마오
恐有去年征婦聞　어쩌면 지난해 정부(征婦)가 들을지 모르니.

前郊農歌 전교농가

謳吟相應自成儔　노랫가락 주고받으며 짝을 이루니
誰識眞聲在壟疇　누가 알리, 참된 소리 밭두둑에 있을 줄을.
勿語長安貴公子　장안(長安)의 귀공자야 말할 것 없소.
妖歌遮莫唱還酬　요망한 노래 부르고 또 답하든 말든.240)

後溪水聲 후계수성

山溪何事繞村廊　산골짝 시냇물 무슨 일로 시골집을 에둘렀나?
混混盈科自有方　넘실넘실 웅덩이 채우고 절로 방향을 두네.
月下寒聲君莫愛　달빛 아래 찬 소리 그대 좋아하지 마오.
化爲霖雨可興商　장맛비로 변하여 상성(商聲)을 내게 되리니.

---

240) 답하든 말든 : 原詩의 遮莫(차막)은 중국 唐代 이래 漢詩에 주로 쓰이는 俗語. '이 이
　상 어찌되든 될 대로 되라'는 뜻. 때로 '그렇다고 하더라도', '그렇다면'으로도 풀이함.

또 차운하다
又次

金剛爽氣 금강상기

何物靑山南斗邊　무엇이 청산의 남두변(南斗邊)에서
能生爽氣祝融天　능히 상쾌한 기운을 축융천(祝融天)에 내는가.
要非薈蔚朝隮者　무성한 숲을 아침에 오르는 이 아니면
不必尋思浪百千　천백 길의 물결 찾을 줄이 있으랴.

大屯嵐光 대둔남광

曾見烟江疊嶂圖　일찍이 연강첩장도(烟江疊嶂圖)²⁴¹⁾를 보니
恨烟無捲却長鋪　연무 걷혔다 길게 펴진 것 없음 아쉬웠지.
爭如此峀嵐光好　어찌 이 산굴의 이내 빛 좋음만 하랴.
時以施行時以無　때로 펼쳐지고 때로 없어진다네.

東峰霽月 동봉제월

天街已滅雨師蹤　하늘길에 우사(雨師)의 자취 이미 끊기니
桂殿初分玉免胸　계수 궁전 처음 옥토끼 모습 분명하네.
飛轍每愁危不穩　달 가는 길 매양 위태롭고 편안치 않음 근심하는데
却欣扶上有靑峯　도리어 기쁜 것은 청봉에 떠오름이라네.

西嶺落照 서령낙조

遙見紅光透絳紗　멀리 보이는 붉은 빛 깁창에 들어오니
始知西日照餘霞　비로소 서쪽 해 남은 노을 비추는 줄 알겠네.
憑君尙閱芸緗帙　그대에 의지하여 운상(芸緗)의 권질²⁴²⁾을 열람하니

---

241) 연강첩장도(烟江疊嶂圖): 王晉卿이 그렸다고 하는 그림. 蘇軾의 「書王定國所藏烟
江疊嶂圖王晉卿畵」라는 시가 『古文眞寶』 「前集」 권6에 실려 있음.

破暗猶賢廣漢婆　어둠을 깨고 어진 광한파(廣漢婆) 있어라!

海村朝烟 해촌조연

村墟烟起曉溪潯　연무 이는 마을에 새벽 시냇가
看此令人發省深　이를 보니 사람을 깊이 살피게 하네.
如火始燃今更驗　불이 처음 타오르는 것 이제 다시 징험하는 듯
初生一縷竟千林　처음에 한 가닥이더니 마침내 온 숲에 번지네.

城門暮角 성문모각

城頭畵角震山雲　성(城)머리에 화각소리 산구름 울리니
鳳叫龍吟日向曛　봉황 울고 용이 노래하는데 해는 석양을 향하네.
安不忘危垂古訓　편안할 적 위태로움 잊지 말라 옛 가르침 전하니
重門此曲莫嫌聞　중문(重門)에 이 곡 듣기를 꺼리지 마오

前郊農歌 전교농가

野外田歌凡幾儔　들판의 농가(農歌) 들리는데 몇 명이런가?
東疇聞罷又西疇　동쪽 밭두둑서 소리 끝나면 또 서쪽 논둑이라네.
同聲自古元相應　소리 같이함은 예로부터 원래 서로 응하는 법이니
豈必調音互唱酬　어찌 꼭 가락을 고르게 해 번갈아 수창(酬唱)하랴?

後溪水聲 후계수성

那及簫韶奏舜廊　어찌 소소(簫韶)를 연주한 순임금 조정에 미칠까마는
人間箏笛固難方　인간에 쟁(箏)이며 적(笛)도 진실로 방도가 어렵다네.
水聲自有眞聲在　물소리에 절로 참된 소리 있으니
莫道區區徵與商　구구하게 치음(徵音)이니 상음(商音)이니 말하지 마오

---

242) 운상(芸緗)의 권질 : 좀 먹지 않도록 芸香 잎을 넣은 書帙. 책을 가리키는 말.

차운하여 동명에게 답하다
次韻酬東溟

桑麻陋巷斷來人	뽕나무와 삼 자라는 누항(陋巷)에 오는 이 끊어지고
一室蕭然不掃塵	집 안은 쓸쓸하며 먼지조차 쓸지 않았네.
誰謂中書思世舊	누가 책 속에서 세상 친구를 생각한다 했던가?
自携居士意彌新	스스로 거사(居士)와 함께 하니 뜻은 더욱 새롭소
傷風臥病從前夕	어제 저녁부터 감기 들어 병으로 누우니
盡日淸談負此辰	오늘 종일 청담(淸談)을 나눌 일 져버리네.
賴有麴生將馬走	국생(麴生)에 의지해 말을 타고 달려가
林亭祇侍替相親	숲 정자에서 삼가 모시며 가까이 하고 싶소

엄의주 부인 만사
挽嚴義州夫人243)

於今之子沒	이제 이 부인이 돌아가시니
差事有如斯	일이 어긋남 이 같음이 있겠는가.
閨範追三代	규방의 범절 삼대를 뒤따랐고
家聲底一兒	집안의 명성 한 아이에게조차 이르렀소
早稱樛木惠	일찍이 규목(樛木)244)의 은혜를 일컬었는데
終抱隱雷悲	끝내 은뢰(隱雷)245)의 슬픔 안았네.
他日誰銘誄	다른 날 누군가 명뢰문(銘誄文)을 지으리니
多遺愧我詩	내 시 많이도 부끄럽게 하리라.

---

243) (原註) 嚴의 이름은 황이다(愰).
244) 규목(樛木) : 가지가 아래로 늘어진 나무.『詩經』「周南」에「규목」편이 있는데, 첩들을 감싸주는 후비의 덕을 노래한 것이라는 해석이 있음.
245) 은뢰(隱雷) : 隱은 殷의 오자가 아닌가 함.『詩經』「召南」에「殷其雷」편이 있으며, 먼 곳에 있는 남편을 그리는 여인의 마음을 읊은 것임.

이별좌의 아들 만사
挽李別坐子246)

尊君弱冠卽相親	존군(尊君)과는 약관(弱冠)부터 서로 친하였고
兒女成行復幾春	아녀자들 왕래한 지는 다시 몇 해던가.
海上騎鯨哀汝伯	바다에서 고래를 타던247) 자네 맏이를 애도하며
土中埋玉悼斯人	흙 속에 옥골을 묻은 이 사람을 추도하네.
渠家忍把前盃酒	자네 집에서 어찌 차마 앞의 술잔을 잡으리오
吾舍猶存舊席塵	내 집에는 여전히 옛 자리의 먼지 남아 있네.
十七年間眞一夢	십칠 년 간이 참으로 한 바탕 꿈일러니
歌殘薤露淚盈巾	해로(薤露)의 노래248) 잦아드니 눈물은 갈건을 적시네.

등화를 읊다
詠燈花249)

灼灼銀缸裏	밝디 밝은 은항아리 속에서
誰開頃刻花	누가 경각의 꽃을 피웠나?
能當搖落秀	이삭처럼 흔들리다 떨어질 줄 알았지
不待發生華	꽃을 피워 내리라곤 기대하지 못하였네.
金粟如要久	금속(金粟)250)은 오래 전부터 바란 것 같은데
蘭膏且自加	난고(蘭膏)251)가 또 저절로 더해지네.

---

246) (原註) 별좌의 이름은 정방이다[別坐名庭芳]. 기사(己巳, 1629).
247) 고래를 타던 : 騎鯨. 본래 은둔하거나 신선이 되어 노님을 비유하는 말이나 여기서는
   사망의 뜻으로 사용된 것 같음.
248) 해로(薤露)의 노래 : 蒿里와 더불어 漢代의 輓歌. 인생이 염교잎에 맺힌 이슬처럼 덧
   없음을 노래한 것으로, 귀인의 상여를 맨 상두꾼이 부르던 노래로 전함.
249) (原註) 월과시를 대신하여 짓다[月課代製]. 같은 해[同年].
250) 금속(金粟) : 돈과 곡식.
251) 난고(蘭膏) : 香油. 여기서는 촛농을 비유하는 듯함.

定思挑撥惠　　　생각하건대 혜택이 생겨나리니
將喜報吾家　　　기쁜 일252)로 우리 집안에 보답하리.

방 안에 함께 분재한 소나무와 매화를 읊다
詠房中共盆松梅

梅花須就暖　　　매화는 따뜻한 곳에 있어야 하니
不暖不能開　　　따뜻하지 않으면 꽃피우지 못하네.
松也凌霜雪　　　소나무야 눈서리 이겨내건만
如何隨汝來　　　어찌하여 너를 따라 왔을까?

신미년 삼월에 이자용·장자호와 함께 배를 타고 두무포(頭無浦)253)로부터 물길을 따라 올라가 동호(東湖)에서 사흘을 노닐다 돌아왔다. 떠날 무렵 내전에서 술과 음식을 내려보내셨다. 자용이 악주가 된 때이다. 인하여 시를 지어 얻었다.

辛未三月, 與李子容·張子浩泛舟, 由頭無浦泝流而上, 遊東湖三日乃還. 臨行, 自內殿賜送酒饌, 子容爲樂主時也, 因賦得254)

刺舟尋故園　　　배 저어 옛 동산 찾아오니
山色正黃昏　　　산색은 정히 황혼이로다.
宮壺誇釣叟　　　궁중의 술병을 낚시하는 노인에게 뽐내는데

---

252) 기쁜 일 : 燈花之喜. 등화가 생기면 吉事가 있을 조짐이라는 뜻. 「西京雜記」에 '등화가 생기면 재물을 얻고, 까치가 울면 손님이 오며, 거미가 모이면 온갖 일이 기쁘다[燈火華得錢財, 乾鵲噪而行人至, 蜘蛛集而百事喜]'라는 말이 있음.

253) 두무포(頭無浦) : 豆毛浦와 같음. 서울 성동구 옥수동의 옛이름. 우리말 이름은 두뭇개, 한강과 중랑천의 두 물이 어우러지는 곳이란 뜻.

254) (原註) 자용의 이름은 한이고, 종실 학림군의 아들이다. 동호는 곧 고산이다[子容名瀚, 宗室鶴林君之子. 東湖卽孤山].

仙樂動江村　　　신선의 음악은 강 마을에 울려 퍼지네.
誰知三日樂　　　누가 알리요, 사흘의 즐거움이
摠是九重恩　　　모두 구중 궁궐의 은혜인 줄을.
終南長在眼　　　종남산(終南山)²⁵⁵⁾이 길이 눈에 드는데
還向上東門　　　다시 돌아와 동문에 오르네.

花月喜陰今夜白　꽃핀 달밤에 음기(陰氣) 좋고 오늘 밤 밝은데
吾儕多故此時閒　우리들 여러 이유로 이 시절 한가롭네.
舟人莫怪遲留久　사공아 지체해 오래 머문다 괴이히 여기지 말라.
十五年初到故山　열다섯 해 만에 처음 고향산천에 이르렀다오

三日江湖爛熳遊(子浩)　사흘을 강호에서 흐드러지게 노닐거늘
春風花柳滿芳洲(約而)　춘풍에 꽃 버들은 향긋한 모래섬에 가득하네.
到處君恩生感激(子容)　이르는 곳마다 임금의 은혜에 감격하여
夜深歌舞不能休(約而)²⁵⁶⁾　야심토록 가무를 그치지 못하겠네.

환희원(歡喜院)²⁵⁷⁾ 객점의 벽 위의 시에 차운하다
次歡喜院店舍壁上韻²⁵⁸⁾

丁卯離鄕辛未歸　정묘(丁卯)²⁵⁹⁾에 고향 떠나 신미(辛未)²⁶⁰⁾에 돌아가니
世間無限是和非　세간에 시시비비는 한이 없구나!
惟欣釣水年猶少　오로지 흔연히 낚시하려 하니 해가 오히려 짧고

---

255) 종남산(終南山) : 서울의 남산을 唐의 수도 長安의 終南山에 비유한 것임.
256) (原註) 이상은 연구이다[右聯句].
257) 환희원(歡喜院) : 충청도 공주목에 있음.
258) (原註) 같은 해[同年].
259) 정묘(丁卯) : 1627년.
260) 신미(辛未) : 1631년.

且幸耕田願不違　또 다행히 밭을 갈려니 바람에 어긋나지 않겠네.
落日心隨雲北去　지는 해에 마음은 구름을 따라 북으로 가고
秋風身與鴈南飛　가을 바람에 몸은 기러기와 함께 남으로 나네.
前宵忽有蓬萊夢　전날 밤에 홀연히 봉래(蓬萊)의 꿈이 있더니
枕席空餘香霧霏　침석에 공연히 향무가 남았구나!

차운하여 답하다
次韻苔人[261]

花落林初茂　꽃 지자 숲은 무성해지고
春歸日更遲　봄 지나자 날은 더욱 더디 가네.
一元宜靜覗　만물의 근본은 고요히 살펴야 하니
四序任遷移　사철의 차례는 옮겨감에 맡겨 있네.
燕語薔薇架　제비는 장미 가지에서 재잘대고
鶯歌楊柳枝　꾀꼬리는 버들가지에서 노래하네.
風光隨處好　풍광(風光)은 가는 곳마다 좋은데
佳興少人知　좋은 흥취를 아는 이 없구나!

청학동(靑鶴洞)을 유람하려 하여 이자형(李子馨)에게 보내다
將遊靑鶴洞, 寄李子馨[262]

桃花初發杏花飛　복사꽃 갓 피고 살구꽃 날리는데
柳色靑靑草色微　버들은 푸르디 푸르며 풀빛은 연하네.
我欲携君靑鶴洞　나 그대 데리고 청학동에 가고 싶은데

---

261) (原註) 같은 해[同年].
262) (原註) 같은 해[同年].

探春直到月生衣　봄경치 찾아가노라면 달빛은 옷에 비치리.

유상주(柳尙州)께 차운하여 올리다
次奉柳尙州263)

烏紗巾上碧峥嶸　오사건 위에 푸른 산빛 우뚝한데
四十年心耿耿明　사십 년 동안 마음은 환하게 밝도다!
萬里長風如未駕　만 리의 거센 바람 아직 타지 못하였는데
五湖烟浪是前程　오호(五湖)264)의 안개 긴 물결 앞길에 놓였네.
寧將鷗鶴爲朋黨　차라리 갈매기 학과 함께 벗이 될까?
好結松篁作弟兄　솔대와 사귀어 형제 되어도 좋으리.
大爵淸班都不要　높은 작위 좋은 자리 모두 바라지 않는데
羣山點檢水雲平　뭇 산들 점검하노라면 물과 구름 나란하리.

유 참판(柳參判)의 개장 만사
挽柳參判改葬265)

夫子之仁有易知　선생이 어진 줄 쉬이 알 수 있으니
兒孫袞袞守家規　자손들 끊임없이 집안 법도 지키네.
昔天未定亡何慘　지난날 하늘이 정하지 않았는데 별세해 얼마나 참담
　　　　　　　　했던가.
今地呈慳葬改治　오늘날 땅이 드러냄을 아끼는데 장사한 것 개장하네.

---

263) (原註) 당시에 공이 처음 등제하였다[時公初登第]. 계유(癸酉, 1633).
264) 오호(五湖) : 은둔의 장소를 가리킴. 춘추시대 월의 대부 범려가 오호에 은둔한 고사
　　가 있음.
265) (原註) 같은 해[同年].

黃壤深冤邦論雪	흙 속의 깊은 원한 나라에선 씻어내길 논하고
粉書哀贈路人咨	글월을 구슬피 보낸 일 길 가는 이에게 물어보네.
郎君與我如同氣	낭군은 나와는 동기간과도 같아
悲喜還非爲我私	슬픔과 기쁨 도리어 내 사사로움 때문은 아니라.

홍 진사(洪進士) 모친 만사
挽洪進士慈親

七十古來稀	인생 칠십은 예로부터 드무니
況此加五歲	하물며 이에 다섯 해를 더함에랴?
而壽不滿德	수를 누림이 덕을 채우지 못한다시며
爲遂歸室誓	드디어 귀실(歸室)의 맹서로 삼으셨지.
平生棣棣儀	평생 온화하며 한아(閒雅)하신 위의
每懼先人廢	매양 선인266)께서 폐해짐을 근심하셨다네.
餘慶不爲虛	여경(餘慶)267)이 빈말이 아니니
兒孫皆孝悌	자손이 다 효도하고 우애하네.
二郎刷勁翮	둘째 아들은 용력(勇力)이 뛰어났고
一郎富清製	큰아들은 좋은 시문을 잘도 지어냈네.
列戟在靑春	청춘에 열극(列戟)을 하였으니
莫恨二郎逝	둘째의 죽음을 한하지 마소
底屈一郎才	어찌 첫째의 재질에 굽히리?
吾欲問春桂	내 춘계(春桂)268)에게 묻고자 하네.
孫曾十二人	손자 증손자가 열두 명인데

---

266) 선인(先人) : 돌아가신 부친. 여기서는 곧 망자의 남편.
267) 여경(餘慶) : 자손에게 주어진 덕택. 『易』「坤」. "선행을 쌓은 집안에는 반드시 남은 경사가 있다[積善之家, 必有餘慶]."
268) 춘계(春桂) : 미상.

執紳來次第　　차례로 벼슬길에 올랐구나.
誰唱薤露歌　　누가 해로(薤露)의 노래를 부르나?
足以詫當世　　족히 당대에 자랑할 만하네.

은산(殷山)[269] 객관에서 삼가 조부 이견당(理遣堂)[270]의 시에 차운하다-2수
殷山客舘, 敬次祖父理遣堂韻 二首[271]

忽瞻先祖筆　　홀연 선조의 필적을 보게 되니
始喜此行西　　비로소 이 관서의 행차 기뻐지네.
明發未成夢　　밤새도록 잠 이루지 못하는데
空齋蠟燭啼　　빈방에 촛불은 눈물 흘리네.

憑誰問往事　　누구에 의지하여 지난 일을 물을까?
惟見水東西　　다만 물이 동서로 흘러감을 본다네.
倘有令威鳥　　혹여 영위조(令威鳥)[272]가 있다면
慇懃向我啼　　은근히 나를 향해 울어주련만.

余少時卽聞理遣祖父嘗按節關西矣, 又聞建君子樓于箕都, 其記載於
平壤誌矣. 昨來箕都, 問所謂君子樓者, 今人不知焉. 是必化於兵火矣.
今到此縣, 忽瞻客舘樑上掛先祖小絶, 筆畫宛然, 看來不勝愴然. 噫! 余

---

269) 은산(殷山) : 평안도 은산현임.
270) 이견당(理遣堂) : 尹毅中(1524~?). 자는 致遠, 호는 駱村. 평안도 관찰사, 형·공·예
　　조판서, 좌참찬, 대사헌 등을 역임함.
271) (原註) 당시에 공이 경시관으로 관서에 갔다[時, 公以京試官之關西].
272) 영위조(令威鳥) : 丁令威라는 사람이 신선술을 배워 학이 되었다는 고사. 『搜神後
　　記』에 정영위가 학이 되어 고향으로 돌아왔는데, 한 청년이 활로 쏘자 세월의 무상함
　　을 노래하고 다시 날아갔다고 전함.

生四歲, 先祖見背, 至今僅能彷彿記其容顔, 而其所撫養之跡, 所記者, 僅一二事矣. 壬辰倭變之後, 先祖所舍京外第宅, 一無存者, 於何思其居處而想其儀形乎? 見此題板粉墨如新, 可想此舘卽其時舊宇也, 登陟宴息之所, 起居笑語之處, 豈有變於舊也? 彷徨顧眄之間, 怳然若色生於目, 聲入於耳, 而優然有見, 肅然有聞也. 先祖行春於此縣, 乃是壬申暮春, 去今周一甲子有二歲. 欲問舊跡, 無可知者, 惟有山蒼然而立, 水悠然而逝, 則遠慕長想之懷, 復如何哉? 余先考之墓, 在於海南, 家累亦在其地. 今春竊科之後, 爲過國恤, 未行榮墓之禮, 旅食京華, 至於五箇月. 過國恤後, 歸意正壬, 而忽此銜綸北闕, 掌試西關, 余悶還鄕之期漸遠, 而人亦歎我遠行役矣. 今日乃知不南而西者, 是神明之所相, 而聖恩之所重也. 見此舘也, 不有聖恩, 安得有此行也? 咨嗟之餘, 不得不形於言, 忘其荒拙, 謹步元韻, 而又道其不盡之意于後云. 崇禎六年癸酉七月二十六日. 孫男善道.

　내가 어릴 적에 이견당 조부께서 일찍이 관서에 관찰사로 나가셨고, 또 평양에 군자루를 세우셨다는 말을 들었는데 그 기록이 『평양지』에 실려 있다. 어제 평양에 와서 군자루를 물었는데 지금 사람은 알지 못하였다. 이는 필시 병화에 사라진 것이리라. 이제 이 현에 도착하여 문득 객관의 들보 위에 걸린 선조의 절구를 보니, 필획이 완연하여 보고 있노라니 창연함을 금할 수 없었다. 아아! 내가 태어나서 네 살에 조부께서 돌아가시어 지금까지 겨우 아스라이 그 얼굴 모습을 기억할 수 있고, 그 어루만지고 길러 주신 자취는 기억하는 것이 겨우 한두 가지 일이다. 임진왜란 후에 조부께서 사시던 한양 밖의 집이 하나도 남은 것이 없으니, 어디에서 그 거처를 생각하며 그 위의를 떠올리랴? 이 현관을 보니 분묵이 새 것과 같지만, 이 객관이 곧 그 당시의 옛 집임을 생각할 수 있다. 올라가 쉬시던 장소이며 지내며 웃고 이야기하시던 처소가 어찌 옛날과 변함이 있으랴? 돌아다니며 살펴보는 사이에 아득히 모습이 눈에 떠오르고, 소리가 귀에 들어와서 어렴풋이 보이고 조용히 들린다. 조부께서는 봄에 이 현에 오셨는데, 그때가 바로 임신년 늦봄이니, 지금으로부터 육십하고도 이년 전이다. 옛 자취를 묻고자 하나 알 만한 이가 없고, 오직 산이 창연히 서있고 물이 유연히 흘러가니, 먼 그리움과 긴 생각의 회포를 다시 어찌 하겠는가? 내 선친의 묘는 해남에 있는데, 집안 대대로 또한 그 땅에 있다. 올 봄 과거에 등제한 뒤에 국상을 지내게 되어 영묘의 예를 행하지 못하고 한양에서 객식하여 다섯 달에 이르렀다. 국상을 지낸 뒤에 돌아갈 뜻을 바로 아뢰었지만, 문득 대궐에서 직함을 내리심이 있어 관서에 시험을 맡게 되었다. 내가 고향에 돌아갈 기약이 점점 멀어짐을 고민하는데, 사람들도 또한 내가 멀리 행역을 가는 것을 탄식하였다. 오늘 이에 남으로 가지 않고 서로 간 것이 신명이 도우신 바이며 성은의 중한 바임을 알겠다. 이 객관을 보게 되었으니 성은이 아니라면 어찌 이런 일이 있을 수 있었겠는가? 감탄하던 나머지 형언하지 않을 수 없기에, 거칠고 부족함을 잊은 채 삼가 원운을 따라 짓고 또 뒤에다 다함 없는 뜻을 말한다. 숭정 6년 계유[273] 7월 26일 손자 선도.

이견당의 원운
理遣堂元韻

病臥殷山縣	병들어 은산현(殷山縣)[274]에 누웠더니
孤懷澗水西	외로운 회포 시냇물 따라 서쪽으로 흘러가네.
小庭風雨裏	작은 뜰에 비바람 치는 가운데
花落鳥空啼	꽃은 지고 새는 부질없이 우는구나!

---

273) 계유(癸酉) : 1633년.
274) 은산현(殷山縣) : 평안도에 설치된 현.

강서 객관에서 벽 위의 시에 차운하다-4수
江西客館次壁上韻 四首[275]

席帽白袍去我前	시험 보는 이들 내 앞에서 떠나가자
主人仍敞綺羅筵	주인은 이에 화려한 잔치 마련해주네.
小亭剩得中秋月	작은 정자(亭子)에서 중추의 달까지 얻었으니
何必留仙與降僊[276]	어찌 유선(留仙)과 강선(降僊)이 필요하리.

客堂寥落小燈明	쓸쓸한 객당에 작은 등은 환하고
風露脩然不勝淸	바람과 이슬 유연하여 참으로 맑구나!
忽憶故園今夜月	문득 떠오르는 것은 고향에도 오늘 밤 달 비추고
一江烟水浩冥冥	한 굽이 강에 안개 낀 물결 아득히 넓게 흘러감이리.

勝槩西關問幾州	관서의 명승지가 몇 고을인지 물으니
風光隨處浩難收	도처에 좋은 풍광 이루 다 거두기 어렵다네.
山圍洞闢無如此	산이 둘러싸고 골짜기 트임이 이 같은 곳 없는데
鶴嶺還堪聳我眸	학령(鶴嶺)은 다시 내 눈을 놀라게 할 만하구나.

緱山仙子倘留玆	구산(緱山)의 신선[277]이 혹여 이곳에 머물렀나?
鶴嶺彤雲正陸離	학령의 붉은 구름 정히도 뭉게뭉게 피어나네.
山鳥下階朱墨屛	산새는 주묵(朱墨) 담장의 섬돌에 내려오는데
却疑身世入無爲	이 몸이 무위지경(無爲之境)에 들었나 의심이 드네.

---

275) (原註) 같은 해[同年].
276) (原註) 유선은 객관의 이름이고, 강선은 누대의 이름이니 모두 성천에 있다[留仙舘 名, 降仙樓名, 具在成川].
277) 구산(緱山)의 신선 : 구산은 곧 緱氏山으로, 중국 하남성 언사현에 있음. 신선 왕자교 가 흰 학을 타고 이 산에 내려왔다는 전설이 있음.

묵매
墨梅278)

物理有堪賞	사물의 이치에 완상할 만함이 있으니
捨梅取墨梅	매화를 놓아두고 매화그림을 취하네.
含章知至美	속에 지닌 덕 지극히 아름다운 줄 알겠으니
令色豈良材	겉모양을 좋게 꾸민다고 어찌 좋은 재질이랴?
自晦追前哲	스스로 감추며 앞의 현철(賢哲)을 따르고
同塵避俗猜	속진에 함께 하면서 세속의 시기함을 피하네.
回看桃與李	복사꽃과 오얏꽃 돌아보노라니
猶可作輿臺	오히려 하인이 될 만하구나.

차운하여 답하다
次韻答人279)

故人今在洛東城	친구는 지금 낙동성(洛東城)에 있는데
遠寄新詩問客情	멀리서 새 시를 보내 나그네 정황을 묻네.
惟願諸公求實地	여러 공들이 실지(實地)를 구하길 원하나니
休令賤子役浮名	재주 없는 이 허명(虛名)에 부림 받지 않게 하오
得成三十三年退	서른세 해 만에 은퇴함을 얻었으니
那厭一旬一日程	열하루의 여정이야 어찌 싫증나랴?
素志君民如何展	평소의 뜻을 군민(君民)에게 어찌 펴리오?
江湖吾亦濯韓纓	강호에서 나 또한 갓끈을 씻으리.280)

---

278) (原註) 월과시이다[月課].
279) (原註) 같은 해[同年].
280) 갓끈을 씻으리 : 갓끈을 씻는다는 말은 세속을 초월함을 이른다. 李陵의 「與蘇武詩」
에 '강물에 임하여 긴 갓끈을 씻는데, 그대 생각하니 슬픈 마음 그치질 않는구려[臨河
濯長纓, 念子悵悠悠]'라 한 구절이 있다.

환희원(歡喜院) 벽 위의 시에 차운하다
次歡喜院壁上韻[281]

歡喜院中歡喜無   환희원(歡喜院) 안에도 환희는 없고

江南歸客興長吁   강남 가는 나그네는 길게 탄식만 일어나네.

經綸未展病於此   경륜을 펴지 못한 채 여기서 병 얻으니

萬億蒼生何日穌   억만 창생은 어느 날에나 소생시키리?

가야산에 유람하다–2수
遊伽倻山 二首[282]

伽倻仙去已千年   가야산 신선[283] 떠난 지 이미 천 년인데

堪笑伽倻訪此仙   가야산에서 이 신선을 찾으니 웃을 만하네.

泚筆流觴非勝跡   시문 지으며[284] 잔 띄운 일 빼어난 행적 아니었으니

也知都在避人前   이 모두가 인세(人世)를 피하는 데 있었음을 알겠네.

探勝參差後歲華   한 해 저물 무렵 좋은 경치 이리저리 찾으나

恨無紅樹亦無花   단풍도 없고 꽃도 없어 한스러워라!

千峯一夜粧珠玉   온 봉우리 하룻밤에 주옥(珠玉)으로 단장하니

始覺羣仙餉我多   뭇 신선 대접이 후한 줄 이제야 알겠네.

---

281) (原註) 같은 해[同年].

282) (原註) 을해(乙亥, 1635).

283) 가야산 신선 : 崔致遠을 가리킴. 가야산에 은둔하여 신선이 되었다는 전설이 있음.

284) 시문 지으며 : 원시의 차필(泚筆)은 붓에 먹물을 먹인다는 뜻인데, 비유적으로 시문
을 지음을 뜻함.

죽은 아들 진사 의미(義美)[285] 만사
亡子進士義美挽[286]

有慟非言子	애통해 할 뿐 자식 말 말아야 하나
其才實寡儔	그 재능 참으로 짝할 이 드물었네.
溫良卄五載	스물다섯 해를 온화하고 선량했건만
悲悼百千秋	애달파라, 영원히 떠나갔구나!
同穴婦之決	지어미 같이 묻히자 결심하더니
三孩天所留	세 아이만 하늘이 남겨 놓으셨네.
西風明月夜	갈바람 부는 달 밝은 밤이면
那忍上書樓	어찌 차마 서루(書樓)에 올라 보겠는가?

격자봉[287]
格紫峯[288]

洪濤巨浪中	높은 파도 큰 물결 가운데에서
特立不前却	우뚝이 선 채 움직이지 않는구나!
欲格紫微心	자미궁(紫微宮)[289]에 나아갈 마음 있거든
要先恥且格	먼저 부끄러운 줄 알며 선을 행해야 한다네.[290]

---

285) 의미(義美) : 고산이 26세에 서울에서 있을 때 낳은 둘째 아들로서, 재주가 뛰어나 19 세에 司馬試에 합격하였다.

286) (原註) 병자(丙子, 1636).

287) 격자봉은 보길도의 主山임.

288) (自註) 봉우리가 낙서재 뒤에 있는데, 속인이 격자라고 부른다[峯在樂書齋後, 俗 名格紫]. 이하는 보길도 부용동에 있을 때이다[以下住甫吉島芙蓉洞時]. 정축(丁丑, 1637).

289) 자미궁(紫微宮) : 제왕의 궁전을 가리킴. 紫薇라고도 함.

290) 『論語』「爲政」에 "德으로 이끌어 주고 禮로 가지런히 하면, 백성이 不善을 부끄러 워하고 善에 이른다[道之以德, 齊之以禮, 有恥且格]"라고 하였음.

소은병
小隱屛291)

蒼屛自天造	푸른 바위는 하늘이 지었으되
小隱因人名	소은병이라 사람이 이름하였네.
邈矣塵凡隔	아득히 세상사 막아 주니
脩然心地淸	유연히 마음이 맑아진다.

구암
龜巖292)

但知參四靈	다만 사령(四靈)293)에 속한 줄 알았지
誰識介于石	바위보다 굳은 줄 누가 알았으리?
振爾卜居時	집터를 정할 적에 너를 뽑아내었는데
宜吾玩月夕	나 달구경하는 저녁에 좋기도 하여라!

미산
薇山294)

西山號曰薇	서산을 미산(薇山)이라 부르는데
邈邈烟霞裡	아득히 연하(烟霞) 속에 있다네.

---

291) (自註) 소은병은 낙서재 뒤 처마 위편에 있는데, 무이산의 대은병과 견주어 보면 작
   으므로 소은병이라 이름하였다[屛在樂書齋後簷上, 比武夷大隱屛則小, 故名]. 같은
   해[同年].
292) (自註) 낙서재의 앞뜰에 있다[在樂書齋前庭]. 같은 해[同年].
293) 사령(四靈) : 네 가지 신령한 동물로서 기린 · 봉황 · 거북 · 용을 가리킨다.
294) (自註) 동의 서쪽에 있다[在洞西]. 같은 해[同年].

試使夷齊看　　　시험삼아 백이·숙제에게 보게 하면
相携定登彼　　　서로 손잡고 반드시 저곳에 오르리.

낭음계
朗吟溪295)

嗽玉瓊瑤窟　　　경요굴(瓊瑤窟)에서 옥을 씻고,
玲瓏縈小臺　　　영롱하게 작은 누대를 둘러있네.
洞庭飛過客　　　동정호 나는 듯 지나던 객은
應向此中來　　　응당 이곳 향해 찾아오리라.

혁희대
赫曦臺296)

嗟我遠遊意　　　아, 내 원유(遠遊)의 뜻은
本爲汗漫期　　　본디 아득한 기약이런가!
於斯望日下　　　여기서 해지는 것 바라보노라면
不獨僕夫悲　　　유독 나만이 슬퍼하진 않으리.

---

295) (原註) 水源이 격자봉 아래에서 나온다[源出格紫峯下].
296) (原註) 동의 동쪽에 있다[在洞東]. 같은 해[同年].

혹약암
或躍巖297)

蜿然水中石	꿈틀꿈틀 물 속의 바위
何似臥龍巖	어이 와룡암(臥龍巖)을 닮았나?
我欲寫諸葛	내 제갈공명을 그려놓고
立祠傍此潭	이 못가에 사당을 세우리.

장재도
藏在島298)

小島當山闕	작은 섬 산궐(山闕)에 당하니
其名藏在曰	그 이름을 장재(藏在)라 한다네.
藏在問何財	숨겨 둔 것 무슨 재물인가 물었더니
淸風與明月	맑은 바람과 밝은 달이라 하네.

오운대에서 즉석으로 짓다
五雲臺卽事299)

雲臺高枕臥	오운대에 높이 베고 누우니
山外浮雲過	산 너머로 뜬구름 지나가네.
絶壑有松聲	깊은 골짝엔 솔바람 소리 있어
淸風來我左	맑은 바람 내 왼편에 오더라.

---

297) (原註) 낭음계 하류의 세연정 가운데에 있다[在朗吟溪下流洗然亭池中]. 같은 해
[同年].
298) (原註) 보길도 앞에 있다[在甫吉島前]. 같은 해[同年].
299) (原註) 대는 동의 서쪽에 있다[臺在洞西]. 같은 해[同年].

낚싯배
釣舟300)

長蓑短笠跨青牛	긴 도롱이 짧은 갓, 푸른 소에 걸터앉아
袖拂烟霞出洞幽	소매로 연하(烟霞) 떨치며 깊은 골짝 나서네.
暮去朝來何事役	저물녘에 나가 아침에 오며 무슨 일 하나?
滄洲閑弄釣魚舟	창주에서 한가로이 낚싯배를 젓누나.

낙서재
樂書齋301)

一把茅雖低	한 발 띠집 비록 나직하여도
五車書亦夥	다섯 수레의 책 많기도 하네.
豈徒消我憂	어찌 내 근심만 없애주랴?
庶以補吾過	나의 허물도 기워주리라.

석실
石室302)

容車坡老詩	용거(容車)라 함은 소동파의 시303)요,
側戶文公記	측호(側戶)라 함은 주문공의 기로다.
那有六重門	어찌 여섯 겹문이 있을까마는

---

300) (原註) 같은 해[同年].
301) (原註) 부용동 격자봉 아래에 있다[在芙蓉洞格紫峯下]. 같은 해[同年].
302) (原註) 부용동 서쪽에 있다[在芙蓉洞西]. 같은 해[同年].
303) 「和蔡景繁海州石室」(『蘇東坡詩集』卷19)에 '꽃 사이 석실엔 수레를 들일 만하네
　　[花間石室可容車]'라 하였다.

| 庭泉臺沼備 | 뜰과 샘, 대와 못은 갖추었다네. |

황원잡영-3수
黃原雜詠 三首[304]

誰能創此朴而工	누가 이를 질박하고도 공교하게 만들어 내었던가?
豪縱由來造化翁	자유롭고 분방함은 조화옹에게서 말미암았구나!
傍日臨風若雲谷	해를 곁에 두고 바람에 임하니 구름 골짝 같고
宅幽勢阻勝盤中	집은 그윽하고 지세는 험하여 바위 가운데 빼어나네.
玉槽飛瀑穿香霧	옥구유에 나는 폭포 향기로운 안개 꿰뚫고
石甕寒潭暎碧空	돌단지의 차가운 못 푸르른 하늘 비치네.
十里蓬壺天賜履	십 리의 봉호(蓬壺)[305]는 하늘이 내리신 영토이니
始知吾道未全窮	비로소 내 길이 완전히 막히지 않은 줄 알겠네.

蓬萊誤入獨尋眞	봉래(蓬萊)에 잘못 들어 홀로 신선을 찾는데
物物淸奇箇箇神	물(物)마다 맑고 기이하며 낱낱이 신묘하네.
峭壁默存千古意	가파른 절벽에는 천고의 뜻 말없이 담겼고
穹林閑帶四時春	드넓은 수풀에는 사철 봄이 막히어 둘렀네.
那知今日巖中客	어이 알랴? 오늘 바위굴 속 나그네가
不是他時畵裡人	훗날 그림 속의 사람이 되지 않을는지.
塵世啾喧何足道	속세의 떠드는 소리야 어찌 족히 말하랴만
思歸却怕列仙嗔	돌아갈 생각하니 신선들 성낼까 두렵네.

| 蝸廬君莫笑 | 달팽이집이라 그대 비웃지 마소 |

---

304) (原註) 보길도의 바다를 황원포라 한다[甫吉島之海曰黃原浦]. 같은 해[同年].
305) 봉호(蓬壺) : 蓬萊를 이름. 三神山의 하나. 삼신산이 모두 호리병과 비슷한 데서 삼신산을 三壺라고도 함. 여기서는 보길도의 부용동을 가리킴.

面面畫新成	면면마다 새롭게 화폭을 이룬다오
已得長春圃	이미 늘 봄인 양 푸른 밭을 얻었으니
何須不夜城	어찌 불야성(不夜城)306)이 필요하리?
窪樽留古意	돌웅덩이 술통에 옛 뜻이 머물렀고
石室愜幽情	바위 집에 그윽한 정이 흡족하네.
洗耳山猶淺	귀 씻으려 해도 산 외려 낮은데
爭如耳絶聲	어찌하여 귀에서 소리 끊으리오?

희황교
羲皇橋307)

橋北橋南看小欄	다리 북쪽과 다리 남쪽에 작은 난간 보이고
中間恰受兩蒲團	중간에는 꼭 두 부들자리 들일 만하네
靑山霽後支頤臥	청산에 비 갠 뒤 턱 괴고 누우니
水樂荷香興一般	물소리 연꽃 향기에 흥은 매 한가지라네.

공암에서 말을 쉬다
歇馬孔巖308)

休鞍靜臥綠江湄	말을 멈추고 푸른 강가에 가만히 누우니

---

306) 불야성(不夜城) : 중국 漢나라 때 밤에도 해가 돋았다는 東萊郡 不夜縣에 있던 성의
   이름. 전하여 등불이 밝아 밤에도 대낮같이 환하고 번화한 거리를 말함. 月夜 또는 雪
   夜를 형용하기도 함.
307) (自註) 석실 제이 석의 문밖 언선대 북쪽에 있다[在石室第二石門外偃仙臺北]. 무
   인(戊寅, 1638).
308) (自註) 단양 잔도이다[丹陽栈道也]. 무인(戊寅, 1638) 유월에 유배되어 영덕으로 가
   던 때 지은 것이다. 두 절구가 같다[戊寅六月, 謫向盈德時作也. 二絶同]. 이하는 영
   덕에 유배된 때에 지은 것이다[以下謫盈德時作].

江上明沙分外奇　　강가의 밝은 모래 참으로 기이하도다!
千疊錦屏生色畫　　천 겹 비단 병풍이 채색화를 이루는데
世間供帳孰如斯　　세간의 장막[309]이야 어느 것이 이만하랴?

죽령 가는 도중에
竹嶺道中

昔歲曾從鳥嶺去　　작년에 조령 따라 떠나가더니
今來竹嶺問前程　　지금은 죽령에 와 앞길을 묻네.
如何回避經行處　　어찌해야 지나쳐온 곳 피해갈 수 있으랴?
愧殺明時有此行[310]　태평시절에 이 걸음 부끄러워라.

쓸개를 맛보다[311]
嘗膽

飮膽居然二十霜　　쓸개 맛보며 의연히 스무 해를 보냄은
會稽惟恐片時忘　　회계(會稽)의 치욕[312] 잠시라도 잊을까 해서라네.
何人黃竹歌聲裡　　누가 황죽가(黃竹歌) 소리 가운데에 있으며
不記膠舟醉玉觴　　교주(膠舟)[313] 타고 옥 술잔에 취한 일 못 기억하나?

---

309) 장막 : 原詩의 供帳은 연회에 치는 장막으로 供頓이라고도 함.
310) (自註) 기미(己未, 1639)에 남쪽에 옮겨간 때에 조령으로 가는 길을 취하였다[己未
　　南遷時, 取路鳥嶺].
311) (自註) 제생과 화운하여 지은 것이다[和諸生之作]. 같은 해[同年].
312) 회계(會稽)의 치욕 : 吳王 夫差가 부친 闔廬의 원수를 갚기 위해 越王 句踐과 싸웠
　　는데, 會稽山에서 구천을 포위하고 사로잡았던 고사가 있음. 『史記』「越王句踐世家」
　　참조.
313) 교주(膠舟) : 膠船. 周나라 昭王이 南征을 위해 漢水를 건너려 하였는데, 물가 사람
　　들이 그를 미워하여 아교로 바른 배를 진상하였고, 배가 강의 중류에 이르러 아교가

하늘을 깁다 - 3수
補天 三首[314]

補缺蒼穹已萬年	푸른 하늘 무너진 곳 보수한 지 이미 만 년인데[315]
神功耀後更光前	신의 공덕 뒤에 빛나고 다시 앞에 빛나네.
他時杞國傾崩日	뒷날 기(杞)나라 사람 해 떨어질까 걱정했으니[316]
復有何人墜緒連	다시 누가 있어 하늘 무너짐의 단서를 이을까.

女主誣民今幾年	여와(女媧)가 백성을 속인 지 몇 해이런가?
吾將上質玉皇前	내 장차 옥황상제 전에 질정을 올리리라.
乾坤須用中和位	건곤은 모름지기 중화(中和)로 바로 자리잡는 법[317]
元氣安能鍊石連	원기를 어찌 돌을 단련해 이을 수 있으리오?

새 거처에서 중추월을 마주하다 - 2수
新居對中秋月 二首[318]

去歲中秋在南海	지난해 중추(中秋)에는 남해에 있으며
茅簷待月水雲昏	수운(水雲)의 저물녘 모첨(茅簷)에서 달을 맞았네.
那知此夜東溟上	어찌 알았으랴, 오늘 밤 동해 바닷가에서
坐對淸光憶故園	맑은 달빛 마주한 채 옛 동산 그리워할 줄.

풀리자 모두 빠져 죽었다고 함.『帝王世紀』참조.
314) (自註) 제생과 화운하여 지은 것이다[和諸生之作]. 같은 해[同年].
315) 女媧補天의 신화를 가리킴. 女娲라고도 하는데,『회남자』에 의하면 여와가 하늘을
　　 받치고 있는 기둥이 부러지자 거대한 자라의 다리를 잘라 하늘을 받쳤다고 함.
316) 杞憂의 고사를 가리킴.『列子』「天瑞」참조.
317) 중화(中和)로 바로 자리잡는 법 :『中庸』에 "中과 和를 미루어 지극히 하면, 천지가
　　 바로 자리잡고, 만물이 화육한다[致中和, 天地位焉, 萬物育焉]"라 하였음.
318) (原註) 같은 해[同年].

雲消風定絶纖埃　구름 잦아들고 바람 가라앉아 먼지 끊어지니
正是幽人玩月來　바로 숨어사는 이 달구경하러 오는 때로다.
敢爲淸遊煩嘿禱　청유(淸遊)를 위해 힘들이며 말없이 비는데
龍鍾應被海仙哀　늙고 병든 모습 해선(海仙)께 불쌍히 여겨지리.

산 속 재실에서 밤에 대화하다가 이계하의 운에 차운하다
山齋夜話, 次李季夏韻[319]

當盃休訴夜三更　술잔 앞두고 밤이 삼경(三更)이라 말하지 마오
月爲分明雨爲晴　달이 저리도 밝고 비도 개었으니 말이오
歸路亦無鼕鼓響　귀로에 새벽 북[320]소리도 울리지 않을 터
何嫌漁父渡橋爭　어부들 다투어 다리를 건넌들 어찌 싫으리?

신퇴지와 상사 신이겸·최현·김광우가 술을 들고 찾아 왔고, 이계하도 왔는데 계하의 운에 차운하다
申退之與申上舍履謙·崔生炫·金生光宇携酒來訪, 李季夏亦來, 次季夏韻[321]

今夜會此堂　오늘밤 이 집에 모였으나
月無前夜白　달은 지난밤처럼 밝지 않네.
前夜會此堂　지난밤 이 집에 모였을 때
座無今夜客　자리에는 오늘밤의 손들 없었다네.
人事古難諧　사람일이란 옛부터 어울리기 어려워

---

319) (原註) 계하의 성은 이씨이고, 이름은 해창이다. 당시에 또한 영덕에 유배해 있었다
　　 [季夏姓李名海昌. 時亦謫居盈德]. 같은 해[同年].
320) 새벽 북 : 原詩의 鼕鼓(동고)는 街鼓라고도 하는데, 본래 唐代 장안에서 새벽과 저물
　　 녘을 알리는 북임.
321) (原註) 같은 해[同年].

如絲竹金石	여러 악기들322) 합주하기처럼 그렇지.
有酒胡不飮	술이 있으니 어찌 마시지 않으랴.
直到天河落	곧바로 은하수에 이르러 떨어지리라.

계하의 운에 차운하여 답하다-4수
次韻酬季夏 四首323)

在世猶能出世塵	속세에 있으되 속세의 먼지를 벗어나니
玉爲伊骨水爲神	옥을 뼈로 삼고 물을 정신으로 삼았구려.
天心綺語風標舊	천심(天心)의 고운 말씀 기풍은 옛스러운데
海上柴扉物色新	해상(海上)의 사립문 물색(物色)은 새롭구나!
君急正宜煩煦沫	그대 다급하여 자주 물거품 불어주기324)에 마땅한데
吾貧其奈覺多身	나 빈궁하여 몸이 많음을 깨달은들 어찌하리?
遙思笳鼓凝情處	호드기 북소리에 정 엉기는 곳 아득히 그리워
不暇相哀兩逐臣325)	서로 가여워할 겨를 없는, 쫓겨난 두 신하여!

吏責吾頗有	관리의 책임이야 내 자못 지녔으니
宜投天下窮	의당 천하의 어려움 위해 몸 던지리.
自知無物比	스스로 비할 것 없음을 알지만
誰料與君同	누군들 그대도 같음을 알리오?
落照微茫外	지는 석양은 까마득한 밖에 비추고

---

322) 여러 악기들 : 原詩의 絲竹金石은 재료에 따른 악기 종류임. 絲는 현악기, 竹은 관악기, 金은 쇠로 만든 악기, 石은 돌로 만든 악기임.

323) (原註) 같은 해[同年].

324) 자주 물거품 불어주기 : 『莊子』 「大宗師」에 샘이 마르면 물고기들은 함께 뭍에 있으면서, 서로 습기를 불어주고 물거품을 적셔주어 강호에서 서로 잊고 있음과 같지 않다[泉涸, 魚相與處於陸, 相呴以濕, 相濡以沫, 不如相忘於江湖]"라 하였음.

325) (原註) 당시에 이계하 또한 적소에 있었다[時李亦在謫].

晴嵐縹緲中　　맑은 이내는 아득한 가운데 있네.
曾聞洞壑好　　일찍이 듣자니 골짝이 좋다던데
去看萬山紅　　온 산이 붉어짐을 가서 보리.

峯名高不人皆怪　　봉 이름 '고불(高不)'이라 다들 괴이하게 여기는데
峯在諸峯最特然　　봉이 여러 봉에서 가장 특출 나긴 하구나!
何用孤高比雲月　　어찌 홀로 높아 구름과 달에 견주려는가?
用時猶得獨擎天326)　　쓰이게 될 때 홀로 하늘을 떠받들 수 있으리.

我嘗携杖躡雲梯　　내 일찍이 막대 짚고 구름다리 올랐더니
萬壑參差與足齊　　삐쭉빼쭉한 온 골짝 내 다리와 나란해졌네.
臨眺舊鄕人已陋　　옛 고향 바라보는 사람 이미 소견이 좁은데
化爲千億笑愚溪327)　　천억으로 화하여 우계(愚溪)327)를 비웃어보네.

이계하의 「적벽가」에 차운하여 답하다
次韻酬李季夏赤壁歌328)

野城逸人申夫子　　야성(野城)329)에 은거해 사는 신 선생,
宿昔一見欣相遇　　오래 전 한번 뵙고 기쁘게 서로 만나네.
謂我縣西有赤壁　　내게 이르길, "고을 서쪽에 적벽이 있어
其下澄江如練布　　그 아래 맑은 강이 비단 같다" 하네.
蘇仙仙去已千年　　소동파 신선 되어 떠난 지 벌써 천 년

---

326) (自註) 우곡의 새 거처 뒷산인데, 이름이 고불봉이다[愚谷新居後山, 名高不峯].
327) 우계(愚溪) : 물 이름. 본이름은 冉溪였으나 당의 유종원이 이곳에 유배와 자신의 어리석음이 시냇물에까지 미쳤다는 뜻으로 우계라고 고침.
328) (原註) 같은 해[同年].
329) 야성(野城) : 경상북도 영덕(盈德)의 옛 지명.

今世何人肯相顧	지금 세상에서 누가 돌이켜보리오?
江上秋光方准備	강가에는 가을 빛 바야흐로 갖추어지려는데
江神應要具眼睹	강신(江神)은 안목 갖추고 봐주길 원하리.
吾友李侯此時來	내 친구 이후(李侯)330) 이때에 오게 되니
豈非天敎巾屨偶	어찌 하늘이 두건과 신처럼 짝이 되게 함 아니랴?
烟鬟森列爭相迎	이내 긴 산은 줄지어 다툴 듯 서로 맞이하고
萬隊紅裙踏筵舞	수많은 붉은 치마는 주연에서 춤추는 듯.
李侯性癖耽佳句	이후의 성벽이 아름다운 시구를 탐하여
不揖無詩寧飮醋	시 짓지 못하면 인사 않고 차라리 초를 마시네.
造物不許支大廈	조물주는 대하(大廈)331)의 지탱을 허락하지 않고
赤壁之遊已分付	적벽에서의 놀이를 분부하셨다네.
天仙遊戲浮漚間	천상의 신선은 물거품 사이에서 노니는데
幾時乘槎上銀浦	어느 때 선사(仙槎) 타고 은하수에 오를까.
晚來萬谷酣笙鐘	느지막이 온 골짝에 생황과 종의 소리 무르익는데
淡生活休爲我苦	담박한 삶에 움직이고 쉼이 나의 괴로움이 되도다.
門墻有徒弊不祛	문 담장에 무리 있어 해져도 쫓지 않으니
娓學蹮蹮隨步武	배우길 좋아해 춤추며 걸음걸이를 뒤따르네.
擧匏相屬與子同	표주박 잔을 들어 서로 권함을 그대와 같이 하니
歸時不覺霑霜露	돌아갈 때면 서리 이슬에 옷 젖는 줄도 모르네.
夫筇沙際相後先	지팡이 짚고 모래가에 서로 앞서거니 뒤서거니
仰見河漢明如素	우러러 은하수 보니 밝기가 흰 명주 같아라.
烟火依微水西村	밥 짓는 연기 희미한 물가 서쪽 마을
指點老夫家獨樹	가리킨 곳에 노부의 집 홀로 서있네.
君不見	그대는 보지 못 했는가?
蘇仙只携洞簫客	소동파는 단지 퉁소 불던 객을 데리고 온 것을.

---

330) 이후(李侯) : 이계하를 가리킴. 侯는 사대부에 대한 존칭.
331) 대하(大廈) : 큰집. 여기서는 조정을 비유한 것임.

當年不及今日趣	당시의 흥취는 금일의 흥취에 미치지 못하오
君不見	그대는 보지 못 했는가?
渺渺余懷望美人	아득한 나의 회포여! 미인(美人)을 바라보네.332)
今日宛踏當年步	오늘 완연히 걸음이 당시의 걸음이라.
此地誰爲後來者	이곳에 누가 훗날에 오는 이가 될까?
後視今如今視古	훗날 지금을 본다면 지금 옛날을 보는 것과 같으리.

다시 앞의 운자를 써서
又用前韻333)

赤壁自古爭戰地	적벽(赤壁)은 예로부터 전쟁터였는데
風流偶與蘇仙遇	풍류의 땅으로 우연히 소선(蘇仙)334)과 만나게 되었네.
如無蘇仙前後賦	만약 소선의 전후편 부(賦)335)가 없었다면,
豈得佳名天下布	어찌 아름다운 이름을 천하에 퍼뜨릴 수 있었으리.
乃知江山如冀馬	이제 알겠구나, 강산도 기마(冀馬)336)와 같아
增價要須伯樂顧	백락(伯樂)337)이 뒤돌아봐야 가치가 더해짐을.
至今人詠桂棹歌	지금 사람들 계도가(桂棹歌)를 읊으니
萬頃茫然如目覩	아득한 만경창파 직접 눈으로 보는 듯하네.
地以人勝語不妄	땅이 사람 때문에 승경된다는 말 헛되지 않은데

---

332) 이 구절은 「적벽부」의 "아득하도다, 나의 회포여. 미인을 바라보도다, 하늘 한 곳[渺渺兮余懷, 望美人兮天一方]"을 인용한 것으로, 미인은 달을 가리킴.

333) (原註) 같은 해[同年].

334) 소선(蘇仙) : 소동파(蘇東坡)를 가리킴.

335) 소선의 전후편 부(賦) : 소동파(蘇東坡)의 「전적벽부(前赤壁賦)」와 「후적벽부(前赤壁賦)」를 가리킴.

336) 기마(冀馬) : 중국 기주(冀州)의 말. 기주의 북부에서 좋은 말이 많이 났다고 전함. 『남제서(南齊書)』에 '진나라 서쪽 기주에 참으로 준마가 많다[秦西冀州, 實多駿驥]' 라고 하였음.

337) 백락(伯樂) : 중국 주(周)나라 때의 손양(孫陽). 좋은 말의 감별을 잘하였다고 함.

人到勝地還非偶	사람이 경승지에 이르름 우연이 아니라네.
天公故遣起且僵	천공(天公)이 일부러 일으켰다가 쓰러뜨린 것이니
短袖初非困巧舞	짧은 소매라 애초부터 멋진 춤에 곤란했던 것 아니라네.
欲投物外洗盡淸淨債	물외(物外)에 몸 던져 청정의 빚을 씻어내려 하나
於世酸醎不人如塩醋	속세에서 시고 짜졌으니 사람인들 소금과 식초 같지 않으랴?
鶴鳴夜半虫號秋	학은 한밤중 울고 벌레는 가을을 우는데
巨細誰非天所付	크거나 작거나 무엇인들 하늘이 내려준 것 아니랴?
此地聞有小赤壁	이곳에 작은 적벽(赤壁) 있다 들었는데
千仞丹崖映秋浦	천 길 붉은 벼랑이 가을 갯가에 비친다오
與君沙上兩婆娑	그대와 함께 모래 위를 배회하는데
携杖不辭腰脚苦	허리와 다리 아파 지팡이를 사양하지 않네.
泰山秋毫俱一塵	태산(泰山)과 추호(秋毫)가 모두 다 티끌인데
潁杭未覺誰首武	영주(潁州) 항주(杭州) 가운데 어느 게 첫째인지 모르겠네.
江流縱非接天波	강 물결 비록 하늘에 닿을 듯한 파도 아니지만
節序依舊橫江露	계절은 옛날과 같아 강에 이슬이 비끼어 있네.
地之大小何足較	땅의 크기야 어찌 족히 견줄까마는
我與坡老同心素	나는 동파 노인과 한가지 마음이라네.
瓊樓高處不勝寒	경루(瓊樓) 높은 곳에 추위 못내 겨워하는데
想見霜落昭陽樹	소양(昭陽)[338]의 나무에 서리 떨어짐을 상상해 보네.
匏樽濁醪有妙理	박 술통의 막걸리 속에 묘리가 있으니
遣懷須學徐公趣	회포를 풀려면 모름지기 서공(徐公)[339]의 지취를 배워야 하리.
痿人念起我豈忘	앉은뱅이 일어나기 생각함을 내 어이 잊으랴.[340]

---

338) 소양(昭陽) : 본래 한나라 궁전의 이름. 후대에는 후비가 거주하는 궁전을 광범위하게 지칭.
339) 서공(徐公) : 徐邈.

隨日何時夸父步　어느 때에야 해를 뒤좇으며 과보(夸父)처럼 달리랴.[341]

九原可作論此詩　구천에서 일어나 이 시를 논하게 한다면

赤壁始知無今古　비로소 적벽에 고금이 없음을 알게 되리.

계하가 앞 시의 운을 써서 임경대[342]를 시로 지으매, 또 차운함
季夏用前韻賦臨鏡臺, 又次

自知坡翁窮薄出天賦　알겠구나, 파옹(坡翁)[343]의 궁박함 하늘이 부여
　　　　　　　　　　함에서 나온 줄을.

肯效柳子反賀玆丘遇　본받으리, 유자(柳子)가 도리어 이 언덕과 만남
　　　　　　　　　　을 경하했음을.[344]

我愛勝地如美女　내가 승지(勝地) 사랑하길 미녀같이 하나니

求之有如蚩蚩來抱布　마치 어리석은 사내 베를 안고 와 구하는 듯.[345]

勝地以我爲知音　승지는 나를 지음(知音)으로 여기어

又如鳴箏欲得周郎顧　또 쟁을 울려 주랑(周郎)[346]의 돌아봄을 얻고자

---

340) 『사기(史記)』「한신노관열전(韓信盧綰列傳)」에 '앉은뱅이가 일어남을 바라마지 않
　　고, 장님이 보기를 바라마지 않으나, 형편이 그렇지 못할 뿐이다[痿人不忘起, 盲者不
　　忘視. 勢不可耳]'라는 말이 있음.

341) 과보가 자신의 능력을 헤아리지 못하고 태양과 경주하였으나 마침내 목이 말라죽었
　　다는 고사. 자신의 역량을 모르고 큰 일을 도모함을 비유함. 『열자(列子)』「탕문(湯問)」
　　에 "誇父不量力, 欲追日影, 逐之於隅谷之際. 渴欲得飮, 赴飮河渭. 河謂不足, 將走北
　　飮大澤. 未至道, 渴而死"라고 함.

342) 임경대 : 경상도 양산군(梁山郡) 소재.

343) 파옹(坡翁) : 宋나라 문인 蘇東坡를 가리킴.

344) 유자(柳子)는 唐나라 문인 柳宗元임. 그의 「鈷鉧潭西小丘記」(『柳河東集』 권29)에
　　작은 언덕 부근의 경관을 칭송하는 내용이 있음.

345) 『시경』「衛風」「氓」에 "어수룩한 한 사내 베를 안고 실을 사러 왔는데, 실을 사러
　　온게 아니라 와서는 내게 수작을 거네[氓之蚩蚩, 抱布貿絲. 匪來貿絲, 來卽我謀]"라
　　는 구절이 있음.

346) 주랑(周郎) : 중국 삼국시대 吳나라의 장군 주유(周瑜)를 가리킴. 적벽대전에서 촉나
　　라 제갈량의 도움으로 위나라 조조의 대군을 물리친 고사가 있음.

하는 듯.

雖然不有投閑譴謫時	그러하나 한가한 처지 아니라 벌받는 때이니
海外絶境奇秀何由睹	해외 절경의 기이하고 수려함을 어떻게 보리오?
天公要使兩相得	조물주가 둘로 하여금 서로 만나게 하려 하여
使我於世久不偶	내게 세상에서 오래도록 짝이 없게 하였도다.
臨鏡臺前江可憐	임경대(臨鏡臺) 앞 강물은 어여삐 여길 만하고
臺上松風亦足供我舞	대 위의 솔바람은 또한 내게 춤추게 하는구나.
觀魚沙際日忘歸	모래톱에서 물고기 살피다 날마다 돌아가길 잊으니
世味更覺如心醋	세상의 풍미(風味)가 초같이 신 줄 다시금 알겠네.
白也且與白鷗長相親	이백은 흰 갈매기와 오래도록 서로 친하였고
甫也致君久已公等付	두보는 오래도록 임금 잘 보필하길 공들에게 부탁했네.[347]
卽此足稽天下士	이에 나아가 천하의 선비들을 계고할 만하니
誰詫鑑湖誇秋浦	누가 감호(鑑湖)를 자랑[348]하며 추포(秋浦)를 자랑[349]하랴?
回巧獻技無情有意兩莫測	회교헌기(回巧獻技)[350]며 무정유의양막측(無情有意兩莫測)[351]이라
顧眄令人應接苦	돌아보니 사람으로 하여금 응접하기 괴롭게 하네.

347) 두보의 「暮秋枉裴道州手札, 率爾遣興寄, 遞呈蘇渙侍御」시에 "致君堯舜付公等 致君堯舜付公等, 早據要路思捐軀"라는 구절이 있음.

348) 감호를 자랑 : 두보의 「壯遊」시에 '월나라 여인은 천하에서 가장 희고, 감호는 5월에도 서늘하네[越女天下白, 鑑湖五月涼]'라고 하여 감호를 노래한 구절이 있음.

349) 추포를 자랑 : 추포는 安徽省 貴池縣에 있는 지명으로, 이백이 54세(天寶 13년, 754)에 이곳에 머물며 「秋浦歌」라는 제하에 17수의 연작을 지은 바 있음.

350) 회교헌기(回巧獻技) : 기교나 기예를 드러내 보임. 유종원의 「鈷鉧潭西小丘記」(『柳河東集』권29)에 나오는 시구임.

351) 무정유의양막측(無情有意兩莫測) : 靈隱寺 앞에 흐르는 물의 속성이, 정이 없는 듯하면서도 뜻이 있는 듯도 하여 어느 쪽인지 헤아리기 어렵다는 의미. 소동파의 「靈隱前一首贈唐林夫」(『蘇東坡全集』권20)에 나오는 시구임.

使君有時携客來	사군(使君)은 때때로 객을 이끌고 오는데
堂上指圖笑嚴武	당에 올라 그림 가리키며 엄무(嚴武)를 비웃네.352)
不須更築凌虛臺	다시 허공에 우뚝 솟은 대(臺)를 쌓을 필요 있으리?
面面羣峰雲髻露	사방의 뭇 봉우리 구름 속에서 머리 내미네.
我欲波上一間蔭白茅	나는 물가에 한 칸의 흰 띠집을 짓고
坐看雨脚搖漾波心素	앉아서 빗발에 물결 가운데가 하얗게 일렁임을 보려네.
李侯於此亦不凡	이 선생도 이에 또한 범상치 않아서
欲教使君點綴碧桃紅杏樹	사군으로 하여금 벽도(碧桃)와 홍행(紅杏) 나무를 점철하게 하네.
西湖淡粧濃抹旣可幷	서호의 담장농말(淡粧濃抹)353)이야 이미 아우를 만하고
又與芙蓉仙人石室較淸趣	또 부용선인(芙蓉仙人)의 석실과 맑은 의취 견줄 만하네.
然後留我閉門看我輩往來	그러한 뒤에 날 머물게 해 문 닫고 우리들 왕래함을 보리니
豈憚磨驢踏故步	어찌 연자매 끄는 나귀가 지난 걸음 되밟음을 꺼리랴?
吁嗟滄洲吾道與誰論	아아! 창주(滄洲)의 내 도를 뉘와 함께 논하리.
回首武夷人已古	무이산(武夷山)354)을 바라보니 그 사람 이미 옛 사람인 것을.

---

352) 엄무는 두보가 성도에 있을 때 후원해주었던 인물. 두보의 「贈左僕射鄭國公嚴公武」 시에 "堂上指圖畫 軍中吹玉笙"라는 구절이 있다.

353) 담장농말(淡粧濃抹) : 淡妝濃抹과 같음. 원래의 뜻은 부녀자의 엷은 화장과 짙은 화장인데, 여기서는 서호의 경색을 비유함. 蘇軾의 「飮湖上初晴」시에 '만일 서호를 미녀 西施에 견준다면 담장농말이 모두 서로 맞으리[若把西湖比西子, 淡妝濃抹總相宜]' 라 한 구절이 있음.

354) 무이산(武夷山) : 중국 복건성과 강서성의 경계에 있는 산으로, 朱子가 강학하던 文公書院이 있음.

차운하여 이계하에게 주다
次韻酬李季夏355)

嗟我不及葵自衛	아! 나는 규화의 스스로 지킴에 미치지 못하니
七顚之顔三黜惠	일곱 번 넘어진 안회(顔回)이고 세 번 쫓겨난 유하혜(柳下惠)라네.
入海非學擊磬襄	바다에 들어 경을 쳐서 올라가기를 아니하였고
竊附桐江一絲繫	가만히 동강(桐江)356) 한 줄기에 붙어 매었다네.
樂行憂違咏聖言	행함 즐기고 어긋남 걱정하며 성인 말씀 읊조리고
徜徉霞外忘人勢	노을 바깥에서 배회하며 인간세의 세력을 잊었네.
生涯但求飢寒免	생애에 다만 구한 것은 주림과 추위를 면함이고
居止只取風日蔽	일상에 다만 취한 것은 바람과 볕을 가림이로세.
金堂石室落吾手	금당(金堂)과 석실(石室)이 내 수중에 떨어지니
始覺羣仙有宿契	비로소 뭇 신선들 묵은 약속 있음을 알겠구나!
洞天香霧四百日	동천(洞天)에 향기로운 연무 끼인 지 사백 일인데
許到瓊樓重幾第	얼마나 경루(瓊樓)에 이르러 몇 차례나 되었을까?
豈料推求到白鷺	어찌 알았으리? 백로에게 이르길 구하였다가
無端鎩翮東溟際	무단히 동햇가에서 깃이 상하게 될 줄을.
細思造物匪拂亂	곰곰 생각하니 조물주가 어지럽히려 함 아닐지니
要使此意留遐裔	이런 뜻을 먼 후예에게 남겨두려 함이런가?
平生所學在君民	평생에 배운 것은 임금과 백성의 일에 있으니
我雖遯世非忘世	내 비록 세상을 피했으나 세상을 잊은 것 아니네.
退一步行久已能	한 걸음 물러났다가 나아감은 옛부터 능하다만
不能脂滑而韋脆	기름처럼 미끄럽고 가죽처럼 무른 일357)은 잘하지 못

---

355) (原註) 같은 해[同年].

356) 동강(桐江) : 錢塘江 유역 가운데 桐廬縣 경내를 지나는 부분. 後漢의 光武帝와 동 문수학한 嚴子陵이 은거한 곳으로 알려져 있음.

357) 기름처럼 미끄럽고 가죽처럼 무른 일 : 거역하지 않고 남의 뜻에 잘 맞추는 아첨에 비유함. 굴원의 「卜居」에 "寧廉潔正直以自淸乎, 將突梯滑稽, 如脂如韋, 以潔盈乎"

하네.

李侯佳什感我耳　이 선생의 아름다운 시구 내 귀에 느껴우니

有如行人聞鶴唳　마치 길 가던 이 학의 울음358) 듣는 듯하여라.

使君高義好看客　사군(使君)은 높은 의리로 객을 잘 돌봐주니

不獨琴堂工錦製　금당(琴堂)359)의 금제(錦製)360)에만 솜씨 있는 것 아니라네.

客愁頓失抛靑春　나그네 시름에 망연자실하고 청춘을 내던지니

還笑靈均舊鄕眄　도리어 우습구나, 영균(靈均)361)이 고향을 봄이여!

浙西山水天敎看　절서(浙西)362)의 산수는 하늘이 보게 한 것이니

淸賞吾從李侯計　나 이 선생의 꾀를 따라 맑게 흔상하리.

重陽倘得白衣送　중양절(重陽節)363)이니 혹 술 심부름꾼을 보내주려나?

五馬何須翠微戾　오마(五馬)364)는 어찌 취미(翠微)와 어긋나야 하리?

憑君莫嫌落帽風　그대에게 청하나니 바람불어 모자 떨어져도 싫어하지 마오

喜無蠅營與蚊嘈　파리 날고 모기 무는 일 없어 기쁜 것을.

黃花誰折小海宮　황국화 누가 꺾어 소해궁(小海宮)에 보내주리오?

忽念萬里爲狄制　문득 만 리 밖 오랑캐 제압할 일 생각나도다.

安得壯士如力牧　어찌 역목(力牧)365) 같은 장사(壯士)를 얻어

擧旗爲風掃氛翳　깃발 들어 바람 일으켜 어둔 기운 쓸어낼까!

라 한 부분이 있음.

358) 학의 울음 : 처연한 어조의 문장이나 말을 비유함. 『晉書』「陸機傳」 참조.

359) 금당(琴堂) : 지방 수령의 집무처를 가리킴.

360) 금제(錦製) : 비단으로 옷을 만듦. 배워서 정치함을 비유한 것임.

361) 영균 : 굴원의 字임.

362) 절서(浙西) : 절강, 즉 전당강의 서부 지역.

363) 중양절(重陽節) : 음력 9월 9일. 重九라고도 함.

364) 오마(五馬) : 太守의 대칭. 漢代에 태수가 다섯 마리 말이 끄는 수레를 탔던 것으로부터 유래됨.

365) 역목(力牧) : 본래 黃帝의 신하. 힘있는 장수나 재상을 가리킴.

앞시의 운을 써서 장난삼아 「유선사(遊仙辭)」를 짓고 답을 구함
用前韻, 戲作遊仙辭求和366)

茅茨付與水雲衛	띠풀 집은 수운(水雲)의 보호에 맡기고
鼺穚任從乾坤惠	현미는 건곤(乾坤)의 은혜에 맡겨두네.
晝傾玄酒皷箕操	낮이면 현주(玄酒)367) 기울이며 기산(箕山)의 절조368) 연주하고
夜照松明看孔繫	밤이면 솔불 켜고 공자의 계사(繫辭)369)를 본다오
身肥漸覺夫子勝	몸이 기름지니 점차로 부자(夫子)가 이길 줄 알겠고370)
手熱敢近丞相勢	손이 데여도 감히 승상의 세(勢)371)에 가까이하네.
蘇翁已辦紫翠居	소동파는 이미 자취(紫翠)의 거처372)를 마련했는데
杜老休嗟白日蔽	두보는 하릴없이 백일(白日)의 가림373)을 탄식하였지.
飡玉未必藍田山	옥밥 짓는데 남전산(藍田山)374)일 필요는 없지만
鍊丹應學參同契	단약을 달이려면 응당 『참동계(參同契)』375)를 배워야지.
月窟倘了天後先	월굴(月窟)에서 혹여 하늘의 선후를 깨닫는다면
金鼎何難火次第	금정(金鼎)에 불때는 순서야 무엇이 어려우리?

---

366) (原註) 같은 해[同年].
367) 현주(玄酒) : 맑은 물을 가리킴. 본래 옛날 제례에 술 대신 사용하던 물을 가리킴.
368) 기산(箕山)의 절조 : 箕操는 箕山之操의 준말. 箕山에 숨어 살았던 巢父와 許由의 절조를 말함.
369) 공자의 계사(繫辭) : 『周易』의 「繫辭傳」을 말함. 「계사전」은 공자가 지은 것으로 전하나, 진위 여부는 분명하지 않음.
370) 소동파의 「徑山道中次韻答周長官兼贈蘇寺丞」시에 "年來戰紛華, 漸覺夫子勝"이 란 구절이 있음. 공자의 제자 子夏와 관련된 내용으로, 의리와 부귀가 마음속에서 다투지만 孔夫子의 의가 승리한다는 것임.
371) 승상의 세(勢) : 두보의 「麗人行」에 "炙手可熱勢絶倫, 愼莫近前丞相瞋"이라 한 시구가 있음.
372) 자취(紫翠)의 거처 : 산 속의 거처를 가리킴. 소동파의 「訪張山人得山中字」(二首) 첫 수에 "魚龍隨水落, 猿鶴喜君還. 舊隱邱墟外, 新堂紫翠間"이라 한 구절이 있음.
373) 백일(白日)의 가림 : 두보의 「秋雨嘆」(三首)의 세 번째 수에 '秋來未曾見白日, 泥汙后土何時乾'이라 한 부분이 있음.
374) 남전산(藍田山) : 중국에 있는 산 이름. 옥이 많이 나는 산임.
375) 『참동계(參同契)』: 『주역참동계』의 약칭.

閬風玄圃高不極	낭풍(閬風)376)과 현포(玄圃)377)는 드높아 다하지 않고
蓬海瀛洲渺無際	봉해(蓬海)와 영주(瀛洲)는 아득하여 끝이 없구나.
來歸肯效華表翎	돌아가며 기꺼이 화표주(華表柱)378) 학을 본받으며
遠遊下笑高陽裔	멀리 노닐며 고양(高陽)의 후예379)를 비웃노라.
經營遮莫地上友	경영함에 지상의 벗이야 상관할 것 있으며
翻覆不管人間世	번복함에 인간 세상이야 관계할 것 있으랴.
金支翠旗眞氣濃	금빛 가지와 푸른 기는 진기(眞氣)가 짙고
鳳笙龍管蘭音脆	봉황 생황380)과 용 피리는 난음(蘭音)이 가볍네.
淸都未闌玉局圍	청도(淸都)에서 옥국(玉局)의 에두름에 막히지 않았더니
塵臼幾歎華亭唳	진구(塵臼)에서 몇번이나 화정(華亭)의 학울음381)에 탄식하였나.
俱毀黃鐘及瓦釜	황종(黃鐘)과 와부(瓦釜)가 다 헐어지고,
幷滅糞幃與芰製	썩은 향낭과 마름 옷382)이 아울러 없어지네
沐猴遺墟絶喑鳴	원숭이는 남은 터에서 울음이 끊어졌고
蝸牛故國無睥睨	달팽이는 고향 땅에서 흘겨봄이 없구나.
滔滔虛鑄幾州鐵	가득가득 헛되이 몇 고을의 철을 녹였던가?
纍纍空埋萬年計	무득무득 부질없이 만년의 계책을 묻었네.
東窓寥落素月明	동창(東窓)이 쓸쓸한데 흰 달빛 밝고
西第慘憺陰風戾	서제(西第)가 참담한데 음풍이 사납네.
當年競誇麒麟畵	당년에 기린각(麒麟閣)의 그림을 다투어 자랑하였는데

---

376) 낭풍 : 신선이 산다는 곳을 말함. 낭풍원(閬風苑)이라고도 함.
377) 현포 : 중국 崑崙山에 있다고 하는 신선의 거처를 가리킴.
378) 화표주(華表柱) : 묘 앞에 세우는 문. 망주석(望柱石) 따위.
379) 고양(高陽)의 후예 : 굴원을 가리킴. 그의 「離騷」에 "帝高陽之苗裔兮, 朕皇考曰伯庸"이라 한 시구가 있음.
380) 봉황 생황 : 생황의 미칭. 생황은 봉황의 형상을 본따서 만들었다고 함.
381) 주 358)을 참조
382) 썩은 향낭과 마름 옷 : 썩은 향낭은 군자를 멀리함을, 마름 옷은 은거생활을 비유함. 굴원의 「離騷」에 "蘇糞壤以充幃兮, 謂申椒其不芳"이라 한 시구와 "製芰荷以爲衣"라 한 시구가 있음.

此日誰知螻蟻嚌	이날에 누군들 땅강아지와 개미에게 물릴 줄 알았으랴.383)
九原如使髑髏語	구천에서 해골에게 말하게 한다면
千載羞爲口腹制	천년토록 구복(口腹)에 제어됨을 부끄러워하리.
我方翩然朝帝庭	내 바야흐로 훨훨 천제의 조정에 조회하리니
笑駕鸞車驅鳳翳	웃으며 난거(鸞車)를 타고 봉황과 예조(翳鳥)384)를 몰겠네.

차운하여 이계하의 「대풍가(大風歌)」에 답하다
次韻酬季夏大風歌385)

海山風勢似揮鎌	해산(海山)의 풍세(風勢)가 낫 휘두르는 듯한데
堪笑飛廉太不廉	웃을 만하도다, 비렴(飛廉)386)이 그다지 염결하지 않음을.
收取錦林千綵去	비단 수풀 거두고 취해 온갖 비단 제거하고
掃將黃葉萬金兼	누른 잎을 쓸어모아 수만 금을 겸하네.
蠶都已捲楠邊屋	잠도(蠶都)에선 이미 녹나무 주변의 집이 쓸려 갔고
兔殿疑搖桂畔簷	토전(兔殿)에선 계수나무 가의 처마가 흔들리는 듯하네.
珠浦炎方猶肅殺	주포(珠浦)는 더운 지방인데도 쌀쌀한데
瓊樓高處豈安恬	경루(瓊樓) 높은 처소인들 어찌 편안하랴.
小舟舍裡吹帷急	작은 배 선사 안에는 빠르게 휘장이 나부끼고
短棹灣前特地嚴	짧은 노 물굽이 앞에서는 유난히도 거칠다네.
宗慤浪翻乘未易	종각(宗慤)387)은 물결 뒤집어져 올라타기 쉽지 않고

---

383) 죽어 땅에 매장됨을 가리킴.
384) 예조(翳鳥) : 전설 속의 새. 오색을 띠며 날아가면 한 고을을 뒤덮는다고 함.
385) (原註) 같은 해[同年].
386) 비렴(飛廉) : 바람의 신. 風師 또는 風伯이라고도 함.
387) 종각(宗慤) : 중국 南朝 宋의 南陽사람으로 字는 元幹임. 元嘉 연간에 振武將軍이 되어 林邑을 정벌한 공이 있음. 그의 능력과 행적에 대해 전설적인 이야기가 전함. 벼

元規塵汚障何嫌　　원규(元規)는 먼지 더러우나388) 장애를 어찌 꺼리랴.
鵬搏雲表非緣健　　붕새가 구름 위를 박차 오름은 굳세어서가 아니고
鷁退坤端不是謙　　익조가 땅끝으로 물러남389)은 겸손해서가 아니라네.
湘岸那關秦帝怒　　상강(湘江)의 언덕은 진제(秦帝)390)의 성냄과 무슨 관
　　　　　　　　　계인가?391)
雎江願救漢軍殲　　저강(雎江)392)은 한군(漢軍)의 섬멸을 구원하려 했다네.
塵淸杜老無由見　　풍진이 맑아짐을 두보는 볼 길이 없었거늘393)
鈴語蘇仙早解占　　방울 소리에 소동파는 일찍이 점을 칠 줄 알았다오394)
騏驥搖駿空躑躅　　천리마는 갈기를 흔들며 부질없이 땅을 차고
鸞凰戢翼謾窺覘　　난봉(鸞凰)은 날개를 거둔 채 쓸데없이 엿보는구나.
迅如洪水滔天浪　　빠르기는 홍수 같아 하늘에 가득한 물결 같고
烈若崑岡燒玉炎　　세차기는 곤강(崑岡)395)에 옥을 태우는 화염 같네.
相濟早霜禾盡槁　　이른 서리에 벼 다 말라죽을까 서로 구제하고
共憂卒歲堗難黔　　세모에 굴뚝에 불때기 어려울까 함께 근심하네.
蓽門偏使曾鞋冷　　필문(蓽門)396)에서는 일찍이 신발을 차게 하고

슬은 豫州刺史, 爵은 洮陽侯.
388) 원규(元規)는 먼지 더러우나 : 晉의 王導가 庾亮을 기롱한 고사에서 유래한 말. 원규
　　는 유량의 자(字)임. 『晉書』「王導傳」참조.
389) 익조가 땅끝으로 물러남 :『春秋』「左傳」「僖公」16년에 "십육 년이다. 봄 왕의 정
　　월 무신일 초하루에 송에 별똥이 떨어진 것이 다섯이고, 여섯 마리의 익조가 바람 때
　　문에 뒷걸음질로 날아서 송나라 도성을 지나갔다[十有六年, 春王正月戊申朔, 隕石于
　　宋五, 六鷁退飛, 過宋都]라 하였음. 이후 앞으로 나아가려 하나 오히려 물러나게 되
　　는 경우를 비유하게 되었음.
390) 진제(秦帝) : 진시황을 가리킴.
391) 진시황이 湘江을 건널 때 큰 바람이 불어 저지당하였다. 江神이 舜임금의 妃라는
　　얘기를 듣고는 성을 내며 산의 나무를 모두 뽑게 하였다.
392) 저강(雎江) : 원문에 저강(雎江)으로 되어 있으나 미상. 雎는 淮의 오자인 듯함. 淮江
　　에서는 역대로 수많은 전쟁이 있었음.
393) 두보의 「釋悶」에 "江邊老翁錯料事, 眼暗不見風塵淸"라 하였음.
394) 소동파의 「大風留金山兩日」에 "塔上一鈴獨自語, 明日顚風當斷渡"라 하였음.
395) 곤강(崑岡) : 崑崙山을 가리킴.
396) 필문(蓽門) : 콩대로 만든 문으로 荊門이라고도 함. 곧 가난한 사람의 거처를 비유함.

螭陛仍搖孔服襜　궁전 섬돌에서는 심히 의복이 나부끼는구나.
覽物騷人悲木落　사물을 열람하는 시인은 나뭇잎 떨어짐에 슬프고
玩爻君子慮氷漸　효사(爻辭)를 완미하는 군자는 생각이 점점 길어지네.
悠悠舊欲時行止　유유히 예전에는 행함과 그침을 때에 맞추려 하였고
潑潑今知羨戾潛　활발히 지금은 어긋나 숨음을 부러워할 줄 알게 되었네.
破悶吾思中賢聖　고민을 깨뜨리니 내 생각이 성현에 들어맞는데
侑觴誰復送團尖　술잔을 권한들 누가 다시 단첨(團尖)³⁹⁷⁾을 보내주리.
何源小海方留滯　어디서 근원한 소해(小海)가 바야흐로 머무르고 막히
　　　　　　　는가.

塞外祈寒過割砭　변새 밖에서 한기가 물러가길 비나니 병폐가 지나가리.
寺御想應牙互戰　환관과 후궁은 어금니 내고 응당 서로 싸울 것을 생
　　　　　　　각하고

宮僚爭奈指相黏　관료들은 어찌 손가락으로 서로 달라붙음을 다투는가.
濟時詎乏千章木　구제해야 하는 때에 어찌 천 그루의 재목을 버려두는가!
乖世眞同六日蟾　세상과 어그러짐 참으로 여섯 날의 두꺼비와 같구나.
禦寇泠然誰辦得　외적 막을 일³⁹⁸⁾ 환하게 누가 감당해내랴.
請敲朱邸問羣詹　청컨대 붉은 대문을 두드려 여러 첨사(詹事)³⁹⁹⁾들에게
　　　　　　　물어보리.

---

397) 단첨(團尖) : 게를 가리킴. 게의 암놈은 배가 둥글고 수놈은 배가 뾰족하기 때문임.
398) 외적 막을 일 : 『周易』「蒙」의 上九 爻辭에 "擊蒙, 不利爲寇, 利禦寇"이라 하였고,
　　「象傳」에 "利用禦寇, 上下順也"라 하였음. 이때는 병자호란이 있던 때였음.
399) 첨사(詹事) : 동궁을 모시는 벼슬아치.

봄에 축시를 써서 계하에게 주다[400]
春祝, 贈季夏

禍轉亡胡歲	전화위복하여 오랑캐 없어진 해이니,
天回煦物辰	하늘 기운이 돌아와 만물에 부는 때로다.
松篁霜凜解	솔과 대에 서리 엉긴 것 풀렸고,
蘭蕙露華均	난초와 혜초에 이슬 꽃 피어 고르네.
靑邸仁風返	우리나라[401]에 어진 풍속이 돌아오고,
彤庭淑氣新	궁궐의 뜰에 맑은 기운이 새롭구려.
小臣收舊涕	소신이 옛 눈물을 거두고,
歌咏太平春	태평의 봄을 노래한다오

계하가 앞 시편에 화운하고, 또 칠언을 지어 화운시를 구하니, 차운하여 보내다[402]
季夏和前篇, 又作七言求和, 次酬

己卯年來去戊寅	기묘년이 오고 무인년이 가는데
陰消陽長屬玆辰	음기 꺼지고 양기 성함이 이때에 속하였네.
重泉蠢動雷風振	중천(重泉)[403]은 꿈틀대며 움직이고 뇌풍(雷風)이 떨치고
大地句尖雨露均	대지는 굽이지고 뾰족한데 우로(雨露)는 고르다오
鶴駕初隨佳氣返	학가(鶴駕)[404]가 좋은 기운 따라 비로소 돌아오니
龍樓剩覺喜容新	용루(龍樓)에서는 기쁜 얼굴 새로운 줄 더욱 알겠네.
孤臣頓失三年疾	외로운 신하가 자실하여 삼 년을 앓더니

---

400) (原註) 기묘(己卯, 1639).
401) 우리나라 : 原詩의 靑邸는 靑邱의 오자인 듯함.
402) (原註) 같은 해[同年].
403) 중천(重泉) : 토양의 깊숙한 층위. 대지를 가리킴.
404) 학가(鶴駕) : 태자의 수레. 周靈王의 太子 晉이 학을 타고 날아간 고사로부터 유래됨.

擧眼同瞻四海春　　눈을 들어 함께 온 세상의 봄을 보는구려.

차운하여 이계하(李季夏)에게 수답함. 여남(汝南)의 고사[405]를 이용해 눈을 노래함
次韻酬李季夏, 用汝南故事詠雪

落地何曾見物潤　　땅에 내린들 어찌 사물을 적셔줌을 본 적 있던가?
騰空祇得隨風迅　　공중으로 올라가 다만 빠르게 바람을 따라가네.
萬象變色不可認　　만상(萬象)의 색이 바뀌어 알아볼 길 없으며
兩眼生纈那能瞬　　두 눈에 무늬 생겨나니 어찌 깜빡일 수 있으랴.
匿疵發輝如鐘釁　　흠을 숨기고 빛을 발하니 종흔(鐘釁)[406]한 것 같고
九疑居然四老鬢　　구의산(九疑山)[407]은 사노(四老)[408]의 귀밑머리처럼드러나네.

波濤忽放智氏陣　　물결을 홀연 지씨(智氏)[409]의 진지로 흘려 보내자
介胄仍看韓魏順　　군병들 그로 인해 한(韓)・위(魏)가 순종함을 보는 듯하네.
松篁力爭鐵馬躪　　솔과 대는 철마의 유린에 힘써 항쟁하건만
谿壑却喜財貨殷　　시내와 산골짝은 도리어 재화가 그득하다 기뻐하네.
爲高詎堪裨嶽鎭　　높아진들 어찌 산악의 진지를 도울 수 있으랴만

---

405) 여남(汝南)의 고사 : 여남에 살던 後漢의 許劭와 그의 종형 許靖이 매월 품제를 바꾸어 가며 인물을 품평하였던 일을 가리킴. 月旦評이라고도 함.
406) 종흔(鐘釁) : 釁鐘. 제사를 드릴 때 종에 희생의 피를 바르는 것.
407) 구의산(九疑山) : 湖南省 零陵縣의 북쪽에 있는 산. 이곳에서 舜임금이 돌아갔음.
408) 사노(四老) : 秦나라 말기의 혼란을 피해 商山에 은거했던 綺里季・甪里・東園公・夏黃公의 네 노인. 그들은 모두 80여 세로 눈썹과 수염이 모두 하얗게 세었으므로 '商山四皓'라 일컬어짐.
409) 지씨(智氏) : 춘추시대 晉의 六卿 가운데 하나로, 여기서는 智宣子의 아들로 智伯이라 불린 智襄子를 가리킴. 그는 韓・魏의 군사를 동원해 趙襄子를 공격하다 도리어 趙의 수공과 韓・魏의 배반으로 인해 패배해 죽고 멸문을 당하였음.

堆積謾擬山九仞	산에는 아홉 길이나 쌓였을까 짐작해 보네.
頃刻饒培糞壤峻	금방 거름흙처럼 높다랗게 불어나니
門庭隔絶誰能進	집안이 막히고 끊어져 누군들 나아갈 수 있으랴.
不愧楚楚衣裳振	의복을 선명하게 휘날리며 부끄러워하지 않으니[410]
肯學君子櫝韜瑾	군자가 옥을 궤에 숨겨 둔 것 즐겨 배워야 하리.
雕房狐裘光莫襯	화려한 방의 호백구, 그 광채를 가까이하기 어려운데
茅屋布被威獨吝	초가에 베이불, 그 위덕 홀로 한스럽구나.
靑山埋沒舊容盡	청산은 파묻혀 옛 모습 사라지니
慘憺崑岡初過燼	참담하기 곤륜산 처음 불길 지난 것 같네.
憑陵又欲阻梅信	힘을 믿고 침범하며 또 매화 소식을 막으려 하는데
妒却暗香春意趁	그윽한 향기를 시샘하니 춘의(春意)가 좇아오지 못하네.
於我未害爲疾疢	나에게는 병통의 해됨이 없다 하니
守約不曾嚴楚晋	약속 지킴 초(楚)·진(晋)처럼 엄격하지 않구나.[411]
世間苦樂欲遍訊	세간의 고락을 두루 물어보고 싶은데
三緘不及金人愼	세 번 입을 봉해도 금인(金人)의 신중함에 미치지 못하리.[412]
濕薪破竈火戢鳞	축축한 땔감, 깨진 부뚜막에 불은 반딧불처럼 움츠려 드는데
銷金帳底酒有餕	금박의 휘장 아래에는 남은 술이 있다네.
征夫厭聞旌竿汛	정역나간 지아비 깃대에 눈 뿌리는 소리 지겹게 듣는데
遊客耽看馬蹄印	노니는 나그네는 말발굽 찍힌 것 즐기며 본다네.

---

410) 『詩經』「曹風」「蜉蝣」, "하루살이의 날개여, 의상이 선명도 하네[蜉蝣之羽, 衣裳楚楚]." 이 구절은 본래 하루살이처럼 짧은 인생에 사치스럽게 화려한 옷을 걸치려 함을 풍자한 것임.

411) 이 구절은 秦의 침공을 받은 趙나라가 平原君을 楚나라에 보내 동맹을 맺고 楚가 趙를 구원한 사실을 가리킨 것으로 짐작됨. 趙는 三晋 가운데 하나.

412) 『說苑』「敬愼」. "공자가 주나라에 가서 태묘를 살펴보았다. 우측 계단 앞에 쇠로 만든 사람이 있었는데, 세 겹으로 그 입을 틀어막았고 그 등에는 '옛날에 말을 삼가던 사람이다'라고 새겨져 있었다[孔子之周, 觀于太廟. 右階之前, 有金人焉. 三緘其口, 而銘其背曰: '古之愼言人也']."

誰愁冷蟄謹扉墐	누가 춥게 칩거하는 이 걱정해 조심스레 문짝에 매흙 질할 것이며
孰作歌謠放才寯	누가 노래를 지어 재주 있는 준걸에게 보내주리.
笑殺奢豪醉眼騰	사치스런 부호의 취한 눈빛 너무도 우습거늘
賞玩如觀霜曉蜃	완상하니 마치 서리 내린 새벽 이무기 보는 듯.
焉知煢獨値饑饉	형제 자식도 없는 이 기근 만난 줄 어찌 알리오!
凍餓巓崖死不殣	벼랑 꼭대기에서 얼고 주리다 죽어도 묻어주질 않네.
草中何關狐與㕙	풀 속의 여우 토끼야 무슨 상관 있으려나?
我願公馬走須遴	나 공마(公馬)413)를 원하나니 빨리 달리기 곤란하다네.
李愬乘此騁雄駿	이소(李愬)414)는 이를 타고 영웅답게 말을 달려
直入賊營雷鼓震	곧바로 적진에 들어가 뇌고를 울려 떨쳤건만,
當今誰發半夜軔	지금은 누가 한밤중에 출발을 하려는가?
我欲贈之十年刀	나 십 년 묵은 검을 그에게 주고 싶다오
斯言倘爲世所擯	이런 말이 혹 세상에서 물리쳐질지라도
捫舌還將身道殉	혀를 묶어 두면 도리어 몸의 도리 죽어 없어지리.

이 달 23일에 또 크게 눈이 내렸다. 다시 전의 운을 써서 계하(季夏)께 드리고 화답을 구한다
是月二十三日, 又大雪, 復用前韻贈季夏求和415)

太昊施澤氣初潤	태호(太昊)416)가 은택을 베풀어 기운 처음 온윤(溫潤)

---

413) 공마(公馬) : 국가 소유의 군마.

414) 이소(李愬) : 唐나라 사람으로 자는 元直. 지모가 뛰어났으며 말 타고 활쏘기를 잘하였음. 吳元濟가 蔡州에서 반란을 일으켰을 때 절도사가 되어 눈 내리는 밤에 공격해 그를 사로잡고 淮西지역을 평정하였음. 그 공으로 涼國公에 봉해졌음.

415) (原註) 같은 해[同年].

416) 태호(太昊) : 伏羲氏. 秦漢의 음양가는 五帝를 四時五方에 배치시킨바, 태호는 목덕으로 천하에 왕 노릇하였다 하여 동방에 배치시키고 봄을 맡은 신으로 삼았음.

해지는데

顓頊行雪威猶迅	전욱(顓頊)417)이 눈을 내리니 위령(威令)이 신속하구나.
笆籬蕭瑟夜獨認	대바자 소슬해진 줄 밤에 홀로 알았더니
天地眩▢朝難瞬	천지가 눈에 부셔 아침에 눈 깜빡이기도 어렵더라.
渾移物色滅瑕釁	물색(物色)이 온통 변하고 틈을 없애 버리니
不變惟餘我華鬢	변치 않고 오직 남은 것 나의 흰 귀밑머리 뿐.
旛旐那用魚麗陣	깃발을 어찌 어려진(魚麗陣)418)에 쓰리오!
羽衛到底無不順	우위(羽衛)419)가 철저하여 순종치 않음이 없네.
寰區付與水官躪	천하가 수관(水官)420)의 유린을 받으니
大塊晶屭寒氣牣	대지는 거센 한기(寒氣)로 가득 차 있도다.
入室無賴帷犀鎭	집에 들어도 무소가죽 휘장의 진(鎭)에 의지할 수 없고
行路難如山萬仞	길 가는 어려움은 만 길의 산과도 같구나.
堆庭已失廉階峻	마당에 쌓이니 이미 높다란 계단 사라졌고
塡壑又遏盈科進	골짝을 메우고 또 구덩이 채워 흘러가는 물길을 막았네.
金鴉㤼怯翅不振	금아(金鴉)421)는 겁이 나 날갯죽지를 떨치지 못하고
明月藏爲石中瑾	명월(明月)은 숨어들어 돌 속의 옥인 양 되었구나.
九州綿襖無由襯	중국의 솜옷을 속에 입어볼 길 없으니
執熱何曾生悔吝	뜨거운 것을 쥔들 어찌 후회를 하겠는가.
階上脩篁埋未盡	섬돌 위의 긴 대는 다 묻히지 않았으나
簡冊半入秦灰燼	서책은 반쯤 진(秦)의 잿더미422)로 들어가리.
岡頭松柏抱貞信	언덕 위 솔과 잣만은 곧음과 미더움을 간직하여

---

417) 전욱(顓頊) : 五帝 가운데 하나. 『淮南子』「天文訓」에 "북방은 물로서, 그 제왕은 전
욱이며, 그 보좌는 현명이다. 집권하여 겨울을 다스린다[北方, 水也, 其帝顓頊, 其佐
玄冥, 執權二治冬]"라 하였음.
418) 어려진(魚麗陣) : 물고기떼 모양으로 군사나 전차를 배치하던 고대의 陣法.
419) 우위(羽衛) : 제왕의 衛隊와 儀仗.
420) 수관(水官) : 五行官의 하나로 玄冥을 가리킴.
421) 금아(金鴉) : 金烏. 태양을 비유함.
422) 진(秦)의 잿더미 : 秦始皇에 의해 자행된 焚書처럼 난방을 위해 책을 태울 정도로 몹
시 추움을 비유한 것임.

園綺婉孌行相趁　동원공(東園公) 기리계(綺里季)처럼 어여삐 서로 따르네.

碎斗豈有背生疢　옥두(玉斗)를 깨뜨린들 어찌 등에 병이 생기랴만[423]

照車徒誇光耀晋　수레를 비춘다며 광채나 자랑하던 진(晋)나라 같구나.[424]

虎號龍蟄不足訊　호랑이 울부짖고 용이 숨음 족히 물을 것 없으나

斗魁恐撥天須愼　두괴(斗魁)[425]에 이를까 염려되니 하늘은 모름지기 삼가라.

祝融卑尊共若鱗　축융(祝融)[426]은 낮거나 높거나 모두 반딧불 같은데

盍池凍合無可餕　황지(盍池)[427]도 얼어붙어 익혀 먹기 어렵네.

豐鑠翁復畏寒汛　기운 좋은 노인장도 차갑게 눈 뿌려 두렵나니

股慄不覺遺符印　다리 떨며 부인(符印)을 잃고도 알지 못하네.

我願君王開戶墐　나 원하나니 군왕께선 막힌 문호를 개방하시어

四門肅穆登賢雋　사대문 열고 정중히 어진 준걸을 등용하소서.

見晛何得作眼瞵　햇빛 보게 되면 어찌 눈 똑바로 바라보리오

陰德俄消浮海蜃　음덕은 이내 사라지고 바다 신기루 떠오르리.

賜租群氓慰饑饉　뭇 백성에게 곡식 내려 기근을 위로하고

瘡痍者撫死者殣　병들고 다친 이 어루만지고 죽은 이 묻어 주시오

顓冥拳跟如穴鼩　전욱(顓頊)[428]과 현명(玄冥)[429]의 손발은 굴에 숨은 토끼 같으리니

詎敢奪序時亦遴　어찌 감히 시서(時序)를 빼앗아 시절을 머뭇거리게 했

---

423) 范增은 유방의 암살 기도가 수포로 돌아가자 노여움에 그가 바친 玉斗 한쌍을 부수어 버렸으며 얼마 후 등창이 나서 죽었음.

424) 齊威王과 魏惠王이 회담할 때 혜왕이 전후로 수레 12대에 빛이 비치는 옥구슬이 열 개 있다고 자랑한 일이 있음. 魏가 본래 三晋 가운데의 한 나라였으므로 여기서 晋이라 칭한 듯함.

425) 두괴(斗魁): 북두칠성의 첫째부터 네 번째 별을 가리키는 말.

426) 축융(祝融): 帝嚳 高辛氏 때 火正이 되었다가 사후에 火官의 神으로 섬겨짐. 여기서는 불을 가리킨 듯함.

427) 황지(盍池): 피가 모여 이루어진 못. 여기서는 핏기 어린 날고기를 가리키는 것으로 짐작됨.

428) 전욱(顓頊): 주 417) 참조.

429) 현명(玄冥): 水官, 水神. 혹은 북방의 신을 가리키기도 함.

던고!

般樂尙戒周王駿　　팔준마 타고 노닐던 주왕(周王)[430]을 경계하시고

納諫更許堯鼓震　　간언을 받아들여 다시 요임금의 북 울려 퍼지게 해
　　　　　　　　　　주소서

其雰誰促北門軔　　눈 펑펑 내리는데 누가 북문에서 수레바퀴를 재촉하
　　　　　　　　　　나?[431]

頌麥競淬文刀刃　　맥수가(麥秀歌)[432] 다투어 칼날을 담금질하네.

斯言不爲時所擯　　이 말이 시절에 의해 배격되지 않으리니

濯纓吾將道身殉　　갓끈 씻고 내 장차 도를 간직한 몸으로 순절하리.

형이 눈을 노래한 시에 창화함. 재차 한 편을 지었으나 흥에 미
진한 바가 있었는데, 어제 형이 화답한 바의 맑은 시를 보니 크게
화살이 수레의 끌채를 지나치고 갓을 꿰뚫는 힘이 있어 '지난 것을
알려주자 올 것을 아는'[433] 이익이 있었다. 탄복하며 읊조림을 그만
두려 했으나 그럴 수 없어 또 전의 운에 의지해 짓는다. 형은 모름
지기 한번 크게 웃으시라. 다시 굳센 붓을 휘둘러 내가 말하고 싶
었으나 할 수 없었던 것을 드러내어 내 그윽한 회포를 편다

**和兄詠雪之作. 再賦一篇而興有所未盡矣. 昨見兄所和淸製, 偉汰翰貫笠之力,
有告往知來之益. 咨嗟詠歎, 欲罷不能, 又依故令步前韻. 兄須一嚬, 復揮健筆,
發我欲言而未能者, 以暢我幽懷**

勾芒方議群槁潤　　구망(勾芒)[434]이 바야흐로 마른 나무들 적실 의논하는데

---

430) 설화에 의하면 周나라 穆王이 팔준마를 타고 서쪽을 여행하고 서왕모를 만났다고 함.

431) 이 구절은 『詩經』 「邶風」 「北風」의 내용을 역으로 취한 것으로, 백성들이 학정을
　　못 이겨 도망하는 일이 없음을 비유한 것으로 여겨짐.

432) 맥수가(麥秀歌) : 기자(箕子)가 멸망한 은나라의 궁전에 보리 이삭이 자라는 것을 보
　　고 비통해 하며 부른 노래.

433) 『論語』 「學而」에 "지나간 것을 일러주자 올 것을 안다[告諸往而知來者]"는 구절
　　이 있음.

縢六竊發號令迅	등륙(縢六)⁴³⁵⁾이 몰래 일어나니 호령이 신속하네.
曳地明甲數難認	땅에 끌리는 밝은 갑옷 수를 알기 어려운데
漫山電矛那可瞬	산에 흩어지는 번개창에 어찌 눈을 깜빡일 수 있으리.
雲梯沙箭巧投釁	운제(雲梯)⁴³⁶⁾와 사전(沙箭)으로 교묘히 틈을 파고드니
一夜木官霜滿鬢	한 밤에 목관(木官)⁴³⁷⁾은 서리가 귀밑머리에 가득하네.
風雲交回月暈陣	바람과 구름은 달무리의 진지를 교차해 도니
纍卵安能論逆順	누란의 위기에 어찌 순리와 역리를 논할 수 있으리.
青帝庭闈被踩躪	청제(青帝)⁴³⁸⁾의 조정은 유린을 당하였고
氷堅靈沼無於物	얼어붙은 영소(靈沼)⁴³⁹⁾에는 '아! 가득한 것'⁴⁴⁰⁾이 없도다.
飛塵已沒細柳鎭	날리던 티끌 이미 세류영(細柳營)⁴⁴¹⁾을 함락시켰고
波浸晋陽餘數仞	물결에 잠긴 진양(晋陽)⁴⁴²⁾인 양 몇 길만이 남았구나.
獷瞗礔礰氣象峻	사나운 눈동자와 번갯불의 기상 냉엄도 한데
鯨齒閃爍崩騰進	고래 이빨 번뜩이고 깨부수고 나아가네.
花王霞珮不敢振	화왕(花王)⁴⁴³⁾은 하패(霞珮)⁴⁴⁴⁾를 감히 떨치지 못하며
蒼龍驚落頷下瑾	창룡(蒼龍)도 놀라 턱 밑의 붉은 옥 떨어뜨린다.
鬖髿裳衣物皆襯	헝클어진 머리와 의복, 물(物)이 다 붙어 있긴 하여도

---

434) 구망(勾芒) : 五行神 가운데 하나인 木神 이름. 青帝의 보좌역.

435) 등륙(縢六) : 雪神의 이류.

436) 운제(雲梯) : 성을 공격할 때 사용하던 긴 사다리.

437) 목관(木官) : 옛날 관직명. 五官의 하나로 木正을 가리킴.

438) 청제(青帝) : 五天帝의 하나. 東方에 위치하며 봄을 담당하는 신. 青皇이라고도 함.

439) 영소(靈沼) : 周 文王의 누대인 靈臺 아래에 있던 연못.

440) 아! 가득한 것 : 於牣. '於牣魚躍'의 줄임말로, 於는 탄미사이며 牣은 가득하다는 뜻. 본래 靈沼에서 물고기가 가득히 뛰어 논다는 의미임.

441) 세류영(細柳營) : 漢나라 때 周亞夫가 세류에 주둔하여 군령을 엄격히 한 이래 후대에 군기가 엄한 군영을 세류영이라 하게 되었음.

442) 진양(晋陽) : 춘추시대 趙襄子가 智伯의 공격을 받고 도주한 곳. 水功을 당하여 성이 거의 잠기었음.

443) 화왕(花王) : 꽃의 왕. 모란을 가리킴.

444) 하패(霞珮) : 선녀가 패용하는 옥 장식품.

面革詎無心懷咎　면모가 바뀌니 어찌 마음에 안타까움 없으랴.
千林舊色一時盡　온 숲에 옛 빛이 일시에 다 사라지니
入眼如見夷陵燼　이릉(夷陵)[445)의 잿더미 보듯 눈에 들어오네.
松篁勁節人不信　솔과 대의 굳센 절개도 사람들 믿지 못하니
疑作珍粧時世趁　아마도 진중히 단장하고 시절을 따르려는가?
投江抵山忍寒痿　강에 떨어지고 산에 뿌려도 추운 병을 견뎌보다
垂棘有納謀虞晋　수극(垂棘)[446)을 바치자 우진(虞晋)[447)이 되길 꾀하네.
我願靑帝向天訊　나 청제(靑帝)에게 하늘 향해 묻길 바라지만
還復附耳丁寧愼　다시 귓속말하기 정녕 조심스럽다.
臣司陽德微如螼　신하들의 양덕(陽德)은 반딧불처럼 미약한데
直恐人將不我餕　다만 사람들 내게 남은 밥도 안 줄까 두려웁네.
訴盡陰疹淚隨汎　숨은 병통 남김없이 하소연하며 눈물을 뿌리는데
額榻沙土還圭印　'액탑사토(額榻沙土)'의 시구절이 도리어 옥도장과 같
　　　　　　　　구나.[448)

天遣生風開北堨　하늘은 바람일게 해 북쪽 막힌 곳을 터 주시고
佐理又許賫良寯　다스림을 보좌하고 또 훌륭한 준걸 주시길 허락하시네.
氛消陰剝眼去瞵　재앙 사라지고 음기 벗겨져 눈에 아찔함 사라지니
士趨賢進霏昇蜃　선비 달려오고 현인 나오자 눈은 이무기 타고 올라가네.
融作田膏絶饑饉　녹아서는 밭을 기름지게 해 기근을 끊으리니
鯨鯢死骨何須殣　경예(鯨鯢)[449)의 죽은 뼈를 어찌 모름지기 묻어주랴.
主刑主德任烏兔　형벌과 덕행의 주관을 까마귀 토끼에게 맡기며

---

445) 이릉(夷陵) : 楚나라의 왕릉으로 秦나라 白起가 공격해 불태웠음.
446) 수극(垂棘) : 춘추시대 晋나라에서 산출되던 美玉. 여기서는 눈을 비유함.
447) 우진(虞晋) : 춘추시대의 우나라와 진나라. 晋이 虢을 치기 위해 虞에 수극의 옥을
　　주고 길을 내어주길 청하였음.
448) 당의 시인 노동(盧仝)은 「월식시(月蝕詩)」에서 천문 현상으로 정치현실을 풍자하였
　　는데, 그 폐단을 통탄하며 "침상에서, 모래흙에서 마음으로 기도하고 거듭 절을 한다
　　[心禱再拜額榻沙土中]"고 읊은 바 있음.
449) 경예(鯨鯢) : 고래. 흉악하고 의롭지 않은 자를 비유함.

安行于次曾無遯	이 다음부턴 편안히 길을 가 머뭇거림 없으리라.
流行從古速郵駿	유행은 예로부터 역마보다 빠르나니
萬物鼓舞雷風震	만물은 고무되고 우레 같은 바람 진동한다.
嗚呼何時發此軔	아! 어느 때 이 수레바퀴 출발하게 되려는가만
復冤何煩血我刃	원한을 갚는다고 어찌 번거롭게 내 칼날에 피를 묻히랴.
欲投明月闇虎擯	명월(明月)을 던져 문 지키는 범을 물리치려니
懷之有同貪夫殉	생각이 같다면 탐욕스런 사내도 목숨 바치리.

네 번째 창화. 나그네 잠자리에서 혼자의 웃음거리로 삼고자 하는데, 중언부언하면서도 그칠지를 모르니 한유의 이른바 '혀를 붙들어 맬 수 없다'는 것이 아니겠는가!
四和. 欲供旅榻孤笑, 重言復言而不知止, 韓子所謂舌不可捫者歟

氷知履霜雨礎潤	서리 밟으면 얼 줄 알고450) 주춧돌 습하면 비온다는데451)
所由來者曾非迅	말미암아 닥칠 바 빠른 것은 아니라네.
廈焚如到及已認	큰 집에 불이 나도 이미 미친 후에 안다면
具眼何殊犬初瞬	눈이 있다 한들 개가 처음 눈 껌뻑임과 무엇 다를까.
隄防不戒螻蟻釁	제방에 개미가 구멍 뚫는 것을 경계하지 않으니
老蒼還同髦兩鬢	늙어가며 양 귀밑머리 늘어짐과도 같구나.
春天猶整礮車陣	봄날에 오히려 포차(礮車)가 진을 정렬했으니
此豈項冥時令順	이 어찌 욱명(項冥)452)의 시령이 순탄함이리오?
句芒何不積陰躪	구망(句芒)453)은 어찌 쌓인 음기를 짓밟지 못하는가?

---

450) 서리 밟으면 얼 줄 알고 : '氷知履霜'는 '履霜知氷'의 도치로 서리를 밟게 되면 반드시 얼음이 얼게 될 줄을 알게 된다는 뜻. 징조를 보면 그 결과를 분명히 알 수 있음을 비유함.

451) 주춧돌 습하면 비온다는데 : 雨礎潤은 '礎潤而雨'의 도치된 표현으로, 사물의 변화를 통해 그 결과를 예측할 수 있음을 비유함.

452) 욱명(項冥) : 물을 주관하는 水帝 顓頊과 水神 玄冥의 병칭.

早布陽和天宇物　　일찌감치 따스한 기운을 펴 우주에 가득하게 하오

金神電擊過列鎭　　금신(金神)454)은 번개치며 늘어선 진을 지나니

頃刻風塵漲千仭　　잠깐 사이 바람 먼지 천 길이나 넘쳐나네.

直到城外雲梯峻　　곧바로 성밖의 높다란 운제(雲梯)에 이르러선

始告靑帝拳肩進　　청제(靑帝)455)에게 포고하고 주먹 쥐고 어깨 힘주며
　　　　　　　　나아오네.

木官灰色股肱振　　목관(木官)456)은 잿빛이 되어 팔 다리를 떠는데

帝傍無人守圭瑾　　청제 곁에는 규옥(圭瑾)을 지켜줄 이 없구나.

枯槎喜得明粧襯　　메마른 나무는 기뻐하며 밝은 화장을 몸에 붙이고

凍卉爭將狐腋沓　　얼어붙은 풀은 호액(狐腋)457)을 탐내 다투어 가지네.

百林蕭索韶華盡　　온 숲이 소삭해져 화창한 봄경치 다 사라졌고

園苑但見頹兵燼　　화원에는 다만 쓰러지고 다친 것만 남아 있네.

曾嫌松不媚花信　　일찍이 소나무가 꽃소식에 아첨하지 않아 싫더니

今獨舊顔來相趁　　이제 홀로 옛 얼굴한 채 추종을 하네.

挫抑何傷竹君疢　　꺾고 누른들 어찌 대나무를 병들어 상하게 하리?

守正猶如初六晋　　올바름을 지켜 외려 처음의 육진(六晋)458)과 같구나.

我願靑帝謀執訊　　나 원컨대 청제(靑帝)에게 사로잡을 계책 물으리니

天機更與群芳愼　　천기(天機)는 다시 방초(芳草)와 함께 삼가리라.

手中握火如握燐　　손안에 불을 쥐어도 반딧불 쥔 것 같이 하고459)

舌上嘗膽無些餕　　혀 위에 쓸개 맛보며 조금도 남기지 않으리라.460)

---

453) 구망(句芒) : 주 434) 참조.
454) 금신(金神) : 五行神 가운데 하나. 陰陽家에서 제사지내는 신으로 전쟁과 난리, 가뭄
　　과 한파, 질병을 주관함.
455) 청제(靑帝) : 주 438) 참조.
456) 목관(木官) : 주 437) 참조.
457) 호액(狐腋) : 여우의 겨드랑이 아래 모피.
458) 육진(六晋) : 晋의 六卿인 智氏・范氏・中行氏・韓氏・魏氏・趙氏. 이들 상호간의
　　쟁투로 인해 晋이 망하고 韓・魏・趙가 영토를 삼분하여 독립적인 제후국가가 되었음.
459) 越王 句踐이 吳에게 복수하려 겨울이면 얼음을 껴안았고 여름이면 불을 쥐었음.
460) 吳王 夫差가 월에 복수하려고 장작 위에 눕고 쓸개를 맛보았음.

先教風后主掃汛	먼저 풍후(風后)⁴⁶¹⁾로 하여금 쓸어냄을 주관케 하고
申命細柳將軍印	세류(細柳)⁴⁶²⁾장군의 인수(印綬)를 명하여 주리.
明堂左介闢不墐	명당(明堂)과 좌개(左介)⁴⁶³⁾를 열어둬 막지 않으니
天下桃李羅英寯	천하의 도리(桃李)⁴⁶⁴⁾들, 영웅준걸 늘어서리.
塵淸始覺眼非瞬	티끌 맑아져 비로소 눈이 아찔하지 않음 깨닫게 되니
頌作仍看文似蜃	칭송의 노래 짓자 문채가 신기루 같음을 보게 되네.
嘉穀雲屯榮不饉	구름처럼 많은 좋은 곡식 거두어 굶주리지 않으리니
況有勾尖泉下殣	하물며 창칼은 황천(黃泉) 아래 묻혀 있다오
頊冥捲甲如脫兔	전욱(顓頊)⁴⁶⁵⁾과 현명(玄冥)⁴⁶⁶⁾은 달아나는 토끼처럼 군대를 거두니
軟風吹春義御遴	부드러운 바람 봄을 부추켜 희화(羲和)⁴⁶⁷⁾가 수레를 몰고 오네.
草綠華山閑驥駿	초록의 화산(華山)⁴⁶⁸⁾에는 한가로운 천리마들
紫禁烟花光繞震	궁궐의 아름다운 봄, 둘러싼 빛을 두른 채 떨치네.
楊柳那看車發靷	버들은 수레가 떠나감을 어찌 보게 되리?
倉庚載歌鋒銷刃	꾀꼬리 노래부르고 창과 칼날 녹아지리라.
吾言倘用身任擯	내 말 혹 쓰여져도 몸은 물리쳐짐에 맡기겠으나
假設有效蒭靈殉	만약 본받을 것 있다면 추령(蒭靈)⁴⁶⁹⁾이나 묻어주오

---

461) 풍후(風后) : 黃帝 때의 사람으로 등용되어 재상이 된 인물. 여기서는 바람의 신을 가리킨 것으로 여겨짐.
462) 세류(細柳) : 주 441) 참조.
463) 좌개(左介) : 介는 '个'의 오자. 왼쪽에 딸린 방. 『여씨춘추』「孟夏紀」에 "천자는 명당과 좌개에 거처한다[天子居明堂左个]."는 구절이 있음.
464) 도리(桃李) : 천거된 현인을 비유한 말.
465) 전욱(顓頊) : 주 417) 참조.
466) 현명(玄冥) : 주 429) 참조.
467) 희화(羲和) : 여섯 마리 용이 모는 수레에 해를 싣고 달린다는 신화적 인물. 인하여 태양을 가리킴.
468) 화산(華山) : 五岳의 하나. 西岳으로도 불리며 섬서성 화양시 남쪽에 있음.
469) 추령(蒭靈) : 풀을 묶어 만든 인형. 殉死者의 대신으로 쓰던 것.

이 해 중춘 오일에 또 크게 눈이 내리매 다시 전의 운을 써 짓고 화답을 구한다
是歲仲春五日又大雪, 復用前韻求和

春天端合雨露潤　봄날이면 응당 비와 이슬 적셔줘야 하건만

南土如何風雪迅　남방에는 어찌 하여 눈보라만 휘몰아치는가.

六出分明衣上認　육출(六出)[470]이 분명하여 옷 위의 것도 알아보겠는데

一麾霏微篩底瞬　한번 휘뿌려 나부끼니 체 아래에서 눈을 깜빡이는
듯.[471]

階蟻拖蟲失槐孼　섬돌의 개미는 벌레를 끌고 가다 괴나무 틈새를 잃었고

庭松埋髮成曇鬢　마당의 소나무 머리 파묻혀 구름 같은 귀밑머리 이루
었네.

行人如入魚腹陣　행인들은 어복진(魚腹陣)에 들어가는 듯하니

去路未得生門順　가는 길에 순탄히 살아나갈 문을 찾지 못하네.

着地連天不易躪　땅에 달라붙고 하늘에 잇달아 쉽게 밟아 가질 못하나니

乘危任摧逢坎窌　위태함 무릅쓰다 쓰러지고 눈 가득한 구덩이를 만나네.

界眼遽迷華夷鎭　눈 앞에서 갑자기 화이(華夷)의 진영을 분간치 못하며

階砌又無高卑仍　섬돌은 또 높고 낮음이 사라져 버렸네.

伏波指下千谷峻　복파(伏波)[472]의 손가락 아래 천 골짜기 드높은데

亞父刃邊雙斗進　아부(亞父)[473]의 칼 곁에 쌍 옥두(玉斗)가 올려지듯.[474]

荊榛羽化霓衣振[475]　가시나무 개암나무는 날개 돋아 무지개 옷을 떨치고

豹爲遁豚瓦爲瑾　표범은 달아난 돼지인 양, 기와는 옥이 되었구나.

---

470) 육출(六出) : 육각이 진 눈꽃. 곧 눈을 가리킴.

471) 티끌을 체로 쳐내듯 눈이 아래로 떨어짐을 비유적으로 표현한 것임.

472) 복파(伏波) : 漢나라 때 장군의 호칭. 서한의 路博德, 동한의 馬援이 복파장군에 봉
해졌음.

473) 아부(亞父) : 楚王 項羽를 섬기던 范增을 가리킴.

474) 홍문연에서 범증에게 한 쌍의 옥두(玉斗)를 선사한 일을 가리킴. 유방의 암살기도가
실패한 후 범증은 이를 부수어 버렸음.

475) (原註) 예의가 다른 본에는 예상으로 되어 있음[霓衣, 一本作霓裳].

傾都貨貝孰不襯　도성을 기울게 할 재화를 누군들 가까이하지 않으련만
一車薏苡非貪啗　한 수레의 율무도 탐하지 않는구나.[476]
山原叢薄一變盡　산과 들의 우거진 수풀 모조리 변해 버리니
初似鹿臺餘寶燼　흡사 녹대(鹿臺)[477]의 남은 보화 잿더미 된 듯하네.
得非春客較原信　춘객(春客)은 오지 않았는데 들판 소식 헤아려보니
劍飾輝邊跂履趁　검 장식 빛나는 곁에서 신을 끌며 뒤따르는 듯.
無乃重耳智存疢　중이(重耳)[478]의 슬기로움에 병통이 있던 것 아니런가?
揮盥受餐未還晋　대야에 씻고 밥 받아먹으며 진(晋)으로 귀환하지 않았
　　　　　　　네.[479]
衆芳消息我欲訊　뭇 꽃들의 소식을 나 묻고 싶으나
怔忪更復窺覗慎　겁내며 다시 조심스레 살펴본다네.
梅兄氣餒眞畫린　매형(梅兄)은 기가 주려 참으로 한낮의 반딧불 같은데
餔啜雲子曾無餕　운자(雲子)[480]를 먹어치워 남길 것이 없으리.
此君倔强着便汛　차군(此君)[481]은 굳세어 눈 달라붙어도 문득 뿌려 버
　　　　　　　리니
如却壽亭侯之印　수정후(壽亭侯)[482]의 인수를 물리치는 듯하네.
天門不闢地戶堇　하늘 문 열리지 않았고 땅의 문 막혔는데
九畹何處滋蘭雟　구원(九畹)[483]의 어느 곳에 큰 난을 심으리?

---

476) 馬援이 交阯에 있을 때 율무를 즐겨 복용하다 귀환할 때 수레에 실고 왔는데 당시 사람들은 남방의 진귀한 산물로 여겨 선망하였음. 이에 마원 사후에는 보화를 실고 왔다는 비방이 생겨났음.
477) 녹대(鹿臺) : 殷나라 紂王이 재화와 보물을 두던 창고.
478) 중이(重耳) : 춘추시대 晋文公의 이름.
479) 개자추가 은거한 고사를 가리킨 듯함.
480) 운자(雲子) : 전설적인 약재. 백색의 작은 돌로 가늘고 길며 둥그스름하여 모양이 알곡과 같다 함.
481) 차군(此君) : 대나무의 별칭.
482) 수정후(壽亭侯) : 蜀의 關羽를 가리킴.
483) 구원(九畹) : 12畝의 땅을 가리켜 원이라 함. 혹은 20畝라는 설도 있음.『楚辭』「離騷」에 "나 이미 난초를 구원에 심었고, 또 혜초를 백무나 심었다오[余旣滋蘭之九畹兮, 又樹蕙之百畝]"라는 구절이 있음.

玄冥邃屋眼成瞵　　현명(玄冥)484)의 깊숙한 집에 눈은 아찔한데
顓頊陰庭光眩蜃　　전욱(顓頊)485)의 그늘진 마당에 빛은 신기루처럼 현란
　　　　　　　　　　하네.
今春凍繼去秋饉　　올 봄에는 계속 얼어붙고 지난 가을엔 흉년이 드니
氷底人若喬棺殣　　얼음 밑의 사람들 커다란 관속의 시체와 같네.
嗟我豈不哀死兔　　아! 내 어찌 죽은 토끼인들 불쌍히 여기지 않으랴만
欲叩九關行路遴　　구천(九天)의 관문 두드리려 해도 길을 나아가지 못하네.
靈均志切導騏駿　　영균(靈均)486)은 천리마 타고 인도할 뜻 절실하니487)
太白其如天鼓震　　태백(太白)488)처럼 천고(天鼓)489)를 울린다면 어떠하
　　　　　　　　　　리?490)

湘潭已止遠遊軔　　상담(湘潭)491)에는 이미 원유(遠遊)의 수레바퀴 그치
　　　　　　　　　　었고
錯魚空藏秋水刃　　뒤섞인 물고기 공연히 흰 칼날 같은 가을 물에 숨었네.
接天雲漢縱難擯　　하늘에 닿은 은하수는 비록 물리치기 어려워도
兒女爭似吾何殉　　내가 어떻게 죽은들 어찌 아녀자 같으리.

---

484) 현명(玄冥) : 주 429) 참조.
485) 전욱(顓頊) : 주 417) 참조.
486) 영균(靈均) : 屈原의 字.
487) 『楚辭』 「離騷」에 "천리마 타고 마음껏 달리고, 내가 앞 길에 나서 인도하리라[乘騏
　　驥以馳騁兮, 來吾道夫先路]"고 하였음.
488) 태백(太白) : 李白의 字.
489) 천고(天鼓) : 천신이 치는 북으로, 여기서는 우레를 가리킴.
490) 「梁甫吟」에 "나 용을 붙잡고 밝은 임금 뵈려 하는데, 뇌공은 둥둥 천고를 울리네[我
　　欲攀龍見明主, 雷公砰訇震天鼓]"라 하였음.
491) 상담(湘潭) : 湘江. 광서성에서 호남성으로 흘러 동정호로 들어가는 강물. 屈原이 추
　　방되어 이곳에서 노닐었음.

도사(都事) 임효백(任孝伯)에게 줌. 이계하(李季夏)·조군헌(趙君獻) 및 임효백과 운을 나누었는데, '조(早)' 자를 얻게 되었다
贈任都事孝伯, 與李季夏·趙君獻及孝伯分韻, 得早字[492]

昔見子顏紅	예전 만났을 제 그대 얼굴 붉었거늘
今逢余髮皓	지금 만나보니 내 머리털 희어졌소
相携述飄蕩	서로 이끌며 불평한 심사를 말하노라니
不覺醉成倒	취해 넘어지는 줄도 모른다오
莫嫌月上遲	달이 더디 떠오름이야 싫지 않으나
却愁雞叫早	닭이 일찍 울까 시름 겹다오
聞君歸去忙	듣자니 그대 서둘러 돌아가야 하는데
明發欲登道	날 밝으면 길에 올라야 하겠구려.

기묘년 2월 3일 저물녘, 이계하(李季夏)가 우곡(愚谷)으로 찾아와 한밤중까지 마주해 술을 마셨는데, 고을의 기녀 월선(月仙)과 애옥(愛玉)도 따라 왔다. 이계하가 취해 벽 위에 시를 적어 놓으니 그 운에 차운한다.
己卯仲春初三日日晡, 李季夏來愚谷, 對吟至夜分, 縣妓月仙·愛玉隨來. 季夏醉題壁上, 次其韻

世棄我實愚	세상이 버림은 나 실로 우매한 탓인데
我笑谷名愚	나 우스워라, 골짝의 이름이 '우(愚)'라니.
君獨愛兩愚	그대만은 어리석은 둘을 좋아하여[493]
來此谷而娛	이 골짝에 와 노니는구려.
玉胡不衒市	옥일랑 어찌하여 저자에다 팔지 않았으며

---

492) (原註) 효백의 이름은 유준이며 호는 만휴이다[孝伯名有浚, 號萬休].
493) 어리석은 둘 : 윤선도 자신과 우곡을 가리킴.

月胡圓朔晡	달은 어찌하여 해지기 전 나타났을까?
細酌永今夕	조금 술 마시다 오늘 밤 길어지는데
四人成一迂	네 사람이 한가지로 우활해지누나.
爲問谷中神	골짝의 신령에게 묻나니
曾見此事無	일찍이 이런 일 보신 적 있었소?

막둥이를 애도함
悼尾兒494)

尾, 余之賤男也. 生而極穎悟, 余所鍾愛. 己卯仲春, 余自盈德謫所蒙
赦而歸. 二十日朝, 行到慶州地要江院, 聞尾患痘瘡. 以是月初一日化去.
痛苦摧裂, 無以爲懷, 馬上屬韻語, 以瀉我哀.

막둥이는 내 천첩 소생 사내녀석이다. 태어나면서부터 지극히 영특해
내가 사랑을 쏟았다. 기묘년 2월에 나는 영덕의 유배처로부터 사면되어
돌아오게 되었다. 20일 아침, 경주 땅의 요강원(要江院)495)에 이르러 막내
가 천연두를 앓고 있다는 소식을 듣게 되었는데 이 달 초하루에 죽고
말았다. 가슴이 너무나 아파 아무 생각도 하지 못하다가 말 위에서 시
를 지어 나의 슬픔을 쏟아 놓게 되었다.

貴賤分則殊	귀천으로 나눈다면 다를지라도
父子情何異	부자의 정이야 어찌 차이가 있으랴.
途中聞汝死	길 가다 네가 죽었단 소식 들으니
未哭心先悸	곡하기도 전에 마음 먼저 두려워 떨리네.
我年四十六	내 나이 마흔여섯에

494) (原註) 이후의 시는 사면된 후에 지은 것이다[以下蒙赦後].
495) 요강원(要江院) : 要光院의 착오. 경주부 동쪽 37리에 있었음.

喜得膝下稚	슬하에 어린애 얻어 기뻐했으니,
眉目眞我兒	눈과 눈썹 진실로 내 자식이었고
良知出凡類	타고난 지능은 출중하기도 했네.
甫及三四歲	겨우 서너 살 되었을 때도
動止如我意	행동거지 내 뜻과 같았나니,
紙筆曉愛好	종이와 붓을 좋아할 줄 알았으며
梨栗知敬忌	배나 밤 따위는 멀리할 줄 알았었다.
時將簡諒授	때때로 간략한 것을 가르쳐 주면
易學而能記	쉽게 배우고 기억도 잘하였지.
六歲我入海	여섯 살 때 나 바다로 들어가 보니
海上仙山邃	바다 위의 선산은 깊기도 하였네.
巾車棹舟處	휘장친 수레 달리고 배 노젓던 곳을
隨我無不至	날 좇아가지 않은 곳 없었다네.
我遊前後溪	내가 앞뒤의 시내에서 노닐 때면
先我約草屨	나보다 앞서 짚신을 엮어 주곤 하였지.
我獨棲石室	나 홀로 석실에 깃들어 있을 때에는
日來巖間戲	날마다 찾아와 바위 사이에서 놀았으며,
愛玩奇峭狀	기이하고도 드높은 형상을 좋아하더니
解道靈仙秘	신선의 비밀을 말할 줄 알았다네.
喜聞古善行	옛사람의 선행을 기쁘게 들어
嫌我簡敎示	나의 간략한 가르침에 불평하였고,
請益到嗔喝	더해 달라 소리치기에 이르러서는
靑燈夜不寐	등불 켜놓고 밤에도 잠들지 않았다네.
前年被逮行	전년에 붙잡혀가게 될 때에는
忙別若相棄	황망한 이별에 서로 버리는 양했는데,
汝立我馬傍	너는 내 말곁에 서 있다가
停鞭一回視	채찍질 멈추게 하고 한번 바라보았지.

囚山誰與娛	유배지 산 속에서 뉘와 함께 즐거우리?
憶汝何曾置	너를 어찌 데려다 둘까 생각했다네.
今春夢見汝	이번 봄꿈에서 널 보았으니
宛入南窓侍	완연히 찾아들어 남쪽 창가에서 모시었다.
汝豈能遠來	네가 어떻게 멀리서 올 수 있었을까?
有疑心暗誌	의아해 하며 마음에 몰래 기억해 두었다네.
幸蒙恩赦歸	다행히 은사를 받아 돌아가게 되니
料汝計日企	네가 날을 헤며 기다릴 줄 생각했노라.
豈料歸岡音	어찌 헤아렸으랴! 네가 죽었다는 소식을
是日來道次	오늘 길 가는 중에 듣게 될 줄을.
汝沒斂不撫	네가 죽었어도 널 어루만지지 못하고
汝病藥不試	네가 병들었어도 약을 쓰지 못했구나.
所以增我傷	이 때문에 나의 아픔 더욱 커지니
痛悼無與比	애통하고 슬픈 마음 견줄 곳 없도다.
臨餐涕垂匙	밥 앞에 두고 눈물은 수저에 흘러내리고
騎馬淚霑轡	말을 타면 눈물이 고삐를 적시누나.
前謫失所嬌	전에 귀양가선 좋아하던 이를 잃더니
今謫復此值	이번 귀양에선 다시 이런 일을 당하였네.
雖緣我惡業	비록 나의 악업 때문일지라도
酷罰天何事	가혹한 벌을 하늘은 어찌 일삼고 있는가!
頃歲白眉逝	근년에 백미(白眉)496)가 떠나가
至今心似刺	지금도 심장을 찌르는 듯하건만,
今又汝背我	이제 또 네가 날 등지니
轉覺身如寄	육신이란 붙어 삶과 같은 줄 깨닫게 되었다.
脩短實有命	길고 짧음이야 실로 천명에 달렸으니
傷生爲道累	삶을 가슴 아파하면 도에 누가 되리라.

---

496) 백미(白眉) : 형제나 무리 가운데 빼어난 사람. 누구를 가리킨 것인지 미상.

| 何爲無益悲 | 어찌 해야 슬픔이 더하지 않으리! |
| 理遣吾庶冀 | 이치로써 보내기를 나 다만 바랄 뿐이네. |

마음을 풀다
遣懷497)

途中逢一犬	길 가다 한 마리 개를 만나니
尾長而色白	긴 꼬리에 하얀 색이었다오
兩日隨我馬	이틀을 내가 탄 말을 뒤따르기에
下馬繞我舃	말에서 내려보니 내 신을 감싸도네.
麾之終不愁	지시해도 끝내 힘쓰지 않고
掉尾如有索	꼬리만 흔들며 뭔가 찾는 듯하였네.
奴婢欣投飯	종들이 흔쾌히 밥을 던져 주니
爭思逐兎策	어찌 토끼 잡을 꾀 생각하리오
今朝忽不見	오늘 아침 홀연 보이지 않으니
一行深歎惜	일행은 깊이 탄식하고 아쉬워하였네.
來何不待招	부르지 않았는데 어찌 왔으며
去何不待斥	쫓지 않았는데 어찌 가버렸는가?
造物於人世	인간 세상의 조화라
百事渾戲劇	모든 일이 다 희극이로다.
得之不足喜	얻어도 기쁠 것 없고
失之不足嘖	잃어도 탄식할 것 없다네.
人之生與死	사람이 살고 죽는 것
與此何殊跡	이와 어찌 다른 자취일까.
乃知化去兒	이에 알겠노라! 죽은 아이는

---

497) (原註) 같은 해[同年].

是我八年客　　　나의 팔 년 손님이었음을.
因此頓有悟　　　이로 인해 갑자기 깨달음 생겼으니
塡胸氣始釋　　　가슴에 응어리진 기운 비로소 풀렸다네.
無乃舊仙侶　　　혹 아니런가? 옛 선계의 짝이
哀我悲懷迫　　　내가 너무 슬퍼함 불쌍히 여겨,
爲之遣此物　　　그 때문에 이 동물을 보내어
以開迷惑膈　　　미혹된 가슴을 열어 주려함은.
路傍沙水明　　　길 곁의 모래 쌓인 강물 맑기도 한데
我意還有適　　　나의 뜻과 도리어 맞는 바 있구나.

동곽의 이노인께서 분매를 보내준 데 사례함
謝東郭李老惠盆梅[498]

當此風饕雪虐時　　이렇게 눈보라 거세게 부는 시절에
獨將芳信寓瓊枝　　홀로 꽃소식 지니고 옥 가지에 깃들었네.
如嫌楚國蘭無實　　초(楚)나라 난초가 열매 없어 싫었다는 양
似惜潯江菊已萎　　심양강(潯陽江)의 국화 이미 져 애석했다는 듯.
勁節正宜君子以　　군자가 애호하니 굳센 절개 올바르고
深情更覺故人貽　　친한 분이 주시니 다시 깊은 정 느껴지네.
高安靜几明窓裡　　밝은 창 안에서 맑은 자리 편안한데
日酌淸泉手沃之　　날마다 맑은 샘물 떠 손수 적셔 주네.

---

498) (原註) 같은 해[同年].

비 내린 후 취병의 폭포를 희작하다
雨後戲賦翠屏飛瀑499)

雲錦屛高瑤席上	채색 구름의 취병은 요석(瑤席) 위로 높고
水晶簾迤玉樓傍	수정 같은 주렴은 옥루(玉樓) 곁을 비끼네.
如何有此豪奢極	어떻게 이렇듯 호사를 다하였나?
自笑幽人忽濫觴500)	우스워라, 은자의 홀연한 과분함이여!

이별좌(李別坐) 만시
挽李別坐501)

吾兄早得安心藥	우리 형 일찍 마음 편히 하는 약을 얻어
多病祇能未老閑	병 많아도 늙지 않고 한가할 수 있었네.
山白山靑欣有索	산이 희거나 푸르거나 흔연히 숨어살며
人非人是不相關	인간사 시비 일랑 상관하지 않았다오.
稱家一子先持斧	집안 일으킨 장남은 먼저 부월(斧鉞)502)을 받았고
難弟三郞共着斑	훌륭한 아우 셋째는 함께 반열에 섰네.
聞笛回舡悲豈耐	피리소리 듣다503) 배 돌릴 때 슬픔을 어찌 견디랴!
觀居還自涕收潸	보고 있다 머리 돌려 몰래 눈물을 거둔다.

---

499) (原註) 폭포가 수정동 인소정 앞에 있다[瀑在水晶洞人咲亭前]. 경진(庚辰, 1640).
500) (自註) 부취병 아래 옥으로 된 자리 같은 넓은 바위가 있는데, 폭포 위로 평평하게 펼쳐 있다. 높은 절벽이 마치 옥루가 허공에 떠 있는 것 같다[屛下廣岩如瑤席, 平鋪 瀑上, 高崖如玉樓浮空].
501) (原註) 같은 해[同年].
502) 부월(斧鉞) : 출정하는 대장이나 큰 임무를 띤 軍職에게 왕이 征伐과 重刑의 뜻으로 주는 것.
503) 피리소리 듣다 : 聞笛. 친구를 애도하는 말. 魏晉 때 혜강과 여안이 사마소에게 피살된 후 향수가 혜강의 옛집을 지날 때 피리를 불게 하고 죽은 벗을 애도한 고사에서 유래함.

문소동(聞簫洞)에 들어가며 짓다
入聞簫洞口占504)

一月聞簫日一來　　일월에 문소(聞簫)를 날마다 한번 찾아오니
碧山紅樹錦千堆　　푸른 산, 붉은 나무에 많은 비단 쌓인 듯.
林翁只作營家客　　산 속 늙은이 다만 살림이나 꾸릴 뿐
朝暮閑情豈識哉　　조석의 한정(閑情)이야 어이 알리!

동지(同知)505) 정여린(鄭如麟)의 만시
挽鄭同知如麟506)

我於公在時　　　　공이 살았을 제 나는
不言斗南人物眇　　천하의 인물 보잘것없단 말 아니했네
我於公去後　　　　공이 떠나간 후 나는
斗覺人間義士少　　세상에 의사(義士)가 드문 줄 홀연 깨달았네.
山岳之姿龍虎氣　　산악의 자태여, 용호의 기세여!
巖巖齮齕復矯矯　　드높으며 힘차게 깨어물며 용맹스럽도다.
王良伯樂世則無　　왕량(王良)507) 백락(伯樂)508)이 세대마다 없으니
死休可堪憐騕褭　　죽어지면 요뇨(騕褭)509)를 가여워할 만하네.
我謫楸城公作尹　　나 추성(楸城)에 유배갈 제 공은 수령이었으니
識子自龍蛇間肇510)　용과 뱀의 다툼 속에서 그대를 알게 되었구려.

---

504) (原註) 문소는 해남에 있는데, 역시 공의 별장이다[聞簫在海南, 亦公別業]. 같은 해
　　[同年].
505) 동지(同知) : 同知中樞府事. 중추부의 종2품 벼슬.
506) (原註) (自註) 공은 갑자년에 태어나서 경진년 4월 초하루에 졸하였다[公以甲子生.
　　庚辰四月初一日卒]. 같은 해[同年].
507) 왕량(王良) : 춘추시대 말을 잘 길들이던 사람.
508) 백락(伯樂) : 춘추시대 진목공의 신하. 말을 잘 감정하고 길들였음.
509) 요뇨(騕褭) : 준마의 이름. 하루에 1만 8천 리를 달린다 함.

是時馬角連牝雞	그때 마각(馬角)511)이 빈계(牝雞)512)에 잇달았고
露爲成霜天爲趙	이슬은 서리되고 하늘도 조(趙)513)가 되었네.
白鷺猶懼甲乙求	백로야 누군가에게 잡힐까 두려워하여도
公將一死秋毫小	공은 한번 죽기를 추호같이 하찮게 여겼다오
始信嗜好與世殊	비로소 좋아함이 세상과 다름을 믿게 됐으니
義則如薺不義蔘	의를 냉이 같이 달게, 불의는 여뀌처럼 쓰게 여겼네.
庖人繼肉廩繼粟	주방과 곳간에선 계속 고기와 곡식을 대주었고
日敞華筵勸淸醥	화창한 날이면 좋은 자리에서 맑은 술 권하였네.
謂我幽州分外寒	내게 유주(幽州)514)는 몹시 춥다 말해주고
恐我轆轤重縈繞	내 고패를 염려해 겹겹이 둘러싸게 했었지.
陰風雜雪吹倒人	눈보라 휘날려 사람을 쓰러뜨릴 때에도
騎馬數入琳城窈515)	말 타고 수차 깊숙한 임성동(琳城洞) 찾아들었네.
前經當世討不厭	과거와 현재를 토론함에 싫증나지 않았으니
共對山窓曉月皎	함께 산창을 마주할 제 새벽 달 밝아왔다오
有手不答權貴書516)	손으로는 권귀의 서신에 답하지 않았으며
有頭終向侯門掉	머리는 끝내 대갓집 문 향해 흔들었다오
吐言時失嫉惡人517)	시절의 잘못됨을 말하여 남에게 미움도 받았지만
用財或過周餓殍518)	재물을 씀에 주린 이 구휼하다 지나치기도 했다네.

---

510) (自註) 나는 정사년 정월에 경원으로 유배갔다가 처음 공을 알게 되었다[余以丁巳正月謫慶源, 始識公].
511) 마각(馬角) : 있을 수 없는 황당한 일. 혹은 재앙의 조짐.
512) 빈계(牝雞) : 암탉. 여기서는 '암닭이 새벽에 울면 변고가 생긴다'는 뜻을 취하여 재앙의 발생을 의미한 것임.
513) 조(趙) : 허망하고 실상이 없음. 道理가 없어졌다는 뜻.
514) 유주(幽州) : 동북지방을 일컫는 말.
515) (自註) 임성동은 경원부 치소의 서쪽 20리 증산 아래 있다. 내가 귀양가 있을 때 초가를 지은 곳이다[琳城洞在慶源府治之西二十里甑山之下. 余謫居時結茅處也].
516) (自註) 이대엽이 공에게 서신을 보내 공에게 구한 바가 있으나 답신하지 않았다[李大燁貽書於公, 有所干公, 不答].
517) (自註) 공은 말이 곧아 사람에게 미움을 받았다[公口直, 見嫉於人].
518) (自註) 공이 경원에 있은 것이 3년 안팎이었는데 사람들을 구휼한 것이 100가마에

特立七十有七歲　　우뚝이 서서 일흔일곱 해를 살다가

爲俗所憎盖棺了　　속세의 미움받아 관뚜껑을 덮어버렸구려.

如今武颷誰辦此　　지금처럼 전운이 감돌 때 누가 이를 감당해내리?

欲求似君須縹緗　　그대 같은 이 구하려면 서책에서나 찾아야 하리.

世路顚倒我不休　　세상 길에서 넘어지길 나 쉼이 없었는데

匡復未暇爲之兆　　바로잡아 회복할 겨를 없이 우환의 조짐만 되었다네.

松楸喜蝎屬前春519)　　선산으로 돌아갈 기쁜 소식 지난 봄에 있어서

遙望錦城波浩渺　　멀리 금성 바라보니 물결은 아득하였네.

曾聞鳩杖許降臨520)　　일찍이 구장(鳩杖)520)의 하사를 허락했다 듣고서는

日暮空山倚翠篠　　해질 녘 텅 빈 산에서 푸른 대에 기대어 있었네.

劇談細酌心准擬　　극렬히 말하고 술 마시며 마음에 따져봤으나

豈料浮生如過鳥　　어찌 헤아렸으리, 허망한 인생 새처럼 지나갈 줄을.

欲携綿酒病在床　　좋은 술 가져가려 했으나 병들어 침상에 있었으니

哀淚謾添窓前沼　　슬픈 눈물만 부질없이 창 앞 못에 보탤 뿐이라오

使公提劍奉明主　　공에게 검을 들고 임금을 섬기게 했다면

楚氛安得干天表　　요사스런 기운 어찌 하늘을 넘보았겠소?

使公廷諍立殿陛　　공에게 조정에 서서 간쟁하게 하였다면

四月不待褰旒瞭　　넉 달 기다리지 않아도 훤히 깃발을 올렸으리.

賦材何厚命何嗇　　인재를 내리심은 어찌 후했으며 명은 어찌 아끼셨나!

嗚呼天意眞難曉　　아, 하늘의 뜻은 진정 알기 어렵도다!

嗚呼一片未死心　　아! 한 조각 죽지 않을 마음 있으니

不隨身埋蒿里姚521)　　몸 따라 호리(蒿里)521)의 묏자리에 묻히지 않으리.

이르렀다[公在慶時, 三歲之內, 周急於人者, 至於千斛].

519) (自註) 나는 정축년의 변 이후 더욱 구설수에 오르다 무인년 여름에 체포되었고 인하여 영덕으로 유배갔다가 기묘년 봄에 사면되었다[余於丁丑變後增多口. 戊寅夏被逮, 仍謫盈德, 己卯春蒙赦].

520) 구장(鳩杖) : 손잡이에 비둘기 장식을 한 지팡이.

521) 호리(蒿里) : 주 56) 참조.

다섯 버드나무 -2수
五柳 二首[522]

隋堤綠映龍舟浦　　수나라 제방의 초록빛은 용주(龍舟)[523]의 나루에 비치고
齊郭烟籠鳳吹蹊　　제나라 성곽의 안개는 봉취(鳳吹)[524]의 길을 에워싸네.
何事潯陽五株柳　　무슨 일로 심양(潯陽)[525]의 다섯 그루 버들은[526]
蕭疎獨向葛巾低　　쓸쓸히 홀로 갈건(葛巾) 쓴 이 향하였던가?

松封秦爵千年恥　　소나무가 진(秦)의 벼슬을 받음은 천년의 수치거늘[527]
柳在陶門百歲芳　　버들은 도연명(陶淵明) 문 앞에서 백년토록 아름답네.
若使依依能解語　　만약 휘늘어진 버들에게 말을 하게 한다면
回看落落咤容長　　드높은 소나무 돌아보며 얼굴만 잘났다 꾸짖으리.

권생이 원앙을 보내준 데에 사례함 -집고시
謝權生惠鴛鴦, 集古[528]

空林閑坐獨焚香(劉文房)　빈 숲에 한가히 앉아 홀로 향을 사르는데
綠樹陰濃夏日長(高千里)　푸르른 나무 그늘 짙고 여름날은 길어라.
客子從今無可恨(陳去非)　나그네 이제부턴 한스러울 것 없으리니
菰浦深處浴鴛鴦(李太白)　고포(菰浦)[529] 우거진 곳에 원앙은 목욕을 하고 있네.

---

522) (自註) 여러 아이들의 시에 화답한 것임[和諸兒之作].
523) 용주(龍舟) : 용의 장식을 한 큰 배. 혹은 황제가 타는 배.
524) 봉취(鳳吹) : 생황이나 통소의 음악소리에 대한 미칭.
525) 심양(潯陽) : 潯陽江. 江西省 九江市를 지나는 강의 이름. 陶淵明의 출생지.
526) 陶淵明은 「五柳先生傳」에서 집 앞에 다섯 그루 버들이 있다고 하였음.
527) 소나무가 진(秦)의 벼슬을 받음 : 『史記』 「秦始皇本紀」에 의하면 진시황이 태산에 올랐을 때 비바람이 사납게 몰아쳐 소나무 아래에서 쉬고는 이로 인해 大夫에 봉해주었다 함.
528) (原註) 신사(辛巳, 1641). 두 수는 수정동에 있을 때에 지은 것임[兩首在水晶洞時].

달구경
玩月530)

玩月蒼巖下	푸른 바위 아래 달구경하노라니
飛蚊作雷聲	나르는 모기떼, 우레 소리를 내는구나!
畏之欲入室	두려움에 방에 들고 싶으나
無由抱秋明	가을달 품어볼 길 없어지리!
寧將遍身癢	차라리 온 몸이 가렵게 될지언정
博此一心淸	널리 이 한 마음 맑게 하리라.
唼咋任汝爲	무는 것쯤 너희 하는 대로 맡겨 두리니
霜風會有時	서릿바람은 때맞춰 불어오리라.

훈도(訓導)531) 윤씨의 아들 시영의 만사
挽尹訓導子時英532)

二十八年夢一場	이십팔 년이 한바탕 꿈이러니
百千萬恨淚雙行	하많은 정한에 두 줄기 눈물 흐르네.
冥間倘遇吾亡子	저승에서 혹 내 죽은 자식 만난다면
報道爺孃白髮長	말해주오, 부모는 백발만 길어졌다고

---

529) 고포(菰浦) : 菰는 물가에 자라는 식물명. 菰浦는 못이나 호수의 범칭임.
530) (原註) 같은 해[同年].
531) 훈도(訓導) : 각도의 군현에 둔 외관직의 종9품 벼슬.
532) (原註) 같은 해[同年].

옛 거문고의 노래
古琴詠, 幷序533)

偶得伽倻古琴於烟燻屋漏之餘, 拂拭一彈, 泠泠十二絃, 宛見崔仙心
跡, 咨嗟咏歎, 自成一闋. 且念此物無其人而舍之則爲一片塵垢枯木, 有
其人而用之則能成五音六律, 而世間知音者鮮, 則旣成五音六律之後, 亦
豈無遇不遇也. 然則有感於斯者非一端矣. 更賦古風一篇, 以寫此琴之壹
鬱.534)

우연히 오래된 가야금을 연훈옥루(烟燻屋漏535))의 여가 속에서 얻게
되어 먼지를 닦아내고 한번 퉁겨보았다. 12줄의 맑은 소리에 완연히 최
선(崔仙536))의 심적(心跡)이 드러나기에 '아!' 하며 탄식하고 스스로 한 결
(闋537))을 이루었다. 또 생각하건대 이 물건이 알아주는 이가 없어 버려
진다면 한 조각 먼지 같은 고목이 되겠지만, 알아주는 이가 있어 쓴다
면 오음(五音538))과 육률(六律539))을 이룰 수 있다. 그러나 세간에는 음률
을 아는 자가 드무니 오음과 육률을 이룬 후에 또한 어찌 알아주거나
알아주지 못함을 받는 일이 없지 않겠는가. 그러하니 이에 대한 느꺼움
은 한 가지가 아닌 것이다. 다시 고풍 한 편을 지어 이 거문고의 답답함
을 풀어 준다.

有琴無其人   거문고 있건만 알아주는 이 없어

---

533) (原註) 임오(壬午, 1642). 금쇄동에 있을 때에 지은 것임[在金鎖洞時].
534) (原註) '일결'이라는 말은 별집의 가사류에 보임[一闋, 現別集歌辭類].
535) 연훈옥루(烟燻屋漏) : 烟燻은 본래 '그을음'으로, 여기서는 이를 재료로 만든 먹을
    가리킴. 屋漏는 '屋漏痕' 혹은 '屋漏雨'의 줄임말로 초서의 필법 가운데 하나임. 烟燻
    屋漏는 곧 翰墨의 의미임.
536) 최선(崔仙) : 崔致遠을 가리킴. 후대에 동방 丹學의 비조로 추앙되었음.
537) 결(闋) : 歌曲이나 詞의 한 首를 一闋이라 함.
538) 오음(五音) : 궁·상·각·치·우.
539) 육률(六律) : 12율의 양성에 속하는 여섯 가지 음. 황종·대주·고선·유빈·이칙·
    무역.

塵埋知幾年	먼지에 묻힌 채 몇 년이고 흘러갔네.
金鴈半零落	기러기발은 반쯤 떨어졌어도
枯桐猶自全	오동나무 판은 아직도 온전하구나!
高張試一鼓	높이 벌려놓고 한번 타 보았더니
冰鐵動林泉	차가운 쇳소리 임천(林泉)을 진동시키네.
可鳴西城上	서쪽 성 위에서 울릴 만하고
可御南薰前	남훈(南薰)540) 앞에서도 울릴 만하네.
滔滔箏笛耳	쟁과 피리 소리 귀에 도도하건만
此意向誰傳	이 뜻이야 뉘에게 전하리?
乃知陶淵明	이에 알겠으니 도연명이
終不具徽絃	끝내 줄을 갖추지 않은 이유를.

처음 금쇄동을 얻고서 지음
初得金鎖洞作541)

鬼刻天慳秘一區	귀신이 깎아놓고 하늘이 아낀 비밀스런 한 구역
誰知眞籙小蓬壺	뉘 알았으리, 진록(眞籙)542)의 작은 봉호(蓬壺)543)인 줄.
瓊瑤萬仞神仙窟	옥 같은 신선굴 만 길이나 높은데
山海千重水墨圖	산 바다의 수묵화 천 겹이나 펼쳐졌네.
兎躍鴉騰窺斷嶂	토끼 달리고 까마귀 날아올라 높은 산 엿보나니
風顚雨暗在平蕪	들판에는 바람 휘몰고 빗줄기 어둑하게 내린다오
登臨記得前宵夢	올라오니 지난 밤 꿈 기억나거늘

---

540) 남훈(南薰) : 唐나라의 궁전 이름.
541) (原註) 같은 해[同年]. 금쇄동은 해남현 남쪽에 있음. 공의 산 속 별장임[金鎖洞在海南縣南. 公山居別業].
542) 진록(眞籙) : 道敎의 符籙.
543) 봉호(蓬壺) : 蓬萊와 같음. 바다속에 있다는 三神山의 하나.

玉帝何功錫與吾　　옥황상제는 무슨 일로 나에게 주셨던고?

지평(持平) 이빈빈(李彬彬)의 만사
挽李持平彬彬544)

鼛鼓年來歲月遲　　비고(鼛鼓)545) 소리 해마다 들리고 세월은 더딘데
強弓寸寸信蘇詩　　강궁을 조금씩 당기 듯함 진실로 소동파 시와 같구나.546)
四旬厭世人無憾　　마흔에 죽음이야 사람들 한스러워하지 않으나
七十在堂君所悲　　일흔의 부모 살아 계심 그대 슬퍼하는 바라네.
歷職何關非父任　　관직을 역임함에 부임(父任)547)이 아닌들 무슨 상관이
　　　　　　　　　런가?
諸男可喜守家規　　여러 아들 가법을 지켜 기뻐할 만하도다.
麻衣共賦成今古　　포의 시절 함께 시 지어 고금체를 이뤘나니
長憶天香入硯時　　천향(天香)548)이 벼루에 들 때가 길이 떠올리네.

낙서재(樂書齋)에서 우연히 읊음
樂書齋偶吟549)

眼在靑山耳在琴　　눈은 청산에, 귀는 거문고에 가 있으니
世間何事到吾心　　세간의 무슨 일인들 내 마음에 닿으리.

---

544) (原註) 같은 해[同年].
545) 비고(鼛鼓) : 말 위에서 치는 작은 북으로 전란의 발생을 의미함.
546) 강궁의 활시위를 조금씩 잡아당기듯 세월이 점차 흘러감을 말함. 도연명의 「次前韻
　　寄子由」라는 시에 "백 년을 쉽게 채울 수도 없건만, 조금씩 강궁은 당겨지네[百年不
　　易滿, 寸寸彎强弓]"라는 구절이 있음.
547) 부임(父任) : 부친이 나라에 공이 있어 관직에 진출함. 음직(蔭職).
548) 천향(天香) : 아주 좋은 향기.
549) (自註) 임오년 10월 16일, 보길도에서 놀다[壬午陽月旣望, 遊甫吉島].

萬腔浩氣無人識　　몸 가득한 호연지기(浩然之氣)를 아는 이 없나니
一曲狂歌獨自唫　　한 곡조 광가(狂歌)나 홀로 읊조리네.

첨지(僉知) 임확(林確)의 만사
挽林僉知確

紛紛包裹鑽權幸　　어수선히 포장하며 권세가에게 아첨하거늘
今世何人任閑屛　　지금 세상 누가 막고 가림을 뜻대로 하는가?
公之策名三十載　　공이 명예를 꾀한 지 삼십 년이나
公之西笑吾不省　　공이 서소(西笑)550)함을 나 본 적 없다오
此事誰知不易辦　　이런 일 쉽게 할 수 없음을 뉘라 알리오만
無官不獨官獨冷　　관직 없는 이야 혼자 아니나 관직 유독 낮았구려.
天之報施亦已明　　하늘의 보답이야 또한 이미 밝으니
五男守家壽復永　　다섯 아들 가법을 지키고 수명 또한 길었다네.
嗟我何爲分外悲　　아! 나는 어찌하여 지나치게 슬퍼하는가?
病未執紼心耿耿　　병들어 영구를 끌지 못해 마음이 편치 않다네.

석가산(石假山)
石假山551)

攢巒叢岳互撑支　　뫼와 산이 모여 서로 지탱하고 있으니

---

550) 서소(西笑) : 황제가 있는 서쪽의 長安을 보며 웃음. 본래 황제의 도읍을 숭모한다는
　　뜻으로 여기서는 권세가와 관계를 맺어 중앙 관직에 진출함을 의미함. 漢나라 桓譚의
　　『新論』「袪蔽」에 "사람이 장안의 음악을 듣게 되면 문을 나서 서쪽을 바라보고 웃으
　　며, 고기맛을 좋아하면 푸주간 문을 마주하고 입맛을 다신다[人聞長安樂, 出門西向
　　而笑, 肉味美, 對屠門而嚼]"는 내용이 있음.
551) (原註) 한한정 임탄의 운에 맞춰 지었다[閑閑亭林坦韻]. 같은 해[同年].

誰向庭除幻此奇	누가 정원에 이런 기이한 마술을 부려 놓았나!
突兀初疑夏雲起	우뚝하여 처음에는 여름의 구름 이는가 의아했고
嵯峨還似暮霞時	드높으니 도리어 저녁 노을 번질 때와 같구나!
人尋勝地嫌非險	사람들 명승 찾을 때 험하지 않음 싫어하고
鶴揀巢枝恨不危	학은 보금자리 치며 높지 않음 한탄한다네.
猶可寓公泉石興	공에게 산수의 흥취 깃들게 할 만하나니
吾將與詰說山師	나 장차 산사(山師)552)에게 말하여 물어보리.

장륙와(藏六窩)553)
藏六窩554)

問子修何行	그대에게 묻나니 무슨 행실 닦아서
能從未老閑	능히 늙지 않고 한가할 수 있는가?
人將儀鳳擬	사람들 위의를 봉새에 비기지만
自以蟄龜看	스스로를 숨은 거북으로 여긴다네.
身似袁安臥	몸은 원안(袁安)555)인 양 누워 있고
門如陶令關	문은 도령(陶令)556)처럼 닫아 두었네.
猶存搪突處	그래도 외려 느닷없는 것 있으니
湖上月團團	호수 위의 둥그 달이라오.

---

552) 산사(山師) : 周의 관직명으로, 산림을 관장하는 관리.
553) 장륙와(藏六窩) : 거북이처럼 몸을 감춘 이의 작은 집이란 뜻.
554) (原註) 한한정의 운에 맞추어 지었다[閑閑亭韻]. 같은 해[同年].
555) 원안(袁安) : 자는 소공, 서한 명제 때의 사람. 『漢書』에 의하면 젊었을 때 폭설로 집
     이 묻히고 몸이 얼었으나 집에서 나오지 않아 그 이유를 물으니 대설로 다들 굶주리
     니 남에게 구걸하는 것이 마땅치 못하다고 대답하였음.
556) 도령(陶令) : 陶淵明. 그가 팽택현령을 지냈으므로 이리 부른 것임.

이웃의 승려들이 와 개간을 도운 데에 사례함-2수
謝隣僧來助墾荒 二首557)

勝邊	이긴 쪽
非徒軍國徵求應	군국(軍國)의 일로 불러 응한 것 아니지만
宗社馨薌在此中	종묘사직의 향기가 이 가운데 있도다.
物外亦知民事急	물외(物外)에 있어도 또한 민사가 급한 줄 알기에
相呼出洞助田功	서로 부르며 골짝 나와 밭일을 돕는다네.

負邊	진 쪽
隣僧哀我代檀苦	이웃의 승려 날 가여워해 단고(檀苦)558)를 대신하니
來助治畬感歎深	와서 개간을 해주어 깊이 감격스럽네.
休論勝負爭先事	승부를 따지지 않고 다투어 먼저 일하니
均是慈悲利物心	한결같이 자비와 이물(利物)의 마음이라네.

헤어지며 권반금(權伴琴)에게 줌
贈別權伴琴559)

山門晩出送吾君	산문에서 늦게 나와 그대를 보내노라니
人世閑忙此路分	인간세의 한가하고 바쁨이 이 길에서 갈라지네.
借問何時隨我去	묻나니 어느 때에 날 좇아 나서
集仙臺上弄晴雲	집선대(集仙臺) 위에서 갠 구름 희롱할까?

---

557) (原註) 계미(癸未, 1643). 문소동에 있을 때 지었다[在聞簫時].
558) 단고(檀苦) : 고생을 의미함. '檀'은 불교와 관련된 것을 표시할 때 관습적으로 붙이
    는 말.
559) (原註) 이름은 海이다. 거문고를 잘 탔기에 그렇게 부른 것이다[名海, 以善彈琴, 故
    號]. 같은 해[同年].

옛 시구를 모아 반금(伴琴)에게 줌
集古, 寄伴琴560)

若人抱奇音(柳子厚)	이 사람 기이한 음을 지녔으니
拂拭龍唇琴(孟浩然)	용순금(龍唇琴)561)을 털고 닦아낸다네.
泠泠七絃上(劉文房)	맑디맑은 일곱 줄 위에
龍鳳相與吟(韋應物)	용과 봉이 함께 노래를 하네.
浮雲柳絮無根蒂(韓退之)	뜬구름과 버들개지인 양 뿌리와 꼭지 없으며
綠波澹澹如不流(劉文房)	푸른 물결 잔잔하여 흐르지 않는 듯.
幽咽泉流冰下灘(白樂天)	목메는 듯 샘물은 얼음 아래 여울을 흐르는데
江娥啼竹素女愁(李長吉)	강아(江娥)562)가 피리를 울려 소녀는 시름에 젖네.
商聲五音隨指發(劉禹錫)	상성(商聲)563)과 오음(五音)564)이 손가락 따라 나오니
碎珮叢鈴滿烟雨(溫飛卿)	부서진 패옥과 많은 방울들이 안개비처럼 가득하여라.
壯士擊折珊瑚鞭(無名氏)	장사가 산호채찍을 쳐 부러뜨리고
海爲瀾翻松爲舞(蘇子瞻)	바다는 물결을 뒤집고 소나무 춤을 추는 듯.
興含滄浪淸(杜子美)	맑은 창랑(滄浪)의 흥취를 머금었나니
洞庭瀟湘意渺綿(李太白)	동정(洞庭) 소상(瀟湘)의 정취 한량없어라.
正是憶山時(楊仲帥)	정히도 고향 동산이 그리워지는 때이러니
烟空雲散山依然(蘇子瞻)	안개 구름 흩어지고 산은 의연하여라.
玉盂久寂寞(杜子美)	옥술잔이야 오래도록 적막도 하건만
藍田日暖玉生烟(李義山)	남전(藍田)565)에 햇볕 따스하자 옥에 연기가 난

---

560) (原註) 갑신(甲申, 1644).
561) 용순금(龍唇琴) : 용순은 琴唇의 미칭으로 소리가 나오는 곳을 가리킴. 龍唇琴은 금순을 용으로 장식한 것을 가리킴.
562) 강아(江娥) : 湘君의 별칭. 湘娥와 江君이라고도 함.
563) 상성(商聲) : 오음의 하나로 처량한 느낌을 지님.
564) 오음(五音) : 宮·商·角·徵·羽의 오음계.

다오

掩抑似含情(溫飛卿)　　낮게 가라앉은 소리는 정을 머금은 듯한데

中有萬恨千愁幷(張文潛)　　그 가운데 만 가지 한과 천 가지 시름이 아우러
　　　　　　　　　　　　　졌네.

夢中神授心有得(蘇子瞻)　　꿈속에서 신령이 전해주니 마음에 얻음 있어

我師此義不師古(李太白)　　나는 이 뜻을 스승 삼고 옛 것을 스승 삼지 않
　　　　　　　　　　　　　으리.

縱有此聲無此耳(蘇子瞻)　　비록 이런 소리 있으나 들을 귀가 없다면

更覺良工心獨苦(杜子美)　　뛰어난 악공의 마음 홀로 괴로운 줄 알겠네.

常願事仙靈(陳伯玉)　　늘 신선을 섬기길 원하였으니

願入簫韶雜鳳笙(李太白)　　소소(簫韶)566)와 봉생(鳳笙)567) 소리에 빠지고 싶네.

衆裡吹竽誰比數(蘇子瞻)　　무리 속에서 피리를 불면 누가 기교를 비교하랴만

肯爲雨立求秦優(蘇子瞻)　　빗속에 선 자들 구해준 진(秦)의 광대568) 되려
　　　　　　　　　　　　　하네.

涸魚久失風波勢(白樂天)　　마른 물고기 오래도록 풍파의 기운 잃었다가

得坎且止乘流浮(蘇子瞻)　　웅덩이 만나 물결을 타고 떠가는 듯.

豈必局束爲人鞿(韓退之)　　어찌 반드시 묶인 채 남에게 고삐를 잡히리!

白雲堪臥君早歸(李太白)　　흰 구름 속에 누울만하니 그대는 서둘러 돌아가오

今我去人間(儲光羲)　　지금 나 인간세상을 떠나가나니

性本愛丘山(陶淵明)　　성품은 본래 언덕과 산을 사랑하였소

未試囊中湌玉法(杜子美)　　주머니 속 옥으로 밥짓는 법 시험하지 못했으나

已佩含景蒼精龍(杜子美)　　이미 함경(含景)569)과 창정룡(蒼精龍)570)은 지녔

---

565) 남전(藍田) : 주 540) 참조.
566) 소소(簫韶) : 舜임금의 음악. 『書經』「益稷」에 "「簫韶」를 9번 연주하자 봉황이 와서
　　춤을 춘다[簫韶九成, 鳳凰來儀]"는 구절이 있다.
567) 봉생(鳳笙) : 笙. 몸통을 봉황의 형상처럼 만들어 이렇게 부른 것임.
568) 진(秦)의 광대 : 진시황 때의 優旃이란 난장이 광대. 왕의 호위병이 비를 맞고 있을
　　때 재치 있는 말로써 그들을 쉬게 도와주었음.
569) 함경(含景) : 옛날 보검의 이름.

다오

尋眞誤入蓬萊島(魏野)	신선을 찾다 잘못 봉래섬에 들어와 보니
峭壁攢峯千萬重(盧仝)	가파른 절벽과 모여 선 봉우리 천만 겹일세.
琴心三疊舞胎仙(黃庭經)	금심(琴心) 세 겹 쌓여 태선(胎仙)[571]이 춤추는데
世情付與東流水(高達夫)	세정(世情)이야 동으로 흐르는 물에 부쳐 버렸소
明月松下房櫳靜(王摩詰)	밝은 달 소나무 아래 방안은 고요한데
日夕望君抱琴至(李頎)	밤낮으로 그대 거문고 안고 오길 바라고 있다오

완산(完山)의 파노(琶老)를 그리며 - 집고시
思完山琶老, 集古

鷗絃鐵撥世無有(蘇子瞻)	거문고 줄을 쇠로 친 일 세상에 있지 않은데
推手爲琵却手琶(歐陽永叔)	손을 밀어 음을 높이고 손을 물려 음을 낮추네.
我不識君曾夢見(蘇子瞻)	나 모르겠네, 그대를 일찍이 꿈에서 보았던가를
無由縮地欲如何(元微之)	거리를 가깝게 할 방도 없으니 어쩌면 좋으련가!

밥상을 마주하고
對案[572]

前山雨後蕨芽新	앞산에 비 온 후 고사리 싹 새로운데
饌婦春來莫更顰	찬부(饌婦)여 봄 왔으니 찡그리지 마오
滿酌玉泉和麥飯	가득 샘물을 따라 보리밥과 먹으니
幽人活計不爲貧	은자(隱者)의 생활 빈궁하지 않다오

---

570) 창정룡(蒼精龍) : 용의 이름. 『신선전』에 이름이 보임.
571) 태선(胎仙) : 학의 별칭.
572) (原註) 을유(乙酉, 1645).

우연히 읊음
偶吟573)

誰曾有仙骨	뉘라 일찍이 선골을 지녔던가?
吾亦愛紛華	나 또한 번화함을 좋아하였네.
身病心仍靜	몸에 병이 드니 마음 고요해지고
途窮世自退	길이 막히어 세상 절로 멀어졌소
雲山相誘掖	구름과 산은 서로 이끌어 부축해주고
湖海與漸摩	호수와 바다는 함께 적시어 주네.
鐵鎖何須羨	쇠사슬을 뉘 모름지기 부러워하리?
蓬萊路不差	봉래(蓬萊) 가는 길 어긋나지 않으리.

우연히 읊음
偶吟574)

金鎖洞中花正開	금쇄동(金鎖洞) 안에 꽃은 피어나고
水晶巖下水如雷	수정암(水晶巖) 아래의 물, 우레와 같구나!
幽人誰謂身無事	은자(隱者)는 일없다 뉘 말하는가?
竹杖芒鞋日往來	죽장에 짚신으로 매일같이 오간다네.

---

573) (原註) 같은 해[同年].
574) (原註) 같은 해[同年].

김사원(金士元)의 만사
挽金士元575)

麟鳳之奇在續絃	기린 봉황의 기이함이 줄 잇는 데 있다지만576)
名頹位仆豈尤天	명성 쇠하고 품위 떨어진들 어찌 하늘을 허물 하랴.
芝蘭七箇門闌秀	일곱 줄기 지란(芝蘭)577)은 문가에 빼어난데
金薤千篇日月懸	천 편의 빼어난 해가(薤歌)578)는 해와 달에 걸렸네.
只恨人憐埋玉日	한스러워라, 사람들 옥골(玉骨)이 묻혀 가여워하던 날
正當吾患採薪年	바로 나는 채신(採薪)의 근심579) 있던 때였다오
他時路繞黃原浦	훗날 길이 황원포(黃原浦)를 돌아갈 때에
一哭聊期宿草前	풀이 묵기 전 한번 곡하길 기약한다오580)

금성(錦城)581) 강생원(姜生員)의 만사
挽錦城姜生員582)

吾猶及見有斯人	나 오히려 이런 사람 있음을 보게 되었으니
在世而能出世塵	세상에 살면서도 세상 먼지를 벗어났다오
流水高山心自樂	흐르는 물 높은 산에 마음 절로 즐거웠고
簞瓢陋巷道非貧	단표누항(簞瓢陋巷)583)했으니 도에 궁하지 않네.

---

575) (原註) 같은 해[同年].
576) 전설에 의하면, 봉의 부리와 기린의 뿔로 아교를 만든 것을 續絃膠라 하는데 접착
    력이 강해 끊어진 활시위와 쇠를 붙일 수 있다고 함.
577) 지란(芝蘭) : 빼어난 子弟를 비유한 말.
578) 해가(薤歌) : 薤露歌라고도 함. 장송할 때에 부르던 노래임.
579) 채신(採薪)의 근심 : 採薪之憂. 땔나무를 하기 어려울 정도로 몸이 아픔을 가리킴.
580) 친구가 죽은 지 한 해가 되기 전에 그를 위해 곡하겠다는 뜻.『禮記』「檀弓」에 "증
    자가 말하길, 벗의 무덤에는 1년이 지난 풀이 있으면 곡하지 않는다[曾子曰, 朋友之
    墓, 有宿草而不哭焉]"는 구절이 있음.
581) 금성(錦城) : 전라남도 나주의 옛이름.
582) (原註) 같은 해[同年].

玉樓一夢嗟今日　옥루(玉樓)의 일장춘몽을 오늘 탄식하는데
鳩杖重來待幾春　구장(鳩杖)584) 짚고 다시 오길 몇 봄이고 기다리리.
聳壑庶期餘慶發　빼어난 남은 경사를 기약할 만하니
鵠鸞並峙典刑眞　고니와 난새 나란히 서서585) 참되게 형정(刑政)을 맡
　　　　　　　　으리.

한한정(閑閑亭) 임탄(林坦) 노인장의 만사
挽閑閑亭林坦丈

閑閑亭子主人翁　한한정의 주인장이시여!
我不見公而識公　나 그대 못 뵈었어도 그대를 안다오
畏避者名場利府　두려워 피한 것은 명예의 장소와 이익의 관부요
主張是晧月淸風　주장한 것은 밝은 달 맑은 바람이었네.
看梅只在孤山上　고산 위에 있으며 매화를 바라보았으니
吟雪何曾紫陌中　흙먼지 대로 속에서 어찌 눈을 노래하리.
千載有聲朱雀影　주작(朱雀)586)의 그림자 천년토록 울음소리 들리니
客來莫道北窓空　조문객 오거든 북창(北窓)587)이 쓸쓸타 말하지 마오

---

583) 단표누항(簞瓢陋巷) : 대그릇의 밥과 표주박의 물을 먹으며 더러운 동네에 삶. 『論
語』「雍也」에 "어질도다! 안회여. 한 대그릇의 밥과 한 표주박의 음료수로 더러운 동
네에 사는 것을 사람들은 그 근심을 견디지 못하는데, 안회는 그 즐거움을 고치지 않
으니 어질도다! 안회여[子曰 : '賢哉! 回也. 一簞食, 一瓢飮, 在陋巷, 人不堪其憂, 回
也, 不改其樂. 賢哉! 回也]"라 하였음.
584) 구장(鳩杖) : 주 520) 참조.
585) 고니 난새 나란히 서서 : 어진 선비가 자리에 있음을 비유함. 여기서는 자식이 관직
에 진출함을 가리킴.
586) 주작(朱雀) : 고대 전설에 나오는 상서로운 날짐승.
587) 북창(北窓) : 北堂. 사망 후 북당에 안치함.

이정승에게 화운함[588] -3수
和李政丞 三首[589]

麻衣何處接華裾	천한 이 어디서 귀인을 만났던가?
却筭遙遙似古初	생각하니 아득하여 태곳적과도 같다네.
敢許宏材扶大廈	혹시 큰 재목으로 큰 집을 떠받들까 했건만
自安蹇劣臥幽居	스스로 졸렬함을 편히 여겨 으슥한 거처에 누웠다네.
遠遷驚起今朝事	멀리 유배와 놀라 일어남은 오늘 아침 일이요
辱贈疑看隔世書	보내주심에 의아해 바라봄은 세상 너머 글이라.
白馬曾聞風榭好	백마강 누정(樓亭)이 아름답다 일찍이 들었는데
猶令我夢在叉魚[590]	외려 내게 작살 꽂힌 물고기 꿈을 꾸게 하네.

桃花紅雨洒衣裾	복사꽃 위의 홍우(紅雨) 옷에 뿌리는데
三月江南暗魄初	삼월 강남땅에 넋은 암울해진다네.
人道政丞過縣路	사람들은 정승이 고을길을 지난다 말하고
吏傳詩律到山居	아전은 시를 산 속 집으로 전하여 주네.
嚴程有是慇懃問	바쁜 여정에 정성스레 문안을 해주지만
厚祿從來斷絶書	후한 녹봉 받던 이 쪽 서신이 끊겨졌었네.
不換三公雖古語	비록 옛말에 삼공(三公)과도 안 바꾼다 하건만
何知魚樂子非魚	그대 물고기 아니니 어찌 물고기 즐거움을 알리.[591]

---

588) 이정승(李政丞) : 이경여(李敬輿, 1585~1657). 본관은 전주, 자는 直夫, 호는 白江.
   1646년 소현세자의 빈 姜氏의 賜死를 반대하다 진도에 유배되었음.
589) (原註) 정승인 백강 이경여가 이때에 진도에 유배왔음[白江李相敬興, 是謫珍島].
   병술(丙戌, 1646).
590) (原註) 이정승의 별장이 백마강에 있었으므로 이렇게 말한 것임[李相別業在白馬江,
   故云].
591) 『莊子』 「秋水」에서 인용한 것임. 莊子가 헤엄치며 노는 물고기를 보고 이것이 물고
   기의 즐거움이라 하자 惠子가 "그대가 물고기가 아닌데 어찌 물고기의 즐거움을 아는
   가?[子非魚, 安知魚之樂]"라 하였음.

天涯有客獨霑裾	하늘 끝에 객이 있어 홀로 옷소매 적시는데
節屬飛龍御月初	법도를 이은 비룡(飛龍)이 달을 몰던 때라네.
官柳正當斜日處	관가 곁의 버들은 바로 해 지는 곳에 서있고
江花遙想舊時居	강가의 꽃은 아득히 옛날의 거처 떠올리네.
投君澤畔行吟句	그대 못가 거닐며 읊던 글귀를 보내어⁵⁹²⁾
羨我林中臥看書	내가 숲속에 누워 책 봄을 부러워하네.
聖世豈無雷雨化	성대(聖代)엔들 어찌 뇌우(雷雨)의 변화 없으련만
扁舟歸釣馬湖魚	돌아가 작은 배타고 백마강 물고기 낚시질하게 되리.

원시의 운
原韻

天元館裏昔摻裾	천원관(天元館) 안에서 옛날 옷자락 쥐어 잡고
意氣還輸傾盖初	뜻은 경개(傾盖)⁵⁹³⁾하던 처음부터 통하였네.
三十年來如幻夢	삼십 년이 지나감 꿈과도 같은데
二千里外過仙居	이천 리 밖 신선의 거처를 지나가네.
滄溟獨灑孤臣淚	외로운 신하 눈물을 홀로 바다에 뿌리고
石室方開萬卷書	만 권의 책으로 바야흐로 석실을 열었구려.
牛地卽今天壤別	나의 처지 지금 하늘과 땅처럼 다르지만
鷦鷯空羨北溟魚	뱁새가 부질없이 북명(北溟)의 물고기를 부러워하네.⁵⁹⁴⁾

---

592) 이 구절은 이정승을 屈原에 비유한 것임. 「漁父辭」에서 "굴원이 이미 쫓겨나 강가에서 노닐다 못가를 거닐며 읊조렸다[屈原旣放, 遊於江潭, 行吟澤畔]"라는 구절이 있음.

593) 경개(傾盖) : 길가다 수레 덮개를 기울여 몇 마디 말을 나눔.

594) 『莊子』「逍遙遊」에 "뱁새는 깊은 숲에 깃들어도 한 가지에 지나지 않는다[鷦鷯巢于深林, 不過一枝]"는 구절이 있음. 북명(北溟)의 물고기는 『莊子』「逍遙遊」에 나오는 '鯤'이라는 물고기로 북쪽 바다에 살며 '鵬'으로 변해 9만 리 하늘을 날아간다 함.

앞 시의 운을 써서 회포를 읊조림
用前韻詠懷

誰將七尺馬牛裾	누가 장차 칠 척의 옷 입은 마소595)가 되리오?
宜與化翁遊太初	의당 조화옹과 함께 태초에 노닐리라.
義是人間男子路	의(義)는 인간세상 남자의 갈 길이며
仁爲天下丈夫居	인(仁)은 천하 대장부의 거처라네.596)
潛心四象兩儀理	사상(四象)597)과 양의(兩儀)598)의 이치를 생각해 보고
着眼三皇五帝書	삼황(三皇)599) 오제(五帝)600)의 글을 눈으로 보네.
大鼎珎烹何足羨	큰솥에 맛난 음식 삶는 것 어찌 족히 부러우랴!
興酣菰米配鱸魚	흥겹게 고미(菰米)601)를 농어와 같이 먹으리.

금객(琴客)이 시를 구하길래 금계(琴誡)를 지어줌
琴客求詩, 爲作琴誡602)

嗜慾心中淨	욕심이 마음속에서 맑아지니
天機指下鳴	천기(天機)가 손가락 아래 울리도다.
可令山水興	산과 강물을 흥기시킬 만하니

---

595) 옷입은 마소 : 牛馬襟裾. 의관을 착용한 소와 말.
596) 『孟子』 「滕文公」에 "천하의 넓은 거처에 거하며, 천하의 바른 자리에 서며, 천하의
큰 길을 가며 …… 이를 일러 대장부라 한다[居天下之廣居, 立天下之正位, 行天下之
大道 …… 此之謂大丈夫]"라는 구절이 있음.
597) 사상(四象) : 太陰·太陽·少陰·少陽. 易에 의하면 太極이 兩儀를 낳고, 양의가 四
象을 낳으며, 사상이 八卦를 낳으며, 팔괘가 吉凶을 정한다고 함.
598) 양의(兩儀) : 陰과 陽을 가리킴.
599) 삼황(三皇) : 고대 중국의 전설적 제왕인 伏羲·神農·黃帝를 가리킴.
600) 오제(五帝) : 삼황의 다음으로 대를 이은 다섯 천자. 少昊·顓頊·帝嚳·堯·舜.
601) 고미(菰米) : 줄의 열매. 포아풀과에 속하는 다년생의 수초. 잎은 자리를 만드는 데에
쓰이고 열매와 어린 싹은 식용함.
602) (原註) 같은 해[同年].

存沒子期幷　　　생사를 종자기(鍾子期)[603]와 함께 하리.

금객(琴客)이 그림 그려진 부채를 주어 그 위에 시를 지음
琴客遺畵扇, 題詩其上[604]

落日低山外　　　지는 해는 산 밖으로 나즈막하고
斜風吹浪頭　　　비껴 부는 바람 물결 위로 부누나.
騎驢何處去　　　나귀 타고 어디로 가고 있나?
正好臥江樓　　　강루(江樓)는 누워있기에 정히도 좋은 것을.

조카 심광면(沈光沔)의 만사
挽沈甥光沔[605]

知命聖人猶慟回　　지명(知命)의 성인도 외려 안회(顔回)를 슬퍼했거늘[606]
鍾情吾輩詎能裁　　정에 끌리는 우리야 어찌 절제할 수 있으리.
他時佇待金聲縱　　훗날 금성(金聲)[607]이 퍼지기를 우두커니 기다리다
今日還看玉樹摧　　오늘 도리어 옥수(玉樹)가 꺾임을 보게 되었네.
九萬同風心不泯　　구만 리 동풍(同風)[608]의 마음 사라지지 않았건만
三千曲禮志成灰　　삼천 곡례(曲禮)[609]의 의지 재가 되고 말았네.

---

603) 종자기(鍾子期) : 춘추시대 사람. 거문고의 명수인 伯牙의 知音.
604) (原註) 같은 해[同年].
605) (原註) 정해(丁亥, 1647).
606) 知命은 곧 '知天命'으로 50세를 가리킴. 孔子는 애제자인 顔回가 죽자 깊이 슬퍼하였음. 『論語』「先進」에 "안연이 죽자 공자가 서럽게 울었다[顔淵死, 子哭之慟]"고 하였음.
607) 금성(金聲) : 아름다운 명성.
608) 동풍(同風) : 풍교로써 사방 백성을 한 가지로 잘 다스림.
609) 곡례(曲禮) : 『儀禮』의 병칭. 『儀禮』「士冠禮」의 奏疏에 "경례는 삼백이요, 곡례는

幾年論道山窓裡　어느 해 산창 속에서 도를 논했던가!
眉宇森森淚滿腮　얼굴이 눈에 선해 눈물은 뺨을 적시네.

극(克)의 탕병일(湯餅日)[610]에 지음
克兒湯餅日作[611]

欲賦弄璋無別語　농장(弄璋)[612]을 지으려나 특별한 말 없으니
令人却憶石洲詩　도리어 석주(石洲)의 시를 떠올리게 하네.
白頭永隔趨庭日　백발 되어 추정(趨庭)[613]하던 날과 영원히 멀어지니
忍想吾身似汝時[614]　내 몸이 너와 같던 시절을 떠올린다네.

삼천[經禮三百, 曲禮三千]"이라는 말이 있음.
610) 탕병일(湯餅日) : 태어난 후의 첫 번째 생일. 본래 중국에서 장수를 상징하는 탕면을 준비하는 풍속이 있었기에 이렇게 부름.
611) (原註) 「어린애의 돌날」이라는 제목으로도 되어 있다. 가족들이 떡상을 차려놓고서 먼저 감회를 말한다. 극은 공의 서자인 직미의 아이 적 이름이다[一作小兒初度日. 家人設餅, 懷先感懷. 克, 公庶男直美小名]. 같은 해[同年].
612) 농장(弄璋) : 사내아이가 장성한 후 임금을 모시는 훌륭한 신하가 되기를 바란다는 뜻. 璋은 반쪽의 홀(半圭)을 가리킴. 『詩經』 「小雅」 「斯干」에 "아들을 낳아 침대에다 뉘어 놓네. 좋은 옷을 입혀 주고 구술을 가지고 놀게 하네[乃生男子, 載寢之牀. 載衣之裳, 載弄之璋]"라는 구절이 있음.
613) 추정(趨庭) : 過庭과 같은 말. 본래 '마당을 달린다'는 뜻이나 부친의 가르침을 받는다는 의미가 담겨 있음. 공자의 아들 鯉가 우연히 마당을 지나다 부친에게서 가르침을 받은 고사가 『論語』 「季氏」에 나와 있음.
614) (原註) 석주는 본조의 시인 권필이다. 아래의 두 구는 모두 석주의 시를 쓴 것이다[石洲, 本朝詩人權韠. 下兩句, 全用石洲詩].

8월 13일, 달 아래 귀암(龜巖)에 앉아 금객(琴客)을 생각하며
八月十三日, 月下坐龜巖, 思琴客615)

君看何處今宵月	그대는 어느 곳에서 오늘 밤 달을 보고 있나?
不在樓舡在汭間	누선(樓船)에 있지 않으면 예양(汭陽) 사이에 있으리.
可惜峩峩絃上韻	아쉬워라! 드높은 현 위의 운치여
無人解聽志於山616)	들어도 뜻을 산에 둔 줄 아는 이 없으리.617)

진사 박이후(朴而厚)가 수박과 참외를 보내주고 겸하여 절구 5수와 율시 1수를 부쳐오니 차운해 답한다
朴進士而厚惠西瓜東瓜, 兼寄絶句五首近體一首, 次韻答之618)

團圓入眼破吾顔	둥그런 모양 눈에 보이자 내 얼굴 풀어지고
燥吻煩腸已覺寒	마른 입술 괴롭던 장(腸) 이미 서늘함을 느끼네.
安得沃心同此物	어찌해야 마음 적셔주길 이 물건처럼 하여
轉成明主壽民丹	임금의 장수와 백성의 단심을 이루어지게 할꼬

投吾未及子唇濡	그대 입술 적시기 전에 내게 주니
跽謝東陵抱甕徒	무릎 꿇고 동릉(東陵)619)의 단지 든 무리에 사례하네.
冷比雪霜甘比蜜	차갑기 눈서리와 같고 달기는 꿀과도 같으니

---

615) (原註) 무자(戊子, 1648).
616) (原註) 예양은 옛날의 장흥이다[汭陽, 古長興].
617) 종자기가 백아의 음악세계를 이해한 것에 비유한 것임. 『列子』에 "백아가 거문고를 타는데 뜻을 높은 산에 두었더니 종자기가 말하길 '잘하는도다. 우뚝하기가 마치 태산과 같다'고 하였다[伯牙敲琴, 志在高山, 子期曰 : 善哉 峨峨乎若泰山]"는 기록이 있음.
618) (原註) 율시는 문집에 실려 있지 않은데, 이유는 미상이다[近體, 集中不載, 未詳所以].
619) 동릉(東陵) : 漢의 邵平이 秦에서 東陵侯를 지내다 진이 망한 후 長安의 교외에서 오이를 길렀음. 그것을 東陵瓜라 하는데 맛이 매우 뛰어났음.

金漿玉液詎能踰	금장(金漿)과 옥액(玉液)[620]이 어찌 이보다 나으랴.
右謝惠西瓜	위의 시는 수박을 보내준 데에 사례한 것이다.
棲遁誰云慕赤松	뉘 말하나, 적송자(赤松子)[621] 사모해 은둔했다고
初非計較義之從	애초 계획한 것 아니요, 의(義)를 따랐을 뿐.
華山面面多閑地	화산(華山)[622]의 여기 저기에 한가한 땅 많으니
何惜如君百輩容	어찌 그대 같은 무리들 받아들임에 인색하리.
衰病磷緇鏡裡顔	늙고 병들어 변해버린 거울 속의 얼굴
山廚況復日慳寒	산 속 부엌엔 하물며 날로 시원한 음식 드무네.
得君美茹加湌飯	그대의 좋은 채소 덕에 밥을 잘 먹으니
俄頃令人怪渥丹	혈색 붉어져 이내 사람들 괴이쩍게 만드네.
甘而破滯快而濡	달면서 막힌 것 뚫어주고 상쾌하게 적셔주니
茉菖兒孫豈爾徒	질경이 메꽃의 자손이 어찌 너의 무리이리.
未害前魚美人泣	이전의 물고기가 미인을 위해 울어도 좋으리니[623]
疏卑從古戚尊踰[624]	옛부터 멀고 미천한 이가 친척과 귀한 이보다 낫다오

---

620) 금장(金漿)과 옥액(玉液): 금과 옥을 朱草에 녹여 만든 仙藥.
621) 적송자(赤松子): 신선의 이름. 본래 神農 때의 雨師로 수정을 복용했다고 함.
622) 화산(華山): 중국의 五岳 가운데 하나. 전설에 의하면 득도하여 신선이 되는 곳으로 알려져 있음.
623) 전어(前魚)는 총애를 잃고 버림 받은 사람을 비유하는 말. 전국시대 龍陽君과 관련된 故事. 큰 물고기를 잡으면 앞서 잡은 작은 물고기를 버리듯 임금의 총애가 다른 사람에게 옮겨갈 것이라는 내용임. 출전은 『戰國策』「魏策四」. 미인(美人)은 새롭게 임금의 사랑을 얻게 될 신하를 가리킴.
624) (自註) 어제는 특별한 것을 뽑아 단지 수박만을 노래했다. 뒤좇아 생각해 보니 동과는 내가 실어주지 않은 것을 한스러워할 것 같아 다시 앞의 시운을 써서 이 2수의 절구를 짓는다[昨日拔尤, 只詠西瓜, 追念東瓜恨我不錄, 復用前韻作此二絶].

진사 박이후(朴而厚)의 만사
朴進士而厚挽625)

成均進士南崖老	성균 진사로 남쪽 끝에서 늙었으니
秋月胸懷漆墨衫	가을 달 같은 회포에 흑적삼 걸쳤다네.
吾室從遊那計脚	내 집에 종유함에 어찌 발걸음 헤아리리?
君詩咀嚼不嫌饞	그대의 시 음미함은 욕심내도 나쁘지 않았네.
今朝挽紙何來座	오늘 아침 부고장은 어디에서 자리로 날아왔나?
正月情書宛在緘	정월의 정겨운 글 완연히 서통(書筒)에 있거늘.
草未宿時期一哭	풀이 묵기 전 한번 곡하길 기약하지만626)
虛無匪遠掛歸帆	허망함 아득해 떠나는 돛배에 걸어두네.

「삼려묘(三閭廟)」627)에 차운함
次三閭廟韻628)

鄢郢無遺址	언영(鄢郢)629)에는 남은 자취 사라졌고
章華草木深	장화(章華)630)에는 초목만 우거졌네.
誰知屈子廟	뉘 알리오? 굴원(屈原)의 사당이
千載映江林	천년토록 강가 수풀에서 빛을 발함을.

---

625) (原註) 기축(己丑, 1649).
626) 친구가 죽은 지 한 해가 되기 전에 그를 위해 곡하겠다는 뜻. 『禮記』「檀弓」에 "증자가 말하길, 벗의 무덤에는 1년이 지난 풀이 있으면 곡하지 않는다[曾子曰, 朋友之墓,, 有宿草而不哭焉]"는 구절이 있음.
627) 삼려묘(三閭廟) : 戴叔倫이 지은 「過三閭廟」를 가리킴.
628) (原註) 경인(庚寅, 1650).
629) 언영(鄢郢) : 초나라의 도읍 이름.
630) 장화(章華) : 湖北省 監利縣 서북쪽의 지명. 춘추시대 초나라는 이곳에다 宮과 臺를 세웠음.

「조발소주(早發韶州)」[631]에 차운함
次早發韶州韻[632]

踏月辭茅店	달빛 밟으며 모점(茅店)을 떠나고
侵霜渡板橋	서리맞으며 판교(板橋)를 건너네.
何如北窓睡	북쪽 창가에 잔다 한들 어떠하랴?
歸隱不須招	돌아가 숨으리니 부를 필요 없으리.

「난가뢰(欒家瀨)」[633]에 차운함
次欒家瀨韻[634]

飛湍練脫砧	나는 여울물은 다듬잇돌 벗어난 명주
激浪珠傾把	거센 물결은 쥐었다 쏟아낸 구슬인 양.
不辨白鷗群	흰 갈매기떼를 알아볼 길 없는데
但聞音上下	다만 위아래로 소리만 들려오네.

「반첩여(班婕妤)」[635]의 2수에서 차운함-4수
次班婕妤二首韻 四首[636]

只歎妾命薄	단지 첩의 운명 기박함을 탄식할 뿐
不怨君恩踈	임금의 은총 성김이야 원망치 않네.

---

631) 조발소주(早發韶州) : 宋之問이 지은 시.
632) (原註) 같은 해[同年].
633) 난가뢰(欒家瀨) : 王維가 지은 시.
634) (原註) 같은 해[同年].
635) 반첩여(班婕妤) : 王維가 지은 「班婕妤」(三首)를 가리킴.
636) (原註) 같은 해[同年].

| 誰識老宮女 | 뉘 알리오? 늙어버린 궁녀가 |
| 嘗辭共玉輿 | 일찍이 옥여(玉輿)에 같이 타길 사양했음을. |

前魚固宜棄	예전의 물고기[637] 진실로 버려짐이 마땅하니
團扇有時踈	둥근 부채도 멀리할 날 있다오
自分如螢火	스스로 생각함에 반딧불과 같으니
何心奉日輿	무슨 마음으로 일여(日輿)[638]를 받들리.

當辭金輦時	의당 금연(金輦)[639]을 사양할 때 있으나
豈料銀瓶絶	어찌 은병(銀瓶)이 부서질 줄 헤아렸으랴.
篋裡有羅衣	상자 속에는 비단 옷 남아 있어
御爐香不滅	궁궐 향로의 향기 가실 줄을 모르네.

舞袖麝臍消	춤추던 소매에 사향(麝香)은 사라지고
臂紗紅縷絶	팔에 걸친 비단에 붉은 실 가닥 끊어졌네.
團扇獨徘徊	둥근 부채인 양 홀로 방황하는데
靑燈乍明滅	푸른 등불은 돌연 깜빡거리네.

장난삼아 「종이연」에 제함-절구 2수
戲題紙鳶 二絶

| 由來五鬼蹋空虛 | 옛부터 오귀(五鬼)[640]나 허공을 밟는 것을 |
| 韓子當年誤作車 | 한자(韓子)[641]는 그때에 잘못 수레를 만들었네. |

---

637) 예전의 물고기 : 총애를 잃은 사람. 앞의 주 623) 참조.
638) 일여(日輿) : 태양 혹은 임금의 수레를 가리킴.
639) 금연(金輦) : 황제가 타는 수레.
640) 오귀(五鬼) : 동서남북과 중앙의 五方鬼.

剪紙爲雲馱汝去　　종이 오려 구름 만들고 널 태우고 가리니
東風碧落好歸歟　　하늘에는 동풍 불어 돌아가기 좋구나!

紙鳶能作御風行　　종이연 바람을 몰아 가나니
我欲乘之朝太淸　　나 그것을 타고 태청(太淸)642)에 조회하리.
白玉群仙如可見　　백옥(白玉)의 신선들 만나게 된다면
衰顔不問問蒼生　　노쇠한 얼굴일랑 묻지 않고 창생을 물어보리.

「애임경업(哀林慶業)」에 화운함
和哀林慶業

權謀小勇君奚取　　권모와 작은 용기 그대 어찌 취하여
終是千秋二國臣　　끝내 천추에 두 나라 신하가 되었는가?
讞獄人言因冢宰　　죄를 물은 것643) 총재644) 때문이라고 말하지만
議誅誰識自天神　　목벨 것 의논함 천신의 뜻인 줄 누가 알리오?
雖云骨大張虛砲　　비록 용골대(龍骨大)645)가 빈 포를 벌여 놓았다고 하나
難贖皮營燒武困　　피영(皮營)646)에서 무기고 불태운 일647) 속죄하기 어려워라.

---

641) 한자(韓子) : 漢의 韓信을 가리킴. 전하는 바에 의하면 군사적인 용도로 쓰기 위해 처음으로 연을 만들었다고 함.
642) 태청(太淸) : 도교의 선계. 玉淸, 上淸과 더불어 三淸이라 함.
643) 죄를 물은 것 : 얼옥(讞獄). 소송을 심리함. 일의 진상을 심문함.
644) 총재 : 당시 영의정 김자점을 가리킴.
645) 용골대(龍骨大) : 골대(骨大). 병자호란 당시 청나라의 장수.
646) 피영(皮營) : 피도(皮島)에 있던 명나라 진영. 피도는 가도(椵島)라고도 하며, 평안북도 철산군 백량면에 속하는 섬이다.
647) 무기고 불태운 일 : 청나라는 명나라를 칠 전초전으로 피도에 주둔한 명군을 치기 위하여 1637년 2월 조선에 병력 동원을 청해 왔다. 이때 임경업은 수군장(水軍將)에 발탁되었으나 철저한 친명배금파였으므로 선봉에 서는 것을 주저하였으며 명나라의 도독 심세괴(沈世魁)에게 내통, 그들의 피해를 최소한으로 줄이게 하였다.

事似杜郵提劒日　　일이 두우(杜郵)에서 백기(白起)가 칼을 들던 날과 같
　　　　　　　　　으니[648]
未知還復仰蒼旻　　다시 푸른 하늘을 우러르게 될지를 알지 못하겠다.

차운하여 어사 이구(李裘)에게 부쳐 사례함
次韻寄謝李御史裘[649]

廿八驪珠飢渴解　　이십팔 세 여주(驪珠)[650] 같은 이 기갈(飢渴)을 풀어주
　　　　　　　　　었으나
還嫌君不識吾情　　도리어 그대 내 뜻을 알지 못해 서운하네.
羣公倘就伊周業　　여러 공들 혹 이윤(伊尹)과 주공(周公)[651]의 공업(公業)
　　　　　　　　　을 행한다면
事葛昆夷道亦明　　갈(葛)[652]과 곤이(昆夷)[653]를 섬기는 도 또한 밝아지리.

차운하여 개녕(開寧) 이익로(李翼老)에게 부침
次韻寄李開寧翼老[654]

求友平生未得友　　평생 벗을 구하였으나 얻지 못한 채

---

648) 秦나라 장수 백기(白起)의 고사. 진나라 왕은 백기에게 조나라의 한단을 공격하게
　　하였으나, 백기는 병을 핑계로 거듭 응하지 않았다. 이에 진왕은 두우에서 검을 내려
　　백기에게 자결하게 하였다. 『史記』「白起王翦列傳」.
649) (原註) 같은 해[同年].
650) 여주(驪珠) : 驪龍之珠. 검은 용의 턱 밑에 있는 귀중한 구슬. 진귀한 인물을 비유함.
651) 이윤(伊尹)과 주공(周公) : 이주(伊周). 伊尹은 商나라 湯王을 도와 王道를 실행하게
　　하였다. 周公은 周 武王의 동생으로 무왕이 천하를 통일하는데 큰공을 세웠으며, 성
　　왕 대에는 그를 도와 국가행정을 섭정하였다.
652) 갈(葛) : 나라 이름. 지금의 河南省 睢縣 북쪽.
653) 곤이(昆夷) : 곤오(昆吾)라고 하는 서쪽에 있는 오랑캐.
654) (原註) 같은 해[同年].

居然六十五廻春　어언 육십오 년 봄을 맞았네.

窮途失我子孫念　힘든 길에 나를 버려두고 자손만 생각했는데

末路見君顔色眞　늘그막에 그대의 진지한 얼굴빛 보게 되었네.

愛禮固知非貌敬　예를 사랑함 진실로 허식이 아님을 알겠으니

忘形直欲置心親　형체를 잊고⁶⁵⁵⁾ 바로 마음을 가까이 두기를 원하네.

何時更續蓮村話　어느 때 다시 연촌(蓮村)의 이야기를 이어

把袂方揮席上塵　소매 잡고 바야흐로 자리 위의 티끌을 떨어내려나.

차운하여 한화숙(韓和叔)에게 부침
次韻寄韓和叔⁶⁵⁶⁾

吾非海隱非山隱　나는 바다에 숨은 이도 산에 숨은 이도 아니지만

山海平生意便濃　평생 산과 바다의 뜻 짙었다네.

用拙自違今世路　사람이 못나 절로 지금 세상의 길과 어긋나니

幽居偶似古人蹤　은거하여 우연히 고인(古人)의 자취를 닮았네.

不嫌白髮三千丈　백발이 삼천 길이나 되어도⁶⁵⁷⁾ 싫어하지 않고

剩喜彤雲一萬重　게다가 붉은 구름 일만 겹을 좋아한다네.

奴隷少霞猶可得　노예는 작은 노을이라도 얻을 수 있건만

朱門誰羡抗塵容　부귀가의 누가 항진용(抗塵容)⁶⁵⁸⁾을 부러워하고 있나!

---

655) 형체를 잊고 : 망형(忘形). 자기의 형체를 잊고 한마음 한뜻이 되는 아주 친밀한 관계를 말함.

656) (原註) 같은 해[同年].

657) 백발이 삼천 길이나 되어도 : 백발삼천장(白髮三千丈). "백발이 삼천 길이나 되니, 시름 때문에 이처럼 길어졌는가[白髮三千丈, 緣愁似箇長]." 이백, 「秋浦歌」.

658) 항진용(抗塵容) : 명리에 열중하는 용모 "기제(芰製)를 불사르고 하의(荷衣)를 찢고서, 명리를 구하느라 속세에 분주하네[焚芰製而裂荷衣, 抗塵容而走俗狀]" 孔稚珪, 「北山移文」.

한화숙(韓和叔)이 배를 보내면서 부쳐온 시운에 차운함
次寄韓和叔惠梨韻659)

縱我本哀梨　　비록 내 본디 배를 아끼지만
猶知勝味色　　외려 맛과 색이 빼어남을 알겠네.
何時見縞裙　　어느 때 흰 치마660)를 보리오?
食實慙花白　　열매를 먹다 흰 꽃에 부끄러워지네.

차운하여 인평대군(麟坪大君)661) 앞에 삼가 드림
次韻敬呈麟坪大君案下662)

爲善誰能保始終　　선을 행함에 누가 능히 시종일관할 수 있으리?
東平獨有昔賢風　　동평(東平)663) 홀로 옛 현자의 풍모 있어라.
緇衣鄭館情何限　　선비들664) 정관(鄭館)에 정이 어찌 끝이 있으리오?
醴酒荊筵禮益隆　　좋은 술 훌륭한 자리에 예가 더욱 융성하네.
咳唾珠璣從鬼泣　　입에서 나온 옥구슬665) 귀신의 울음을 따르고
心腸錦繡奪天功　　마음에서 나온 비단 하늘의 재주를 빼앗네.

---

659) (原註) 같은 해[同年].
660) 흰 치마 : 호군(縞裙). 여기서는 배꽃을 비유한 것으로 여겨짐.
661) 인평대군(麟坪大君) : 인조의 셋째 아들이자 효종의 아우임. 이름은 요(㴭), 호는 송계(松溪)이다. 병자호란 후 청나라의 압박이 날로 심해지자 부왕 인조를 도와 외교 사명을 받들고 여러 차례 청나라에 가서 많은 공을 세웠고, 글씨와 그림에도 뛰어났다.
662) (原註) 임진(壬辰, 1652).
663) 동평(東平) : 東漢 光武皇帝의 제 8子인 蒼을 가리킴. 東平은 封號임. 창은 經術을 좋아하고 사려가 단아하였으며, 수년간 조정에 있으면서 예악과 법도를 정비하여 많은 업적을 이루었으므로 동평으로 돌아갈 적에 많은 상을 하사하였다. 帝가 어느 날 "집에 있으면서 무엇을 하는 것이 제일 즐거운가?" 물으니 동평왕은 "선을 행하는 것이 가장 즐겁습니다" 하였다. 여기서는 인평대군을 가리킴.
664) 선비들 : 치의(緇衣). 緇衣는 卿大夫가 私朝에 거처할 때 입는 옷이다. 『詩經』 「鄭風」 「緇衣」.
665) 입에서 나온 옥구슬 : 해타주기(咳唾珠璣). 시문(詩文)의 재주가 뛰어남을 말한 것임.

漕溪別業聞曾飽　조계(漕溪)의 별업(別業)666)은 일찍이 누누이 들었으니
恨未從遊縹緲中　아득한 가운데서 좇아 놀지 못하니 한스럽네.

一望天顔志願終　한번 귀하신 얼굴 뵈려는 뜻 이루기 원했으니
行藏竊附古人風　나가고 숨는 것667) 적이 고인(古人)의 풍모와 부합되네.
從前已會啾喧慣　전부터 이미 시끄러움에 익숙하게 되었는데
到此尤知眷遇隆　이에 이르러 돌봐주심668)이 융성한 줄을 더욱 알겠네.
引領只圖歸舊業　목을 빼어669) 다만 구업(舊業)으로 돌아가길 도모할 뿐
彈文何事費深功　탄핵하는 글은 무슨 일로 깊은 공력을 허비하는지.
通津要路誰開眼　통진요로(通津要路)670)에 누가 눈을 뜨겠는가?
思入靑山綠水中　마음은 청산(靑山) 녹수(綠水)에 들어가 있다네.

임진년 사월 이십팔일, 비가 내림을 기뻐하며
壬辰四月二十八日喜雨671)

昨日桑林玉體疲　어제 상림(桑林)672)에서 옥체가 지치셨는데
病臣終夜仰天窺　병든 신하는 밤새 하늘을 우러러 살펴보았네.
誰言滂霈由斯禱　뉘 말하나, 이 기도 때문에 비 쏟아졌다고
我識精誠有素爲　나는 안다네, 평소에 정성스러웠음을.
中谷暵摧無女棄　골짜기에 익모초 말랐어도 여자가 버려짐 없고673)

---

666) 조계(漕溪)의 별업(別業) : 漕溪洞에 있던 인평대군의 별장. 『신증동국여지승람』에
　　　"조계동은 북한산성 동문 밖에 있다"고 전한다.
667) 나가고 숨는 것 : 행장(行藏). 나가서 일을 행함과 물러가서 숨음.
668) 돌봐주심 : 권우(眷遇). 후대(厚待)함의 뜻.
669) 목을 빼어 : 인령(引領). 간절히 바란다는 뜻.
670) 통진요로(通津要路) : 현요(顯要)의 지위를 비유하는 말.
671) (原註) 이하 고산에 머무를 때 지은 것임[以下駐孤山時].
672) 상림(桑林) : 古地名. 은나라의 탕왕이 칠 년 가뭄을 보고 자책하는 마음으로 상림에
　　　서 기우(祈雨)했다고 전한다. 『淮南子』.

窮廬易粟絶男持　가난한 오두막에 곡식을 구하는데 남자 도움 필요 없네.
願君修省憂勤意　바라건대 임금께서 스스로를 반성하고 백성을 근심
　　　　　　　　하는 뜻
後常如未雨時　　비 온 뒤에도 늘 비 오지 않을 때 같게 하소서.

誰道天高不聽卑　누가 말하는가, 하늘 높아 낮은 곳의 말 듣지 않는다고
桑林禱罷雨祁祁　상림(桑林)에서 기도 끝나자 비가 서서히 내리네[674].
作霖賢賚由恭默　삼일우(三日雨) 내리고[675] 현인(賢人)[676] 내린 것 공손
　　　　　　　　하고 침묵한 때문이니[677]
始信商書匪我欺　비로소 『상서(商書)』[678]가 날 속이지 않음을 믿겠네.

---

673) 『詩經』「王風」「中谷有蓷」를 수용한 것이다. "골짜기 가운데 익모초가 있으니, 바
    짝 말랐도다. 여자가 이별을 한지라, 嘅然히 탄식하노라. 嘅然히 탄식하니, 사람의 어
    려운 때를 만났도다[中谷有蓷, 暵其乾矣. 有女仳離, 嘅其嘆矣. 嘅其嘆矣, 遇人之艱
    難矣]." 이 시는 "흉년에 기근이 들어 실가(室家)가 서로 버리니, 부인이 물건을 보고
    기흥(起興)하여 스스로 그 비탄하는 말을 서술한 것이다."
674) 서서히 내리네 : 기기(祁祁). 비가 서서히 내리는 모양. 『詩經』「小雅」「大田」에 "興
    雨祁祁"라는 구절이 있는데, 이를 풀이하여 "祁祁는 느림이다. 구름은 성하고자 하니
    성하면 비를 많이 내리고, 비는 서서히 내리고자 하니 서서히 내리면 땅속에 깊이 들
    어간다[祁祁, 徐也. 雲欲盛, 盛則多雨, 雨欲徐, 徐則入土]"고 하였다.
675) 삼일우(三日雨) 내리고 : 작림(作霖). 『書經』「商書」「說命」上의 "만약 金이라면 너
    를 사용하여 숫돌을 삼으며, 만약 큰 내를 건넌다면 너를 사용하여 배와 노를 삼으며,
    만약 해가 大旱(큰 가뭄)이 든다면 너를 사용하여 장맛비를 삼을 것이다[若金用汝作
    礪, 若濟巨川用汝作舟楫, 若歲大旱用汝作霖雨]"에서 차용한 것이다. 霖은 삼일우(三
    日雨)를 말한다[三日雨爲霖].
676) 현인(賢人) : 부열(傅說)을 가리킴.
677) 현인(賢人) 내린 것 공손하고 침묵한 때문이니 : 현뢰유공묵(賢賚由恭默). 『書經』「商
    書」「說命」上의 "나로써 사방을 바로잡게 하시기에 나는 덕이 선인과 같지 못할까 두
    려워 이 때문에 말하지 않고 공손하고 침묵하여 도를 생각하였는데, 꿈에 상제께서 나
    에게 어진 보필을 내려 주셨으니, 그가 나의 말을 대신할 것이다[以台, 正于四方, 台
    恐德弗類, 玆故, 弗言, 恭默思道, 夢, 帝賚予良弼, 其代予言]"에서 차용한 것이다.
678) 『상서(商書)』: 『書經』 四書(虞書・夏書・商書・周書)의 하나.

처음 고산(孤山)에 이르러 우연히 읊음
初到孤山偶吟679)

底事時人苦構捏	무슨 일로 요즘 사람 날조함이 심하며
如何聖主過恩滋	어찌하여 임금께선 은혜가 지나치신가?
蒭糧已罄留那久	양식이 이미 떨어졌으니 어찌 오래 머무르랴?
騎卒難鳩去亦遲	말 모는 이 편치 않으니 떠나감 또한 더디네.
奴舍隙風頭面腫	종의 집 틈새 바람에 머리와 얼굴이 부르트고
村廚草具脚腰疲	촌 부엌 거친 음식에 다리와 허리가 피로하네.
南舡幾日來京口	남으로 배타고 며칠만에 서울 어귀에 들어오니
興在烟波掛席時	안개 낀 물결에 돛을 달680) 때 흥취가 생겨나네.

참판 정양필(鄭良弼)이 화답한 시에 다시 차운하여 수창함
鄭參判良弼辱和, 復次以酬

相知自古貴心知	서로 앎이야 옛부터 마음으로 앎을 귀히 여기나니
忠告無非麗澤滋	충고함에 맑은 못물 불어나지681) 않음이 없도다.
三宿去懷元綣綣	사흘 묵고 떠나는 회포 원래 길게도 이어지는데
千巖歸路任遲遲	겹겹의 바위 사이로 돌아가는 길 더디게 맡겨두네.
新詩奪月飢如飽	새로운 시는 달빛을 빼앗고 주려도 부른 듯하고
老氣成霞病不疲	노숙한 기운 노을 이루어 병들어도 힘들지 않으리.
浩蕩白鷗波上日	호탕한 백구, 물결 위의 해
一場春夢軟紅時	황혼녘의 일장춘몽(一場春夢)일세.

---

679) (原註) 같은 해[同年].
680) 돛을 달 : 괘석(掛席). 자리를 건다는 뜻으로, 배에 돛을 닮을 이름.
681) 맑은 못물 불어나지 : 이택자(麗澤滋). 학우(學友)가 서로 도와서 학문과 덕이 풍부해
   짐을 비유함.

심희성(沈希聖)[682]이 화답한 시에 사례하여
謝沈希聖辱和[683]

且喜塵裾還一摻	세속의 때묻은 옷자락을 다시 한번 잡아주니 기쁜데
何須淚眼更雙滋	어찌 눈물어린 눈이 다시 두 줄기로 흘러내리는가!
諸人未解歸心決	모두들 내 돌아갈 결심 이해 못하지만
惟子能諳去路遲	오직 그대는 내 떠나는 길 더딘 것 알아주리라.
萬毀千誣那可較	만 번 헐뜯고 천 번 속이는 것 어찌 견주어내리?
七顚八倒不爲疲	일곱 번 넘어지고 여덟 번 거꾸러져도 지치지 않네.
滄洲吾道由來久	창주(滄洲)[684]를 바라는 나의 길은 유래가 오래 되었으니
張翰孤帆固所期	장한의 외로운 돛단배[685]가 진실로 기약한 바라네.

심희성(沈希聖)에게 준 시운에 이계하(李季夏)가 차운해서 부쳐오니, 다시 그 운을 써서 세 수를 지어 사례하다
李季夏次贈沈希聖韻以寄, 復用其韻賦三首以謝[686]

名繮雖似斷絃離	명예의 고삐야 비록 현(絃)을 끊고 떠나옴과 같으나
恩渥眞同雨露滋	은혜 두터움은 진실로 우로(雨露)가 불어남과 같도다.

---

682) 심희성(沈希聖) : 1598~1662. 호는 魯淵, 이름은 光洙이다. 希聖은 그의 字임. 조선 중기의 산림. 서인과 남인의 대립이 깊어졌을 때 남인의 지도자로서 서인과 대립함. 효종 사후 3년설을 주장하였다가 송시열을 중심으로 한 기년설에 패하여 축출된 상태에서 죽었다.

683) (原註) 심희성은 심광수이다(光洙). 같은 해[同年].

684) 창주(滄洲) : 신선 또는 은자들이 사는 곳.

685) 장한의 외로운 돛단배 : 장한고범(張翰孤帆). 장한이 강동보병으로 있었는데 가을 바람이 일어나자 고향이 그리워졌다. 송강의 농어회와 순채국이 생각나서 벼슬을 버리고 배를 타고 떠났다.

686) (原註) 같은 해[同年].

留爲赫炎憎地爵　　머무를 때에는 무더워 속세의 벼슬 싫더니
去需凉信恨秋遲　　떠나갈 제 가을 소식 기다리나 가을 더딤 한스러웠네.
封姨襲枕雙腮腫　　봉이(封姨)687)가 베개를 엄습하여 두 뺨에 종기가 나고
壁蝨襄膚十爪疲　　벽의 이 살갗을 물어뜯어 열 손톱이 지쳤네.
不有君詩光奪月　　달빛을 앗는 그대의 시 없다면
定將何物慰斯時　　무엇으로 이때를 위로하리오?

經濟眞成坎下離　　경세제민은 진실로 감하리(坎下離)688)를 이루어
目生靑壁錦紋滋　　눈에 청산(靑山)의 비단 무늬가 너울너울 생겨나네.
悲歡不起榮兼辱　　슬픔과 기쁨은 영예와 치욕에서 일어나는 것이 아니고
去駐那關速與遲　　떠나고 머무름이 어찌 빠르고 더딤에 관계하랴?
惟願寰區王化復　　오직 세상에 임금의 덕화가 회복되길 바랄 뿐이요
每愁天下萬生疲　　매양 천하의 온 백성이 지친 것을 근심하네.
忽然百感由中集　　홀연 온갖 감회가 마음으로부터 모여드니
老子蒼茫獨立時　　늙은이 창망히 홀로 서 있을 때이라네.

野老全忘日昃離　　초야의 늙은이 해 기울어도 떠날 것을 다 잊는데
腰間老劒露光滋　　허리춤의 오래된 칼은 빛을 더욱 발하네.
三千大釣垂空久　　삼천 번 큰 낚시689) 드리움은 부질없이 오래 되었고
九萬同風起太遲　　구만 리 장풍 일어남은 크게 더디네.
刻鵠不成從爾笑　　고니를 새기려다 이루지 못해690) 그대 따라 웃고

---

687) 봉이(封姨) : 풍신(風神)의 이명(異名). 십팔이(十八姨)의 하나.
688) 감하리(坎下離) : 坎上離下의 뜻으로『周易』64괘 중 63번째인 旣濟卦를 가리킴. 남
　　보다 뛰어남이 있는 자는 반드시 이룬다는 뜻임.
689) 삼천 번 큰 낚시 : 삼천대조(三千大釣). 강태공이 나이 여든부터 날마다 위수에서 낚
　　시질했는데, 아흔이 되자 문왕이 등용하였다. 이 십 년 동안 낚시질을 삼천육백 번 하
　　였다. 이 시에서도 십 년 세월을 가리킨다. 보길도에 살던 고산은 이 해에 성균관사에
　　벼슬을 받고 서울로 올라갔다.
690) 고니를 새기려다 이루지 못해 : 각곡불섬(刻鵠不成). 고니를 새기려다 이루지 못하면
　　그래도 따오기와 비슷하게는 된다. 마원(馬援), 「계형자엄돈서(誡兄子嚴敦書)」.

屠龍無用任吾疲　용을 잡는 재주가 쓸모 없어[691] 나만 지쳐 버렸네.

散仙淸致終須有　한가한 신선의 맑은 운치 끝내 두고자 하여

佇看滄洲倚棹時　우두커니 노에 의지해 창주(滄洲)를 바라볼 때라네.

계하(季夏)가 다시 율시 한 수를 부침에 이에 차운하여 수창함
季夏復寄一律, 次韻以酬[692]

河鯉河魴世競賒　잉어와 방어를 세상 사람들 다투어 구하는데

樂飢淸浪向誰誇　즐거이 굶주리며 청랑(淸浪)의 삶을 누구에게 자랑할
　　　　　　　　까?[693]

長林半亞舟歸浦　긴 수풀 반쯤 가리고 배는 포구에 돌아오는데

積雨初收鷺集沙　장맛비 처음 그칠 제 백로는 모래사장에 모여드네.

南海仙區雖莫及　남쪽 바다 신선의 땅에는 비록 미칠 수 없지만

東湖奇景亦無加　동호(東湖)의 기이한 경치 또한 더할 것 없어라.

感君獨有場駒意　그대 홀로 말 달릴 뜻 있음에 느꺼운데

諾我將謀一畝家[694]　내 장차 한 이랑 집 도모함을 허락해주게나.

---

691) 용을 잡는 재주가 쓸모 없어 : 도룡무용(屠龍無用). 주평만은 지리익에게 용을 잡는
　　 방법을 배우기 위해 천금이나 나가는 집을 세 채나 팔아 폐백을 바쳤다. 그러나 그 기
　　 술을 익힌 뒤에 써먹을 곳이 없었다.『莊子』「列禦寇」.

692) (原註) 같은 해[同年].

693) 잉어와~자랑할까? :『詩經』「陳風」「衡門」에 "衡門의 아래여, 쉬고 놀 수 있도다.
　　 샘물이 졸졸 흐름이여, 굶주림을 즐길 수 있도다. 어찌 고기를 먹음에 반드시 河水의
　　 魴魚라야 하리오? 어찌 아내를 얻음에 반드시 齊나라의 姜氏라야 하리오? 어찌 고기
　　 를 먹음에 반드시 河水의 잉어라야 하리오? 어찌 아내를 얻음에 반드시 宋나라의 子
　　 氏라야 하리오?[衡門之下, 可以棲遲. 泌之洋洋, 可以樂飢. 豈其食魚, 必河之魴? 豈
　　 其取妻, 必齊之姜? 豈其食魚, 必河之鯉? 豈其取妻, 必宋之子?]"라 하였는데, 이를
　　 부분 차용한 것이다.

694) (自註) 부쳐온 시에 이르기를 "물의는 종래 멀고 가까움이 없는데, 사람이 이제 사양
　　 하고 끊는다면 무엇이 더해지리오? 몸이 한가하다고 반드시 금쇄에 던질 필요는 없으
　　 니, 가까운 성곽 숲 언덕에 집 짓기 좋구나" 하였다. 또 발문에 이르기를 "꿈에 바라던
　　 일 멀어져 응당 함께 돌아갈 생각하니, 말고삐를 잡고 말몰 생각을 스스로 그만둘 수

다시 계하(季夏)의 시운에 차운함
復次季夏韻695)

山近人寰俗自賖	산이 인간 세상에 가까우니 풍속이 절로 갖추었고
景休君說我曾誇	경치야 그대 말했었고 나도 일찍 자랑했었네.
周遭秀發千重岫	주변은 천 겹의 산봉우리에서 빼어나고
面背縈紆十里沙	앞뒤는 십 리의 모래사장에서 휘감겼네.
小屋短籬如辦得	작은 집 짧은 울타리 갖추어 애쓴 것 같으니
麤茶糲飯不須加	거친 차 현미밥696)에 더할 것 없으리.
終然未愜心期遠	끝내 마음의 기약 멀어져 만족하지 못하니
長憶芙蓉洞裡家697)	길이 부용동(芙蓉洞)에 있는 집을 생각하네.

고산(孤山) 송림에서 거문고와 피리 소리를 듣고 느낌이 있어
孤山松林, 聞琴篴有感698)

曲阜澄潭准備余	굽은 언덕 맑은 연못 날 위해 갖추어졌으니
那愁旅泊食無魚	어찌 나그네길 묵음에 먹을 생선 없다 근심하랴?
文山聲妓桃謠緖	문산(文山)의 가기(歌妓) 도요(桃謠)를 부르는데
安石風流賈慟餘	안석(安石)699)의 풍류, 가의(賈誼)700)의 통곡하던 나머지

없네" 운운하였다. 까닭에 끝의 두 구에 그것을 언급하였다[來詩曰, 物議從來無遠近, 人今謝絶有何加? 身閑不必投金鎖, 近郭林皐好着家. 且跋曰, 睡望之曠, 想應同致, 繫駒之懷, 不能自已云云. 故末二句及之].

695) (原註) 같은 해[同年].
696) 현미밥 : 여반(糲飯). 조반(粗飯)의 뜻.
697) (自註) 부용은 바다 별장의 동 이름이다[芙蓉, 海庄洞名也].
698) (原註) 같은 해[同年].
699) 안석(安石) : 宋나라의 정치가요 학자였던 왕안석. 神宗 때 정승이 되어 新法을 행하고 부국강병의 정책을 썼음. 시문에도 능하여 당송팔대가의 한 사람으로 꼽힘.
700) 가의(賈誼) : 前漢 文帝 때의 文臣. 문제 때 博士에서 太中大夫가 되었으며, 뒤에 長沙王의 太傅로 좌천되었다가 다시 梁懷王의 태부가 되었음.

지일세.

綠綺腸飢流水澁　녹기(綠綺)[701]의 장 주려 유수곡(流水曲)[702] 껄끄럽고
昭華喉渴落梅踈　소화(昭華)[703]의 목 메말라 낙매곡(落梅曲)[704] 성기다네.
何時揮手高亭上　어느 제 높은 휘수정(揮手亭)에 올라
林靜鳥鳴人意舒[705]　수풀 고요하고 새 울 때 사람의 뜻을 펴리오?

방장산인(方丈山人)의 「부용조수가(芙蓉釣叟歌)」에 장난삼아 차운함
戲次方丈山人芙蓉釣叟歌[706]

芙蓉城是芙蓉洞[707]　부용성(芙蓉城)은 바로 부용동(芙蓉洞)이니
今我得之古所夢[708]　지금 내가 얻었으니 옛사람 꿈꾸던 곳이라네.
世人不識蓬萊島　세상 사람들은 봉래(蓬萊)섬을 알지 못하고
但見琪花與瑤草　다만 기이한 꽃과 아름다운 풀[709]만 보네.
由來神仙豈異人[710]　예로부터 신선이 어찌 남다른 사람이었으랴?
行義求志非二道　의를 행함과 뜻을 구함은 두 가지 도(道)가 아니라네.
時來出入龍樓虎殿啓乃心　때때로 용루(龍樓)와 호전(虎殿)을 출입하며 마

---

701) 녹기(綠綺) : 옛날 거문고 이름.
702) 유수곡(流水曲) : 옛날 금곡(琴曲)의 이름.
703) 소화(昭華) : 고대 관악기의 이름.
704) 낙매곡(落梅曲) : 적악곡(笛樂曲)의 이름.
705) (原註) 휘수정은 금쇄동에 있다[揮手亭在金鎖洞].
706) (原註) 방장산인은 최유연의 호이다[方丈山人, 崔有淵號]. 같은 해[同年].
707) (自註) 부용동 안에 신선들의 자취가 매우 많다. 또 기이한 봉우리들이 둘러 서 있
　　어, 그 모습이 완연히 연꽃잎 같다. 아마도 이곳이 옛부터 말한 부용성인 것 같다[洞
　　裡仙跡甚多. 且奇峯環立, 其形宛似芙蓉花辦. 疑是古所謂芙蓉城也].
708) (自註) 소동파가 지은 「부용성(芙蓉城)」 詩 주에 왕자고(王子高)와 주요영(周瑤英)
　　이 꿈에 노닌 일이 있다고 되어 있다[東坡芙蓉城詩註, 有王子高與周瑤英夢遊事].
709) 기이한 꽃과 아름다운 풀 : 기화요초(琪花瑤草). 선경(仙境)에 있다고 하는 아름다운
　　꽃과 풀.
710) (自註) 소동파의 시에 "신선은 이인(異人)이 아니라, 원래 영웅들이었다"라고 했다[坡
　　詩, 神仙非異人, 由來本英雄].

음을 열고

時去遊戱玄圃閶風淸興深　때때로 또 현포 낭풍(玄圃閶風)[711]에 노니니 맑
　　　　　　　　　　　　　은 홍 깊어라.

乃知天實無心唐事業　이에 알겠네, 하늘은 참으로 당나라 사업에 무심하
　　　　　　　　　　　다는 것을

未必金丹一粒能致洞賓之飛吟[712]　반드시 금단(金丹) 한 알로 동빈(洞賓)의
　　　　　　　　　　　　　　　　비음정(飛吟亭)에 이를 수 있는 건 아니라네.

偶乘古槎槎如舟　우연히 옛 뗏목을 타니 뗏목이 배와 같아

悠悠直上銀河洲　유유히 곧바로 은하(銀河)의 섬에 오르네.

朝帝庭還瞰華表　상제의 조정에 조회하고, 돌아와 화표(華表)[713]를 바
　　　　　　　　　라보니

九點烟裡皆蜉蝣　구주(九州)[714] 속이 모두다 하루살이 같구나.

朝蠅暮蚊不可相格可相憐[715]　아침 파리와 저녁 모기가 서로 만날 수 없
　　　　　　　　　　　　　　음을 가엾게 여길 만한데

此意嘗聞金骨仙[716]　이 뜻을 일찍이 금골선(金骨仙)에게서 들었네.

---

711) 현포 낭풍(玄圃閶風) : 낭풍은 신선들이 사는 산 이름인데, 곤륜산 꼭대기에 있다. 곤
　　륜산에 세 급이 있는데, 아래는 번동(樊桐), 일명 판동(板桐)이라고 한다. 두 번째는 현
　　포(玄圃)인데, 일명 낭풍(閶風)이라고 한다. 위는 층성(層城)인데, 일명 천정(天庭)이라
　　고 한다.

712) (自註) 여동빈은 본래 당나라 진사였는데, 처음 종리 선생을 만난 곳에다 뒷사람들
　　이 정자를 지어 비음정이라고 이름 붙였다. 어떤 사람이 시 짓기를, "반드시 당나라 사
　　업에 무심한 것은 아니었거늘, 금단 한 알로 선생을 그르쳤네"라고 하였다[呂洞賓, 本
　　唐進士也. 初遇鍾離先生處, 後人作亭, 名曰飛吟. 有人作詩曰, 未必無心唐事業, 金
　　丹一粒誤先生].

713) 화표(華表) : 주 378) 참조.

714) 구주(九州) : 구점연(九點烟). 높은 곳에서 구주(九州)를 굽어보니, 안개 구점(九點)과
　　같았다고 한 데서 일컬음.

715) (自註) 한유의 시에, "아침 파리는 몰아낼 필요가 없고, 저녁 모기도 칠 필요가 없네.
　　파리와 모기가 온 천하에 가득해지면, 서로 맞서서 다 없어지리라"고 했다[韓詩, 朝蠅
　　不須驅, 暮蚊不可拍, 蠅蚊滿八區, 可盡與相格].

716) (自註) 부용동은 바로 이 늙은이가 사는 바닷가 별장의 골짜기 이름이다[芙蓉洞卽
　　老儂所居海庄洞名也].

병으로 동호(東湖)에 머무름에 강물이 크게 불어나자 고향 생각이 남
病滯東湖, 江水大漲, 有懷故園[717]

東湖濁浪正崢嶸	동호(東湖)의 흐린 물결 정히 거세어지고
三角陰雲日復橫	삼각산(三角山) 먹구름에 햇살 다시 비끼네.
竹葉飛車誰乞與	죽엽주(竹葉舟)와 비차(飛車)[718]는 누가 구해주리오?
洗然揮手眼中生[719]	세연정(洗然亭)과 휘수정(揮手亭)이 눈에 선하네.

인평대군(麟坪大君)이 고산(孤山)을 방문하여 시를 짓게 함
麟坪大君歷訪孤山求詩

顚倒江村百歲翁	엎어지고 자빠졌던 강촌의 늙은이인데
竿旄子子浪花中	물결[720] 속에 간모(竿旄)[721] 펄럭이며 오셨네.
得使踈蹤參一角	성긴 발걸음에 한번 찾아주시니
無非隆眷自重瞳	큰 은혜[722] 성인의 마음씀[723] 아님이 없네.
寶馬金鞭公子事	보배로운 말 황금 채찍은 공자(公子)의 일이요
柴扉草屋野人風	사립문 초가는 야인의 풍모라네.
長祝太平烟月化	태평연월 되었음을 길이 축복하노라니
全忘齒齾與頭童	이 빠지고 머리 벗겨진 노인[724]임을 다 잊었네.

---

717) (原註) 같은 해[同年].
718) 비차(飛車) : 바람의 힘으로 공중을 난다는 수레.
719) (自註) 세연정은 부용동에 있으며, 사천과 석담이 있다. 휘수정은 금쇄동에 있으며, 취병과 비폭이 있다. 모두 비 온 뒤 물이 불어난 때에 아름답다[洗然亭在芙蓉洞, 有沙川石潭. 揮手亭在金鎖洞, 有翠屛飛瀑. 皆宜於雨後水肥之時].
720) 물결 : 낭화(浪花). 물결이 서로 부딪쳐 흩어지는 모양을 꽃에 비유하여 이르는 말.
721) 간모(竿旄) : 干旄. 물소 꼬리를 깃대 머리에 매달아서 수레 뒤에 꽂는 것. 『詩經』 「鄘風」 「干旄」.
722) 큰 은혜 : 융권(隆眷). 높은 은혜. 융은(隆恩).
723) 성인의 마음씀 : 중동(重瞳). 舜이 겹눈동자였으므로 순을 지칭하는 것으로 쓰임.

인평대군(麟坪大君)이 연적(硯滴) 세 개와 주합(酒盒) 하나를 주심에 각각 근체시 한 편씩을 지어 사례함

麟坪贈三硯滴一酒盒, 各賦近體一篇以謝

八稜硯滴 팔릉연적

頭圓應是律天時	머리가 둥그니 응당 천시(天時)를 본받았고
峻整廉隅更覺奇	높고 가지런하며 곧은 모서리 다시 기이함을 깨닫게 하네.
飢飮玉泉淸肺腑	주려 옥천(玉泉)을 마시니 폐부가 맑아지고
飽噓香霧起蛟螭	배불러 향무(香霧)를 내뿜으니 교룡(蛟龍)이 날아오르는 듯.
不分麤細雖其量	비록 그 양은 거친 말과 섬세한 말을 가리지 않지만
獨立雷霆乃自期[725)	스스로 기약하는 것은 우레와 천둥 같은 문장을 마음대로 씀이라네.
膏澤如能到枯槁	못 같은 연적(硯滴)의 물 마르게 할 수 있다면
傾困倒廩亦何辭	흉중의 회포를 모두 말했으니[726) 또 무엇을 말하리?

圓小硯滴 원소연적

外無稜角一團和	겉으로 모남이 없이 하나로 모여 화합하니
方寸誰知萬頃波	좁은 속에 만 굽이 물결 있는 줄 뉘 알리오?
襟抱春風將潤物	봄바람 같은 흉금 만물을 적시려 하고
精神秋水正盈科	가을 물 같은 영혼 바로 웅덩이를 채우네.[727)

---

724) 이 빠지고 머리 벗겨진 노인 : 치활여두동(齒豁與頭童). 보통 두동치활(頭童齒豁)이라 함. 머리가 벗겨지고 이가 빠짐. 노인이 됨.

725) (自註) 소동파의 벼루 시에서 "거친 말과 섬세한 말 모두 가리지 않는다네"라 하였고, 또 벼루 시에서 "마음대로 하여 스스로 우레와 천둥소리를 당할 수 있다네"라 하였다[坡硯詩, 麤言細語都不擇. 又硯詩, 獨立自可當雷霆].

726) 흉중의 회포를 모두 말했으니 : 경균도름(傾困倒廩). 흉중의 회포를 모두 드러내어 말함.

727) 웅덩이를 채우네 : 영과(盈科). 물이 웅덩이를 가득 채움.

環中雲雨施行慣	둥근 가운데엔 구름과 비의 은택728)이 되풀이되고
腔裡淵泉造化多	텅 빈 속에는 못과 샘의 조화가 많구나.
願與管城隨呂尙	원컨대 관성자(管城子)729)와 더불어 태공망730)을 좇아
大書歸馬華山阿	크게 "귀마화산아(歸馬華山阿)"731)라 쓰리라.

白柿硯滴 백시연적732)

形何如柿光何素	모양은 어찌 감 같으며 빛깔은 어찌 희던가?
無乃白虯卵正成733)	아마도 흰 규룡과 토끼가 이룬 것이 아니던가?
呼吸滄溟臍若動	큰 바다를 호흡하니 배꼽이 움직이는 것 같고
洩噴雲霧口微聲	운무를 내뿜으니 주둥이가 작은 소리를 내네.
兒童莫念搖牙取	애들아 입맛 다시며 따갈 생각말고
烏鵲休思捩眼營	오작(烏鵲)이여 눈흘기며 따먹을 생각 마라.
左右羲軒應有日734)	복희씨(伏羲氏)와 헌원씨(軒轅氏)를 보좌할 날 응당 있 으리니
佇看霖雨濟蒼生	우두커니 삼일우(三日雨)가 백성 구제함 바라보리라.

畵酒盒 화주합

| 東平綺席畵磁壺 | 동평(東平)735)의 아름다운 자리에 있던 그림 그려진 |

---

728) 구름과 비의 은택 : 운우시행(雲雨施行). 운행우시(雲行雨施)라고도 함. 구름이 하늘
에 퍼져 비가 되어 만물을 기름. 은택을 베풂을 비유함.
729) 관성자(管城子) : 붓의 다른 이름.
730) 태공망(太公望) : 여상(呂尙). 주(周)나라 초기의 현신(賢臣). 渭水에서 낚시질하다 문
왕에게 발탁되어 문왕과 무왕의 師가 되었다.
731) 귀마화산아(歸馬華山阿) : 화산의 언덕에 말을 돌리다. 주나라 무왕이 은나라를 멸한
뒤 전마(戰馬)를 화산의 남쪽에 방목하여, 다시 싸움을 하지 않을 것을 천하에 알린 고사.
732) 백시(白柿) : 시병(柿餅)의 다른 이름.
733) (自註) 한유의 시에 감으로써 규룡과 토끼를 견주었다[韓詩以柿比虯卵].
734) (自註) 소동파의 시에 "당년에 그림을 등에 지고 천제의 명을 전하여, 복희씨와 헌원
씨를 보좌하고 신우를 가르쳐 인도하였네"라 하였다[坡詩, 當年負圖傳帝命, 左右羲
軒詔神禹].
735) 동평(東平) : 주 663) 참조.

주합(酒盒)

何事來歸草座隅	무슨 일로 초가 자리 귀퉁이에 찾아왔는가?
梅桂後先華不侈	앞뒤의 매화 계수 그림 화려해도 사치스럽지 않고
圓方上下制兼殊	위아래 둥글고 모난 것 만든 것이 기이하네.
三休亭裡宜祗侍736)	삼휴정(三休亭)737) 안에서 받들어 모실 만하고
七里灘頭可與俱	칠리탄(七里灘)738) 가에서 더불어 갖출 만하네.
無酒臥君慙我竇	술 없이 누운 그대 내 가난을 부끄럽게 하며
白沙盂乏德還孤	흰 사기잔 비었으니 덕이 도리어 외롭구나!

정상서(鄭尙書)가 부채 하나를 주었는데, 부채 위에 시가 있어, 그 운에 화운함
鄭尙書贈一扇, 扇面有詩, 和其韻739)

孤竹雲孫表裡同	고죽(孤竹)740)의 운손(雲孫)741)인 양 겉과 속이 같으니
能醒潦暑醉顔紅	무더위에 취한 듯한 붉은 얼굴 정신들게 하네.
揮蠅寶座情偏重	보좌(寶座)에서 파리를 쫓으니 정 더욱 도탑고
救喝窮途意甚公	궁도(窮途)에서 더위먹음 구제하니 뜻 심히 공평하네.
捲却看時惟勤節	접고서 볼 때마다 꿋꿋한 절개를 생각하고
舒來隨處播仁風	펼쳐 곳곳에 어진 바람 퍼뜨리네.

---

736) (自註) 고시에 "한 잔 차 외에 받들어 모실 이 없으니, 함께 서루에 올라 약란을 보네"라 하였다[古詩, 一瓶茶外無祗侍, 同上西樓看藥蘭].

737) 삼휴정(三休亭) : 당나라 사공도(司空圖)가 축조한 정자로, 중조산(中條山) 왕관곡(王官谷)에 있다.

738) 칠리탄(七里灘) : 절강성에 있으며, 엄자릉이 은거한 곳으로 유명함.

739) (原註) 부채 위의 시는 신혼[1624~1656. 조선 중기의 문신, 화가. 자는 元澤, 호는 初庵(또는 草庵). 효종 때 正言, 修撰 등을 역임함 : 역자주]이 지은 것이라 한다[乃申混所製云]. 같은 해[同年].

740) 고죽(孤竹) : 고죽군(孤竹君). 은나라의 제후. 백이(伯夷), 숙제(叔齊)의 아버지.

741) 운손(雲孫) : 자기의 팔대째가 되는 후손. 곧 자(子)·손(孫)·증손(曾孫)·현손(玄孫)·내손(來孫)·곤손(昆孫)·잉손(仍孫)의 다음인 후손.

霜秋莫道無功用　　　서리 내리는 가을이라 쓸모 없다 말하지 말라.
擧障西塵更覺工　　　처들어 서풍진(西風塵)742)을 막아주니 다시 효용을 깨
　　　　　　　　　　달네.

부채를 읊은 전운에 차운함
次詠扇前韻

志在吹噓着處同　　　뜻은 바람을 일으키는 데 있으며 붙어 있는 곳도 같
　　　　　　　　　　으니
何嫌外貌異靑紅　　　어찌 겉모양 울긋불긋 다르다고 싫어하랴?
除煩先要寧宸極　　　번민을 제거함에 먼저 임금743)을 편안케 하길 요하며
扇淑兼思肅列公　　　맑음을 불러일으킴에 신하들 공경하길 더욱 생각게
　　　　　　　　　　하네.
展布可消王室燧　　　쫙 펴면 왕실의 우환의 불씨 꺼지게 할 만하고
操持能動四方風　　　잡고 부치면 사방의 바람 일어나게 할 수 있네.
神功舒卷隨時令　　　신령한 솜씨 폈다 거두었다 수시로 부리니
費隱渾如造化工　　　크거나 작거나744) 온통 조물주의 솜씨와 같다네.

---

742) 서풍진(西風塵) : 서진(西塵). 서쪽 바람에 일어나는 먼지를 부채로 가렸던 고사. 진
　　(晉) 성제(成帝) 때 유량(庾亮)과 왕도(王導)가 함께 왕을 섬겼는데, 유량이 외군(外郡)
　　으로 출진(出鎭)했는데 제구(帝舅)로써 조정의 권한을 틀어쥐니 왕도가 편할 수 없었
　　다. 일찍이 서쪽 바람이 먼지를 일으키니 왕도가 부채를 들어 가리면서 설명하기를 원
　　규(유량의 자)는 먼지같이 더러운 사람이라 하였다.
743) 임금 : 신극(宸極). 북극. 지존한 별이란 뜻. 천자의 지위. 제위(帝位).
744) 크거나 작거나 : 비은(費隱). 공용(功用)의 광대한 것을 비(費)라 하고 지소지세(至小
　　至細)함을 은(隱)이라 함. 성인의 도가 두루 미친다는 뜻으로 쓰임.

차운하여 방장산인(方丈山人)에게 줌
次韻酬方丈山人[745]

十年海上人	십 년 간 바다 위에서 지내던 사람
一日塵間客	하루만에 속세의 객이 되었다네.
引領望三神	목 빼어 삼신산(三神山) 바라보건만
彈文何百謫	탄핵하는 글로 어찌 백 번을 견책하는가?[746]

연구(聯句)[747]
聯句[748]

小堂淸夜聽琵琶(湖洲)	소당(小堂) 맑은 밤에 비파 소리 들리는데
一曲彈來古意多(孤山)	한 곡조 연주에 옛 뜻이 많아라.
浮世昇沈渾是夢(湖洲)	덧없는 세상의 성쇠는 온통 꿈과 같으니
且須相屬飮無何(孤山)	모름지기 마셔 없어질 때까지 계속하리.

밀양 이진(李袗)을 보내며 지어 줌
贈送李密陽袗

臥閤功如補闕多	집에 누웠어도 공(功)은 빠진 것을 보충함 많았으니
含香人遽把麾何	향기 품은 사람 급히 깃발 잡고 어디로 가나?

---

745) (原註) 같은 해[同年].
746) 백 번을 견책하는가 : 백적(百謫). 백차견책(百次譴責). 옛날 관리가 백 차례 견책을 입어 면직을 당한 것을 일컬음.
747) 연구(聯句) : 여러 사람이 한 구씩 지어 한 편의 시를 이루는 것.
748) (原註) 대제학 호주 채유후[1599~1660. 자는 伯昌, 호는 湖洲. 효종 때 우부승지, 대제학, 이조판서를 역임함 : 역자 주]가 공을 찾아와 절하고, 청하기에 그와 더불어 구를 이어 지었다[大提學湖洲蔡裕後來拜公, 請與之聯句]. 같은 해[同年].

聞君明日江南去　　그대 내일이면 강남(江南)으로 떠난다 들었으니
欹枕中宵聽艶歌　　한밤중에 베개에 기대 고운 노래 듣누나.

옛 시구를 모아, 권반금(權伴琴)에게 부침
集古, 寄伴琴[749]

一別心知兩地秋(嚴維)　　한번 헤어지니 두 곳의 쓸쓸함을 마음에 알겠는데
楚雲湘水憶同遊(許渾)　　초(楚)나라 구름 상강(湘江) 물[750]이 되어 함께
　　　　　　　　　　　　노닐던 생각나네.
夜深雨絶松堂靜(鄭谷)　　밤 깊어 비 그치니 송당(松堂)이 고요한데
岳色江聲暗結愁(杜筍鶴)　　산빛과 물소리에 남몰래 시름이 엉기네.

옛 시구를 모아, 부채에 써서 남에게 줌-5수
集古, 題扇寄人 五首[751]

海鶴一爲別(柳子厚)　　해학(海鶴)이 한번 떠나가자
秋空明月懸(孟浩然)　　가을 하늘엔 밝은 달이 걸렸네.
霜風時動竹(韋應物)　　서리 바람이 이따금 대나무를 흔들어
散步詠凉天(韋應物)　　천천히 거닐며 가을을 읊조리네.

花發多風雨(于武陵)　　꽃 피고 비바람 잦아지는데
春關翡翠樓(韓君平)　　봄은 비취루(翡翠樓)에 머물러 있네.

---

749) (原註) 계사(癸巳, 1653). 이하 해남에 돌아온 후에 지음[以下歸海南後]
750) 초(楚)나라 구름 상강(湘江) 물 : 초운상수(楚雲湘水). 초운상우(楚雲湘雨)라고도 함.
　　남녀의 그윽한 정을 비유함.
751) (原註) 같은 해[同年].

開簾見新月(李　端)　주렴을 걷고 초승달을 보니
何用曲如鉤(駱賓王)　어찌 갈고리처럼 굽어져 있나.

中心君詎知(韋應物)　속마음을 그대가 어찌 알랴
玉作彈碁局(李義山)　옥으로 바둑판을 만들었네.
悠悠復悠悠(溫飛卿)　아득하고 또 아득한데
春草年年綠(王摩詰)　봄풀은 해마다 푸르러지네.

泠泠花下琴(高　適)　맑디맑은 꽃 아래의 거문고 소리
一盃彈一曲(孟浩然)　술 한 잔에 한 곡조를 탄다네.
故人南北居(韋應物)　벗들은 남과 북에 살고 있는데
山月皎如燭(韋應物)　산 위의 달은 촛불처럼 밝기만 하네.

澹月照中庭(韓君平)　맑은 달이 뜰 가운데를 비추는데
烟斜月轉明(唐彦謙)　안개 비끼니 달이 더욱 밝도다.
昨遊忽已過(韋應物)　어제의 유흥 홀연히 이미 지나갔어도
默默以含情(韋應物)　말없이 정을 머금고 있다네.

여러 아이들에게 화운해 지음
和諸兒作752)

蕭瑟何時共枕眠　쓸쓸타 어느 때 베개 베고 잠을 이루리?
獨聞中夜雨聲連　홀로 한밤중에 빗소리 이어짐을 듣누나.
池塘靑草非難寫　연못의 푸른 풀 그리기 어렵잖은데
此日難將此意傳753)　이 날 이 마음 전하려 하니 어렵네.

---

752) (原註) 같은 해[同年].

나는 임진년(1652) 해 밑에 서울로부터 금쇄동(金鎖洞)으로 돌아왔다. 계사년(1653) 중춘에는 금쇄동으로부터 부용동(芙蓉洞)으로 들어 갔다. 갑오년(1654) 팔월에 집안에 제사가 있어 병을 참고 육지로 나갈 계획을 세웠으나 장도(獐島)에 이르러 역풍을 만나 유숙하게 되었다. 다음날 황보(黃步)로 돌아와 자고 또 다음날 다시 동포(東浦)를 향해 가다 알근(遏斤)에 이르렀는데 바람이 멎지 않아 유숙했다. 또 다음날 해질 녘에 간신히 백포(白浦)에 이르렀다. 내가 부용동을 얻은 지 지금 열여덟 해가 되었는데 왕래한 것을 헤아릴 수 없으나 항해에 험한 바람을 만난 것이 일찍이 이와 같은 때가 없었다. 이에 느낌이 있어 깊이 반성하며 절구 한 수를 읊조린다.

余於壬辰歲暮, 自京還金鎖洞, 癸巳仲春, 自金鎖入芙蓉洞, 甲午八月, 家有祀事, 力疾作出陸計, 到獐島逢逆風止宿. 翌日還宿黃步, 又明日更向東浦, 到遏斤風不止, 止宿. 又明日日暮, 艱到白浦. 余得芙蓉, 于今十八年, 往來者不可數計, 而入舡阻風, 未嘗有如許時. 有感而發深省, 口占一絶754)

蓬萊天與幾回春	봉래(蓬萊)섬을 하늘이 주신 지 몇 봄이 되었는가?
衰疾宜爲絶世人	노쇠하고 병드니 속세와 끊은 사람되어야 하리.
三宿舟中添一病	사흘을 배 안에서 묵다 한 가지 병을 보태게 되니
羣仙嫌我向風塵	뭇 신선들 내가 풍진 세상 향함을 꺼려함일세.

부인을 위한 만사
挽夫人755)

郷閭飛旐煥恩滋   마을에 깃발 날려 빛나는 은혜 넘쳐나니

---

753) (原註) '瀉'는 아마도 마땅히 '寫'라고 해야 할 듯하다[瀉恐當作寫].
754) (原註) 황보, 동포는 모두 포구 이름이다. 알근은 섬 이름이다. 백포는 별장 이름인데, 해남 바닷가에 있다[黃步·東浦皆浦名. 遏斤島名. 白浦庄名, 在海南海邊]. 갑오(甲午, 1654).
755) (原註) 을미(乙未, 1655).

嗟我宜收老淚垂	아! 나 늙은이의 눈물 거두어야 하리.
有子有孫還有壽	자식 있고 손자 있으며 장수까지 하였고
無非無是又無儀	그릇됨도 없고 옳음도 없고 또 잘함도 없었네756).
平生自篤僮僮禮	평생토록 스스로 독실하여 예를 갖추었고757)
晚歲家吟揖揖詩	늘그막엔 집에서 읊조려 시를 많이 모았네758).
舊夢佳城新卜兆	옛 꿈의 무덤759)이 새로 점친 자리와 맞으니
天休前定見於斯	천명760)이 미리 정해짐이 이에서 드러남이라.

옛 시구를 모아, 허백노사(虛白老師)에게 부침
集古, 寄虛白老師761)

野人自愛山中宿(顧況)	야인은 스스로 산중에 묵기를 좋아하는데
僧在翠微開竹房(任翻)	스님은 푸른 산 기운 속에 죽방(竹房)을 여네.
入定幾時還出定(秦公緒)	어느 때 입정(入定)762)하였다 다시 출정(出定)763) 하였나?
空林閑坐獨焚香(劉文房)	텅 빈 숲에 한가로이 앉아 홀로 향불을 피우네.

---

756) 잘함도 없었네 : 무의(無儀). 잘함이 없음. 의는 잘함이다[儀, 善也].『詩經』「小雅」
「斯干」.
757) 예를 갖추었고 : 동동(僮僮). 몸을 곧게 하여 공경함[竦敬也].『詩經』「召南」「采蘩」.
758) 많이 모았네 : 읍읍(揖揖). 모여 있는 것[會聚也].『詩經』「周南」「螽斯」.
759) 무덤 : 가성(佳城). 무덤의 미칭(美稱). 무덤의 견고함을 성에 비유하여 이름.
760) 천명 : 천휴(天休). 하늘의 아름다운 명령.『書經』「商書」「湯誥」.
761) (原註) 허백노사는 명조[1593~1661. 조선 중기의 승려. 속성 李, 이름은 希國, 호는
虛白堂이다. 13세에 묘향산의 惟正 밑에서 승려가 되어 具足戒를 받았다. 정묘호란과
병자호란 때 의병장으로 활약, 크게 공을 세웠다 : 역자주]의 호이다[明照號也]. 같은
해[同年].
762) 입정(入定) : 불교에서 선정(禪定)에 들어가는 것.
763) 출정(出定) : 불교에서 선정(禪定)을 마치고 나오는 것.

손자 이구(爾久)를 위한 만사
挽孫爾久764)

二十六少七十癯	스물여섯 젊은이와 칠십 병든 늙은이
汝何謝世先老吾	너 어찌 늙은 나보다 먼저 세상을 뜨는가?
吾殃及汝汝何辜	나의 재앙 너에게 미쳤으니 어찌 너의 허물이랴?
仰視穹昊徒嗚呼	하늘을 우러러 봐도 다만 탄식뿐이로다.
汝父卄五病卽殂	너의 아비 스물다섯에 병들어 이내 죽고
至今我腸悲縈紆	지금껏 내 마음엔 슬픔이 얽혔었단다.
賴汝兄弟淸而愉	너희 형제에게 의지하니 맑고도 기뻐
恃之有同天馬駒	믿음이 천마의 망아지를 보는 것과 같았다.
菑畬經訓騑騑驅	경서의 가르침을 바탕 삼아765) 쉬지 않고 달리며
芻豢義理顔敷腴	의리를 추환(芻豢)766) 삼아 얼굴이 환해지네767).
山窩海巢日相扶	산 속과 바닷가 집에서 날로 서로 도와서
問道未肯離須臾	도를 물음에 잠시도 떨어지려 하지 않았네.
森森典刑對朝晡	무수한 전범을 아침저녁으로 마주한 데다
剩喜文彩風流俱	더욱 기쁜 것은 문채와 풍류를 갖추었음이라.
只期鵬搏九萬途	다만 대붕이 구만 리 장천을 떨쳐 날아감을 기약할 뿐
豈知命似簞瓢儒	어찌 운명이 가난한 선비와 같을 줄 알았으랴?
劉賁射策忠擬輸	유분(劉賁)768)처럼 사책(射策)769)에서 충(忠)을 수(輸)에

---

764) (原註) 병신(丙申, 1656).

765) 바탕 삼아 : 치여(菑畬). 사물의 근본을 비유함. "문장이 어찌 귀하지 않으리오? 경서
의 가르침이 그 바탕이라네[文章豈不貴, 經訓乃菑畬]." 韓愈, 「符讀書城南」.

766) 추환(芻豢) : 초식하는 짐승인 소·양 따위를 芻라 하고, 곡식을 먹는 짐승인 개·돼
지 따위를 豢이라 한다. "때문에 의리가 우리 마음을 기쁘게 하는 것은, 추환이 우리
입을 기쁘게 하는 것과 같다[故義理之悅我心, 猶芻豢之悅我口]." 『孟子』「告子」上.

767) 환해지네 : 부유(敷腴). 기쁜 얼굴빛[喜悅之色].

768) 유분(劉賁) : 당나라의 남창(南昌) 사람. 문종 때, 현량대책(賢良對策)에 응하여 환관
(宦官)의 화를 극론하였는데 시관(試官)이 환관을 두려워하여 그를 낙제시켰음.

769) 사책(射策) : 경서의 의의(疑義) 또는 시무책(時務策)에 관한 여러 문제를 여러 개의
댓조각에 하나씩 써서 늘어놓고 응시자로 하여금 하나씩 쏘아 맞히게 하고 그 댓조각

비졌고

江摠外家庭隅趨	강총(江摠)770)처럼 외가에서 마당 둘레를 달렸다네.
臨別雖欣宿疾蘇	이별에 즈음해 내 묵은 병 나은 것은 기뻐할 만했지만
尙恐二竪還侵軀	오히려 둘째 손자가 다시 몸에 병들까 염려스러웠네.
不佳則回違我謨	병들었다771) 곧 회복된 것 내 생각과 어긋난 것이었으니
令汝此行割我膚	너로 하여금 이렇게 가게 하니 내 살을 베는 듯하구나.
三林一朶古所符	삼림(三林)과 일타(一朶)는 옛적에 들어맞은 바이니
天定可能容賢愚	하늘의 정함이 현우(賢愚)를 용여(容輿)할 수 있을 것이네.
八蠻固知非馬圖	여덟 방울 다는 일 진실로 말의 도모가 아닌 줄 알지만
底事老蚌明珠無	어찌하여 늙은 나는 출중한 아들이 없는가?
捉䙡母裳二孫妹	과부 어미 치마 잡은 두 손녀
後事無托里巷吁	후사를 의탁할 데 없으니 마을 사람들 탄식하네.
盈虛去來汝勿虞	차고 빔, 가고 옴을 너는 염려하지 말라.
吾亦收悲任大爐	나 또한 슬픔을 거두고 천지772)에 맡겨 두련다.

남원 유시정(柳時定)의 만사
挽柳南原時定773)

少因蓮榜置心親	젊어서 연방(蓮榜)774)의 인연으로 마음 가까이 두었더니

에 나온 문제에 대하여 답안을 쓰도록 하는 과거.

770) 강총(江摠) : 7세에 고아가 되어 외가에서 자랐는데, 총명하여 외숙부의 총애를 많이 받았다고 함.

771) 병들었다 : 불가(不佳). 불가(不佳)는 소병(小病)을 말함.

772) 천지 : 대로(大爐). 대로(大鑪)라고도 함. 『莊子』 「大宗師」에서 "지금 천지를 커다란 화로로 여기고, 조화를 훌륭한 대장장이로 생각한다면 어디로 가든 좋지 않겠는가?[今一以天地爲大鑪, 以造化爲大冶, 惡乎往而不可哉?]"라 한 이후로 천지를 비유함.

773) (原註) 이 한 수는 서울에 머무를 때 지은 것이다[此一首駐京時]. 무술(戊戌, 1658).

774) 연방(蓮榜) : 조선조 때 사마시(司馬試)인 생원과(生員科) · 진사과(進士科)의 향시(鄕試) · 회시(會試)에 합격한 사람의 이름을 적은 명부.

仙鶴昂昂逈出塵	선학(仙鶴)이 날아오르듯 멀리 티끌 세상을 벗어났구려.
五十年來如一日	오십 년 세월이 하루와 같으니
三千界裡有何人	삼천계(三千界)775) 속에 어떤 사람 있는가?
金科鐵索皆餘事	법령과 쇠사슬이 다 남은 일이라
鵠峙蘭芽繫累人	빼어난776) 자제들777) 죄를 받게 되었네.
病未戒澄違執紼	병 아직 낫지 않아 영구를 끌지도778) 못했으니
期君早晩玉京春	그대 조만간 백옥경(白玉京)의 봄을 기약하세나.

인평대군(麟坪大君) 만사
挽麟坪大君779)

溫溫公子古人風	온화한 공자(公子) 옛사람의 풍모로
恐懼君王友愛隆	군왕을 두려워하니 우애가 크도다.
花萼相輝猶及見	꽃과 꽃받침이 어우러져 빛남은 여전히 눈에 선한데
東平爲善已成空	동평(東平)이 선을 행함 이미 덧없게 되었네.
何哀疲苶孤山客	어찌나 슬픈지 고산객(孤山客) 지치고 나른하여
竟未從遊道岳中	마침내 도악(道岳)의 가운데에서 따르며 노닐지 못하네.
世路險嶬天路坦	세상길 험준하고 하늘길은 평탄하니
乘雲不待四旬終	사십이 채 끝나지도 않아 승천하였네.

---

775) 삼천계(三千界) : 불교에서 말하는 小千世界·中千世界·大千世界의 총칭. 수미산
(須彌山)을 중심으로 하여 해와 달과 사천하(四天下)를 한 세계라 이르고, 이것을 천
배 한 것을 소천세계, 소천세계를 천 배 한 것을 중천세계, 중천세계를 천 배 한 것을
대천세계라 함.
776) 빼어난 : 곡치(鵠峙). 직립(直立)한 모양.
777) 자제들 : 난아(蘭芽). 난의 어린 싹. 보통 자제가 뛰어남을 비유함.
778) 영구를 끌지도 : 집불(執紼). 장례 때 영구를 끄는 큰 줄을 잡고 행진을 돕는 것.
779) (原註) 이하 고산에 머무를 때 지음[以下駐孤山時].

「국시소(國是疏)」 뒤에 제함
題國是疏後[780].

昔稱凶疏今邪說　　전에는 흉소(凶疏)라 하고 지금은 사설(邪說)이라 하며
輿論堂堂殷海東　　여론이 크게 일어 온 나라에 가득하네.
雖吾尙有如前妄　　비록 내게 아직도 전과 같은 망녕됨 있더라도
願國終無與亂同　　바라건대 나라는 끝내 어지럽혀짐 없기를.

이생(李甥)이 우연히 기름종이로 된 활집을 얻어 갓을 갈무리해 둠
李甥偶得油紙弓帒貯冠[781]

一箇弓韜架上安　　한 개 활집 시렁 위에 편히 있거늘
君何從得護絲冠　　그대는 무엇으로 갓을 보호할 수 있으리?
多藏軍器人方說　　병기를 많이 감추었다 사람들 바야흐로 말하리니
恐被名流摂眼看[782]　명류(名流)가 노려봄을 입을까 염려스럽네.

눈꽃이 손만 하여 풀과 나무가 얼어 트고 꽃과 버들이 얼어 꺾임
雪花如手, 草木凍皴, 花柳凌挫

三月二旬六日雪　　삼월 이십육일에 눈이 내리니
千山如玉野如銀　　온 산은 옥과 같고 들판은 은빛이네.
誰能請按容成罪　　누가 용모가 죄가 됨을 살펴보라 청할 수 있으리?
無乃將冬作暮春　　겨울로써 늦봄을 만들어 놓은 것 아니런가?

---

780) (原註) 같은 해[同年].
781) (原註) 같은 해[同年].
782) (自註) 이때 한 명사가 호남을 암행하고 돌아왔는데 이 말이 있기에 읊은 것이다[時有一名士爲湖南暗行而還, 有此說故云].

주부(主簿) 조실구(曹實久)의 만사
挽曹主簿實久783)

混世誰知出世塵	혼탁한 세상에서 누가 세상 티끌 벗어날 줄 아는가?
溫溫風味獨書紳	온화한 품성에 홀로 독실한 미덕784)을 갖추었네.
生平未肯鑽權倖	평생 권신들과 아부하길 즐기지 않았으며
交久還如飮醇醇	사귐이 오래어도 주순(醇醇)785)과 같았다네.
負子人稱眞蜾蠃	자식을 업고 가니 사람들 진실로 과라(蜾蠃)라 칭하고786)
得孫天與石麒麟	손자를 얻으니 하늘이 석기린(石麒麟)787)을 준 것이라네.
去來何恨聊乘化	애오라지 조화를 따를 뿐 가고 옴에 무슨 한이 있겠는가?
一笑終期白玉春	한번 웃으며 끝내 백옥경(白玉京)의 봄을 기약한다네.

---

783) (原註) 같은 해[同年].
784) 독실한 미덕 : 서신(書紳). 잊지 않기 위하여 큰띠(大帶)에 적어둔다는 뜻. 자장(子張)
이 행동에 대해서 묻자, 공자가 말하기를, "말을 충성과 신의로 하고, 행동을 돈독하고
공경하게 하면, 비록 오랑캐 나라에서도 행해질 것이요, 말을 충성과 신의가 없이 하
고, 행동을 돈독함과 공경함이 없게 하면, 비록 향리에서인들 행해지겠느냐. 서 있을
때는 눈앞에 그런 것이 어울려 있는가 보고, 수레를 타도 수레 멍에에 그런 것이 의지
해 있는가 보라. 그래야만 행해지느니라"고 했다. 이에 자장은 이 말을 자기 띠에 적었
다. 『論語』「衛靈公」.
785) 주순(醇醇) : 순주(醇酎). 딴 것을 섞지 아니한 순수한 술.
786) 과라(蜾蠃)는 나나니벌과에 속하는 곤충. 허리가 가늘고 긺. 이 구절은『詩經』「小雅」
「小宛」에서 차용한 것임. "명령이 새끼를 두거늘, 과라가 업어가도다. 네 아들을 잘 가
르쳐서, 선을 써서 너와 똑같게 하라[螟蛉有子, 蜾蠃負之. 敎誨爾子, 式穀似之]" 과라
가 명령을 취하여 나무구멍 속에 업어다 두면 7일 만에 化하여 그 새끼가 된다. 따라서
이는 같지 못한 자[不肖者]를 가르쳐서 똑같게 할 수 있음을 나타낸 것이다.
787) 석기린(石麒麟) : 기린의 일종. 대단히 총명한 소아(小兒)의 비유로 쓰임.

고산(孤山)만이 홀로 항복하지 아니함
孤山獨不降788)

滄浪便作靑溟闊	푸른 물결 문득 일어 푸른 바다인 양 드넓으니
莫辨長郊與大江	긴 들과 큰 강을 분별할 수 없구나!
底事玆山不埋沒	어찌하여 이 산은 매몰되지 않았는가?
千岡萬阜忽騈降	일천 구릉 일만 언덕이 순식간에 줄지어 항복했거늘.

정생(鄭生)의 만사
挽鄭生

天邊獨樹吾新寓	하늘가 외로운 나무는 나의 새로운 숙소요
山下孤烟子舊庄	산 아래 외로운 안개는 그대의 옛 전장(田庄)이라.
草閣幾蒙驪馬枉	초각(草閣)에서는 몇 번이나 여마(驪馬)가 그릇된 대우를 받았으며
詞壇又識白眉良	사단(詞壇)789)에서는 또한 백미의 뛰어남을 알았다네.
膏肓鬼入悲無奈	가슴속에 귀신이 드니 슬픔을 어찌할 수 없고
薤露歌成涕自滂	해로가(薤露歌)790) 부르니 눈물이 절로 쏟아지네.
四子衆孫同擧襯	네 아들과 여러 손자들 함께 널을 드니
何哀六十四年光	어찌 육십사 년 세월을 슬퍼하리오?

---

788) (原註) 서재에서 여러 명이 지은 것에 화답함[和書齋諸作]. 같은 해[同年].
789) 사단(詞壇) : 사장(詞場). 시인 문사들이 시문을 짓고 우열을 다투는 곳.
790) 해로가(薤露歌) : 상여가 나갈 때에 부르는 노래. 만가(輓歌).

병들어 고산(孤山)으로 돌아오다가 배 위에서 흥이 일어남
病還孤山, 舡上感興791)

吾人經濟非無志	우리는 경국제민(經國濟民)에 뜻 없는 것 아니니
君子行藏奈有時	군자가 나아가고 물러남에 어찌 때 있으리오?
着處江山皆好意	이르는 강산마다 모두 마음에 드니
夕陽歸棹不嫌遲	석양에 돌아가는 배 더디어도 싫지 않구나!

魚鳥自相親	물고기와 새는 절로 서로 친하고
江山顔色眞	강과 산은 얼굴빛이 참되도다.
人心如物意	사람 마음이 사물의 뜻과 같다면
四海可同春	온 누리가 봄을 함께 누릴 수 있으련만.

人實知己少	인간 세상엔 날 알아주는 이 적은데
象外友于多	세상 밖에는 형제의 우애792)가 많구나.
友于亦何物	우애 있는 형제는 또한 무엇이런가?
山鳥與山花	산에 사는 새들과 산에 피는 꽃들이라네.

즉석에서 「고산(孤山) 삼절」의 '혜(惠)'운에 차운함 ─ 백헌(白軒)
走次孤山三絶惠韻 白軒793)

東湖一派非無計	동호(東湖)로 한번 물 거슬러 올라갈 계획 없지 않았으니

---

791) (原註) 경자(庚子, 1660).
792) 형제의 우애 : 우우(友于). 형제간에 우애가 있음.
793) (原註) 재상 이경석[1595~1671. 자는 尙輔, 호는 白軒. 벼슬이 영의정에 이름. 이조 판서 때 산림을 거용하여 송시열·송준길 등이 이때 처음으로 요직에 이르게 되었다 : 역자주]이다[李相公景奭].

北闕相逢亦暫時	북궐에서 서로 만난 것 또한 잠시였네.
怊悵世間人事變	슬프다! 세간의 인간사 변함이여
尙憐春色不曾遲	가련하도다! 봄빛이 더디 가지 않음이여.

靑眼宿心親	청안(靑眼) 진심794)으로 가까이하여
開懷語益眞	가슴을 여니 말 더욱 참되도다.
若敎醫一世	만약 한 세상을 치료하게끔 한다면
何物不爲春	무엇이든 봄이 되지 않으리?

莫歎知心少	마음을 알아주는 이 적다고 한탄하지 마오
知心本不多	마음을 알아주는 이 본래 많지 않다네.
山禽解相近	산새는 서로 가까워할 줄 알아
啼在滿庭花	울음소리 뜰 가득 핀 꽃에 있도다.

다시 앞시의 운을 사용하여 해민료(解悶寮)에서 우연히 읊음
解悶寮偶吟, 復用前韻795)

隱几山窓晴景晚	안석에 기대니 산창엔 맑은 경치 저물어가고
春風正是浴沂時	봄바람 이니 바로 기수(沂水)에 목욕할796) 만한 때이 로다.
前灘遮莫輕帆過	앞 여울에 가벼운 돛배가 지나가건 말건
閑看蒼松澗畔遲	한가로이 푸른 솔을 보며 시냇가에서 머뭇거리노라.

---

794) 진심 : 숙심(宿心). 숙지(宿志)와 같음. 예전부터 품은 뜻.

795) (原註) 해민료는 고산 명월정 서쪽에 있다[解悶寮在孤山明月亭西].

796) 기수(沂水)에 목욕할 : 욕기(浴沂). 『論語』 「先進」에 나오는 증점(曾點)의 고사. 공자 가 여러 제자들을 모아 놓고 각자 하고 싶은 말을 하라고 하자, 증점이 "늦은 봄에 봄 옷을 만들어 입고, 관자(冠者) 오륙 명과 동자(童子) 육칠 명과 함께 기수(沂水)에서 목 욕하고, 무우(舞雩)에서 바람 쐬고, 글이나 읊다가 돌아오겠습니다"라고 말했다.

偶與白鷗親　　　우연히 백구와 더불어 친하니
吾非隱者眞　　　나는 은자가 아니어도 참되다네.
江皐倚杖立　　　강언덕에 지팡이 짚고 섰으니
花柳不勝春　　　꽃과 버들이 봄을 못내 겨워하네.

一室非爲小　　　집이 좁다고 생각하진 않지만
千山未覺多　　　천 산이 많은 줄도 알지 못하겠네.
幽人欹枕臥　　　유인(幽人)이 베개 기울여 누웠는데
斜日在汀花　　　비끼는 햇살 물가의 꽃에 비추네.

경자년 사월 이십칠일 노원(蘆原)을 출발하여 북쪽으로 가다가 누원(樓院) 노상에서 비를 만나 느낌이 있어
庚子四月二十七日, 自蘆原發北行, 樓院路上逢雨有感797)

暮雲踈雨忽依微　　　저녁 구름에 성긴 비가 문득 조금씩 내리더니
來自寧陵灑客衣　　　영릉(寧陵)에 와서는 객의 옷에 뿌리도다!
無乃在天靈不昧　　　차라리 하늘에 계신 영혼이 어둡지 아니하여
照臣忠赤泣珠璣798)　신의 충심을 비추고 구슬 같은 눈물을 흘리는 것이
　　　　　　　　　　아니런가!

797) (原註) 이하 삼수 유배 때 지은 것임[以下謫三水時].
798) (原註) 영릉은 예전에 양주에 있었다. 누원과 서로 마주보고 있으니, 곧 효종대왕이
　　잠든 곳이다[寧陵舊在楊州. 與樓院相望. 卽孝宗大王寢園也].

다시 이전의 운을 써서 홍헌(洪獻)의 예순(禮順)과 승례(勝禮) 두 낭자에게 주다
復用前韻 贈洪獻禮勝二娘[799]

重來如一時	거듭 오게 된 것 한 때와 같으나
心事有誰知	심사(心事) 그 누가 알아줌이 있으리오!
娘子忽焉沒	낭자(娘子) 홀연히 세상을 떴으니
無人論我癡	나의 어리석음 일러 줄 이 없구나.

爾瞻之時, 余疏論其罪, 政院三司館學同辭構捏, 而皆止於遠竄. 今則政院三司館學, 必欲殺之, 是一變也. 其時余年三十歲, 今則七十四歲矣, 是二變也. 其時行到洪獻, 趙娘來相問勞, 一夕三至, 今則已作九原人, 是三變也. 其時余念嚴程, 倍日并行, 而今則氣力衰憊, 事與心違, 寸寸登程, 是四變也. 其時金吾郎及吏卒, 憂余羸弱, 每勸徐行, 而今則金吾之吏, 每欲驅迫以前, 是五變也. 其時地主, 無不矜恤遠邁, 而今則二三人外, 莫與相接, 是六變也. 然則無一物不變於前, 而獨山與海依舊, 令人慨然. 趙娘有二女, 長名禮順, 年己未, 次名勝禮, 年乙丑, 獨此二娘出見慇懃, 誠意懇至, 宛與其母好看客之情一樣. 羅綺之類, 誰不數也, 其能不變於舊, 有同山海, 始信聖人秉彝不墜之訓也. 余有感於斯, 復次前韻, 并道不盡之意於後云. 庚子五月二十六日, 過客.

이이첨(李爾瞻)의 시대에 내가 그 죄를 상소(上疏)에 논하였는데, 승정원(承政院)[800]과 삼사(三司),[801] 관학(館學)[802]이 함께 같은 글로 얽어 꾸몄

---

799) (原註) 예순(禮順)과 승례(勝禮)라는 두 기녀는 조생(趙生)의 딸들이다. 이때 조생은 이미 죽었다[禮順勝禮兩妓, 趙生之女也. 時趙生已沒].
　　(自註) 뒤에 들으니 승례는 趙娘의 조카였으나 길러 딸로 삼았다고 한다[于後聞之, 勝禮是趙娘之姪而養以爲女云].
800) 승정원(承政院) : 조선시대 국왕의 비서기관이다. 조선의 중추적인 정치기구로, 왕명의 출납(出納)을 맡아보았으며 정원(政院)·후원(喉院)·은대(銀臺)·대언사(代言司)라고도 불리었다. 세종조에는 승정원 제도를 완비하여 육조의 업무를 분담하였다. 즉 도

으나 멀리 유배시키는 데에 그쳤다. 지금은 승정원과 삼사, 관학이 반드시 죽이고자 하니 이것이 첫 번째 변한 것이다. 그때는 내 나이가 30세였으나 지금은 74세이니 이것이 두 번째 변한 것이다. 그때는 행차(行次)가 홍헌(洪獻)에 도착하자 조낭자(趙娘子)가 와서 노고(勞苦)를 묻기를 하룻저녁에 세 번이나 하였으나 지금은 이미 구천(九泉)의 사람이 되어 버렸으니 이것이 세 번째 변한 것이다. 그때 나는 빡빡한 도정(道程)을 생각하여 하루 일정을 두 배로 하여 길을 갔으나, 지금은 기력(氣力)이 쇠약하여 고달프고 일이 마음대로 되지 않아 조금씩 조금씩 길에 오르니 이것이 네 번째 변한 것이다. 그때는 금오랑(金吾郞) 및 이졸(吏卒)들이 내가 여위고 쇠약함을 우려하여 매양 천천히 가기를 권했지만 지금은 의금부(義禁府)의 이졸들이 매양 몰아서 앞으로 나아가게 하니 이것이 다섯 번째 변한 것이다. 그때는 지역 인사(人士)들 중에 멀리 떠나온 것을 불쌍히 여기지 않은 이가 없었지만 지금은 두세 명밖에는 서로 접(接)하는 이가 없으니 이것이 여섯 번째 변한 것이다. 그러한즉 전에 비해 변하지 않은 것은 한 가지도 없고 유독 산과 바다만이 의구(依舊)하여 사람으로 하여금 탄식하게 한다. 조낭자에게는 두 딸이 있으니 장녀(長女)의 이름은 예순(禮順)으로 기미년(己未年) 생(生)이고 차녀(次女)의 이름은 승례(勝禮)로 을축년(乙丑年) 생이다. 유독 이 두 낭자가 나와서 보기를 정성스레 하니 성의(誠意)가 간절 지극하여 완연히 그 어미가 적객(謫客)을

승지는 이조, 좌승지는 호조, 우승지는 예조, 좌부승지는 병조, 우부승지는 형조, 동부승지는 공조를 맡았으며 이를 이방·호방·예방·병방·형방·공방의 6방이라 하였다. 육방의 승지는 모두 정3품 당상관(堂上官)으로 임명하였다.

801) 삼사(三司) : 조선시대 언론을 담당한 사헌부·사간원·홍문관을 가리킨다. 이 기관은 독자적으로 언관의 기능을 담당하기도 하지만, 때로는 사간원·사헌부가 함께 언론을 펴기도 하였다.

802) 관학(館學) : 조선시대 성균관과 4학(四學)을 통틀어 이르던 말이다. 성균관은 1308년(고려 충렬왕 34) 성균감(成均監)을 고친 이름으로 조선 말기까지 존치하여 유생의 교육을 담당하였던 기관이며, 4학은 1411년(태종 11) 설치한 중등교육과정격인 관학(官學)으로 한성의 중앙과 동·서·남에 세운 중학(中學)·동학(東學)·서학(西學)·남학(南學)의 4학교를 가리킨다.

잘 돌봐주던 마음과 한결같았다. 비단옷 입은 미인(美人)[803]들을 누가 책망하지 않으리오마는 능히 예전처럼 변하지 않음이 산과 바다 같음이 있으니 비로소 성인(聖人)께서 말씀하신, '떳떳함을 지켜 떨어뜨리지 아니한다'는 가르침을 믿게 되었다. 내가 이에 느낌이 있어 이전의 운(韻)을 써서 뒤에 다하지 못한 뜻을 말한다. 경자년 5월 26일 과객(過客).

「홍헌의기조생첩(洪獻義妓趙生帖)」의 뒤에 제하다 - 용주(龍洲)
題洪獻義妓趙生帖後 龍洲[804]

漂母之飯淮陰・貞義女之壺漿救伍員飢, 並稱義烈於千古. 然徒哀王孫而已, 急丈夫之脫身逃已也. 夫焉有責語嘿之有時, 如洪獻妓之於尹謫客也! 尹南士也, 妓北産也. 地之相去, 不翅若風馬牛之不相及, 影響昧昧, 其可知也. 又豈有若士友之義氣, 相感神交, 昔昔夢事哉! 然則此非特赴士之阨窮, 如古者節俠風而止. 其好德慕義, 根於天性, 而無間男女之豊嗇也, 漂母・貞義女, 敖而無足數者. 且聞是妓生於管轂北關之邑, 長而老, 眼見遷客之投有北者, 何限? 持私釀, 班荊送之者, 惟白沙李相國・孤山尹僉議云, 妓亦知李杜之齊名哉! 人謂趙生之非女史, 吾不信也.

빨래하던 여인이 회음후(淮陰侯) 한신(韓信)에게 밥을 먹이고, 정의녀(貞義女)의 호리병 속 음료가 오자서(伍子胥)의 굶주림을 구(救)한 일은 천고(千古)의 의열(義烈)로 함께 일컬어진다. 그러나 한갓 왕손(王孫)을 애달파 한 것일 뿐이오 장부(丈夫)가 제 몸을 빼내어 달아난 것을 구급(救急)한 것일 따름이니 어찌 말하고 침묵함에 적절한 때가 있었음을 책망함이 마치 홍헌(洪獻)의 기녀가 윤적객(尹謫客)에게 했던 경우와 같은 것이 있었던가! 윤(尹)은 남쪽의 선비이고 기녀는 북쪽 출신이다. 지역이 서로 떨어지기

803) 비단옷 입은 미인(美人) : 기생의 부류를 지칭함.
804) (原註) 판서 조경이다[判書趙公絅].

가 바람 든 소와 말이 서로 미치지 못함과 같을 뿐만 아니니, 영향이 거의 없음을 알 수 있다. 또한 어찌 선비의 사귐에 의기(義氣)가 서로 마음을 움직이고 정신이 교유(交遊)하여 매일 밤마다 꿈속에 만나본 것 같음이 있겠는가. 그러한즉 이것은 다만 선비의 궁액(窮厄)에 나아감이 옛날의 절협(節俠)의 풍도(風道)와 같은 데서 그칠 뿐만은 아니다. 그 덕(德)을 좋아하고 의(義)를 그리는 것이 천성(天性)에 근거하고 있으며, 남녀의 도탑고 인색함에 어긋남이 없는 것이다. 표모(漂母)나 정의녀(貞義女)가 오만하여 헤아릴 것이 없다. 또한 듣기에 이 기녀는 관곡(管轂)과 북관(北關)에서 태어나 자라서 늙었으니 눈으로 유배객이 던져져 북(北)에 있게 된 자를 본 것이 어찌 한정이 있겠는가? 사사로이 빚은 술을 가지고 자리를 마련해 전송(傳送)한 자가 오직 백사(白沙) 이상국(李相國)[805]과 고산(孤山) 윤참의(尹參議)였을 뿐이라고 하니 기녀 또한 이백(李白)과 두보(杜甫)의 가지런한 명성을 알았던가! 사람들은 조생(趙生)이 여사(女史)가 아니라고 이르지만 나는 믿지 않는다.[806]

蛇鼠不同時	뱀과 쥐는 때를 함께 하지 못하는데[807]
男知媿女知	사내의 지혜는 여인의 지혜에 부끄러웠네.
平生一寸赤	평생 동안 붉은 마음을 지녔으니
莫謂白於癡	어리석은 이보다 더하다고 일컫지 말라.

---

805) 이상국(李相國) : 이항복(李恒福, 1556~1618)을 가리킴. 조선 중기의 문신·학자로 본관은 慶州이며, 호는 白沙·弼雲·淸化眞人·東岡·素雲 등이다. 고려 말의 명신 李齊賢의 후손으로 1580년(선조 13) 알성문과에 병과로 급제하고 이후 正言·修撰 등 언관직을 두루 거쳤으며, 1589년 예조정랑으로 鄭汝立의 옥사를 다스리는데 참여했다. 광해군이 즉위한 후에도 정승의 자리에 있었으나, 大北派들과는 정치적 입장이 달랐으며 1617년 李爾瞻 등이 주도한 廢母論에 적극 반대하다가 1618년 삭탈관직되었다. 이후 北靑으로 유배되었다가 그곳에서 죽었다. 사후에 복관되고 淸白吏에 녹선되었다. 저서로는『白沙集』·『北遷日錄』·『四禮訓蒙』 등이 있다.

806) (原註) 백사는 오성부원군 이항복이다. 광해조에 言事로 북청에 유배되었다[白沙, 鰲城府院君李公恒福也. 光海朝, 言事謫北靑].

807) 선비가 실의한 상태를 비유함.

蘇少去何時	소소(蘇少)808)는 어느 때에 떠났는가?
香名行路知	향기로운 이름은 행로에서도 알고 있네.
嗣緖二娘子	실마리를 이은 이 두 낭자
猶歌湖老癡	아직도 호남 노인네의 어리석음을 노래하네.

생일날 느낌이 있어
以降日有感809)

當日爺孃鞠育時	당시 부모님이 길러주실 때에는
豈知伊蔚乃如斯	어찌 이처럼 답답한 형편810) 될 줄 아셨으리!
衰遲更念恩勤意	늙어가며 다시금 은근(恩勤)의 뜻811)을 생각하니
不是囚山淚欲垂	산에 갇혀 있어 눈물 흐르는 건 아니라네.

---

808) 소소(蘇少) : 南朝때 齊나라의 名妓.

809) (原註) 이하는 삼수(三水) 도착 후에 지은 것이다[以下到三水後].
　　(自註) 경자년 6월 나는 삼수에 귀양가 있다가 21일을 맞이하니 이 날은 나의 생일이다[庚子六月, 余謫三江, 値二十一日, 是余以降之辰也].

810) 답답한 형편 : 伊蔚. 제비쑥이란 의미로 자라서도 부모의 기대에 부응하지 못한 상태를 의미한다. 원출전은 부모 봉양을 뜻대로 하지 못한 효자가 스스로를 책망한 내용의 다음 시이다. 『詩經』 「小雅」 「蓼莪」. "더풀더풀 저것은 새발쑥인가, 아니아니 그것은 제비쑥이네, 애처럽고 애처러워 나의 부모님, 나를 낳고 고생하여 여위셨구나![蓼蓼者莪, 匪莪伊蔚, 哀哀父母, 生我勞瘁!"

811) 은근(恩勤)의 뜻 : 지성으로 자식을 보살핀 부모의 사랑을 의미한다. 『詩經』 「豳風」 「鴟」 "올빼미야 올빼미야, 내 아들 빼앗아갔으니, 내 둥우리 헐지 마라, 알뜰살뜰 보살펴던, 어린 자식 불쌍하네[鴟鴞鴟鴞, 旣取我子, 無毁我室, 恩斯勤斯, 鬻子之閔斯]."

삼가 용주(龍洲)에게 화답해 드림
謹和呈龍洲[812]

笑我師經典	우스워라, 내가 경전(經典)을 스승 삼음이여!
無心鍊汞鉛	생각 없이 수은(水銀)과 납(鈉)을 연단(鍊鍛)하듯 하였네.
禍階由講禮	화(禍)의 계단은 예(禮)를 강론하는 데서 말미암으니
三百與三千	작게는 삼백(三百)이요 많게는 삼천(三千)의 화(禍)라네.[813]

早學黃通裡	일찍이 황색(黃色)이 안에 통함을 알았으나[814]
終羞鐵鍍鉛	끝내 부끄럽기는 쇠로 납을 도금(鍍金)함이라.
道如明一線	도(道)는 밝은 한 줄기 선(線)과도 같지만
瀧外任三千	여울 밖에서는 삼천 갈래로 맡겨지네.

此行非出晝	이번에 가는 길이 주(晝) 땅 떠나는 것[815] 아니나
疾甚自遲遲	병(病)이 심해지니 저절로 느릿느릿.
聖心終好禮	임금의 마음은 종내 예(禮)를 좋아하리니
王改庶幾期	왕의 개심(改心)은 거의 기약하리로다.

自我囚山後	내가 산에 갇힌 죄인이 된 뒤로부터는
常嫌白日遲	늘상 시간의 더딤을 싫어하네.
抛春何計繼	봄을 놓아둔 채 무슨 계획을 이으려나
勤買愧前期	부지런히 춘흥(春興)을 즐기자니 전날의 기약 부끄럽네.

---

812) (原註) 같은 해[同年].
813) 오형에 속하는 벌이 삼천 가지라는 의미임.
814) 황색은 정색이면서 치우침이 없는 것, 즉 正道를 비유함.
815) 주(晝) 땅 떠나는 것 : 晝는 중국 산동성 임치현 서북쪽에 있음. 맹자가 3일을 묵고 주 땅을 떠났다는 전고에서 유래. 『맹자』「공손추」.

원운
元韻

胸吞百鍊鐵	가슴에 백 번 단련한 철을 삼켰으니
不肯化柔鉛	연한 납으로 변하길 기꺼워하지 않네.
可笑朱槐里	가소로워라! 괴리(槐里)의 주운(朱雲) 태수[816]
無心路八千	무심히 팔천 리 길을 걸었구나.
三黜柳下季	세 번 쫓겨난 유하혜(柳下季)는
胡爲行不遲	어찌하여 가는 걸음 더디지 않았던가!
吾王明並日	우리 왕의 영명(英明)함 해와 나란하니
何遠返環期	어찌 되돌아올 기약이 멀리오!

경자년 7월 24일 즉석에서 읊조리다
庚子七月二十四日卽事

余平生喜登山臨水矣. 謫居三水, 蟄伏蝸室已兩箇月, 不堪壹鬱, 騎馬出城. 適有二謫客隨之, 登溪上小山, 眺望而還. 聞吏輩五人被栲, 於鄉所及地主, 悔吝咨嗟之餘, 因成一絶.

나는 평생 산에 오르고 물가에 임하는 것을 좋아하였다. 삼수(三水)에 귀양가서 와실(蝸室)에 칩거한 지가 이미 두 달이 되자 답답함을 견디지 못하여 말을 타고 성(城)을 나갔다. 마침 두 명의 적객(謫客)이 있어 그들을 따라서 시내 위의 작은 산에 올라 멀리 바라보고 돌아왔다. 듣자니 아전 다섯이 향소(鄉所)[817]와 지주(地主)에게서 매질을 당하였다고 한다.

---

816) 주운(朱雲) 태수: 漢나라 景帝때 槐里 땅의 朱雲이라는 태수가 권신의 처단을 강직하게 임금에게 간하다가 죽임을 당할 뻔한 고사.

817) 향소(鄉所): 留鄉所·鄉所廳이라고도 하는데, 고려 말~조선시대 지방 郡·縣의 守

후회스럽고 한스러워 탄식한 나머지 인하여 절구(絶句) 하나를 지었다.

柳州願化身千億　　유종원은 몸이 수억 변하기를 원하였고[818]
坡老耽看浙右山　　소동파는 절우산(浙右山)을 즐겨 보았다네[819].
一上峯頭羣吏杖　　한번 산봉우리에 올랐다고 아전들 매맞으니
今人那得古人閑　　요새 사람들이 어찌 고인(古人)의 한가로움을 얻으랴!

차운하여 국경(國卿)에게 부쳐 사례함
次韻寄謝國卿[820]

居廣何須更卜居　　넓은 집에 살고 있는데[821] 어찌 다시 복거(卜居)하리?
安知魚樂子非魚　　어찌 물고기의 즐거움을 알랴! 그대 고기 아닌데.[822]
幽州遮莫寒威緊　　유주(幽州)[823]는 막히고 저물어 추위 엄습할지라도
且掃蝸廬讀我書　　좁다란 오두막집 쓸고서 나는 글을 읽는다네.

令을 보좌한 諮問機關이었다. 주로 지방자치의 기능을 맡았는데 중앙집권과 대립하여
폐지와 설치를 거듭하였다. 1488(성종 19)년에 다시 부활되어 鄕任, 혹은 監官·鄕正의
임원을 두게 되었는데, 이들 임원은 州·府에 4~5명, 군에 3명, 현에 2명의 정원을 두
었으나 후대에는 倉監·庫監 등의 직책이 생겨 10명이 넘는 경우도 있었다고 한다.
818) 유종원은~원하였고 : 유종원이 柳州刺史를 지낸 적이 있어, 그를 유주라고 대신 칭
하기도 한다. 이 구절은 유종원의 시구에 "만약 몸을 천억 개로 변하게 할 수 있다면,
산봉우리에 올라 고향을 바라보련만[若爲化得身千億, 散上峰頭望故鄕]"이라 한 것
은 차용한 것임.
819) 소동파는~보았다네 : 原詩의 坡老는 宋의 蘇軾에 대한 경칭이다. 이 구절의 출처는
미상.
820) (原註) 국경은 김정화이다[金鼎華]. 같은 해[同年].
821) 넓은 집에 살고 있는데 : 대장부는 천하의 넓은 집, 즉 仁에 거처한다는 맹자의 말에
서 유래함. 『孟子』「滕文公」下.
822) 마음대로 헤엄쳐 다니는 피라미의 모습을 보고 그것이 그 물고기의 즐거움일 거라
고 말한 莊子에 대하여 惠子가 "물고기도 아닌 자네가 어찌 물고기의 즐거움을 아는
가?" 하며 논쟁을 불러일으킨 데서 유래한 말. 『莊子』第17「秋水」.
823) 지금의 河北 北部 遼寧 일대. 『書經』「舜典」에 의하면 순임금이 共工을 유주로 유
배보냈다고 하는바, 윤선도는 자신의 유배처인 북쪽 외진 곳 三水를 이 유주에 비유함.

소빙화(消冰花)-병서
消冰花 并序⁸²⁴⁾

三江暮春, 略無春色, 長詠'春來不似春'⁸²⁵⁾之句矣. 有客採山, 適見草
花於氷雪中, 斫草筒蒔來, 亦足聳目. 其花一本一莖戴一葩, 莖之長二寸
許, 瓣之大如金錢石竹, 而色如金. 不知其名' 或云' 俗號消冰花, 噫! 其
凌霜雪獨秀 不啻臘梅秋菊 而其潛滋陽氣於積陰之底 有同復之一畫 令
人發深省也⁸²⁶⁾

삼수(三水)는 늦봄에도 거의 봄빛이 없으니, '봄은 왔건만 봄 같지가
않네'라는 구절을 길이 읊조린다. 나그네가 있어 산에서 약초를 캐다가
마침 빙설(氷雪) 속에서 풀꽃을 발견하고, 그 화초를 캐어 통에 옮겨 가
져오니 또한 눈이 휘둥그레질 만하다. 그 화초는 하나의 뿌리, 하나의
줄기에다가 하나의 꽃봉오리를 받들고 있는데 줄기의 길이는 두 치 정
도이며 꽃잎의 크기는 마치·금전화(金錢花)⁸²⁷⁾와 석죽화(石竹花) 같으며,
색깔은 금빛이다. 그 이름은 알 수 없으나 어떤 사람이 말하기로는 세
속에서 소빙화(消冰花)라 부른다고 한다. 아! 서리 눈을 업신여기고 홀로
빼어난 것이 섣달 매화와 가을 국화뿐만이 아니구나! 그것이 음기(陰氣)
쌓인 밑바닥에서 양기(陽氣)를 몰래 불어나게 했으니 복괘(復卦)⁸²⁸⁾의 한
획과 같아, 사람으로 하여금 깊은 성찰을 일으키누나!

暮春初二日西斜　　늦봄 초이튿날 해는 서쪽으로 기우는데
獨坐蝸廬憶舊家　　좁다란 집에 홀로 앉아 옛집을 생각하네.
樵客忽逢黃玉蘂　　나무꾼이 홀연 누런 옥빛 꽃을 만나

---

824) (原註) 신축(辛丑, 1661).
825) 春來不似春 : 東方虯의 「昭君怨」의 시구.
826) (原註) 삼수는 옛 삼강이다[三水, 古三江].
827) 금전화(金錢花) : 일명 선복화(旋覆花)라고도 한다.
828) 복괘(復卦) : 위에 坤(☷)과 아래에 震(☳)이 합쳐진 괘로서, 음기가 극성한 중에 양기
    가 생동하는 의미가 있음.

蒔筒來向傖人誇　　대롱에 옮겨 와 촌뜨기에게 자랑하네.

消冰花在鴨江潯　　소빙화(消冰花)는 압록강(鴨綠江) 물가에 있는데
短短單莖細似針　　짧디짧은 줄기 하나 바늘같이 가늘어라!
千尺雪中排殺氣　　천 길 눈 속에서도 살기(殺氣)를 밀쳐내고
一錢葩裡保天心　　한 떨기 꽃잎에 천심(天心)을 담아냈네.
端宜玉帝庭前植　　옥황(玉皇)의 뜨락 앞에 심어 정히 마땅한데
底伴騷人澤畔唫　　어찌 소인(騷人)이 못가에서 읊조리는데 짝하였나!
春信寄傳關塞外　　봄소식이 북관(北關) 밖에도 부쳐 전하니
東君用意始知深　　동군(東君)의 마음씀이 깊다는 것을 비로소 알겠네.

玉關春暮無春物　　북관829)의 봄 저무는데 봄의 경물 없고
猶有消冰花一枝　　외려 소빙화(消冰花) 한 줄기가 있었구나!
陰盛自移誠復理　　음기(陰氣) 성하면 절로 옮겨감은 복괘(復卦)의 이치요
陽衰已長信義辭　　양기(陽氣) 쇠하면 이미 늘어진다니 희사(義辭)830)가
　　　　　　　　　미덥구나.
宣尼日月昏冥世　　선니(宣尼)831)의 일월 어두운 세상 밝히고
明道春風肅殺時　　명도(明道)의 춘풍 숙살(肅殺)한 시대에 불어오네.832)
因小可能推大德　　작은 것으로 인하여 대덕(大德)에 옮기는 게 가능할
　　　　　　　　　터이니833)
馨香三嗅重嗟咨　　향기 자주 맡으며 거듭 감탄하노라.

---

829) 북관 : 玉關은 漢나라와 흉노와의 국경에 있는 관문을 지칭하는데, 여기서는 우리나
　　라의 변새지역인 삼수에 대한 비유로 쓰였다.
830) 희사(義辭) : 周易을 義易이라고도 하는바, 주역의 괘사를 의미한다.
831) 선니(宣尼) : 孔子를 이름.
832) 명도(明道)~불어오네 : 명도는 정명도이고, 肅殺은 쌀쌀한 가을 기운이 초목을 말라
　　죽게 하는 것을 의미.
833) 작은 것~가능할 터이니 : 『孟子』「離婁」上에 "천하에 도가 있으면 小德이 大德에
　　사역을 당하고 小賢이 大賢에 사역을 당한다[天下有道, 小德役大德, 小賢役大賢]"
　　라는 구절이 있다.

千林死立萬根藏　온 수풀 죽은 듯 서있고 온갖 뿌리 감추었는데
獨自夭夭玉蕊香　유독 여리디 여린 옥 꽃술에 향기 절로 나네.
不待文王豪傑也　문왕(文王)을 기다리지 않아도 호걸이니
鷄鳴不已又何傷　닭울음 그치지 않는다 하여 또 어찌 상심하리.

정심암
淨深菴834)

三江一郡, 僻在白頭之南鴨綠上流, 無寺刹久矣. 聞有一僧法號淨涵,
入遠危構. 余緣雲, 迂騎坐來, 煩襟滌矣. 仍有感賦一絶.

삼강(三江)이라는 한 군(郡)은 백두산의 남쪽, 압록강 상류에 치우쳐 있
어 사찰이 없는 지 오래이다. 듣건대 법호(法號)를 정함(淨涵)이라고 하는
한 스님이 있어, 멀리 들어가 높은 곳에 암자를 지었다고 한다. 내가 구
름을 좇아서 멀리 말을 타고 앉아서 오니, 번뇌(煩惱)가 씻겨졌다. 이에
느낌이 있어, 절구(絶句) 한 수를 짓는다.

蓮華峯下淨深菴　연화봉(蓮華峯) 아래 정심암(淨深菴)에는
金碧焚煌照佛龕　고운 단청 불감(佛龕)을 환히 비추네.
辛苦上人耽道意　고생스럽게 스님835)이 도(道)를 즐기는 뜻
吾儒見此可懷慙　우리 유자(儒者)들 이를 보면 부끄러워하리라.836)

山與寺, 初無名, 僧請命之, 余辭不獲已. 山之名, 取「愛蓮說」 '出淤泥
不汚'之義, 讚其居夷而天德自如也. 寺之名, 取唐人詩, '淸淨當深處'之

---

834) (原註) 같은 해[同年].
835) 여기서 上人은 스님에 대한 존칭이다.
836) (自註) 군 중에 성묘는 형체도 없다. 그러므로 이렇게 말한 것이다[郡中聖廟無形,
故及之].

義, 讚其避地而幽靜不厭也. 辛丑暮春, 澤畔病叟.

산과 사찰이 처음에는 이름이 없어 스님이 명명(命名)해주기를 청하였다. 나는 사양하였으나 어쩔 수가 없었다. 산의 이름은 「애련설(愛蓮說)」[837]의 '진흙에서 나왔지만 더럽지 아니하다'는 뜻을 취하여, 미개한 지역에 있으면서도 하늘의 덕을 스스로 한 것을 기렸다. 사찰의 이름은 당나라 사람 시의 '맑고 깨끗함이 깊은 곳을 짝하였네'라는 뜻을 취하여, 평지를 피해 그윽하고 고요한 것을 싫어하지 않음을 찬양하였다. 신축년 늦봄에 못가의 병든 노인 쓰다.

오랫동안 약방문(藥房問)과 안저보(安邸報)를 듣지 못해 근심스런 마음을 이기지 못함
久不聞, 藥房問, 安邸報, 不勝耿耿[838]

一步簷邊二丈籬	한 걸음의 처마 가 두 길 울타리
天光時自隙間窺	천광(天光)을 때때로 틈새로 살펴보네.
吾君萬福如頻聽	우리 임금의 만복을 자주 듣는다면야
何恨孤臣命若絲	외로운 신하의 운명이 실낱 같은들 어찌 한하리.

우연히 읊조리다
偶吟[839]

鬼門關外小河濱	귀문관(鬼門關)[840] 밖의 작은 시냇가

---

837) 「애련설(愛蓮說)」: 송나라 周敦頤의 작품명. 연꽃의 덕성을 칭송하였음.
838) (原註) 같은 해[同年].
839) (原註) 같은 해[同年].
840) 귀문관(鬼門關): 사람이 죽어서 저승으로 들어가는 문. 여기서는 유배지의 혹독한

窄窄重圍二丈籬	좁다라니 두 길 울타리 겹으로 둘러있네.
八十囚荒曾未聽	80세에 유배와 갇힘을 일찍이 듣지 못했는데
三千歸路杳無期	삼천 리 돌아갈 길 아득하여 기약 없네.
如夌矮屋冬嚴鑑	언덕처럼 납작한 집 겨울에는 빙감(氷鑑)처럼 혹독하고
似甑高山夏迫炘	시루 같은 높은 산 여름에는 화끈거림 닥쳐오네.
幸賴聖恩延縷命	다행스레 성은에 힘입어 실낱 같은 목숨 연명하니
長唫華祝忘朝飢	길이 화축(華祝)841)을 읊으며 아침의 굶주림을 잊누나.

삼강의 일을 기록함
三江記事842)

囚山不必說囚籬	산에 갇혔으니 울타리에 갇힘이야 말할 것 없고
冰鑑三時夏甑炘	세 계절은 빙감(氷鑑)처럼 춥고 여름은 시루에 불때는 듯.
地獄誰云信無有	지옥이라 누가 말했나, 진실로 있지 않다고
溫公盖未到而知	사마온공(司馬溫公)843)은 와보지 않고서도 알리라.

白頭雲氣接泥簷	백두산 구름 기운 진흙 처마에 걸리고
風雪如篩日夜添	풍설(風雪)은 체질 하듯 밤 내내 흩뿌리네.
窓壁霜凝光璧月	창벽(窓壁)에 서리 맺혀 벽옥(璧玉) 달처럼 빛나고
衣衾稜作利刀鎌	옷과 이불 모가 나서 칼, 낫처럼 날카롭네.
銷冰淅米珠和粒	얼음 녹여 쌀 이노니 낱알 엉겨 구슬 되고
煖酒濡唇玉裹髥	따뜻한 술로 입술 적시니 구레나룻에 묻어 옥이 되네.

환경이 지옥과 같다는 의미임.
841) 화축(華祝) : 華封三祝, 중국 華 땅의 封境을 관리하던 사람이 堯임금께 長壽 · 富 ·
多男子라는 세 가지 축언을 드렸다는 고사.
842) (原註) 같은 해[同年].
843) 사마온공(司馬溫公) : 중국 역사서의 명저 『자치통감』의 저자인 司馬光.

銀海黃庭俱凍合　　은빛 바다 누른 뜨락이 다 얼어붙건만
靈臺何事獨安恬844)　정신은 무슨 일로 홀로 편안하고 고요한가!

눈 온 후 장난삼아 지음
雪後戲作845)

多少羽人遊十島　　다쇼(多少)의 신선들 십도(十島)에서 노나니
玉京誰識在於斯　　옥경(玉京)이 여기 있는 줄 뉘 알았으리.
樵蘇總是雲軿客　　나무꾼들 모두 다 구름수레 탄 이들이며
井臼無非練悅姬　　살림하는 이846) 기뻐하지 않는 아낙 없네.
處處瓊宮開璧戶　　곳곳의 옥궐(玉闕)은 옥(玉) 대문이 열려 있고
家家珠帳擁瑤墀　　집집의 휘장(揮帳)은 옥(玉) 섬돌에 감싸 있네.
二年氷蘗盈肝肺　　두 해 동안 얼어붙은 움, 간과 폐에 가득해서
不記烹煎擾擾時　　삶고 볶는 어지러운 때를 기억하지 못하겠네.

謫在三江二十冪　　삼강(三江)에 유배로 머문 지 스무 달이 되도록
森森入眼不曾聆　　빽빽이 눈에 들어옴을 일찍이 깨닫지 못했네.
傭奴渾躡明珠履　　품팔이 좋은 명주(明珠)의 신발 모두 다 밟고
販婦多騎白鳳翎　　장사치 아내는 백봉(白鳳) 깃털 대부분 타네.
朝晝昏藏香霧窟　　아침, 낮, 저녁으론 향무굴(香霧窟)을 감추었고
秋冬春繞水晶屛　　가을, 겨울, 봄 내내 수정병(水晶屛)을 둘러쌌네.

---

844) (自註) 토속에 진흙으로써 지붕을 덮으니 지붕 위에 풀과 채소가 무성하여 뒤덮으므
로 그것을 바라보면 마치 언덕 같다. 겨울이 깊어지면 샘과 시내가 바닥까지 꽁꽁 얼
어붙는다. 시내에서 얼음을 깨어내어 소가 끄는 수레에 싣고 와서 솥 속에다 넣어 녹
여서 물을 만들어 일용하는 데 이바지한다[土俗以泥盖屋, 屋上草菜蕪沒, 望之如丘
隴. 冬深, 則井泉溪澗徹底凍合, 斫冰於溪, 以牛輅曳來, 就釜中鎔作水, 以供日用].
845) (原註) 같은 해[同年].
846) 살림하는 이 : 井臼. 물을 긷고 쌀을 빻는 일, 즉 살림살이하는 일.

玉廬無乃此眞是　　　옥려(玉廬)는 아마 이곳이 진실로 아닐런가?
銀浦雲聲喚睡醒847)　은빛 포구(浦口)에 구름 소리 잠을 깨도록 부른다네.

인차(仁遮) 외만호(外萬戶)가 고기와 시를 부쳐온 것에 사례함
謝仁遮外萬戶寄魚及詩848)

臥劍雙鱗照座紅　　　칼을 엎어 놓은 듯한 한 쌍의 물고기, 자리를 붉게 비
　　　　　　　　　　추네
誰知珠玉滿其中　　　누가 알았으리, 구슬 옥이 그 가운데 가득한 줄을.
雷腸催滌魚生釜　　　주린 배는 고기 씻어 솥에 삶아 오기를 재촉하고
霞氣還忘鶴在籠　　　노을 기운은 도리어 학(鶴)이 조롱 속에 있음을 잊게
　　　　　　　　　　하네.
杜子爲駒眞不妄　　　두자(杜子)의 '망아지 노릇한다'는 말 진실로 망령되
　　　　　　　　　　지 않고849)
文公返璧愧難同　　　문공(文公)이 벽옥 되돌려 온 것 부끄러워 같이하기
　　　　　　　　　　어렵다네.

---

847) (自註) 소동파의 시에 "거위털 같은 흰 눈 말갈기에 내리니, 스스로 하얀 봉새를 탄
　　것 아닌가 싶네"라는 구절이 있다. 이 지역은 가을, 겨울, 봄에는 매우 차갑고 꽁꽁 얼어
　　붙어서 인가에서는 불기운에 의지하여 생활하는데, 비록 연창을 만들더라도 한기가 밖
　　에서 들어와 흩어지게 할 수 없으니 집안이 늘 안개 속 같아 사람과 사물을 구분할 수
　　없다. 가을부터 눈이 내려 뭇 산들이 다 하얗다가 여름이 되어서야 녹기 시작한다[坡詩
　　曰, '鵝毛垂馬鬣, 自怪騎白鳳'. 此地秋冬春, 則凝冽極緊, 人家賴火氣生活, 而雖作烟
　　囱, 寒氣外襲, 不能飛散, 渾室常如霧裏, 不辨人物, 自秋雪來, 群山盡白, 入夏始消].
848) (原註) 인차 외만호는 안진두이다[安震杜]. 임인(壬寅, 1662).
849) 두자(杜子)의~망령되지 않고 : 이 구절은 杜甫의 詩「病後遇王倚飮贈歌」가운데
　　"늙은 말이 망아지 노릇한다는 말 참으로 허망한 말 아니구려, 때를 당하여 득의한 그
　　대가 하물며 깊이 돌봐 주다니[老馬爲駒信不虛, 當時得意況深眷]"에서 취한 것이다.
　　또한 두보의 詩句 '老馬爲駒'는『詩經』「小雅」「角弓」의 "늙은 말이 도리어 망아지
　　노릇하여 뒷일을 돌아보지 않네[老馬反爲駒, 不顧其後]"라는, 幽王이 노인을 존경하
　　지 않음을 비유한 내용에 근거한 것이다.

床頭五十六龍吼　　상(床) 머리에 오십육 용(龍)[850]이 울부짖으니
更謝仁遮外令翁[851]　다시 인차(仁遮) 외령옹(外令翁)에게 감사하노라.

9일 이태수(李太守)를 생각하며
九日思李太守[852]

月爲重陽好　　　달은 중양(重陽)[853] 호시절이건만
人無酒一盃　　　사람은 술 한 잔 없구나!
誰如李太守　　　누가 이태수(李太守)와 같아
解送白衣來　　　능히 흰옷을 보내 주리오?

9월 12일 전에 없이 따뜻하고 달 또한 몹시 밝았다
九月十二日, 妍暖無前, 月亦分外明[854]

夜深自得檻邊坐　밤 깊은데 자득하여 난간 가에 앉으니
風爲無聲月爲明　바람은 소리 없고 달은 밝구나!
忘却長沙何用酒　장사(長沙)에 있음[855]을 잊었으니 어디에다 술을 쓰리?

---

850) 오십육 용(龍) : 외만호가 보내준, 56字로 이루어진 칠언율시에 대한 비유로 추정된다.
851) (自註) 양성재의 시에 이르기를 '새로 지은 시 보내니 빛이 달을 빼앗고, 바로 늙은
　　이로 하여금 기운이 노을을 이루게 하네'라고 하였다[楊誠齋詩曰, 留贈新詩光奪月,
　　端令老子氣成霞].
852) (原註) 이태수는 이공망이다[李公望]. 같은 해[同年].
853) 중양(重陽) : 중구(重九)라고도 하는데, 9는 원래 양수(陽數)이기 때문에 양수가 겹쳤
　　다는 의미로 중양이라 한다. 중양절은 제비가 강남(江南)으로 간다고 전하며, 시인·
　　묵객들은 주식을 마련하여 황국(黃菊)을 술잔에 띄워 마시며 시를 읊거나 그림을 그리
　　기도 하였다. 각 가정에서는 국화전(菊花煎)을 부쳐먹는 풍습이 있다.
854) 같은 해[同年].
855) 장사(長沙)에 있음 : 중국 전한(前漢) 문제(文帝) 때의 문인·학자인 賈誼(B.C. 200~
　　B.C. 168)가 고관들의 시기로 인하여 장사왕(長沙王)의 태부(太傅)로 좌천되었던 고사

靈臺瑩徹妙香淸856) 정신이 밝고 환하여 묘한 향기857) 맑구나!

한첨지의 만사
挽韓僉知858)

如蘭養子豈須科　난초처럼 자식 길렀으니 어찌 품등을 매기리오
九十全歸莫薤歌　아흔에 온전히 돌아가니 해가(薤歌)859)도 부르지 마오
生長邊城能辦此　변방의 성(城)에 살면서도 이럴 수 있었으니
吾將韓老向人誇　나는 한씨 노인장을 사람들에게 자랑하리.

我謫三江已四載　내가 삼강에 귀양온 지 이미 4년인데
公無一入於城中　공(公)은 성(城) 안에 한번도 들어온 적 없구려.
吾猶及見老知止　나는 외려 노인장께서 지(止)를 앎860)을 보나니
朝有鄭卿鄉有公　조정에서는 정 재상이 있었고 향촌에서는 공이 있었
　　　　　　　　네.861)

에서 유래한 것으로, 여기서는 작자가 유배지에 있음을 비유한 것이다.
856) (自註) : 전년에 선화원에 집터를 잡고 세 칸의 작은 집을 지어 '自得'이라 명명하고
　　예전 집의 널빤지와 문지방으로 난간을 삼았다[前歲卜地旋花原, 刱三間樺窩, 命以
　　'自得', 仍以前堂板戶限爲欄].
857) 묘한 향기[妙香] : 불교에서의 특별하고 신묘한 향기를 이른다.
858) (原註) 계묘(癸卯, 1663).
859) 해가(薤歌) : 輓歌의 일종. 薤露와 같은 뜻. 즉 사람의 목숨이란 염교 이파리 위의 이
　　슬처럼 쉽사리 없어지는, 무상한 것이라는 의미.
860) 지(止)를 앎 : 止는 『中庸』의 개념어로서, 제자리에서 머물러야 할 곳에 머물 줄 아
　　는 것을 의미한다.
861) (原註) 이때 판서 정세규가 관직을 쉬고 집에 거처한 까닭에 일컬은 것이다[時判書
　　鄭公世規, 休官家居故云].

계묘년 세모에 느낌이 있어 노소재(盧蘇齋)[862]의 체(體)를 본받아 지음
癸卯歲暮有感, 效盧蘇齋體

鴨綠源流山外廻	압록강의 물줄기 산 밖으로 휘돌고
樺泥蝸室傍山隈	자작나무에 진흙 바른 와실(蝸室) 산굽이 곁에 있네.
罪人稱殺荃猶揆	죄인은 죽을 만하나 임금께서 오히려 헤아려주고
言自爲忠世共咍	스스로는 충성이라 말하지만 세상에선 모두 비웃누나.
謫日一千半已往	귀양온 날 천 일에다 오백 일이 이미 지나갔고
行年七十八將來	살아온 해 일흔 해에 여덟 해가 장차 다가오리.
芙蓉洞裡何時去	부용동 속으로 어느 때나 돌아가리!
寄傲南窓對酒盃	남쪽 창가에서 상념에 잠겨[863] 술잔을 마주하네.

격양
擊壤[864]

大耋不須嗟	노년의 사람은 모름지기 탄식하지 않고[865]
端宜鼓缶歌	마땅히 질장구 치며 노래해야 하리.
吾家無酒器	우리 집에 술그릇이 없으나

---

862) 노소재(盧蘇齋): 노수신(盧守愼, 1515~1590)이다. 그는 조선 중기의 문신·학자로 본관은 광주(光州)이며 호는 소재(蘇齋)·이재(伊齋)·암실(暗室)·여봉노인(茹峰老人) 등이다. 1543년 식년문과(式年文科)에 장원, 1544년 시강원(侍講院) 사서가 되고 1567년 선조가 즉위하자 풀려서 교리(校理)에 기용되어 대사간·부제학·대사헌·이조판서·대제학을 거쳐, 1573(선조 6)년 우의정, 1578년에 좌의정, 1585년에 영의정에 이르렀다. 문장과 서예에 능하였고, 양명학(陽明學)을 연구하기도 하였다. 문집에『소재집』이 있다.
863) 상념에 잠겨: 寄傲. 공상을 마음대로 하여 정회를 풂.
864) (原註) 갑진(甲辰, 1664).
865) 노년의~탄식하지 않고: '大耋'은 노년의 사람을 지칭함. 옛날에는 80세를 耋이라 하였는데, 일설에는 70세를 지칭하기도 함.

| 擊壤豈殊科 | 격양에 어찌 별다른 법식이 있으랴? |

듣자니 큰애가 와서 뵈려고 맹춘과 중춘 사이에 해남에서 길을 떠났다고 한다. 그런데 2월 17일에 바람이 거세고 눈이 휘몰아쳐 길가는 고생을 생각하게 되었다

聞大兒爲來覲, 孟仲春間自海南發程, 而二月十七日, 風饕雪虐, 仍念行路之苦866)

兒子時年五十八	아들의 올해 나이 쉰여덟
三千里路若爲行	삼천 리 길을 너는 가는구나!
今辰風雪終朝暮	오늘 바람과 눈 아침부터 저녁까지 이어지니
耿耿通宵念汝情	불안하여 밤새도록 너의 형편 생각한다.

차운하여 이연지(李延之)에게 줌
次贈李延之867)

鵬路誰知有九萬	대붕(大鵬)의 나는 길 구만 리임을 뉘 알리오만
二三千里謂漫漫	이삼천 리 길도 아득히 멀다 이른다오
微風無別凌霜草	미풍(微風)은 서리 이겨내는 풀도 분별하지 못하는데
巨艦要經動海瀾	거함(巨艦)은 바다에 일렁이는 파도를 지나쳐 가네.
前哲在窮終得展	전철(前哲)들은 궁곤하여도 끝내 뜻을 펼 수 없었고
至人入水不爲寒	지인(至人)들은 언 물에서도 추워하지 않았다오
藍關之苦君休苦	남관(藍關)의 고통을 그대 괴롭다 마오
勳業由來聖處難868)	훈업(勳業)은 원래부터 성인도 이루기 어렵다오

---

866) (原註) 같은 해[同年].
867) (原註) 무이다[亥].
868) (自註) 연지가 이때 남전역에 귀양왔는데, 보내온 편지에서 '남관의 고통은 눈 속에

갑진년 8월 4일 장령(長嶺)에 올라 백두산을 바라보다가 돌아와 인차(仁遮)에 도착하였다. 그날 저녁 비가 내리고 다음날에도 내렸다가 그치는 것이 여러 번이었다. 되돌아오는 길에 또 비를 만나 축축하게 젖었다

甲辰仲秋初四日, 登長嶺望白頭, 還到仁遮. 其昏雨作, 翌日作止數, 迴歸路又逢雨霑濕

山靈哀我苦相尋　　산신령 내가 힘들게 찾아 나섬을 불쌍히 여겨
淚作秋霖灑錦林　　눈물이 가을 장마 되어 비단 숲에 흩날리네.
今夕衣沾何足惜　　오늘 저녁 옷 젖은 일이야 무얼 아쉬워하랴마는
白頭昨樣目森森　　백두산의 어제 모습 눈에 삼삼하누나.

갑진년 8월 5일 세검정에 올라
甲辰中秋初五日, 登洗劍亭

仁遮外堡之東, 有石屹立, 半入雲濤, 如砥柱然. 俗呼烏知巖. 萬戶景可行, 作小亭於巖上. 請名於余, 余命以洗劍.

인차(仁遮)의 외성 동쪽에는 돌이 우뚝 솟아 있어 절반이 구름 물결에 들어가 마치 숫돌 기둥인 듯하다. 세속에서는 오지암(烏知巖)이라고 부른다. 만호(萬戶) 경가행(景可行)이 그 바위 위에 조그마한 정자를 지어 나에게 이름 지어줄 것을 청하였다. 나는 '세검(洗劍)'이라 명명하였다.

天作之臺人作亭　　하늘이 만든 대(臺) 위에 사람이 정자 지으니
大江小澗肯廻縈　　큰 강 작은 시내가 굽이 돌아간다네.

갇혀 있는 것보다 심하다'라고 하였다[延之時謫藍田驛, 來書言'藍關之苦, 甚於雪擁']. 『신증동국여지승람』에 의하면 남전역은 충청도 藍浦縣의 남쪽 27리 지점에 있었다고 한다[역자주].

燕姬慣唱江南曲　연희(燕姬)는 강남곡(江南曲)을 능숙하게 부르고
楚客偏傷澤畔行　초객(楚客)은 택반행(澤畔行)에 몹시도 상심하네.
萬谷笙鐘添醉興　모든 골짜기 생황, 종소리 취흥을 더하고
百林金碧惱遊情　온갖 수풀 누르고 푸른 색 유정(遊情)을 북돋네.
淸澗准備龍泉洗　맑은 계곡물 갖추어져 용천검869) 씻을 만하니
好手誰屠偃海鯨870)　좋은 솜씨 지닌 그 뉘가 누운 고래871) 잡으려나!

삼가 화운하여 겸재의 고요한 서안(書案)에 바침
敬和呈謙齋靜案872)

自從南徙後　남쪽으로 옮겨 온 후로부터
一任念逾羅　그물을 넘을 생각 내버려두었네.
脉脉過桐雨　끝없이 오동나무 비 지나가고
悠悠近麥波　유유히 보리 물결 가까워 오네.
何嫌公敎切　어찌 혐의하리오! 공의 가르침 준절함을
曾受吏訶多　일찍이 벼슬아치의 꾸지람 많이도 받은 것을.
萬事都遺落　만사를 모조리 내버려두었으니
惟知敲缶歌　오직 아는 것은 고부가(敲缶歌)뿐이라네.

---

869) 용천검 : 고대로부터 전해오는 명검의 이름이다.
870) (自註) 이때 비바람이 하늘에 가득하고 추색(秋色)이 정히 짙었다. 노래하는 아이 중에 내가 남쪽에 있을 때 지은 「산중신곡」을 노래할 수 있는 이가 있었다[時風雨滿天, 秋色正濃. 歌兒有解唱余在南時'山中新曲'].
871) 누운 고래 : 여기서는 흉악한 악인을 상징한다.
872) (原註) 겸재는 영남의 徵士 하홍도이다[謙齋, 嶺南徵士河弘道]. 병오(丙午, 1666). 이하의 작품은 광양으로 이배된 이후 지음[以下, 移配光陽後].

원운
元韻

衆醉獨醒放　　무리가 취했으나 홀로 깨어 쫓겨났으니
數年除網羅　　몇 해 동안 세속의 그물에서 벗어났구나.
衡輿倚忠信　　저울대 마주 들기는 충성과 믿음에 의지하나
利涉帖驚波　　강물을 순조롭게 건넘은 놀란 파도에 달려 있다네.
囊篋寓眸十　　주머니 상자에 깃든 눈동자 열이요
垣墻屬耳多　　담장에 붙어 있는 귀 허다하구나.
存神由底事　　정신을 간직하는 건 무슨 일로 말미암나
滄叟有遺歌　　창랑의 늙은이873) 남긴 노래 있었다네.

나경주(羅慶州)의 만사
挽羅慶州874)

見公書問幾多時　　그대 만나고 편지 나눈 것 그 얼마나 많았던가
哀淚還隨別淚垂　　슬픈 눈물 도리어 이별의 눈물에 뒤따르네.
不顯不卑躋耋五　　현달하지도 비천하지도 않으며 85세에 올랐으며875)
無非無是委生涯　　그름에도 옳음에도 구애됨 없이 생애를 맡겼구나.
陶園松菊常娛眼　　도연명 정원의 소나무 국화 항상 눈을 즐겁게 하고
郭第兒孫只點頤　　곽씨 집안의 자손들 다만 턱을 점검하였네.
何事老腸悲婉孌　　무슨 일로 늙은이 마음 아름다운 이를 슬퍼하는가
終乖握手訴相思　　손잡고 서로 그리움을 하소연함이 끝내 어그러졌네.

---

873) 창랑의 늙은이 : 굴원의 「어부사」에 등장하는 늙은 어부.
874) (原註) 위소이다[緯素]. 같은 해[同年].
875) 松巖 羅緯素(1582~1666)는 71세에 致仕하고 85세 되던 현종 7년에 세상을 떠났다.

하의흥(河義興)의 만사
挽河義興876)

嘗承簡牘誨諄諄	일찍이 서신을 주고받으며 가르치기 근실하였고
朋友頻傳動靜眞	벗으로써 동정(動靜)의 참됨을 전해주었지.
淸約律身千世士	맑고 검약함으로 몸을 다스리니 천세(千世)의 선비요
謙恭接物一團春	겸손하고 공경함으로 사물을 접하니 화락한 봄이었네.
讀書欲究無窮理	책을 읽어 무궁한 이치 궁구하려 하였고
望道常如未及人	도(道)를 바라되 항상 남에게 미치지 못하는 듯하였네.
其志不休棺已盖	그 뜻 그치지 않았는데 관 이미 덮었으니
回看天地氣方屯	돌아보건대 천지의 기운 바야흐로 험해지네.

사간 이연지의 시에 차운함
次李司諫延之韻877)

時來或發危言易	때가 닥치면 간혹 위태로운 말 하긴 쉽지만
勢去人能忘世稀	권세 사라져도 세상 잊을 수 있는 이 드물구나!
枕肘自然安夕寢	팔을 베니 자연히 저녁 잠 편안하고
念書猶未悟朝飢	책을 외우니 외려 아침 허기 느끼지 못하네.
鷦鷯方笑鵬遙擧	굴뚝새가 바야흐로 붕새 멀리 나는 것 비웃으니
桃李何知桂晚菲	도리(桃李)가 어찌 계수나무 오랜 향기로움을 알랴?
憂樂是非都拔棄	근심과 즐거움, 옳음과 그름 모두 내던지고
悠悠萬事任天機	유유히 모든 일을 천기(天機)에 맡긴다네.

---

876) (原註) 홍도이다[弘度]. 같은 해[同年].
877) (原註) 무이다[羕]. 같은 해[同年].

사실을 기록함
記實[878]

黃原浦裡芙蓉洞　황원포(黃原浦) 안쪽은 부용동인데
矮屋三間盖我頭　오두막 집 삼간이 내 머리를 덮고 있네.
麥飯兩時瓊液酒　보리밥 두 끼니와 옥으로 빚은 듯한 술 있으니
終身此外更何求　종신토록 이것 외에 다시 무얼 구하리.

시름을 품
遣懷[879]

三公不換此仙山　삼공(三公)[880]으로도 이 선산(仙山)과 바꾸지 않으리.
遷謫惟愁去此間　적소(謫所) 옮기던 때 오직 이곳 떠난 것 시름겨웠네.
蒙被隆恩來故里　극진한 은혜 입어 옛 마을로 돌아오니
不希官祿喜生還[881]　벼슬도 봉록도 바라지 않고 살아온 것 기쁘구나!

---

878) (原註) 무신(戊申, 1668). 이하는 사면되어 부용동에 돌아간 후에 지었다[以下敍歸芙蓉洞後].
879) (原註) 같은 해[同年].
880) 삼공(三公) : 원래는 옛 중국의 官名으로 天子에 버금가는 최고의 관직이었다. 漢나라 초기에는 丞相·太尉·御史大夫의 3인이 이에 해당되었고 後漢 때에는 태위·사도·사공을 일컬었다. 우리나라에서는 고려 때 태위·사도·사공를, 조선시대에는 영의정·좌의정·우의정 등 삼정승을 삼공이라고 하였다.
881) (原註) 선산이 한 판본에는 강산으로 되어 있다[仙山, 一本作江山].

동하각(仝何閣)
仝何閣[882]

我豈能違世	내 어찌 세상을 어길 수 있으랴만
世方與我違	세상이 바야흐로 나와 어그러졌네.
號非中書位	이름이야 중서(中書)[883]의 지위가 아니지만
居似綠野規	거처는 녹야(綠野)의 규범과 같다오

기휘일(忌諱日)을 기록한 시
記諱日詩[884]

正月廾二高妣忌	정월 스무이튿날은 고조할머님 기일이고
二月初六高祖忌	이월 초엿새는 고조부님 기일이라.
三月二十有三日	삼월 스무사흗날은
祖妣宋氏諱日是	할머님 송씨의 제삿날이네.
四月十三祭曾考	사월 열사흗날은 증조부님 제사이고
二十一日失天只	스무하루는 양모(養母)님의 기일이네.
五月十三終天痛	오월 열사흗날은 양부(養父)님 돌아가신 날이나
余在車城謫裡值	나는 거성(車城)에서 귀양 중에 있었다네.
曾祖妣忌是何辰	증조할머님 기일은 어느 때인가?
仲秋之日十有四	팔월 열나흗날이로구나!
靈光皇考之遠諱	영광(靈光) 조부님의 기휘 일은

---

882) (原註) 부용동에 있을 때 지음[在芙蓉洞]. 기유(己酉, 1669).

883) 중서(中書) : 官名으로 中書令의 약칭. 漢나라 이래 설치되어 많은 名望之士들이 임
용되었다. 隋唐시대에는 中書省에 속한 관직, 明淸시대에는 中書舍人이라는 약칭으
로 불려졌다.

884) (原註) 연월을 상고할 바가 없으니 그러므로 권말에 수록한다[年月未有所考, 故錄
之卷末].

序屬孟冬上日耳	절기가 시월 초하루로다.
斯當遷主祭正寢	이 마땅히 신주(神主)를 옮겨 정전(正殿)에서 제사지내리니
說與諸兒須細記	여러 아이들에게 모름지기 상세하게 기억하라고 말했다네.
四月初四外祖忌	사월 초나흗날은 외조부님의 기일인데
外家祭次曾寫紙	외갓집 제사의 순서는 일찍이 종이에 베껴 두었네.
七月十二外祖妣	칠월 열이튿날은 외할머님 제삿날
次雖非我其敢置	차례 비록 우리 집안 아니라고 감히 놓아두리오!
季冬卄八中秋卄	섣달 스무여드렛날과 팔월 스무날
余生考妣忌則此	나의 생부님과 생모님의 기일이 이 날이라.
已上四辰當如何	이상의 네 분의 제삿날은 마땅히 어찌해야 하나
題紙爲榜設虛位	종이에 써서 지방을 만들고 허위(虛位)를 두리라.
私親皇考參贊公	나의 조부님 참찬공은
十月卄一人世棄	시월 스무하룻날 세상을 떠나셨네.
祖妣前後有兩位	할머님은 전후로 두 분이 계셨는데
四月初五前妣爾	사월 초닷새는 첫째 할머님 기일이네.
後妣林氏五卄一	둘째 할머님 임씨의 기일은 오월 스무하룻날
是實生先人昆季	이 분이 실로 아버님 형제분을 낳으셨네.
安氏外祖承議郎	안씨인 외조부 승의랑(承議郎)[885]은
早世三月一日以	일찍 돌아가셔서 삼월 초하루가 기일이라.
祖妣韓氏先是沒	할머님 한씨는 이보다 먼저 하세하셨는데
忌在五十三日矣	기일은 오월 열사흗날이네.
已上五辰不敢祭	이상의 다섯 분의 기일에는 감히 제사지내지는 않으나

---

885) 승의랑(承議郎) : 고려와 조선시대 정6품 문관의 官階이다. 관직으로는 6조의 佐郞,
사헌부의 감찰, 사간원의 正言, 홍문관의 修撰, 성균관의 典籍, 춘추관의 記事官, 承
文院의 檢校, 세자시강원의 司書 등이 대표적인 관직이며, 이밖에 院·寺·司 등에
소속된 別提가 가장 많았다.

當向長房助祭已　마땅히 장방(長房)을 향하여 제사에 도와야 하리.

인간 세상의 역사를 읽어보니 군신이 각각이더라
人間讀史各君臣[886]

昨日我觀宋春秋　어제 내가 송(宋)나라 역사를 보았는데

文山忠節磨蒼旻　문산(文山)[887]의 충절이 푸른 하늘 찌를 듯하네.

今日我觀元春秋　오늘 내가 원(元)나라 역사를 보노라니

文山之子爲元臣　문산(文山)의 아들이 원(元)나라의 신하가 되었구나.

尋常違志亦不孝　조금 뜻을 어겨도 또한 불효인데

何乃事讐忘其親　하물며 그 어버이를 잊고 원수를 섬김에랴?

吁嗟爾父烈丈夫　아아, 네 아비 충렬(忠烈)의 장부로

凜凜凌霜松與筠　늠름하게 서리를 이긴 솔과 대 같네.

金戈獨把運去後　쇠창을 홀로 잡다 떠나갔으니

爲國丹忱終未伸　나라를 위한 붉은 마음 끝내 펴지 못했네.

崖山之痛燕市慘　애산(崖山)의 비통함[888]이여, 연시(燕市)의 처참함[889]
　　　　　　　　이여

至今聞者猶酸辛　지금도 듣는 이들 여전히 쓰라리다네.

---

886) (原註) 신해(辛亥, 1671).

887) 문산(文山) : 남송 말기의 충신인 文天祥의 호. 문천상은 元兵이 쳐들어와 수도 臨安
　　이 함락된 후 임금을 받들고 勤王軍을 일으켜 원나라 군사에 대항하였으나 실패하고
　　사로잡혀 유폐 생활 3년에 참형을 당하였다. 그의 「正氣歌」는 옥중에서 지은 것으로
　　후세의 忠臣과 義士들을 고무하였다.

888) 애산(崖山)의 비통함 : 애산(崖山)은 광동성(廣東省) 신회현(新會縣) 남쪽 대해(大海)
　　중에 있다. 남송 말에 장세걸(張世傑)이 황제 병(昺)을 받들고 이곳에서 수비하였는데,
　　군대가 패하자 육수부(陸秀夫)가 황제 병을 등에 엎고 물에 빠져 죽음에 송나라가 망
　　했다.

889) 연시(燕市)의 처참함 : 연시(燕市)는 지금의 북경시. 문천상은 원나라에 항거하다 실
　　패하여 연경(燕京) 채시(柴市)의 어귀에서 의롭게 죽었다.

爲人臣子義如何　사람으로서 신하와 자식된 의리가 어떠한가?

爾所當爲惟臥薪　너는 마땅히 와신(臥薪)[890]해야 하거늘.

伏橋塗厠死後已　다리 밑에 잠복하고 뒷간의 벽을 바르다[891] 죽은 후
　　　　　　　　에나 그쳐야 하나니

不成猶爲忠孝純　이루지 못해도 오히려 충효는 순전(純全)했다 하리.

不然可學王偉元　그렇지 못하다면 왕위원(王偉元)[892]이라도 배울 만하니

坐不西向終其身　서쪽을 향해 앉지 않고 그 몸을 끝마쳤네.

爾力雖難鞭楚屍　너의 힘이 비록 초왕(楚王)의 주검을 매질하기[893]에는
　　　　　　　　부족하나

爾心胡寧忘越人　너의 마음은 어찌 월(越)나라 사람을 잊고서 편안한가?[894]

生同一天尙不忍　한 하늘에서 같이 사는 것도 차마 할 수 없는데

忍向讐庭爲搢紳　차마 원수의 조정을 향하여 고관이 되다니.

輕裘肥馬綬若若　가벼운 갖옷을 입고 살진 말을 타며, 인끈을 늘어뜨린
　　　　　　　　채[895]

出入靑瑣居通津　대궐[896]에 출입하며 요로(要路)를 차지했네.

---

890) 와신(臥薪) : 춘추시대 오왕 부차(夫差)가 월왕 구천(句踐)을 쳐서 부왕의 원수를 갚
　　고자 매양 섶 위에서 자며 신고(辛苦)를 하였다는 고사.

891) 다리 밑에 잠복하고 뒷간의 벽을 바르다 : 복교도측(伏橋塗厠). 진(晉) 나라 예양(豫
　　讓)의 고사. 예양이 지백(智伯)을 섬겼는데, 조양자(趙襄子)가 한씨(韓氏), 위씨(魏氏)와
　　공모하여 지백을 멸하였다. 이에 예양은 지백의 원수를 갚고자 성명을 바꾸고 죄수로
　　변장하여 조양자의 궁에 들어가 뒷간의 벽을 바르며 기회를 틈타 조양자를 찔러 죽이
　　려 하였다. 이 일이 실패한 얼마 후 조양자가 외출할 즈음에 예양은 조양자가 지나가
　　려는 다리 밑에 숨어 있다 잡혀 드디어 자결하였다.

892) 왕위원(王偉元) : 삼국시대 위나라 사람 왕부(王裒). 위원(偉元)은 그의 자(字). 아버지
　　의(儀)가 사마소(司馬昭)에게 죽음을 당한 뒤, 『詩經』의 「蓼莪」편을 읽을 때마다 늘 아
　　버지 생각이 나서 그때마다 통곡하고 그칠 줄 모르니 제자들이 그 일을 보고 「蓼莪」
　　편을 강석(講席)에서 읽지 못하게 했다고 함.

893) 초왕(楚王)의 주검을 매질하기 : 편초시(鞭楚屍). 초나라 사람 오자서(伍子胥)의 고사.
　　오자서는 아버지 오사(伍奢), 형 오상(伍尙)이 초 평왕(楚平王)에게 죽은 원수를 갚고자
　　초 평왕의 묘를 파헤쳐 그의 시신을 꺼내어 300번이나 채찍질한 후에야 그만두었다.

894) 부차(夫差)의 와신(臥薪) 고사를 가리킴. 주 890) 참조

895) 늘어뜨린 채 : 약약(若若). 길게 늘어진 모양.

896) 대궐 : 청쇄(靑瑣). 대궐문. 궁문. 한나라 때 궁문에 쇠사슬 같은 모양을 새기고 푸른

如今想見爾面目	지금 네 얼굴을 상상해 볼 것 같으면
有靦之姿如隔晨	부끄러운 그 모습 어제런 듯하구나.
甘心服事彼讐酋	저 원수의 우두머리를 달게 여기고 복종해 섬겼으니
北面輸忠勤卯申	북면(北面)[897]하여 충성을 다해 묘시부터 신시까지 부지런하네.
聯翩當日助彼者	그 날을 뒤이어[898] 저들을 돕는 자들
比肩笑語期同寅	어깨를 나란히 한 채 우스갯소리하며 같은 무리되길 기약하네.
祝辭何心寫孝子	축사(祝辭)[899]에 무슨 마음으로 효자라 쓰리오?
諱日不愧巾黔巾	제삿날에 부끄러워하지 않고 검푸른 두건을 쓰네.
忘君附賊古亦有	임금을 잊고 도적에 붙은 일 옛날에도 또한 있었으나
無父無君無汝倫	어버이도 없고 임금도 없으니 너는 천륜도 없구나.
詩人誰解婉辭譏	시인 중에 누가 완곡한 말로 기롱함을 이해하리?
警語可以傳千春	경어(警語)가 가히 천년토록 전할 만하네.
我謂陞也固當誅	내 생각에 승(陞)은 진실로 마땅히 목베어야 하건만
陋哉胡元臣不掄	비루하도다, 오랑캐 원(元)나라여, 신하를 가리지 못하다니!
求忠孝門聖有訓	충효의 문을 구한다면 성인의 가르침이 있을 터이니
凡百人君宜是遵	무릇 모든 임금은 의당 이를 따라야 하리.

칠을 했으므로 이름.
897) 북면(北面) : 북쪽에 앉은 임금을 바라보고 섬김.
898) 뒤이어 : 연편(聯翩). 잇대어 끊어지지 않는 모양.
899) 축사(祝辭) : 축문을 읽어 신에게 고함.

문인(門人)이 「육아(蓼莪)」편을 폐함
門人廢蓼莪[900]

周詩三百不可選	주시(周詩) 삼백은 가려 뽑을 수 없으니
況乃其間尤粹美	하물며 그 가운데서도 더욱 순수하고 아름다운 것임에라?
講筵何事廢蓼莪	강론하는 자리에서 무슨 일로 「육아(蓼莪)」편을 폐한 것인지
有怪王公門下士	왕공(王公)[901] 문하의 선비들 괴이함이 있도다.
先生不忍讀此詩	선생은 차마 이 시를 읽지 못했으며
弟子不忍陳其几	제자는 차마 그 안석을 펴지 못했네.
有魏高士有偉元	위(魏)나라 고사(高士) 중에 왕위원(王偉元)이 있으니
我不識君嘗見史	나는 그대가 일찍이 역사에 드러난 줄 알지 못했네.
郞罷曾爲司馬官	부친[902]께선 일찍이 사마(司馬)의 관직에 올라
執殳來赴安東壘	창을 잡고 나아가 동루(東壘)를 편안케 하려 했지.
東關衄師咎何在	동관(東關)에서 군사를 죽이니 허물이 어디에 있었던가?
當日危言良有以	당일의 위험한 말 실로 까닭이 있도다.[903]
彼哉豹虎怒編鬚	그는 표범과 범이 수염을 쭈뼛하며 성내듯하니
如絃竟作途邊死	줄 끊어지듯 마침내 길가에서 죽게 되었네.
夫君哀痛久愈苦	그대의 애통함 오래도록 더욱 쓰라리니

---

900) (原註) 같은 해[同年].
901) 왕공(王公) : 왕위원(王偉元)을 가리킴. 주 892) 참조.
902) 부친 : 낭파(郞罷). 아버지를 칭하는 방언.
903) 아버지 의(儀)는 높고 밝으며, 바르고 곧아 문제의 사마가 되었다. 동관의 정역(征役)에 대해 문제가 여러 사람들에게 묻기를, "근일의 일은 누가 그 잘못을 책임질 것인가?"라 했다. 의가 대답하기를, "책임은 원수에게 있습니다"라 했다. 문제가 성내어 말하기를, "사마는 나에게 죄를 떠맡기려 하는구나!"라 하였다. 드디어 끌어내어 그를 참수하였다[父儀, 高亮雅直, 爲文帝司馬. 東關之役, 帝問於衆曰, "近日之事, 誰任其咎?" 儀對曰, "責在元帥." 帝怒曰, "司馬欲委罪於孤邪!" 遂引出斬之].『晉書』「列傳」「孝友」.

神道松枝枯血淚　신도(神道)의 솔가지 피눈물에 마르네.904)
將身處變得其宜　몸을 가지고 변(變)에 처함이 그 마땅함을 얻었으니
所可言者非一二　말할 만한 것이 한둘이 아니라네.
披經函丈覺後覺　경전을 펴고 스승905)이 후진906)을 깨우치니
左右靑衿談道義　좌우의 제자들907)이 도의를 담론하네.
爲詩每到蓼莪篇　『시경(詩經)』을 학습하다 매번 「육아(蓼莪)」편에 이르면
三復悲吟淚霑紙　세 번 거듭하며 슬프게 읊조려 눈물이 종이를 적신다네.
諸生相戒莫助哀　여러 제자들 서로 슬픔을 조장하지 말자 경계하여
多少摳衣摠廢是　대부분 옷을 걷어올리고 이 편을 폐하자 하였네.
非人深感豈有斯　남을 심히 감동시키지 않았다면 어찌 이런 일 있었으랴?
乃知夫君誠孝至　이에 그대가 효성이 지극함을 알겠네.
詩之感人固可見　시가 사람을 감동시킴 진실로 볼 만하고
人之感人其如此　사람이 사람을 감동시킴이 이와 같다네.
詩經傳義小學書　『시경(詩經)』의 전의와 『소학(小學)』의 글
千載芳名響牙齒　천년토록 꽃다운 이름 입에서 입으로 전하네.
古來遭變知有幾　고래로 변고를 만남이야 얼마간 있음을 알겠지만
善行高躅眞無比　선행의 고귀한 자취를 진실로 견줄 데 없구나.
哀公之事淚爲零　공의 일을 애달피 여겨 눈물이 비 오듯 하고
敬公之心膝爲跪　공의 마음을 공경하여 무릎을 꿇는다네.
仁言不如以身敎　어진 말이 몸으로 가르치는 것만 못하니
孝思從來能錫類　효자의 덕행이 옛부터 널리 퍼질908) 수 있었다네.

---

904) 묘 곁에 여막을 짓고 아침저녁으로 항상 묘소에 이르러 엎드려 절하고 꿇어앉아 잣나무를 끌어잡고 슬피 우니 흘린 눈물이 나무에 이르러 나무가 이로 인해 말라죽었다[廬于墓側, 旦夕常至墓所拜跪, 攀柏悲號, 涕淚著樹, 樹爲之枯].『晉書』「列傳」「孝友」.
905) 스승 : 함장(函丈). 스승의 자리와 자기의 자리 사이에 한길(一丈)의 여지(餘地)를 둔다는 뜻. 전(轉)하여 스승.
906) 후진 : 후각(後覺). 남보다 나중에 깨닫는 사람. 곧 후진(後進)을 말함.
907) 제자들 : 청금(靑衿). 옛날에 배우는 자가 입던 깃이 푸른 옷. 轉하여 배우는 자를 가리킴.
908) 널리 퍼질 : 석류(錫類). 효자의 덕행이 퍼져 남에게 미침. 효자가 속속 나옴.

君莫道門人廢蓼莪　그대는 문인(門人)들이 「육아(蓼莪)」편을 폐했다고 말
　　　　　　　　　하지 마오
已學蓼莪詩中意　이미 「육아(蓼莪)」시 속의 뜻을 배웠으니.

시름
愁909)

有物無形名曰愁　물(物)이로되 형체가 없으니 시름이라 이르는데
惱人萬端名無二　만 갈래로 사람을 괴롭히니 둘도 없는 것이라 하네.
使人不能食　　　사람으로 하여금 먹을 수도 없게 하고
使人不能寐　　　사람으로 하여금 잠잘 수도 없게 하네.
能斷人腸如有刀　사람의 애를 끊을 수 있으니 칼을 가지고 있는 것 같고
能穿人心如有觜　사람의 마음을 뚫을 수 있으니 부리를 가지고 있는
　　　　　　　　것 같네.
無賢與不肖　　　어질거나 못남을 가리지 않고
事違衷則至　　　일이 마음에 어그러지면 찾아오네.
高才却被造物猜　높은 재주를 가진 사람은 도리어 조물주의 시기를 당
　　　　　　　　하니
涸轍久委搏天翅　곤경에 오래 처해910) 하늘 차오르던 날개를 거둔다네.
誅蛟空抱一寸鐵　교룡(蛟龍)을 죽이려 부질없이 한 치의 쇠꼬챙이를 품
　　　　　　　　었고
釣鰲未遂平生志　큰 자라를 낚으려는911) 평생의 뜻을 이루지 못했네.

---

909) (原註) 임자(壬子, 1612).
910) 곤경에 오래 처해 : 학철(涸轍). 학철부어(涸轍鮒魚)의 준말. 수레바퀴 자국에 괸 물
　　에 있는 붕어라는 뜻으로, 사람이 아주 곤궁한 경우를 이름.
911) 큰 자라를 낚으려는 : 조오(釣鰲). 오산(鰲山)을 낚는다는 뜻으로 신선적 지향을 의미
　　함. 오산(鰲山)은 큰 자라의 등에 얹혀 있다고 하는 바닷속의 산으로 신선이 산다는 곳
　　이다.

東流不駐夕陽催	동쪽으로 흐르는 물줄기 머무르지 않고 석양은 재촉하는데
牛背悲歌恨何似	쇠등에서 슬픈 노래 부르니 한이 무엇과 같은가?
天寒澤畔影無隣	추운 물가에는 그림자 벗이 없고
禦魅蠻鄕劇憔悴	도개비와 맞서야 하는 오랑캐땅은 심히 초췌하구나.
高秋鴈淚每驚心	하늘 높은 가을엔 기러기 울음소리가 매번 마음을 놀라게 하고
午夜猿聲偏入耳	한밤중엔 잔나비 소리만이 치우쳐 귀에 드는구나.
騷經作後首盡皓	『이소경(離騷經)』 지은 후 머리 다 희어졌고
鵩賦吟來淚如水	「복조부(鵩鳥賦)」,912) 읊고 나니 눈물이 홍수 같도다.
燕山雪花大於手	연산(燕山)의 눈꽃이 손보다 크니913)
九月征夫凍欲死	구월의 종군한 군사 얼어서 죽으려 하네.
朝來戰罷桑乾北	아침이 되자 상건(桑乾)914) 북쪽에서 전쟁이 그치더니
日夕更向長河涘	저녁에는 다시 장하(長河)915)의 물가로 향해 가네.
寒虫入窟鳥歸巢	월동하는 벌레는 굴에 들고 새는 둥지로 돌아가는데
見此增傷望鄕思	이를 보노라니 망향의 정에 더욱 가슴 아프네.
空閨寂寞掩繡幃	빈 규방은 적막하여 아름다운 휘장에 가렸으니
別後相思何日已	이별 뒤 서로 그리워함 어느 날에야 그칠까?
花飛小院月五更	꽃 날리는 작은 뜰에 달은 오경인데

---

912) 「복조부(鵩鳥賦)」 : 복부(鵩賦). 가의(賈誼)가 지은 賦 이름. 가생(賈生)이 장사왕의 태부가 된 지 3년쯤 되자, 부엉이가 가생의 집에 날아 들어와서 방석의 가장자리에 앉았다. 초나라 사람들은 부엉이를 '복(鵩)'이라 불렀다. 가생은 폄적되어 장사에 살았는데, 장사는 저습하였기 때문에, 자신의 생명이 그다지 길지 않을 것이라 생각하였고, 그것을 애석히 여겼으므로, 이에 부를 지어 스스로 위안을 삼았다. 『史記』「屈原賈生列傳」.

913) 이 구는 이백의 「北風行」에 나오는 "연산의 눈꽃이 크기가 돗자리 같다[燕山雪花大如席]"를 변형한 것이다.

914) 상건(桑乾) : 물 이름. 산서성(山西省) 신지현(神池縣) 동쪽에서 발원하여, 동쪽을 향해 하북성(河北省)으로 흘러가다 천진(天津)에 이르러 바다로 든다.

915) 장하(長河) : 황하(黃河)를 가리킴.

夢回孤枕人千里　외로운 베개에서 꿈 깨어보니 사람은 천 리 밖에 있네.

燈前幾歎帶寬圍　등불 앞에서 띠가 느슨해짐을 얼마나 탄식했던가?

鏡裡頻驚眉減翠　거울 속에서 눈썹의 색깔 옅어짐에 자주 놀라네.

人生何事不是愁　인생에서 무슨 일인들 시름이 아니랴?

世間難逢如意事　세상에서 뜻대로 되는 일을 만나기 어렵구나.

莫道天上無此愁　천상(天上)에는 이 시름이 없다고 말하지 말라.

帝子無歡容不理　제자(帝子)916)도 기쁨이 없어 얼굴 매만지지 않는구나.

莫道仙宮無此愁　선궁(仙宮)에는 이 시름이 없다고 말하지 마라.

玉環垂淚蓬山裡　옥환(玉環)917)도 봉래산(蓬萊山) 속에서 눈물을 흘리는 구나.

天上仙宮皆有愁　천상(天上)과 선궁(仙宮)에도 모두 시름 있으니

更尋何處無愁地　다시 어디에서 시름이 없는 땅을 찾으랴?

勸君須進手中杯　그대에게 권하노니 손에 든 술잔을 드시오

可以忘愁惟有此　시름을 잊게 할 만한 것 오직 이것뿐이라오

전당(錢塘)의 봄 조망
錢塘春望918)

有客爲眼不計脚　나그네 있어 눈을 위하여 다리를 생각지 않고

楚水吳山遊衍身　초수오산(楚水吳山)919)에서 몸을 실컷 노닌다네.

---

916) 제자(帝子) : 요(堯)의 딸. 즉 아황(娥皇)과 여영(女英)을 가리킴.

917) 옥환(玉環) : 양귀비(楊貴妃)의 어렸을 적 이름.

918) (原註) 승보 이(二)의 중(中)이고, 으뜸에 거하다[陞補二中, 居魁]. 승보는 승보시의 준말. 승보시는 소과(小科) 초시(初試)에 해당하는 시험으로, 성균관의 대사성이 四學의 유생들에게 매년 10회, 뒤에는 매달 1회에 걸쳐 시행하였음. 합격한 자에게는 生員科, 進士科에 응시할 자격이 주어짐. 二中은 시험 성적 등급의 하나임. 전체 등급을 셋으로 대별하고 이를 다시 상중하로 세분하여 총 9등급이 있음. 居魁는 성적의 순위가 으뜸임을 가리킴[역자주].

919) 초수오산(楚水吳山) : 오초(吳楚) 지역의 산수(山水).

東風芳草二三月	동풍에 꽃다운 풀이 자라는 이삼월에
來到錢塘湖水濱	전당(錢塘) 호숫가에 이르렀네.
繁華不逐昔人去	번화함은 사라지지 않았건만 옛사람은 갔고
綠柳烟花依舊春	푸른 버들 안개 낀 꽃은 옛봄처럼 의구하네.
緬懷當年抉目人	당년의 눈을 도려낸 사람920)을 떠올리나니
忠節凜凜磨蒼旻	충절은 늠름하여 푸른 하늘에 닿았구나.
西施貝錦不停織	서시(西施)921)의 고운 비단 짜기를 멈추지 않고
水面鴟夷迷去津	물위의 올빼미는 나루에서 길 잃은 채 가네.922)
江邊白馬縱虛語	강가의 백마는 비록 말이 없지만
怒濤如今如隔晨	성난 파도는 지금도 그 날과 같다오
潮頭射弩何代王	물결 머리에 쇠뇌를 쏜 이는 어느 시대 왕이런가?
武略雄威無與倫	굳센 지략 웅장한 위엄 함께 할 무리가 없구나.
屋堆黃金斗量珠	집엔 황금이 쌓이고 말로 옥구슬을 헤아렸건만
運盡來作香兒臣	운수가 다하니 향아(香兒)923)의 신하가 되었구나.924)
風流浩蕩築堤守	풍류 호탕하고 제방을 쌓았던 태수925)는
野服黃冠隨鶴人	야복황관(野服黃冠)926)으로 학을 좇던 사람이었다네.

---

920) 눈을 도려낸 사람 : 결목인(抉目人). 伍子胥를 가리킴. 오자서는 참언으로 죽게 되었을 때 그의 문객(門客)에게 "나의 묘 위에 반드시 가래나무를 심어 관재(棺材)로 삼도록 하라. 그리고 내 눈을 도려내어 오나라 동문 위에 걸어두어 월나라 군사들이 쳐들어와 오나라를 멸망시키는 것을 볼 수 있게 하라"고 하고는 스스로 목을 찔러 죽었다. 이 소식을 듣고 크게 노한 오왕은 오자서의 시체를 가져다가 말가죽 자루에 넣어 강물에 던져 버렸다.

921) 서시(西施) : 원래 越나라의 미인이었으나 월왕 구천(句踐)이 회계산(會稽山)에서 패하자 범려(范蠡)가 취해 오왕 부차(夫差)에게 바침으로써 그의 총희(寵姬)가 되었음.

922) 여기서 치이(鴟夷)를 떠올린 것은 오자서의 시체를 담은 말가죽 자루가 鴟夷의 형상이었기 때문이다.

923) 향아(香兒) : 향해아(香孩兒). 송(宋) 태조(太祖) 조광윤(趙匡胤)을 가리킴.

924) 五代의 後唐 때부터 나라를 가진 錢氏는 수백 년의 성황을 이루었으나 송태조 조광윤의 명령에 따라 온 가족이 京師로 옮겼던 일을 말함.

925) 제방을 쌓던 태수 : 축제수(築堤守). 소동파를 가리킨다. 소동파가 杭州의 知事로 재직할 때 西湖에 蘇堤를 만들었음.

926) 야복황관(野服黃冠) : 소박한 차림새. 시골 사람의 옷과 야인의 모자.

高標淸節今何處　높은 지조 맑은 절개는 지금 어디에 있는가?
柳條梅蕊徒紛繽　버들가지 매화꽃만 헛되이 어지럽네.
千年遺跡幾人事　천 년에 남긴 자취 몇 사람의 일이던가?
最恨猪皇天步屯　가장 한스러운 것은 저황(猪皇)의 천운이 다한 것이라네.
荷花却挽玉輦留　연꽃은 옥연(玉輦)을 붙들어 머물게 하는데
五陵無人春草新　오릉(五陵)927)엔 사람 없고 봄풀만 새롭구나.
黃粱在釜夢幾回　누런 조 솥에서 익을 때 꿈은 몇 번 꾸었던가?928)
遼鶴一聲哀遺民　요학(遼鶴)929)은 한번 울어 남은 백성 슬퍼하였네.
江山留與後人看　강산은 머물러주어 후인도 보거늘
一劍遊子空悲辛　한 칼 차고 노닐던 사람 공연히 슬퍼하고 괴로워하네.
三吳物色入望眼　삼오(三吳)930)의 물색은 바라보는 눈에 들거늘
獨立湖上欹烏巾　홀로 호숫가에 서서 검은 두건 기울인 채 있네.
芳洲花雨沸笙歌　방주(芳洲)엔 꽃비 내리고 생황과 노래 소리 울려 퍼지며
萬家簾幌春氳氳　수많은 집들 주렴과 장막에는 봄기운이 무르익네.
興亡往事置勿論　흥망의 지난 일 놓아둔 채 논하지 말리니
綠樽酩酊酬佳辰　녹준(綠樽)을 기울여 취하고 아름다운 시절에 응하네.
鐘鳴靈隱夕陽低　영은산(靈隱山)931)에 종이 울리고 석양이 지는데
十里垂柳晴烟均　십 리에 늘어진 버들은 맑은 안개 고루 퍼졌네.

---

927) 오릉(五陵) : 장릉(長陵)·안릉(安陵)·양릉(陽陵)·무릉(茂陵)·평릉(平陵) 등 오현
(五縣)의 합칭.
928) 황량몽(黃粱夢)을 가리킴. 당나라 노생(盧生)이 한단(邯鄲) 객점에서 도사(道士) 여
옹(呂翁)을 만나 그의 베개를 빌어 잠을 잤는데 꿈에 온갖 부귀영화를 다 누렸다. 깨어
보니 객점 주인이 잠들기 전 짓던 메조밥이 아직 익지 않았다.
929) 요학(遼鶴) : 요동인(遼東人) 정령위(丁令威)가 영허산(靈虛山)에서 도를 공부하다 선
학(仙鶴)이 되어 고향에 돌아온 일을 가리킴.
930) 삼오(三吳) : 地名. 1) 晉나라 때는 吳興·吳郡·會稽를 가리킴. 2) 唐나라 때는 吳
興·吳郡·丹陽을 가리킴. 3) 宋나라 때는 蘇州·常州·湖州를 가리킴.
931) 영은산(靈隱山) : 절강성(浙江省) 항주(杭州)의 서호(西湖) 가에 있는 산 이름. 고대의
허유(許由), 갈홍(葛洪) 등이 은거한 곳임.

청풍명월(清風明月)을 한 푼 들이지 않고 사다[932]
清風明月不用一錢買[933]

我欲買山逍遙林下遊	나는 산을 사서 숲속을 소요하며 놀고 싶었고
我欲買酒酩酊壚頭眠	나는 술을 사서 주막에서 취해 자고 싶었노라.
平生慣受鬼揶揄	평생 귀신의 야유 받음에 익숙하여
成我兩計皆無緣	나의 두 계획 이룸은 모두 인연이 없었다네.
清風明月獨何事	청풍명월(清風明月)은 유독 무슨 일로
不煩白水來吾前	맑은 물에 비쳐 내 앞에 오는 것을 마다하지 않는가?
欣然自幸還自怪	기쁘게 스스로 다행스러워하다가 도리어 스스로 괴이히 여겨
坐思物理窮先天	앉아서 물리(物理)를 생각하고 선천(先天)[934]을 궁구하노라.
昔者混沌判未久	옛날 혼돈에서 개벽한 지 오래지 않아서는
順天之則民皆賢	하늘의 법칙을 따라 백성들이 모두 어질었다네.
君子無田食於人	군자는 밭이 없어도 사람들이 먹여 주었고
鄕人亦戒乾糇愆	시골 사람들 또한 양식을 말려 싸우려 하는 허물을 경계했노라.
自從孔兄使鬼神	공형(孔兄)[935]이 귀신을 부리게 되면서부터
人力漸勝天失權	사람의 힘이 점점 강해지고 하늘은 권세를 잃었다네.
擾擾萬象覆載內	천지간에 있는 어지러운 삼라만상이
一毫不入無錢拳	한 터럭도 돈 없는 손엔 들지 않노라.
惟彼二物尙偃蹇	오직 저 두 가지만이 오히려 높이 처하여

---

932) 청풍명월(清風明月)을 한 푼 들이지 않고 사다 : 이백이 「襄陽歌」에서 "청풍명월을 한 푼 들이지 않고 샀으니, 옥산이 절로 넘어짐은 사람이 민 것 아니라네[清風明月不用一錢買, 玉山自倒非人推]"라 한 것 중 앞 구를 차용한 것임.

933) (原註) 신해(辛亥, 1671).

934) 선천(先天) : 우주의 본체, 만물의 본원을 가리킴.

935) 공형(孔兄) : 孔方, 즉 돈을 가리킴.

不爲有力之所專	힘있는 자가 오로지 한 바 되지 않았다네.
一視貴賤布微涼	귀한 이와 천한 이를 한결같이 보아 서늘함을 베풀며
共使遠邇瞻高懸	먼 사람과 가까운 이에게 똑같이 높게 걸린 것을 바라보게 하노라.
雖無王老肯相顧	비록 왕로(王老)936)가 없더라도 기꺼이 돌아보니
謝汝向人曾無偏	너희에게 감사하노라, 사람을 향해 일찍이 치우친 적 없었음을.
褰裳北窓迓故人	북쪽 창가에서 바지를 걷어올리고 벗을 맞으며
擧杯東軒看白蓮	동쪽 마루에서 술잔을 들고 흰 연꽃을 보노라.
暑枕誰煩大扇搖	더운 잠자리에 누가 번거로이 큰 부채 흔들까?
夜坐無勞高燭燃	밤에 앉아서 촛불 높이 밝힐 수고도 없다네.
爲聲成色興不窮	소리내고 빛 이루어 흥 다함이 없으니
爽我襟抱除煩煎	나의 회포를 상쾌하게 하여 번민을 없애준다네.
雙淸也能不價得	이 두 가지 맑은 것, 값을 치르지 않아도 얻을 수 있으니
何用十萬腰間纏	무엇하러 십만 금을 허리춤에 차리오?
誰知此樂作豪語	누가 이 즐거움을 알아 호탕한 말937)을 지었나?
翰林風流人莫先	한림(翰林)의 풍류938)를, 사람들아 앞세우지 말라.
煎膠續絃更有人	아교를 녹여 악기줄을 이은 이가 다시 있으니
赤壁健筆傳蘇仙	「적벽부(赤壁賦)」 웅건한 문장을 소선(蘇仙)939)이 전했도다.
我亦粗知其趣耳	나 또한 그 흥취를 조금 알 따름이니
一般淸意眞無邊	일체의 맑은 뜻이 진실로 끝이 없구나.
但思外物非至樂	다만 생각하니 외물은 지극한 즐거움이 아니요

---

936) 왕로(王老) : 돈을 가리킴.
937) 호탕한 말 : 주 932) 참조.
938) 한림(翰林)의 풍류 : 李白의 풍류를 가리킴. 이백이 翰林供奉으로 임명된 적이 있음에서 일컬음.
939) 소선(蘇仙) : 蘇軾, 즉 소동파를 가리킴.

又恨風有時兮月不能長圓　또한 바람은 부는 때가 있고 달은 항상 둥글
　　　　　　　　　　　수 없음을 한하노라.
君子胸中自有霽月與光風　군자의 가슴속엔 절로 맑은 달과 깨끗한 바람
　　　　　　　　　　　이 있어
最使神淸心浩然　　　　가장 정신을 맑게 하고 마음을 호연(浩然)하게 한다네.
月無晦朔風無停　　　　이 달은 이지러짐이 없고 이 바람은 그침이 없으리니
得之亦不費一錢　　　　이것을 얻는 데도 또한 한 푼도 들지 않네.

눈을 무릅쓰고 고산을 방문함
冒雪訪孤山940)

凍雲陰陰鶴舞庭　　　　언 구름 음산하고 학은 마당에서 춤추며
天風淅淅波生帳　　　　하늘의 바람 씽씽 불자 물결이 휘장에 일렁이네.
訟息吏退朱墨休　　　　송사 끝나고 아전 물러가 붉은 먹 놓아두고
鈴閣塵容亦閑放　　　　관아의 속된 모습, 또한 한가로워졌네.
我欲淺斟低唱對蛾眉　　나는 아미(蛾眉)를 마주하고 잔질하며 나직이 노래
　　　　　　　　　　　하고 싶으나
俗物惱人眞興喪　　　　속된 일이 사람을 괴롭혀 참된 흥취를 잃었다네.
我欲敲氷煮鹿披獵騎　　나는 사냥 길을 열어 얼음장 깨고 사슴고기를 삶으
　　　　　　　　　　　려 하지만
短後誰使幽悁暢　　　　짧은 시간에 누가 그윽한 근심을 펼쳐낼 수 있으려나.
不如孤山靜散地　　　　고산의 고요하고 외진 땅만 못하니
來侍高人之几杖　　　　와서 고인(高人)의 안석과 지팡이를 모시려네.
高人何許人　　　　　　고인은 그 어떤 사람이던가?
巢父許由丈人行　　　　소부(巢父), 허유(許由)와 같은 어르신이라네.

---

940) (原註) 임자년 감회 이의 상이고, 제이다[壬子監會二上第二].

足跡謝城市　　　　　발자취는 성시(城市)를 끊었으니

笑殺朱門秋雨走俗狀　무척이나 우스워라, 주문(朱門)에서 가을비에 속세
　　　　　　　　　　를 달리는 모습이.

妙語出月脇　　　　　묘한 말은 달의 옆구리941)에서 나오고

不學皺眉吟雪紫陌上　미간을 찡그리며942) 흙먼지 대로(大路) 위에서 눈
　　　　　　　　　　읊조리길 배우지 않으려네.

谷蘭馨香世共聞　　　골짜기의 난초 향기 세상에서 듣나니

西湖風月天所餉　　　서호(西湖)의 바람과 달은 하늘이 보낸 바이라네.

我屨摳衣蘭室隅　　　나는 난실 모퉁이에서 공경스레 옷깃을 여미며

得見霜松百尺長　　　서리맞은 소나무의 우뚝함을 본다오

早知淸氷滌煩熱　　　맑은 얼음이 번뇌의 열기를 씻는 줄 일찍 알았으니

何敢煩君爲府望　　　어찌 감히 임금을 번거롭게 해 부망(府望)943)을 원하
　　　　　　　　　　리오!

相從問道殊未足　　　서로 좇으며 도(道)를 물어도 유난히 족하지 않지만

麋監終難日來訪　　　거울삼지 않으면 끝내 어려우리니 날마다 찾아가네.

今朝滕六太多意　　　오늘 아침 등륙(滕六)944)이 내릴 뜻 많으니

興滿山陰子猷舫　　　산음(山陰) 땅 자유(子猷)의 배에는 흥취 가득하네.

玉樓凍合了不計　　　옥루가 얼어붙을 줄 헤아리지 못했는데

銀杯任落湖邊嶂　　　은술잔 멋대로 호숫가 산봉우리에 떨어지네.

靑杉搪揬蕙帳前　　　청삼(靑杉)945)은 혜초 휘장 앞에 돌연하니

正屬幽人閑意王　　　바로 유인(幽人)에 속한 이 한가한 뜻 풍성하네.

---

941) 달의 옆구리 : 월협(月脇). 사람의 의표를 뛰어 넘는 의경(意景).

942) 미간을 찡그리며 : 추미(皺眉). 양눈썹을 가운데로 모아 펴지 않은 상태로 근심을 나
　　타내거나 혹은 기쁘지 않은 모양을 말한다. 소동파의 시에 "눈 속에 나귀를 탄 맹호연
　　을 보지 않았나. 미간을 찡그리고 시를 읊어 어깨가 산처럼 솟은 것을[不見雪中騎驢
　　孟浩然, 皺眉吟詩肩聳山]"이라는 구절이 있다.

943) 부망(府望) : 관청에서의 人望, 혹은 門望을 가리킴.

944) 등륙(滕六) : 눈의 귀신.

945) 청삼(靑杉) : 당나라 문관의 8, 9품 복식, 혹은 신선이나 선비의 누추한 복색을 가리킴.

千山冠玉奏新容	수천의 산들 옥관을 쓰고 새 얼굴 내밀고
亂絮籠江迷遠榜	어지러운 눈송이 강을 감싸 먼 배는 길을 잃었네.
寒窓祇侍有梅兄	차가운 창가에 공손히 모시는 매형(梅兄)이 있고
竹君發輝森相向	죽군(竹君)은 빛을 내어 빽빽이 서로 향하였네.
箇箇淸景分外奇	낱낱의 맑은 경치 무척이나 기이한데
誰道人間雪一樣	누가 인간세상이 눈과 한 가지라고 말하는가?
我意在人不在物	내 뜻은 사람에 있고 물상에 있지 아니하니
滿眼風光亦何相	눈 가득한 풍광 또한 어찌 상관하랴!
先生高潔度白雪	선생의 고결함은 백설(白雪) 같은 정도이니
後凋之者深所仰	뒤늦게 시듦946)을 깊이 추앙하는 바라네.
高臥袁安人誤驚	높이 누웠던 원안(袁安)947)을 사람들 그릇 알고 놀랐는데
鶴氅王恭何足尙	학창의(鶴氅衣) 입은 왕공(王恭)이야 어찌 족히 숭상하리!
霏霏瓊屑氷生齒	펄펄 내리는 옥가루 얼음에 이[齒]를 돋게 하고
頃刻令人懷抱曠	순식간에 사람으로 하여금 가슴속을 환하게 하네.
但恐俗子敗人意	다만 세속의 사람들이 남의 뜻 어그러뜨릴까 두려워
還向城中獨惆悵	도리어 성 안을 향하여 홀로 슬퍼하네.
君不見彤庭多少濕靴人	그대는 보지 못했나! 궁전의 붉은 뜰948)에 많은 젖은 가죽신 신은 이를.
君不見馬踶藍關溪雪漲	그대는 보지 못했나! 말 타고 물러난 남관에 눈

---

946) 뒤늦게 시듦 : 후조(後凋). 『論語』「子罕」편의 '계절이 차가워진 이후에야 소나무와 잣나무의 뒤늦게 시듦을 안다[歲寒然後, 知松柏之後凋也]'에서 유래한 말로, 때가 어려워진 상황에서도 바름을 지키고 구차하지 아니하며 끝내 절개를 지키는 것을 의미한다.
947) 높이 누웠던 원안(袁安) : 고와원안(高臥袁安). 한(漢)나라 때 원안(袁安)이 현달하지 못한 시절에, 낙양에 큰 눈이 내려 사람들은 모두 밖에 나가 양식을 구걸하였으나 원안만이 홀로 뻣뻣이 누워 일어나지 아니하니 낙양의 수령이 지나다가 그 어진 모습을 보고 천거하여 태수로 삼았다는 고사로 몸이 곤궁하더라도 굳게 절조를 지키는 행위에 비유적으로 쓰인다.
948) 궁전의 붉은 뜰 : 동정(彤庭). 궁전 섬돌 위의 붉게 칠한 뜰, 또는 궁전.

녹은 계곡 물 불어난 것을.

安得畵出山居閑致與人看 어찌해야 산에 사는 한가로운 흥취를 그려내
어 사람들과 더불어 보려나.

寄語虎頭費意匠 호두(虎頭)949)에게 말을 전하여 화의(畵意)를 펼쳐내게
하리라.

가구(家具)가 수레보다도 작다
家具小於車

人皆重閉冥厥居 사람들 모두 겹겹으로 문을 닫아걸고 그 거처에서 사
는데

子獨無家遷徙勤 그대 홀로 집도 없이 지치도록 옮겨다녔네.

人皆伐輪任行陸 사람들 모두 수레바퀴 깎아서 육로로 다니는데

子獨借人鷄棲小 그대 홀로 남에게 빌려 타니 닭장처럼 자그마하네.

無家借車尙可憐 집 없고 수레 빌린 것도 오히려 가련하거늘

況是載未盈箱家具了 하물며 여기 실려 있는 상자와 가구도 다 차지 않네.

乾坤偏慳彼何人 천지(天地)가 치우쳐 인색하니 저 사람은 누구인가?

有窮者郊瞳子瞭 가난한 자 중에 맹교(孟郊)950)란 사람 있어 눈동자가
맑다오

君不能遊說萬乘脫輓輅 그대는 만승(萬乘)의 천자에게 유세하여 만로(輓
輅)951)에서 벗어나

---

949) 호두(虎頭) : 晉代의 화가 고개지(顧愷之)의 자(字).
950) 맹교(孟郊) : 751~814. 중국 중당기(中唐期)의 시인으로 자는 東野이다. 浙江省 湖州
武康 출신으로 46세가 되어서야 겨우 進士시험에 합격하여 각지의 변변찮은 관직들
을 역임하였다. 또한 가정적으로도 불우하여 빈곤 속에서 죽었다. 韓愈와 절친하였으
며 樂府나 古詩를 많이 지었다. 외면적인 古風 속에 예리하고 창의적 감정과 사상을
담은 작품들을 창작하였다. 北宋의 江西派에 영향을 끼쳤으며 『孟東野詩集』 권10을
남겼다.

奄乘檻檻雲臺表　　큰 수레 덜컹이며[952] 운대(雲臺)[953] 위로 오를 수도
　　　　　　　　　　없었네.

又不能提携長劍西擊胡　또한 장검을 들고 서쪽 오랑캐를 공격하여

彭彭上建央央旂　성대한 전거(戰車)에 선명한 깃발을 세울 수도 없었네.

君不學山澤癯儒求富女　그대는 산택(山澤)의 여윈 선비로 부잣집 여인을
　　　　　　　　　　구하여

綠紗窓外琴心挑　초록깁 창 밖에서 거문고로 마음 유혹하는 것[954] 배
　　　　　　　　　우지 않았다네.

又不學司馬子長五之術　또한 사마천[955]의 다섯 가지 술법으로

服賈關市牽牛肇　관시(關市)에서 장사하여[956] 빨리 소 끄는 것도 배우
　　　　　　　　　지 못하였네.

但將文字拄腹復撑膓　다만 문자로써 배를 버티고 다시 창자를 지탱하여

喉吻咸池音默窅　목구멍과 입술로 함지(咸池)를 노래하니 그 소리 그윽
　　　　　　　　　하고 깊었네.

騎驢京國欲和薰風琴　나귀 타고 서울에 이르러서는 훈풍(薰風)[957]을 노래

---

951) 만로(輓輅) : 만로는 수레 앞의 가로로 된 橫木을 당기는 일인데, 여기에서 벗어난다
　　는 것은 비유적으로 수레를 끄는 낮은 신분의 일로부터 벗어난다는 것을 의미한다.
952) 큰 수레 덜컹이며 : 함함(檻檻). 수레가 가며 내는 소리.
953) 운대(雲臺) : 後漢 明帝 때 추념하기 위하여 功臣 20인의 초상을 건 곳.
954) 거문고로 마음 유혹하는 것 : 금심도(琴心挑). 마음을 거문고의 소리에 붙여서 여자
　　의 마음을 유혹한다는 뜻으로 사마상여가 탁문군에게 그렇게 한 고사가 있다.
955) 사마천 : 司馬遷(B.C. 145 ?~B.C. 86 ?). 중국 전한의 역사가이다. 『史記』 저자로 龍門
　　에서 출생하였다. 7세 때 아버지가 천문 역법과 도서를 관장하는 太史令이 된 이후 武
　　陵에 거주하며 고문을 독서하던 중, 20세경 郎中이 되어 무제를 수행, 江南·山東·河
　　南 등을 여행하고 110년에는 무제의 태산 封禪 의식에 수행하여 장성 일대와 하북·요
　　서 지방을 여행하였다. 아버지 사마담이 죽으면서 자신이 시작한 『사기』의 완성을 부탁
　　하였고, 그 유지를 받들어 B.C. 108년 태사령이 되면서 황실 도서에서 자료 수집을 시작
　　하였다. 이후 『사기』를 저술하던 중에 흉노에 투항했던 李陵를 변호하다 宮刑을 받았
　　다. 그러나 옥중에서도 저술을 계속하였고 B.C. 95년 황제의 신임을 회복하여 환관의 최
　　고직인 中書令이 되었으며, 기원전 90년에는 마침내 『사기』를 완성하였다.
956) 장사하여 : 복고(服賈). 장사하다는 뜻. 『서경(書經)』 「주고(酒誥)」에 "수레와 소를 끌
　　기 시작하여 멀리 장사하다[肇牽車牛, 遠服賈]"라는 구절이 있다.
957) 훈풍(薰風) : 순임금의 「南風歌」를 일컬음.

　　　　　　　　　　한 거문고 가락에 화답하고자 하는데
君門如天五雲杳　　대궐문은 하늘의 오운(五雲)처럼 아득하기만 하였네.
一字不救飢　　　　한 자(字)도 굶주림을 구제하진 못하니
安用捲海詞　　　　어찌 권해사(捲海詞)를 쓰리오?
源森萬類困凌暴　　끊임없이 이어온 만물은 괴롭히고 능멸하여 흉포하니
雷公向天訐雙鳥　　뇌공은 하늘 향해 쌍조(雙鳥)의 죄를 들추어냈다네.
吹嘘迷見射魯縞　　추켜세웠으나 노(魯)나라의 얇은 깁 쏜 일은 보지 못
　　　　　　　　　했고
風雨靈臺愁緖繞　　영대(靈臺)958)에 비바람 몰아쳐 시름의 실마리 얽혀
　　　　　　　　　있네.
巢禽落葉感客懷　　깃드는 새와 떨어지는 이파리 나그네 회포를 느끼게
　　　　　　　　　하고
日暮回首東南渺　　해 저물어 머리 돌리니 동남쪽이 아득하구나!
薪爲桂兮米如珠　　땔나무는 계수나무와 같고 쌀은 옥과도 같으니
辛苦年來眞食蔘　　고통스럽게도 해마다 참으로 여뀌를 먹었다네.
嗟哉活計似鋤刻　　애석하도다, 생계는 김 매고 풀 벤 것 같으니
感容能復持淸醥　　근심 걱정이 많아도 맑은 술을 다시 들 수 있구려.
文園四壁誤稱竇　　원림(園林)959) 사방 울타리가 그릇되이 가난하다고 일
　　　　　　　　　컫고
玉川數間非爲少　　옥천(玉川)의 몇 칸 집을 적다고 하지 않았네.
賃屋仍謀我賄遷　　더부살이집 얻으려 나 뇌물을 주러 다니길 꾀하니
供笑人家談舌掉　　남의 집에 웃음거리 되어 입방아에 오른다네.
胯下已借北隣夕　　굴욕을 참으며960) 빌리다 보니 북쪽 이웃은 저녁이

---

958) 영대(靈臺) : 주(周)나라 문왕(文王)의 지붕이 없는 대(臺), 또는 천문대를 나타내기도
　　하며, 마음이나 정신을 뜻하기도 한다.
959) 원림(園林) : 원래는 漢 文帝의 陵園을 의미하였는데, 훗날 능원·후원·원림의 범
　　칭으로 쓰임.
960) 굴욕을 참으며 : 과하(胯下). 韓信이 굴욕을 참으며 소년의 사타구니 아래로 기어갔다
　　는 고사에서 유래하여, 한신을 지칭하거나 또는 굴욕을 참는 사람을 범칭하기도 한다.

	되었고
鹿頭又乞東鄰曉	푸른 머리가 또 애걸하다 보니 동쪽 이웃은 새벽이 되었네.
員于爾輻恐輸載	이 바퀴살 늘려도 실어 나르기 두렵지만
兩犛復用脂膏遶	양 비녀장 다시 쓰려고 기름을 둘렀구나!
於焉戒僕輸家資	여기에서 종복을 타일러 살림 도구 옮기려 하니
惟有五鬼無六擾	오귀(五鬼)의 괴롭힘만 있고 육축(六畜)의 시끄러움은 없다네.
先取生塵之甑若故竈	먼저 낡은 부엌 같은 먼지 나는 시루를 취하고
次出生魚之釜如廢沼	다음으로 마른 연못 같은 물고기 기르던 가마솥을 내보내네.
百結縕袍鶉倒毛	백 번 기운 헌솜 핫옷은 메추라기 깃털이 뒤집힌 듯하고
褸裂冬裘龜圻兆	남루하고 해진 겨울 갖옷은 점치는 거북등 갈라진 듯하네.[961]
甁如栗里已全空	단지는 율리의 도연명처럼 이미 완전히 비었으며
瓢比陋巷仍半燎	표주박은 누항의 안회처럼 절반쯤 불탄 것과 비견할 만하구나!
王章牛衣	왕장(王章)은 소의 옷을 입었으며[962]
孫晨臥藁	손신(孫晨)은 지푸라기에 누웠으며
陳平門席	진평(陳平)은 돗자리로 문을 삼았다네.[963]

961) 점치는 거북등 갈라진 듯하네 : 구기조(龜圻兆). 거북의 등뼈를 불살라 균열이 생긴 것을 보고 얻는 점괘의 조짐을 말한다.

962) 왕장(王章)은 소의 옷을 입었으며 : 왕장우의(王章牛衣). 우의는 소의 防寒을 위하여 삼이나 짚등을 얽어 만든 것인데, 왕장이 병이 들었으나 입을 것이 없어 우의 속에 들어가 누웠다는 고사에서 유래한 말로 빈한 또는 빈한한 선비를 비유하고 있다.

963) 진평(陳平)은 돗자리로 문을 삼았다네 : 진평문석(陳平門席). 漢나라의 진평은 출신이 한미하여 窮巷에 살면서 거적떼기로 문을 삼았다는 데서 유래하여 현사(賢士)가 빈한하게 사는 것을 비유한다.

點檢令人顏色愀	점검해 보니 사람으로 하여금 안색을 슬프게 하고
攢聚縱橫羅列而幷載兮	모아서 종횡으로 벌려 놓고 함께 실음이여!
尙如太倉稊米眇	오히려 큰 곳간의 돌피 쌀처럼 작으며
又如鷦鷯棲木杪	뱁새가 나무 끝에 깃들인 것과 같구나!
車輕爾載馬輕車	수레에 가벼이 실으니 말도 수레를 가볍게 여겨
款段蹋路同騕褭	걸음 느린 말964) 길 밟는 것이 천리마965)와 같구나.
小兒攔街齊拍手	어린아이들 길을 막고 나란히 손뼉을 쳐대니
誰念詩翁憂悄悄	뉘라서 시옹(詩翁)의 초초한 근심을 생각이나 하랴.
曾聞小人窮斯濫	일찍이 듣건대 소인은 곤궁하면 곧 함부로 하여
附不擇所如蘿薜	달라붙으매 겨우살이 풀966)처럼 가리지를 않는다네.
我公甘此耻媚竈	우리 공(公)은 이를 달게 여기고 권귀(權貴)에게 아부하는 것967)을 수치스러워하니
雅操淸標誰得紹	단아한 절조와 맑은 표준을 누가 이을 수 있으랴.
只恨古貌遊公卿	옛사람의 풍모로 공경(公卿)들과 교유한 것 한스러우니
尙戀紅塵失輕矯	홍진(紅塵)에 미련 있어 고원(高遠)한 자취 잃게 되었네.
還將悁恨入詩律	도리어 한탄스럽고 원통함을 시율에 담아내니
苦語千秋照緗縹	고뇌의 말들은 천추의 서책(書冊)에 길이 빛나네
何不載耒歸田園	어찌하여 쟁기를 싣고 전원(田園)으로 돌아가지 않았던가.
其笠伊斜其鎛趙	삿갓 가벼이 쓰고 호미로 밭을 매리라968).
汙邪滿車鼓腹歌	나지막한 밭969)에서 수레에 가득 싣고 배 두드리며

---

964) 걸음 느린 말 : 관단(款段). 관단마로서 걸음이 느린 말을 지칭한다.
965) 천리마 : 요뇨(騕褭). 천리마와 같은 명마를 말한다.
966) 겨우살이 풀 : 蘿薜. 겨우살이와 여라가 나무 위에 뻗어 있음을 말하는데, 형제들이 서로 의지하여 사는 것에 비유된다.
967) 권귀(權貴)에게 아부하는 것 : 미조(媚竈). 權貴에게 아부하는 것을 비유한 말.
968) 호미로 밭을 매리라 : '鎛趙'는 호미로 땅을 판다는 뜻이다. 『詩經』 「周頌」 「良耜」에 "그 삿갓이 가뿐하며 그 호미로 이에 땅을 파서 여뀌를 제거하도다[其笠伊斜 其鎛斯趙 以女+尊茶蓼]"라는 구절이 있다.
969) 나지막한 밭 : 汙邪는 땅이 낮은 밭을 의미한다. 『사기』 「골계열전」에 '汙邪滿車'라

노래 부르리니

百乘素餐眞可藐　　백승(百乘)으로 녹봉 받는 일[970] 진실로 멀리할 만하네.

나그네 마음을 흐르는 물에 씻다
客心洗流水[971]

我宿峨嵋下	나 아미(峨嵋)[972]산 아래에 자노라니
峨嵋僧來尋	아미산 승려가 찾아와 주었다오
僧何知人意	승려는 사람의 마음 어찌 알기에
手携綠綺琴	손에 녹기금(綠綺琴)[973] 들고 왔던가?
坐白石奏流水	흰 바위에 앉아 유수곡(流水曲)[974]을 연주하니
方寸炯然如球琳	마음속 훤해져 옥과도 같도다.
嗟余長嘯梁甫吟	아! 나는 길이 양보음(梁甫吟)[975]을 읊조리나니
自愧戢鱗蟠蹄涔	비늘 거둔 채 작은 웅덩이에 웅크림 부끄럽도다.
飄然忽起遠遊興	아득하니 홀연 원유(遠遊)의 흥취 일어나는데
吳會幾年聞秋砧	어느 해 오회(吳會)[976]에서 가을 다듬이 소리 들으려나.

는 구절이 있다.

970) 녹봉 받는 일 : 소찬(素餐). 공로 또는 재능이 없이 높은 지위에 앉아 녹을 타먹는 일.

971) (原註) 무자(戊子, 1648).

972) 아미(峨嵋) : 峨眉라고도 함. 四川省 峨眉縣의 서남쪽에 있음. 중국 불교의 사대 명
산 가운데 하나. 그 외에 산동·하남·안휘·복건·광서성 등에도 동일한 이름의 산
이 있음.

973) 녹기금(綠綺琴) : 司馬相如가 지녔던 거문고의 이름. 그가 「玉如意賦」를 짓자 梁王
이 기뻐하여 하사했다고 함. 후대에는 거문고의 범칭으로 쓰임.

974) 유수곡(流水曲) : 琴曲名으로, 高山流水曲을 가리킴. 본래 伯牙와 鍾子期의 '知音'
고사로부터 미묘한 악곡을 지칭하게 되었으며, 또한 금곡의 범칭으로도 쓰임.

975) 양보음(梁甫吟) : 泰山 근처 梁甫라는 곳에서 불려진 노래로, 梁父吟이라고도 한다.
제갈량이 지었다고도 하나『三國志』「蜀志」「諸葛亮傳」에 "제갈량은 양보음을 좋아
하였다"라는 구절이 있는 것으로 보아 제갈량의 작품은 아니다.

976) 오회(吳會) : 秦·漢 시대 會稽郡의 治所가 吾縣에 있었으므로 군현을 병칭하여 오
회라 함.

蒼梧魂斷五絃絶　　　창오(蒼梧)977)에 넋 끊어지자 오현(五絃)도 끊어지고
楚水淚落三閭沈　　　초수(楚水)에 눈물 떨구며 삼려(三閭)978)는 가라앉았네.
幽州不敢射天狼　　　유주(幽州)979)에서 감히 천랑(天狼)980)을 쏘지 못하니
閶闔悵望昏氛祲　　　궁궐에서는 슬퍼하며 어두운 요기(妖氣)를 지켜보네.
人言蜀國多仙山　　　사람들 촉나라에 선산(仙山)이 많다 하는데
歷井捫參期徧臨　　　정성(井星) 지나 참성(參星) 만지며981) 두루 임하길 바
　　　　　　　　　　라네.

秋風荒店憩寂寞　　　갈바람 불 제 허름한 여관에 쓸쓸히 쉬노라면
黃汚人衣愁不禁　　　하찮은 음식과 의복에 근심을 막지 못하리.
僧英解來一何好　　　뛰어난 승려가 풀어주니 한결같이 어찌 그리 좋은가?
況抱焦尾徽黃金　　　하물며 황금 기러기발의 거문고를 껴안고 있다네.
龍脣拂拭一揮手　　　용순(龍脣)982)을 털고 닦고 한번 손을 휘두르는데
發情瀉聲聲愔愔　　　정(情)을 발하여 소리를 쏟아내니 음색이 화평하다.
枯桐何得有淸泚　　　마른 오동나무가 어떻게 맑음을 얻어
灑我平生塵土襟　　　평생 티끌에 더럽혀진 내 흉금을 씻어주는가?
舊聞峨洋在心上　　　산 높고 강물 넘실거림이 마음 위에 있다983) 들었거늘
誰料伯牙生於今　　　뉘 알았으리, 백아가 지금 살아 있을 줄.
淸寒逼骨肝膽醒　　　맑고 차가움이 뼈에 사무쳐 간담이 깨어나는데
已喜瀑布風松吟　　　폭포와 솔바람의 노래 이미 즐겁기도 하여라.

---

977) 창오(蒼梧) : 산 이름. 九疑라고도 함. 湖南省 寧遠縣 동남쪽에 있으며, 舜임금이 죽
　　어 장사지낸 곳임.
978) 삼려(三閭) : 屈原을 가리킴. 초나라 조정에서 추방되기 전 三閭大夫의 자리에 있었
　　으며, 이후 멱라수에 투신자살하였음.
979) 유주(幽州) : 九州의 하나로, 동북지역을 가리킴.
980) 천랑(天狼) : 별 이름. 잔인하고 난폭한 침략자의 비유.
981) 정성(井星) 지나 참성(參星) 만지며 : 지극히 요원하고 고원함을 형용한 것임.
982) 용순(龍脣) : 거문고의 부위명. 머리부분이 용으로 장식된 것을 가리킴. 혹은 거문고
　　의 미칭으로도 쓰임.
983) 산 높고 강물 넘실거림이 마음 위에 있다 : 伯牙와 鍾子期의 고사. 백아가 마음속으
　　로 높은 산과 넘실거리는 강물을 그리며 거문고를 연주하자 종자기가 다 이해하였음.

胸中萬象一時滅	가슴속에 만상이 일시에 사라져 버리나니
更愛幽澗鳴深林	그윽한 산골물이 깊은 숲에 울리는 소리 더욱 사랑스럽네.
絃非江兮手非漢	현은 장강(長江)이 아니며 손은 한수(漢水)가 아니거늘
濯之何徹靈臺深	어찌 영대(靈臺)984)의 깊은 곳까지 통하여 씻어주는가.
丹田潔淨了玉闕	정결해진 단전(丹田)985)과 옥궐(玉闕)986)이여!
頓失從前塵累侵	갑자기 종전 속세의 누(累)가 침입함이 사라졌도다.
摩尼珠炯覺非吾	마니주(摩尼珠)987) 빛이 나니 내가 그릇됨 깨닫고
體輕可試丹山禽	몸 가벼워져 단산(丹山)988)의 봉(鳳) 시험해 볼 만하도다.
琴中自有滌腸術	거문고 속에 절로 창자를 씻어낼 비책 있거늘
迷疾何須華扁針	미혹된 병에 어찌 화편(華扁)989)의 침이 필요하랴?
琴中自有日新訣	거문고 속에 절로 일신(日新)990)의 비결이 있거늘
去汚不待盤銘箴	더러움 없앰에 반명(盤銘)991)의 잠언 기다리지 않으리.
師乎願教此曲橫行西海人	스님이여, 원컨대 이 곡을 횡행하는 서해 사람에게 가르쳐 주오
往作銀河淨洗甲兵天山陰	가서 은하수 되어 천산(天山)992) 남쪽의 병화를 씻어내리.
師乎願教此曲鹽梅調鼎人	스님이여, 원컨대 이 곡을 맛내는 조리사993)에

---

984) 영대(靈臺)·정신, 마음의 비유

985) 단전(丹田): 도교어. 원기를 호흡해 모이는 곳. 배꼽 아래 세 치쯤에 위치함.

986) 옥궐(玉闕): 도교어. 신장 속의 백기(白氣)가 위로 폐와 연결되는 통로.

987) 마니주(摩尼珠): 불교의 寶珠.

988) 단산(丹山): 전설에 봉새의 산지로 알려진 산.

989) 화편(華扁): 고대의 명의인 華佗와 扁鵲을 가리킴.

990) 일신(日新):『禮記』「大學」에 "탕임금의 반명에 이르길, '진실로 어느 날에 새로워졌거든 나날이 새롭게 하고, 또 나날이 새롭게 하라'[湯之盤銘曰, 苟日新, 日日新, 又日新]"는 구절이 있음.

991) 반명(盤銘): 盤은 목욕하는 그릇이며, 銘은 그 그릇에 새겨진 글을 가리킴.

992) 천산(天山): 주 236) 참조.

993) 맛내는 조리사: 짠맛의 소금과 신맛의 매실로 맛을 조정하듯 국가의 문제를 해결해 낼 수 있는 인재를 가리킴.

게 가르쳐 주오

往代蔗漿洗滌煩熱君王心　가서 단 사탕물 대신해 군왕의 번열하는 마음
을 씻어주리.

曲終調絕碧山暮　곡조는 끝이 나고 푸른 산 저물어 가는데

席上猶有泠泠音　자리 위에는 아직도 맑은 소리 남아 있도다.

杳靄何處盖頭茅　어스름한 이내 낀 어느 곳에 띠집은 지붕을 덮었나?

淸溪幾度到雲岑　맑은 시내 몇 번을 건너야 구름 낀 산봉우리에 이르
려나?

他日吝萌思逝濯　훗날 탐욕의 싹을, 가서 씻어낼 생각하나니

不道石路多崛崟　말하지 마오, 돌길이 몹시도 험하다고

부(賦)

번역편

國譯 孤山遺稿

취선루부
醉仙樓賦[1]

客有辨青纏具黃雲, 心千古跡八垠. 浮遊靡定, 偶往通津. 瘦節行行, 暮投吳人鐘山之下大江之濱. 喧然名都, 歌吹滿路. 旗亭邑屋, 眩晃仰俯. 爰有一樓于城門之外大道之傍. 俯壓鴻厖, 上磨蒼穹. 逈臨鳥上, 高出寰中. 豊麗照耀, 倜儻連延. 金扁揭號, 牓曰醉仙. 客於是彷徨乎其下而聳目. 延佇乎其上而駭魄曰, 登者呀咻作者何勝. 何年所構, 何人所陞. 傍有青帘主人揖客而言曰, 是乃太平之跡, 皇祖之德. 客自遠來, 其欲問其故而聞其說乎. 客曰唯唯. 主人曰, 伊昔皇祖之興也. 足蹋天關, 鏡廓太微. 氛滅劒指, 山摧旗揮. 遠柔近懷, 乾淸坤夷. 轉洪勻之一氣, 開壽域於八荒. 麟逶迤而呈瑞, 鳳應奏而蹌蹌. 治定功成, 天下歸仁. 民安物阜, 四海爲春. 於是皇帝若曰, 天之立君, 爲萬民也. 憂與民同, 樂與民同, 是謂民之父

1) (原註) 과제(科製).

母. 不與衆而獨樂, 其可謂爲民后也哉. 今朕身有高臺廣廈溫房凉室之安,
口有玉食珍羞瓊漿霞醞之適. 垂衣萬機, 高枕九闕. 可不分淸陰於四方,
一酣樂於衆庶. 使民皆有閭廬, 不足以盡朕大庇天下之志. 賜民三日大酺,
不足以盡朕旣醉以酒之意. 朕將建高樓于諸門, 以接東西南北往來之客.
設酒肆于諸樓, 以供上下大小遊宴之樂. 於是工倕運巧, 郢匠揮斤. 輸材
則萬牛回首丘山之重, 伐石則千椎雷動蒼山之根. 不日成之, 眼前突兀.
十樓相視, 醉仙居一. 白叟燕賀, 黃童雀躍. 登玆樓而四望, 悅春臺之熙
熙. 入其肆而酣歌, 知帝德之淪肌. 皇帝又曰, 四夷賓服, 豈非股肱之力.
萬方協和, 豈非群臣之績. 四蠻貢葡萄之酒, 寶雞獻五岐之麥. 使朕食八
珍而飮九醞, 皆由爾文武之輸忠. 何以報之, 予嘉乃庸. 乃降紫泥賜靑蚨,
輦輸其家, 車繼于途. 罄孔兄於水衡, 謀麯生於酒壚. 爾其醉仙樓下車盖
相磨, 醉仙樓中環珮委蛇. 槐棘俱來, 鵷鷺並集. 詩人猛士雜龍虎於危闌,
楚舞吳歌亂鵝鴨於華桷. 咽鏗鏘之仙樂, 魚龍踴躍. 登瀲灔之玉酒, 觥籌
交錯. 咸失喜而歡呀, 極遨遊於暇日. 此乃皇朝之盛事, 而古今之所無也.
客曰, 始見斯樓, 驚金碧之崛岉. 及聞子言, 知聖德之磅礴. 余敢不樂餘波
之垂後, 歌太平於今夕. 遂酙酒與魚, 復登丹梯. 夕陽高掛, 旅鴈遙嘶. 主
客相屬, 高歌互答. 客歌曰, 有樓如阜, 皇祖構兮. 有酒如河, 皇祖侑兮. 萬
代君臣, 樂哉洪武. 主人歌曰, 南望滄海兮, 悅我皇祖聖澤之無窮. 北望秋
旻兮, 悅我皇祖聖德之極隆. 不登斯樓兮, 焉知天海之洪. 不見天海兮, 焉
知皇祖之功.

객에 청전(靑纏)2)을 마련하고 황운(黃雲)3)을 수록하던 이 있어, 천고(千
古)를 마음으로 삼고 팔방의 끝에 자취를 두었네. 떠돌아다니며 정처 없
더니, 우연히 통진(通津)4)으로 가게 되었네. 지팡이 짚고서 가고 가다, 저

---

2) 청전(靑纏) : 파란색의 새끼줄. 옛날에 이것으로 圖版을 묶고 천자가 지나는 길을 표
   시하였음.
3) 황운(黃雲) : 天子의 氣나 상서로운 기운을 가리킴.
4) 통진(通津) : 교통의 요지를 가리킴.

물어 오(吳)땅 사람의 집에 묵으니 종산(鐘山)5) 아래 큰 강의 물가라네.
떠들썩한 이름난 도읍이여, 노래하고 악기 부는 소리 길에 가득하구나.
기정(旗亭)6)과 마을 집들은, 위아래로 빛을 발하누나. 하나의 누대가 성
문 밖 큰길가에 있으니, 아래로 대지(大地)를 누르고, 위로 푸른 하늘에
닿았네. 아득하니 새 위에 임하였고, 높이 기내(畿內) 가운데 빼어나네.
몹시도 아름답게 빛이 나며, 우뚝하니 잇달아 있구나. 금칠한 편액에 이
름을 걸어 놓았으니, 현판에 '취선(醉仙)'이라 적혔다네.

　객은 이에 그 아래에서 배회하며 눈을 올려 보고, 그 위에서 머뭇거
리다 놀라며 말하였네. "올라오는 자마다 만든 이 얼마나 훌륭한가 입
벌려 떠드는데, 어느 해에 지었으며, 어떤 사람이 올랐던가?"

　곁에 푸른 깃발의 주막집 주인 있어 객에게 읍하고 말해주네. "이는
태평의 자취이며, 황제의 조상님 덕택이라오 객은 멀리서 왔나본데, 그
까닭을 물어 이야기 듣고 싶소?"

　객이 "예, 예" 하고 답을 하니, 주인이 말해주네.

　"옛날 황제의 조상님 일어나실 때, 발은 천관(天關)7)을 밟으셨고, 빛은
태미(太微)8)를 두르셨네. 검으로 가리키면 재앙이 사라졌고, 깃발로 지휘
하면 산이 무너졌소 먼 곳을 회유하고 가까운 곳을 품어주니, 하늘은
맑고 땅은 평탄하였다네. 홍균(洪勻)9)의 한 기운을 굴리어, 수역(壽域)10)
을 팔황(八荒)11)에 여시었다오 기린은 잇달아 상서로움을 드리고, 봉황
은 박자에 맞춰 춤을 추었소 다스림이 안정되어 공이 이루어지니, 천하
가 인(仁)으로 돌아갔다오 백성들 편안하고 만물은 번성하였고, 사해가

<hr/>

5) 종산(鐘山) : 江西省 分宜縣의 동쪽에 있는 산.
6) 기정(旗亭) : 술집이나 여관을 가리킴.
7) 천관(天關) : 天門 혹은 宮闕을 가리킴.
8) 태미(太微) : 조정이나 황제의 거처를 가리킴.
9) 홍균(洪勻) : 洪鈞과 통하여 하늘 혹은 하늘의 조화를 가리킴.
10) 수역(壽域) : 어질고 장수하는 땅이라는 뜻. 태평성대를 가리킴.
11) 팔황(八荒) : 팔방의 끝.

봄날처럼 되었다네. 이에 황제는 이렇게 말하였소 '하늘이 임금을 세운 것은, 만민을 위함이라. 근심을 백성과 함께 하고, 즐거움을 백성과 함께 하나니, 이를 일러 백성의 부모라 하니라. 대중과 더불어 않고 홀로 즐긴다면, 어찌 백성의 임금이라 일컬으리! 지금 짐(朕)의 몸에는 고대(高臺), 광실(廣室), 따스한 방, 시원한 집의 편안함이 있고, 입에는 옥밥, 진수성찬, 옥 같은 음료, 맛있는 술의 적절함이 있도다. 옷을 드리운 채 만기(萬機)12)를 살피고는, 구중궁궐에서 높이 베개를 벤다네. 사방의 맑고 흐림을 가리지 않고, 한번 뭇 사람들과 취해 즐기려네. 백성으로 하여금 다 집이 있게 하였으나, 짐이 천하사람을 크게 덮어주려는 뜻을 다하기 부족하도다. 백성에게 사흘 동안 큰 잔치를 치러주어도, 짐이 술로써 취하게 하려는 뜻을 다하기 부족하네. 짐은 장차 여러 문에 높은 누대를 지어, 동서남북을 오가는 객을 마주하리라. 여러 누대에는 주막을 차려주어, 상하대소의 사람에게 노니는 즐거움을 선사하리.'

이에 공수(工倕)13)가 솜씨를 발휘하고, 영장(郢匠)14)이 도끼를 휘둘렀다오 재목을 나르니 만 마리 소는 산언덕 같은 무게에 고개 돌리고, 돌을 자르니 천 개의 망치는 푸른 산의 뿌리를 뒤흔들었다오 하루가 되기 전에 이루어지니, 눈앞에 우뚝이 솟았다오 열 개의 누대가 서로 바라보이는데, 취선루가 그 중에 하나를 차지했다네. 백발의 노인장은 연하(燕賀)15)를 하고, 서너 살의 어린애는 뛰며 좋아하였소 이 누대에 올라 사방을 바라보면, 춘대(春臺)16)의 빛남 황홀하기도 하다오 주막에 들어가 술 마시고 노래하니, 황제의 덕이 살을 적셔줌을 알겠다오

---

12) 만기(萬機) : 만 가지의 기미. 정치상의 온갖 중요한 문제들을 가리킴.
13) 공수(工倕) : 고대의 솜씨 좋은 匠人인 倕를 가리킴. 요임금 때 百工의 일을 맡아 하였다고 전해짐.
14) 영장(郢匠) : 楚나라의 郢에 살던 솜씨 좋은 匠人. 이름은 石으로 『莊子』에 나옴.
15) 연하(燕賀) : 제비가 사람이 집을 짓는 것을 보고 축하하여 기뻐한다는 뜻으로, 남이 집을 지은 것을 축하한다는 뜻.
16) 춘대(春臺) : 봄날에 올라 조망하는 누대를 가리킴.

황제는 또 말씀하시길, '사방 오랑캐가 찾아와 복종하니, 어찌 고굉지신(股肱之臣)17)의 힘이 아니랴? 만방이 협력하고 화합하니, 어찌 뭇 신하들의 치적이 아니랴? 사방 오랑캐는 포도주를 바치고, 보계(寶雞)18)는 다섯 가닥의 보리를 바치도다. 짐에게 팔진미를 먹이고 아홉 가지 술을 들게 하니, 다 너희 문무(文武)의 관리가 충성한 까닭이라. 어찌 보답하리오? 나는 너희의 공을 가상히 여기노라!'

이에 자니(紫泥)19)를 내리고 청부(青蚨)20)를 하사하니, 수레로 그 집에 나르느라, 거마가 길에 이어졌네. 수형(水衡)21)에선 공방(孔兄)22)을 비웠으며, 주막에선 국생(麴生)23)을 도모하였네. 취선루 아래에는 수레덮개가 서로 닿고, 취선루 속에는 패옥이 줄지었네. 괴극(槐棘)24)이 다같이 찾아오고, 원로(鵷鷺)25)가 나란히 모였다오 시인과 용맹한 선비 높은 문 아래 용과 범처럼 뒤섞이고, 초나라 춤 오나라 노래 화려한 서까래 아래 거위 오리처럼 어지럽네. 금옥(金玉) 소리의 선악(仙樂)에 목이 매이는데, 어룡(魚龍)은 뛰어 솟구쳐 오른다네. 출렁거리는 옥주(玉酒)를 올리니, 술잔과 산가지 서로 뒤섞이네. 모두 기뻐 어쩔 줄 몰라 즐거워 입을 벌리며, 한가한 날을 지극히 즐거이 노닌다네. 이는 지금 조정의 성대한 일이니, 예나 지금이나 없던 바일세."

객은 말하길, "처음 이 누대를 보고, 금빛 푸른빛이 우뚝 솟아 놀랐다오 그대의 말을 듣고 나니, 성덕의 드넓음 알게 되었소 난들 여파가 미친 뒤에서 즐겁지 않으랴, 오늘밤에 태평을 노래하려네."

---

17) 고굉지신(股肱之臣) : 넓적다리와 팔뚝처럼 의지할 수 있는 대신.
18) 보계(寶雞) : 고대 전설 속의 신이한 닭. 이를 얻으면 왕업을 이룬다고 함.
19) 자니(紫泥) : 자줏빛의 진흙으로 詔書를 봉하는 印朱로 사용했음.
20) 청부(青蚨) : 돈의 별칭.
21) 수형(水衡) : 漢代에 설치된 관청명. 세금을 걷고 돈을 주조하였음.
22) 공방(孔兄) : 孔方兄. 돈을 의인화하여 형으로 부른 것임.
23) 국생(麴生) : 술을 의인화한 것임.
24) 괴극(槐棘) : 三槐九棘. 곧 三公九卿을 가리킴.
25) 원로(鵷鷺) : 원추새와 백로. 자태가 한가롭고 우아하여 조정의 백관에 비유됨.

드디어 술과 생선을 사고, 다시 붉은 사다리를 올라가네. 석양은 높이 걸려 있고, 날아가는 기러기 멀리서 울며 가네. 주인과 객이 서로 주거니 받거니, 큰 소리로 함께 화답을 하네.

객은 노래하길, "언덕 같은 누대 있으니, 황제의 조상님 지으셨네. 강물 같은 술 있으니, 황제의 조상님 먹여 주시네. 만대(萬代)의 임금과 신하들 즐거워라! 크신 무용(武勇)이여."

주인은 노래하길," 남으로 창해를 바라봄이여, 우리 황제 조상님 은택의 무궁함 황홀하여라. 북으로 가을 하늘 바라봄이여, 우리 황제 조상님 성덕의 지극히 융성함 황홀하여라. 이 누대에 오르지 않는다면, 어찌 하늘과 바다의 넓음을 알랴! 하늘과 바다를 보지 못한다면, 어찌 황제 조상님의 공덕을 알랴!"

'북면함이 없이 천자께 고하다'에 대한 부
詔於天子無北面賦[26]

有志學子, 問於知道丈人曰, 盖嘗聞之, 自天尊而地卑, 有君臣之定位, 惟用下而敬上, 乃不易之常理, 無北面於詔王, 何斯禮之獨異? 丈人曰, 師者道之標也, 道者人之路也, 非道則無以爲人, 非師則無以入道. 師之重如此也歟! 師尊然後道尊, 道尊然後敬學, 惟學非敬則不成, 惟師非尊則不得. 師之尊如此也歟! 是以, 管氏垂訓毋驕恃力, 欒共有言事之如一, 故凡學之道, 尊師爲至, 非徒士也, 達乎天子. 雖然, 士之任輕而君之任重, 士之學小而君之學大. 其任輕而其學小者, 猶不可以自懈, 其任重而其學大者, 如之何其不戒? 夫君人者, 知道則治, 昧道則危, 能學則昌, 不

---

26) (原註) 節日製에 합격함[節製 入格]. [節製는 節日製의 준말로서, 명절에 시행하는 科試. 의정부와 육조, 그 밖의 각 관아의 당상관이 성균관에 모여 居齋生과 지방 유생에게 製述만을 시험함 : 역자주].

學則亡. 每存是四者於心, 其學可不急乎? 夫君人者, 上以事天, 下以御
民, 享之宗廟, 保之子孫. 將學是四者於人, 其禮可不重乎? 是故, 昔者太
甲之於阿衡, 拜稽首而自讓, 成王之於元聖, 致明禮而休享, 夏禹聞昌言
而起拜, 周武問丹書而降陛, 古之所以重道而隆師有如此者, 何獨於詔天
子無北面之禮而有訝? 志學子曰, 君之所以尊師, 旣聞命矣. 臣之所以處
此, 不已泰乎? 丈人曰, 道者出於天, 卽所謂天理也. 其大無對, 其尊無比.
君之所以尊師, 所以尊師所有之道也, 師之所以處尊, 所以成君莫大之禮
也, 道豈可使由我而卑也? 禮豈可使由我而廢也? 志學子曰, 邇英古制,
立講有規, 大宋之興, 何取於斯? 丈人曰, 秦火如燼, 尊君抑臣, 復古無人,
代各因徇. 然以程子一言而改之, 此宋之所以得爲仁也. 志學子曰, 在昔
漢明臨雍拜老, 聞者興起, 觀者顚倒, 可謂能行三代之禮矣. 何以不能興
三代之道乎? 丈人曰, 君有其志, 師非其士. 章句而已, 訓詁而已. 彼哉彼
哉, 何足響齒? 志學子曰, 伊川改立爲坐, 可謂得其志矣, 有眞儒以爲師,
何宋朝之止是? 丈人曰, 有臣如此, 時乎不利, 不安子思. 寒之者至, 千載
之下, 爲一興喟. 志學子曰, 河淸此日, 聖人有作, 允恭克讓, 終始典學,
以此君而爲此擧, 若輕籥於魯縞, 民鮮能於叔季, 恐世乏乎師表. 丈人曰,
秉彝不墜, 代不絶人, 安知今者或有逸民? 但古語云, 能自得師者王, 謂
人莫已若者亡. 師須自得, 豈憑薦章? 丈人遂朗詠古詩曰, 朝歌屠叟辭棘
津, 八十西來釣渭濱. 廣張三千六百釣, 風期暗與文王親. 志學子和而歌
古辭曰, 昔殷之高宗, 得良弼於宵寐, 孰左右者爲之先? 信天同而神比.

어떤 지학자(志學子)가 지도장인(知道丈人)에게 물어 가로되, "대개 일찍
이 듣기를, '하늘은 높고 땅은 낮음으로 인하여 군신의 정한 지위가 있
으니, 오직 아랫사람을 쓰고 윗사람을 공경함은 이에 바꾸지 못할 상리
(常理)라' 하였으되, 북면함이 없이 임금께 고하니, 어찌 이 예만이 유독
다른지요?" 장인이 가로되, "스승은 도의 지표이고, 도는 사람의 길이니,
도가 아니면 사람이 될 수 없고, 스승이 아니면 도에 들어갈 수 없다.
스승의 중함이 이와 같을진저! 스승이 높은 연후에 도가 높고, 도가 높

은 연후에 배움을 공경하니, 오직 배움은 공경함이 아니면 이루지 못하고, 오직 스승은 높임이 아니면 얻지 못한다. 스승의 높음이 이와 같을진저! 이러므로 관자(管子)는 교훈을 드리우기를 '교만하여 능력을 믿지 말라'[27] 하였으며, 난공[28]은 말하기를 '섬김에 한결같이 하라'[29] 하였다. 그런 까닭에 무릇 배움의 도는 스승을 높임으로 지극함을 삼으니, 다만 선비만이 아니라 천자에까지 달한다. 비록 그러하나 선비의 소임은 가볍지만 임금의 소임은 무겁고, 선비의 배움은 작지만 임금의 배움은 크다. 그 소임이 가볍고 그 배움이 작은 이라도 오히려 스스로 게을리할 수 없거늘, 그 소임이 무겁고 그 배움이 큰 이가 어찌 경계하지 않겠는가? 대저 임금된 이가 도를 알면 잘 다스려지고, 도에 어두우면 위태로우며, 배움에 능하면 창성하고, 배우지 않으면 망한다. 매양 이 네 가지 것을 마음에 보존하는데, 그 배움이 급하지 않을 수 있겠는가? 대저 임금된 이는 위로는 하늘을 섬기고 아래로는 백성을 다스리며, 종묘에 제향하고 자손을 보존한다. 장차 이 네 가지 것을 다른 사람에게 배우는데, 그 예가 중하지 않을 수 있겠는가? 이런 까닭으로 옛적에 태갑이 아형에게 절하고 머리를 조아리며 스스로 겸양하였고,[30] 성왕은 원성에게 밝게 공경하고 아름답게 향례를 올렸으며,[31] 하나라 우왕은 고

---

27) 교만하여 능력을 믿지 말라 : 『管子』「弟子職」에 "선생이 가르침을 베푸시면, 제자는 이를 법으로 삼는다. 溫恭하여 스스로를 비우면 받아들이는 바가 지극하다. 선함을 보고 따르며 의리를 보고 心服한다. 溫柔하며 孝悌하며 교만하여 능력을 믿지 말라[先生施敎, 弟子是則. 溫恭自虛, 所受是極. 見善從之, 聞義則服; 溫柔孝悌, 毋驕恃力]"라 하였음.
28) 欒共(난공) : 欒成. 중국 春秋시대 晉나라 사람으로, 諡號가 共子임.
29) 섬김에 한결같이 하라. : 『小學』「明倫」에 "난공자가 가로되, 백성은 세 가지에서 나니, 섬김에 한결같이 한다. 아비는 낳고 스승은 가르치며 임금은 먹이니, 아비가 아니면 나지 않고 먹이지 않으면 자라지 않고 가르치지 않으면 알지 못한다[欒共子曰, 民生於三. 事之如一. 父生之, 師敎之, 君食之. 非父不生, 非食不長, 非敎不知]"라고 하였음.
30) 옛적에 태갑이~스스로 겸양하였고 : 『書傳』「太甲」을 보면 태갑이 아형의 직분을 맡은 伊尹의 말을 공손히 순종한 고사가 있음.
31) 성왕은 원성에게~향례를 올렸으며 : 『書傳』「周書」「洛誥」를 참조. 원성(元聖)은 이

요(皐陶)의 창언(昌言)을 듣고 일어나 절하였으며[32], 주나라 무왕은 단서(丹書)에 대해 묻고 섬돌을 내려왔다.[33] 옛적에 도를 중시하여 스승을 높이는 바가 이와 같음이 있으니, 어찌 유독 천자에게 고함에 북면함의 예가 없다고 하여 의아할 것 있으리오?” 하였다.

지학자가 가로되, “임금이 스승을 높이는 것은 이미 가르침을 들었습니다만, 신하가 이에 처하는 것은 너무 크지 않습니까?” 하였다. 장인이 가로되, “도란 하늘에서 나온 것이니, 곧 이른바 천리(天理)이다. 그 크기는 상대할 것이 없고, 그 높이는 비할 것이 없다. 임금이 스승을 높이는 까닭은 스승이 가진 바의 도를 높인 때문이고, 스승이 높은 데에 처하는 까닭은 임금의 더없이 큰 예를 이루는 것이니, 도를 어찌 나로 말미암아 낮게 할 수 있겠으며, 예를 어찌 나로 말미암아 폐하게 할 수 있겠는가?” 하였다. 지학자가 가로되, “영재를 가까이 하고 제도를 옛것으로 하며, 강학을 세워 규범을 두었거늘, 대송(大宋)의 흥함은 이에서 무엇을 취한 것입니까?” 하였다. 장인이 가로되, “진나라의 불길이 타오르는 듯 하여, 임금을 존숭하고 신하를 억제하였다. 때문에 옛것을 회복함에 사람이 없었으니, 대마다 각기 답습하였다. 그러나 정자(程子)가 한 마디 말로써 고치니, 이는 송나라가 인(仁)함을 얻을 수 있는 이유이다” 하였다. 지학자가 가로되, “옛 후한(後漢)의 명제(明帝)가 벽옹(辟雍)에 가서 원로에게 절하였는데,[34] 들은 자는 흥기(興起)하고 본 자는 전도(顚倒)하니, ‘삼대(三代)의 예를 능히 행하였다’고 이를 만합니다. 어찌하여 능히 삼대의 도를 흥하게 하지 못하였습니까?” 하였다. 장인이 가로되, “임금은

윤(伊尹)을 가리킴.

32) 하나라 우왕은~일어나 절하였으며 : 『書傳』「虞書」「皐陶謨」를 참조

33) 주나라 무왕은~섬돌을 내려왔다 : 주나라 무왕이 태공망 여상을 불러 단서에 대해 물었다고 함. 『大戴禮』「武王踐祚」를 참조.

34) 옛 후한(後漢)의~원로에게 절하였는데 : 『後漢書』「明帝紀」永平 2年條에 “벽옹에 임하여 처음 大射禮를 행하였다[臨辟雍, 初行大射禮]”라 하였고, 또 그 「贊」에 “대에 올라 구름을 관찰하고, 벽옹에 임하여 원로에게 절하였다[登臺觀雲, 臨雍拜老]”라 하였음.

그 뜻이 있었으되, 스승은 그럴만한 선비가 아니다. 장구(章句)일 뿐이고, 훈힐(訓詁)일 뿐이다. '저것이로다, 저것이로다!' 하며 어찌 이를 부딪히며 감탄할 만하리오?" 하였다. 지학자가 가로되, "이천(伊川) 선생이 자리를 고쳐 바로 세웠으니 그 뜻을 얻었다 이를 만합니다. 참된 유자로써 스승을 삼았는데, 송 왕조가 어찌하여 이에 그쳤습니까?" 하였다. 장인이 가로되, "신하가 있음이 이와 같으되, 때에 이롭지 못해서이다. 그대의 생각을 불안하게 함이다. 이를 한심하게 여기는 이가 이르러서, 천년의 아래에 한번 한숨을 쉬리라" 하였다. 지학자가 가로되, "황하(黃河)가 맑아지는 날에 성인이 일어나35) 진실로 공손하고 능히 겸양하며 시종일관 배움에 주장하리니, 이런 임금으로써 이 일을 행하면 노나라 명주에 가벼운 화살을 쏘는 것36)과 같으리이다. 백성에서 말세37)에는 능한 이가 드물 것이니, 세상에 사표(師表)가 없을까 염려됩니다" 하였다. 장인이 가로되, "하늘의 상도(常道)를 잡고 잃지 않아, 대에 사람이 끊기지 않으니, 지금에 혹 은거하는 백성이 있을 줄 어찌 알겠는가? 다만 옛말에 이르기를 '능히 스스로 스승을 얻는 자가 왕자(王者)가 된다'38) 하였으니, 사람으로 이 같지 않은 자는 망한다는 것을 이름이다. 스승은 모름지기 스스로 얻어야 하니, 어찌 추천의 문장에 의지하리오?" 하였다. 장인이 드디어 고시39)를 낭랑히 읊어 가로되, "조가(朝歌)에서 소 잡

---

35) 황하(黃河)가 맑아지는 날에 성인이 일어나 : 황하의 물은 탁한데 일시적으로 맑아지는 때가 있음. 때문에 古人들은 황하가 맑아지는 것으로 태평성대의 상서로운 상징으로 여겼음.
36) 노나라 명주에 가벼운 화살을 쏘는 것 : 『史記』「韓長孺傳」에 "강한 쇠뇌가 힘이 다하면 화살은 얇은 노나라 명주를 뚫지 못하고, 태풍이 지나간 끝에는 바람의 힘이 터럭도 움직이지 못한다[彊弩之極, 矢不能穿魯縞; 衝風之末, 力不能漂鴻毛]"라고 하였음.
37) 말세 : 원문은 숙계(叔季)인데, 이는 叔世와 季世의 합칭임. 나라가 혼란하여 쇠망하는 시대를 가리킴.
38) 능히 스스로~왕자(王者)가 된다 : 『書經』「商書」「仲虺之誥」에 "능히 스스로 스승을 얻는 자는 왕자(王者)가 되고, 남들이 자기만 못하다고 말하는 자는 망한다[能自得師者, 王, 謂人莫己若者, 亡]."

던 노인이 극진(棘津)을 떠나더니, 팔십에 서쪽으로 와서 위수 가에서 낚시질하네.[40] 삼천육백 일 낚시를 널리 행하니, 풍도는 적이 문왕과 더불어 가까웠네"[41]라 하였다. 지학자가 화답하여 고사를 노래하여 가로되, "옛 은나라의 고종(高宗)이 좋은 신하를 꿈에 얻으니,[42] 누가 좌우에서 그보다 앞서리오? 진실로 하늘이 같고 신이 견주도다"라고 하였다.

상우부
尚友賦[43]

嗟余生兮何苦晚, 百世之下嘐嘐然曰古之人. 恨未親炙, 得一語於孟子, 知尙友之有術. 苟能視志而友德, 何異合堂而同席. 原夫天生萬民, 莫不與仁義禮智之德. 惟其氣稟未免有淸濁粹駁之雜. 欲復其初, 必自修學. 指引縱是師表之功, 切偲必須朋友之力. 詩歌伐木, 易稱麗澤. 賢有敎於文會, 聖垂訓於三益. 故善士之取友, 遍一時之善士. 然猶以爲未足, 論古昔之君子. 誦其詩兮讀其書, 考其行兮觀其志. 效往跡而輔仁, 謂尙友者是耳. 盖凡友也者, 非友其人也. 友其善也, 友其心也. 非友其面也, 唯同氣之是求, 何古今之有拘. 縱千載之遼越, 可攸攝之印須. 然尙友之道其亦多術. 未能事親者, 友古人之能竭其力者. 觀其致敬而忠養, 始終奉盈而執士. 惕然思齊, 與子如一. 未能事君者, 友古人之能致其身者. 觀其責難而陳善, 志惟致君而澤民. 茫然自失, 思欲是遵. 未能夫婦之道者, 友古

---

39) 고시 : 이하 네 구는 모두 李白의 「梁甫吟」에서 추려낸 것임.
40) 조가(朝歌)에서~낚시질하네 : 이상의 일은 모두 태공망 여상(太公望 呂尙)의 고사에서 나온 것임.
41) 삼천육백 일~더불어 가까웠네 : 주나라 문왕이 위수의 물가로 여상을 몸소 찾아가 도움말을 청하였다고 함.
42) 옛 은나라의~꿈에 얻으니 : 좋은 신하는 부열(傅說)을 가리킨다. 『書傳』「商書」「說命」上을 참조.
43) (原註) 신해(辛亥, 1611).

人之慈畜而莊履者. 觀其相對之如賓, 必謹尉率而不墜. 悅而學之, 終和
且義. 三可反於擧一, 儘百行之同然. 然則古之直者諒者多聞者, 摠爲眼
中之人. 與我磋之切之善道之, 宛然相對而酬酌. 且夫人皆可以爲堯舜,
士必高其志而大其學. 彼丈夫我丈夫, 豈有不可友之人哉. 是宜神游聖賢
之堂室, 緬挹聖賢之光塵. 尋顔樂於陋巷, 視伊志於有莘. 從容乎春風座
上, 往來乎霽月溪邊. 陞柘軒而討論, 入考亭而周旋. 常目在於動靜, 見倚
衡而參前. 彼之一住一行, 以爲觀感於今日也. 彼之千言萬語, 便作責善
於吾身者. 事有難處, 與之論計. 行有不至, 求其規戒. 久而敬之, 淡然如
水. 其益如何, 其樂無比. 如此然後友道乃至, 嗟乎古人尙友古人兮. 爲法
於時, 可傳於後. 凡今之人, 胡不尙友. 其尙友, 然古語有之. 道不同, 對
門不相通. 對門者亦然, 今欲尙友千古之人, 而不先使吾道與彼同乎. 是
知尙友之道,其本亦在於修我躬也.

아! 나의 생애여, 어찌 몹시도 시대가 늦단 말인가? 백대(百代)의 아래
에서 큰 뜻을 지닌 채 '옛사람이여!'44)라 말한다네. 가까이 하지 못해
한탄하다가, 맹자에게서 한 마디 말을 얻고는, 위로 벗함에 방법이 있음
을 알았다네. 진실로 뜻을 살펴보고 덕을 벗삼는다면, 어찌 당(堂)에 모
여 자리를 같이함과 다르랴. 원래 하늘이 만민을 낳으니, 인의예지의 덕
을 주지 않으심 없다네. 오직 그 기품은 청탁(淸濁)과 수박(粹駁)이 뒤섞
임을 면하지 못하니, 그 시초를 회복하려 한다면, 반드시 학문을 닦는
것으로부터 해야 하리.

가리키고 인도함은 사표(師表)의 공이지만, 간절하고 자상히 책망함45)
에는 반드시 벗의 힘이 필요하네. 『시경』에서는 「벌목(伐木)」46)을 노래

---

44) 옛사람이여 : 『孟子』「盡心」 下. "그 뜻이 높고 커서 말하기를 '옛사람이여, 옛사람
이여!' 하되 평소에 그의 행실을 살펴보면 행실이 말을 가리우지 못하는 자이기 때문
이다[其志嘐嘐然, 曰 '古之人, 古之人.' 夷考其行而不掩焉者也]."
45) 간절하고 자상히 책망함 : 『論語』「子路」. "간절하고 자상히 권면하여 화락하면 선
비라 이를 만하다[切切偲偲, 怡怡如也, 可謂士矣]."
46) 벌목(伐木) : 『詩經』「小雅」의 편명. 친구나 오래 사귄 이들과 잔치할 때 부르던 노래.

했고, 『주역』에서는 '이택(麗澤)'47)을 말하였네. 현인은 '이문회우(以文會友)'48)의 가르침이 있었고, 성인은 '삼익(三益)'49)의 가르침을 내리셨네. 때문에 착한 선비는 벗을 취함에, 한 시대의 착한 선비를 두루 사귄다네.50) 그러나 오히려 부족하게 여겨, 옛날의 군자를 논한다네.51) 그 시를 외우고 그 글을 읽으며,52) 그 행실을 살피고 그 뜻을 관찰하네. 지나간 자취를 본받아 인(仁)을 닦음에 도움되게 하니, 위로 벗한다 함은 이런 것일세. 대개 벗삼는다 함은 그 사람을 벗함이 아니요 그 선함을 벗함이요, 그 마음을 벗함이라. 그 얼굴을 벗함도 아니니, 오직 기풍을 같이함을 구할 것이니, 어찌 고금의 구속됨 있으리? 비록 천년의 요원함일지라도, 이끄는 바 있어 나를 기다리게 하네.53) 그러나 위로 벗하는 도에는 또한 방법이 많다네. 능히 어버이를 섬기지 못하는 자라면, 옛사람으로 그 힘을 다한 자를 벗하여야 하네. 그 공경을 다하여 충심으로 봉양함을 살펴, 시종일관 가득찬 그릇을 받들고 보옥을 잡듯이54) 해야 하

---

47) 이택(麗澤) : 兌卦의 象辭에 "두 못이 붙어 있는 것이 태괘이다. 군자는 그것으로 친구들과 강습한다[麗澤, 兌. 君子以朋友講習]."

48) 이문회우(以文會友) : 『論語』「顔淵」. "군자는 文으로써 벗을 모으고, 벗으로써 仁을 돕는다[君子以文會友, 以友輔仁]."

49) 삼익(三益) : 『論語』「季氏」. "유익한 것이 세 가지 벗이요, 손해되는 것이 세 가지 벗이다. 벗이 곧으며, 벗이 성실하며, 벗이 견문이 많으면 유익하다. 벗이 한쪽만을 잘하고, 벗이 유순하기를 잘하며, 벗이 말을 잘하면 손해된다[益者三友,損者三友. 友直, 友諒, 友多聞, 益矣. 友便辟, 友善柔, 友便佞, 損矣]."

50) 『孟子』「萬章」下. "한 고을의 선사라야 한 고을의 선사와 벗할 수 있고, 일국의 선사라야 일국의 선사를 벗할 수 있고, 천하의 선사라야 천하의 선사와 벗할 수 있다[一鄕之善士, 斯友一鄕之善士, 一國之善士, 斯友一國之善士, 天下之善士, 斯友天下之善士]."

51) 『孟子』「萬章」下. "천하의 선사를 벗하는 것을 부족하게 여겨 또 위로 옛사람을 논한다[以友天下之善士, 爲未足, 又尙論古之人]."

52) 『孟子』「萬章」下. "그 시를 외우고 그 글을 읽으면서 그 사람을 알지 못해서 되겠는가. 이 때문에 그 시대를 논하는 것이니, 이는 위로 올라가 벗하는 것이다[頌其詩, 讀其書, 不知其人, 可乎. 是以, 論其世也, 是尙友也]."

53) 『詩經』「邶風」「匏有苦葉」, "남은 건너도 나는 안 가니, 나는 내 친구를 기다린다네[人涉卬否, 卬須我友]."

54) 가득찬 그릇을 받들고 보옥을 잡듯이 : 『禮記』「祭義」. "효자는 보옥을 들고, 가득찬

리. 두려워하며 같아질 것을 생각하나니, 그대와 하나같이 되려 하네.55)
능히 임금을 섬기지 못하는 자라면, 옛사람으로 그 몸을 바친 자를 벗
해야 하리. 그 하기 어려운 일을 권면하고 선한 일을 말한 것을 살펴,56)
오직 임금을 잘 보좌하고 백성을 윤택하게 함에 뜻을 두어야 하리. 명
하니 스스로 잃은 바 있다면, 이를 따르길 생각해야 하리. 능히 부부의
도를 행하지 못하는 자라면, 옛사람 중에 사랑으로 길러 엄숙하게 실행
한 자를 벗해야 하리. 그 손님처럼 대함을 살펴, 반드시 삼가 힘써 거느
리고 그 도를 잃지 말아야 하네. 기뻐하며 배운다면, 끝내 화목하고도
의롭게 되리.

　하나를 듦에 셋으로 반증할57) 수 있으니, 백 가지 행실이 다 그와 같
도다. 그리하면 옛날의 정직한 자와 진실된 자와 박식한 자들이, 모두
눈 속의 사람58)이 되리. 나와 함께 갈고 자르고59) 잘 인도한다면, 완연
히 상대하며 말을 나누는 듯하리. 또 사람은 모두 요순(堯舜)이 될 수 있
으니, 선비는 반드시 그 뜻을 높이 가지고 그 학문을 크게 해야 하리.
저도 장부요 나도 장부이니, 어찌 벗할 수 없는 사람이 있으랴! 마땅히
성현의 당실(堂室)에서 정신으로 교유하고, 성현의 광진(光塵)60)에 멀리서
읍을 해야 하네. 누추한 동네에서 안연(顔淵)의 즐거움61)을 찾고, 유신(有

그릇을 받들듯이 한다[孝子·如執玉如奉盈]."
55) 그대와 하나같이 되려 하네 : 『詩經』「檜風」. "애오라지 그대와 하나처럼 되고 싶네
　[聊與子如一兮]."
56) 그 하기 어려운 일을 권면하고 선한 일을 말한 것을 살펴 : 『孟子』「離婁」上. "어려
　운 일을 임금에게 바라는 것을 공이라 이르고, 선한 것을 말하여 사심을 막는 것을 경
　이라 이른다[責難於君謂之恭, 陳善閉邪謂之敬]."
57) 하나를 듦에 셋으로 반증할 : 『論語』「述而」. "한 귀퉁이를 들어주어 세 귀퉁이로 반
　증하지 못하면 다시 하지 않는다[擧一隅, 不以三隅反, 則不復也]."
58) 눈 속의 사람 : 예전부터 서로 알거나 혹은 상상하던 사람을 가리킴.
59) 갈고 자르고 : 『詩經』「衛風」. "깨끗하신 군자시여, 자르고 다듬은 듯[有匪君子, 如
　切如磋]."
60) 광진(光塵) : 상대의 風采를 아름답게 일컫는 말.
61) 안연(顔淵)의 즐거움 : 『論語』「雍也」. "한 대그릇의 밥과 한 표주박의 음료수로 누
　추한 동네에 사는 것을 사람들은 그 근심을 견디지 못하건만 안회는 그 즐거움을 고

莘)62)에게서 이윤(伊尹)63)의 뜻을 살펴야 하네. 봄바람이 부는 자리 위에서 조용히 있다가, 달 비추는 시냇가를 오고 간다네. 자헌(柘軒)에 올라 토론하고, 고정(考亭)64)에 들어가 예를 행한다네. 항상 눈은 움직임과 고요함에 있어, 수레의 가로지른 나무에 의지하고 앞에서 참여함을 본다네.65) 그가 한번 머물고 한번 가는 것을, 오늘날에 살펴보고 느끼는 것으로 삼는다네. 그의 천 마디 말과 만 마디 말을, 문득 내 몸에 선을 권하는 것으로 삼네. 일에 곤란한 곳 있으면, 그와 함께 계책을 논한다네. 행실에 못 미침 있으면, 그 경계를 구한다네. 오래도록 공경하나니, 맑기가 물과도 같도다. 그 도움됨은 어떠하리? 그 즐거움에 짝이 없다네. 이런 연후에야 우도(友道)가 이르나니, 아! 옛사람이 위로 옛사람을 벗삼음이여. 시대마다 법이 되어, 후대에 전할 만하구나. 지금의 사람들, 어찌하여 위로 벗하지 않나? 옛사람을 벗한다 하나, 그러나 옛말이 있다네. 도가 같지 않으면 문을 마주해도 서로 통교하지 않는다네.66) 문을 마주해도 그러한데, 지금 천고(千古)의 사람을 위로 벗하려면, 먼저 나의 도(道)를 그와 같게 해야 하지 않겠는가. 이에 위로 벗하는 도를 알겠으니, 그 근본은 또한 내 몸을 닦음에 있음이라.

치지 않는구나[一簞食, 一瓢飮, 在陋巷, 人不堪其憂, 回也不改其樂]."

62) 유신(有莘) : 옛 나라 이름.『사기』「은본기」. "이윤의 이름은 아형이다. 아형은 탕임금을 만나려 했으나 방법이 없자 유신씨의 잉신이 되었다[伊尹名阿衡. 阿衡欲奸湯而無由, 乃爲有莘氏媵臣]."

63) 이윤(伊尹) : 殷의 재상으로 湯을 보좌하여 夏의 桀을 멸망시키고 선정을 베푼 분.

64) 고정(考亭) : 본래 福建省 建陽의 서남쪽에 있는 정자. 전설에 의하면 五代의 南唐 때에 黃子稜이 부친의 묘를 바라보기 위해 지었다고 함. 宋의 朱熹가 말년에 이곳에 거처하면서 滄洲精舍를 세웠음. 이에 주희를 가리켜 考亭이라고도 함.

65) 수레의 가로지른 나무에 의지하고 앞에서 참여함을 본다네 :『論語』「衛靈公」. "일어서면 그것이 앞에 참여함을 볼 수 있고, 수레에 있으면 그것이 멍에에 기댐을 볼 수 있어야 한다[立則見其參於前也. 在輿則見其倚於衡也]."

66) 도가 같지 않으면 문을 마주해도 서로 통교하지 않는다네 :『論語』「衛靈公」. "공자가 말하길, 도가 같지 않으면 서로 도모하지 말아야 한다[子曰 : "道不同,不相爲謀]."

'글을 지어 이름난 산에 감추어 둔다'[67]에 대한 부[68]
著書藏名山賦

惟史之作, 自有文字. 惟書之行, 人各有異, 或傳民間, 或暴於市. 粲一
家之載籍, 藏名山兮誰氏, 余相感於侯後, 豈獨取於良史? 汪洋氣兮伊人,
牛馬走兮自稱. 書林式游, 庭訓是承. 手披家傳, 口吟國乘. 下自焚書, 上
至結繩. 經傳乎貫穿, 古今乎馳騁. 琢以金椎, 汲以脩綆. 耳溢前言, 目富
往行. 盖有意於壯行, 不謂抱此而究竟. 如何一言之不中, 遂有奇禍之相
隨. 非自作而不逭, 奈家貧而數奇? 於是自比無目之丘明, 又擬斷足之孫
子. 知不用於斯世, 故著述焉大肆. 搜羅宇宙之放失, 夷考天人之終始.
採摭涉獵, 殆數千載, 是是非非, 亂亂治治. 信信疑疑者, 凡五十二代. 其
文也俊逸, 其辭也條達. 言直而事覈, 廣博而纖悉. 泓涵演夷, 磅礴磊落.
誠百世不易得之文, 抑萬古不可無之書, 而此汗牛充棟之縹帙, 安得經歷
久遠而藏諸? 思壽其傳, 置彼喬嶽, 護之以芸, 韜之以櫝, 然後山之高也
書與之倚薄, 山之久也書與之不滅, 惟山也與天共長, 惟書也與山並立.
涉其流者於斯, 採其端者於斯. 薰濃香兮幾人? 咀嚼味兮億玆. 書固賴山
而遠傳, 名亦賴書而長垂. 雖然, 文者載道之器也, 不深於道而能文者,
未有伊人也. 不求正於周公孔子之道, 獨於文堂藝院而翱翔宿留. 是以其
才也莫及, 其勤也良苦, 而其立言也多疵. 先黃老而後六經者何說? 退處
士而事奸雄者何意? 至於崇勢利羞貧賤, 雖實憤激而發之, 寧無愧於正

---

67) 중국의 대역사가인 사마천(司馬遷)의 「報任少卿序」(『文選』에 수록)에 나오는 구절
이다.

68) (原註) 승보 삼(三)의 상(上)이고, 제 이(二)에 거하다[陞補三上, 居第二]. [역자주]
승보는 승보시의 준말. 승보시는 소과(小科) 초시(初試)에 해당하는 시험으로, 성균관
의 대사성이 사하의 유생들에게 매년 10회, 뒤에는 매달 1회에 걸쳐 시행하였음. 합격
한 자에게는 생원(生員)·진사(進士科)에 응시할 자격이 주어짐. 삼상(三上)은 시험 성
적의 등급의 하나. 전체 등급을 상중하 3등으로 대별하고, 이를 또 일상(一上)에서 삼
하(三下)에 이르기까지 9등으로 세분한다. 거제이(居第二)는 성적의 순위가 두 번째인
것으로 2등을 가리킴.

議. 是故, 世儒或多不取, 而考亭夫子至以讀其書者爲被其病, 乃知立言
者不可徒尙文辭, 爲文者不可不理情性. 且夫書苟盡善, 不必求傳而自不
得不傳. 書苟有不善, 傳之愈久而其疵愈聞. 但可圖吾書之盡善, 何必圖
世傳之永久? 其不盡在我之實, 而要名譽之不泯, 無乃近於沉碑之太守.
然其辯而不華, 質而不俚. 不隱惡, 不虛美, 終有可取, 而朱子綱目亦或
有因於此者, 以俟君子之願得遂, 而余之有感於太史令者在是也.

사서(史書)가 지어지면 절로 문자가 있지만, 글의 유행은 사람마다 각
기 다른 점이 있다. 혹은 민간에서 전하고, 혹 저자에서 드러난다. 일가
의 서적으로 빛나, 이름난 산에 간직하는 이는 누구인가? 내가 훗날을
기다리는 것에 대해 느낀 바 있으니, 어찌 유독 우수한 사관에게서만 취
하는가? 넓고 큰 기세로다 이 사람이여, '우마주(牛馬走)[69]'라 스스로 칭
하였네. 책의 수풀에 노닐고 뜰의 가르침을 잇는다. 손으로는 가전(家傳)
을 열람하고, 입으로는 국승(國乘)을 읊는다. 아래로는 분서(焚書)의 때로
부터 시작하고, 위로는 결승(結繩) 문자의 시대에 이른다. 경전을 꿰뚫고
고금을 넘나든다. 쇠몽치로 쪼는 듯하고, 두레박으로 깉는 듯하다. 귀에
는 이전의 말이 넘치고, 눈에는 지난 행적이 풍부하다. 대개 장한 행동
에 뜻을 두었으니 이를 품고서 경계를 궁구하였다고 이르지 않으랴?

어찌 한 마디 말이 들어맞지 않아서, 마침내 기이한 화가 뒤따르는
일이 있었던가? 스스로 짓지 않아도 면하지 못하고, 어찌 집은 가난했으
며 운수는 기박했는가? 이에 스스로 눈이 없는 좌구명(左丘明)에 견주며,
또 발꿈치 잘린 손자(孫子)에 비교하였네. 지식이 당대에 쓰이지 못하여,
까닭에 저술을 크게 지어냈다오 우주의 버려지고 잃은 것을 찾아 망라
하고, 천인(天人)의 끝과 시작을 널리 상고했네. 가려 모으고 섭렵한 것
이 거의 천 년으로 헤아리며, 옳음과 그름, 어지러움과 다스려짐, 미더

---

69) 우마주(牛馬走) : 스스로 겸양하는 말로서, 태사공(太史公) 사마천(司馬遷)이 자신을
가리킨 말. 『文選』에 수록된 사마천의 「報任少卿序」에 '태사공은 우마 같은 종이다[太
史公, 牛馬走]'라 하였고, 그 주(注)에 '주는 종과 같다[走, 猶僕也]'라 하였음.

움과 의심함의 일이 무릇 오십이 대(代)이다.

그 문장이 빼어나고, 그 문사가 조리 있다. 말이 곧으면서 일이 절실하며, 넓으면서도 자세하다. 폭넓고 두루 퍼지며, 성대하고 활달하다. 진실로 백세에 쉬 얻을 수 없는 문장이고, 아니면 만고에 없어서는 안 되는 글이다. 이 한우충동(汗牛充棟)70)의 서권이 어찌하여 오랜 세월을 거쳐서도 간직할 수 있겠는가? 그 전해짐이 오랠 것을 생각하고 저 높은 산에 두며, 향초로 보호하고 책상자에 간직한다. 그런 후에 산의 높음이라야 글이 더불어 기박함을 의지하고, 산의 오래됨이라야 글이 더불어 멸하지 않는다. 오직 산이 하늘과 더불어 함께 길이 있고, 글이 산과 더불어 함께 존립한다. 이에서 그 흐름을 통섭하고, 이에서 그 단서를 채취한다.

짙은 향에 훈도 받은 이가 몇 사람이런가? 곱씹으면 맛이 이에 끝이 없게 된다. 글이 진실로 산에 의지하여 멀리 전해지고, 이름이 또한 글에 의지하여 길이 드리운다. 비록 그러하나 문장이란 도(道)를 싣는 그릇이니, 도에 깊지 않고서 문장에 능한 자는 없다. 주공(周公)과 공자(孔子)의 도에서 바른 것을 구하지 않고, 유독 문당(文堂)과 예원(藝院)에서 오락가락하며 머무르는가? 이 때문에 그 재주가 미칠 것이 없고, 그 일이 더욱 괴로우며, 그 말을 세운 것이 흠이 많다.

황로(黃老)를 우선으로 하고 육경(六經)을 뒤로하는 자가 무엇을 말함인가? 처사(處士)를 물리치고 간웅(奸雄)을 섬긴 것은 무슨 의도인가? 세리(勢利)를 숭상하고 빈천함을 부끄러워함에 이르러서는, 비록 실제로 분함이 격하여 나왔으되, 어찌 바른 의론에 부끄러움이 없으리오 이러므로 세상의 유자들이 혹 많이 취하지 않는다. 고정부자(考亭夫子)71)가 "그

---

70) 한우충동(汗牛充棟) : 서적이 많음을 말한다. 책이 많아 실으면 소가 땀을 흘리고, 쌓으면 들보에 가득 찬다는 뜻이다.

71) 고정부자(考亭夫子) : 주자(朱子)를 가리킴. 고정은 그가 만년에 거처한 곳인데, 이곳에 죽림정사(竹林精舍)를 세워 강학하였음.

글을 읽은 자는 그 병을 입는다"라고 한 데 이르면, 이에 입언(立言)하는 자는 한갓 문사를 숭상해서는 불가하며, 문장을 짓는 자는 성정(性情)을 다스리지 않을 수 없는 줄 알겠다. 글이 진실로 선함을 다한다면, 전해 짐을 구하지 않아도 절로 전해지지 않을 수 없다. 내 글이 진실로 선하 지 않음이 있다면, 전하여짐이 더욱 오래되나 그 흠이 더욱 알려진다. 다만 내 글이 선함을 다하기를 도모함이 옳으니, 어찌 반드시 세상에 전해짐이 영구하기를 도모하리오? 나에게 있는 실함을 다하지 못하고서 명예가 사라지지 않기를 구함은 침비(沈碑)의 태수[72]와 가까운 것이다. 그러나 조리 있게 말하면서도 화려하지 않고, 질박하면서도 비리하지 않다. 악을 숨기지 않고 아름다움을 비우지 않으니 끝내 취할 만한 것 이 있다. 주자의 강목(綱目)이 또한 혹 이에 기인한 것이 있으니, 군자를 기다리겠다는 소원을 이룰 수 있었다. 내가 태사령(太史令)[73]에게서 느낀 바가 있는 것이 이에 있도다.

---

72) 침비(沈碑)의 태수 : 杜預를 가리키는 말. 『晉書』「杜預傳」에 보면 두예는 자신의 공 적을 새긴 비석을 두 개 만들어서, 하나는 산 아래에 떨어뜨리고 하나는 산 위에 세웠 다고 전함. 이는 그가 훗날에 높은 언덕이 골짜기가 되고 깊은 계곡이 구릉이 될 것을 생각하여 한 행동이라고 함. 그래서 후세의 명예에 집착하는 인물을 '沈碑의 태수'라 고 함.
73) 태사령(太史令) : 태사 사마천을 가리킴. 秦나라 때에 태사를 태사령이라 하였다.

가사(歌辭) 번역편

國譯 孤山遺稿

산듕신곡(山中新曲)[1]

만흥(漫興)

산슈간(山水間) 바회 아래 뛰집을 짓노라 ᄒ니
그 모론 ᄂᆞᆷ들은 욷는다 ᄒᆫ다마ᄂᆞᆫ
어리고 햐암[2]의 뜻의ᄂᆞᆫ 내 분(分)인가 ᄒ노라

보리밥 픗ᄂᆞ물을 알마초 머근 후(後)에
바횟긋 믉ᄀᆞ의 슬ᄏᆞ지[3] 노니노라
그 나믄 녀나믄 일이야 부롤 줄이 이시랴

---

1) (原註) 임오년(1642) 금쇄동에 있을 때[壬午在金鎖洞時].
2) 햐암 : 향암(鄕闇)의 'ㅇ' 탈락. 시골에 사는 어리석고 어두운 사람.
3) 슬ᄏᆞ지 : 실컷. 마음껏.

잔 들고 혼자 안자 먼 뫼흘 보라보니
그리던 님이 오다 반가옴이 이리ᄒ랴
말숨도 우움도 아녀도 몯내 됴하 ᄒ노라

누고셔 삼공(三公)도곤 낫다 ᄒ더니 만승(萬乘)⁴⁾이 이만ᄒ랴
이제로 혜어든 소부(巢父)⁵⁾ 허유(許由)⁶⁾ㅣ 냑돗더라⁷⁾
아마도 님쳔한흥(林泉閑興)⁸⁾을 비길 곳이 업세라

내 셩이 게으르더니 히늘히⁹⁾ 아ᄅ실샤
인간만ᄉ(人間萬事)룰 ᄒᆞᆫ 일도 아니 맛뎌
다만당 ᄃ토리 업슨 강산(江山)을 딕희라 ᄒ시도다

강산(江山)이 됴타ᄒᆞᆫ들 내 분(分)으로 누얻ᄂ냐
님군 은혜(恩惠)룰 이제 더옥 아노이다
아므리 갑고쟈 ᄒ야도 ᄒ올 일이 업세라

됴무요(朝霧謠)

월츌산(月出山)¹⁰⁾이 놉더니마ᄂ 믜운 거시 안개로다
텬왕뎨일봉(天王第一峯)¹¹⁾을 일시(一時)예 ᄀ리와다

---

4) 만승(萬乘) : 天子의 지위를 말함. 천자가 거동할 때 수레 만 대를 동원한 데서 이름.
5) 소부(巢父) : 堯임금 때의 隱士. 나무 위에 집을 짓고 그 위에 숨어살아 소부라 불렀
   다고 함. 허유가 귀를 씻은 물이 더럽다 하여 건너지 않았다고 함.
6) 허유(許由) : 堯임금 때의 隱士. 箕山에 숨어 표주박 한 개로 물을 마시고 나뭇가지
   에 걸어두고 살았다 함. 堯임금이 그의 소문을 듣고 天下를 물려주겠다고 하였으나
   더럽다고 생각하여 못가에 와서 귀를 씻었다고 함.
7) 냑돗더라 : 약았더라. 영리하더라.
8) 님쳔한흥(林泉閑興) : 자연 속에 한가하게 노니는 흥취.
9) 히늘히 : '하늘히'의 탈각임.
10) 월츌산(月出山) : 전남 영암군에 있는 산.
11) 텬왕뎨일봉(天王第一峯) : 월출산의 최고봉인 천왕봉을 가리킴.

두어라 히 퍼딘 휘면 안개 아니 거드랴

하우요(夏雨謠)

비 오는디 들희 가랴 사립 닷고 쇼 머겨라
마히12) 미양이랴 잠기13) 연장 다스려라
쉬다가 개는 날 보아 스래 긴 밧 가라라

심심은 ᄒ다마는 일 업슬손14) 마히로다
답답은 ᄒ다마는 한가(閑暇)홀손 밤이로다
아히야 일즉 자다가 동(東) 트거든 닐거라

일모요(日暮謠)

셕양(夕陽) 넘은 후(後)에 산긔(山氣)는 됴타마는
황혼(黃昏)이 갓가오니 믈식(物色)이 어둡는다
아히야 범 므셔온디 나돈니디 마라라

야심요(夜深謠)

ᄇᆞ람 분다 지게 다다라 밤 들거다 블 아사라
벼개예 히즈려15) 슬ᄏᆞ지 쉬여 보쟈
아히야 새야 오거든16) 내줌 와 ᄭᅵ와스라

긔셰탄(饑歲歎)

환자17) 타 산다 ᄒ고 그롤사18) 그르다 ᄒ니

---

12) 마히 : 장마가.
13) 잠기 : 쟁기.
14) 일 업슬손 : 일이 없는 것은. 한가한 것은.
15) 히즈려 : 쓰러져서. 드러누워.
16) 새야 오거든 : 날이 새어 오거든. 날이 밝아 오거든.

이졔(夷齊)19)의 노픈 줄을 이렁구러 알관디고
어즈버 사롬이야 외랴 히운20)의 타시로다

오우가(五友歌)

내 버디 몃치나 ㅎ니 슈셕(水石)과 숑듁(松竹)이라
동산(東山)의 돌 오르니 긔 더옥 반갑고야
두어라 이 다솟 밧긔 또 더ㅎ야 머엇ㅎ리

구룸빗치 조타21) ㅎ나 검기롤 ᄌ로 ᄒ다
ᄇ람소리 묽다 ᄒ나 그칠 적이 하노매라22)
조코도 그츨 뉘23) 업기ᄂ 믈뿐인가 ᄒ노라 「水」

고ᄌᆫ 므스 일로 픠며셔 쉬이 디고
플은 어이ᄒ야 프르ᄂ 듯 누르ᄂ니
아마도 변티 아닐손 바회뿐인가 ᄒ노라 「石」

더우면 곳 픠고 치우면 닙 디거ᄂᆯ
솔아 너ᄂ 얻디 눈 서리룰 모르ᄂ다
구쳔(九泉)24)의 블희25) 고ᄃᆫ 줄을 글로 ᄒ야 아노라 「松」

---

17) 환자 : 흉년이나 춘궁기에 백성에게 곡식을 대여하고 풍년이나 추수기에 갚게 하던
    것. 환곡(還穀)과 같음.
18) 그롤사 : 그것을. '사'는 강세조사.
19) 이졔(夷齊) : 孤竹君의 두 아들 伯夷와 叔齊를 가리킴. 주나라 무왕이 은나라 紂를
    치매 도가 아니라 하여 周粟을 먹지 않는다고 首陽山에 들어가 고사리를 캐어먹고 살
    다가 굶어 죽었다 함.
20) 히운 : 歲運. 여기서는 凶年을 말함.
21) 조타 : 맑다. 깨끗하다.
22) 하노매라 : 많구나.
23) 뉘 : 평생·생명·세상·때 등의 뜻이 있는데, 여기서는 '때'의 뜻임.
24) 구쳔(九泉) : 깊은 땅 속.
25) 블희 : 뿌리가.

나모도 아닌 거시 플도 아닌 거시
곳기는 뉘 시기며[26] 속은 어이 뷔연는다
더러코 스시(四時)예 프르니 그를 됴하 ᄒᆞ노라 「竹」

쟈근 거시 노피 떠셔 만믈(萬物)을 다 비취니
밤듕의 광명(光明)이 너만ᄒᆞ니 또 잇느냐
보고도 말 아니 ᄒᆞ니 내 벋인가 ᄒᆞ노라 「月」

산듕쇽신곡(山中續新曲) 이쟝(二章)[27]

츄야조(秋夜操)

창승(蒼蠅)[28]이 쓸더시니[29] 프리채는 노히시되[30]
락엽(落葉)이 늣거오니 미인(美人)이 늘글게고
댄숩픠 돌빗치 묽으니 그롤 보고 노노라

츈효음(春曉吟)[31]

엄동(嚴冬)이 디나거냐 셜풍(雪風)이 어듸 가니
쳔산(千山) 만산(萬山)의 봄긔운이 어릐엿다

---

26) 뉘 시기며 : 누가 시킨 것이며.
27) (原註) 을유년(1645) 동짓달 금쇄동에 있을 때[乙酉至月在金鎖洞].
28) 창승(蒼蠅) : 푸른 파리. 쉬파리. 보통 사람을 참소하는 소인을 비유함. 『詩經』「小雅」「靑蠅」에 "앵앵거리는 청승이여 울타리에 앉았도다. 어여쁘신 군자는 참언 믿지 마옵소서. 앵앵거리는 청승이여 가시나무에 앉았도다. 참소하는 사람 끝이 없어 나라안을 휘젓도다. 앵앵거리는 청승이여 개암나무에 앉았도다. 참소하는 사람 끝이 없어 우리 둘을 이간하네[營營靑蠅, 止于樊, 豈弟君子, 無信讒言. 營營靑蠅, 止于棘, 讒人罔極, 交亂四國. 營營靑蠅, 止于榛, 讒人罔極, 構我二人]"라 하였다.
29) 쓸더시니 : 스러졌으니. 없어졌으니.
30) 노히시되 : 놓였으되.
31) (原註) '吟'은 '曲'으로도 되어 있음[吟一作曲].

지게롤 신됴(晨朝)³²⁾애 열고셔 하늘빗츨 보리라

고금영(古琴詠)

브렷던 가얏고롤 줄 언저 노라 보니
청아(淸雅)혼 녯 소리 반가이 나느고야
이 곡됴(曲調) 알 리 업스니 집 겨³³⁾ 노하 두어라

偶得伽倻古琴於烟燻屋漏之餘, 拂拭一彈, 泠泠十二絃, 宛見崔仙心
跡, 咨嗟咏歎, 自成一闋. 且念此物無其人而舍之則爲一片塵垢枯木, 有
其人而用之則能成五音六律, 而世間知音者鮮, 則旣成五音六律之後,
亦豈無遇不遇也. 然則有感於斯者非一端矣. 更賦古風一篇, 以寫此琴
之壹鬱.

우연히 오래된 가야금을 연훈옥루(烟燻屋漏)³⁴⁾의 여가 속에서 얻게 되
어 먼지를 닦아내고 한번 퉁겨보았다. 12줄의 맑은 소리에 완연히 최선(崔
仙)³⁵⁾의 심적(心跡)이 드러나기에 '아!' 하며 탄식하고 스스로 한 결(闋)³⁶⁾을
이루었다. 또 생각하건대 이 물건이 알아주는 이가 없어 버려진다면 한
조각 먼지 같은 고목이 되겠지만 알아주는 이가 있어 쓴다면 오음(五音)³⁷⁾
과 육률(六律)³⁸⁾을 이룰 수 있다. 그러나 세간에는 음률을 아는 자가 드무

---

32) 신됴(晨朝) : 이른 아침.
33) 집 겨 : 집을 끼워.
34) 연훈옥루(烟燻屋漏) : 烟燻은 본래 '그을음'으로, 여기서는 이를 재료로 만든 먹을 가
리킴. 屋漏는 '屋漏痕' 혹은 '屋漏雨'의 줄임말로 초서의 필법 가운데 하나임. 烟燻屋
漏는 곧 翰墨의 의미임.
35) 최선(崔仙) : 崔致遠을 가리킴. 후대에 동방 丹學의 비조로 추앙되었음.
36) 결(闋) : 음악의 한 곡이 끝남을 이름. 歌曲이나 詞의 한 首를 一闋이라 함.
37) 오음(五音) : 음률의 기본이 되는 宮·商·角·徵·羽의 다섯 음계.
38) 육률(六律) : 十二律 중의 陽聲에 속하는 여섯 가지 음. 곧 황종(黃鍾)·태주(太蔟)·

니 오음과 육률을 이룬 후에 또한 어찌 알아주거나 알아주지 못함을 받는 일이 없지 않겠는가. 그러하니 이에 대한 느꺼움은 한가지가 아닌 것이다. 다시 고풍 한 편을 지어 이 거문고의 답답함을 풀어 준다.

有琴無其人	거문고 있건만 알아주는 이 없어
塵埋知幾年	먼지에 묻힌 채 몇 년이고 흘러갔네.
金鴈半零落	기러기발은 반쯤 떨어졌어도
枯桐猶自全	오동나무판은 아직도 온전하구나.
高張試一鼓	높이 벌려놓고 한번 타 보았더니
冰鐵動林泉	차가운 쇳소리 임천(林泉)을 진동시키네.
可鳴西城上	서쪽 성 위에서 울린 만하고
可御南薰前	남훈(南薰)[39] 앞에서도 올릴 만하네.
滔滔箏笛耳	쟁과 피리소리 귀에 도도하건만
此意向誰傳	이 뜻이야 뉘에게 전하리.
乃知陶淵明	이에 알겠으니 도연명이
終不具徽絃	끝내 줄을 갖추지 않은 이유를.

증반금(贈伴琴)[40]

소리는 혹(或) 이신둘 마음이 이러ᄒ랴
ᄆᆞ음은 혹(或) 이신둘 소리를 뉘 ᄒᆞ느니
ᄆᆞ음이 소리예 나니 그를 됴하 ᄒᆞ노라

고선(姑洗) · 유빈(蕤賓) · 이칙(夷則) · 무역(無射)을 가리킴.
39) 남훈(南薰) : 唐나라의 궁전 이름.
40) (原註) 을유(乙酉, 1645).

多君心曲, 暗合造化, 七絃百囀, 皆方寸間事. 余每聽之忘味. 金鎖洞
病儂.

그대의 심곡(心曲)은 조화에 그윽히 합치되니 일곱 줄이 온갖 소리를
굴려 내는 것은 모두 방촌(方寸) 사이에서 생긴 일이다. 나는 매양 그것
을 들을 때마다 좋은 맛을 잊는 경지에 이르게 된다. 금쇄동에 병들어
있는 나.

초연곡(初筵曲)[41] 이장(二章)

집은 어이ㅎ야 되엳는다 대장(大匠)의 공(功)이로다
나무는 어이ㅎ야 고든다 고조즐[42]을 조찬노라
이 집의 이 뜯을 알면 만슈무강(萬壽無疆) ㅎ리라.

술은 어이ㅎ야 됴ㅎ니 누록 섯글 타시러라
국은 어이ㅎ야 됴ㅎ니 염미(鹽梅)[43] 뚤[44] 타시러라
이 음식 이 뜯을 알면 만슈무강(萬壽無疆) ㅎ리라

---

41) 초연곡(初筵曲) : 잔치를 시작할 때 부르는 노래.
42) 고조즐 : 먹통의 줄. 목수가 나무를 다듬을 때 고조(먹통)에서 먹물 먹인 실을 퉁겨서
   그 금을 따라 다듬음.
43) 염미(鹽梅) : 소금과 식초. 옛날에는 식초를 매실로 담갔음. 따라서 양념과 간을 맞추
   는 것을 말한다.
44) 뚤 : '툴'의 오각임.

파연곡(罷宴曲)[45] 이장(二章)

즐기기도 ᄒᆞ려니와 근심을 니즐 것가
놀기도 ᄒᆞ려니와 길기 아니 어려오냐
어려온 근심을 알면 만수무강(萬壽無疆) ᄒᆞ리라

술도 머그려니와 덕(德) 업스면 란(亂) ᄒᆞ나니
춤도 추려니와 례(禮) 업스면 잡(雜) 되ᄂᆞ니
아마도 덕례(德禮)를 딕히면 만슈무강(萬壽無疆) ᄒᆞ리라

어부ᄉ시사(漁父四時詞)[46]

츈(春)

압개예 안개 것고 뒫뫼희 ᄒᆡ 비췬다
ᄇᆡ 떠라 ᄇᆡ 떠라
밤믈은 거의 디고 낟믈이 미러온다
지국총(至匊悤)[47] 지국총(至匊悤) 어ᄉ와(於思臥)[48]
강촌(江村) 온갓 고지 먼 빗치 더옥 됴타

날이 덥도다 믈 우희 고기 ᄯᅥᆮ다
닫 드러라 닫 드러라
ᄀᆞᆯ며기 둘식 세식 오락가락 ᄒᆞᄂᆞ고야

---

45) 파연곡(罷宴曲) : 잔치를 끝마칠 때 부르는 노래.
46) (原註) 신묘년(1651) 부용동에 있을 때[辛卯在芙蓉洞時].
47) 지국총(至匊悤) : 노를 저을 때 나는 마찰음.
48) 어ᄉ와(於思臥) : 배 저으면서 사공이 내는 감탄사.

지국충(至匊悤) 지국충(至匊悤) 어ᄉ와(於思臥)
낫대는 쥐여 잇다 탁쥬(濁酒)ㅅ병(甁) 시럿ᄂᆞ냐49)

동풍(東風)이 건든 부니 믉결이 고이 닌다
돋 ᄃᆞ라라 돋 ᄃᆞ라라
동호(東湖)ᄅᆞᆯ 도라보며 셔호(西湖)로 가쟈ᄉᆞ라
지국충(至匊悤) 지국충(至匊悤) 어ᄉ와(於思臥)
압뫼히 디나가고 뒫뫼히 나아온다

우는 거시 벅구기가 프른 거시 버들숩가
이어라50) 이어라
어촌(漁村) 두어 집이 넛 속의 나락들락
지국충(至匊悤) 지국충(至匊悤) 어ᄉ와(於思臥)
말가ᄒᆞᆫ 기픈 소희 온갇 고기 뛰노ᄂᆞ다

고은 볃티 쬐얀ᄂᆞᄃᆡ 믉결이 기름 ᄀᆞᆺ다
이어라 이어리51)
그믈을 주어두랴 낙시ᄅᆞᆯ 노흘일가
지국충(至匊悤) 지국충(至匊悤) 어ᄉ와(於思臥)
탁영가(濯纓歌)52)의 흥(興)이 나ᄂᆞᆯ 고기도 니즐로다

셕양(夕陽)이 빗겨시니 그만ᄒᆞ야 도라가쟈
돋 디여라 돋 디여라

---

49) 시럿ᄂᆞ냐 : ‘시럿ᄂᆞ냐’의 오각인 듯.
50) 이어라 : 흔들어라. 여기서는 ‘노를 저어라’의 뜻.
51) 이어리 : ‘이어라’의 오각.
52) 탁영가(濯纓歌) : 屈原의 「漁夫辭」에 “창랑의 물이 맑음이여, 가히 내 갓끈을 씻겠도
다! 창랑의 물이 탁함이여, 가히 내 발을 씻겠도다![滄浪之水淸兮, 可以濯吾纓, 滄浪
之水濁兮, 可以濯吾足]”라 한 것을 가리킴. 여기서는 漁父歌라는 뜻.

안류뎡화(岸柳汀花)53)는 고븨고븨54) 새롭고야
지국총(至匊悤) 지국총(至匊悤) 어ᄉ와(於思臥)
삼공(三公)을 불리소냐55) 만ᄉ(萬事)를 싱각ᄒ랴

방초(芳草)를 불와 보며 난지(蘭芷)56)도 ᄯᅥ 보쟈
비 셰여라 비 셰여라
일엽편쥬(一葉扁舟)에 시른 거시 무스 것고
지국총(至匊悤) 지국총(至匊悤) 어ᄉ와(於思臥)
갈 제ᄂᆫ 너 ᄲᅮᆫ이오 올 제ᄂᆫ 둘이로다

취(醉)ᄒ야 누얻다가 여흘 아래 ᄂᆞ리려다
비 미여라 비 미여라
락홍(落紅)이 흘러오니 도원(桃源)57)이 갓갑도다
지국총(至匊悤) 지국총(至匊悤) 어ᄉ와(於思臥)
인세(人世) 홍딘(紅塵)이 언메나 ᄀᆞ렷ᄂᆞ니

낙시줄 거더 노코 봉창(篷窓)58)의 ᄃᆞᆯ을 보쟈
ᄃᆞᆯ 디여라 ᄃᆞᆯ 디여라
ᄒᆞ마 밤 들거냐 ᄌᆞ규(子規) 소리 ᄆᆞᆰ게 난다
지국총(至匊悤) 지국총(至匊悤) 어ᄉ와(於思臥)
나믄 흥(興)이 무궁(無窮)ᄒ니 갈 길흘 니젓ᄯᅡᆯ다

---

53) 안류뎡화(岸柳汀花) : 언덕에 드리워져 있는 버들과 물가에 피어 있는 꽃.
54) 고븨고븨 : 굽이굽이 또는 곱게곱게.
55) 불리소냐 : 부러워할쏘냐.
56) 난지(蘭芷) : 蘭과 芷. 모두 香草임.
57) 도원(桃源) : 武陵桃源의 준말. 도연명의 「桃花源記」에 나오는 이상향.
58) 봉창(篷窓) : 뜸배의 창문. '篷'은 대나무·띠·부들 같은 것을 엮어 배를 덮은 것을 말한다.

릭일(來日)이 또 업스랴 봄밤이 몃 덛59) 새리

빅 브텨라 빅 브텨라

낫대로 막대 삼고 쇠비(柴扉)롤 ᄎᆞ자 보자

지국충(至匊恩) 지국충(至匊恩) 어ᄉᆞ와(於思臥)

어부(漁父) 싱애(生涯)ᄂᆞᆫ 이렁구러 디낼로다

하(夏)

구즌비 머저 가고 시냇믈이 ᄆᆞᆰ아 온다

빅 ᄯᅥ라 빅 ᄯᅥ라

낫대롤 두러메니 기픈 흥(興)을 금(禁) 못홀돠

지국충(至匊恩) 지국충(至匊恩) 어ᄉᆞ와(於思臥)

연강(煙江) 텹쟝(疊嶂)60)은 뉘라셔 그려낸고

넌닙희 밥 싸 두고 반찬으란 쟝만 마라

닫 드러라 닫 드러라

청약립(靑篛笠)61)은 써 잇노라 녹시의(綠蓑衣)62) 가져오냐

지국충(至匊恩) 지국충(至匊恩) 어ᄉᆞ와(於思臥)

무심(無心)ᄒᆞᆫ 빅구(白鷗)ᄂᆞᆫ 내 좃ᄂᆞᆫ가 제 좃ᄂᆞᆫ가

마람닙희 ᄇᆞ람 나니 봉창(篷窓)이 서늘코아

돋 ᄃᆞ라라 돋 ᄃᆞ라라

녀롬 ᄇᆞ람 뎡홀소냐 가ᄂᆞᆫ 대로 빅 시겨라63)

지국충(至匊恩) 지국충(至匊恩) 어ᄉᆞ와(於思臥)

---

59) 몃 덛 : 얼마 안 되어. '덛'은 '사이, 때'의 뜻.

60) 연강(煙江) 텹쟝(疊嶂) : 안개 긴 강과 첩첩이 둘러싸인 산봉우리.

61) 청약립(靑篛笠) : 푸른 竹皮로 만든 삿갓.

62) 녹시의(綠蓑衣) : '녹사의'의 오각. 綠蓑衣는 푸른 도롱이.

63) 빅 시겨라 : 배를 놓아두어라. 배에 맡겨 두어라.

북포(北浦) 남강(南江)64)이 어더 아니 됴흘리니

믉결이 흐리거든 발을 싯다 엇더흐리65)
이어라 이어라
오강(吳江)의 가쟈 흐니 쳔년노도(千年怒濤) 슬플로다66)
지국총(至匊悤) 지국총(至匊悤) 어〈와(於思臥)
초강(楚江)의 가쟈 흐니 어복튱혼(魚腹忠魂) 낟글셰라67)

만류녹음(萬柳綠陰)68) 어린 고디 일편티긔(一片苔磯)69) 긔특(奇特)흐다
이어라 이어라
두리예 다돋거든 어인징도(漁人爭渡)70) 허믈 마라
지국총(至匊悤) 지국총(至匊悤) 어〈와(於思臥)
학발로옹(鶴髮老翁) 만나거든 뢰퇴양거(雷澤讓居)71) 효측(效側)흐쟈

긴 날이 져므는 줄 흥(興)의 미쳐 모르도다
돋 디여라 돋 디여라
빗대72)룰 두드리고 슈됴가(水調歌)73)룰 블러 보쟈

---

64) 북포(北浦) 남강(南江) : 북쪽에 있는 포구와 남쪽에 있는 강.
65) 주 52) 참조.
66) 伍子胥의 고사. 오자서가 참소로 인해 자살하면서 "내 눈을 빼어 오나라 동문 위에 달아놓아 월나라 도적이 오나라를 쳐 멸망시키는 것을 보게 하라"고 하였다. 吳王 夫差가 이 말을 듣고 大怒하여 그의 시체를 말가죽으로 만든 부대에 담아 강물에 던졌다.
67) 屈原의 고사. 굴원이 참소를 입어 江南에 귀양가서 汨羅水에 빠져 죽었다. 그 시신을 물고기가 먹었다 하여 어복충혼이라 함.
68) 만류녹음(萬柳綠陰) : 버드나무 우거진 녹음.
69) 일편티긔(一片苔磯) : 물 속에 솟아 있는 이끼 낀 돌. 이끼 낀 낚시터.
70) 어인징도(漁人爭渡) : 고기 잡는 사람들끼리 서로 좋은 자리를 차지하려고 다투어 건너가는 것.
71) 뢰퇴양거(雷澤讓居) : 舜임금이 미천할 때 雷澤에서 고기를 잡았는데, 뇌택 사람들이 모두 자리를 양보하였다 함.
72) 빗대 : 돛대.
73) 슈됴가(水調歌) : 曲名. 商調의 곡으로 隋 煬帝가 江都에 갔을 때 지었다 함. 슬픈

지국총(至匊悤) 지국총(至匊悤) 어스와(於思臥)

우애성듕(欸乃聲中)에74) 만고심(萬古心)75)을 긔 뉘 알고

셕양(夕陽)이 됴타마는 황혼(黃昏)이 갓갑거다

비 셰여라 비 셰여라

바회 우희 에구븐76) 길 솔 아래 빗겨 잇다

지국총(至匊悤) 지국총(至匊悤) 어스와(於思臥)

벽슈잉셩(碧樹鶯聲)77)이 곧곧이 들리ᄂᆞ다

몰래 우희 그믈 널고 둠78) 미틔 누어 쉬쟈

비 미여라 비 미어라

모괴롤 밉다 ᄒᆞ랴 창승(蒼蠅)과 엇더ᄒᆞ니

지국총(至匊悤) 지국총(至匊悤) 어스와(於思臥)

다만 ᄒᆞᆫ 근심은 상대부(桑大夫)79) 드르려다

밤 ᄉᆞ이 풍낭(風浪)을 미리 어이 짐쟉ᄒᆞ리

닫 디여라 닫 디여라

야도횡쥬(野渡橫舟)80)롤 뉘라셔 닐럿ᄂᆞᆫ고81)

원망의 가락을 띠었다 함. 여기서는 그냥 물 위에서 부르는 노래라는 뜻임.

74) 우애성듕(欸乃聲中)에 : 뱃노래 소리에 또는 노 젓는 소리 속에. '우애'를 '欸乃'로 표기한 것은 訓借로 보여짐.

75) 만고심(萬古心) : 영원히 변하지 않는 마음.

76) 에구븐 : 조금 휘우듬하게 굽은.

77) 벽슈잉셩(碧樹鶯聲) : 푸른 나무에서 우는 꾀꼬리 소리.

78) 둠 : 뜸[篷]. '뜸[篷]'은 대나무·띠·부들 같은 것을 엮어 배를 덮은 것을 말한다.

79) 상대부(桑大夫) : 漢 武帝 때 사람 桑弘羊을 가리킴. 상홍양은 大農丞이 되어 천하의 鹽鐵을 관장하고 平準法을 만들어 國用을 풍요하게 하였으며, 후에 御史大夫가 되었다. 그러나 『漢書』「食貨志」에 의하면 "나라 살림은 넉넉했으나 백성 살기는 어려워졌다"고 하며, 『資治通鑑』에는 그가 백성들로부터 너무 많은 원망을 들었기에 祈雨祭 때 弘羊을 삶아 바쳐야 비가 올 것이라는 말이 있었다고 전한다. 여기서는 '小人輩'를 지칭하는 것임.

지국총(至匊悤) 지국총(至匊悤) 어亽와(於思臥)

간변유초(澗邊幽草)82)도 진실(眞實)로 어엿브다

와실(蝸室)83)을 브라보니 빅운(白雲)이 둘러 잇다

비 븟텨라 비 븟텨라

부들부체84) ㄱᄅ 쥐고85) 셕경(石逕)으로 올라가쟈

지국총(至匊悤) 지국총(至匊悤) 어亽와(於思臥)

어옹(漁翁)이 한가(閑暇)터냐 이거시 구실이라

츄(秋)

믈외(物外)예 조훈 일이 어부(漁父) 싱애(生涯) 아니러냐

비 떠라 비 떠라

어옹(漁翁)을 욷디 마라 그림마다 그렷더라

지국총(至匊悤) 지국총(至匊悤) 어亽와(於思臥)

亽시(四時) 흥(興)이 혼가지나 츄강(秋江)이 은듬이라

슈국(水國)의 ㄱ올히 드니 고기마다 술져 읻다

닫 드러라 닫 드러라

만경딩파(萬頃澄波)86)의 슬ᄏ지 용여(容與)ᄒ쟈87)

지국총(至匊悤) 지국총(至匊悤) 어亽와(於思臥)

---

80) 야도횡쥬(野渡橫舟) : 나루터에 배만 가로놓여 있음.
81) 唐 韋應物의 시에 "혼자라도 어여쁜 풀 물가에 나고, 위로는 꾀꼬리 수풀 깊이 우네. 비 오는데 봄 물결 저물녘에 빠르고, 나루터에 사람 없이 배만 홀로 비껴 있네[獨憐幽草澗邊生, 上有黃鸝深樹鳴, 春潮帶雨晚來急, 野渡無人舟自橫]"란 것이 있음.
82) 간변유초(澗邊幽草) : 물가에서 자라난 그윽한 풀.
83) 와실(蝸室) : 달팽이 껍질같이 조그만 집. 겨우 자기의 몸을 넣을 만한 좁은 집.
84) 부들부체 : 부들의 줄기로 엮어 만든 부채.
85) ㄱᄅ 쥐고 : 가로 쥐고 비스듬히 쥐고
86) 만경딩파(萬頃澄波) : 넓게 펼쳐진 맑은 물결.
87) 용여(容與)ᄒ쟈 : 느긋한 마음으로 여유 있게 놀자.

인간(人間)을 도라보니 머도록88) 더옥 됴타

빅운(白雲)이 니러나고 나모 긋티 흐느긴다
돈 드라라 돈 드라라
밀믈의 셔호(西湖) l 오 혈믈89)의 동호(東湖) 가쟈
지국총(至匊恩) 지국총(至匊恩) 어스와(於思臥)
빅빈홍료(白蘋紅蓼)90)는 곳마다 경(景)이로다

그러기91) 떳는 밧긔 못 보던 뫼 뵈느고야
이어라 이어라
낙시질도 ᄒ려니와 취(取)호 거시 이 흥(興)이라
지국총(至匊恩) 지국총(至匊恩) 어스와(於思臥)
셕양(夕陽)이 ᄇ이니92) 쳔산(千山)이 금슈(金繡) l 로다

은슌옥쳑(銀唇玉尺)93)이 멧치나 걸넌느니
이어라 이러라
로화(蘆花)94)에 블 부러95) 골희야96) 구어 노코
지국총(至匊恩) 지국총(至匊恩) 어스와(於思臥)
딜병97)을 거후리혀98) 박구기99)예 브어다고

---

88) 머도록 : 멀수록.
89) 혈믈 : 썰물.
90) 빅빈홍료(白蘋紅蓼) : 강가에 나는 흰 마름꽃과 붉은 여뀌꽃.
91) 그러기 : 기러기.
92) ᄇ이니 : (눈부시게) 비치니.
93) 은슌옥쳑(銀唇玉尺) : 좋은 물고기. '銀鱗玉尺'과 같은 말.
94) 로화(蘆花) : 갈대꽃.
95) 블 부러 : 불을 피워.
96) 골희야 : 골라서.
97) 딜병 : 술을 담는 질그릇 병.
98) 거후리혀 ; 기울여서.
99) 박구기 : 쪽박으로 만든 구기. 구기는 자루가 달린, 국자보다 작은 기구임.

넙ᄇ람100)이 고이 부니 ᄃ론101) 돋긔102) 도라와다

돈 디여라 돈 디여라

명식(暝色)103)은 나아오디 쳥흥(淸興)은 머러 읻다

지국총(至匊悤) 지국총(至匊悤) 어ᄉ와(於思臥)

홍슈쳥강(紅樹淸江)104)이 슬믜디도105) 아니ᄒ다

흰 이슬 빋견ᄂ디106) 불근 돌 도다 온다

비 셰여라 비 셰여라

봉황루(鳳凰樓)107) 묘연(渺然)ᄒ니 쳥광(淸光)108)을 눌을 줄고

지국총(至匊悤) 지국총(至匊悤) 어ᄉ와(於思臥)

옥토(玉兎)의 띤ᄂ 약(藥)109)을 호긱(豪客)110)을 먹이고쟈

건곤(乾坤)이 제곰인가111) 이거시 어드메오

비 미여라 비 미여라

셔풍딘(西風塵)112) 몯 미츠니 부체 ᄒ야 머엇ᄒ리

지국총(至匊悤) 지국총(至匊悤) 어ᄉ와(於思臥)

---

100) 넙ᄇ람 : 배를 가로질러 부는 바람. 배 돛에 옆으로 대이는 바람.
101) ᄃ론 : 달아 놓은.
102) 돋긔 : 돛에.
103) 명식(暝色) : 어두운 빛. 저녁 빛.
104) 홍슈쳥강(紅樹淸江) : 단풍이 붉게 물든 나무와 맑은 강.
105) 슬믜디도 : 싫고 밉지도 싫증나지도.
106) 빋견ᄂ디 : 비끼어 있는데. 깔려 있는데.
107) 봉황루(鳳凰樓) : 임금이 계신 곳.
108) 쳥광(淸光) : 맑은 빛, 즉 달빛을 가리킴.
109) 옥토(玉兎)의 띤ᄂ 약(藥) : 달 속에 옥토끼가 찧고 있는 약.
110) 호긱(豪客) : 호기 있는 사람. 豪俠男兒.
111) 제곰인가 : 제각각인가.
112) 셔풍딘(西風塵) : 서쪽 바람에 일어나는 먼지를 부채로 가렸던 고사. 晉 成帝 때 庾亮과 王導가 함께 왕을 섬겼는데, 유량이 外郡으로 出鎭했는데 帝舅로써 조정의 권한을 틀어쥐니 왕도가 편할 수 없었다. 일찍이 서쪽 바람이 먼지를 일으키니 왕도가 부채를 들어 가리면서 설명하기를 원규(유량의 자)는 먼지같이 더러운 사람이라 하였다.

드론 말이 업서시니 귀 시서 머엇ᄒ리[113)

옷 우희 서리 오디 치운 줄을 모롤로다
닫 디여라 닫 디여라
됴션(釣船)이 좁다 ᄒ나 부셰(浮世)과 언더ᄒ니
지국총(至匊悤) 지국총(至匊悤) 어ᄉ와(於思臥)
너일도 이리ᄒ고 모뢰도 이리ᄒ쟈.

숑간셕실(松間石室)[114)의 가 효월(曉月)을 보쟈 ᄒ니
빈 브텨라 빈 브텨라
공산(空山) 락엽(落葉)의 길흘 엇디 아라 볼고
지국총(至匊悤) 지국총(至匊悤) 어ᄉ와(於思臥)
빅운(白雲)이 좃차 오니 녀라의(女蘿衣)[115) 므겁고야

동(冬)
구룸 거든 후의 힌빈치 두텁거다
빈 떠라 빈 떠라
텬디(天地) 폐식(閉塞)[116)ᄒ오디 바다ᄒ흔 의구(依舊)ᄒ다
지국총(至匊悤) 지국총(至匊悤) 어ᄉ와(於思臥)
ᄀ업슨 믉걸이 깁 편 ᄃ 호여 잇다

주대[117) 다ᄉ리고 빗밥[118)을 박앗ᄂ냐
닫 드러라 닫 드러라

---

113) 許由의 고사를 변용한 것임. 주 6) 참조.
114) 숑간셕실(松間石室) : 소나무 사이에 있는 조그마한 집.
115) 녀라의(女蘿衣) : 소나무 겨우살이의 줄기로 띠를 두른 옷. 隱者가 입는 옷.
116) 폐식(閉塞) : 닫히고 막힘. 여기서는 추위 때문에 꽁꽁 얼어붙은 것을 말함.
117) 주대 : 낚싯줄과 낚싯대.
118) 빗밥 : 배에 물이 새어들지 못하게 틈을 메우는 물건. 보통 갈대를 많이 씀.

쇼상(瀟湘)119) 동뎡(洞庭)120)은 그믈이 언다 혼다121)
지국총(至匊悤) 지국총(至匊悤) 어ᄉ와(於思臥)
이 째예 어됴(漁釣)ᄒ기 이만혼 ᄃᆞ 업도다

여튼 갣122) 고기들히 먼 소희 다 갇ᄂᆞ니
돋 ᄃᆞ라라 돋 ᄃᆞ라라
져근덛 날 됴혼 제 바탕123)의 나가 보쟈
지국총(至匊悤) 지국총(至匊悤) 어ᄉ와(於思臥)
밋기 곧다오면124) 굴근 고기 믄다 혼다

간밤의 눈 갠 후(後)에 경믈(景物)이 달랃고야
이어라 이어라
압희ᄂᆞᆫ 만경류리(萬頃琉璃)125) 뒤희ᄂᆞᆫ 쳔텹옥산(千疊玉山)126)
지국총(至匊悤) 지국총(至匊悤) 어ᄉ와(於思臥)
션계(仙界)ㄴ가 불계(佛界)ㄴ가 인간(人間)이 아니로다

그믈 낙시 니저 두고 빗젼을 두드린다
이어라 이어라
압개롤 건너고쟈 몃 번이나 혜여 본고

---

119) 쇼상(瀟湘) : 瀟水와 湘水. 洞庭湖의 西便에 있음.
120) 동뎡(洞庭) : 洞庭湖. 湖南省의 大湖임.
121) 이 구는 杜甫의 「歲晏行」의 일부를 차용한 것임. "한 해가 저무니 북풍이 잦고, 소
상강 동정호는 흰 눈 속에 있네. 어부는 추위에 그물이 얼고, 막요[오랑캐 종족 이름]
는 기러기 겨누어서 뽕나무 활을 울리네[歲云暮矣多北風, 瀟湘洞庭白雪中, 漁父天
寒網罟凍, 莫徭射雁鳴桑弓]."『杜詩詳註』卷二十二.
122) 갣 : 개의.. '개'는 潮水가 드나드는 내.
123) 바탕 : 일터. 여기서는 바다를 가리킴.
124) 곧다오면 : 꽃다우면. 좋으면.
125) 만경류리(萬頃琉璃) : 아주 넓은, 유리같이 맑은 바다.
126) 쳔텹옥산(千疊玉山) : 千層으로 쌓인, 옥 같이 아름다운 산.

지국총(至匊悤) 지국총(至匊悤) 어스와(於思臥)
무단(無端)호 된ㅂ람127)이 힝혀 아니 부러올까

자라 가는 가마괴 멸 낫치 디나거니
돈 디여라 돈 디여라
압길히 어두우니 모셜(暮雪)이 자자뎓다
지국총(至匊悤) 지국총(至匊悤) 어스와(於思臥)
아압디(鵝鴨池)롤 뉘 텨서128) 초목참(草木慚)129)을 싣돋던고

단애취벽(丹崖翠壁)130)이 화병(畫屛)곧티 둘럿는디
비 셰여라 비 셰여라
거구셰린(巨口細鱗)131)을 낟그나 못 낟그나
지국총(至匊悤) 지국총(至匊悤) 어스와(於思臥)
고쥬사립(孤舟蓑笠)132)에 흥(興) 계워 안잣노라

묽ㄱ의 외로온 솔 혼자 어이 싁싁혼고
비 미여라 비 미여라
머흔 구룸133) 혼(恨)티 마라 셰샹(世上)을 ㄱ리온다
지국총(至匊悤) 지국총(至匊悤) 어스와(於思臥)
파랑성(波浪聲)을 염(厭)티 마라 딘훤(塵喧)134)을 막는또다

---

127) 된ㅂ람 : 빠르고 세차게 부는 바람 또는 '북풍'의 뱃사람말.
128) 아압디(鵝鴨池)롤 뉘 텨서 : 唐나라 李愬의 고사. 당나라 元和 연간에 吳元濟가 蔡
州에서 반란을 일으킴에 이소가 눈 오는 밤 蔡城을 치러갔는데, 성둘레에 거위와 오
리가 많은 못이 있어 이들을 놀라게 하여 軍兵의 소리를 어지럽게 함으로써 오원제를
체포했다는 고사임.
129) 초목참(草木慚) : 초목조차 부끄러워할 만한 수치.
130) 단애취벽(丹崖翠壁) : 붉은 낭떠러지와 푸른 절벽.
131) 거구셰린(巨口細鱗) : 입은 크고 비늘은 자잘한 것, 즉 좋은 고기를 말함.
132) 고쥬사립(孤舟蓑笠) : 외로운 배, 도롱이와 삿갓.
133) 머흔 구룸 : 험한 구름.

창주오도(滄洲吾道)[135]롤 녜브터 닐럳더라
닫 디여라 닫 디여라
칠리(七里) 여흘 양피(羊皮) 옷[136]슨 긔 엇더ᄒᆞ니런고
지국충(至匊悤) 지국충(至匊悤) 어ᄉ와(於思臥)
삼쳔뉵ᄇᆞᆨ(三千六百) 낙시질[137]은 손 고븐 제 엇디턴고

어와 져므러 간다 연식(宴息)[138]이 맏당토다
비 븟텨라 비 븟텨라
ᄀᆞᄂᆞᆫ 눈 ᄲᅳ린 길 블근 곳 흣더딘 더 훙치며 거러가셔
지국충(至匊悤) 지국충(至匊悤) 어ᄉ와(於思臥)
셜월(雪月)이 셔봉(西峯)의 넘도록 숑창(松窓)을 비겨 잇쟈

東方古有漁父詞, 未知何人所爲, 而集古詩而成腔者也. 諷詠卽江風海
雨生牙頰間, 令人飄飄然有遺世獨立之意. 是以聾巖先生好之不倦, 退溪
夫子歎賞無已. 然音響不相應, 語意不甚備, 盖拘於集古, 故不免有局促
之欠也. 余衍其意, 用俚語作漁父詞, 四時各一篇, 篇十章. 余於腔調音
律, 固不敢妄議. 余於滄洲吾道, 尤不敢竊附. 而澄潭廣湖片舸容與之時,
使人並喉而相棹, 則亦一快也. 且後之滄洲逸士, 未必不與此心期而曠百
世而相感也. 秋九月歲辛卯, 芙蓉洞釣叟, 書于洗然亭樂飢欄邊船上, 示
兒曺.

동방에 예로부터 어부사(漁父詞)가 있었으니 누가 지은 것인지는 알

---

134) 딘훤(塵喧): 塵世의 떠들썩함. 俗世의 시끄러움.
135) 창주오도(滄洲吾道): 滄洲가 나의 道라는 말로, 杜甫의 시에 "나의 도 창주에 부치
  네[吾道付滄洲]"란 구절이 있음. 滄洲는 신선이 사는 곳 또는 江湖의 뜻임.
136) 칠리(七里) 여흘 양피(羊皮) 옷: 嚴子陵의 고사. 엄자릉은 富春山 속 七里灘에서 羊
  皮 옷을 입고 낚시질하는 것을 즐거움으로 삼아 왕의 부름에도 응하지 않았다 함.
137) 삼쳔뉵ᄇᆞᆨ(三千六百) 낙시질: 姜太公의 고사. 강태공은 10년 동안 渭水 가에서 낚시
  질하다 周 文王을 만났다 함.
138) 연식(宴息): 편안하게 쉼.

수 없고 옛시를 모아 곡을 붙인 것이다. 읊조리면 강풍(江風)과 해우(海雨)
가 입가에 일어 사람으로 하여금 표연히 세상을 떠나 홀로 설 뜻을 갖
게 한다. 이런 까닭에 농암(聾巖) 선생이 좋아하기를 게을리 하지 않았으
며 퇴계(退溪) 선생도 탄상하기를 그치지 않았다. 그러나 음향(音響)이 상
응하지 않고 어의(語意)가 심히 갖추어지지 못했으니 대개 옛시를 모으
는 데에 얽매인 탓이다. 그러므로 옹색해지는 결함이 있음을 면치 못한
다. 내가 그 뜻을 덧붙이고 우리말을 사용하여 어부사(漁父詞)를 지었으
니 사계절을 각 한 편으로 하고 한 편은 10장으로 했다. 나는 강조(腔調)
와 음률(音律)에 대해서 진실로 감히 망령된 논의를 할 바가 못되며, 창
주오도(滄洲吾道)에 대해서는 더욱 감히 사사로운 견해를 덧붙일 바가 못
된다. 그러나 맑은 못과 넓은 호수에서 쪽배를 띄우고 마음껏 노닐 때
사람들로 하여금 함께 소리내면서 서로 노젓게 한다면 또한 한 가지 즐
거운 일이 될 것이다. 또 뒷날의 창주일사(滄洲逸士)가 반드시 이 마음에
동참하여 영원토록 서로 느끼지 않을 수 없을 것이다. 신묘년 추구월,
부용동조수(芙蓉洞釣叟)가 세연정(洗然亭) 낙기란(樂飢欄) 가의 배 위에서
써서 아이들에게 보이노라.

어부ᄉ 여음(漁父詞餘音)

강산(江山)이 됴타 흔들 내 분(分)으로 누얼느냐
님군 은혜(恩惠)롤 이제 더옥 아노이다
아므리 갑고쟈 흐야도 히올 일이 업세라[139]

---

139) (原註) 이것은 「산중신곡」, '만흥' 제6장인데, 「어부사」 여음으로 삼았기 때문에 거듭
여기에 수록한다[此乃山中新曲漫興第六章, 而以爲漁父詞餘音, 故重錄於此].

몽텬요(夢天謠) 삼장(三章)[140]

샹해런가[141] 꿈이런가 빅옥경(白玉京)[142]의 올라가니
옥황(玉皇)은 반기시나 군션(羣仙)이 꺼리느다
두어라 오호연월(五湖烟月)[143]이 내 분일시 올탓다

풋줌의 꿈을 꾸어 십이루(十二樓)[144]에 드러가니
옥황(玉皇)은 우스시되 군션(羣仙)이 꾸짇느다
어즈버 빅만억창싱(百萬億蒼生)[145]을 어늬 결의 무르리

하놀히 이저신 제[146] 므슴 슐(術)로 기워낸고[147]
빅옥루(白玉樓)[148] 듕슈(重修)홀 제 엇던 바치[149] 일워낸고
옥황(玉皇)끠 술와 보쟈 ᄒ더니 다 몯ᄒ야 오나다

魏詩曰, 園有桃, 其實之殽. 心之憂矣, 我歌且謠. 不知我者, 謂我士也
驕. 彼人是哉, 子曰何其. 心之憂矣, 其誰知之. 其誰知之, 盖亦勿思. 杜
子美詩曰, 非無江海志, 瀟灑送日月. 生逢堯舜君, 不忍便永訣. 取笑同
學翁, 浩歌彌激烈. 夫我咨嗟咏歎之餘, 不覺其發於聲而長言之, 豈無同

---

140) (原註) 임진년(1652) 고산에 있을 때[壬辰在孤山時].
141) 샹해런가: 常時런가. 평상시이던가.
142) 빅옥경(白玉京): 도교에서 옥황상제가 있다는 곳.
143) 오호연월(五湖烟月): 五湖는 중국에 있는 호수임. 太湖만을 이르기도 하고 태호 주
    변의 네 호수와 합쳐 이르기도 하며, 그밖에도 오호는 여러 가지가 있다. 여기서는 江
    湖, 隱棲地의 뜻. 烟月은 안개 긴 달이란 뜻으로 아름다운 자연을 말함.
144) 십이루(十二樓): 열두 개의 누각. 天上의 白玉京에는 열두 채의 玉樓가 있다 함.
145) 빅만억창싱(百萬億蒼生): 수많은 백성.
146) 이저신 제: 이지러졌을 때. 무너졌을 때.
147) 하놀히~기워낸고: 伏羲氏의 여동생 여와가 五色石을 갈아서 하늘을 깁고, 자라의
    발을 잘라서 네 기둥을 세웠다는 얘기를 말하는 것임.
148) 빅옥루(白玉樓): 백옥경에 있는 누각.
149) 바치: 匠人이.

學哎哎之譏, 子曰何其之誚也. 然而自不能已者, 是誠所謂我思古人, 實獲我心者也. 壬辰五月初十日, 芙蓉釣叟, 病滯孤山識.

위시(魏詩)[150]에 이르기를, "동산에 복숭아나무가 있으니 그 열매를 먹도다. 마음에 근심하는지라 내 노래부르고 또 흥얼거리노라. 이 내 마음 알지 못하는 자들은 나더러 선비가 교만하다 하도다. 저 사람이 옳거늘 그대는 어이하여 그러는고 하나니. 마음에 근심함이여 그 누가 이것을 알리오 그 누가 이것을 알리오 또한 생각하지 않아서로다"라 하였다. 두자미(杜子美)[151]의 시[152]에 이르기를, "강해(江海)의 뜻 없는 것 아니어서, 맑고 깨끗하게 세월도 보내고 싶다네. 살아서 요순(堯舜) 같은 임금을 만났으니, 차마 영결(永訣)하지 못하네. 동학(同學) 늙은이의 웃음거리 되겠지만, 호연한 노래는 더욱 격렬해지네"라 하였다. 무릇 내가 탄식하고 영탄하던 나머지 나도 모르게 그것이 소리로 나와 길게 말하게 되니, 어찌 동학들이 회회거리며 기롱하여 '그대는 어이하여 그러는고' 하는 꾸짖음이 없으랴? 그러나 스스로 그만둘 수 없는 것은 진실로 이른바 '내 고인(古人)을 생각하니 실로 내 마음을 아셨도다'[153]라고 하는 것이다. 임진년 오월 초열흘, 부용조수(芙蓉釣叟)는 병으로 고산(孤山)에 머물면서 쓴다.

번몽천요(翻夢天謠)[154]

夢耶眞耶	꿈이런가 생시런가?
一上玉京閶闔開	옥경(玉京)에 한번 오르니 대문이 열렸더라.
玉皇靑眼羣仙猜	옥황(玉皇)은 반기시나 군선(羣仙)은 시기하네.

---

150) 위시(魏詩):『詩經』「魏風」「園有桃」를 말함.
151) 두자미(杜子美): 당나라 시인 杜甫를 가리킴. 子美는 그의 字임.
152) 두자미(杜子美)의 시:「自京赴奉先縣詠懷五百字」(『杜詩詳註』卷四)를 가리킴.
153) '내 고인(古人)을 생각하니 실로 내 마음을 아셨도다.':『詩經』「邶豐」「綠衣」에 나오는 말임.
154) (原註) 병신(丙申, 1656).

| 已矣乎五湖烟月閑徘徊 | 두어라! 오호연월(五湖烟月)에 한가롭게 배회하리. |

野人化胡蝶	야인이 나비 되어
翩翩飛入十二樓	훨훨 십이루(十二樓)에 날아드니
玉皇含笑羣仙尤	옥황(玉皇)은 웃으시되 군선(羣仙)은 허물하네.
吁嗟乎萬億蒼生問何由	오호라! 수많은 백성의 일을 어떻게 물어보리?

九重天有缺時	구중천(九重天) 이지러질 때
補綴用何謨	무슨 꾀로 기워낼까?
白玉樓重修日	백옥루(白玉樓) 중수하는 날을
何工成就乎	어느 장인이 이뤄내리오?
欲問玉皇無暇問	옥황(玉皇)께 여쭈려 해도 물을 겨를 없어
歸來空一吁	돌아와 헛되이 한번 탄식하네.

견회요(遣懷謠) 5편(五篇)[155]

슬프나 즐거오나 올타 ᄒ나 외다 ᄒ나
내 몸의 ᄒ올 일만 닫고 닫글 뿐이언뎡
그 밧긔 녀나믄 일이야 분별ᄒᆞᆯ 줄 이시랴

내 일 망녕된 줄을 내라 ᄒᆞ야 모ᄅᆞᆯ손가
이 ᄆᆞᆷ 어리기도 님 위ᄒᆞᆫ 타시로쇠
아미[156] 아ᄆᆞ리 닐러도 님이 혜여 보쇼셔

---

155) (原註) 이 이하는 무오년(1618) 경원 유배시에 지은 것인데, 여기에 부록한 것이다[此
　　以下, 戊午謫慶源時所作, 附錄於此].
156) 아미 : 아무가.

츄셩(楸城)[157] 딘호루(鎭胡樓)[158] 밧긔 우러 녜는 뎌 시내야
ㅁㅇ음 호리라 듀야(晝夜)의 흐르는다
님 향(向)ᄒᆞᆫ 내 뜯을 조차 그칠 뉘롤 모로ᄂᆞ다

뫼ᄒᆞᆫ 길고길고 믈은 멀고멀고
어버이 그린 뜯은 만코만코 하고하고
어듸셔 외기러기는 울고울고 가ᄂᆞ니

어버이 그릴 줄을 처엄븟터 아란마ᄂᆞᆫ
님군 향(向)ᄒᆞᆫ 뜯도 하ᄂᆞᆯ히 삼겨시니
진실(眞實)로 님군을 니ᄌᆞ면 긔 불효(不孝)ㄴ가 녀기롸

우후요(雨後謠)

有人傳道時宰改過, 于斯時也, 宿雨適霽. 余曰, 彼之改過也, 苟能如
斯雨之晴, 如斯雲之捲, 如斯前川之還淸, 則吾儕敢不歸仁乎. 遂作俚語
永言之.

　어떤 사람이 당시의 재상이 잘못을 고쳤다고 말을 전하였다. 이때 연
일 오던 비가 마침 개었다. 내가 말하기를 "저 사람이 잘못을 고친 것은
진실로 이 비가 갠 것과 같고, 이 구름이 걷힌 것과 같고, 이 앞 개천이
다시 맑아진 것과 같다. 그런즉 우리들이 인(仁)으로 돌아가야 하지 않겠
는가!" 하고 드디어 우리말로 지어 노래불렀다.

　구즌비 개단 말가 흐리던 구룸 걷단 말가

---

157) 츄셩(楸城) : 慶源의 다른 이름.
158) 딘호루(鎭胡樓) : 경원성의 南門樓.

압내희 기픈 소히 다 묽앗다 ᄒᆞᆫ순다
진실(眞實)로 묽디온 묽아시면 갇긴 시서 오리라

원문편
孤山遺稿

孤山遺稿卷之一

詩五言
古詩　律詩　絶句　集古　回文　集古

首國島廻舟 <small>任安邊滄洲公所時公年十四歲○庚子</small>

廻舟日暮還半醉半醒間一鴈鳴猶去斜陽山外山

臨端道中○同年 <small>長湍古號</small>

暮色千林樹秋光一嶂楓江烟橫遠抹夕雨下濛濛

往安邊途中偶吟　同年

夕陽窮路暗沙塵雨靄南川水色新始覺關山風土近
人人音語異南人

閑居春日即事 <small>回文　辛丑</small>

濛濛細雨烟山暮漠漠天涯海日斜風檻一枕高欄倚
捲箔踈簾松落花

代張子浩遊三角山寺寄城中友生　癸卯

有山有山何崔嵬漢陽之北高陽東亭亭三朶碧芙蓉
聲入斗極撐靑空中有數間古蘭若蛇盤一逕緣溪通
禪房蕭灑絕纖埃檻外流水階前松我初攜杖入烟霞
踏盡靑峯重復重相先相後兩三人閒坐閒行幽興同
雪眉老僧迎我笑夕陽樓上鳴孤鐘夜向天壇月邊宿
綠蘿樹下來淸風帆然坐我崑崙山上最高峯逈出九
垓超塵籠松窓踈雨曉夢驚捲簾南北山花紅東益十

年操至夢逸想今日輪雲莭回頭遙望紫陌人紫惟

見塵濛濛君獨胡為在泥滓莫學空羡天邊鴻詩成聊

附鶴南飛白雲歌送青雲中　一

詠硯滴呼韻

形似仙桃落九天口如鵬嘯舉波邊背中雲葉惟泓識

麗澤多年意獨堅

寄李明遠集古　丁未

霜威比劇雅履何如願言之懷聊集古句此正所

謂難題却憶古人詩者也可供靜中之一笑　吳

李白騎鯨飛上天才子一落人間知幾年　植自少軒□

孤山遺稿　卷之一　二　詩

非常傳^{韓退之}皎如玉樹臨風前^義^{杜子}多生綺語磨不盡

蘇子頃刻青紅浮海蜃^{韓退之之}風流肯落他人後^{白李太平}

瞻生涎蕈徒蠢蠢^義^{杜子之}向來妙處今遺恨^{味公}文閉戶讀書

真得計^{非陳去}竹簡雲披詠聖涯^崔誰掬靈芳占甲第^{部調}

春秋三傳束高閣^{韓退之之}孝經一通看在手^{義杜子}黃卷青

燈興味長^{析呉人家不必論貧富}澄念昔塵埃兩相逢^{韓退}

之於我見子真顏色^{義杜子}斤雞區區笑此生^{鄭長松百}

尺不自覺^{蘇子}人生會合不可常^{義杜子}感時撫事增愴

傷^{杜子義}別來紅葉黃花秋^{蘇子瞻}其雲楚水愁茫茫^{王李彥平}

此日登樓看^{址鷹}^朋離魂不散烟郊樹^{李太}數村殘照

半山陰里詩一聲長笛江天暮賈李思君携手安能得之韓退

疑是君全㕨

次韻酬張子浩同年

行樂十分無一分驪長風吹月渡海来白太忽到窓前

昔我賁笈遊京華是時年纔過志學逢英才寥寥誰肯屈

杜杜吟来還自責白晳少年来叩門驚喜塵埃有此容

與語乃知同里閈膠漆交情俄頃密密友不妨已在子㖱

得近朱藍於我益明朝曳履到君家短几殘編横小榻

環堵蕭條為戶誰知中有我詳曲傍人莫笑衣似溓

未害氷壺貯秋月霏霏屑屑日之夕樽酒論文歸意絶

孫小山遺稿　卷之一　三　詩

呼兒揭篋出佳什　紙上珠璣盈數軸　丹山逸鳳舞雲霄

滄海群龍鬭頭角　回溪垂翅竟何事　始信朝家綱不容

佳盧磨秆與我同　兩箇黃冠暎山色　吾伊聲雜石舍龍前

布穀杜宇啼南陌　捲簾淸曉思浩然　静坐共論牛山木

時登危峀矗襟懷　更向源泉觀不息　一朝回步入塵籠

聯袂重遊那可得　如今又作兩地分別　懷難堪長惻惻

北風其涼歲云暮　遙望長安江水隔　春秋　寺名寺裏獨

坐時伐木丁丁山向夕　夢中見之夢中別了了容顏空

在目欲敲冰硯訴相思　壁上青燈下明滅　離心何處正

鬱陶午夜禪窗霜月白　人間百事摠浮雲共榻又負前

年約西来黃耳掛詩簡三復以慰情懷惡山川豈能阻

神交肝膽曾將孤劒說我有一言可贈君須惜崢嶸頭

上日吁嗟寸草劇天天無限春暉難報答

閒居春日卽事 戊申

隆隆樂境閑中是擾擾塵區一似籠紅茈艷花濃浥露

碧絲烟柳細搖風東家酒伴詩催與北浦漁舡雨壓蓬

宮羽弄時悠意得斷雲孤嶼杳歸鴻

贈文上舍晦甫兄兄呼韻二首 同年

百歲如風燈泰山何日登泪浕塵埃裏寬慶見未曾吾

兄風骨高天外鳳寨騰下視世間事心如結夏僧蓬篙

孤山遺稿　卷之一　四　詩

企長松馬牛固難憑行止豈必天於人公不能曳輪歸

故山垂釣寒潭澄

與兄淸話共明燈恍如九層臺上登吾兄稷契徒

比之管仲吾何曾霖雨商家在幾日龍蟠泥中雲未騰

英雄有時亦如此南玄壯來行脚僧明朝世事兩茫茫

一枕蝴蝶知難憑高談傑句子可無着鱜引盃吾亦能

紫陌風塵勿回首白鷗萬里江波澄

贈梁秀才呼韻同年

梁家秀才曰子浩被體以褐懷寶玉長松落落立遠峯

上有孤鶴下琥珀龍鍾於世悔有耳今日幸聽羲洋曲

憑君莫謂久無事良弼不曾棄聖辟

暮投廣津村偶吟　庚戌

淨洗蘿菖菜爛煮土蓮羹猶言無饌物深感主人情

挽河娘二首　代製　辛亥

早歲八高門終身戀主恩肥甘有四子歡笑足諸孫壽

考天斯報幽貞世永言貧居何用恨此可詫鄉村

大娘先夫子余之從祖父余於大娘事所識非其粗末

堅自小少律身視矩惟知敬巾櫛不學歌金縷中年

失所天歿齒良自苦粧鏡綱圭老故衣啼痕腐劬勞長

兒女黽勉事織組福善豈徒言享年終窄作賦命固難

孤山遺稿　卷之一　五　[四]　詩

備何須恨貧窶有子至七人諸孫且十數顧我亦何悲
老淚垂阿堵古人盡凋謝無與語及古

贈張秀才張也呼韻走筆

夜坐盡爐灰吟詩子忘回莫為魚藏珠莫為兒廢雷青
天改容待明月入簾催落鴉俄滿紙碧海長鯨摧耽看
忌酒味侍兒苦暖盃詞袜褁筆輩擾擾堪一哀龍門百
斛鼎復見一手擡天然荷出水不似柳為栝見子見子
詩肯中雲霧開我素悅奇貨末爪博瓊瑰

贈鄭主簿之英 辛亥

無兒無室又無奴千里飄零一老軀肉食誰憐飢有色

鶉衣不耐雪侵膚文王發政先榮獨伊尹若推思匹夫

策馬試從安上去如君合入鄭監圖

挽南可畹二首　同年

吾子出儒林蒼天若有心人看仁義事鬼泣鳳凰音弱

冠邊埋玉長途轪斷金孤兒只三尺我淚更霑襟

有生則有死長短皆天耳有形必有命貴賤非人事全

而乘化歸逝者何恨矣吾人未忘情涕泣空篤里

南歸記行　同年

萬曆紀年三十九斗柄揷子日有七修琴賣藥吾事畢

遙念庭闈向南國到家知有拜慶喜分袂詎堪鴒原別

外山遺稿　卷之一　六二　詩

征馬迢迢渡漠水離魂不散青門辻廣陵山盧夜正中

利冨嶺上已昏黑禦虎有命何須憂爲用東坡解僮僕

明朝桎展伯母墓〔自註記曰展省墓而八謁展省也〕墓傍三環悲百結神

道松楸長幾尺顧我復我如昨日人煩馬殆早投宿水

邊孤村名不識問程曉出龍仁境平川荒壠重重隔人

言素草〔自註店名〕店尚遠路過陽城日已沒癡憧笑汝憶蠟

炬東嶺懃懃出明月眼明茅屋倚山阿依舊長橋跨寒

碧〔自註素草長嶺並肩拜馬首取食琵琶〔自註村名〕来會約對案

愁歇〔自註素草三十里〕手膠匙歇枕德坪愁歇〔自註歇五十里〕風射

壁是日陌上逢高軒云是嶺南新方伯儻從揚揚馬如

飛前隊朱衣鳴畫角丈夫得志豈易得顧蘇顚崔百萬

億石遲拖氷車峴脊玄黃拒地鞭無力卸鞍弓院 里名〔自註〕

見庶姑姑家夫子情歎曲細酌軟語永今夕馬粟掩牢

奴飯白西窓桂影喚入行錦水沙際星初八編航卧板

誰解此馳過江心如踏陸向來正見波溢岸 秋水正瀰〔自註來時〕

阻水豈意今朝歙幽壑寄語河伯莫浪詩造物由來喜

數日

變易雞龍之山甚佳麗此行恨不花時節尼山縣前松

影斜後寺 寺名〔自註〕 村落炊烟滅江南風土喜不遠慶慶人 夕燈明滅知白瀆 諸自〔自註〕

家有脩竹曙色蒼微失觀真 自〔自註〕名

名里朱家婆娑庶母母及爲深情海不及珎烹玉粒勸加

孟亨寶爲 卷之一 七二詩

餐細問寒溫勞行後大野無邊參禮自註
田行沃江天漠漠鴈聲遠聲自註仲冬之異也晚雨霏霏人
去急神傾意豁兩佳士逢旅避近金溝邑聯衾晤語百
憂失始信新知樂莫樂馬兀殘夢路幾許老堠呈身告
四十俯郊孫縣抱荷池自註堤上新軒亦奇絕回看井
邑八長谷寂歷斜陽掛踈木蝴蝶分明到白蓮自註鄉地名家
覺來身在川源驛誰將礒車載滕六招得封姨同作厄
飄飄浙浙並遮莫蘆嶺層途強登陟萬谷喧轟沸笙鐘
千峯照耀粧珠玉箇箇奇景動幽興無乃山靈娛遠客
爇薪炙衣古長城客堂新泥星漏屋旋碑突兀外邊路

自註三

字地名　潘婦勁節令人式俛天無寺〔山名〕堂中出朝日

照之分縷脉他時莫作生容看會待秋風蠟我展笑語

供罷餘杭〔字地名〕二人嘿坐燈前記所歷曲直溪山六十

里長短盡屛三百疊高堂生目歸意忙屈指餘程早發

夕錦城城南江可憐月出〔山名〕迎人好顏色行行忽憶

去年約暮宿茅山〔地名〕慶士室茅山慶士何所為杜門

讀書人謂拙清晨繫馬月南寺〔寺名〕堂有畫佛庭有塔

瞑渡雙橋〔橋名〕雨淋腦雲暗谿費擲埴少焉又聞松

檜開西南大風飜坤軸皺冠凜骨百不辭但顧重雲一

掃撤邁甚〔自註　黑路暗行　故有此意〕到得家前夜已久門外宿烏驚

剝啄小弟跟蹌越門限季妹娙妮語羅幕倚間陜岾今

幾時疾病飢寒疑始釋幽人從此莫遠遊遠遊亦勿過

時復

次燧院壁上韻

節當沍火別山庄千里歸時雪滿裳何日脫身於世路

閱者天地替陰陽

荅張秀才書壬子

張書五字押韻其中有曰采采芙蓉花非公誰第

一又曰想無場中饌送我庭中啄云云

芝眉久不接思想分外別動靜今何如流火正爛玉龍

鍾侍親闈無恙奉几席項得草袍榮斯須樂耳目兩露

及淺根激烈歌　爾極少無求名意前言君可憶況乃

荒拙語誰使人擊節第二而過望君何願第一隻難十

行書感君意松栢世故喜挈肘松關近未啄聊將願言

懷萬一付短筆惟尊心諒之若爲盡書札七月十三日

相識紅塵客

喜晴同年

春王正月歲壬子兩雪連旬陰氣獰日月隱澹物皆晦

雲霧疙塞天彭脖夾鐘吹灰冀五調此來高風誰使令

幽人曉起拭兩目境落寨舉乾坤清俄然東嶺出曦御

孤山遺稿　卷之一　　九　詩

間巷老弱先覩爭　宇內氣象何所似　大亂之餘遭太平
叢叢萬類悅者幾不暇　細說吾略評　懸鶉背上得朝陽
翁媼共賀綿襖生歡顏　何用突兀屋破廬　林乾聞鼻聲
農夫往田耒耜便　行客登途車馬輕　汲泉慶慶濯衣裳
布席家家乾粟秔　霧捲埃宿起掉謳　山明水麗添遊情
道人晒藥架邊立　樵父腰鑣林下行　深堂病夫亦灑然
揭簾高枕神魂醒　仙鶴飄飄不愁濕　振翮雙飛天外鳴
起訪階前桃李樹　南枝北枝芳意萌　俯瞰庭中綠蓁蓁
寸草共被春暉榮　皇天捲雨有何勞　而使六合歡意盈
嗚呼不獨六合歡意盈　天色安寧天氣亨

曉行　同年

恩津縣背野無際容子曉行無月時店火是非欺遠眼
睡魔進退困勞廝東西南北星能告道路橋梁馬自知
逞想高堂秋夢覺眛兒安否苦相思

題礪山彌勒堂　同年

息馬礪山郡朝日正景景路傍坐石像兀然形色老茅
屋蠹紙錢布衣巾覆腦不識何人施求福可知道神乎
苟其靈余亦有所禱願得神妙醫親病卽淨掃康寧坐
高堂受慶邁壽考兒孫滿庭下點頭答寒燠
疾作留恩津同年

松下寶〓　〓〓卷之一

十五寺

援衾伏枕髮鬅鬙寒勢繞收熱便乘千以高山遮故里

五過長夜伴孤燈夢中煎藥家人謹密外傳更野月能

心欲舊飛扶杖出凌競氣巳似秋蝱

疾止 同年

不有疾痛苦誰識平居樂雖聲與晨光莫非娛耳目

代嚴君次韻酬姜正言大晋六首 甲寅

寒碧領仙景為樓清且豪能令忘寵辱可以渾山毫長

瀬聲容好羣峯氣象高沉痾難濟勝攜賞豈言勞

寄語賀島潭今日容英豪島潭吾不見欲見子揮毫奇

勝真何狀與此孰為高早晚刺舟去吾亦不辭勞

群峯整容立羽容雜人豪玉色明雙眼逢心無一毫江

沇淸已極禽鳥韻猶高玄圃何能勝今除夢想勞

淸風始誰作相地人應豪洲諸浄如玉江流澄鑑毫秀

峯仙侶會橫嶂畫屏高坐覺心神爽何嫌眼力勞

山如論妙理瀨必角淸豪制作煩誰手新奇細入毫烟

霞知潤色魚鳥自早高小邑雖無事斯為應接勞

經年占仙境身病意猶豪暮靄噎青氣晴鷗曬白毫江

山較奇勝花卉亂低高爾葷徂歸計還忘作吏勞

次寒碧樓壁上朱文節韻

千般景象醒人眼晨啓軒窓至瞑烟誰識二儀淸淑意

孤山遺稿　卷之一　十一　詩

山川持向此間傳

挽金僉知兄二首 名克愊公妹 夫○乙卯

人皆有一死　無似子之喪　後事終誰主　初亡乃容堂偏
親獨撫斂病婦不離床　年位天俱喬於斯益痛傷
職無展抱年還短　何意斯人遽至斯　逆旅飯舍奴作主
舊家香火孰終尸　慈闈夜哭隣人痛　病婦深悲神思知
分我餕等情甚篤　不堪收淚寫哀辭

代嚴君挽人二首 同年

芝蘭二三代方茂琴瑟五十年有餘　為貴共詩因子後
宜家有識結縭初蘇州沉痛誠非達莊雙狂歌亦太虛

寄語高堂老君子樂天知命遣單居

生無所愧歿為寧況復康寧壽考幷夫子青衫官縱薄

郎君列鼎養殊榮身隨人事萍曾散魂徃靈帷涕自橫

點撿舊遊多鬼錄觀居斯世若為情

乙卯臘月徃南陽伯父舊宅有感吟二律又賦記

得昔年日三章

来到琶村舍爺孃舊所居厨存纍酒慶壁有課奴書顧

復如將見眄依竟是虛曾知泣近婦不覺淚盈裾

昔我先夫子移家到海濱尋常成好事八九有芳隣桑

樽渾依舊松楸總已新那堪聞慶老復作夜臺人

孫山遺稿　卷之一　十二　詩

記得昔年日兒嘗自外茶調羹慈母急炊飯大人催

記得昔年日兒嘗自外歸大人問寒燠慈母與新衣

記得昔年日兒嘗自外還怡怡家慶畢侍坐地堂間

送勉夫之勉叔讀所五絕　丙辰○勉夫洪茂業字勉叔洪茂績字　聖主應懻憔悴

陽春正屬蘇羣槁何事鶺鴒原上飛

容東風許作一行歸

梅也先生甚愛之盆中手種短長枝逢君應問花消息

為報清香似昔時

洪君兄弟愛芳香一樹寒梅置草堂應念去年春雪後

花邊相對屬清觴

去年分手悲何奈此日相逢樂更加夜雨寒燈蕭瑟慶

還應忘却在長沙

吾君友愛得之天此日鴒原淚到泉誰送靈龜言碧落

不教腸斷越江邊

次韻譙甫叔丈詠懷二首 同年

文字曾非史威儀自是村如何於世路乃欲著吾跟唐

帝憂洪水周公入夢魂不關紆紫綬京庫享曾孫

人間軒冕斷無希惟願江湖得早歸已向孤山營小屋

何年實着芰荷衣

寄呈洪勉叔二首 同年

孫山遺稿　卷之一　十三　詩

我家南隣有一士今歲上書論國事世人頗能說子非

吾亦未必知子是故舊情義豈可無念子遠謫長嗟吁

洛陽歲暮增離憂江潭夢斷心悠悠夜來窻外雪花霏

滿槩落月猶復失

由来竄謫人歷觀諸往史或戢翼就懼或保義增氣或

發怨尤言或舍忿懟意如有一於此雖是而不是願子

讀聖書益求無窮理思古俾無訊進進不少置子豈待

人言切偲朋友義

戲贈路傍人洪原妓趙生〇丁巳　以下謫慶源時路傍人

吾事固非時汝知吾不知讀書不及汝可謂天生癡

吉州途中 同年

孟春卄一日驅馬吉城西雲散日光好風和天氣舒征人垂袖去野鳥盡情啼忘却家千里於斯興有餘

到慶題寓舍二首 同年

慶源猶我國安用學莊吟憶子眠難穩思親淚不禁南山何處在渭水夢中尋天末春風起增余渺渺心

死生任蒼天飢飽任僮僕老父及妻兒念之亦何益讒容固已定我門誰肯屈身心無一事可以玩書籍玩書且何為庶療吾狂癖

睡覺思親二首

那山遺稿　卷之一　十四　詩

酒醒孤枕夢初廻月滿西窓曉角哀遙想高堂安穩未

三千里外首空擡　宗社安危豈忍看以孝爲忠忠便

庭闈溫凊誠宜念

孝孰云忠孝兩全難

思親舊

青丘絕塞北蝸室小城隈風雪春猶壯柴荆曁不開時

聞隣犬吠還訝故人來千以高山隔何由把一盃

題鄭仁觀巖四首

娛儂川上有高臺天作奇形待我來除却思親思聖

主何須南望首頻回

長川一道直而斜川口寄巖眼界華若使主人開小字

谎花谎水不能詩

眼中佳景極森羅笑發山川伎俩多若得茅齋巖上書

從他朝暮供吟哦

花鴨隨青鴨飛来泛水中誰教巧粧點對此興無窮

出乾元贈人二首

何事長程态却回此行非獨為公来娛儂川畔寄巖上

登眺要須日一迴

明月山陰道誰回訪戴舡風流無敢續寥寂已千年

冊登鄭仁觀巖二首

孫山遺稿　卷之一　十五　詩

秣馬乾元古鎮傍　娛儂川畔著鞭忙　一瓶酒外無朋伴

同上苔磯看夕陽

携盧獨上鄭仁磯　暮色蒼然不肯歸　誰謂白鷗元水宿

汀洲已絕白鷗飛

曲水臺三首 自註 在慶源城西五里 濯足臺傍有人呼韻賦三絕

曲水臺傍有小川　眼中佳景不如邊　簑衣濯足坐嚴上

簑飯何人餉野田

出郭逍遙得小川　羈愁不敢到吾邊　坐看鎰婦戴簞去

忽憶王山灘上田 王山灘在孤山

揪城郭外有長川　混混東流赴海邊　何日歸耕龍岵上

化為甘雨兩民田

對月思親二首

雨退雲消月色新青天萬里淨無塵遑知此夜高堂上

坐對兒孫說遠人

楸城明月舉頭看月照東湖也　一般姮娥若許掀簾語

欲問高堂宿食安

登鎮胡樓次楣上韻四首　慶源城南門樓

来上危樓若有求山河衰裏驪聯同能令氣岸徐豪爽

遠客都無一分愁

風光箇箇應吾求曲曲欄干徙倚周不待青州從事力

孤山遺稿　卷之二　十六　詩

能鏖客子滿腔愁

高冠長珮亦無求性癖於人苦不周今日投身玄塞外

休將國事作吾愁

長川一道有何求故向揪城城下周桓點風光固為好

願將清泚洮邊愁

次樂忘韻二首　樂忘金時讓號時諲鐘城

清和時節雪猶殘誰信人間有此寒攬轡能慈纏皆所善

囚山蔡服亦云安只緣愛國輕身易終為思親忍誤難

渺渺飛鴻斜日外鎮胡樓上倚欄干

尋常把酒不留殘只為幽州分外寒風伯有時偏自愁

窓扉終日未能安屋眞似斗頭低慣飯正如沙是抄難

往往逢人向我說國家成敗汝何干

聞蟬

流火初三日聞蟬第一聲羈人偏感物塞俗不知名飲

露應無欲號秋若有情還愁草木落未喜夕風清

用寄勉叔韻酬樂忘子二首

我昔屢聞湖南士補子居官敬其事北扉關木出無妄

工織何人能辨是吾君肆眚古來無流宥亦足令人吁

樂天知命子不憂休莫莫復悠悠使我今日按子密

過推狂客寧非失

孫山遺稿　卷之一　十七　詩

我公君子人不野亦不史窮通守正理苦樂有浩氣投

寔匪自作增益豈天意枯槁苦如我依歸幸得是有意

承警咳論文討物理惴惴未敢出悠悠不能置願毊藥

石言勿貴膠漆義

次樂忘韻

豆江朝雨暗甑岳暮雲黄曠野塵如霧孤城月似霜使

人長對此何日不思鄉素位觀前刮心同網在綱

贈金馬官相潤

與公傾蓋在今春聯日相過意益真風雨猶能留好客

癃痺不解闔窮人論文把酒皆端合騎馬扶節並莫因

何敢書懷邀主簿謾呼稚子整冠巾

次樂忘韻三首

人間百事已忘情一念　君親耿耿明愁思偏從醒後
逞嘉猷時向夢中成天連絕漠山連海風滿長郊月滿
城賴有書生強狠意此間心地亦能清

京洛書傳失所嬌羈懷此後倍無聊誰將臘酒驅愁去
獨有秋山盡意邀萬谷笙鐘聲正好百林金碧染初調
且携蕭洒消光景莫遣紅顏浪自凋

松間生物有嘉味不苦不酸還不辛枝葉縱無能具體
馨香真是已傳神故人遠饋城中容饌婦催除俎上塵

孫山遺稿　卷之一　十八　詩

若使張公嘗一箸　敢言吳會滿江尊 此詩謝贈松耳

樂忘次山谷吳儂但憶歸詩授贈索和

窮荒雖甚惡故國縱難歸老父身長健　明君道不違

但將斯祝手何用彼霑衣每夜占魂夢晨興望日暉

次樂忘韻

聖主恩天地微臣偶此身杜門思改過稽古匪求仁顏

敢開明月心多愧格神想應傳者誤賢豈浪稱人

屬患頭痛無聊展讀九歌有感復用前韻

伊昔行吟子憂君不計身為辭誠越禮原志亦幾仁我

欲歌千闋誰能祀九神糟醨難稍稍莞爾任漁人

復用前韻

飄岳之東麓茅窩貯我身去留惟帝命生死任君仁大

笑貽隣並長歌動鬼神燒畬何日始春及問農人

女奚破盟面尨尾盆

莫為破匜噴小髭客居買取任他艱山家奇事天敎我

從此前溪抔洗顏

簡鰲山丈人

幽居縱勝難遥屈官府雖親可數蹄後日相期何處好

城西五里有清溪

堂成後漫興

孤山遺稿　卷之一　十九　詩

八戶青山不待邀清山花卉整容朝休嫌前瀨長喧耳

使我無時聽世囂

聞鶯用聞蟬韻

閏四月初吉始聞黄鳥聲窺林疑異色問俗喜同名轉

覺幽居興還生故國情前山微雨過詩思坐来清

見洪享諸贈金正詩和呈享諸公 名得一 名友婿

梅花開處恠無香自是天公用意長若使桂花梅共發

戲贈路傍人 傍入趙生○戊午 以下羲翩機張時路

風霜時節有何芳

汝非愛唱少游歌我豈耽着梨頰媧只喜身編羅綺裏

語言敢與世殊科　作嬌恐當

答洪獻趙娘　洪獻原也趙娘　洪獻生也○同年

韓子留書與太顛世間譏評已千年我今感汝能着容

復作歌謠爲短箋

詠一日花　以下後配襯　張後○同年

誰辨千秋似是非

甲日花無乙日輝一花羞向兩朝暉葵傾日日如馮道

題金將軍傳後三首　金將軍廬河瑗孫非類之後明朝贈遼東伯○辛酉

柳下將軍君莫說說來令我有餘哀尋祠一醊非無酒

未斫胡頭作飲盃

孫山遺稿　卷之一　二十　詩

柳下推風人謾說當時心事孰知我肝塗尚握煌煌刃

骨朽猶存勃勃遺恨未殲降兩帥餘威凝擊虜渠魁

英靈宛作天弧去不是山河不是雷

纍人昔在古搰城錦城鄭公簉其府鄭公高義向我厚

犯臂華莚倒巵甑飲酣往往憂國語語及人材歷文武

公言吾友有應河忠智義勇驅今吾老夫於人少所服

每見金侯輒自失是歲金侯佐戎幕問訊曾到幽人室

詰其顏貌想見之矯首佇看于城日豈知今日天南頭

卷中憯惋瞻遺像一披戰圖一揮淚再讀傳記再稽顙

人皆榮子死得所我獨哀公時不偶不識山川險易千

里龍裏人百里趨天將寅謀何足咎獨揮踏闞偏師授畀

八萬鐵浮圖恨不先斬元戎首玉帳當日二小竪望風

解甲言之醜以公之明料二帥與作偏禪豈其志始也

昌不必死辭畢竟投身徒死地要存東土禮義風要白

吾　王報國意我不愛公抵死倚樹射強胡我不愛公

死後手中劒不置我愛公嘗不卜貴家女我愛公嘗不

媚黃門使平生苟無利害心臨難何難義烈事若使如

公制閫外付與十萬貔貅任指揮李牧擊走山奴不足

道李靖龍襄擒頡利其庶幾頭有韁轡脚索縻撝於麢

而虎衣使公不能臝就萬古勳使公只能成就萬古名

孤山遺稿　□卷之一　二十一□詩

天胡不嗇人才嗇人命思之中有百感千恨并嗚呼後

来豈無金應河後来豈無姜弘立嗚呼我有揀選法欲

叩天門我馬縶　鄭公名如樞二小　堅姜弘立金慶瑞

贈別少第二首　秋念五日送至三聖臺而作　〇自註金雞仲

若命新阡隔幾山隨波其奈報生顏臨分惟有千行淚

灑爾衣裾點點斑　時有納鏌卽指此也

我馬驍驍汝馬遲此行那忍勿追隨無情最是秋天日

不為離人駐少時

　病中遣懷

居夷禦魅豈余娛戀　國懷先每自虞莫惟喻山移住

苦莖京猶覺一重無

咏雞

物性雖偏塞稟賦有明慶吾人固最靈時夜誰及汝氣
至自桀喔若灰管應呂鳴應扶桑雞實惟無稽語豈肯
聽人假雷同尖常叙乃知孟嘗客適與汝同舉容能欺
田文非文欺秦去

次任博士李評事韻奉贈鳳凰臺主人　博士任踍　養叔英

閒子溪居勝高臺入谷深盡鞭頗了了生目自森森李
語有山色任篇獲鳳心何當辦兩脚偶鹿後凋林

次韻酬善一太守　以下蒙放浚善　一善山也　○癸亥

孤山遺稿　◀卷之一　二十二　詩

浴水波濤沒兩隈金烏飛兩過江來山郡留滯槖垂槖

府吏逢迎酒滿盃晝聽溪聲冠屢亞夜看雲色戶頻開

怔心只為琴堂會不是差池故國回

挽李景愚內二首　名希巁　公友婿

姑家遘癉日之子不眠情理則踌躇壽胡然丹碗明

鞙紒繞過七花甲視鑿令也八周圍蹤跡存兩舍廚中士

線故三兒身上衣夫子舉盃啼夕案侍姬開鏡闢朝幃

平生婦德終難忘何日高堂淚却睎

挽族母尹正郎內

曾者吾家行義聲誰偕迻族母向佳城下從夫子賢娘志

上吽天公孝子情七載衰麻方解脫平生機杼謾縱橫

閣門承誨今何得題挽難堪我淚傾

挽仲嫂金氏 伯公第二繼室曰仲嫂

花甲只經三十載親闈父隔一千程大娘終抱無兒恨

夫子增傷哭內聲白水寒灰傾藥竈廣陵秋雨灑銘旌

平生婦德誰忘得慟我非徒嫂叔情

次張子浩韻 丁卯

察訪金吾與別提官早於我亦非甲但無著手翰忠虞

進退微衷孰有知

曉雨次古韻

孤山遺稿　卷之一　二十三　詩

淙淙是何聲曉向簷前滴鷓鴣喚人言雨来如昨夕

秋夜偶吟次古韻

霜落踈篁動曉風一輪明月掛遙空幽人無限滄浪趣

只在瑤琴數曲中

詠雞

細看啄庭姿正與雛同規疑是山梁種棲塒自伏羲

詠小硯

吾友陶君絕短小外方中坦百無尤何須風子丈餘大

便可封為卽墨侯　風子之子疑當作字

次韻酬東溟四首

近年生避性累月間徹昏眼對春天樹手傳流水琴清

遊違麗日幽抱屬潘霖見子瓔琚句起余近海心

醇儒期惓惓高士保尊尊得馬浮滙影亡羊石火星爭

如披綠髮閑坐講丹經遮莫流光促花開又葉零

口食須東作身衣待擲梭平生厭機巧老境得中和好

雨知時止涼風飽我多今宵應有月寶鏡露新磨

五斗指炊米雙蹄自服箱送除公腹吼要去鄙喉芒眛

日祀先廟慈辱降我孃仍膰一壺酒救急替糇糧

遊大屯寺次楣上韻三首　寺在海南頭輪山

清溪一曲直而斜樹色陰濃晚更多偷眼小峯雲起處

孫山遺稿　卷之一　二十四　詩

却忘前日計生涯

到寺日將暮淸遊意未衰水鳴登閣慶雲起坐階時白

雨留佳客靑山供小詩團欒歸思絶把酒捲箒枝

多少樓臺間翠微一聲淸磬遠依依抹笻騷客臨矯翹

引子仙禽掠水飛㐀出月排踈雨至上方僧帶暝烟歸

誰將芳卉留空階下葵花淨晚暉

次鄭子羽韻詠黃閣老松棚八景

黃家棚架忽穹窿人道鸞皇構木同劉幕一天仍舊貫

陳樓百尺任飄蓬向昏先得東濱月當暑偏呼北岳風

誰到朱門傳此制定孎金碧浪浮空　右松棚

窈窕透迤繞眼邊蕭疎灑漸出炎天為除蜑雨蠻風氣

忘却南来路一千

右金剛爽氣

遥岑與目恰相圖嵐翠空濛捲又鋪粧點此山殊不惡

但愁遮却此山無

右大屯嵐光

雲逐凉風斷雨蹤月將清興置吾儕兒童驚喜向人道

白玉盤来掛小峯

右東峯霽月

踈簾夢覺為紗獨向斜陽望落霞翠補竹邊無限思

如何說與這村婆

右西嶺落照

人居星散兩溪瀑旭日炊烟一洞深今日安危何慮卜

且看多少翳前林

右海村朝烟

孤山遺稿　卷之一　二十五　詩

角聲悲壯過行雲拄杖支頤盡夕聽靜裏還生飛動意

天山何日掛弓聞　右城門暮角

靈裏提鋤有幾儔勞歌相應起平疇誰知惡莠田家志

欲向南風殿上酬　右前郊農歌

鏘然宮徵響仙廊流出金剛山一方到此定知孤客在

耳邊悽切爲商　右後溪水聲

再次　金剛山在海南

腥臊安得到身邊山氣清冷散海天北客從今無可恨

莫敎衰髮白三千　右金剛癸氣

休展營丘水墨圖且看嵐翠大屯鋪朝昏異態從他畫

可使羣峯年有無

氷輪離海忽無蹤桂䰟隨盃巳下肯為是新晴明分外
　右大屯嵐光

誰言一樣上東峯
　右東岑霽月

西偏初不設窓紗為倚疎蘿着暮霞直望閣風如不遠
　右西嶺落照

欲隨羲御訪仙婆

一村紅旭小溪潯出没青烟竹屋深應解騷人方覓句
　右海村朝烟

故教生色抹千林

城上龍音吼海雲也知西日巳成曛休吹出塞關山曲
　右城門暮角

忍有去年征婦聞

謳吟相應自成儔誰識真聲在壟疇勿語長安貴公子

孤山遺稿　卷之一　二十六　詩

妖歌遮莫唱還酬
化爲霖雨可興商
右前郊農歌

又次
山溪何事繞村廊
混混盈科自有方
月下寒聲君莫愛
右後溪水聲

何物青山鬥邊能生爽氣
祝融天要肇朝隮者
右金剛爽氣

不必尋思浪百千
曾見烟江疊嶂圖
恨烟無捲却長鋪
爭如此當嵐光好
右大屯嵐光

時以施行時以無
天街已滅兩師蹤
桂殿初分玉兔肯飛轍
每愁危不穩
却欣扶上有青鋆
右東峰霽月

遙見紅光透絳紗始知西日照餘霞
憑君尚閣芸緗帙
右西嶺落照

破暗猶賢廣漢婆
村塢烟起曉溪潯者此令人發省深如火始燃今更驗
右海村朝烟

初生一縷竟千林
城頭畫角震山雲鳳叫龍吟日向曛安不忘危垂古訓
右城門暮角

重門此曲莫嫌聞
野外田歌凡幾傳東疇聞罷又西疇同聲自古元相應
右前郊農歌

豈必調音互唱酬
那及簫韶奏舜廊人間箏笛固難方水聲自有真聲在
右後溪水聲

莫道區區徵與商

次韻酬東溟

桑麻陌巷斷来人一室蕭然不掃塵誰謂中書思世務舊習

自㩳居士意彌新傷風卧病從前夕盡日清談負此辰

賴有麴生將馬走林亭祗侍替相親

挽嚴義州夫人慌

於今之子沒差事有如斯閨範追三代家聲底一兒早

稱摎木惠終抱隱雷悲他日誰銘誄多遺愧我詩

挽李別坐子芳　別坐名庭〇巳巳

尊君弱冠卽相親兒女成行復幾春海上騎鯨哀汝伯

土中埋玉悼斯人渠家忍把前盃酒吾舍猶存舊席塵

十七年間真一夢歌殘薤露淚盈巾

詠燈花 ○月課代製 同年

灼灼銀釭裏誰開頃刻花能當搖落秀不待發生華金

粟如要久蘭膏且自加定思挑撥惠將喜報吾家

詠房中共盆松梅

梅花須就暖不暖不能開松也凌霜雪如何隨汝来

辛未三月與李子容張子浩泛舟由頭無浦泝流

而上遊東湖三日乃還臨行自 内殿賜送酒饌

子容為樂主時也因賦得 君子容名翰宗室鶴林之子東湖即孤山

刺舟尋故園山色正黃昏宫壼詩釣叟仙樂動江村誰

孤山遺稿 卷之一 二十八 詩

知三日樂撿是　九重恩終南長在眼還向上東門

花月喜陰今夜白吾儕多故此時閒舟人莫恠遲留久

十五年初到故山

三日江湖爛熳遊子浩春風花柳滿芳洲約到慶　君恩
　　　　　　　　　　　　　　　　　　　右聯句

生感激容夜深歌舞不能休約而

次歡喜院店舍壁上韻　同年

丁卯離鄉辛未歸世間無限是和非惟欣釣水年猶少

且幸耕田願不違落日心隨雲北去秋風身與鴈南飛

前宵忽有蓬萊夢枕席空餘香霧霏

次韻答人　同年

花落林初茂春歸日更遲一元宜靜觀四序任遷移燕

語薔薇架鶯歌楊柳枝風光隨處好佳興少人知

將遊青鶴洞寄李子馨 同年

桃花初發杏花飛柳色青青草色微我欲携君青鶴洞

探春直到月生牙

次奉柳尚州 時公初發癸酉 勞●

焉紗巾上碧峰嵸四十年心耿耿明萬里長風如未駕

五湖烟浪是前程寧將鷗鶴為朋黨好結松篁作弟兄

大爵清班都不要羣山點檢水雲平

挽柳參判改葬 同年

孤山遺稿 〔○卷之一　二十九〔人詩

夫子之仁有易知見孫袞袞守家規昔天未定亡何憐

今地呈慳蘗改治黃壤深寃邦論雪粉書哀　贈路人

咨郎君與我如同氣悲喜還非爲我私

挽洪進士慈親

七十古来稀況此加五歲而壽不滿德爲遂歸室誓平

生棣棣儀每懼先人廢餘慶不爲虎兒孫皆孝悌二郎

刷勁翻一郎富清製列戟在青春莫恨二郎逝底屈一

郎才吾欲問春桂孫曾十二人埶緋来次第誰唱薤露

歌足以詫當世

殷山客館敬次祖父理遺堂韻二首時公以京試官之關西

忽瞻先祖筆始喜此行西明發未成夢空齋蠟燭啼

憑誰問往事惟見水東西倘有今威爲懲懃向我啼

余少時卽聞理遺祖父嘗按節關西矣又聞建君

子擾于箕都其記載於平壤誌矣眹來箕都問所

謂君子擾者今人不知爲是必化於兵火矣令到

此縣忽瞻客舘標上拧先祖小絶筆畫宛然眷来

不勝愴然噫余生四歲先祖見背至今僅能彷彿

記其容顏而其所撫養之跡所記者僅一二事矣

壬辰倭變之後先祖所舍京外第宅一無存者於

何思其居處而想其儀形乎見此題抆翁墨如新

可想此舘即其時舊宇也登陟宴息之所起居笑
語之處豈有憂於舊也彷徨顧眄之間怳然若色
生於目聲入於耳而僾然有見爾然有聞也先祖
行春於此縣乃是壬申暮春去今周一甲子有二
歲欲問舊跡無可知者惟有山蒼然而立水悠然
而逝則遠慕長想之懷復如何哉余先考之墓在
於海南家累亦在其地今春竊科之後爲過　國
臨未行榮墓之禮旅食京華至於五箇月過　國
臨後歸意正王而忽此街縮　北闕掌試西闕余
悶還鄉之期漸遠而人亦歎我遠行役矣今日乃

知不南而西者是神明之所相而　聖恩之所重

也見此舘起余著存不忘之心而不有此行安得

見此舘也不有　聖恩旣得有此行也浴嗟之餘

不得不形於言忘其荒拙謹步元韻而又道其不

盡之意于後云崇禎六年癸酉七月二十六日孫

男善道

理遣堂元韻

病臥殷山縣孤懷澗水西小庭風雨裏花落鳥空啼

江西客舘次壁上韻四首　同年

席帽白袍去我前主人仍敞綺羅邊小亭剩得中秋月

孤山遺稿　卷之一　三十二　詩

何必留仙與降仙〈曾留仙舘名降仙樓名俱在成川〉

容堂寥落小燈明風露僭然不勝清忽憶故園今夜月

一江烟水浩㒹㒹

勝髻西關問幾州風光隨處諸難收山圍洞闢無如此

鶴嶺還堪聳我眸

緱山仙子偶留玆鶴嶺彤雲正陸離山鳥下階朱墨伴

却疑身世入無為

墨梅月課

物理有堪賞捨梅取墨梅含章知至羡令色豈良材自

眸追前哲同塵避俗猜回看桃與李猶可作輿臺

次韻答人 同年

故人今在洛東城遠寄新詩問客情惟願諸公求實地

休令賤子役浮名得成三十三年退那厭一旬一日程

素志　君民如可展江湖吾亦濯韓纓

次歡喜院壁上韻 同年

歡喜院中歡喜無江南歸客與長吁經綸未展病於此

萬億蒼生何日蘇

遊伽倻山二首 乙亥

伽倻仙去已千年堪笑伽倻訪此仙泚筆流觴非勝跡

也知都在避人前

探勝嫏嬛後歲華悵無紅樹亦無花千峯一夜粧珠玉
始覺羣仙餉我多

亡子進士義美挽 丙子

有慟非言子其才實實儔溫良廿五載悲悼百千秋同
穴婦之決三孩天所留西風明月夜那忍上書樓

格紫峯 自註峯在樂書齋後俗名格紫○以下住甫吉島芙蓉洞時丁丑

洪濤巨浪中持立不前却欲格紫微心要先恥且格

小隱屏 自註屏爽大隱屏則小故名○同年 在樂書齋後簷上比武

蒼屏自天造小隱因人名邈矣塵凡隔翛然心地清

龜巖 自註前庭○同年 在樂書齋

但知衆四靈誰識介子石振爾卜居時宜吾玩月夕

薇山 西○同年〔自註在洞〕

西山號曰薇邐邐烟靄裡試使夷齊睹相携定登彼

朗吟溪 源出格暢部 下○同年

嗷玉夐瑤窟玲瓏縈小臺洞庭飛過客應向此中来

赫曦臺 在洞東 ○同年

嗟我遠遊意本為汗漫期於斯望日下不獨儻夫悲

或躍巖 然然亭池中○同年 在朗吟溪下流洗

蜿然水中石何似卧龍巖我欲寫諸葛立祠傍此潭

藏在島 前○同年 在甫吉島

小島當山闕其名藏在日藏在問何財清風與明月〔二〕

五雲臺卽事 ○臺在洞西 同年

雲臺高枕臥山外浮雲過 絶壑有松聲清風来我左

釣舟 同年

長簑短笠跨青牛袖拂烟霞出洞 暮去朝来何事役

滄洲關弄釣魚舟

樂書齋 在芙蓉洞格紫峯下○同年

一把茅雖低五車書亦黟豈徒消我憂庶以補吾過

石室 在芙蓉洞西○同年

容車坡老詩側戶文公記邪有六重門庭泉臺沼備

黄原雜詠三首　南吉島之海日黄原浦○同年

誰能創此朴而工　豪縱由来造化嶷　傍日臨風若雲谷

宅幽勢阻勝盤中　玉槽飛瀑穿香霧　石甕寒潭暎碧空

十里蓬壺天賜履　始知吾道未全窮

蓬萊誤入獨尋真　物物清箇箇神　峭壁默存千古意

穹林閒帶四時春　那知今日巖中客　不是他時畫裡人

塵世啾喧何足道　思歸却怕列仙嗔

蝸廬君莫笑　面面畫新成　已得長春圖　何須不夜城窪

樽留古意石室恬　幽情洗耳山猶淺　爭如耳絶聲

義皇橋　自註在石室第二石門外偃仙臺之北○戊寅

孤山遺稿　【卍】卷之一

三四（一詩

橋北橋南着小欄中間恰受兩蒲團青山霽後支顏卧

水樂荷香與一般

歇馬孔巖 自註丹陽棧道也戊寅六月謫向盈德時作也二絕同○以下謫盈德時作

休鞍靜卧綠江湄江上明沙分外奇千疊錦屛生色畫

世間供帳孰如斯

竹嶺道中

昔歲曾從鳥嶺去今來竹嶺問前程如何四避經行慶

愧殺明時有此行 自註己未南遷

嘗膽之作○同年

睿膽 自註和諸生取路鳥嶺

歠膽居然二十霜會稽惟恐片時忘何人黃竹歌聲裡

不記膠舟醉玉舩

補天二首　自註和諧生之作○同年

補缺蒼穹已萬年神功耀後更光前他時杞國傾崩日

復有何人墜緒連

女主誣民今幾年吾將上質玉皇前乾坤須用中和位

元氣安能鍊石連

新居對中秋月二首　同年

坐對清光憶故園

去歲中秋在南海茅簷待月水雲昏那知此夜東湖上

雲消風定絕纖埃正是幽人玩月来敢為清遊煩嘿禱

孤山遺稿　○卷之一　三十五　○詩

龍鍾應被海仙哀

山齋夜話次李夏韻　季夏姓李名海昌時亦謫居盈德○同年

當盃休訴夜三更月為分明雨為晴歸路亦無繁鼓響

何嫌漁父渡橋爭

申退之與申上舍履謙崔生炫金生光宇携酒来

訪李季夏亦来次季夏韻　同年

今夜會此堂月無前夜白前夜會此堂座無今夜客人

事古難諧如絲竹金石有酒胡不飲直到天河落

次韻酬李夏四首　同年

在世猶能出世塵玉為伊骨水為神天心綺語風標舊

海上柴扉物色新君急正宜煩煉沫吾貪其奈覺多身

遙思笳鼓凝情處不眼相衰兩逐臣　時李亦在讁

吏責吾頗有宜投天下窮自知無物比誰料與君同落

照微茫外晴嵐縹緲中曾聞洞壑好去看萬山紅

峯名高不人皆怪峯在諸峯最特然何用孤高比雲月　自註愚谷新居後山名高不峯

用時猶得獨擎天

我嘗携杖躡雲梯萬壑參差與足齊臨眺舊鄉人已隔

化為千億笑愚溪

次韻酬李季夏赤壁歌　同年

野城逸人申夫子宿昔一見欣相遇謂我縣西有赤壁

休叟遺稿　卷之一　三十六 乙 詩

其下澄江如練布蘇仙仙去已千年今世何人肯相顧
江上秋光方淮備江神應要具眼睹吾友李侯此時來
豈非天教巾屨偶烟鬟森列爭相迎萬隊紅裙踏筵舞
李侯性癖耽佳句不揖無詩寧飲醋造物不許支大廈
赤壁之遊已分付天仙遊戲浮漚間幾時乘槎上銀浦
晚来萬谷酣笙鐘淡生活休為我苦門墻有徒燊不祛
媚學躑躅随步武舉舣相屬與子同歸時不覺露霜露
扶笻沙際相後先仰見河漢明如素烟火依微水西村
拈點老夫家獨樹君不見蘇仙只攜洞簫客當年不及
今日趣君不見渺渺余懷望美人今日宛踏當年步此

地誰為後來者後視今如今視古

又用前韻同年

赤壁自古爭戰地風流偶與蘇仙遇如無蘇仙前後賦

豈得佳名天下布乃知江山如糞馬增價要須伯樂顧

至今人詠桂棹歌萬頃茫然如目覩地以人勝語不妄

人到勝地還非偶天公故遣起且僵短袖初非困巧舞

欲投物外洗盡清凈債於世酸醶不入如鹽醋鶴鳴夜

半虫號秋巨細誰非天所付此地聞有小赤壁千仞冊

崖映秋浦與君沙上兩婆娑攜杖不辭腰腳苦泰山秋

毫俱一塵顇杭未覺誰首武江流縱非接天波節序依

松山叢稿　卷之一　三十七　詩

舊橫江露地之大小何足較我與坡老同心素矌交樓高

屢不勝寒想見霜落昭陽樹花樽濁醪有妙理遺懷須

學徐公趣瘦人念起我豈忘隨日何時夸父步九原可

作論此詩赤壁始知無今古

季夏用前韻賦臨鏡臺又次

自知坡翁窮薄出天賦肯效柳子反賀嶷立遇我愛勝

地如義女求之有如蚩蚩来抱布勝地以我為知音又

如鳴箏欲得周郎顧雖然不有授閫譴謫時海外絕境

奇秀何由睹天公要使兩相得使我於世久不偶臨鏡

臺前江可憐臺上松風亦足供我舞觀魚汕際日忘歸

世味更覺如心醋白也且與白鷗長相親甫也致君久

已公等付卽此足稽天下士誰詫鑑湖詩秋浦回巧獻

技無情有意兩莫測顧聆令人應接苦使君有時攜客

來堂上揩圖笑嚴武不須更築凌虛臺面面羣峰雲鬘

露我欲波上一間蔭白茅坐看雨脚搖漾波心素李俟

於此亦不凡欲教使君點綴琴桃紅杏樹西湖淡粧濃

抹旣可并又與芙蓉仙人石室較淸趣然後留我閉門

看我輩往來豈憚磨驢踏故步吁嗟滄洲吾道與誰論

回首武夷入巳古

次韻酬李季夏同年

嗟我不及癸自衛七顛之顔三黜惠入海非學擊磬襄
竊附桐江一絲繫樂行憂違詠聖言徜徉霞外忘人勢
生涯但求飢寒免居止只取風日蔽金堂石室落吾手
始覺羣仙有宿契洞天香霧四百日許到瓊樓重縈紆
豈料推求到白鷺無端鐵翩東溟際細思造物匪拂亂
要使此意留邂裔平生所學在君民我雖避世非忘世
退一步行久已能不能脂滑而韋脆李侯佳什感我耳
有如行人聞鶴唳使君高義好看客不獨琴堂工錦製
客愁頓失抛青春還笑靈均舊鄉睨浙西山水天教省
清賞吾從李侯訌重陽儻得白衣送五馬何須翠微戾

憑君莫嫌落帽風喜無蠅營與蚊嚌黃花誰折小海宮

忽念萬里為狄制安得壯士如力牧舉旗為風掃氛翳

用前韻戲作遊仙辭求和同年

茅茨付與水雲衛鹿轢任從乾坤恣晝頗玄酒皷箕操

夜照松明看孔鸞身肥漸覺夫子勝手熱敢近丞相勢

蘇翁已辦紫翠居杜老休嗟白日蔽滄浪未必藍田山

鍊丹擬學緱同契月窟徜了天後先金鼎何難火次第

閬風玄圃高不極蓬海瀛洲渺無際來歸肯發華表翮

遠遊下笑高陽裔經營遮莫地上友翻覆不管人間世

金支翠旗真氣濃鳳笙龍管蘭音脆清都未闕玉局圍

孤山遺稿　　卷之一　　三十九　詩

壓臼幾歔華亭吠俱毀黃鐘及尾釜并滅糞幃與芰製

沐猴遺墟絕唔鳴蝸牛故國無睬滔滔鑄幾州鐵

鼉鼊空埋萬年計東窓寥落素月明西第燦憺陰風厉

當年競詩麒麟畫此日誰知螻蟻嘈九原如使髑髏語

千載蓍為口腹制我方翩然朝帝庭笑駕鸞車驅鳳驥

次韻酬季夏大風歌　同年

海山風勢似揮鑼堪笑飛廉太不廉攷取錦林千綵去

掃將黃葉萬金無鸞都已捲楠邊屋兒殿疑搖桂呼蒼

珠浦炎方猶肅殺瓊樓高廈豈安恬小舟舍裡吹帷急

短棹灣前特地巖宗慈浪翻委未易元規塵污障何嬚

鵬搏雲表非緣健鷗退坤端不是謙湘岸邪闢秦帝怒

雎江願救漢軍礦塵清杜老無由見鈴語蘇仙早辭占

騏驥搖駿空躑躅鸞鳳戢翼謾窺覘迅如洪水滔天浪

烈若崑岡燒玉炎相濟早霜禾盡槁共憂辛歲堠難黔

蓽門偏使曾鞋冷螭陛仍搖孔服襠覽物驕人悲木落

玩炎君子慮氷漸悠悠舊欲時行止濺濺令知羨戾潛

破悶吾恩中賢聖有餉鶴復送團尖河源小海方留滯

塞外析寒過割破寺御想應牙互戰宮僚爭奈指相麩

濟時詎乏千章木乗世眞同六日蟾禦冠冷然誰辨得

請敲朱邸問羣麿

孤山遺稿　卷之一　四十□詩

春祝贈李夏己卯

禍轉亡胡歲天回煦物辰松篁霜凜解蘭蕙露華均

青郎仁風返　彤庭淑氣新小臣收舊涕歌咏太平春

季夏和前篇又作七言求和次酬同年

己卯年来去戍寅陰消陽長屬慈辰重泉蟄動雷風振

大地句尖雨露均　鶴駕初随佳氣返　龍樓剌覺喜

容新孤臣頓失三年疾舉眼同瞻四海春

次韻酬李季夏用汝南故事詠雪同年

落地何曾見物潤騰空秪得随風迅萬象變色不可詑

兩眼生繚那能瞞匡衂發輝如鐘磬九疑居然四老鬐

波濤忽放智氏陣介冑仍着韓魏順松管力爭鐵馬躪
谿壑却喜財貨捆爲高誎壜裸嶽鎭堆積謾擬山九仞
項刻饒培糞壤峻門庭隔絶誰能進不愧莽莽衣裳振
肯學君子檳韞瑾雕房孤裘尖莫襯茅屋布被威獨否
青山埋沒舊容盡燦懵崑岡初過爐憑陵又欲阻梅信
世間苦樂欲遍訊三緘不及金人愼濕薪破竈火戰蟻
妬却暗香春意趁於我奈害爲疾痠守約不曾嚴梦晉
銷金帳底酒有餕征夫厭聞旌竿汛遊容耽着馬蹄印
誰愁冷蟄謹扉墐執作歌謠放才雋笑殺奢豪醉眼瞲
賞玩如觀霜曉蜃焉知熒獨値饑饉凍餓巓崖死不殲
孤山遺稿　　▼卷之一　四十二　詩

草中何關孤與發我願公馬走須邊李愬乘此騁雄駿

直入賊營雷鼓震當今誰歲□夜斬我欲贈之十年習

斯言倘為世所擯捫舌還將身道殉

是月二十三日又大雪復用前韻贈李夏求和同年

太昊施澤氣初潤顓頊行雪威猶迅笟□辭蕭瑟夜獨認

天地眩眺朝難瞬渾移物色減瑕釁不變惟餘我華髮

旛旆那用魚麗陣羽衛到底無不順寰區付與水官闢

大塊贔屭寒氣切入室無賴帷屏鎮行路難如山萬仞

堆庭已失廉陛峻填壑又過盈科進金鵶恇怯翅不振

明月藏為石中瑾九州綿襖無由襯執熱何曾生悔吝

階上脩篁埋未盡簡冊半入秦灰爐岡頭松柏抱貞信

園綺婉孌行相趁碎斗豈有背生痰照車徒誇光耀晉

虎號龍蟄不足訊斗覷恐撤天須愼祝融甲尊共若蟻

鑑池凍合無可餵雙鏢翁復畏寒汛股慄不覺遺符印

我願君王開尸壇四門肅穆登賢雋見晛何得作眼矒

陰德俄消浮海蜑賜組羣氓慰饑饉瘡痍者撫死者壙

頊冥拳跟如穴竅詭敢奪序時亦遷斑樂尚戒周王駿

納諫更許堯鼓震其雰誰促北門軋頌麥競淬文刃刃

斯言不爲時所擯濯纓吾將道身殉

和兄詠雪之作再賦一篇而與有所未盡矣昨見

兄所和清製偉汰軸貫笠之力有告徃知来之益

咨嗟詠歎欲罷不能又依故令步前韻兄須一噯

復揮健筆發我欲言而未能者以暢我幽懷

勾芒方議羣搞潤縢六竅發號令迅曳地明甲斂認

漫山電矛那可瞬雲棉沙箭巧捘蠻一夜木官霜滿鬢

風雲交回月暈陣纍卯安能論逆順青帝庭闈被蹂躪

永堅靈沼無於刧飛塵已浸細抑鎮波浸晉陽餘數仞

獷睛礚礐氣象峻鯨齒閃爍崩騰迸花王霞珮不敢振

蒼龍驚落頜下瑾鬐髫裳衣物皆襯面葦詬無心懷客

千林舊色一時盡入眼如見夷陵爐松篁勁節人不信

疑作珍粧時世趍　投江抵山忍寒嗷嚊棘骨納謀震雪

我願青帝向天訊　邊復附耳丁寧慎臣司陽德微如蟻

直恐人將不我餒　訴盡陰沴淚隨汛額搦沙土還圭印

天遣生風開北壃　佐理又許賚良雋氣消陰剝眼去睛

士趨賢進靡昇蟲　融作田膏絕饑饉鯨鯢死骨何須瘞

主刑主德任爲毅　安行于次曾無遴流行從古遠鄰駿

萬物鼓舞雷風震　嗚呼何時戡此鞹復寬何煩血我刃

欲投明月闇虎攫　懷之有同貪夫珦

四和欲供旅襯孤笑重言複言而不知止韓子所

謂舌不可捫者歟

孤山遺稿　卷之一　四十三　詩

氷知履霜雨礎潤所由來者曾非迅厦焚如到及巳認

具眼何殊犬初聯隄防不戒螻蟻鬱老蒼還同髮兩鬢

春天猶整礧章陣此豈頃眞時令順句芒何不積陰躍

早布陽和天宇物金神電擊過列鎮頃刻風塵漲千仞

直到城外雲梯峻始告青帝拳肩進木官灰色股肱振

帝傍無人守主瑾枯槎喜得明粧襯凍卉爭將狐腋荅

百林蕭索韶華盡園花但見頳兵燼曾嬺松不媚花信

今獨舊顏來相趂挫抑何傷竹君夾守正猶如初六晉

我願青帝謀執訊天機更與羣芳愼手中握火如握蠆

古上嘗膽無些餒先教風后主掃汛申命細柳將軍印

明堂左介闕不壝天下桃李羅英雋塵清始覺眼非瞵

頌作仍看文似虿嘉穀宴屯蘗不饞況有勾尖泉下壃

項冥捲甲如脫骰軟風吹春羲御遊草綠華山闢驥駿

紫禁烟花光續震揚柳那看車發軔倉庚載歌鋒銷刃

吾言尚用身任攬假設冒效蒭靈殉

是歲仲春五日又大雪復用前韻求和

春天端合雨露潤南土如何風雪迅六出分明衣上認

一麾霏微筴底瞬階蟻拖蟲失槐鬱庭松埋鬢成墨鬓

行人如入魚腹陣去路未得生門順著地連天不易躪

乘危任攜逢坎軔界限邐迷華夷鎮階砌又無高早仞

孫山遺稿　▼卷之一　四十四◀詩

伏波指下千谷峻亞父刃邊雙斗進荊榛羽化霓衣振

豹為道豚尾為瑾傾都貨貝孰不襯一車薏苡非貪容

山原叢薄一變盡初似鹿臺餘寶燼得非春容較原信

劒飾輝邊跋履趍無乃重耳智存㾹揮盟受餐未遷晉

衆芳消息我欲訊帷怯更復窺覘梅兄氣餒真畫蟒

餔啜雲子曾無餒此君偶強着便汛如却壽亭侯之印

天門不關地戸壖九畹何廖滋蘭雟玄冥邃屋眼成鱗

顳頊陰庭光眩蠆今春凍繼去秋饉氷底人若喬棺殣

嗟我豈不哀死幾欲叩九關行路邐灑均志切導書驍駿

太白其如天鼓震湘潭已止遠遊靭錯魚空藏秋水刃

接天雲漢縱難攬兒女爭似吾何殉作霓_{一本}裳

贈任都事孝伯與李季夏趙君獻及孝伯分韻得
早字_{孝伯名有浚號○同年}

昔見子顏紅今逢余髮皓相攜述飄蕩不覺醉成倒莫

嬌月上遲却愁難叫早聞君歸去忙明發欲登道

已卯仲春初三日日晡李季夏來愚谷對飲至夜

分縣妓月仙愛玉隨来季夏醉題壁上次其韻

世棄我實愚我笑谷名愚君獨愛兩愚來此谷而娛至

胡不衒市月胡圓朔哺細酌永今夕四人成一迗為問

谷中神曾見此事無

孤山遺稿　卷之一　四十五　詩

悼尾兒〔同年赦後以下〕

尾余之賤男也生而極穎悟余所鍾愛已卯仲春

余自盈德讁所蒙　赦而歸二十日朝行到慶州

地要江院聞尾患瘟瘡以是月初一日化去痛苦

摧裂無以爲懷馬上屬韻語以瀉我哀

貴賤分則殊父子情何異途中聞汝死未哭心先悸我

年四十六喜得膝下稚眉目眞我兒良知出九類甬乂

三四歲動止如我意紙筆曉愛好梨栗知敬忌時將簡

諒授易學而能記六歲我八海海上仙山邃巾車棹舟

慶随我無不至我逰前移溪先我約草屨我獨棲石室

日来巖間戲愛玩奇峭狀解道靈仙秘喜聞古善行嫗
我簡教示請益到嘖喝青燈夜不寐前年被逮行忙別
若相棄汝立我馬傍停鞭一回視因山誰與娛憶汝何
曾置今春夢見汝宛入南窓侍汝豈能遠来有疑心暗
誌幸蒙　恩赦歸料汝計日企豈料歸岡音是日来道
次汝途斂不撫汝病藥不試所以增我傷痛悼無與比
臨食涕垂匙騎馬淚霑巾前請失所嬌今讁復此值雖
緣我惡業酷罰天何事頃歲白眉逝至今心似剌令又
汝背我轉覺身如寄俯短實有命傷生為道累何為無
益悲理道吾靡冀

孤山遺稿　卷之一　四十六　詩

遺懷同年

途中逢一犬　尾長而色白　兩日隨我馬　下馬繞我烏麾
之終不慭　掉尾如有索　奴婢欣投飯　爭思逐免筞今朝
忽不見　一行深歎惜　来何不待招　去何不待　不造物於
人世　百事渾戲劇　得之不足喜　失之不足噴　人之生與
死　與此何殊跡　乃知化去兒　是我八年容　因此頓有悟
塡膏　氣始釋　無乃舊仙侶　哀我悲懷迫　為之遺此物以
開迷惑　膈路傍沙水明　我意還有適

謝東郭李老惠盆梅同年

當此風饕雪虐時　獨將芳信寄瓊枝　如嫌楚國蘭荃賤

似惜濘江菊已姜勁節正宜君子以深情更覺故人貽

高安靜几明窗裡日酌清泉手沃之

雨後戲賦翠屏飛瀑 瀑在水晶洞入 嘆亭前○庚辰

雲歸屏高瑤席上水晶簾逈玉樓傍如何有此豪奢極 屏下廣岩如瑤席平高崖如玉樓浮空

自笑幽人忽濫觴鋪瀑上高崖如玉樓浮空

挽李別坐 同年

吾兄早得安心藥多病祗能未老閑山白山青欣有素

入非人是不相關稱家一子先持斧難第三郎共着斑

聞笛回舡悲豈耐觀居還自涕泥潛

入聞簫洞口占 聞簫在海南亦 公別業○同年

孤山遺稿 卷之一　四十七　詩

一月間篇日一來碧山紅樹錦千堆村翁只作營家客

朝暮閑情豈識哉

挽鄭同知如麟 自註公以甲子生庚辰四月初一日卒○同年

我於公在時不言斗南人物聊我於公去後斗覺人間

義士少山岳之姿龍虎氣巖巖齒齒復矯矯玉良伯樂

世則無死休可堪憐驦褭我謫楸城公作尹識子自龍

蛇間肇月 自註余以丁巳正是騎馬角遲牝雞露為成霜
讀慶源始讖公

天為趙白鷺猶懼甲乙求公將一死秋毫小始信嗜好

與世殊義則如蕎不義蔘庵人繼肉虞繼粟日敞葦莚

勸清醑謂我幽州分外寒恐我輾轉重縈繞陰風雜雪

孤山遺稿　卷之一　四十八　詩

吹倒人騎馬數入琳城窈〔自註琳城洞在慶源府治之西二十里甑山之下余謫居〕

時結茅也　前經當世討不厭共對山窓曉月皎有手不答

權貴書〔公有所註干公不答於〕有頭終向侯門掉吐言時

失嫉惡人〔自註公口直見談於人〕用財或過周餓殍〔自註公在慶之內時三歲之〕

周急於人者　特立七十有七歲為俗所憎盖棺了如今

至於千斛

武颷誰辦此欲求似君須紲縹世路顛倒我不休佇復〔自註余於丁丑變後增夏被速仍謫〕

未暇為之玼松揪喜蝎屬前春〔多口戊寅〕

盈蓼已卯敕　春蒙　遙望錦城波浩渺曾聞鳩杖許降臨日暮空

山倚翠篠劉談細酌心准擬豈料浮生如過鳥欲携綿

酒病在床哀淚謾添窓前沼使公提劔奉明主焚氣

安得干天表使公廷靜立　殿陛四目不待襄旒臕賦

材何厚命何薔鳴呼天意真難曉嗚呼一片未死心不

隨身埋蒿里堁

五柳二首 自註和諸兒之作

隋堤綠暎龍舟浦齊郭烟籠鳳吹蹊何事潯陽五株柳

蕭踈獨向蒿巾低

松封秦爵千年耻柳在陶門百歲芳著使依依能解語

回看落落咤容長

謝權生惠鴞鵐集古 辛巳兩首在水晶洞時

空林閴坐獨焚香 劉文房　綠樹陰濃夏日長 高千里　容子從

今無可恨　陳去非

菰蒲深處浴鴛鴦　李太白

玩月　同年

玩月蒼巖下飛蚊作雷聲畏之欲入室無由抱秋明寧
將遍身癢博此一心清唉咏任汝為霜風會有時

挽尹訏導子時英　同年

二十八年夢一塲百千萬恨淚雙行冥間倘遇吾亡子
報道爺孃白髮長

古琴詠弁序　壬午在金鎖洞時

偶得伽倻古琴於烟燻屋漏之餘拂拭一彈泠泠
十二絃宛見崔仙心跡咨嗟咏歎自成一関且念

孤山遺稿　卷之一　四十九　詩

此物無其人而舍之則為一片塵垢枯木有其人

而用之則能成五音六律兩世間知音者鮮則既

成五音六律之後亦豈無遇不遇也然則有感於

斯者非一端矣更賦古風一篇以寫此琴之壹鬱

一関現
別集
歌辭類現

有琴無其人塵埋知幾年金鷹半零落枯桐猶自全高

張試一鼓冰鐵動林泉可鳴西城上可御南薰前滔滔

箏笛耳此意向誰傳乃知陶淵明終不具徽絃

初得金鎖洞作　同年○金嶺洞在海
南縣南
公山洞居別業

嵬刻天慳秘一區誰知真籙小蓬壺瓊瑤萬仞神仙窟

山海千重水墨圖兔躍鵶騰窺斷嶂風顚雨暗在平蕪

登臨記得前宵夢玉帝何功錫與吾

挽李持平彬彬同年

聲鼓年来歳月遲強弓寸寸信羝詩四旬厭世人無憾

七十在堂君所悲歷職何關非父任諸男可喜守家規

麻衣共賦成今古長憶天香入硯時

樂書齋偶吟　自註壬午陽月既望遊甫吉島

眼在青山耳在琴世間何事到吾心滿腔浩氣無人識

一曲狂歌獨自唫

挽林僉知礭

孤山遺稿　卷之一　詩

紛紛包裹鎖權幸今世何人住闢屏公之策名三十載

公之西笑吾不省此事誰知不易辦無官不獨官獨冷

天之報施亦巳明五男守家壽復永嗟我何為分外悲

病未執紼心耿耿

石假山 閒閒亭林坦韻○同年

攢巒叢岳互撐支誰向庭除幻此奇突兀初疑夏雲起

嵯峨還似暮霞時人尋勝地嫌非險鶴揀藥校恨不危

猶可寓公泉石與吾將與詰說山師

藏六窩 閒閒亭韻○同年

閒子修何行能從未老閒人將儀鳳擬自必蟄龜脊身

似衰臥門如陶令關猶存搏突慶湖上月團團

謝隣僧来助墾荒二首 癸未在聞簫時

非徒軍　國徵求應　宗社馨鄉在此中物外亦知民
右勝邊

事急相乎出洞助田功

隣僧哀我伐檀苦来助治畬感歎深休論勝負爭先事
右負邊

均是慈悲利物心

山門晚出送吾君人世閒忙此路分借問何時隨我去

贈別權伴琴 名海以善彈琴故號○同年

集仙臺上弄晴雲

集古寄伴琴 甲申

孤山遺稿　卷之一　五十二　詩

若人抱奇音　柳子厚　拂拭龍唇琴　孟浩然　冷冷七絃上　劉文房

龍鳳相與吟　韋應物　淨雲柳絮無根蔕　韓退之　綠波澹澹如

不流　房　劉文　幽咽泉流冰下灘　白樂天　江娥啼竹素女愁　李長吉

商聲五音隨指發　劉禹錫　碎珮叢鈴滿烟雨　溫飛卿　牡士

擊折珊瑚鞭　海氏無名　海為瀾翻松為舞　瞻子　與含滄浪清

杜子洞庭瀟湘意渺綿　李太白　正是憶山時揚仲　師　烟空雲

義　散山依然　瞻子　玉盂久寂寞　杜子　藍田日暖玉生烟　李義

山掩抑似含情　溫飛卿　中有萬恨千愁并　張潛交　夢中神授

心有得　瞻子　我師此義不師古　白李太　縱有此聲無此耳

瞻子　更覺良工心獨苦　杜子　常願事仙靈　陳伯玉　願入簫

韶雜鳳笙李太白　衆裡吹竽誰比數蘇子　肯爲雨立求素

優蘇子　涸魚父失風波勢白樂天　得坎且止乘流浮蘇子

豈瞻蘇子　必局束爲人鞅韓退之　白雲堪臥君早歸李太令　我去

人間義　儲光性本愛丘山陶淵明　未試囊中飡玉法義杜子已

佩舍景蒼精龍義杜子　尋真誤入蓬萊島魏峭壁攢峯千

萬重盧琴心三疊舞胎仙黃庭經　世情付與東流水高達夫

月明松下房櫳靜王摩詰　日夕望君抱琴至李顧

思完山琵老集古同年

鷗絲鐵撥世無有蘇子　推手爲琵却手琶歐陽永叔我不識

君曾夢見蘇子無由縮地欲如何元之微

孤山遺稿　卷之一　五十二　詩

對案乙酉

前山兩後巖芽新餽婦春來莫更簞滿酌玉泉和麥飯
幽人活計不爲貧

偶吟同年

誰曾有仙骨吾亦愛紛華身病心仍靜途窮世自避雲
山相誘挑湖海與漸摩鐵鑽何須羨蓬萊路不差

偶吟同年

金鑽洞中花正開水晶巖下水如雷幽人誰謂身無事
竹杖芒鞋日往來

挽金士元同年

麟鳳之奇在續絃名頹位什豈尤天芝蘭七箇門闌秀

金鏺千篇日月懸只恨人憐埋玉日正當吾患採薪年

他時路繞黃原浦一哭聊期宿草前

挽錦城姜生貟　同年

吾猶及見有斯人在世而能出世塵流水高山心自樂

單瓢陋巷道非貧玉樓一夢嗟今日鳩杖重来待幾春

聲擊庶期餘慶甗鵑鸞並峙典刑真

挽閑亭林坦夫

閑閑亭子主人翁我不見公而識公畏避者名塲利府

主張是皓月清風者梅只在孤山上吟雪何曾紫陌中

孤山遺稿　卷之一　五十三　詩

千載有聲朱雀影客来莫道北窓空

和李政丞三首　白江李相敬輿時訥琳島〇丙戌

麻衣何處接華裾却箒遥遥似古初敢許宏材扶大廈

自安塞劣卧幽居遠遊驚起今朝事辱贈疑看隔世書

白馬曽聞風榭好猶令我夢在義魚　李相別業在白馬江故云

挑花紅雨洒衣裾三月江南暗觥初人道政丞過縣路

吏傳詩律到山居嚴程有是慇懃問厚禄從来斷絶書

不換三公雖古語何知魚樂子非魚

天涯有客獨霑裾節屬飛龍御月初官柳正當斜日處

江花遥想舊時居授君澤畔行吟句羡我林中卧看書

聖世豈無雷雨化扁舟歸釣馬湖魚

原韻

天元館裏昔摻裾意氣還輸傾盖初三十年来如幻

夢二千里外過仙居滄溟獨灑孤臣淚石室方開萬

卷書牛地即今天壤別鶤鵬空羡北溟魚

用前韻詠懷　同年

誰將七尺馬牛裾宜與化翁遊太初義是人間男子路

仁為天下丈夫居潛心四象兩儀理著眼三皇五帝書

大鼎琭烹何足羨興酣菰米配鱸魚

琴客求詩為作琴誐　同年

孤山遺稿　卷之一　五十四　詩

嗜慾心中淨天機指下鳴可令山水與存沒子期并

琴客遺畫扇題詩其上 同年

落日低山外斜風吹浪頭騎驢何處去正好臥江樓

挽沈甥光沔丁亥

知命聖人猶慟回鍾情吾輩詎能裁他時佇待金聲縱

今日還著玉樹摧九萬同風心不泯三千曲禮志成灰

幾年論道山窓裡眉宇森森淚滿腮

克兒湯餅日作感懷 一作小兒初度日家人設餅懷先○克公庶男直美小名同年

欲賦弄璋無別語令人却憶石洲詩白頭永隔趨庭日

忍想吾身似汝時 下兩句全用石洲 朝詩人權韠詩

八月十三日月下坐龜巖思琴客戊子

君眷何處今宵月不在樓舡在汭間可惜羲羲絃上韻

無人解聽志於山汭陽六　晨興

朴進士丙厚惠西瓜東瓜無寄絕句五首近體一

首次韻答之　載集中　近體未詳所以

團圓入眼破吾顏爍吻煩膓已覺塞安得沃心同此物

轉成　明主壽民丹

挼吾未及子唇爛嚼東陵抱甕徒冷比雪霜甘比蜜

金漿玉液菲能踰

右謝惠西瓜

棲遁誰云慕赤松初非計較義之從華山面面多開地

孤山遺稿　卷之一　五十五　詩

何惜如君百華容

衰病磷緇鏡裡顔山厨況復日慳　得君羲若加飡飯

俄頃令人怪渥冊

甘而破滯快而濡豢嘗見孫豈爾徒未害前魚羲人泣

疏早從古戚尊踰　自詫昨月拔尤只詠西江追念東作此二絶

挽朴進士而厚　巳丑

成均進士南崖老秋月宵懷漆墨衫吾室從遊那計脚

君詩咀嚼不嬈饒今朝挽紙何來座正月情書宛在縅

草未宿時期一哭屢無匪遠掛歸帆

次三間廟韻　庚寅

鄢郢無遺址華草木深誰知屈子廟千載映江林

次早發韶州韻同年

踏月辭茅店侵霜渡扳橋何如此窓睡歸隱不須招

次欒家瀨韻同年

飛湍練脫砧激浪珠傾把不辨白鷗羣倡聞音上下

次班婕好二首韻四首同年

只歎妾命薄不怨君恩踈誰識老宮女嘗辭共玉輿

前魚固宜棄團扇有時踈自分如螢火何心奉日輿

當辭金輦時豈料銀瓶絕簟裡有羅衣御爐香不滅

舞袖麝臍消臂紗紅縷絕團扇獨徘徊青燈夜明滅

孤山遺稿　卷之一　五十六　詩

戲題紙鳶二絶

由來五鬼蹋空虛韓子當年誤作車前剪紙為雲馱汝去

東風碧落好歸歟

紙鳶能作御風行我欲乘之朝太清白玉牽仙如可見

衰顏不問問蒼生

次韻寄呈松坡居士 李海昌 〇 辛卯

南溟漁父洛陽人誰信交情早有神憐我牢癡違世路

愛君標格出風塵樂書齋外花如錦揮手亭邊水拖紳

翹短何由持子至一盃空對月華新

行藏竊附古之人咀嚼那關有鬼神蓬海與天開碧洞

雲山爲我隔紅塵愛　君尚願乘騏驥訓子惟知謹軺
紳時閱考亭雲谷記嘗中與曩一番新

俜呻效拙聊索遠勤病儂海上故山其名曰芙蓉
洞家鄉幽棲其名曰金鎖洞樂書芙蓉之笑廬揮
手金鎖之小亭也何時相視而笑却話一盃對月
之懷乎芙蓉洞裡山茶花正開

和哀林慶業

權謀小勇君奚取終是千秋二國臣讞獄人言因家宰
議誅誰識自天神雖云骨大張盧礮難贖皮營燒武圍
事似杜郵提劍日未知還復仰蒼旻

孤山遺稿　卷之一　五十七　詩

次韻寄謝李御史蕆同年

廿八驪珠飢渴解還嫌君不識吾情羣公倘就伊周業
事爲昆夷道亦明

次韻寄李開寧冀老同年

求友平生未得友居然六十五廻春窮途失我子孫念
末路見君顏色真愛禮固知非貌敬忘形直欲置心親
何時更續蓮材話把袂方揮席上塵

次韻寄韓和叔同年

吾非海隱非山隱山海平生意便濃用拙自違今世路
幽居偶似古人蹤不嫌白髮三千丈剩喜形雲一萬重

奴隷少霞猶可得朱門誰義抗塵容

次寄韓和叔惠梨韻同年

縱我本衰梨猶知勝味色何時見縞裙食實憨花白

次韻敬呈麟坪大君案下壬辰

為善誰能保始終東平獨有昔賢風緇衣鄭館情何限

醴酒荊慈禮益隆咳唾珠璣從鬼泣心腸錦繡奪天功

漕溪別業聞曾飽恨未從遊縹緲中

一望　天顏志願終行藏竄附古人風從前已會啾喧

慣到此尤知　眷過隴引領只圖歸舊業彈文何事費

深功通津要路誰開眼思入青山綠水中

孤山遺稿　卷之一　五十八　詩

壬辰四月二十八日喜雨 以下駐孤山時

昨日叅林　玉體疲病臣終夜仰天窺　誰言雲滂霈由斯

禱我誠精誠有素爲中谷膜薙無女棄窮廬目勿要絶男

持願　君修省愛勤意兩後常如未雨時

誰道天高不聽卑叅林禱罷雨祁祁作霖賢賚由恭默

始信商書匪我欺

初到孤山偶吟 同年

底事時人苦構捏如何　聖主過恩滋芻糧已罄留邦

久騎卒難鳩去亦遷奴舍隙風頭面腫村厨草具脚腰

疲南舡幾日来京口興在烟波掛席時

鄭粲判良弼辱和復次以酬

相知自古貴心知　忠告無非麗澤滋　三宿去懷元緒緒

千巖歸路任遲遲　新詩奪月飢如飽　老氣成霞病不疲

浩蕩白鷗波上日　一塲春夢軟紅時

謝沈希聖辱和同年_{光妹}

且喜塵裾還一撚　何須涙眼更雙滋　諸人未解歸心決

惟子能諳去路遲　誑邪可較七顚八倒不為疲

滄洲吾道由來久　張孤帆固所期

謝同年

李季夏次贈沈希聖韻以寄復用其韻賦三首以

孤山遺稿　卷之一　五十九　詩

名繮雖似斷絃離　恩渥真同兩露滋留為赫炎憎地

覓去寄凉信恨秋遲封姨襲枕雙腮腫壁蝨襄膚十爪

疲不有君詩光奪月昏將何物慰斯時

經濟真成坎下離目生青壁錦紋滋悲歡不起榮無厚

去駐那關速與遲惟顧寰區　王化復每愁天下萬生

疲忽然百感由中集老子蒼茫獨立時

野老全忘日昊離腰間老劍露光滋三千大釣盍空久

九萬同風起太遲刻鵠不成從爾笑屠龍無用任吾疲

散仙清致終須有佇看滄洲倚棹時

　　季夏復寄一律次韻以酬同年

河鯉河魴世競賖樂飢清浪向誰誇長林半亞舟歸浦

積雨初收鷺集沙南海仙區雖莫及東湖奇景亦無加 〔自註來詩曰物議〕

感君獨有塲駒意諾我將謀一畝家 〔自註來詩日人今議從來無遠家〕

謝絶有何加身閑不必投金鎖近郭林阜好着家且 〔日眺望之曠想應同致縶駒之懷近不能自巳云故未跋〕

二句及之

復次季夏韻 同年

山近人寰俗自賖景休君說我曾詩周遭秀發千重岀

面背縈紆十里沙小屋短籬如辦得麁茶藕飯不須加

終然未愜心期遠長憶芙蓉洞裡家 〔自註芙蓉洞名也〕

孫山松林聞琴遂有感 同年

曲阜澄潭准備余那愁旅泊食無魚文山聲笳摵謠緒

安石風流賈慟餘綠綺膓飢流水澁昭華喋渴落梅蹊

何時揮手高亭上林靜鳥鳴人意舒

戲次方丈山人芙蓉釣叟歌〇方丈山人崔有
金鑾洞同年

芙蓉城是芙蓉洞自註洞裡仙跡甚多且奇峯立其
形宛似芙蓉花辦疑是古所謂芙蓉
城也自註東坡芙蓉城詩註有世人不
城也今我得之古所夢自註高與周瑤英夢遊事

識蓬萊島但見琪花與瑤草由来神仙豈異人詩神仙
非與人由来本英雄自註坡仙

心時夫遊戲玄圃閬風清興深乃知天實無心唐事業

未必金丹一粒能致洞賓之飛吟自註呂洞賓本唐進
士也初遇鍾離先生

霞後人作亭命曰飛吟有人作詩曰先生偶乘古槎槎如舟

未必無心唐事業金丹一粒誤

悠悠直上銀河洲朝帝庭還瞰華表九點烟裡皆蜉蝣

朝蠅暮蚊不可相格可相憐　自註韓詩朝蠅蚊不須驅暮蚊蚊滿八區可

盡與此意嘗聞金骨仙　自註美蓉洞即老儂

相格與此意嘗聞金骨仙所居　海庄洞名也

病滯東湖江水大漲有懷故園　同年

東湖濁浪正峥嶸三角陰雲日復橫竹葉飛車誰乞與

洗然揮手眼中生　自註洗然亭在金鎖洞有翠屏飛瀑皆宜揮手亭在金鎖洞

肥之時後水
於雨後水

麟坪大君歷訪孤山求詩

顛倒江村百歲翁篙竿旅子浪花中得使踈蹤參一角

孤山遺稿　卷之一　卒二八詩

無非

隆眷自重瞳寶馬金鞭公子事柴扉草屋野人

風長祝太平烟月　化全忘齒豁與頭童

麟坪贈三硯滴一酒盒各賦近體一篇必謝

頭圓應是律天時峻整廉隅更覺奇飢飲玉泉清肺腑

自註坡硯詩鹿言細語都不當雷霆擇又硯詩獨立自可當雷霆獨立

凛亦何辭

飽噓香霧起蛟螭不分麁細雖其量獨立雷霆乃自期

膏澤如能到枯槁傾囷倒

右八稜硯滴

外無稜角一團和方寸誰知萬頃波襟抱春風將潤物

精神秋水正盈科環中雲雨施行慣腔裡潤泉造化多

願與管城隨呂尚大書歸馬華山阿　右圓小硯滴

形何如柿光何養無乃白虹邪正成　柿比虹邪　呼吸
自註韓詩必

滄溟臍若動涀噴雲霧口微聲兒莫念搖牙取烏鵲

休思揆眼瞢左右義軒應有日
自註詩當年負圖傳
帝命左右義軒認神禹

佇者霖雨濟蒼生

　　右白柿硯滴

東平綺席畫磁壺何事來歸草座隅梅桂後先華不侈

圓方上下制無殊三休亭裡宜祗侍
自註古詩一瓶茶侍同上西外無祗侍

還孤
藥闌棲着七里灘頭可與俱無酒卧君慙我竄白沙盂乏德

孤竹雲孫表裡同能醒滭暑醉顏紅揮蠅寶座情偏

鄭尚書贈一扇扇面有詩和其韻云
乃申混所製同年

　　右畫酒盒

重敎唱窮途意甚公捲却看時惟勁節舒来随慶播仁

風霜秋莫道無功用擧障西塵更覺工

次詠扇前韻

風神功舒卷随時令費隱渾如造化工

次韻酬方丈山人　同年

極扇淑無思羅列公展布可消玉室燠操持能動四方

志在吹噓着處同何嫌外貌異青紅除煩先要寧宸

十年海上人一日塵間客引領望三神彈文何百謫

聯句　公議興之聯句　〇同年　大提學湖洲蔡裕後来拜

小堂清夜聽琵琶　洲湖　一曲彈来古意多　山孤　浮世昇沉渾

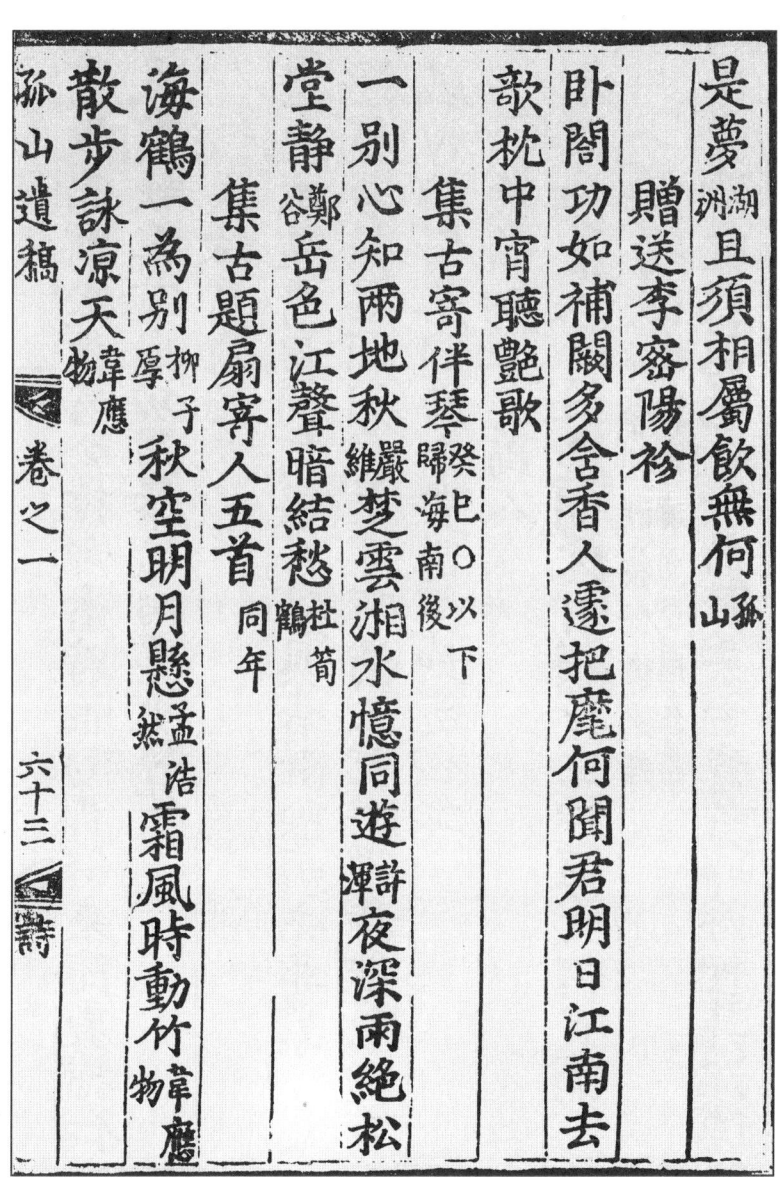

是夢洲湖且須相屬飲無何山孤

贈送李密陽袗

歌枕中宵聽艷歌

卧閣功如補闕多舍香人遶把麈何聞君明日江南去

集古寄伴琴癸巳○以下歸海南後

一別心知兩地秋維巖楚雲湘水憶同遊諢夜深雨絶松

堂靜鄭岳色江聲暗結愁杜筍鶴

集古題扇寄人五首同年

海鶴一為別柳子厚秋空明月懸孟浩然霜風時動竹韋應物

散步詠凉天韋應物

孤山遺稿　卷之一　六十三　詩

花發多風雨于武春關翡翠樓平韓君開簾見新月端李何

用曲如鉤王駱賓中心君詎知王摩詰物韋應玉作彈碁局李義悠悠復悠悠山溫飛御

春草年年綠詰王摩泠泠花下琴適高一盃彈一曲然孟浩故人南北居物韋應山

月皎如燭物韋應澹月照中庭平韓君烟斜月轉明讜唐彦昨遊忽已過物韋應

黙黙以含情物韋應和諸兒作同年

蕭瑟何時共枕眠獨聞中夜兩聲連池塘青草非難鴻

此日難將此意傳　憑恐當作憑

余於壬辰歲暮自京還金鎖洞癸巳仲春自金鎖

入芙蓉洞甲午八月家有杷事力疾作出陸計到

獐島逢逆風止宿翌日還宿黃步又明日更向東

浦到竭斤風不止宿又明日日暮艱到白浦余 東浦黃步皆浦名遇斤島名白浦庄名在海南海邊〇甲午

得芙蓉于今十八年往來者不可數計而入舡阻

風未嘗有如許時有感而嘅深省口占一絕

蓬萊天與幾回春衰疾宜為絕世人三宿舟中添一病

羣仙嫌我向風塵

孤山遺稿　卷之一　六十四　詩

挽夫人　乙未

鄉間飛蛻褪　恩滋曉我宜收老涙垂有子有孫還有

壽無非無是又無儀平生自篤僮僮禮晚歲家吟揖揖

詩舊夢佳城新卜叶天休前定見於斯

集古寄盧白老師　○同年　明照蹇也

野人自愛山中宿僧在翠微開竹房　況顧在翠微開竹房翻任入空幾時還

出定繞　公空林閒坐獨焚香　房　劉文

挽孫爾久　丙申

二十六少七十羸汝何謝世先老吾吾殃及汝汝何辜

仰視穹昊徒嗚呼汝父卄五病卽殂至今我腸悲縈紆

賴汝兄弟清而愉恃之有同天馬駒蓍龜經訓騑騑驅

蓍參義理顏敷腴山窩海巢日相挾問道未肯離須史

森森典刑對朝晡剩喜文彩風流俱只期鵬搏九萬途

豈知命似簞瓢儒劉蕡射策忠擬輸江揔外家庭隅趨

臨別雖欣宿疾蘇尚恐二豎還侵軀不佳則回違我謨

令汝此行割我膚三枝一朶古所符天定可能容賢愚

八鬐固知非馬圖底事老蛙明珠無捉嬌毋裳二孩姝

後事無托里卷吁盈歷去來汝勿震吾亦收悲任大爐

挽柳南原時定　時○一戊戌京

送李濟州　見卷之五　此下序類　一首駣京

孤山遺稿　卷之一　六十五　詩

少因蓮榜置心親仙鶴昂昂逈出塵五十年來如一日

三千界裡有何人金科鐵索皆餘事鵠嶺蘭芽繁累仁

病未戒澄達執緋期君早晚玉京春

挽麟坪大君 以下駈孤山峙

温温公子古人風恐懼　君王友愛隆花萼相輝猶及

見東平為善已成空何哀瘵孤山容竟未從遊道岳

中世路險巇天路坦乘雲不待四旬終

題　國是疏後 同年

昔稱凶疏今邪說輿論堂堂啟海東雖吾尚有如前妄

願　國終無與亂同

李甥偶得油紙弓帒貯冠　同年

一箇弓韜架上安君何從得護絲冠多藏軍器人方說
恐被名流捩眼看 [自註時有／行而還／有一名士爲湖南／有此說故云]

雪花如手草木凍皴花柳凌挫 [已亥]

三月二旬六日雪千山如玉野如銀誰能請按容成罪

無乃將冬作暮春

挽曹主簿實久　同年

混世誰知出世塵溫溫風味獨書紳生平未肯鑽權倖
交久還如飮醇酎醇䝱子人稱真螺贏得孫天與石麒麟
去來何恨聊乘化一笑終期白玉春

孤山獨不降 作和書齋韻○同年

滄浪便作青溟闊莫辨長郊與大江底事玆山不埋没
千岡萬阜忽騈降

挽鄭生

天邊獨樹吾新寓山下孤烟子舊庄草閣幾家騲馬衽
詞壇又識白眉良膏肓鬼入悲無奈蓑露歌成涕自滂
四子衆孫同擧櫬何哀六十四年光

病還孤山舡上感興 庚子

吾人經濟非無志君子行藏奈有時着處江山皆好意
夕陽歸棹不嫌遲

魚鳥自相親江山顏色真人心如物意四海可同春

人寰知已少象外友于多友于亦何物山鳥與山花

白軒李相公景奭

走次孤山三絕惠韻

東湖一泝非無計　北關相逢亦暫時悵悵世間人

事變尚憐春色不曾遲

青眼宿心親開懷語益真若教醫一世何物不為春

莫歎知心少知心本不多山禽解相近啼在滿庭花

解悶聊偶吟復用前韻　解悶寮在孤山明月亭西

隱几山窓晴景晚春風正是浴沂時前灘遮莫輕帆過

閑看蒼松澗畔遲

孤山遺稿　卷之一　六十七　乙詩

偶與白鷗親吾非隱者真江皐倚杖立花柳不勝春

一室非為小千山未覺多幽人歌枕卧斜日在汀花

庚子四月二十七日自蘆原發址行樓院路上逢

雨有感〔以下講 三水時〕

暮雲踈雨忽依微来自　寧陵灑客衣無乃在天　靈

不眛照臣忠赤　泣珠瓓　望

〔寧陵舊在楊州與樓院相　孝宗大王寢園也〕

復用前韻贈洪獻禮勝二娘〔之女也時趙生已沒〕

重来如一時心事有誰知娘子忽焉沒無人論我癡

〔自註于後聞之勝禮是趙　娘之姪而養以為女云〕

爾瞻之時余疏論其罪政院三司館學同辭搆捏

孤山遺稿　卷之一　六十八　詩

而皆止於逺寬令則政院三司館學必欲殺之是

一變也其時余年三十歲今則七十四歲矣是二

變也其時行到洪獻趙娘來相問勞一夕三至今

則巳作九原人是三變也其時余念嚴程倍日并

行而今則氣力衰憊事與心違寸寸登程是四變

也其時金吾郎及吏辛憂余羸弱每勤徐行而今

則金吾之吏每欲驅迫必以前是五變也其時地主

無不矜恤逺邁而今則二三人外莫與相接是六

變也然則無一物不變於前而獨山與海依舊令

人慨然趙娘有二女長名禮順年巳未次名勝禮

年乙丑獨此二娘出見懃懃誠意懇至宛與其母
好着容之情一樣羅綺之類誰不數也其能不變
於舊有同山海始信聖人秉彝不墜之訓也余有
感於斯復次前韻并道不盡之意於後云庚子五
月二十六日過客

題洪獻義妓趙生帖後　龍洲判書趙公絅

漂母之飯淮陰貞義女之壺漿救伍負飢並稱
義烈於千古然徒哀王孫兩巳慈丈夫之脫身
逃巳也夫焉有責語嘿之有時如洪獻妓之於
尹謫客也尹南士也妓北產也地之相去不翅

若風馬牛之不相及影響昧昧其可知也又豈

有若士友之義氣相感神交昔昔夢事孰然則

此非特赴士之阨窮如古者節俠風而止其好

德慕義根於天性而無間男女之豐嗇也漂母

貞義女敎而無足數者且聞是妓生於管載址

關之邑長而老眼見遷客之投有址者何限持

私釀班荊送之者惟白沙李相國孤山尹叅議

云妓亦知李杜之齊名矣人謂趙氏少之非女史

吾不信也 白沙書城府院君李公恒福也 孤山朝議事論址靑

次孤山韻

孤山遺稿　卷之一　六十九　詩

蛇鼠不同時男知媿女知平生一寸赤莫謂白於癡

蘇少去何時香名行路知嗣緒二娘子猶歌湖老癡

以降日有感 謫三江值二十一日是

以下到三水後○自註庚子六月余以降之辰

也

當日爺孃鞠育時豈知伊蔚乃如斯衰遲更念恩勤意

不是囚山涙欲垂

謹和呈龍洲同年

笑我師經典無心錬汞鉛禍階由謙禮三百與三千

早學黃通裡終羞鐵鍍鉛道如明一線瀧外任三千

此行非出畫疾甚自遲遲　聖心終好禮　王改庶幾

期

自我囚山後常嬲白日遲拋春何計繼勤買愧前期

　元韻

脅吞百鍊鐵不肯佁柔鉛可笑朱梲里無心路八千

三黜柳下季胡為行不遄吾　王明並日何遽返環

期

庚子七月二十四日即事

余平坐喜登山臨水矣譎居三水螫伏蝸室巳兩

箇月不堪壹欝騎馬出城適有二譎客隨之登谿

上小山睇望而還聞吏輩其五人被栲於鄉所及地

孤山遺稿　卷之一　七十　詩

主悔吾容噫之餘因成一絕

柳州願化身千億城老耽着浙右山一上峯頭羣更枚

今人那得古人關

次韻寄謝國卿金顒華　同年

居廣何須更卜居安知魚樂子非魚幽州遽覓寒巖眼

且掃蝸廬讀我書

誚冰花并序　辛丑

三訑暮春略無春色長詠春來不似春之句矣有

客採山適見草花於冰雪中斫草筒蒔来亦足聳

目其花一本一莖戴一葩莖之長二寸許瓣之大

如金錢石竹而色如金不知其名或云俗號消冰

花憶其凌霜獨秀不畏臘梅秋菊而其潛滋陽

氣於積陰之底有同復之一畫令人發深省也　水三

古三
江

暮春初二日西斜獨坐蝸廬憶舊家樵客忽逢黃玉蘂

蔣簡來向傖人誇

消冰花在鴨江潯短短單莖細似針千尺雪中排殺氣

一錢葩裸保天心端宜玉帝庭前植底伴驪人澤畔鑒

春信寄傳關塞外東君用意始知深

玉關春暮無春物猶有消冰花一枝陰盛自移誠復理

陽衰已長信義辭宣尼日月昏寅世明道春風肅發時

因小可能推大德馨香三嗅重嗟咨

千株死立萬根藏獨自夭夭玉茝香不待文王豪傑也

雞鳴不已又何傷

净深卷同作

三江一郡僻在白頭之南鴨綠上流無寺剎久矣

聞有一僧法號淨涵入遠危構余緣雲迻騎坐來

煩襟滌矣仍有感賦一絶

蓮華峯下淨深菴金碧熒煌照佛龕辛苦上人耽道意

吾儒見此可懷慙　自註
郡中聖廟
無形
故又之

山與寺初無名僧請命之余醉不獲已山之名歟

愛蓮說出於泥不污之義讚其居夷而天德自如

也寺之名取唐人詩清淨當深處之義讚其避地

兩幽靜不厭也宰丑暮春澤畔病叟

久不聞　藥房問　安邸報不勝耿耿同年

聽何恨孤臣命若絲

偶吟同年

一步蹇邁二丈籬天光時自隙間窺吾　君萬福如頗

鬼門關外小河湄窆窆重圍二丈籬八十囚荒曾赤聽

三千歸路杳無期如凌矮屋冬嚴鑑似齦高山夏逈欻

孤山遺稿　卷之一　七十二　詩

幸頼
聖恩延縷命長瞻華祝忘朝飢〔自註 故鄕三千里 地北鄭地峽〕

三江記事 同年

山高冬如氷
室夏似洪爐
溫公蓋未到而知

囚山不必說因籬冰鑑三時夏甑炊地獄誰云信無有
白頭雲氣接泥簹風雪如篋日夜添窓壁霜凝光壁月
衣食稜作利刀鑱銷氷淅米珠和粒燒酒澆唇玉裹蟹
銀海黃庭俱凍合靈臺何事獨安恬〔自註 土俗以泥蓋屋屋上草薬蕪蒸〕
〔聖之如丘隴冬深則井泉溪澗徹底凍合所氷於溪以牛輅曳來就釜中鎔作水以供日用〕

雪後戲作 同年

多少羽人遊十島玉京誰識在於斯樵蘇總是雲軒客

井臼無非練帨姬慶慶瓊宮開闢戶家家珠帳擁瑤壇

二年氷蘗盈肝肺不記烹煎擾擾時

謫在三江二十霜森森入眼不曾聆僮奴渾躑躅明珠履

販婦多騎白鳳翎朝畫昏藏香霧窟秋冬春繞水晶屏

玉廛無乃此真是銀浦雲聲喚睡醒 自註坡詩曰鵝毛駿自惟騎白

鳳此地秋冬春則凝冽椏緊人家韻火氣生活丙霧裏不辨人物自

烟匈寒氣外韻不能飛散渾室常如

秋雪来羣山矗

白入夏始消

謝仁遮外萬戶寄魚叉詩 安震桂 壬寅

臥劍雙鱗照座紅誰知珠玉滿其中雷腸催滌魚生釜

孤山遺稿 卷之一 七十三 詩

霞氣還忘鶴在籠杜宇爲駒真不妄文公返璧愧難同

瑞令老子氣成霞

床頭五十六龍吼更謝仁遮外令翁　自註楊誠齋詩曰留贈新詩光奪月

九日思李太守　公塋　同年

月爲重陽好人無酒一盃誰如李太守解送白衣來　同年

九月十二日妍暖無前月亦分外明　同年

夜深自得欄邊坐風爲無聲月爲明忘却長沙何用酒　卜地旋花原朔三間樺窩

靈臺瑩徹妙香清　自註前歲命以自得仍以前堂板戶限爲欄

挽韓兪知縣　癸卯

如蘭養子豈須科九十全歸莫薤歌生長邊城能辦此

吾將韓老向人誇

我謫三江巳四載公無一入於城中吾猶及見老知止

朝有鄭卿鄉有公　時判書鄭公世規
休官家居故云

癸卯歲暮有感效盧穌齋體

鴨綠源流山外迴撑泥蝸室傍山隈罪人穢蕟荃猶撰

言自為忠世共哈謫日一千半巳徂行年七十八將來

芙蓉洞裡何時去寄傲南窓對酒盃

擊壤　甲辰

大耋不須嗟端宜皷走歌吾家無酒器擊壤豈殊科

聞大兒為来觀孟仲春間自海南發程丙二月十

七十四

一

七日風饕雪虐仍念行路之苦 同年

兒子時年五十八三千里路若為行今辰風雪終朝暮

耿耿通宵念汝情

次贈李延之裏

鵬路誰知有九萬二三千里謂漫漫徹風無別凌霜草

巨艦要經動海瀾前哲在窮終得展至人入水不為寒

藍關之苦君休苦勳業由來聖慮難 自註延之時謫藍關驛來書言藍關之苦甚於雪擁

甲辰仲秋初四日登長嶺望白頭還到仁遮其昏

雨作翌日作止歡迴歸路又逢雨霑濕

山靈衰我苦相尋淚作秋霖灑錦林今夕衣沾何足惜

白頭珠掠目森森

甲辰仲秋初五日登洗劒亭

仁遮外堡之東有石屹立半入雲濤如砥柱然俗

呼爲知嚴萬戶景可行作小亭於嚴上請名於余

余命以洗劒

天作之臺人作亭大江小澗肯廻縈燕姬慣唱江南曲

楚客偏傷澤畔行萬谷笙鐘添醉興百林金碧惱遊情

清瀾准備龍泉洗好手誰屠偃海鯨　自註時風兩滿天秋色正濃歌兒有

解唱余在南時山中新曲

孤山實高　　卷之一　　七十五　寺

敬和呈謙齋靜案　謙齋嶺南處士河弘慶。丙午以下接配光陽後

自從南徙後一任念逾羅脉過桐雨悠悠近麥波何

孀公教切曾受吏詞多萬事都遺落惟知鼓枻歌

元韻

衆醉獨醒放數年除綱羅衡輿倚忠信利涉帖驚波

囊篋寓眸十垣墻屬耳多存神由底事滄浪有遺歌

挽羅慶州緯素同年

見公書問幾多時衰淚邊別淚垂不顯不卑躋壼五

無非無是委生涯陶園松菊常娛眼郭第兒孫只黜顥

何事老膓悲婉變終罪握手訴相思

挽河義興同年_{弘度}

嘗承簡牘誨諄諄朋友頻傳動靜真清約律身千世士

謙恭接物一團春讀書欲究無窮理望道常如未及人

其志不休棺已盖回看天地氣方屯

次李司諫延之韻_{襄同}□

時來或發危言易勢去人能忘世稀枕肘自然安夕寢

念書猶未悟朝飢鶴鶴方笑鵬遊舉摯李何知桂曉菲

憂樂是非都捄棄悠悠萬事任天機

記實_{戌申以下赦歸芙蓉洞後}

黃原浦裡芙蓉洞矮屋三間盖我頭麥飯兩時瓊滾酒

孤山遺稿　□　卷之一　七十六　□詩

終身此外更何求

遣懷同年

三公不換此仙山遷謫惟愁去此間蒙被　隆恩来䜺

里不齋官禄喜生還 仙山一本作江川

全何閼○ 在芙蓉洞巳酉

我豈能違世世方與我違號非中書位居似綠野規

記諱日詩 年月未有所考 故録之卷末

正月廾二高妣忌二月初六高祖忌三月二十有三日

祖妣宗氏諱日是四月十三祭曾考二十一日失天只

五月十三終天痛余在車城謫裡直曾祖妣忌是何辰

仲秋之日十有四靈光皇考之遠諱序屬孟冬上日耳

斯當遷主祭正寢說與諸兒須細記四月初四外祖忌

外家祭次曾寫紙七月十二外祖妣次雖非我其敢置

季冬廿八仲秋廿余生考妣忌則此已上四辰當如何

題紙為榜設虛位私親皇考叅賛公十月廿一人世棄

祖妣前後有兩位四月初五前妣爾後姚赫氏五六一

是實生先人昆季安氏外祖承議郎早世三月一日少

祖妣韓氏先是沒忌在五十三日矣已上五辰不敢祭

當向長房助祭已

孤山遺稿卷之一

孤山遺稿　卷之一　七十七　詩

詩

人間讀史各君臣 辛亥

昨日我觀宋春秋 文山忠節磨蒼旻
今日我觀元春秋 文山之子爲元臣
尋常遣志亦不孝 何乃事讐忘其親
吁嗟爾父烈丈夫 凜凜凌霜松與篁
金戈獨把運去後
爲國丹忱終未伸 崖山之痛燕市慘
至今聞者猶酸辛
爲人臣子義如何 爾所當爲惟卧薪
伏橋塗厠死後已
不成猶爲忠孝純 不然可學王偉元
坐不西向終其身
爾力雖難鞭楚屍 爾心胡寧忘越人
生同一天尙不忍

忍向鸞庭爲揎紳輕裘肥馬綬若出入青瑣居通津

如今想見爾面目有靦之姿如隬晨甘心服事彼讐酉

址面輸忠勤卯申聯翩當日助彼者此肩笑語期同寅

祝髮何心寫孝子諱日不愧巾幗忘君附賊古亦有

無父無君無汝倫詩人誰解婉辭譏讒警語可以傳千春

我謂陛也固當誅陋哉胡元臣不掄求忠孝門聖有訓

凡百人君宜是遵

門人廢蓼莪同年

周詩三百不可選況乃其間左粹羨講莚何事廢蓼莪

有恠王公門下士先生不忍讀此詩弟子不忍陳其几

有魏高士有偉元我不識君嘗見史郎罷曾爲司馬官
執殳來赴安東罷東關釽師咎何在當日危言良有以
彼苂射虎怒編纊如絃竟作途邊死夫君哀痛久愈苦
神道松枝括血淚將身處變得其宜所可言者非一二
披經函丈覺後覺左右青衿談道義爲詩每到參義篇
三復悲吟淚霑紙諸生相戒莫助哀多少摳衣揔廢是
非人深感豈有斯乃知夫君誠孝至詩之感人固可見
人之感人其如此詩經傳義小學書千載芳名響牙齒
古來遭變知有幾善行高躅眞無比哀公之事淚爲零
敬公之心滕爲跪仁言不如以身敎孝恩從來能錫類

孤山遺稿

卷之六上

別二

詩

君莫道門人廢蔘義已學蔘義詩中意

愁　壬子

有物無形名曰愁惱人萬端名無二使人不能食使人
不能寐能斷人膓如有刀能穿人心如有觜無賢與不
肖事達東則至高才却被造物猜涸轍久委搏天翅誅
蛟空抱一寸鐵釣鰲未遂平生志東流不駐夕陽催牛
背悲歌恨何似天寒澤畔影無隣禦魅蠻劇憔悴高
秋鴈唳來每驚心午夜猿聲偏入耳驗經作後首盡皓鵬
賦吟來淚如水燕山雪花大於于九月征夫凍欲死朝
来㦸罷桑乾北日夕更向長河溪寒虫入嵓鳥歸巢見

此增傷望鄉思空閨寂寞掩繡幃別後相思何日已花

飛小院月五更夢回孤枕人千里燈前幾歎帶寬圓鏡

裡頻驚眉減翠人生何事不是愁世間難逢如意事莫

道天上無此愁帝子無歡容不理莫道仙宮無此愁玉

環垂淚蓬山裡天上仙宮皆有愁更尋何處無愁地勸

君須進手中杯可以忘愁惟有此

錢塘春望　陞補二中

有客為眼不計腳楚水吳山遊行身東風芳草二三月

来到錢塘湖水濱繁華不逐昔人去綠柳烟花依舊春

緬懷當年抉目人忠節凜凜磨蒼旻西施貝錦不傳織

孤山遺稿　卷之六上　別三　詩

水面鷗夷迷去津江邊白馬縱虚語怒濤如今如隔晨

謝頭射弩何代王武略雄威無與倫屋堆黃金斗量珠

運盡来作畜兒臣風流浩蕩築堤守野服黃冠隨鶴人

高標清簡今何廢柳條梅蕊徒紛繽千年遺跡幾人事

最恨猪皇天步亡荷花却悦玉輦留五陵無人春草新

黃粱在釜夢幾回遠鶴一聲哀遺民江山留與後人看

一劍遊子空悲辛三吳物色入望眼獨立湖上歌烏巾

芳洲花雨沸笙歌萬家簾幌春壺觴典七往事置勿論

綠樽酩酊酬佳辰鐘鳴靈隠夕陽低十里垂柳晴烟均

清風明月不用一錢買　辛亥

我欲買山逍遙林下遊我欲買酒酩酊爐頭眠平生慣
受鬼揶撤成我兩訐皆無緣淸風明月何事不煩白
水來吾前欣然自舉還自怮坐思物理窮先天事常混
詿判未久順天之則民皆賢君子無田舍於人鄉人亦
戒乾糇慾自從孔兄使鬼神人力漸勝天失
象覆載內一毫不入無錢拳惟彼二物尚然襄不爲有
力之所專一視貴賤布微涼共使遠通贍高懸雖無五
老肯相顧謝汝向人曾無偏襄裳址窓迅故人釁杯東
軒看白蓮暑枕誰煩大扇搖夜坐無勞高燭燃爲舉成
色興不窮爽我襟抱除煩煎雙淸也能不價得何川十

萬腰間纏誰知此樂作豪語翰林風流人莫先煎膘繡

絃更有人赤壁健筆傳蘚仙我亦粗知其趣耳一般清

意真無邊但思外物非至樂又恨風有時兮月不能長

圓君子胷中自有霽月與光風最使神請心浩然月無

晦朔風無傳得之亦不費一錢

冒雪訪孤山　二　上　第二

凍雲陰陰鶴舞庭天風淅淅波生帳訟息吏退朱墨休

鈴閣塵容亦閒放我欲淺斟低唱對蛾眉俗物惱人真

興衰我欲敲冰煮鹿披獵騎短後誰使幽悄暢不如孤

山靜散地来侍高人之几杖高人何許人巢父許由丈

人行足跡謝城市糞穢朱門秋雨走俗狀妙語出月脇
不學皺眉吟雪巖佰上谷蘭馨香世共聞西湖風月天
所飼我屢摳衣蘭室隅得見霜松百尺長早知清氷潦
煩熱何敢煩君為府望相從問道殊未足靡鹽終難日
來訪今朝勝六太多意興滿山陰子歡舫玉樓凍合了
不計銀杯任落湖邊嶂青彩擔揆蕙帳前正屬幽人閒
意王千山冠玉奏新容亂絮籠江迷遠榜寒窓祇侍有
梅兄竹君羨輝森相向箇箇清景分外奇誰道人間雪
一樣我意在人不在物滿眼風光亦何相先生高潔度
白雪後凋之姿深所仰高卧素安人誤驚鶴毫玉恭何

孤山遺稿

別五

足尚霏霏屑氷生齒項刻令人懷抱曠但恐俗子敗
人意還向城中獨惆悵君不見彤庭多火爆靴人君不
見馬退藍關溪雪漲安得畫出山居閑致與人看寄語
虎頭費意匠

家具小於車

人皆重閒宴厭居子獨無家遷徙勤人皆伐輪任行陸
子獨借人雜棲小無家借車尚可憐況是載未盈籯家
具了乾坤偏慳彼何人有窮者郊瞳子瞭君不能遊說
萬乘脫乾輅奮乘檻檻雲臺表又不能提携長劒西擊
胡彭彭上建央央旐君不學山澤癯儒求富女綠紗窓

外琴心挑又不學司馬子長五之術服賈閩市牽牛犖
但將文字拄腹復撐腸喉吻咸池音黯窅騎驢京國欲
和薰風琴君門如天五雲杳一字不救飢安用捲海詞
源泉萬類困凌暴雷公向天訐雙鷗吹噓未見射曾縞
風雨靈臺愁緒繞巢禽落葉感客懷日暮回首東南湫
薪為挂芳米如珠辛苦年來真食饔嗟哦活計似鋤刓
感容能復持清醑文園四壁誤稱孇玉川數間非為少
賃屋仍謀我賙遷供笑人家談舌掉膀下已借此隣夕
鹿頭又乞東鄰曉貸于爾輻恐輸載兩牽復用脂膏邐
於馬戒僕輸家資惟有五鬼無六擾先取生塵之甑若

故竈次出生魚之釜如廢沼百結縕袍鶉倒毛褸裂冬

裘龜坼乸瓶如栗里已全瓢比陋巷仍半燎王章牛

衣孫晨卧藁陳平門席點檢令人顏色愀横聚縱横羅

列而并載芳高如太倉稊米眛又如鷦鷯棲木抄車輕

兩載馬輕車款段蹢躅同驥裹小兒攔街齊拍手誰念

詩翁憂悄悄曾聞小人窮斯濫附不擇所如羅鳶我公

甘此耻媚竈雅操清標誰得紹只恨古貌遊公卿尚戀

紅塵失輕矯還将惋恨入詩律苦語千秋照緗縹何不

載耒歸田園其笠伊科其鑄趙汙邪滿車皷腹歌百乘

素餐真可藐

客心洗流水 戊子

我宿巖崖下巖崖僧来尋僧何知人意手携緑綺琴坐
白石奏流水方寸炯然如球琳嗟余長嘯梁甫吟自愧
戕鱗蟠蹄涔飄然忽起遠遊與吳會幾年間秋砧蒼梧
塊斷五絃絶楚水淚落三間沉幽州不敢射天狼閶闔
悵望昏氛侵人言蜀國多仙山歴井捫參期褊臨秋風
荒店憩寂寞黃汚人衣愁不禁僧英解来一何好況抱
焦尾徽黃金龍唇拂拭一揮手發情潙聲聲惜惜枯桐
何得有清沚灑我平生塵土襟舊聞巖洋洋在心上誰料
伯牙生於今清寒逼骨肝膽醒已喜瀑布風松吟宵中

孤山遺稿　卷之六上　別七　詩

萬象一時滅更愛幽澗鳴深林絃非江兮手非漢濯之

何徹靈臺深卅田潔淨了王關頓失從前塵累侵摩尼

珠炯覺非吾體輕可試丹山禽琴中自有滌腸術迷疾

何須華扁針砭中自有日新訣去汚不待盤銘箴師乎

願教此曲橫行西海人徃在銀河淨流甲兵天山陰師

予願教此曲豔梅調鼎人徃代蔗漿洗滌煩熱君王心

曲終調絕君山幕席上猶有泠泠音杳靄何慶蓋頭茅

清溪幾度到雲岑佪日杳萠思逝濯不道石路多嶇崟

賦

醉仙樓賦 御製

客有辦青繮具黃雲心千古跡八垠浮遊靡定偶徃通
津瘦筇行行暮投吳人鐘山之下大江之濱喧然名都
歌吹之傍謁路旗亭邑屋眩晃仰俯爰有一樓于城門之外
大道之傍俯壓鴻尾上磨蒼穹逈臨鳥上高出寰中豐
麗照耀倜儻連延金扁揭號㫄曰醉仙客於是彷徨乎
其下而聳目延佇乎其上而駭魄曰登者呀咻佇者何
勝何年所構何人所陛㫄有青帝主人揖客而言曰是
乃太平之跡皇祖之德客自遠来其欲問其故而聞其
說子客曰唯唯主人曰伊昔皇祖之興也足蹋天關鏡
廓太微氛滅翩指山摧旗揮遠柔近懷乾清坤夷轉洪

孤山遺稿　卷之六上　別八　賦

勾之一氣開壽域於八荒麟逡迤而呈瑞鳳應奏而鳴

蹌治定功成天下歸仁民安物阜四海為春於是皇帝

若曰天之立君為萬民也憂與民同樂與民同是謂民

之父母不與衆而獨樂其可謂為民后也兆今朕身有

高臺廣廈溫房涼室之安口有王食珎羞瓊漿霞醞之

適衣衣萬機高枕九關可不分清陰於四方一酣樂於

衆庶使民皆有閭廬不足以盡朕大庇天下之志賜民

三日大酺不足以盡朕旣醉以酒之意朕將建高樓于

諸門以接東西南北往來之客設酒肆于諸樓以供上

下大小游宴之樂於是工儔運巧郢匠揮斤輪材則萬

牛回首丘山之重伐石則千椎雷動蒼山之根不日成
之眼前突兀十樓相視醉仙居一白叟燕賀黃童崔躍
登姦攘而四望怳春臺之熙熙入其肆而酣歌知帝德
之諭肌皇帝又曰四夷賓服豈非股肱之力萬方協和
豈非羣臣之績西蠻貢葡萄之酒寶難獻五歧之麥使
朕食八珎而飲九醞皆由爾文武之輸忠何以報之予
嘉乃庸乃降縈泥賜青蚨羣輸其家車繼于途螯孔兄
於水衡謀麴生於酒壚爾其醉仙樓下車盖相磨醉仙
樓中環珮委蛇觖棘俱來鶺鴒並集詩人猛士雜龍虎
於危闌梦舞吳歌亂鵝鴨於華摘咽鏗鏘之仙樂魚龍

踴躍登巘巋之玉酒觥籌交錯咸失喜而歡呀極遨遊

於暇日此乃皇朝之盛事而古今之所無也客曰始見

斯樓驚金碧之崛岉及聞子言知聖德之礴磈余敢不

樂餘波之㗊後歌太平於今夕遂酤酒與魚復登丹梯

夕陽高掛旅鴈遙嘶主客相屬高歌互答客歌曰有樓

如阜皇祖撐兮有酒如河皇祖侑兮萬代君臣樂哉洪

武主人歌曰南望滄海兮悅我皇祖聖澤之無窮北望

秋旻兮悅我皇祖聖德之極隆不登斯樓兮焉知天海

之洪不見天海兮焉知皇祖之功

詔於天子無北面賦 節製 入召

有志學子問於知道丈人曰益嘗聞之自天尊而地卑
有君臣之定位惟用下而敬上乃不易之常理無地面
於詔王何斯禮之獨異丈人曰師者道之標也道者人
之路也非道則無以爲人非師則無以入道師之重如
此也嫩師尊然後道尊道尊然後敬學惟學非敬則不
成惟師非尊則不得師之尊如此也嫩是以管氏讐訓
姆驕恃力變共有言事之如一故凡學之道尊師爲至
非徒士也達乎天子雖然士之任輕而君之任重士之
學小而君之學大其任輕而其學小者猶不可以自懈
其任重而其學大者如之何其不戒夫君人者知道則

孤山遺稿
卷之六上
別十　貳

治昧道則危能學則昌不學則亡每存是四者於心其

學可不急乎夫君人者上以事天下以御民享之宗廟

保之子孫將學是四者於人其禮可不重乎是故昔者

太甲之於阿衡拜稽首而自讓成王之於元聖致明禋

而休享夏鼒聞昌言而起拜周武問丹書而降階古之

所以重道而隆師有如此者何獨於詔天子無址而之

禮而有訏志學子曰君之所以尊師既聞命矣臣之所

以慶此不已泰乎丈人曰道者出於天即所謂天理也

其大無對其尊無比君之所以尊師所以尊師所有之

道也師之所以慶尊所以成君莫大之禮也道豈可使

由我而罷也禮豈可使由我而廢也志學子曰邇英古
制立講有規大宋之興何取於斯文人曰秦火如燬尊
君抑臣復古無人代各因循然以程子一言而改之此
宋之所以得為仁也志學子曰往昔漢明臨雍拜老聞
者興起觀者顛倒可謂能行三代之禮矣何以不能興
三代之道乎丈人曰君有其志師非其士章句而已訓
詰而已彼我彼我何足響齒志學子曰伊川改立為坐
可謂得其志矣有真儒以為師何宋朝之止是文人曰
有臣如此時子不利不安子思寒之者至千載之下為
一興喟志學子曰河清此日聖人有作允恭克讓終姶

孤山遺稿　卷之六上　別十一　賦

典學以此君而為此舉若輕箭於魯縞民鮮能於叔季

恐世之乎師表丈人曰秉彝不墜代不絕人安知今者

或有逸民但古語云能自得師者王謂人莫已若者亡

師須自得豈憑篇章丈人遂朗詠古詩曰朝歌屠叟辭

棘津八十西來釣渭濱張三千六百釣風期暗與文

王親志學子和而歌古辭曰昔庶之高宗得良弼於宵

寐孰左右者為之先信天同而神此

尚友賦　辛亥

嗟余生兮何苦晚百世之下嘐嘐然曰古之人恨未親

炙得一語於孟子知尚友之有術苟能視志而友德何

異合堂而同席原夫天生萬民莫不與仁義禮智之德
惟其氣稟未免有清濁粹駁之雜欲復其初必自修學
指引縱是師表之功切偲必須朋友之力詩歌伐木易
稱麗澤賢有教於文會聖垂訓於三益故善士之取友
遍一時之善士然猶以為未足論古昔之君子誦其詩
芳讀其書考其行兮觀其志效往跡而輔仁謂尚友者
是耳蓋凡友也者非友其人也友其善也友其心也非
友其面也唯同氣之是求何古今之有拘縱千載之遠
越可收攝之即須然尚友之道其亦多術未能事親者
友古人之能竭其力者觀其致敬而忠養始終奉盈而

孤山遺稿

卷之六上

別十二

賦

執王惕然思齋與子如一未能事君者友古人之能致
其身者觀其責難而陳善志惟致君而澤民茫然自失
思欲是遵未能夫婦之道者友古人之慈畜而莊履者
觀其相對之如賓必謹勗率而不墮悦而學之終和且
義三可及於舉一儘百行之同然然則古之直者諒者
多聞者孰為眼中之人與我磋之切之善道之窕然相
對而酬酢且夫人皆可以為堯舜士必高其志而大其
學彼丈夫我丈夫豈有不可友之人哉是宜神游聖賢
之堂室緬揖聖賢之光塵尋顏樂於陋巷視伊志於有
莘從容乎春風座上往來乎霽月溪邊陞柘軒而討論

入考亭而周旋常目在於動靜見倚儗而參前彼之一

住一行以爲觀感於今日也彼之千言萬語便佐責善

於吾身者事有難慮與之論計行有不至求其規戒久

而敬之淡然如水其益如何其樂無比如此然後友道

乃至嗟乎古人尚友古人兮爲法於時可傳於後凡今

之人胡不尚友其尚友然古語有之道不同對門不相

通對門者亦然今欲尚友千古之人而不先使吾道與

彼同乎是知尚友之道其本亦在於修我躬也

著書藏名山賦 陞補二上 居第二

惟史之佐自有文字惟書之行人各有異或傳民間或

孤山遺稿

卷之六上　　別十三　賦

暴於市粲一家之載籍藏名山兮誰氏余相感於羲後

豈獨取於良史汪洋氣兮伊人牛馬走兮自稱書林式

游庭訓是承手披家傳口吟國乘下自爇書上至結繩

經傳子貫穿古今子馳騁琢以金椎汲以脩綆耳溢前

言目富徃行盖有意於壯行不謂抱此而究竟如何一

言之不中遂有奇禍之相随非自任而不遵奈家貧而

數奇於是自比無目之丘明又擬斷足之孫子知不用

於斯世故著述焉大肆搜羅宇宙之放失夷考天人之

終始採摭涉獵殆數千載是是非非亂亂治治信信疑

疑者凡五十二代其文也俊逸其辭也條達言直而事

囊廣博而纖悉泓涵演夷磅礴磊落誠百世不易得之
文抑萬古不可無之書而此汗牛充棟之縹帙安得經
歷久遠而藏諸思壽其傳置彼喬嶽護之以嘗韞之以
擴然後山之髙也書與之僑薄山之久也書與之不滅
惟山也與天共長惟書也與山並立涉其流者於斯操
其端者於斯薰濃香兮幾人呾嚼味兮億玆書固賴山
而遠傳名亦賴書而長垂雖然文者載道之器也不深
於道而能文者未有伊人也不求正於周公孔子之道
獨於文堂藝院而翺翔宿留是以其才也莫及其勤也
良苦而其立言也多疵先黃老而後六經者何說退慶

十四

士而事奸雄者何意至於崇勢利蓋貪賤雖實憤激而
發之寧無愧於正議是故世儒或多不取而考亭夫子
至以讀其書者為被其病乃知立言者不可徒尚文辭
為文者不可不理情性且夫書苟盡善不必求傳而自
不得不傳書苟有不善傳之愈久而其疵愈聞俱可圖
吾書之盡善何必圖世傳之永久其不盡在我之實而
要名譽之不泯無乃近於沉碑之太守然其辯而不華
質而不俚不隱惡不廢義終有可取而朱子綱目亦或
有因於此者以俟君子之顧得遂而余之有感於太史
令者在是也

孤山遺稿卷之六下

別集

歌辭

山산中듕新신曲곡 王午時在金 鎖洞調

山산水슈間간 바회 아래 뒤집을 짓노라 ᄒᆞ니 그 모론

눔들은 웃ᄂᆞᆫ다마ᄂᆞᆫ 어리고 햐암의 뜻의 ᄂᆞ내 分

분인가 ᄒᆞ노라

보리밥 픗ᄂᆞᄆᆞᆯ을 알마초 머근 後후에 바횟긋 믉ᄀᆞ의

슬ᄏᆞ지 노니노라 그 나믄 일이야 부롤 줄이 이

시랴

잔 들고 혼자 안자 먼 뫼흘ᄇᆞ라보니 그리던 님이 오다

孤山遺稿 ◁ 卷之六下 別一 ◁ 辭

반가옴이이리ᄒᆞ랴 말슴도우움도아녀도몯내됴하

ᄒᆞ노라

누고셔三삼公공도곤낫다ᄒᆞ더니萬만乘승이이만

ᄒᆞ랴이제로혜어든巢소父부許허由유ㅣ낟듯더라

아마도林님泉쳔閒한興흥을비길곳이업세라

버성이게으르더니ᄒᆞ아ᄅᆞ실事人인間간萬만

事ㅅ룰ᄒᆞ실도아니맛뎌다만당ᄃᆞ토리업슨江강山

산을딕희라ᄒᆞ시도다

江강山산이됴타ᄒᆞᆫ들내分분으로누얻ᄂᆞ냐 님군

恩은惠혜롤이제더욱아노이다아므리갑고쟈ᄒᆞ야

도쳐 술이 업세라

右우 漫만 興흥

月월 出츌 山산이 놉더니 마노믜 순거시 안개로다 天텬

王왕 第뎨 一일 峯봉을 一일 時시예 모리와 다두어

라 쳐퍼딘 취면 안개아니거드라

右우 朝됴 霧무 謠요

비오노디들 치가랴사립닷고쇼머거라마치미양이

랴잠기연장다수려라가기노날보아소래긴밧

가라라

심심은흥다마노일업슬손마치로다답답은흥다마

孤山遺稿　卷之六下　別二　辭

느閒한 暇가 훌순 밤이로다 아히야 일즉자다가 東동
트거든닐거라

右우夏하雨우謠요

夕셕陽양넘은後후에 山산氣긔노묘타마노黃황昏혼
이갓가오니 物믈色셕이어둡노다 아히야 범므셔
온디나도니다마라라

右우日일暮모謠요

빅람분다지게다다 밤들거다 블아사라벼개예히
즈려슬ᄏ지쉬여보쟈 아히야 새야오거든내죰와껴
와스라

右우夜야深심謠요

환자타산다ᄒ고그룰사그르다ᄒ니夷이齊졔의노

픈줄을이렁구려알판디고어즈버사름이야외랴ᄒ

운의타시로다

右우饑기歲세歎탄

내버디멋치나ᄒ니水슈石셕과松숑竹듁이라東동

山산의ᄃ룰오르니그더옥반갑고야두어라이다섯밧

거ᄯ더ᄒ야머엇ᄒ리

구룸빗치조타ᄒ나검기룰ᄌ로ᄒ다ᄇ람소리ᄆᆞᆰ다

ᄒ나그칠적이하노매라조코도그츨뉘업기ᄂᆞᆫ믈뿐

孤山遺稿 卷之六下 別三 辭

인가ᄒ노라 水

고즌므스 일로픠며셔쉬이디 고픈은어이ᄒ야프르

노닷누르ᄂ니아마도변티아닐순바회뿐인가ᄒ노

라 石

더우면곳픠고치우면닙디거ᄂ솔아ᄂ는엇디눈서

리룰모ᄅ 놋ᄂ다九 구泉 쳔의블희고ᄃ줄을굴로ᄒ야

아노라 松

나모도아닌거시플도아닌거시곳기ᄂ뉘시기며속

은어이뷔연ᄂ다뎌러코四 ᄉ時 시예프르ᄂ니그를됴

하ᄒ노라 竹

쟈근거시노피떠서萬만物믈을다비취니밤듕의光광

明명이너만ㅎ니또잇ᄂᆞ냐보고도말아니ㅎ니내

벋인가ᄒ노라 月

右우五오友우歌가

山산中듕續쇽新신曲곡二이章쟝 乙酉至月在金鎖洞

蒼챵蠅승이쓴ᄃᆞ려시니ᄡᆞ리채ᄂᆞ노히시되落落葉엽

이늣거오니義의人인이늘글게고멸숩피돋빗치ᄆᆞ

으니그룰보고노라

右우秋츄夜야操조

嚴엄冬동이디나거냐雪셜風풍이어듸가니千쳔山

산 萬만山산의봄거운이어릐엿다지게롤晨신朝됴

애열고서하놀빗츨보리라

右우春츈曉효吟음 作曲一

버엿던가얏고롤풀연저노라보니淸청雅아효볏소

리반가이나ᄂ고야이曲곡調됴알리업스니집겨노

하두어라

右우古고琴금詠영

偶得伽倻古琴於烟爐屋漏之餘拂拭一彈冷冷

十二絃宛見崔仙心迹咨嗟詠歎自成一関且念

此物無其人而捨之則為一片塵垢枯木有其人

而用之則能成五音六律而世間知音者鮮則旣

成五音六律之後亦豈無遇不遇也然則有感於

斯者非一端矣更賦古風一篇以寫此琴之壹欝

有琴無其人塵埋知幾年金鴈半零落枯桐猶自全

高張試一鼓氷鐵動林泉可鳴西城上可御南薫前

滔滔箏笛耳此意向誰傳乃知陶淵明終不具徽絃

贈증伴반琴금乙酉

소리ᄂᆞᆫ或혹이신돌ᄆᆞᄋᆞᆷ이이러ᄒᆞ랴ᄆᆞᄋᆞᆷ은或혹이

신돌소리ᄃᆞᆯ뉘ᄒᆞ누니ᄆᆞᄋᆞᆷ이소리예나니그를됴하

ᄒᆞ노라

孤山遺稿　卷之六下　別五辭

多君心曲暗合造化七絃百囀皆方寸間事余每

聽之忘味金鎖洞病儂

初초遣연曲곡二이章쟝

집은어이ᄒᆞ야되연눈다大대匠쟝의功공이로다나

무ᄂᆞᆫ어이ᄒᆞ야고든다고조즐을조찬노라이집의이

뜰을알면萬만壽슈無무疆강ᄒᆞ리라

술은어이ᄒᆞ야됴ᄒᆞ니누룩섯글타시러라국은어이

ᄒᆞ야됴ᄒᆞ니塩염梅ᄆᆡᄯᆞᆯ타시러라이음식이뜯을알

면萬만壽슈無무疆강ᄒᆞ리라

罷파宴연曲곡二이章쟝

즐기기도ᄒ려니와근심을닐즐것가놀기도ᄒ려니

와길기아니어려오나어려온근심을알면萬만壽슈

無무疆강ᄒ리라

슐도머그려니와德덕업스면亂란ᄒᄂ니춤도추려

니와禮례업스면雜잡되ᄂ니아마도德덕禮례를딕

희면萬만壽슈無무疆강ᄒ리라

漁어父부四ᄉ時시詞ᄉ 辛卯在芙 詹洞時

春츈

압개예안개것고뒵뫼희비췬다비ᄯᅥ라비ᄯᅥ라밤

믈은거의디고낟믈이미러온다至지匊국悤총至지

孤山遺稿　卷之六下　別六　辭

菊국悤총 於어 思ㅅ臥卧와 江강村촌온갓고지먼빗치

더욱됴타

날이덥도다믈우회기쩟다 단드러라단드러라 굴

며기둘식세식오락가락ᄒᆞᄂᆞ고 야 至지菊국悤총至

지菊국悤총於어思ㅅ臥卧와 낫대눈쥐여잇다濁탁酒쥬

쥬人釰瓶병시릿ᄂᆞ냐

東동風풍이건듣부니믉빗이고이닌다 돋드라라돋

드라라東동湖호롤도라보며西셔湖호로가쟈스라

至지菊국悤총至지菊국悤총於어思ㅅ臥卧와 압뫼히

디나가고뒫뫼히나아온다

우는거시 뻐구기가 프른거시 버들숩가 이어라 이어
라 漁어村촌 두어집이 짓속의 나락들락 至지匊국悤
총 至지 匊국悤총 於어 思人思 와 말가호 기픈소희 온
갇고 기 뛰노다
고은 뷔티 젹은다 닉 룸 낄이기름곳다 이어라 이어리
그믈을 주어두랴 낙시를 노흘일가 至지 匊국悤총 至지
匊국悤총 於어 思人思 와 濯탁纓영 歌가의 興흥이나
니 고기도니 즐로다
夕셕陽양이 빗거시니 그만호야 도라가쟈 돋디여라
돋디여라 岸안 柳류汀뎡花화 눈고 비고 비새롭고야

芳방草초룰불와보며蘭난芷지도뜨더보쟈
라비셰여라一일葉엽扁편舟쥬에시른거시므스것
고至지匊국忩총至지匊국忩총於어思ᄉ卧와

醉취ᄒ야누읻다가여흘아래ᄂ리려다비미셔라
미여라落락紅홍이흘러오니桃도源원이갓갑도다
至지匊국忩총至지匊국忩총於어思ᄉ卧와人인世
셰紅홍塵딘이언메ᄂᄀ렷ᄂ니

至지匊국忩총至지匊국忩총於어思ᄉ卧와三삼公공
을불리소牛萬만事ᄉ룰싱각ᄒ랴

눈녀뿐이오솔제 노들이로다

낙시줄거더노코篷봉窓창창의ᄃᆞ를보쟈 닫디여라닫

디여라ᄒᆞ마밤들거냐子ᄌᆞ規규소리ᄆᆞᆰ게난다至지

至국忩총至지ᅬ국忩총於어思ᄉᆞᄣᅡ와나믄興흥이

無무窮궁ᄒᆞ니갈길흘니젓딴다

來ᄅᆡ日일이ᄯᅩ업스랴봄밤이멋던새리빗브러라빗

브터라낫대로막대삼고柴싀扉비를ᄎᆞ지보쟈至지

至국忩총至지ᅬ국忩총於어思ᄉᆞᄡᅡ와漁어父부生

싱涯애눈이렁구리디발로다

夏하

구즌비머저가고시내믈이ᄆᆞᆰ아온다ᄇᆡᄯᅥ라ᄇᆡᄯᅥ라

孤山遺稿

卷之六下

別 八 辭

낫대글두러메니기픈興흥을禁금못훌돠至지匊국

忩총至지匊국忩총於어思ᄉ臥와煙연江강疊텹嶂쟝

쟝은뉘라셔그려낸고

러라靑쳥篛약笠립은쎠잇노라綠녹蓑시衣의가져

변닙희밥싸두고반찬으란쟝만마라닫드러라닫드

오냐至지匊국忩총至지匊국忩총於어思ᄉ臥와無

무心심훈白빅鷗구노내좃는가제좃는가

마람닙희ᄇ람나니蓬봉窓챵이서늘코야돋ᄃ라라

돋ᄃ라라네롬ᄇ람뎡훌소냐가ᄂᆞᆫ대로비시겨라

지匊국忩총至지匊국忩총於어思ᄉ臥와北북浦포至

南남江강이어듸아니됴흘러니

룸졀이흐리거든발을싯다엇더ᄒ리이어라이어라

吳오江강의가쟈ᄒ니千쳔年년怒노濤도를흘로다至지匊국悤총

至지匊국悤총於어思ᄉ卧와楚초江강

강의가쟈ᄒ니魚어腹복忠튱魂혼난글셰라至지匊국悤총

萬만柳류綠녹陰음어린고ᄃ一일片편苔ᄐ磯긔奇긔

特특ᄒ다ᄃ시어라이어라

爭ᄌᆡᆼ渡도허믈마라至지匊국悤총至지匊국悤총漁어人인

於어思ᄉ卧와鶴鶴髮발老로翁옹만나거든雷뢰澤

讓양居거效효則측ᄒ쟈

孤山遺稿

卷之六下

別 九 箑

긴날이져므ᄂᆞᆫ줄興흥의미쳐모ᄅᆞ도다돈

디여라빗대물두드리고水슈調됴歌가를불러보쟈

至지匊국悤총至지匊국悤총於어思ᄉᆞ臥와歖우乃

애聲셩中듕에萬만古고心심을긔뉘알고

夕석陽양이됴타마ᄂᆞᆫ黃쳥昏혼의갓갑거다비셰여

라비셰여라바회우희에구븐길솔아래빗겨잇다至

지匊국悤총至지匊국悤총於어思ᄉᆞ臥와碧벽樹슈

鶯잉聲셩이곧곧이들리ᄂᆞ다

몰래수희그물널고둠미티누어쉬쟈비미여라비미

어라모ᄑᆡ물밉다ᄒᆞ랴蒼창蠅승과엇더ᄒᆞ니至지匊

국念총至지 羈국念총於어 思ᄉ와다 만흔근심은

羹상大대夫부 드르려다

밤ᄉ이 風풍浪낭을 미리어이 집쟉ᄒᆞ리 단디여라 단

디여라 野야渡도橫횡舟쥬롤 뉘라셔 널럿ᄂᆞᆫ고 至지

羈국念총至지 羈국念총於어 思ᄉ와 澗간邊변幽유

草초도 眞진實실로 어연브다

蝸와室실을 비라보니 白뵉雲운이 둘러잇다 비브텨

라 비브텨라 부들부체 ᄆᆞᆯ쥐고 石셕逕경으로 솔라

가쟈 至지 羈국念총至지 羈국念총於어 思ᄉ와 漁

어翁옹이 閒한暇가더냐 이거시 구실이라

孤山遺稿

卷之六下

別 十 辭

秋추

物물外외예 조흔일이 漁어父부生싱涯애 아니러냐

빗떠라비떠라 漁어翁옹을 숨디마라 그림마다 그럿더라 至지匊국悤총至지匊국悤총於어思ᄉᆞ와

四ᄉ時시興흥이 호가지나 秋츄江강이 읃듬이라

水슈國국의 ᄀᆞ슬히드니 고기마다 ᄉᆞ져읻다 닫드러라닫드러라 萬만頃경澄딩波파의 슬ᄏᆞ지 容용與여호쟈 至지匊국悤총至지匊국悤총於어思ᄉᆞ와

人인間간을 도라보니 머도록 욱됴타 白빅雲운이 니러나고 나모긋티 흐느긴다 돋ᄃᆞ라라

돈느라라밀믈의 西셔湖호ㅣ오 혈믈의 東동湖호가

쟈至지匊국㶳총至지匊국㶳총於어思ᄉ臥와白빅

蘋빈紅홍蓼료ᄂ 곳마다 景경이로다

그러기 떳ᄂᆞ 바긔 못보던 뫼 뵈ᄂᆞ고야 이어라 이어라

낙시질도 ᄒᆞ려니와 取ᄎᆔ흔 거시이 興흥이라 至지匊

구㶳총至지匊국㶳총於어思ᄉ臥와 夕셕陽양이 빗

이니 千쳔山산이 錦금繡슈ㅣ로다

銀은唇슌玉옥尺쳑이 엇치나 걸렷ᄂᆞ니 이어라 이어

라 蘆로花화의 불부러 곧히야 구어노코 至지匊국㶳

춍至지匊국㶳총於어思ᄉ臥와 딜병을 거후리혀 박

孤山遺稿　卷之六下　別十二　辭

구기예브어다고

녑부람이고이부니ᄃ론돈긔도라와다돈디여라돈

디여라瞑명色석은나아오디淸쳥興흥은머러인다

至지匊국兹총至지匊국兹총於어思ᄉ臥와紅홍樹슈

슈淸쳥江강이슬믜디도아니ᄒ다

흰이슬빈견ᄂᆞ디ᄇ른돈도다온다비셰여라비셰여

라鳳봉凰황樓루渺묘然연ᄒ니淸쳥光광을눌을줄

고至지匊국兹총至지匊국兹총於어思ᄉ臥와玉옥

兎토의ᄯᅥᄂᆞᆫ藥약을豪호客ᄏᆡᆨ을먹이고쟈

乾건坤곤이제곰인가시거시어ᄃᆞ메오비미여라비

미여라西셔風풍塵딘 몬미츠니 부체ᄒ야 머엇ᄒ리

至지匊국㤪총 至지匊국㤪총 於어思ᄉ臥와 드론말

이업서시니 구시서머 엇ᄒ리

옷수희서리오더치ᄂ 술을 모롤로다 달디여라

여라釣됴船션이 좁다ᄒ나 浮부世세과 언더ᄒ니至

지匊국㤪총 至지匊국㤪총 於어思ᄉ臥와 너일도이

리ᄒ고 모리도 ᄃ리리ᄒ쟈

松숑間간石셕室실의 가 曉효月월을 보쟈ᄒ니 빈브

터라 비브터라 空공山산落락葉엽의 길흘엇디 아라

블고 至지匊국㤪총 至지匊국㤪총 於어思ᄉ臥와 白

孤山遺稿

卷之六下

別十二　解

빅雲운이 줏차오니 女녀蘿라衣의 므겁고야

冬동

구룸거든후의 힝빗치두텁거다 비떠라비떠라 天텬

地디閉폐塞식호디 바다흔依의舊구호다 至지匊국

忩충至지匊국忩충 於어思亽臥와 ᄀ업슨믉결이김

편듯호ᄃᆞ 잇다

주대다스리고 빗밥을박아느냐 닫드러라닫드러라

瀟쇼湘상洞동庭뎡은 그믈이언다호다 至지匊국忩충

총至지匊국忩충 於어思亽臥와 이째예漁어釣됴호

기이만호디업도다

여튼 깸고기들히 먼소히 다 갇ᄂᆞ니 돋ᄃᆞ라라 돋ᄃᆞ라

라져 근던 날됴흔 제 바탕의 나가 보쟈 至지 匊국 悤총

죠지 匊국 悤총 於어 思ᄉᆞ 臥와 밋기 끈다 오면 굴근고

기은 다 효다

간밤의 눈갠 後후에 景경 物물이 달란고야 이어라 이

어라 압희 눈 萬만 頃경 琉류 璃리 뒤희ᄂᆞ 千쳔 疊텹 玉

옥 山산 죠지 匊국 悤총 至지 匊국 悤총 於어 思ᄉᆞ 臥와

仙션 界계ㄴ가 佛불 界계ㄴ가 人인間간이 아니로다

그물 낙시니 져두고 빗쳔을 두드린다 이어라 이어라

압개로 건너고쟈면 번이나 혜여본고 至지 匊국 悤총

孤山遺稿 卷之六下 別十三 [印]

至지匊국悤총 於어 思ᄉᆞ臥와 無무端단 흔 브람이

힝혀아니부러올까

자라가노라과멸난치디나거니돋디여라돋디여

라압길히어두우니暮모雪셜이자자ᅵ며다至지匊국

悤총至지匊국悤총於어思ᄉᆞ臥와鵝아鴨압池디ᄅᆞᆯ

뉘터셔草초木목慙참을실돈던고

丹단崖애翠취壁벽이畫화屛병ᄀᆞ티둘럿ᄂᆞᆫᄃᆡ비ᅰ

여라비ᅰ셰여라巨거口ᅵ十細셰鱗린을난그나몬난그

나至지匊국悤총至지匊국悤총於어思ᄉᆞ臥와孤고

舟쥬簑사笠립에興흥계위안잣노라

믉ᄀᆞ의 외로온 솔 혼자 어이 식식ᄒᆞ고 비 미

여라 흔구룸 恨ᄒᆞᆫ티 마라 世셰 上샹을 ᄀᆞ리온다 至지

菊국 悤총 至지 菊국 悤총 於어 思ᄉᆞ臥와 波파 浪랑

聲셩 을嚴엄 티마라 塵딘 喧훤을 막ᄂᆞᆫ또다

滄창 洲쥬 吾오 道도 룰 녜 브터 닐럿더라 단디여라 단

디여라 七칠 里리 흘羊양 皮피 옷순 긔 언더ᄒᆞ니런

고 至지 菊국 悤총 至지 菊국 悤총 於어 思ᄉᆞ臥와 三삼

千쳔 六뉵 百빅 낙시질은 손고븐제 엇디 턴고

어와 져므러간다 宴연 息식이 맛당토다 븟텨라 비

븟텨라 ᄆᆞᄂᆞᆫ 눈ᄲᆞ린길블근곳 흣더딘듸 흥치며 거러

孤山遺稿   卷之六下   別十四 諺

가셔至지翁子怂袭至지翁子怂袭於어思ᄉ와雪

셜月월이西셔峯봉의넘도록松송窓창을비거잇쟈

東方古有漁父詞未知何人所爲而集古詩而成

腔者也諷詠則江風海雨生牙頰間令人飄飄然

有遺世獨立之意是以聾巖先生好之不倦退溪

夫子數賞無已然音響不相應語意不甚備盖拘

於集古故不免有局促之欠也余衍其意用俚語

作漁父詞四時各一篇篇十章余於腔調音律固

不敢妄議余於滄洲吾道尤不敢窃附而登潭廣

湖片舸容與之時使人並唉而相棹則亦一快也

且後之滄洲逸士未必不與此心期而曠百世而

相感也秋九月歲辛卯芙蓉詞釣叟書于洗然亭

樂飢欄邊船上示兒曹

漁어父부詞ㅅ餘여音음

江강山산이됴타호믈네分분으로누언ㄴ냐　넘군

恩은惠혜롤이졔더옥아노이다아ᄆ리갑고쟈ᄒ야　此乃山中新曲漫興第六章而

도희올일이업세라　漁父詞餘音故重錄於此　孤山時

夢몽天텬謠요三삼章쟝　以為漁父詞餘音壬辰在

샹해련가꿈이런가白빅玉옥京경의올라가니　玉

옥皇황은반기시ㄴ十星군仙션이ᄭ러리ㄴ다두어라五

오湖호烟연月월이빗分분일시울탓다

픗줌의꿈을꾸어十십二이樓루에드러가니　玉옥

皇황은우스시되攀고仙선이꾸진느다어즈버百빅

萬만億억蒼창生성을어늬길의무르리

하늘히이저신제므合術슐로기워낸고白빅玉옥樓

루重듕修슈호졔엇던바치일워낸고　玉옥皇황끠

술와보자호더니다몯호야오나다

魏詩曰園有桃其實之殽心之憂矣我歌且謠不

知我者謂我士也驕彼人是哉子曰何其心之憂

矣其誰知之其誰知之盖亦勿思杜子美詩曰非

無江海志瀟灑送日月生逢堯舜君不忍便永訣

取笑同學翁浩歌彌激烈夫我咎嗟咏歎之餘不

覺其發於聲而長言之豈無同學堅哑之譏子曰

何其之誚也然而自不能已者是誠所謂我思古

人實獲我心者也壬辰五月初十日芙蓉釣叟病

滯孤山識

夢耶真耶一上玉京闐闔開　玉皇青眼羣仙猜已矣

乎五湖烟月閑徘徊

野人化蝴蝶翩翩飛八十二樓　玉皇含笑羣仙左吁

嗟乎萬億蒼生問何由

孤山遺稿　卷之六下　別十六○辭

九重天有缺時補綴用何謨白玉樓重修曰何工成就

乎欲問 玉皇無暇問歸來空一吁

右翻夢天謠 丙申

遣懷曲謠五篇 此以下戊午謫慶源時所作附錄於此

슬프나즐거오나올타ㅎ나외다ㅎ나내몸의ㅎ올일

만단고단글뿐이언뎡그반거녀나문일이야분별ㅎ올

줄이시랴

내일망녕된줄을내라ㅎ야모론손가이ㅁ음어리기

도님위ㅎ타시로ㅣ아미아ㅁ리닐러도님의혜여보

쇼셔

楸츄城셩鎭딘胡호樓루 밧긔 우러네는 뎌 시내야 므
슴호리라 晝듀夜야의 흐르는다 님向향호 내 뜯을 조
차 그칠 뉘룰 모로는다

뫼호 길고 길고 믈은 멀고 멀고 어버이 그린 뜯은 만코
만코 하고 하고 어딋 외기러기는 울고 울고 가느니
어버이 그릴 줄을 처엄븟터 아란마는 님군 向향호 뜯
도 하놀히 삼겨시니 眞진實실로 님군을 니즈면 긔 不
블孝효ㅣ가 뎌기라

雨우後후謠요

有人傳道時宰改過于斯時也宿雨適霽余曰彼

孤山遺稿

卷之六下

別 十七 辭

之改過也苟骸如斯雨之晴如斯雲之捲如斯前

川之還淸則吾儕敢不歸仁乎遂作俚語永言之

구즌비개단말가흐리던구룸걷단말가압내희기픈

소히다믉앗다호ᄂ쇼다真진實실로믉디온믉리아시

면갇긴시서오리라

孤山遺稿卷之六別集下

※ 이 연보는 『고산연구(孤山研究)』(創刊號, 孤山研究會, 1987)에 영인·부록된 「연보(年譜)」에 의거하여 작성되었음.

1세(1587)
선조 20, 丁亥
6월 22일 한성부(漢城府) 연화방(蓮花坊), 곧 지금의 종로구 연지동에서 출생. 본관(本貫)은 해남(海南). 자(字)는 약이(約而). 호(號)는 고산(孤山) 또는 해옹(海翁).

6세(1592)
선조 25, 壬辰
처음 입학(入學)함.

8세(1594)
선조 27, 甲午
백부(伯父)인 관찰공(觀察公) 유기(惟幾)의 양자(養子)로 들어가 해남 윤씨(尹氏)의 대종(大宗)을 이음.

11세(1597)
선조 30, 丁酉
산사(山寺)에서 독서(讀書)함.

15세(1601)
선조 34, 辛丑
양부(養父) 관찰공(觀察公) 유기를 따라 임소(任所)인 안변(安邊)에 감.

17세(1603)
선조 36, 癸卯
남원(南原) 윤씨와 결혼. 진사(進士) 초시(初試)에 입격함.

20세(1606)
선조 39, 丙午
승보시(陞補試)에 장원으로 급제. 향시(鄕試)에 입격함.

21세(1607)
선조 40, 丁未
3월에 장남 인미(仁美)가 태어남.

22세(1608)
선조 41, 戊申
2월에 선조(宣祖)가 승하하고 광해군(光海君)이 등극함. 4월에 양모(養母) 구씨(具氏)의 상을 당함.

23세(1609)
광해 1, 己酉
8월에 생모(生母) 안씨(安氏)의 상을 당함.

25세(1611)
광해 3, 辛亥
10월에 상복을 벗음. 11월에 서울에서 해남으로 돌아감.

26세(1612)
광해 4, 壬子
봄에 진사시(進士試)에 제일(第一)로 급제. 9월에 차남 의미(義美)가 태어남. 12월에 생부(生父) 부정공(副正公) 유심(惟深)의 상을 당함.

29세(1615)
광해 7, 乙卯
2월에 상복을 벗음.

30세(1616)
광해 8, 丙辰
12월 21일에 예조판서 이이첨(李爾瞻)을 탄핵하는 「병진소(丙辰疏)」를 올림. 12월 23일에 함경도(咸鏡道) 경원(慶源)에 안치(安置)됨.

32세(1618)
광해 10, 戊午
겨울에 경상도(慶尙道) 기장(機張)으로 이배(移配)됨.

33세(1619) 4월에 삼남 예미(禮美)가 태어남. 5월에 양부 관찰공 유기의 상을 당함.
광해 11, 己未

35세(1621) 8월에 상복을 벗음.
광해 13, 辛酉

37세(1623) 3월에 인조반정(仁祖反正)이 일어남. 4월에 의금부도사(義禁府都事)에
인조 1, 癸亥 제수되어 상경함. 양부 관찰공의 묘에서 처음으로 곡(哭)을 함. 7월에
사직(辭職)하고 전라도 해남(海南)으로 돌아감. 8월에 별시(別試) 초시
(初試)에 입격함.

39세(1625) 1월에 의금부도사(義禁府都事)에 제수되었으나 취임하지 않음.
인조 3, 乙丑

40세(1626) 6월에 현풍(玄風) 이필성(李必成)의 '졸곡(卒哭) 전 사가(私家)의 제사 때
인조 4, 丙寅 고기를 쓰는 문제'에 대한 서한에 답함. 11월에 안기찰방(安奇察訪)에
제수되었으나 취임하지 않음.

41세(1627) 1월에 금(金)의 군대가 한양을 침범하자 인조(仁祖)가 강도(江都)로 몽
인조 5, 丁卯 진(蒙塵)함. 공이 달려가 안위를 물으려 하였으나 이르지 못하고 돌아
옴. 10월에 사포서(司圃署) 별제(別提)에 제수되었으나 병을 이유로 취
임하지 않음.

42세(1628) 봄에 별시(別試) 문과(文科) 초시(初試)에 장원으로 급제함. 3월에 이조
인조 6, 戊辰 판서(吏曹判書) 계곡(谿谷) 장유(張維)의 천거로 봉림대군(鳳林大君)과 인
평대군(麟坪大君)의 사부(師傅)에 제수됨.

43세(1629) 12월에 공조좌랑(工曹佐郎)에 제수되고 특명에 의해 사부를 겸임함.
인조 7, 己巳

44세(1630) 아들 인미(仁美)와 의미(義美)가 사마시(司馬試)에 입격하여 주찬(酒饌)
인조 8, 庚午 을 하사받음. 7월에 병으로 공조좌랑을 사직함. 10월에 별시 초시에
제이(第二)로 입격함. 12월에 특명으로 공조좌랑(工曹佐郎)에 제수되고
사부를 겸임함.

45세(1631) 3월에 이자용(李子容)·장자호(張子浩)와 함께 동호(東湖)에 가서 유람
인조 9, 辛未 을 함. 주찬을 하사받음. 6월에 특명으로 호조정랑(戶曹正郎)에 제수되
고 총융랑(摠戎郎)을 겸임함. 9월에 호조정랑을 사직하고 해남으로 돌
아감. 주찬을 하사받음. 11월에 형조정랑(刑曹正郎)에 제수되었으나 숙
사(肅謝)하여 사직함. 12월에 양부 관찰공 유기의 묘를 해남 화원면(花
源面)으로 이장함.

46세(1632) 1월에 특명으로 호조정랑(戶曹正郎)에 제수되고 또 사부도 겸임함. 2월
인조 10, 壬申 에 사복시 첨정(司僕寺 僉正)에 제수됨. 3월에 한성부 서윤(漢城府 庶尹)
에 제수됨. 11월에 병으로 서윤 및 사부를 모두 사임함. 설산도(雪山圖)
를 하사받음.

47세(1633) 봄에 증광향해별시(增廣鄕解別試)에 장원으로 급제하고 4월에 증광복
인조 11, 癸酉 시(增廣覆試)에 대책(對策)이 일등으로 뽑힘. 술과 고기를 하사받음. 예
조정랑(禮曹正郎)에 제수됨. 5월에 시강원 문학(侍講院 文學)에 제수되
었으나 사직함. 7월에 관서경시관(關西京試官)에 제수됨. 9월에 다시
시강원 문학(侍講院 文學)이 됨. 11월에 공이 인조의 두터운 신임을 받
는 것을 재상 강석기(姜碩期)가 시기하여 유언비어를 만들어 모해하니,
제수받은 벼슬을 병을 이유로 모두 사임하고 낙향의 뜻을 가지게 됨.

48세(1634) 봄에 성산현감(星山縣監)에 제수됨. 8월에 향교에서 석전(釋奠)을 시행함.
인조 12, 甲戌

49세(1635) 2월에 향교에서 석전(釋奠)을 시행함. 7월에 양전(量田)의 문제를 다룬
인조 13, 乙亥 상소인 「을해소(乙亥疏)」를 올렸으나 보고되지 아니함. 겨울에 성산현
감을 사임하고 귀향함.

50세(1636) 5월에 차남 의미가 죽음. 10월에 청(淸)의 군대가 한양에 임박하여 육
인조 14, 丙子 로가 막히자, 공이 해남에서 배를 타고 강도(江都)에 감.

51세(1637) 1월에 향족(鄕族)들과 가복(家僕)들을 규합한 의병을 배에 태우고 강화
인조 15, 丁丑 도에 다다랐으나, 강화도는 이미 함락되어 왕자들이 포로로 붙잡혀 간
뒤였음. 임금이 영남(嶺南)으로 몽진(蒙塵)했다는 소식을 듣고 제주도
(濟州道)로 가서 은거하기로 함. 제주도로 향해하던 중 태풍을 만나 이
를 피하다가 산수가 수려한 보길도(甫吉島)를 발견함. 그곳의 황원포(黃
原浦)에 내려 터를 닦아 부용동(芙蓉洞)이라 이름짓고 낙서재(樂書齋)를
지어 우거(寓居)함.

52세(1638) 봄에 대동찰방(大同察訪)에 제수되었으나 병을 일컬어 부임하지 않음.
인조 16, 戊寅 병란 때에 강화도 근처까지 이르러 서울을 지척에 두고서도 어려운 상
황에 처한 임금께 달려와 문안하지 않았으며, 피난 중이던 처녀를 잡
아 배에 싣고 섬으로 깊이 들어가 종적을 숨기려고 하였다는 반대파의
탄핵을 받았는데, 다만 달려와 문안하지 않았다는 혐의에 대하여 경상
도 영덕(盈德)으로 유배됨.

53세(1639) 2월에 유배에서 풀려나 해남에 돌아옴. 집안 일을 큰아들 인미에게 맡
인조 17, 己卯 김. 수정동(水晶洞)에 정자를 지음.

54세(1640) 봄에 「금쇄동기(金鎖洞記)」를 지음.
인조 18, 庚辰

55세(1641) 이 해부터 금쇄동에서 지냄.
인조 19, 辛巳

56세(1642) 「산중신곡(山中新曲)」 18장을 지음.
인조 20, 壬午

58세(1644) 인조가 병이 위중해지자 내국(內局)에서 약재의 의논을 위하여 불렀으
인조 22, 甲申 나 병으로 나아가지 못함. 대신 치료법에 대해서 적은 「갑신소(甲申疏)」
를 올렸으나 보고되지 않음.

59세(1645) 「산중속신곡(山中續新曲)」 2장과 「고금가(古琴歌)」 1장을 지음.
인조 23, 乙酉

60세(1646) 이 해부터 부용동에서 지냄. 진도(珍島)에 유배온 이경여(李敬興)와 시
인조 24, 丙戌 를 주고 받음.

61세(1647) 공에게 학문을 배우던 외생(外甥) 심광면(沈光沔)이 사망하여 애사(哀詞)
인조 25, 丁亥 를 지음.

63세(1649) 이 해에 금쇄동에서 지냄. 봄에 조선묘제식(祖先墓祭式)을 정함. 5월에
인조 27, 己丑 인조가 승하하고 세자로 있던 봉림대군이 효종(孝宗)으로 즉위함. 9월
효종 즉위년 에 효종에게 나라를 올바르게 다스릴 요체를 논한 「기축소(己丑疏)」를
올림.

64세(1650) 이 해에부터 부용동에서 지냄.
효종 1, 庚寅

65세(1651) 가을에 「어부사시사(漁父四時詞)」(40수)를 지음.
효종 2, 辛卯

66세(1652) 1월에 성균관사예(成均館司藝)에 제수됨. 3월에 특명으로 승정원동부승
효종 3, 壬辰 지(承政院同副承旨)에 제수되어 두 번 사직의 소를 올렸으나 허락되지
않음. 정언(正言) 이만웅(李萬雄)의 탄핵에 다시 사직의 소를 올려 허락
을 받음. 8월에 예조참의(禮曺參議)에 특배(特拜)됨. 병을 이유로 사퇴의
소를 올렸으나 허락받지 못함. 10월에 '외천(畏天)', '치심(治心)', '변인
재(辨人材)', '명상벌(明賞罰)', '진기강(振紀綱)', '파붕당(破朋黨)', '강국유도
(强國有道)', '전학유요(典學有要)' 등 「시무팔조소(時務八條疏)」를 올림.
11월에 원평부원군(原平府院君) 원두표(元斗杓)의 비리를 논한 소를 올
렸다가 관직을 삭탈당하고 해남으로 돌아옴.

67세(1653) 2월에 부용동에 들어감. 낙서재 앞 구암 아래에 무민당(無憫堂)을 짓고,
효종 4, 癸巳 동강의 바깥쪽에 정성당(靜成堂)을 지어 자제문인들을 거처하게 함.

68세(1654) 이 해에 부용동에서 지냄.
효종 5, 甲午

69세(1655) 이 해에 금쇄동에서 지냄. 2월에 부인 남원 윤씨가 사망함. 10월에 「시
효종 6, 乙未 폐사조소(時弊四條疏)」를 올려 섬 주민들을 몰아내고 어부들을 강화도
로 이주시키는 것 등 당시 조정에서 시행하려던 일의 부당함을 말함.

70세(1656) 3월에 「응지소(應旨疏)」를 올려 재앙을 막고 백성들을 편안케 하는 방
효종 7, 丙申 도를 논함. 손자 이구(爾久)가 사망하여 만시(挽詩) 15운을 지음. '정풍속
(正風俗)', '여염치(勵廉恥)', '보관정(輔官政)', '균부역(均賦役)', '어하리
(御下吏)', '안민생(安民生)' 등을 논한 「향사당조약(鄕社堂條約)」을 지음.

71세(1657) 2월에 부용동에 들어감. 9월에 중궁(中宮)의 병으로 소명(召命)받고 상
효종 8, 丁酉 경하여 내국에서 약재를 의논함. 11월에 첨지중추부사(僉知中樞府事)에
제수됨. 여러 번 사퇴의 소를 올렸으나 허락받지 못함.

72세(1658)
효종 9, 戊戌

3월에 특명으로 공조참의(工曹參議)에 제수됨. 여러 번 사퇴의 소를 올렸으나 허락받지 못함. 4월에 소를 올려 공조참의를 체직하고 고산에 머무름. 6월에 「국시소(國是疏)」를 올렸으나 정원(政院)에 의해 기각됨. 당시 송준길(宋浚吉)과 이단상(李端相) 등이 기축여론(己丑餘論)을 조술(祖述)하여 곤재(困齋) 정개청(鄭介淸)을 추무(追誣)함. 그 사당을 없애고 사판을 불사르자 그의 손자 국헌이 소를 올려 신원하였으나 정원(政院)에서 기각됨. 고산은 이에 통분하여 「국시소」를 올렸으나 파직(罷職)됨. 12월에 진사 정유악(鄭維岳)의 '대학문목(大學問目)'에 답함.

73세(1659)
효종 10, 己亥
현종의 즉위년

1월에 정유악(鄭維岳)의 '격물물격설(格物物格說)'에 답함. 2월에 판서 정세규(鄭世規)에게 서한을 보냄. 동고·율곡의 문집을 보고 느낌이 있어 서술함. 정유악(鄭維岳)의 '경의별폭(敬義別幅)'에 답함. 4월에 효종이 승하하고 현종이 즉위함. 고산은 궐하에 가서 곡을 하고 복을 입고 고산에 돌아옴. 첨지(僉知)에 제수되어 효종의 산릉 간심(看審)에 참여함. 고산이 추천한 여주(驪州)의 홍제동(弘濟洞)과 수원(水原) 두 곳 가운데 수원이 채택되었다가 취소되고 건원릉(建元陵) 안의 건좌(乾坐) 언덕이 채택되면서 파직되고 추고됨. 9월에 정유악(鄭維岳)의 '억이중측미지도의경권(臆而中測未至道義經權)' 등의 질문에 답함.

74세(1660)
현종 1, 庚子

2월에 왕명을 받고 성에 들어가나 병으로 고산에 돌아옴. 4월에 방례(邦禮)를 논한 소를 올렸으나 받아들여지지 않고 함경도 삼수군(三水郡)에 안치됨. 조대비(趙大妃), 곧 인조계비(仁祖繼妃) 복제문제(服制問題)로 남인의 삼년설(三年說)과 서인의 기년설(朞年說)이 대립하여 서인의 기년설이 채택됨. 고산은 기년설을 주장한 송시열을 배척하고 삼년설을 주장하는 소를 올림. 겨울에 「예설(禮說)」 2편을 지어 복제문제를 상세히 논함.

75세(1661)
현종 2, 辛丑

4월에 여건이 나은 북청(北靑)으로 이배하도록 하였으나, 다시 물의가 있었고 이에 더하여 전년에 지은 「예설」이 논란이 되어 이배의 명이 취소됨. 6월에 도리어 위리안치(圍籬安置)의 명이 더해짐.

76세(1662)
현종 3, 壬寅

3월에 위리안치의 명이 거두어짐.

77세(1663)
현종 4, 癸卯

4월에 수찬(修撰) 홍우원(洪宇遠)이 소를 올려 고산의 석방을 탄원함.

78세(1664)
현종 5, 甲辰

9월에 유배지에서 음악을 즐긴다는 소문을 염려한 용주(龍州) 조경에게 답서를 보냄.

79세(1665)
현종 6, 乙巳

2월에 성대경(成大經)이 소를 올려 고산의 방환(放還)을 탄원함. 3월에 전라도(全羅道) 광양(光陽)으로 이배되어 6월에 배소에 도착하고 백운산(白雲山) 아래 옥룡동(玉龍洞)에 거처함.

80세(1666)
현종 7, 丙午

7월에 금산군(錦山君) 성윤(誠胤)의 신도비명, 판관(判官) 조실구(曹實久)의 묘갈명, 봉사(奉事) 백홍제(白弘悌)의 묘갈명, 징사(徵士) 겸재(謙齋) 하홍도(河弘度)의 만시를 지음.

81세(1667)   5월에 이석복(李碩馥)이 소를 올려 고산의 방환을 탄원함. 7월에 특명
현종 8, 丁未   으로 방환됨. 8월에 해남으로 돌아와 9월에 부용동(芙蓉洞)으로 들어감.

82세(1668)   무민당(無憫堂) 동쪽 시냇가에 작은 집을 짓고 곡수(曲水)라고 명명함.
현종 9, 戊申

83세(1669)   8월에 아들 예미(禮美)가 사망함.
현종 10, 己酉

84세(1670)   1백 곡(斛)의 벼를 내놓고 의곡(義穀)을 설치하여 종당(宗黨)의 가난한
현종 11, 庚戌   자를 구휼함.

85세(1671)   6월 11일에 부용동 낙서재(樂書齋)에서 사망함. 9월 22일에 문소동(聞
현종 12, 辛亥   簫洞) 옛 터에 묻힘.

1672   12월에 현종이 고산의 직첩을 돌려줄 것을 명함.
현종 13, 壬子

1675   2월에 이조판서에 추증됨.
숙종 1, 乙卯

1678   9월에 특명으로 충헌(忠憲)이라는 시호를 하사받음.
숙종 4, 戊午

찾아보기